Verena Krausneker

Viele Blumen schreibt man „Blümer“

Soziolinguistische Aspekte des bilingualen Wiener Grundschul-Modells mit Österreichischer Gebärdensprache und Deutsch

Signum

Sozialisation, Entwicklung und Bildung Gehörloser

herausgegeben von Klaus-B. Günther

Band 3

Bibliografische Information Der Deutschen Bibliothek
Die Deutsche Bibliothek verzeichnet diese Publikation in der Deutschen Nationalbibliografie; detaillierte bibliografische Daten sind im Internet über http://dnb.ddb.de abrufbar.

Gedruckt mit Unterstützung des Bundesministeriums
für Bildung, Wissenschaft und Kultur in Wien

Schloßstraße 4, 23883 Seedorf
Hans-Albers-Platz 2, 20359 Hamburg
Tel. ++49 - (0) 45 45 - 79 10 56
Fax ++49 - (0) 45 45 - 79 10 57
http://www.signum-verlag.de
mailto: info@signum-verlag.de
Cover: Katrin Hinrichs
Druck: Fuldaer Verlagsanstalt, Fulda
Printed in Germany
ISBN 3-936675-01-5

Inhaltsverzeichnis

Wie soll man aus dem Quell des Wissens schöpfen können, wenn man nur ein Sieb dazu benutzen darf und einem ein richtiges Gefäß vorenthalten wird?

(Prillwitz 1990:20)

The story of Deaf education has three great lessons to teach us: the banality of ignorant cruelty, the tenuousness of scientific progress, and - last but not least – the stubborn persistence of folk metaphysics.

(Rée 1999:87)

If you know what you are doing, you can do what you want.

(Moshe Feldenkrais)

Widmung

Die diesem Buch zugrunde liegende dreijährige Forschungstätigkeit wurde möglich durch das tiefe Interesse und vor allem die finanzielle Großzügigkeit meiner Großmutter, Dr. Eva Köckeis-Stangl.

Die Schulbildung meiner Großmutter wurde 1938 in Wien gewaltsam beendet, und sie holte viele Jahre später als 34-jährige, schon berufstätige Frau in der Abendschule die Matura[1] nach. Als Mutter zweier Kinder studierte sie in den 1950er Jahren und machte dann eine eher ungewöhnliche akademische Karriere[2].

Sie wusste sehr genau, was sie mir ermöglichte, als sie in der ihr eigenen bescheidenen und unaufgeregten Art von „... in Ruhe Deine Diss schreiben..." sprach.

Ich bin dankbar und sehr froh, dass ich ihr die ersten Filmsequenzen aus meiner Feldforschung noch zeigen und meine Freude über dieses einzigartige Material mit ihr teilen konnte.

1 Matura = Abitur auf Österreichisch
2 Siehe Lichtmannegger, Susanne (2002) Köckeis-Stangl, Eva, geb. Brill, S. 388-393 in: Keintzel, Brigitta und Ilse Korotin, eds.: Wissenschafterinnen in und aus Österreich. Leben-Werk-Wirken. Wien-Köln-Weimar, Böhlau

1 Einleitung: Über dieses Buch

Dieses Buch über die erste bilingual geführte Klasse für gehörlose und hörende Kinder in Wien stellt in erster Linie eine Dokumentation dar. Es wurde nicht ein theoretisches Modell entworfen und dann in einem Schulversuch getestet und bewertet, sondern ich wurde - erst nachdem die Klasse bewilligt worden war - kontaktiert und gebeten, sprachwissenschaftliche Begleitarbeit zu leisten. Ziel dieses Ansinnens war es, Erfahrungen und auch Ergebnisse dieser Art des bilingualen Unterrichts für gehörlose Kinder nicht undokumentiert zu lassen.

Somit beschäftigt sich diese Begleitdokumentation mit den Abläufen, Entwicklungen und Ergebnissen der bilingualen Doppelintegrationsklasse mit ÖGS[1] und Deutsch in Wien. In der Klasse wurden gehörlose und hörende Kinder gemeinsam von gehörlosen und hörenden Lehrerinnen und einer Dolmetscherin (ÖGS-Deutsch) dem normalen Volksschullehrplan entsprechend unterrichtet.

Ich habe im Rahmen meiner Dissertation die ersten zwei Schuljahre dieser Klasse detailliert dokumentiert und insgesamt drei Jahre lang, bis Ende der dritten Klasse, spracherwerbsrelevante Daten gesammelt – die in diesem Buch dargestellt sind.

Dem Buch zugrunde liegt weder eine Sprachstandserhebung noch eine reine Spracherwerbsstudie. Beschrieben und interpretiert werden die soziolinguistischen, auch die sozialen, interaktiven und kulturellen Ebenen der untersuchten bilingualen Klasse, wobei bestimmte Aspekte/Faktoren, die besondere Relevanz für den Prozess des Sprachlernens und -lehrens besitzen, durchaus vermehrte und besondere Beachtung erfahren. Es wird dokumentiert, welche sprachlichen Phänomene und Prozesse ein bilingualer Klassenalltag mit ÖGS und Deutsch für alle involvierten Menschen mit sich bringt.

Mein Hauptinteresse galt den gehörlosen Kindern. Das bedeutet, dass z.B. Gebärdenspracherwerb und -kompetenz als L2 (der hörenden Kinder) nicht systematisch erhoben wurden. Auch Lautsprach-, also artikulatorische Kompetenz, in der L2 (Deutsch) der gehörlosen Kinder wurde nicht untersucht. Dies, da das Interesse der Sprach- und nicht Sprechkompetenz der Kinder gilt. Erhoben wurden die Schriftsprachkompetenzen der gehörlosen Kinder: Die Entwicklung von Schreib- und Lesefähigkeiten steht im Zentrum des Forschungsinteresses, da diese für die Lern- und Lebenskarriere relevant sind.

Ziel dieses Buches ist es, verständlich zu machen, wie sich unter bilingualen schulischen Rahmenbedingungen Schrift-Sprachkompetenz bei gehörlosen Kindern entwickelt/entwickeln kann, sowie die Praxis und Praktikabilität dieses bilingualen Modells nachvollziehbar darzustellen und Verbesserungsvorschläge zur Diskussion zu stellen.

---

1 ÖGS - Österreichische Gebärdensprache. Ein Verzeichnis sämtlicher in dieser Arbeit verwendeter Abkürzungen befindet sich hinten im Buch.

Folgende Schwerpunkte gliedern das Buch:

- Soziolinguistische Phänomene und Aspekte wie z.B. sprachliche Identitäten, Interaktionen, ÖGS-Kompetenz der hörenden Kinder, Mittler-Rollen, Alltag einer bilingualen Klasse, ...
- Deutsch-Schriftsprach-Kompetenz der gehörlosen SchülerInnen im Sinne von Lese- und Schreib-Kompetenz in der Zweitsprache (L2).
- Sprachkompetenz-Entwicklung der gehörlosen SchülerInnen in der L1, ÖGS.

In Kapitel 2 wird der Kontext der bilingualen Klasse in Wien dargestellt: sowohl bildungspolitische als auch sprachpolitische Faktoren, sowie Vorgängermodelle werden dargestellt.

Dann werden in Kapitel 3 und 4 die Themenbereiche Literalität gehörloser Kinder und Konzeptionen bilingualer Gehörlosenbildung dargestellt. Im Anschluss daran wird in Kapitel 5 zusammenfassend über die bilinguale Praxis weltweit berichtet.

In Kapitel 6 erfolgt eine wissenschaftstheoretische Positionierung und Erklärung des Forschungsdesigns: die Offenlegung der angewandten Methoden und Beschreibungen der erhobenen Datenkorpora.

In Kapitel 7 werden die Rahmenbedingungen der untersuchten Klasse, Entstehungsgeschichte und personelle Zusammensetzung dargestellt und in der Folge die beteiligten Kinder, insbesondere die gehörlosen, sprachlich kurz portraitiert.

Schließlich werden ausführlich soziolinguistische Phänomene in der bilingualen Klasse beschrieben (Kapitel 9), sowie der Deutschunterricht (Kapitel 10) und die Entwicklung der Deutschlesekompetenz (Kapitel 11) analysiert. Besonders ausführliche Daten wurden zur Analyse der Entwicklung der Schreibkompetenz erhoben. Diese sind in Kapitel 12 dargestellt und analysiert. Die Erstsprachkompetenz der gehörlosen Kinder in ÖGS wurde dokumentiert; sie wird in Kapitel 13 analysiert. In Kapitel 14 werden die von den Kindern im zweiten Schuljahr selbst erstellten ‚Sprachenportraits' besprochen.

Schließlich wird im Sinne der Aktionsforschung den in Interviews erhobenen Sichtweisen und Einschätzungen der an der beforschten Klasse beteiligten Menschen Platz gegeben (Kapitel 15). Auch werden die Zeugnisnoten aller Kinder der Klasse in Kapitel 16 knapp statistisch ausgewertet dargestellt.

Kapitel 17 fasst die vorliegende Untersuchung zusammen, resümiert die Probleme wie auch Erfolge der ersten bilingualen Klasse ÖGS-Deutsch in Wien und formuliert schließlich Schlussfolgerungen.

1.1 Zur Präsentationsform: Text und Video

Um beiden untersuchten Sprachen (Deutsch und ÖGS) gerecht zu werden, musste ich zu einem Mittel greifen, das beide angemessen dokumentier- und repräsentierbar macht. Da ÖGS eine visuell-bewegte, aber nicht geschriebene Sprache ist, musste ein visuelles Medium zum Einsatz kommen.

Die Entscheidung für ein derartiges Dokumentationsmittel, die digitale Videoaufnahme, beschränkt sich jedoch nicht nur auf die Phase der Datensammlung. Die beiliegende DVD[2] beinhaltet Videomaterial über großteils mehrsprachige und multimodale Daten, die nur unter sehr großen Informationsverlusten auf die zweidimensionale Ebene des geschriebenen Deutsch (oder in Glossen übersetzte ÖGS) reduzierbar wären. Die DVD beinhaltet ausgewähltes Material aus den insgesamt fast 300 Stunden Video-Rohmaterial, die in der bilingualen Klasse von mir gefilmt wurden.

Diese Publikation besteht daher aus zwei Teilen: einerseits dem geschriebenen Text auf Papier und andererseits einer umfangreichen DVD, die schriftlich kommentiertes Videomaterial enthält. Die beiden Elemente - das papierene und das videodigitale - ergänzen einander und sind jedes für sich alleine nicht sinnvoll. Die Beschreibung und Analyse der beobachteten Phänomene, die Gesamtheit der Erkenntnisse, sind nur durch beide Teile gemeinsam voll erfahrbar und nachvollziehbar.

Das Filmmaterial auf der DVD wurde als Illustration zu den im Buchtext beschriebenen und analysierten Phänomenen ausgewählt und bildet daher eine Einheit damit. Die DVD alleine repräsentiert keinesfalls die Analysen und Ergebnisse der geschriebenen Studie. Der Buchtext alleine wiederum ermöglicht kein wirkliches Verständnis des bilingualen Unterrichts.

Für die DVD wurden 4 Hauptelemente der bilingualen Klasse als Gliederung gewählt:

- Charakteristika der bilingualen Klasse: In diesem Bereich werden Unterrichtskonstellationen, bilingual-bikulturelle Umgangsformen in der Klasse und Dolmetschen als Thema in der Klasse dargestellt.
- Die Bedeutung der Österreichischen Gebärdensprache sowohl für gehörlose als auch hörende Kinder in der Klasse: Der Bereich zeigt die Stellung der Österreichischen Gebärdensprache als L1 der gehörlosen Kinder und auch als Hilfe für hörende Kinder auf.
- Lehr- und Lernprozesse gehörloser Kinder in Bezug auf die Deutsche Sprache: Hier werden Elemente aus dem durchgeführten Deutsch-Unterricht für gehörlose Kinder gezeigt. Auch die Prozesse des Lesen- und Schreibenlernens der gehörlosen Kinder werden dargestellt.

2 Digital Video Disc: Die äußere Form entspricht einer CD-Rom, jedoch hat eine DVD viel mehr Speicherkapazität (z.B. für ganze Spielfilme oder umfangreiche Computerdateien). Zum Abspielen dieser konkreten DVD zum Buch benötigt man einen DVD-Player in einem Computer.

- Das Kapitel ‚Teilnehmende Beobachtung' beinhaltet einige Situationen, die durch die Methodenwahl der Studie (siehe Kapitel ‚Wissenschaftstheoretische Positionierung') entstanden.

Jedes Kapitel beinhaltet zahlreiche Beispielfilmsequenzen ("CLIPS"). Jede Filmsequenz ist zuerst beschrieben und dann interpretativ kommentiert. Bei diesen Kommentaren handelt es sich weder um Filmanalysen noch um multimodale Diskursanalysen. Vielmehr wird die Relevanz des gezeigten Ereignisses für Spracherwerbsprozesse behandelt.

Die Kommentare sind interpretierend und ermöglichen ein tieferes Verständnis der zahlreiche Ereignisse und deren Bedeutung für den Spracherwerb aller Personen in der untersuchten bilingualen Klasse. Die Clipbeschreibungen und Kommentare sind direkt auf der DVD zu lesen.

DANKEN möchte ich vielen Menschen, die dieses Buch direkt oder indirekt ermöglicht haben.

Danke an Helene Jarmer: Du bist eine große Visionärin, eine unersetzliche Kollegin und meine liebe Freundin geworden. Mit dir zu arbeiten macht Freude. Herzlichen Dank an Alysha, Astrid, Burhan, Claus, Derya, David, Doris, Ehlibeyit, Florin, Lukas, Maruan, Melanie, Natalie, Pia, Rehat, Samantha, Tugba: Euch zu begleiten und euer Lernen zu beobachten bleibt mir ein unvergessliches Erlebnis. Und respektvollen Dank an die offenen, geduldigen LehrerInnen Helene Jarmer, Martina Klein, Heinrich Himmel und Brigitte Fügenschuh, an die (viel mehr als) Dolmetscherinnen Barbara Mally und Sabine Nebauer und die vertrauenden Eltern. Danke an Kurt Scholz, den ehemaligen Präsidenten des Stadtschulrates in Wien, ohne dessen Begeisterung es die Wiener bilinguale Klasse nicht gegeben hätte. Danke an Emmi Krausneker: Du unterstützt meine Arbeit und ich weiß es zu schätzen. Danke an Sascha, Bro 4ever. Danke an Peter Krausneker für's Lektorat. Danke an Mic für die mit vier Laptops gerüstete Arbeitszeit im Alto Adige. Danke, Ferdinand Leszecz, für deine großzügige Hilfsbereitschaft. Danke an Ruth Berg, die aufmerksamste Test- und Korrekturleserin. Danke an Nadja Grbic und Franz Dotter, meine Orientierungshilfen vor 10 Jahren, geschätzte KollegInnen heute. Danke an Ruth Wodak für das Institut, an dem ich studieren durfte.

Und speziellen Dank an Rudi de Cillia, meinen akademischen Mentor.

2 Kontext der vorliegenden Studie

> *„9.100 Personen in Österreich sind laut Mikrozensus 1995 gehörlos, 456.000 sind hörbeeinträchtigt (…). Nur wenigen von ihnen gelingt es, höhere Schulbildung zu erwerben, zu studieren und einen ihrer Qualifikation entsprechenden Beruf zu ergreifen. ..“*
>
> (Breiter 2002:151)

Die kürzlich von Breiter et al. im Raum Wien durchgeführte Studie „Vita“ zur Erkundung der beruflichen Lebenssituation von gehörlosen Frauen im Raum Wien und Umgebung gibt einen Einblick in die von Schule und Bildung beeinflussten Lebenswelten erwachsener gehörloser ÖsterreicherInnen. Die Studienautorinnen Breiter et al. bemühten sich, die Einschätzung des Bildungsangebots für gehörlose Menschen durch AbsolventInnen von Gehörlosenschulen zu dokumentieren.

Breiter erhob in ihrer Studie nicht nur die Lebensumstände gehörloser Frauen, sondern schloß auch auf die Gründe für die massiven Benachteiligungen im Bildungssystem. Breiter konnte, basierend auf den Erfahrungen und Wünschen der befragten gehörlosen Frauen, abschließend auch eine Vielzahl an Empfehlungen ausarbeiten, deren erste drei lauten:

> *„- Anerkennung der Gebärdensprache als hoch entwickelte Sprache sowie als Erstsprache von Gehörlosen,*
> *- Einsatz der Gebärdensprache in der Frühförderung, im Kindergarten, in Schul- und Berufsausbildung,*
> *- Bilingualer Unterricht mit der Gebärdensprache als Erstsprache (...)“*
>
> (Breiter 2002:152)

Diese Empfehlungen stellen den Abschluss einer frauenspezifischen Untersuchung dar, die die besonderen und besonders gravierenden Benachteiligungen von gehörlosen Frauen in Österreich beschreibt. Sie sind jedoch nicht rein frauenspezifisch, sondern auch für gehörlose Buben und Männer gültig und relevant.

Mit dem Thema der ersten Empfehlung Breiters, genauer: der Problematik des rechtlichen Status der Gebärdensprachen Europas, beschäftige ich mich seit einigen Jahren. Ein großer Teil meiner Arbeit in den vergangenen Jahren bestand darin, die Anerkennung der ÖGS durch wissenschaftliche Belege und Argumente, aber auch durch das Aufzeigen von Fehleinschätzungen, die diese Anerkennung verhindern, zu unterstützen (siehe z.B. Krausneker 1999, 1999a, 2000, 2000a und 2003a).

Sprachenpolitische Aktivitäten in Bezug auf ÖGS sind oftmals direkt bildungspolitisch relevant: Ein zentrales Interesse der erwachsenen Gehörlosengemeinschaft ist es, für die Kinder eine Absicherung ihrer Gebärdensprache zu erreichen. Dazu gehört, dass ÖGS in das Schulcurriculum Aufnahme finden muss, dass LehrerInnen an Gehörlosenschulen mehr als nur rudimentär ÖGS beherrschen sollten und dass gehörlosen Kindern und ihren Eltern, egal ob hörend oder gehörlos, das Leben und Lernen in ÖGS ermöglicht werden muss. Der Österreichische Gehörlosenbund als Interessenvertretung der Gebärdensprachgemeinschaft hat im Jahr 2002 eine diesbezügliche BürgerInneninitiative gestartet (siehe www.oeglb.at).

Die dritte Empfehlung Breiters fordert bilinguale Beschulungsangebote für gehörlose Menschen. Diese Forderung bezieht sich auf das derzeit sehr eingeschränkte Bildungsangebot für gehörlose Kinder, das sehr großen Wert auf Training der Lautsprache legt, und zwar auf Kosten der Vermittlung von Bildungsinhalten. Außerdem wird die Zweitsprache Deutsch nicht als solche gelehrt und die visuell barrierefrei zugängliche Gebärdensprache nicht systematisch herangezogen, nicht gelehrt und nicht als Ressource zur Sprach- und Inhaltsvermittlung eingesetzt.

Die Folge ist, wie Breiter feststellt, dass viele gehörlose SchulabgängerInnen große Probleme beim Lesen und Schreiben der deutschen Schriftsprache haben. Wie kommt es zu derartigen Zuständen in einem Bildungssystem?

2.1 Zur gehörlosenpädagogischen Situation in Österreich

In Österreich herrschten an manchen Gehörlosenschulen teilweise „Gebärdenverbote", ein derartiges Verbot war anscheinend bis in die 1980-er Jahre in Lehrplänen verankert und wurde auf Insistieren gehörloser Interessensvertreter (langjähriger Obmann des WITAF, Humbert Spitzer) durch den Unterrichtsminister Zilk aufgehoben[1].

Der aktuelle und gegenwärtig angewandte Lehrplan der Sonderschule für Gehörlose (letzter Stand 6/1990) beinhaltet *kein* Verbot der Gebärdensprache. Der Lehrplan ermöglicht jedoch allein aufgrund der Terminologie einen Eindruck von den derzeit herrschenden Paradigmen und soll daher hier eingehender besprochen werden.

Die Bezeichnung „ÖGS" bzw. „Österreichische Gebärdensprache" kommt im gesamten über 50 Seiten umfassenden Text nicht vor. Es ist statt dessen wiederholt von „die Gebärde" (S. 5) „die Gebärde der Gehörlosen" (S. 35), „Zeichensystem" (S. 35), „Zeichensprache" (S. 36) die Rede, allesamt unpräzise bzw. falsche Begriffe.

1 Auskunft WITAF, Brigitta Mikulasek: Danke!

Gehörlose Kinder werden wiederholt als „taub" (S. 10) oder sogar „taubstumm" (Seiten 1, 7 und 25) bezeichnet. Beides stellen veraltete, als diskriminierend und negativ konnotiert betrachtete Begriffe dar.

Unter „natürliche Sprachentwicklung", „Sprachunterricht", „Sprache" wird im Lehrplan implizit und explizit ausschließlich „Deutsche Lautsprache" verstanden. Das Fach „Gebärdenpflege" ist nur als unverbindliche Übung mit einer Stunde pro Woche ab der Oberstufe lehrplanmäßig verankert (da erst „nach Ausbildung der Lautsprache" erwünscht, siehe S. 5, Allgemeine Bestimmungen). Es nimmt den gleichen Stellenwert wie „Schachspiel" ein (vgl. S. 37). In der eine dreiviertel Seite umfassenden Beschreibung des Lehrstoffes dieses Faches sind derart viele faktisch unhaltbare und falsche Aussagen über „die Gebärde" zu lesen, die in sich wiederum keinen Sinn ergeben, dass der Text nicht als ernstzunehmende Informationsquelle für LehrerInnen anzusehen ist. Hier zwei Beispiele für solche Aussagen:

> *„Der Gebrauch und die Pflege der Zeichensprache Gehörloser soll an ein Sprachganzes (am besten an das stabile Zeichenköpersystem – die Schriftform der Sprache) gebunden sein."* (S. 36)
> *„Die Gebärdensprache ist eine rein kommunikative Sprache. Sie dient kaum der Reflexion."* (S. 36).

Trotzdem dieses Fach „dem Gehörlosen" die Möglichkeit bieten soll, „sich die für den Umgang in Gemeinschaften für Gehörlose notwendige Gebärde anzueignen" (S. 5), klagen laut Tieber (2001:Kap.7) mehrere SchulleiterInnen über die strukturelle Unmöglichkeit, alle dafür angemeldeten SchülerInnen zuzulassen: es gäbe zu wenige kompetente ÖGS-LehrerInnen, um dieses Freifach im gewünschten Ausmaß anbieten zu können. Das Fach Deutsch nimmt im Lehrplan in den ersten 5 Schuljahren einen Großteil der Schulzeit in Anspruch; 11 bzw. 12 Wochenstunden (von insgesamt - ansteigend - 22 bis 28 Unterrichtsstunden). In der Oberstufe (Stufe 6, 7 und 8) sind es 8 bzw. 9 Stunden von insgesamt 32 Schulstunden pro Woche. Der Lehrplan der Hauptschule gilt – bis auf das Fach Deutsch, das im Ausmaß von 8 und 9 Stunden gelehrt wird – auch für gehörlose Kinder. Deutsch wird im Lehrplan der Unterstufe in die folgenden Unterpunkte gegliedert dargestellt: „Sprechen, Ablesen, Sprachunterricht, schriftlicher Ausdruck und Hörerziehung" (siehe Seiten 9 ff). In der Oberstufe heißen die Punkte „Sprechen und Ablesen, Material und formal bestimmter Sprachunterricht [sic!], schriftlicher Ausdruck, Lesen" (S. 30) und in der Hauptschule werden die Unterpunkte „Sprechen, Schreiben, Lesen und Sprachübung" genannt.

Sprachunterricht, in diesem Fall der Deutschunterricht, wird vorrangig als Sprechunterricht an- und ausgelegt. Fächer wie Gebärdensprachpoesie, Gehörlosengeschichte, Gehörlosenkunst usw. sind im aktuellen österreichischen Lehrplan für gehörlose Kinder nicht existent. Im Gegenteil: gehörlosenspezifische Interessen und Informationen werden nicht nur negiert und unterschlagen, sondern auch dezidiert umgedeutet:

> *„Darüber hinaus soll die Sonderschule für gehörlose Kinder alle sich bietenden Gelegenheiten suchen und nützen, im gehörlosen Schüler Verständnis für die vollsinnigen Mitmenschen, vor allem aber auch bei den Hörenden Verständnis für den gehörlosen Menschen zu wecken."*
> (S. 4).

Hier wird die Schule der Gehörlosen zu einer Assimilationsanstalt im Sinne der Hörenden und als Sensibilisierungsinstrumentarium für hörende Menschen interpretiert. Das „Kommunikative Prinzip der Gehörlosenbildung" wird wieder im Sinne der Anpassung gedeutet und der Grundsatz der Lautsprachausrichtung als der „Überwindung der Isolation" dienlich gesehen:

> *„Um die Isolierung von der Gesellschaft und von deren Geschichte und Kultur zu überwinden, ist es notwendig, im Gehörlosen durch Bildung und Erziehung ein an die Lautsprache gebundenes sprachfunktionales System aufzubauen."*
> (Punkt 8 der Allgemeinen Bestimmungen, S. 5).

Im selben Punkt werden „konventionelle Gebärden" erwähnt, was eine weitere terminologische Unklarheit darstellt. Deren Verwendung „kann primär Verständigung mit dem Kind herstellen und Vorleistungen für den Wissenserwerb bieten. In diesem Fall ist die Gebärde individueller Lernbehelf, also nicht Ziel, sondern Mittel des Unterrichts." (S. 5)

Abschließend soll hier noch erwähnt werden, dass im Frühjahr 2003 ein (oder mehrere) Treffen einer Arbeitsgruppe zur Gestaltung eines Lehrplan-Neuentwurfs im zuständigen Ministerium (BMBWK) stattfanden, deren Zusammensetzung auch auf Nachfrage nicht offengelegt wurde. Fest steht, dass keine gehörlose Person dabei war. Auf eine Anfrage, ob Helene Jarmer, studierte Pädagogin und eine der nur vier gehörlosen Lehrerinnen in Österreich und darüber hinaus Präsidentin des Gehörlosenbundes, eingeladen werden könne, wurde vom Ministerium erklärt, man wolle keine ‚Betroffenen' in der Arbeitsgruppe dabei haben.

Es scheint also, dass der oben kurz analysierte Lehrplan für die Gehörlosenschule derzeit reformiert wird – die mir vorliegenden ersten Entwürfe deuten jedoch darauf hin, dass dies nicht nur unter Ausschluss der einzigen österreichischen gehörlosen Expertin, sondern weiterhin unter dem oben beschriebenen oralistisch-audistischen Dogma geschehen wird.

Bei einem ExpertInnenhearing im Parlament am 1. Juli 2004 wurden diese Umstände den anwesenden Abgeordneten zur Kenntnis gebracht und es erfolgte die mündliche Zusage, dass die Lehrplanreform ab nun unter Einbeziehung betroffener ExpertInnen geschehen solle.

Um die oben dargestellte Ausrichtung des österreichischen Lehrplanes und auch seine wissenschaftliche Rückbindung bzw. Aktualität zu kontrastieren, soll hier einer der fortschrittlichsten Lehrpläne Europas, der Schwedische, gegenübergestellt werden. Im aktuell gültigen schwedischen Lehrplan für die Pflichtschule ‚Lpo 94' gibt es einen Absatz über die Ziele der Schulen für seh-, hör- und physisch beeinträchtigte Kinder, der festhält: sämtliche Ziele des Pflichtschullehrplans gelten auch für sehbehinderte Kinder und Kinder mit körperlichen Beeinträchtigungen. Ausnahmen gibt es nur für gehörlose Kinder in den Fächern Englisch und Schwedisch. Spezialschulen für Gehörlose sind dafür verantwortlich, dass alle gehörlosen und hörbeeinträchtigten Absolventinnen solcher Schulen

> *„ - are bilingual, i.e. can read sign language and Swedish as well as express thoughts and ideas in both sign language and writing,*
> *- can communicate in writing in English."*
>
> (Lpo 94, p. 13)

Auch anhand mehrerer Seiten über ‚Schwedisch als Zweitsprache' im ‚Syllabus der Pflichtschulen' wird die Sprachsensibilität und die sinnvolle Umsetzung von global gültigen Erkenntnissen zum Spracherwerb deutlich. Schwedische Gebärdensprache und Basiswissen über gehörlose Menschen und deren Lebenssituation ist übrigens in Schweden Schulfach für hörende Kinder und die Inhalte und Ziele sind beschrieben (S. 91-93, als Download unter http://www.skolverket.se/english/publ.shtml)

Der Kontrast zum gegenwärtigen österreichischen Lehrplan der Sonderschule für Gehörlose könnte größer nicht sein: In Österreich fehlt jegliche Umsetzung von Erkenntnissen über Spracherwerb, über Gebärdensprachen als solche, über Bilingualität. Der Lehrplan zielt auf sprachliche Assimilation ab und postuliert als oberstes Lern- und Lehrziel die Heranführung an die hörende Kultur und die Performance in Lautsprache, er geht sogar so weit, von den Kindern das „Hineinwachsen in lautsprachliches Denken" (S.23) zu fordern.

Es gibt in Österreich derzeit Gehörlosenschulen in Wien, Linz, Graz, Salzburg, Mils und Dornbirn. Zweisprachig mit ÖGS wird an keiner der Schulen unterrichtet. Es gab bisher an zwei Gehörlosenschulen in Österreich Versuche mit bilingualem Unterricht unter systematischer Einbeziehung von ÖGS.

2.1.1 Bilingualer Schulversuch in Klagenfurt

Ab 1990 wurden in der Gehörlosenschule Klagenfurt Schüler nach einem zweisprachigen Konzept von einer hörenden und einer gehörlosen Lehrerin gemeinsam in zwei Sprachen unterrichtet. ÖGS war Kommunikationsmedium, die Zweitsprache Deutsch wurde als Lese- und Schriftsprache unterrichtet, auch Lippenlesen und Sprechen waren Elemente des Deutschunterrichts.

Im ersten Schulversuchsjahr nahmen vier bis dahin oral unterrichtete Schüler zwischen 14 und 16 Jahren an dem Unterricht teil. Gravierende Verbesserungen im Bereich des Vokabulars, der Motivation zum Sprachenlernen und insbesondere Lesen, der Kommunikationsfreude, der Neugierde, der Leistungsbereitschaft waren eindeutig. So steigerte sich auch der passive Schriftbildwortschatz der Schüler innerhalb des ersten Schuljahres um 50% (Pinter, 1992). Besonders stark und einprägsam zeigte sich die enorme Wichtigkeit der sozialen und identifikatorisch-kommunikativen Funktion der gehörlosen Lehrerin: Die Jugendlichen hatten nun erstmalig eine erwachsene gehörlose Person, die ihnen im Unterricht zu Verfügung stand und der sie ohne Kommunikationsbarriere Wissensfragen stellten konnten. (Bei manchen Schülern handelte es sich überhaupt um den ersten Kontakt mit einer gehörlosen Erwachsenen!)

Erfahrungen aus dem ersten Schulversuchsjahr wurden von einer der beiden Lehrerinnen veröffentlicht (Pinter, 1992), eine gesamtheitliche Evaluierung wurde von Arnold et al. 1992 verfasst. Dieser Schulversuch wurde jedoch nicht verlängert und 1995 offiziell beendet.

2.1.2 Bilingualer Schulversuch in Graz

Im Jahr 1995 wurde nach einem Jahr Gebärdensprachförderung im Kindergarten durch eine schwerhörige Mitarbeiterin eine bilinguale Klasse an der Grazer Gehörlosenschule möglich. Vier, und später fünf Kinder wurden sieben Stunden im Team von einem hörenden und einem gehörlosen Lehrer in Deutsch und ÖGS unterrichtet. Die restlichen Stunden wurden zu gleichen Teilen von je einem der beiden Lehrer gehalten.

Die beiden Sprachen wurden durchgehend kontrastiert. Sogar die Raumhälften links und rechts von der Tafel wurden möglichst konsequent nur für jeweils eine bestimmte Sprache verwendet, auch wenn von einem der beiden Lehrer alleine unterrichtet wurde. Beide Lehrer setzten ihre Sprachkenntnisse der jeweils ‚anderen' Sprache aktiv ein: Dadurch wurde den Kindern auch vorbildhaft gezeigt, wozu und wie man die Sprache des anderen können sollte. Überhaupt wurde auf die Entwicklung und Etablierung von kommunikativer Kompetenz und dialogreichem Kommunikationsverhalten bei den Kindern besonders im ersten Schuljahr geachtet. Aufbauend darauf wurden dann Inhalte und Sprachwissen vermittelt.

Bortsch und Tischmann, die beiden Lehrer der Klasse in Graz, haben ihre subjektiven Erkenntnisse und Erfahrungen in einem gemeinsamen Artikel publiziert. Sie beschreiben, wie die Klasse mit ihren bilingualen Prinzipien auch auf die restliche Gehörlosenschule Auswirkungen hatte. Zum Beispiel hatte die erstmalige Anwesenheit eines gehörlosen Lehrers im Kollegium natürlich praktisch-sprachliche Folgen für Teamsitzungen usw. (Siehe dazu Bortsch und Tischmann, 1996.)

Die beiden bilingual geführten Klassen wurden zu Ende des Schuljahres 1999/2000 beendet, Bortsch verließ die Schule im Herbst 2000 und wechselte an eine andere Schule. Über eine etwaige empirisch belegte Evaluierung ist mir nichts bekannt.

Tieber berichtet von Tendenzen im Land Steiermark, gehörlose Kinder vermehrt zu „integrieren", und von einer Art „Auslaufstimmung" an der Grazer Gehörlosenschule. Die wichtige Funktion, die diese Schule für den Erwerb von ÖGS bei gehörlosen Kindern hörender Eltern haben könnte, wird nicht wahrgenommen. (Tieber 2001:7-17)

2.1.3 Evaluation der österreichischen Gehörlosenbildung durch AbsolventInnen

Die Studie „Vita" brachte zutage, dass ein Großteil der in ausführlichen, qualitativen Interviews und Fragebögen befragten 30 Frauen im Alter von 17 bis 44 Jahren ihre Schulbildung, Ausbildung und, davon beeinflusst, ihren beruflichen Karriereweg negativ beurteilen: „Die Gehörlosenschulen wurden von den Befragten zum überwiegenden Teil (73%) negativ erlebt." (Breiter 2002:63) Aber auch 50 andere gehörlose ÖsterreicherInnen im Alter zwischen 16 und 69, die im Rahmen einer Lesekompetenzerhebung befragt wurden, geben ein kritisches Bild: 81,4% geben an, dass sie eigentlich in der Schule eine/n DolmetscherIn benötigt hätten und 50% geben an, dass sie eigentlich nichts vom Stundenstoff verstanden hätten. (Fellner-Rzehak & Podbelsek, 2004:190).

Breiter fasst die häufigsten Kritikpunkte in Bezug auf Gehörlosenschulen zusammen:

„• *orale Übungen statt Inhalte*
• *wegen des oralen Unterrichts wird der Lehrstoff nicht verstanden*
• *zu viele Abschreibübungen*
• *zu viele Wiederholungen*
• *zu viel Auswendiglernen ohne den Inhalt zu verstehen*
• *zu langweilig - daher wurde viel "getratscht" und "geträumt"*
• *zu leichtes, niedriges Lernniveau*
• *zu wenig Rücksichtnahme der LehrerInnen auf die Bedürfnisse der SchülerInnen*
• *Strafen wegen Verwendung der Gebärdensprache*" (2002:71)

Speziell zu ihren in der Schule erworbenen Deutschkompetenzen gaben die interviewten Frauen an, dass sie sie als mangelhaft empfinden:

> *„Insgesamt schätzt die Mehrheit (60%) der Befragten ihre Deutschkenntnisse als unzureichend ein und hat Probleme, Deutsch zu lesen und zu schreiben. (...) Besonders groß ist der Anteil der Frauen mit Deutschproblemen bei denen, die eine Pflichtschule für Gehörlose besucht haben: 80% von ihnen schätzen ihre Deutschkenntnisse eher schlecht ein und haben Probleme, deutsch zu lesen und zu schreiben. „(Breiter 2002:58)*

Außerdem konnten durch die Studie auch die Wünsche der Frauen in Bezug auf Verwendung der Österreichischen Gebärdensprache erhoben werden:

> *„94% der Frauen befinden es als wichtig, die Gebärdensprache während der Schulzeit und der Berufsausbildung zu verwenden. Werden die Antworten nach Ja/Nein geteilt, zeigt sich, dass 93% der Frauen zum Gebrauch der Gebärdensprache in der Schule mit »Ja« antworten. 3% der Frauen antworten mit »eher Ja« und ebenso 3% mit »eher Nein«.“*
>
> (Breiter 2002:38)

Diese Aussagen geben einen guten Einblick in die Probleme und Folgen der derzeitigen Praxis in der österreichischen Gehörlosenpädagogik.

Konkrete Vorstellungen, Wünsche und Anforderungen an das zukünftige verbesserte schulische Angebot wurden im Rahmen des Projektes Vita durch die gehörlosen Frauen skizziert und sind in der Studie zusammengefasst:

> *„ALLE Befragten waren der Ansicht, dass der Unterricht vor allem in Gebärdensprache oder bilingual abgehalten werden sollte. Alle LehrerInnen - auch die FörderlehrerInnen in Integrationsklassen - sollen die Gebärdensprache beherrschen und verwenden. Sie sollen den Lernstoff nicht kürzen und vereinfachen, sondern ihre Methoden den Bedürfnissen der Gehörlosen anpassen. Dabei sollen sie auch gehörlose Vorbilder und das zukünftige Leben der Kinder als Gehörlose thematisieren. (...) Keine einzige der interviewten Frauen - auch nicht die postlingual Ertaubten - findet vorwiegend oralen Unterricht für gehörlose Kinder sinnvoll!“*
>
> (Breiter 2002:71, Hervorhebung im Original)

3 Literalität gehörloser Kinder

3.1 Die Rolle einer Gebärdensprache

Einen umfangreichen Überblick über die (1916 beginnende!) Forschungsgeschichte zu Lese- und Schreibkompetenz gehörloser Kinder unter Einbeziehung aller größeren (englischsprachigen) Studien geben Chamberlain und Mayberry (2000), auf die sich die nun folgende Darstellung stützt. Weiters haben Albertini und Schley (2003) sowie Schirmer und Williams (2003) zu Lese-, respektive Schreibkompetenzen gehörloser LernerInnen gute Überblicke erstellt.

Die ersten fünf Jahrzehnte des 20. Jahrhunderts fokussierten auf die Unterrichtsmethode, bzw. das Medium (‚oral' oder ‚manuell'), als relevanten Faktor im Lesenlernen gehörloser Kinder.

Ab den 1950er-Jahren wurde die Herkunft der Kinder (gehörlose vs. hörende Familie) als Faktor miteinbezogen. Keine der in diesen Jahrzehnten unternommenen Studien nahm eine Messung der Gebärdensprachkompetenz der Studiensubjekte vor, nicht zuletzt mangels Wissen über die Strukturen in ASL (American Sign Language), der Stokoe erst 1960 einen echten Sprachcharakter nachwies. Gebärdensprachkompetenz wurde in diesen Studien - abhängig vom Hörstatus der Eltern und der Schule - als entweder gegeben oder fehlend angenommen, jedoch weder quantitativ noch qualitativ charakterisiert.

In den frühen 1980er-Jahren, einhergehend mit einer Revolution in der US-amerikanischen Gehörlosenpädagogik, nämlich der Wende zur Einbeziehung von visuellen sprachlichen Mitteln, begannen ForscherInnen, die gebärdensprachlichen Kompetenzen der von ihnen untersuchten Kinder genauer zu erforschen und als eigenen Faktor zu betrachten.

Von größter Bedeutung wurde in all diesen Studien die Frage erachtet, inwiefern eine gebärdete Sprache das Lesenlernen beeinflusst. Viele Jahrzehnte galt die Hypothese als erwiesen, die Kompetenz in ASL[1] als hinderlich und störend, also als negativen Einfluss auf das Englischlernen der gehörlosen Kinder interpretierte.

Die in Chamberlain et al. (2000) publizierten umfangreichen Studien (Strong u. Prinz, siehe weiter unten, Hoffmeister und Padden u. Ramsey) mit großen TeilnehmerInnenzahlen (155, 50 und 98) falsifizieren jedoch diese Hypothese grundlegend. Sie widerlegen mittels harter empirischer Fakten eindeutig das Argument, dass eine Gebärdensprache als erschwerender Faktor für das Lesenlernen gehörloser Kinder angesehen werden muss. ASL wird von sämtlichen getesteten Kindern als hilfreiche Ressource genutzt, um Lesen zu lernen. Kein Testergebnis be-

1 Diese Sprache wird hier explizit genannt, da sich die Diskussion im amerikanischen Raum abspielt und hier die meisten sprachwissenschaftlichen Studien vorliegen.

legt einen störenden oder negativen Einfluss, sondern im Gegenteil: die gebärdete Sprache wirkte sich positiv auf die Leseleistungen der LernerInnen aus (siehe Studienresümee von Chamberlain und Mayberry 2000:256).

Padden und Ramsey (2000:168) stellen fest, dass derselbe Faktor, der hörende Kinder zu besseren LeserInnen macht, nämlich die Fähigkeit, gehörte Elemente mit geschriebenen Repräsentationen zu verknüpfen, auch für gehörlose Kinder relevant ist: Jene Kinder, die zwischen ihnen bekannten gebärdensprachlichen Strukturen und gelesenen Strukturen Verbindungen herstellen können, sind erfolgreicher beim Lesen. ASL-Fortschritte und Fortschritte in der Lesefähigkeit gehen einher.

Jene Faktoren, die sich in ihrer Studie als tatsächlich relevant herausstellten und sich negativ auf die Lesefähigkeit gehörloser Kinder auswirkten, waren:

- das (späte) Alter, in dem die Gehörlosigkeit entdeckt worden war,
- zusätzliche Behinderungen,
- hörende Eltern (=keine oder geringe Gebärdensprach-Kompetenzen).

Die Studien im einzelnen - nun unter Einbeziehung der deutschsprachigen Literatur - werden in Bezug auf ihre Hauptergebnisse kurz resümiert:

Die Schriftsprachkompetenz gehörloser Kinder kann quantitativ durchwegs - von der einzig vorliegenden österreichischen Erhebung (Gelter 1987, nach Krammer 2001:7) bis zu den zahlreichen amerikanischen Untersuchungen - folgendermaßen skizziert werden:

Alle Studien belegen, dass die Schriftsprachkompetenzen gehörloser LernerInnen nach mehr als 10 Jahren Unterricht durchgehend nicht altersgemäß sind.

Für Deutschland stellt Kraußmann, der die Schriftsprachkompetenzen erwachsener gehörloser Menschen untersucht hat, fest, dass 40% der deutschen Gehörlosen (60.000) ein Leseniveau von „Zweit- und Drittklässlern" haben und mehr als 50% als Nicht-Leser gelten. Nur 0,5% sind auf allen Sprachebenen kompetent (nach Krammer 2001:14). Auch ein so bekannter Vertreter des Oralismus wie van Uden konnte bei 85% der von ihm untersuchten 18-19jährigen niederländischen SchulabgängerInnen nur einen Wortschatz von ca. 3.800 Wörtern (das entspricht einem 8,5 Jahre alten hörenden Kind) feststellen. Van Uden deutet dies als ausreichend für einen ‚Basiswortschatz', stellt jedoch gleichzeitig fest, dass - um die Grenze zum Analphabetismus zu überwinden - ein Lesewortschatz von 7000 Wörtern erreicht werden muss. (vgl. Krammer 2001:40).

Krammer resümiert:

> *„Im Vergleich zu gleichaltrigen Hörenden weisen die Gehörlosen aller Alterstufen einen gravierenden Rückstand in der Leseleistung auf (Csányi 1982, Gelter 1987, van Uden 1987, Quigley/Paul 1984, Schüß-*

ler 1997 u.a.). Im Schnitt verfügt ein 8-jähriges hörendes Kind über eine bessere Leseleistung als ein 18-jähriger gehörloser Jugendlicher.“
(2001:60)

Für das Wiener Gehörloseninstitut stellt Gelter fest, „dass SchülerInnen nach neun Jahren Schule (bei durchschnittlicher nonverbaler Intelligenz) zum Teil über eine Lesefähigkeit verfügen, die nur in Ansätzen oder überhaupt nicht vorhanden ist.“ (zit.n. Krammer 2001:50)

Gehörlose Kinder verfügen, wenn sie oral gut gefördert wurden, bei Schuleintritt durchschnittlich über ein aktiv/passiv Vokabular von ca. 250/500 Wörtern. (Hörende im Vergleich dazu jedoch über 3000-3800/19.000 Wörter (vgl. Krammer 2001:46). 14-16 jährige gehörlose SchülerInnen weisen schließlich einen Wortschatz von ca. 2000 Wörtern auf.

Diese große Einschränkung im Wortschatz stellt auch das größte Problem für die Lesekompetenz dar:

„In diesen Zahlen drückt sich der gravierende Rückstand gehörloser Kinder beim (Schrift-)Spracherwerb aus; denn der Wortschatz hat sich langfristig als der beste Diskriminator zwischen guten und schlechten Lesern erwiesen.“ (Schüßler 1997:66)

Meiner Meinung nach nicht angemessen ist, dass in den meisten Studien zur Schriftsprachkompetenz gehörloser LernerInnen die Vergleichsgruppe immer hörende Kinder waren, dass also L2-LernerInnen mit L1-LernerInnen verglichen wurden. Unterschiedliche gehörlose LernerInnengruppen wurden selten verglichen. Krammer, die eine internationale Literaturübersicht erstellt hat, führt dies kritisch auf die Schulen zurück: Diese wollen ihre AbgängerInnen nicht mit jenen aus anderen, z.B. bilingualen Modellen verglichen wissen, „(...) aus Angst vor möglichen negativen Auswirkungen, wenn ihre Behauptungen nicht bestätigt werden können.“ (2001:45)

List resümiert das Problem der mangelnden Schriftsprachkompetenzen und Zugänglichkeit von Lautsprache durch gehörlose Kinder, indem sie feststellt, dass es das „(...) bereits angesammelte, in der sprachlichen Kommunikation vermittelte Wissen (...)“ sei, dass hörende Kinder zum Lesenlernen motiviere.

„Es ist also vor allem der Mangel an solcher sprachlich vermittelter Erfahrung, der bei den beobachtbaren Schriftsprachdefiziten Gehörloser eine Rolle spielt. Vergleichbare Erfahrungen können allerdings auch gehörlosen Kindern ein solches Wissen verfügbar machen, wenn es denn gebärdensprachlich geboten würde, also in einer Sprache, zu der

gehörlose Kinder ungehinderten Zugang haben können. Dies wird als Ausgangsproblematik von der Gehörlosenpädagogik nicht hinreichend erkannt und bearbeitet, zum Teil gewiß aus Unkenntnis wissenschaftlich gesicherter Informationen, die für die Frage wichtig sind."

(List in Schüßler 1997:7)

3.2 Bilingualismus

Es soll hier nun kurz das Schwellenmodell der bilingualen Kompetenz (Cummins, Fthenakis et al. 1985, zit. n. Boeckmann 1997:37) herangezogen werden, das zwischen drei Arten von Bilingualismus unterscheidet. Dies, um gehörlose bilinguale Menschen mit ihren (aus dem derzeit mehrheitlich aural-oral praktizierten Schulsystem hervorgehenden) Sprachkompetenzen zuordnen zu können.

Für die Mehrheit der gehörlosen Menschen kann gesagt werden, dass sie nach diesem Modell als semilingual zu bezeichnen sind, dass also die mangelnde Unterstützung der Entwicklung ihrer Erstsprache auf akademischem Niveau und der bei Schuleintritt häufig erzwungene Wechsel zu ihrer Zweitsprache nicht nur empirisch erwiesene, oben ausführlich dargestellte, unzureichende Sprachkompetenzen zur Folge hat, sondern auch negative kognitive Auswirkungen. Einige gehörlose Menschen erreichen einen Dominanz-Bilingualismus und nur sehr wenige einen additiven. Zu den letzten beiden Gruppen (erwachsene Gehörlose und ihr Erstsprachniveau bzw. ihren Zweitsprachkompetenzen) gibt es meines Wissens nur wenig empirische Forschung.

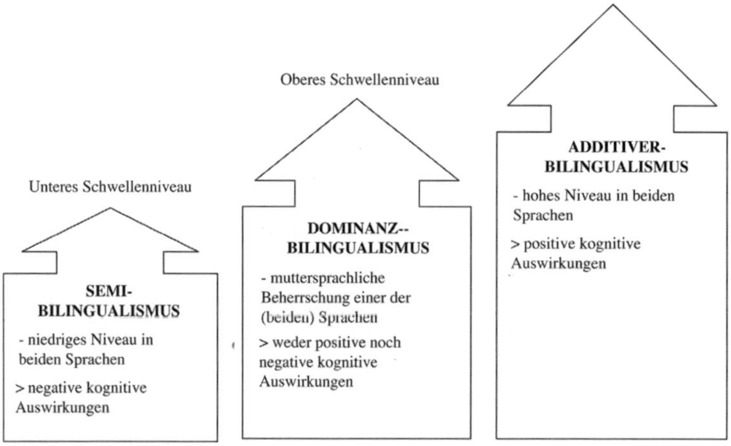

Abb. Schwellenmodell der bilingualen Kompetenz
(Inhalt nach Boeckmann 1997, eigene grafische Umsetzung)

Zusammenfassend lässt sich feststellen, dass die Schriftsprachkompetenzen gehörloser SchulabgängerInnen weltweit bisher weit unter dem Durchschnitt hörender Jugendlicher liegen. Des weiteren ist festzuhalten, dass die große und tragende Bedeutung, die einer Gebärdensprache im Sprachenlernen gehörloser Kinder zukommt - auch im Lautsprachenlernen! - empirisch erwiesen ist.

Sämtliche linguistisch orientierte Untersuchungen schlussfolgern eine unbedingt notwendige Absicherung des gebärdensprachlichen Angebotes für gehörlose LernerInnen, das bedeutet: Der Zugang zu einer Gebärdensprache muss von Geburt an erleichtert werden, egal ob die Familie gehörlos oder hörend ist.

3.3 Interdependenztheorie für gehörlose LernerInnen?

Es stellt sich, nach den vorhergehend thematisierten Aspekten des Spracherwerbs bei gehörlosen LernerInnen, die Frage, wie diese in herkömmliche - also für hörende LernerInnen oder bilinguale Menschen geschaffenen – Spracherwerbs-Modelle passen bzw. ob diese Modelle jene neuen Erkenntnisse ausreichend erklären und beachten.

Hoffmeister stellt dar, dass sämtliche Studien, die gehörlose Kinder gehörloser Eltern und hörender Eltern verglichen, aufzeigten, dass erstere in der Schule weitaus erfolgreicher waren, insbesondere beim Lernen der geschriebenen/gelesenen Lautsprache. Er benennt als den wichtigsten Faktor das Ausmaß und die Art des visuellen Sprachinputs, den diese Kinder vor der Schule erfahren haben.

Hoffmeister kommt - basierend auf Liechtenstein (1998, nach Hoffmeister 2000:147) - zum Schluss, dass eine intakte Erstsprache (z.B. ASL) den Kindern einen Zweitspracherwerb massiv erleichtert und ihnen u.U. dabei hilft, Strategien für das Erlernen von Regeln dieser L2 zu entwickeln. Er bezeichnet gehörlose Kinder gehörloser Eltern als Parallelfall von hörenden bilingualen Kindern - auch wenn sie weniger Möglichkeit haben, ihre Zweitsprache zu ‚hören', also beschränkten Zugang zu dieser Sprache haben, so machen sie sich dennoch ähnliche Strategien und Modelle zu nutze, wie auch hörende bilinguale Kinder. (vgl. Hoffmeister 2000:147)

Morford und Mayberry zitieren eine weitere Vergleichsstudie (von Mayberry & Lock 1998):

> *„Late first-language learners (i.e. deaf individuals who acquired scant language, signed or spoken, in early childhood) who were first exposed to ASL and written English between the ages of 5 and 9 performed much worse than hearing second language learners of English on a grammatical processing task. The same was not true for native ASL learners.*

Native ASL signers, who acquired ASL from birth and English as a second language between the ages of 5 and 9, performed just like hearing participants, who had learned English as a second language at the same ages, on the grammatical processing task. These findings demonstrate that early exposure to a first language facilitates, and perhaps is necessary for, later language learning at older ages, as in second language learning." (2000:115)

Aber nicht nur das Alter beim Spracherwerb spielt eine Rolle: Strong & Prinz (2000) testeten 155 8-15jährige gehörlose SchülerInnen einer amerikanischen Gehörlosenschule über einen Zeitraum von drei Jahren. ASL-Kompetenz und Englisch-Schriftsprachkompetenz wurden umfassend erhoben. Es zeigte sich, dass der Hörstatus (d.h. gebärdenkompetent oder nicht-gebärdend) der Eltern für die Literarität der Kinder in Englisch relevant ist. Dieses Ergebnis war jedoch nur bis zu einem gewissen Niveau der ASL-Kompetenz der Fall! Ab guter bis sehr guter ASL-Kompetenz waren die Ergebnisse der Kinder in Englisch ebenbürtig, unabhängig vom Hören/Nicht-hören den Eltern. Die Autoren kommen zu dem Schluss:

„*This supports the hypothesis that differences in academic performance between students with deaf and hearing parents discovered in previous research may indeed be largely attributable to fluency in ASL, a notion that is consistent with the Cummins (1981, 1989) theory of cognitive and linguistic interdependence.*" (2000:137)

Die Autoren stellen fest, dass sämtliche empirische Studien, inklusive ihrer eigenen, konsistente und starke Nachweise dafür sind, dass ASL-Kompetenz und Englisch-Literarität korellieren:

„*Empirical data such as these are critical for bolstering the theoretical justifications that have hitherto been put forward in support of a bilingual approach for deaf children, the common underlying proficiency between ASL and English, and for the contention that ASL knowledge is key to explaining academic differences between children from deaf and hearing families.*"

(Strong & Prinz 2000: 140)

Hoffmeister schreibt:

„*The fact that the Deaf students in our study were able to perform our ASL tasks without any formal training in ASL crucially substantiates the notions that the Deaf reader is bilingual. It is clear from the results of these studies that Deaf students can and do transfer skills from one lan-*

guage to another. A piece of the puzzle to understanding Deaf children's attempts to become good readers of English clearly lies in access to high levels of a visual language, namely ASL." (2000:160)

Chamberlain und Mayberry überprüfen Cummins Interdependenztheorie und halten fest, dass Cummins (1989, 1991) und Cummins und Swain (1986) entsprechende Nachweise für dieses Modell erbrachten und relativ klar erwiesen sei, dass tatsächlich eine Interdependenz - oder gemeinsame, zugrundeliegende Kompetenz (bei Cummins „CUP"-Common Underlying Proficiency) von erster und zweiter Sprache bei hörenden zweisprachigen LernerInnen festzustellen sei. „The direct applicability of this model to deaf signing readers has been a matter of debate, however." (2000:241)

Mayer und Wells (1996, zit. nach Chamberlain und Mayberry 2000:241) argumentieren, dass es aufgrund der Unterschiede zwischen hörender und gehörloser LernerInnengruppen (kein direkter Zugang zur Zweitsprache und keine geschriebene Erstsprache) nicht zulässig sei, die Interdependenztheorie auf gebärdend-gehörlose lesen-lernende Kinder anzuwenden.

Mayer und Akamatsu (2003) liefern schließlich eine detaillierte Analyse und Kritik der Anwendbarkeit des Modells. Sie bezweifeln nicht die Validität des Modells oder seine Anwendung im gehörlosen Kontext, stellen jedoch fest, dass es spezifische Themen gibt, die in Betracht gezogen werden müssen, soll die Interdependenztheorie auf gehörlose LernerInnen angewandt werden.

Die in Chamberlain et al. (2000) publizierten Studien geben jedoch m.E. ausreichend empirischen Nachweis für die Sinnhaftigkeit der Anwendung der Interdependenztheorie auf gehörlose LernerInnen: Gebärdensprachliche Voraussetzungen stellen sich als notwendige, positive und unterstützende Voraussetzung für das Erreichen einer guten Schriftsprachkompetenz in einer Lautsprache heraus. Das Ausmaß dieser Voraussetzungen korreliert laut Strong und Prinz (2000:140) mit der erreichten Schriftsprachkompetenz.

3.4 Einige Implikationen der Spracherwerbsforschung für den (Sprach-) Unterricht gehörloser Kinder

Grundsätzlich ist festzustellen, dass es unterschiedliche Möglichkeiten zur Einschätzung und Bewertung von Sprachkompetenzen gehörloser LernerInnen gibt, es lassen sich jedoch zwei klare Hauptrichtungen unterscheiden:

Jene, die eine geschriebene Repräsentation einer gesprochenen Sprache als Zweitsprache gehörloser Kinder verstehen, die über eine möglichst früh erworbene und altersadäquat gebärdete Erstsprache erlernt werden kann. Dem liegt jenes Wissen zugrunde, das derzeit in der Spracherwerbsforschung als gesichert gilt (z.B. Interdependenzhypothese). Es liegt jedoch derzeit noch kein konkretes Modell des Sprachenlernens für gehörlose Kinder vor:

> *„We need a model of sign bilingual literacy development, which reflects the second language learning situation of deaf children, and which specifically adresses how sign language might serve as the mediating function between inner language and written language."*
>
> (Swanwick 2003:19)

Im Gegensatz dazu stehen jene Positionen, die Lautsprache als den Weg und das Ziel eines - je nach ‚Methode' unterschiedlich strukturierten - Sprachunterrichts ansehen. Gebärdensprachen werden entweder als bedrohlich-ablenkende Störung eingestuft oder - im harmloseren Fall - als ‚Notlösung', falls keine der angewandten ‚Methoden' Erfolg zeigt. Konkrete Spracherwerbsmodelle lassen sich in dieser Gruppe nicht erkennen - bzw. werden hier Annahmen aus dem Spracherwerb hörender L1-LernerInnen unzulässigerweise direkt auf gehörlose LernerInnen übertragen. Eine völlige Negierung der Interdependenztheorie lässt sich klar erkennen: der Erstsprache wird keinerlei Funktion zugestanden.

Den beiden Zugängen entsprechend kann man in den pädagogisch-didaktischen Richtungen von einem Differenz-Ansatz und einem Defizit-Ansatz sprechen.

Aus den vorhergehend dargestellten Grundlagen sowohl empirischer als auch theoretischer Art können durchaus Implikationen für einen adäquaten Sprachunterricht gehörloser LernerInnen geschlossen werden.

3.4.1 Unterschiedliche Vorerfahrungen hörender und gehörloser bilingualer LernerInnen

Viele hörende Kinder werden eingeschult, ohne über Schreibkompetenzen in ihrer Erstsprache zu verfügen, zum Beispiel Kinder türkischer MigrantInnen in Wien müssen Deutsch, oder mexikanische Kinder in den USA Englisch lernen. Sie müssen Lesen und Schreiben in ihrer Zweitsprache lernen, ohne ihre Erstsprache weiterentwickeln zu können. Diese LernerInnengruppe hat jedoch bis zu und während ihrer Einschulung (in unterschiedlichem Maße) auditiven Input in ihrer Zweitsprache gehabt. Wenn sie lesen und schreiben lernen, dann lernen sie, die neuen Grapheme mit bekannten Phonemen zu verbinden. Sie lernen teilweise schon vom Hören bekannte Wörter mit ihrer geschriebenen Form zu verknüpfen.

Für gehörlose LernerInnen ist dies nicht der Fall, sie verfügen normalerweise über (so gut wie) keinen vorschulischen Erwerb ihrer Zweitsprache. Die Zweitsprache gehörloser Kinder, meistens die nationale Schriftsprache der sie umgebenden Gesellschaft, ist für sie nur didaktisiert zu erlernen. Und nicht nur die neue Sprache ist hier zu lernen, sondern zeitgleich müssen auch die Kulturtechniken Lesen und Schreiben erarbeitet werden. Aber nicht nur das: Auch ihre Erstsprache - eine Ressource, auf die hörende zweisprachige Kinder oftmals zurückgreifen können - ist in vielen Fällen nicht altersgemäß entwickelt, da die Erstsprache der Eltern keine Gebärdensprache ist und sie ihren Kindern daher oftmals keinen optimalen sprachlichen Input liefern können.

Typische gehörlose LernerInnen des Deutschen in Österreich verfügen über keine Schriftkompetenzen in ihrer Erstsprache ÖGS (weil dies keine geschriebene Sprache ist) und über wenig bis keine gehört-gesprochenen Kompetenzen in Deutsch, der Sprache, die sie nun lesen und schreiben lernen sollen.

Schlussfolgernd lässt sich feststellen: Die oben ausgeführten Unterschiede zwischen bilingualen hörenden und bilingualen gehörlosen Kindern und die konkreten individuellen sprachlichen Umstände sind für die Konzeption eines (Sprach-) Unterrichts für gehörlose Kinder von großer Relevanz und daher zu bedenken.

3.4.2 Früh natürlich erworbene Erstsprache, leichter erlernte Zweitsprache

Kinder brauchen einen gesicherten Zugang zu einer Erstsprache, die für sie vollständig wahrnehmbar ist. Über diese Erstsprache kann eine beliebige Zweitsprache sinnvoll gelehrt und gelernt werden, besonders, wenn dies - wie bei gehörlosen Kindern der Fall - nur didaktisiert und gesteuert möglich ist. Wie oben detailliert belegt, gilt für gehörlose Kinder genauso, was für hörende LernerInnen erwiesen ist: Ihre Sprachen sind interdependent. Die Erkenntnis, dass Kinder am besten fähig sind, eine Zweitsprache zu lernen, wenn sie eine solide Kompetenz in einer Erstsprache haben, ist heute Basis für alle bilingualen Bildungsmodelle. (Cummins 1979, 1984, Snow 1990, Woodward 1982, alle zit. nach Schley 1994:4).

Schüßler liefert in ihrer Analyse sämtlicher vorliegender Lesekompetenzuntersuchungen gehörloser Kinder folgende Argumentation:

> *„Als vordringliches pädagogisches Ziel ist vor diesem Hintergrund (gehörlosen Kindern attestiertes fehlendes syntaktisches und semantisches Wissen, kleiner Wortschatz, reduziertes Weltwissen, Anm. V.K.) ein Konzept zu fordern, welches in Aussicht stellt, was orale Konzepte bislang nicht einzulösen vermochten: Gehörlosen Kindern einen den hörenden Kindern vergleichbaren Spracherwerb zu ermöglichen, auf der Grund-*

> *lage einer natürlichen und früh zu erwerbenden Mutter- bzw. Basissprache. Die Gebärdensprache hat vor allem im Falle gehörloser Kindern gehörloser Eltern bewiesen, dass sie diesem Anspruch gerecht werden kann. Sie ist ein leistungsfähiges Kommunikationsmittel, das eine ständig wachsende Alltagskommunikation ermöglicht.“*
>
> (1997:108)

Auch Krammer kommt, nachdem sie feststellt, dass sämtliche Studien über Schriftsprachkompetenz gehörlosen SchülerInnen jeglicher Altersstufen eine massive Unterlegenheit gegenüber hörenden SchülerInnen attestieren, zum Schluss:

> *„Die bilinguale Methode scheint adäquatere Bedingungen dafür zu bieten, dass gehörlose Kinder eine Zweitsprache (Schriftsprache) - ohne Bezug auf die entsprechende Lautsprache - erwerben können. Voraussetzung dafür ist ein bereits vollständig ausgebildetes Sprachsystem, das in diesem Fall die Gebärdensprache ist. Wie wichtig dieses - nicht nur für das Erlernen einer Zweitsprache - ist, wird auch aus den verschiedenen Arbeiten zu diesem Thema ersichtlich (Holzinger 1995a,b; Poppendieker 1992 u.a.)“*
>
> (Krammer 2001:45)

Für die Situation gehörloser LernerInnen legen all diese Befunde nahe, dass für eine adäquate kognitive Entwicklung (und einen entsprechenden Lernerfolg im Schulalter) zunächst dafür gesorgt werden muss, dass gehörlose Kinder in den Jahren vor ihrer Einschulung Zugang erhalten zu einer natürlichen visuellen Sprache. Des weiteren muss diese Erstsprache für das L2-Lernen genutzt werden.

3.4.3 Verschiedenartige Zweisprachigkeit bei gehörlosen und hörenden Menschen

Gehörlose Zweisprachigkeit bezieht sich meist auf eine Gebärdensprache und die schriftliche Repräsentation einer Lautsprache:

> *„Auch Gehörlose leben in den literatisierten Kulturen natürlich mit der allgegenwärtigen Schrift. Ihre Lage ist also nicht vergleichbar mit derjenigen von Angehörigen schriftloser Lautsprachkulturen, für die, wie man weiß, der präsentische Akt des Sprechens einen unterschiedlichen Stellenwert besitzt, und die in ihren Gesellschaften andere Formen der Traditionsbildung und Kulturvermittlung, andere Praktiken des kollektiven Gedächtnisses kennen (vgl. Ong 1987). Jedoch bewegen sich die*

> *Gehörlosen in literatisierten Kulturen in einer Zwischenlage: Bei der Schrift, die sie umgibt, handelt es sich nicht um eine Verschriftlichung ihrer Sprache. Und diese, ihre eigene natürliche Gebärdensprache, ist im alltäglichen Gebrauch in der Tat (bisher) ein ausschließlich gegenwärtiges Medium.“*
>
> (List 1990:81)

Für den Lernerfolg gehörloser Kinder in ihrer Zweitsprache, also das Lesen der Lautsprache, die in ihrem Land/ihrer Schule Unterrichtssprache ist, stellte sich jedoch - siehe Hoffmeister, weiter oben - die Kompetenz in ihrer Erstsprache (und sei sie auch gebärdet) als wichtigster Faktor heraus.

Schüßler stellt fest, dass die bisherige Praxis, Lese- und Schreibleistungen von hörenden und gehörlosen LernerInnen zu vergleichen, nicht angemessen sei. Sie meint, es sollten viel mehr zweisprachige Kinder als Vergleichsgruppe herangezogen werden.„Um eine ‚echte‘ Vergleichbarkeit zu gewährleisten, muß es sich zudem bei der L2 der hörenden Versuchspersonen, um eine in ihrer grammatischen Struktur sehr stark von der L1 abweichenden Sprache und nach Möglichkeit schriftlich nicht niedergelegte Sprache handeln.“ (1997:119)

Sie weist darauf hin, dass bilinguale Menschen nicht als doppelt-monolingual gesehen werden sollten/können - Sprachkompetenzen bilingualer Menschen mit monolingualen Kompetenzen zu vergleichen sei nicht angemessen.

Nover (1998:48) merkt an, dass es zwar einen „substantial body of research on bilingual and second-language acquisition“ gäbe, vor allem aus Kanada, der für das Studium des Spracherwerbs gehörloser Kinder relevant sein könnte, sich aber nichtsdestotrotz zwei essentielle Fragen stellen:

> *“How are deaf-signing bilinguals similar to hearing-speaking bilinguals? How are they different?“*
>
> (Nover 1996:48)

Zu den Ähnlichkeiten zählt Nover:

- diverser Background: Dies betrifft ethnische Unterschiede, Bildungsschicht, familiäre Faktoren und bei Gehörlosen Hörstatus und Zeitpunkt der Diagnose.
- sozialer Status.
- defizitäre Modelle, die Unterschiede der Kinder zu anderen negieren oder abwerten.
- kognitive Vor- und Nachteile wurden bei beiden Gruppen angenommen.
- negative Effekte von Bilinguismus, z.B. Semilinguismus, wenn keine ausreichende L1-Basis entwickelt wird.

Zu den Unterschieden rechnet Nover

- Literarität/Familie/Kultur: ASL ist keine geschriebene Sprache und wird außerdem zumeist nicht über die biologische Herkunftsfamilie weitergegeben sondern, meist spät, durch andere soziale Gefüge im Bildungssetting. Die Gehörlosenkultur wird meist nicht unter miteinander verwandten Menschen tradiert, sondern wird von jeder Generation neu gesucht /entdeckt/ erarbeitet.
- Strategien der Literalität: Hörenden bilingualen LernerInnen stehen meist mehr Strategien zur Verfügung, um die Unterschiede und Ähnlichkeiten zwischen ihren Sprachen zu verstehen, als gehörlosen.

Novers Interesse an einem Verständnis der gehörlosen Zweisprachigkeit ist ausgelöst durch den Wunsch nach ableitbaren Implikationen und Entscheidungshilfen für die richtige Vorgangsweise im schulischen Sprachunterricht.

Tabelle 1: Bilinguales Entwicklungs-Modell von Nover, Christensen & Cheng (1998, zit. n. Nover 1998:51)

Deaf Language Acquisition and Learning	**Hearing Language Acquisition and Learning**
Signacy (e.g. ASL)	Oracy and Literacy (e.g. Spanish)
Literacy and Oracy (e.g. English)	Oracy and Literacy (e.g. English)

Nover weist darauf hin, dass Englisch im Unterschied zu hörenden bilingualen Menschen von Gehörlosen nicht natürlich erworben werden kann, sondern extensiv und bewusst trainiert werden muss – und daher Oracy erst nach Signacy und Literacy angestrebt werden sollte – und dass sein Modell erst in Langzeitstudien getestet werden muss. (Nover 1998:51)

Das obige Modell von Nover, Christensen & Cheng (1998) setzt – im Unterschied zu in der Gehörlosenpädagogik bisher praktizierten Modellen (die Oracy vor Signacy vorzogen bzw. Signacy überhaupt nicht als Ziel hatten) – die erste Phase der ‚Signacy', also Gebärdensprachkompetenz, mit hörender ‚Oracy and Literacy' in der L1 gleich.

Der Unterricht gehörloser Kinder sollte gemäß einer sinnvollen Fokussierung und Sprachhierarchie gegliedert sein. Der sprachliche Input in der Schule und auch eine angemessene Definition der Anforderungen an die LernerInnen sollte auf der Erkenntnis basieren, dass gehörlose Kinder zuerst Gebärdensprachkompetenz und dann erst Schrift- und Lautsprachkompetenz erwerben bzw. erlernen. (Dies gilt ebenso für die Erforschung ihres Spracherwerbs.)

3.5 Zusammenfassende Schlussfolgerungen

Die kausalen Verbindungen zwischen der ungewöhnlichen sprachlichen Ausgangssituation gehörloser Kinder bzw. der Erstsprachkompetenz ihrer Herkunftsfamilien und ihrer sprachlichen und akademischen Biographie und ihrem ‚Erfolg' in diesem Bereich sind durch zahlreiche Studien aufgezeigt worden.

Ausgehend von einigen wichtigen Faktoren wurden folgende Schlussfolgerungen getroffen:

Die Unterschiede zwischen bilingualen hörenden und bilingualen gehörlosen Kindern und die konkreten individuellen sprachlichen Umstände sind für die Konzeption eines (Sprach-) Unterrichts für gehörlose Kinder von großer Relevanz und daher zu bedenken.

Für die Situation gehörloser LernerInnen legen all diese Befunde nahe, dass für eine adäquate kognitive Entwicklung (und einen entsprechenden Lernerfolg im Schulalter) zunächst dafür gesorgt werden muss, dass gehörlose Kinder in den Jahren vor ihrer Einschulung Zugang erhalten zu einer natürlichen visuellen Sprache. Des weiteren muss diese Erstsprache für das L2-Lernen genutzt werden.

Der Unterricht gehörloser Kinder sollte gemäß einer sinnvollen Fokussierung und Sprachhierarchie gegliedert sein. Der sprachliche Input in der Schule und auch eine angemessene Definition der Anforderungen an die LernerInnen sollte auf der Erkenntnis gründen, dass gehörlose Kinder zuerst Gebärdensprachkompetenz erwerben und dann erst Schrift- und Lautsprachkompetenz erlernen.

Diese Erkenntnisse sind für die dem Buch zugrundeliegende Untersuchung forschungsleitend. Die untersuchte Klasse stellt ein Setting dar, in dem alle diese grundlegenden Schlussfolgerungen beachtet bzw. praktisch umgesetzt wurden: Die beteiligten gehörlosen Kinder wurden im Deutschunterricht zwar gemeinsam mit den hörenden Kindern (mit sowohl L1 Deutsch als auch L1 Türkisch) unterrichtet. Sie wurden jedoch – vor allem nach der Phase der Alphabetisierung - nach eigenen, für sie sinnvollen Kriterien und Phasen an die deutsche Sprache herangeführt. Der DAZ-Unterricht für die gehörlosen Kinder wurde in der untersuchten Klasse entsprechend der Überzeugung, dass Deutsch von ihnen nur gesteuert und über ihre L1 erlernt werden kann, gestaltet und daher in ÖGS abgehalten. Besonders relevant ist sicherlich auch, dass alle beteiligten gehörlosen Kinder gehörlose Eltern haben: Die gehörlose Lehrerin verfügte über eine muttersprachliche Höchstkompetenz, die SchülerInnen verfügten über eine altersadäquate ÖGS-L1-Kompetenz.

4 Konzepte Bilingualer Gehörlosenpädagogik

Der Rat des Linguisten an den Erzieher lautet: „Lernen Sie die Sprache Ihrer Kinder, wenn Sie sie mit Erfolg Ihre eigene Sprache lehren wollen."

(Tervoort 1953 zit. nach Knoors 2000)

Der oben zitierte Sprachwissenschaftler Tervoort verfasste seine Untersuchungen (seine Dissertation) zur realen Kommunikation unter den SchülerInnen des niederländischen Gehörloseninstitutes Sint-Michielsgestel in den 1950er Jahren.

Dies war 7 Jahre, bevor Stokoe und KollegInnen in den USA den ersten modernen Nachweis über den Sprachcharakter einer Gebärdensprache (im konkreten Fall: ASL) erbrachten. Der obige Abschlusssatz aus Tervoorts Dissertationsschrift stellt einerseits eine in ihrer Einfachheit fast banale Erkenntnis dar, ist andererseits jedoch - im historischen Kontext gesehen - ausgezeichnet durch seine umwerfende visionäre Kraft.

Die auch international gesehen ihrer Zeit weit vorauseilende erste Untersuchung eines Sprachwissenschaftlers zum Thema hatte unmittelbar keine Auswirkungen auf die damals durchwegs oral geprägte Gehörlosenpädagogik. Sie nimmt jedoch mit aller Deutlichkeit eine viel später erfolgte generelle Erkenntnis voraus: nämlich, dass gesteuerter Zweitspracherwerb am Besten auf Basis einer gefestigten Erstsprache erfolgt (siehe Interdependenzhypothese v. Cummins). Des weiteren skizzierte Tervoort die wiederum damals in der Gehörlosenpädagogik revolutionäre Idee, dass LehrerInnen gehörloser Kinder in der Sprache der Kinder kommunizieren müssen, um „ihre" vermitteln zu können.

In diesem Kapitel wird nun Zweisprachigkeit als Bildungsweg aber auch Bildungsziel gehörloser LernerInnen besprochen. Abschließend werden praktische Bedeutung und Voraussetzungen der beschriebenen bilingualen Modelle aufgelistet.

4.1 Zum Stellenwert von Zweisprachigkeit im Leben gehörloser Menschen

Zweisprachigkeit bedeutet für gehörlose Menschen nicht eine Option, sondern ist weltweit für die Mehrheit Gehörloser Realität: Man lebt in einer gebärdenden Minderheitengemeinschaft, eingebettet in eine schreibende/sprechende Mehrheitsgesellschaft. Die Schule kann mehr oder weniger bewusst und mehr oder weniger zielstrebig und erfolgreich darauf vorbereiten. Der bilinguale Ansatz in der Gehörlosenpädagogik versucht, genau das optimal zu schaffen.

Die World Federation of the Deaf, die seit 1989 dezidiert Zweisprachigkeit als Bildungsziel für Gehörlose einfordert, meint damit die Beherrschung der landesüblichen Schriftsprache (neben der Anerkennung der nationalen Gebärdensprache) (nach Holzinger 1994: 39).

4.2 Zweisprachigkeit als neues Ziel der Gehörlosenbildung

Die Idee der systematischen bilingualen Erziehung für gehörlose Kinder entstand nach der langen Phase des Oralismus erst in den 1970ern/80ern. Dieser neue Ansatz geht von der Vorstellung aus, dass es wichtig sei, zwischen LehrerInnen und SchülerInnen ein Kommunikationsmedium zu haben, dass als Informationsträger problemlos funktioniert und auch emotiven Funktionen von Sprache und sprachlicher Kommunikation dienen kann.

Hervorzuheben ist eine immer noch aktuelle und für bilinguale Konzeptionen wegweisende Publikation von SprachwissenschaftlerInnen der Gallaudet University aus dem Jahr 1989, die die gesamte bisherige Tradition (amerikanischer) Curricula für Gehörlose hinterfragten und eine Alternative skizzierten, in der sie sich eindeutig für bilinguale Bildung aussprachen. (Johnson, Liddel, Erting 1989). Sie notierten grundlegende Prinzipien (die von den AutorInnen näher ausgeführt sind) für ein Modellprogramm, aus denen ich hier eine Auswahl zitiere:

- Eine natürliche Gebärdensprache, die vom Kind erworben wird, schafft die beste Basis, um Zugang zum Inhalt des Unterrichts zu bekommen.
- Gebärdensprache und Lautsprache sind nicht dasselbe und sollten sowohl in der Verwendung als auch im Curriculum separat gehalten werden.
- Das Erlernen einer gesprochenen Sprache bedeutet für eine gehörlose Person einen Zweitsprach-Lernprozess durch Literalität (Lesen und Schreiben).
- Sprechen sollte nicht als das wichtigste Hilfsmittel für das Erlernen einer Lautsprache für gehörlose Kinder verwendet werden.
- Das „am wenigsten einschränkende Umfeld" (ein Terminus aus dem Öffentlichen Recht der USA für das für behinderte Kinder zu schaffende Umfeld) für gehörlose Kinder ist jenes, welches ihnen erlaubt, eine Gebärdensprache zu erwerben und durch diese Sprache Zugang zu einer Lautsprache und zu den Inhalten des Lehrplanes bekommen. (Vgl. Johnson et al. 1989:15ff)

Die Beherrschung der geschriebenen Form der Lautsprache (des jeweiligen Landes) wird im bilingualen Konzept als ebenso wichtig angesehen wie in anderen, jedoch wurde hier den Erkenntnissen der Spracherwerbsforschung Rechnung getragen: Die L2 kann nur über eine gefestigte L1 gut erlernt werden. Außerdem wurde auf jene Aspekte der Lautsprache fokussiert, die auch für gehörlose Kinder uneingeschränkt erfahrbar sind: nämlich schriftsprachliche.

Aus neurolinguistischer Sicht spricht gegen den Austausch der Lautsprache als L1 durch eine Gebärdensprache nichts:

> *„Erfolge im Erwerb von Gebärdensprache lassen vermuten, dass jede spezies-spezifische Veranlagung zum Spracherwerb unabhängig von der Modalität ist. Zwar haben die Hörregionen genetisch verankerte unmittelbare Kontakte mit den Sprachregionen. Eingänge anderer Modalitäten, inkl. Gesichtssinn, die weniger ausgeprägt sind, können jedoch aufgebaut werden, d.h. die Erschließung der Wernicke- und Broca-Region (= die Brodmannschen Felder Nummer 39 und 40) setzt nicht unbedingt einen lautsprachlichen Zugang voraus.“*
>
> (Peltzer-Karpf, 1994:376)

Für manche ForscherInnen sind aus sprachwissenschaftlicher Sicht die Prozesse bezüglich des Gebärdensprach-Erwerbs noch nicht umfassend und ausreichend geklärt und sie kommen zu dem Schluss:

> *„Wir meinen also, es wäre sinnvoll und wichtig, zunächst die Ergebnisse solcher Grundlagenforschung (bezüglich Gebärdensprach-Erwerb, Anm. V.K.) abzuwarten. Auf dieser Basis könnte dann (vorurteilsfrei) mit Vertretern verschiedener Disziplinen im Interesse gehörloser Kinder und deren Eltern/Betreuer diskutiert werden, in welchen Fällen eine zweisprachige Erziehung überhaupt angezeigt wäre und vor allem auch, wann und in welcher Form sie beginnen sollte.“*
>
> (Peltzer-Karpf, 1994:380).

Ich bin jedoch der Meinung, dass wir angesichts der massiven und lebenslangen Benachteiligung, die eine nicht angemessen auf die Sprachkompetenz gehörloser Kinder abgestimmte Pädagogik zur Folge hat, nicht in Ruhe forschen können. Zu viele Generationen gehörloser SchulabgängerInnen sind (empirisch nachgewiesen) mit ihren mangelnden Sprachkompetenzen trauriger Beweis für die Unzulänglichkeit des oralistisch-audistisch ausgerichteten Ansatzes – und neue Modelle müssen jetzt entwickelt, erprobt, getestet und umgesetzt werden.

4.3 Kritik an der Diskussion: Methodenwahl statt Sprachwahl

In der Gehörlosenpädagogik und der anknüpfenden Forschung wurde der bilinguale sowie alle anderen Ansätze oftmals unter dem Aspekt der „Methode“ betrachtet und diskutiert. Es dominierte das evozierte Bild einzelner Gehörloser, nicht einer durch Sprache definierten Gemeinschaft, und die einzelnen Kinder wurden medizinisch-defizitär durch ihren Hörverlust charakterisiert.

Änderungen der ‚Lehrmethoden' wurden vielfach angedacht, neue ‚Methoden' erfunden und von ihren VertreterInnen ausprobiert usw. – aber die relativ grundsätzliche Frage einer Sprachwahl stand nicht zur Debatte.

Branson und Miller kommentieren dieses Phänomen und resümieren die ihrer Meinung nach neuen Ziele der bilingual konzipierten Gehörlosenbildung:

> *„The problem with most research into the various communicative options in the education of deaf students is that these „options" are regarded simply as teaching methods. The issue of language is ignored or misunderstood. Bilingualism in deaf education focuses on the linguistic development of deaf children in the first and second - even third and fourth – languages. The central aim, supported by ample research, is simply that the effective acquisition and educational use of a first language promotes not only that acquisition of knowledge but also the acquisition of other languages, even spoken languages."* (2002:223)

Ramsey wiederum spezifiziert, dass auch wenn Sprache als relevanter Faktor in der Gehörlosenbildung wahrgenommen wird, und insbesondere in den Modellen, die mit Signed Exact English (vergleichbar mit LBG) arbeiten, oftmals der simplizistische ‚output-input'-Gedanke dominiere. „In this scheme, input provides models of language, and output produces evidence of language development." (1997:6) Möglichst Englisch-naher input kann, kritisiert Ramsey, nicht mechanistisch zu möglichst korrektem englischem Output führen, was auch empirisch nachgewiesen wurde. Ramsey zitiert hierfür Stack 1996 und Supalla 1986.

Nover ist es, der feststellt:

> *„For the most part, decisions on language teaching methods for deaf children have been based heavily on pathological and medical views of professionals rather than on appreciating and using the unique experiences of deaf learners, deaf teachers and staff who have gone through the educational system (...)".*

Für Nover bedeutet bilingualer Unterricht für gehörlose Kinder noch mehr als nur die Sprachwahl: „Further, the bilingual approach involves the understanding and awareness of Deaf cultural issues such as oppression, audism, and hearization. (...)" (Nover 1998:3ff).

Mechanismen der Unterdrückung, Entwertung von gehörlosen Werten und der Zwang zu bzw. das Messen an und die Beurteilung nach hörenden Maßstäben sind für ihn fest in der Tradition der Gehörlosenpädagogik verankert und gehören, so Nover, thematisiert – insbesondere in den Reihen der LehrerInnen.

Nover konzipierte ein Modell für bilingualen Unterricht, das andere Erfahrungen zu inkorporieren sucht, z.B.: „deaf signing adults' cultural view of the educational system" (Nover 1998:8).

Sein Modell für bilingualen Unterricht gehörloser Kinder geht vor allem auf die Frage ein, wie gehörlose Kinder 2 Sprachen lernen und verwenden. (vgl. Nover 1998:5ff)

4.4 Ein Modell des bilingualen Unterrichts

Novers Modell des „Sprachgebrauchs und bilingualen Unterrichts für gehörlose SchülerInnen", das die Entwicklung von Kompetenz in ASL und English-as-a-Second-Language (ESL) zum Ziel hat, vereint zwei Ansätze: den bilingualen und den ESL-Ansatz (vgl. Nover 1998:8).

Bilingual approach (ASL dominance and codeswitching)	**English as a second language (ESL) approach (English only and no codeswitching)**
ASL signacy[1] abilities	English literacy/oracy abilities
Watching and attending	Finger-reading
Signing	Finger-spelling
English literacy[2]/ oracy[3] abilities	Reading (English text)
Finger-reading	Writing (English text)
Finger-spelling	Typing (English text)
Reading (English text)	Lip-reading (where appropriate)
Writing (English text)	Speaking (where appropriate)
Typing (English text)	Listening (where appropriate)
Lip-reading (where appropriate)[4]	
Speaking (where appropriate)	
Listening (where appropriate)	

Language Use and Teaching Model for Deaf Students (Nover 1998:8)

Dieser Ansatz verwendet keine künstlichen manuellen Formen von English (=z.B. LBG). Der ESL-Teil kommt erst zum Tragen, wenn die SchülerInnen im Gebrauch beider Sprachen durch den bilingualen (links dargestellten) Teil des Ansatzes Sicherheit erlangt haben. Der ESL-Ansatz wurde für SchülerInnen mit einer idealerweise schon entwickelten Sprachgrundlage konzipiert.

1 „Signacy is defined as the ability to control the visual/signing medium of linguistic transmission in the form of signing and watching/attending skills (Nover, Christensen & Cheng 1998)

2 Literacy refers to skills of reading and writing (Baker 1996, Bench 1992, Crystal 1987,1992, Richards, Platt & Platt 1992)

3 Oracy is ability in speech fluency and listening comprehension (Baker 1996, Bench 1992, Crystal 1987,1992, Richards et al. 1992)

4 Lip-reading, speaking and listening skills. Some deaf students have the aptitude and residual hearing to benefit from lip-reading, speech, and listening instruction. A bilingual/ESL approach can provide these skills where appropriate.

Das Modell wurde in einem fünfjährigen Projekt „Star Schools Project“ (siehe http://www.starschools.org/nmsd/misc/mvstate.html) von 1997 bis 2002 getestet, wobei das Hauptziel des Projektes war, mit und für LehrerInnen entsprechendes Bewusstsein und theoretische Grundlagen zu schaffen, um nach dem Modell unterrichten zu können.[5]

Andere Bildungsinhalte scheinen in diesem Modell nicht auf. Diese werden jedoch im bilingualen Unterricht gemäß den Standards aller anderen Curricula angelegt und nur wo sinnvoll (gesprochene Fremdsprachen, Musik, ...) geändert bzw. ergänzt (gehörlosenspezifische Inhalte wie Gehörlosengeschichte etc.)

Baker (1996) skizziert ein 10 Punkte umfassendes ‚Enrichment Model of Bilingual Education for Deaf Children‘. Es baut auf der Feststellung auf, dass eine natürliche Gebärdensprache die bevorzugte oder erste Sprache aller gehörloser Kinder sei, und nennt dann eine Vielzahl an Punkten, die zu einem großen Teil eher Feststellungen von Fakten sind, denn ein wirkliches Modell der bilingualen Bildung für gehörlose Kinder. Seine Punkte beziehen sich zum Teil auf die vorschulische Zeit und außerschulische Faktoren. Konkret für die Planung eines bilingualen Unterrichts wichtig ist sein Punkt 10, der bilinguales Teamteaching durch 2 Muttersprachler(innen) als essentiellen Eckpfeiler bilingualen Unterrichts beschreibt.

Mayer und Akamatsu (2003) unterscheiden zwischen zwei grundsätzlich unterschiedlichen Zugängen bei existierenden bilingualen Modellen der Gehörlosenbildung: Sie beschreiben einerseits ein ‚metalinguistic/metacognitive bilingual model‘ und andererseits ein ‚whole-language model‘. Ersteres stellt grundsätzliche Unterschiede zwischen gehörlosen und hörenden LernerInnen fest und schlussfolgert aus der real existierenden Zugangsbeschränkung zur Lautsprache, dass gehörlose Kinder Sprachen, insbesondere Schriftsprache, gezielt didaktisiert und gesteuert erlernen müssen. Eine Konsequenz daraus wäre, dass Lesen und Schreiben etwas später eingeführt werden, weil eine hohe L1 Voraussetzung für die Entwicklung dieser Fähigkeiten in der L2 ist.

Zweiteres (‚whole-language‘) Modell sieht gehörlose und hörende SprachenlernerInnen als nicht besonders unterschiedlich an, und sieht relevante und bedeutungsvolle Interaktion als den Schlüssel zu natürlichem Spracherwerb, egal ob L1 oder L2.

Mayer und Akamatsu (2003:141 ff) diskutieren in der Folge jenen Strategien, die in der Fachliteratur für den Schriftspracherwerb gehörloser LernerInnen beschrieben sind:

5 Es wurden bis dato fast 200 LehrerInnen in das Projekt eingebunden.

- Nutzung des Fingeralphabets,
- ASL-Englisch-Verknüpfungen durch Glossierung und Übersetzung in mehreren Schritten,
- Kontaktgebärden (LBG, SEE usw.).

Diese Strategien sind im Kapitel ‚Bilingualer Deutsch-Unterricht/Input' und ‚Deutsch-Lesen-Lernen' weiter ausgeführt.

Das Thema der Unterdrückung gehörloser Menschen wurde weiter oben von Nover schon erwähnt. Nicht nur negative Lebensumstände und -erfahrungen sondern auch Lernerfahrungen, Wissen über den eigenen Spracherwerb gehörloser Erwachsener sollte als Ressource (und Mittel der Qualitätskontrolle) von GehörlosenpädagogInnen herangezogen werden.

4.5 Forderung nach Einbeziehung von Erfahrungen der betroffenen Menschen

Durch die relativ systematische Ausgrenzung gehörloser Erwachsener vom LehrerInberuf und mangels Erhebungen sind die Erfahrungen und Gedanken von Menschen, die die Auswirkungen von Gehörlosenpädagogik an sich selbst erlebt haben, fast nicht systematisch dokumentiert.

Voit stellt fest: „Es ist ein wesentliches Versäumnis der wissenschaftlichen Gehörlosenpädagogik in Geschichte und Gegenwart, dass der Dialog mit den Schulentlassenen als eine Form der Realitätskontrolle nicht ernsthaft gesucht wurde und wird (Ausnahme Fabert/Weber 1989)." (1998: 255).

Sie führte daher eine empirische Studie zu ‚Selbstdeutungen Hörgeschädigter und ihre Relevanz für die Gehörlosenpädagogik' durch. Durch problemzentrierte Interviews mit selbständig lebenden gehörlosen erwachsenen Deutschen wurde ihre Sprachwahl, Gemeinschaftswahl, Erfahrungen usw. thematisiert und erhoben. Voit kommt in der Folge zu der Forderung: „ (...) bewusst Raum zu eröffnen und Rüstzeug zu geben für selbstmitverantwortete Lebensgestaltung."

Voit konkretisiert ihre Schlussfolgerungen:

> *„Ein solches Anliegen könnte adäquate Verwirklichung finden in einer bilingualen Schule mit gehörlosen/schwerhörigen und hörenden Lehrerinnen – als Angebot für gehörlose und hochgradig schwerhörige Kinder (u.U. auch für hörende Kinder gehörloser Eltern). Anders als im schwedischen Modell wären in diesem Rahmen dann jedoch Lautsprachsystem und Kommunikation mittels gesprochener Sprache ähnlich zu gewichten wie der Unterricht in und mit Gebärdensprache. Die Kooperation mit einer Regelschule (Phasen gemeinsamen Unterrichts,*

> *gemeinsame Projekte ...) könnte dementsprechende Herausforderungen bieten. Besondere Bedeutung im schulischen und außerschulischen Rahmen erhielten in diesem Modell Begegnungen mit gehörlosen und schwerhörigen Jugendlichen und Erwachsenen – Begegnungen, die nicht auf die Repräsentant/inn/en einer bestimmten Sprachkultur beschränkt sein dürfen. Es gälte, die unterschiedlichen Strategien und Erfahrungen im Umgang mit Sprachen und Bezugsgruppen zu entdecken und zu reflektieren."*
>
> (Voit 1998:267)

Voit zielt damit auf eine Öffnung der Möglichkeiten und Vorstellungsrahmen gehörloser Kinder und Jugendlicher für eigene Lebensentwürfe ab:

> *„So würde sich bei den Schülern allmählich eine Überzeugung festigen: ‚Es gibt offensichtlich eine Reihe praktikabler Lebensmuster für Gehörlose/Schwerhörige. Da nicht vorhersehbar ist, welches Muster im Erwachsenenleben von den Lebensumständen, von meinen Bedürfnissen und Werten nahegelegt werden wird, ist es gut, Optionen vorläufig offenzuhalten. Dies lohnt die Mühe des häufigen Wechsels zwischen Sprachen und Bezugsgruppen – auch im schulischen Rahmen. (...) (Speck 1991, 139ff, 288).‘„*
>
> (Voit 1998:267)

Ramsey thematisiert jene spezifischen Kompetenzen, die nur und ausschließlich von gehörlosen Lehrenden in das Gehörlosenbildungswesen eingebracht werden können:

> *„Watch a skilled Deaf teacher teach English idiomatic expressions to another Deaf person, child or adult. Ask Deaf adults about their favorite teachers, and you will hear about at least one Deaf teacher who explained something about English in a clear way, who taught strategies for reading comprehension, or who explained how to use a library. Irrational rumors to the contrary, the culture of Deaf people does not want to trap deaf children – only to offer them strategies so they can learn, use and improve upon the innovations of history to make living in the world possible."*
>
> (Ramsey 2004:57)

In Österreich werden gehörlose Menschen nicht nur vom LehrerInberuf ausgeschlossen, sondern es wird - wie weiter oben beschrieben - ihre vorhandene Expertise von verantwortlichen Bildungseinrichtungen ganz offen und direkt abgelehnt und somit aberkannt. Durch die Studie ‚Vita‘ wurden nun erstmals Erfahrungen dokumentiert und zugänglich gemacht. Dabei stellte sich heraus, dass die möglichen ‚Lebensmuster' derzeit extrem beschränkt sind, da die durch die Schule oktroyierten Bildungs- und Berufswege unbrauchbar bzw. unerwünscht waren. Abgesehen von dieser ersten qualitativen Erhebung, die gehörlosen Menschen und ihrer Kritik für ‚ihr' Schulsystem eine Stimme verlieh, mangelt es in Österreich massiv an einer Anhörung, Miteinbeziehung und Validierung gehörlosen Wissens.

4.6 Bedingungen für schulische Bilingualität gehörloser Kinder

Bilingualer Unterricht ist ein neuer, erfolgversprechender und sinnvoll erscheinender Weg der Gehörlosenbildung. Es ist jener Weg, der von vielen gehörlosen Menschen selbst gewünscht wird. Als ‚Allheilmittel' wurde, wird und darf bilingualer Unterricht für gehörlose Kinder allerdings nicht gesehen werden. Dazu stellt Knoors fest:

> *„Andererseits muss darauf hingewiesen werden, dass zweisprachiger Unterricht nicht per se ein qualitativ guter Unterricht ist. Zweisprachiger Unterricht ist potentiell ein vielversprechender Ansatz, aber er ist auch ein sehr komplexes Ganzes, dessen Einführung von Eltern und Mitarbeitern viel verlangt, nämlich Erneuerung der Unterrichtskonzepte, sorgfältiges Überwachen des Gleichgewichts im Angebot von Gebärden- und gesprochener Sprache und eine gründliche Evaluation. In den niederländischen Gehörlosenschulen und am Instituut voor Doven begibt man sich in dieser Hinsicht nicht auf Glatteis: Man sieht die möglichen Vorteile zweisprachigen Unterrichts, man strengt sich an, um einen zweisprachigen Unterricht möglichst optimal zu realisieren, aber niemand ist so naiv zu glauben, dass die Einführung der Gebärdensprache alle Probleme, mit denen gehörlose Kinder, Jugendliche und Erwachsene in ihren Familien konfrontiert werden, lösen kann."*
>
> (Knoors 2000:39)

Auch die kritischen amerikanischen AutorInnen Mayer & Akamatsu plädieren trotz noch nicht sehr zahlreich vorliegender Erfahrungen mit konkret durchgeführtem bilingualem Unterricht dafür, ihn in Betracht zu ziehen:

> *"Understanding that it is simplistic to quantify the impact of bilingualism on any single dimension as either good or bad, it is nevertheless useful and necessary to consider the circumstances and consequences of opting for this approach to educating a deaf child, especially in the*

> *domain of literacy, which has such profound and lasting repercussions for the life of the learner."* (2003:136)

Es kann – im Unterschied zu allen oralistisch ausgerichteten Ansätzen - für den bilingualen Unterricht gesagt werden, dass er sich nicht einfach auf hoffnungsvolle Ideologien stützt sondern auf empirische Befunde:

> *„The use of native sign language as a medium of instruction for deaf people around the world is slowly developing and is based on a substantial amount of theoretical and empirical evidence. On the basis of this research and theory, bilingual programs are being established, unlike the move into oralism that could never claim theoretical and empirical support (Ewoldt 1979) but, instead, rested on an ideology that speech and hearing were normal and deafness pathological."*
>
> (Branson und Miller 2002:220)

Es stellt sich nun die Frage, wie die oben dargestellten Ideale, Konzepte und Ziele in Bezug auf zweisprachigen Unterricht gehörloser Kinder und das Erreichen von wahrer Zweisprachigkeit bei gehörlosen Menschen in die Praxis umgesetzt werden können.

Auf die Fragestellung, wie die Schule also auf eine bilinguale Pädagogik für gehörlose Kinder hinarbeiten kann, nennt Volterra einige ihrer Meinung nach „notwendige Bedingungen", damit jedes Kind zweisprachig wird:

- Gehörlose Lehrer, die eine Gebärdensprache verwenden, und hörende Lehrer, die eine Lautsprache verwenden;
- Ausgewogener und nicht vermischter Input in beiden Sprachen;
- Erleben ähnlicher Kontexte in beiden Codes durch das gehörlose Kind (z.B. Lese- und Schreibunterricht mit beiden Sprachen);
- Möglichkeit zum kommunikativen Austausch mit sowohl gehörlosen als auch hörenden Kindern und gemeinsame Aktivitäten (Volterra 1990:59).

Vorwegnehmend möchte ich feststellen, dass die in vorliegender Studie untersuchte und beschriebene bilinguale Klasse in Wien allen vier Anforderungen entspricht. Nichtsdestotrotz sollen nun weitere Merkmale für Bilingualen Unterricht gehörloser Kinder benannt werden.

4.7 Kriterien zur Definition von ‚Bilingualem Unterricht'

Unter ‚bilingualem Unterricht' werden zum Teil in der Literatur unterschiedliche Dinge verstanden und vor allem praktiziert. Daher möchte ich nun anhand eines

Kriterienkatalogs spezifizieren, was ich unter ‚bilingualem Unterricht mit gehörlosen Kindern' verstehe:

Bilingualer Unterricht gehörloser Kinder sollte folgende Kriterien erfüllen:

a Die nationale Gebärdensprache und eine/die Lautsprache des Landes haben eine gleichberechtigte Stellung im Unterricht.
b Die Sprachen werden von unterschiedlichen Lehrenden und Lernenden dementsprechend gut beherrscht, idealerweise auf dem Niveau von MuttersprachlerInnen. Für beide Sprachen sind erwachsene SprecherInnen/Vorbilder für die Kinder anwesend.
c Die Gebärdensprache dient als Medium der Kommunikation und des Informationstransfers.
d Die Lautsprache wird gezielt als Fremd/Zweitsprache unterrichtet und gesteuert erlernt.
e Die Kinder werden sequentiell bilingual in einer Lautsprache und einer Gebärdensprache. (Zum Problem und der Forschungslage zum simultanen Bilingualismus mit einer Lautsprache und einer Gebärdensprache siehe Holzinger, 1994:2.4.2).
f Die Zielkompetenz der Kinder in der Lautsprache wird vorrangig als Lese- und Schreibkompetenz verstanden.
g Mehr als nur eine erwachsene LehrerIn sind als gehörlose Ansprechperson vorhanden. Zumindest ein weiterer gleichaltriger gebärdender Kommunikationspartner sollte anwesend sein.
h Beide Sprachen werden in eigenen Fächern unterrichtet.

Bilingualer Unterricht kann entweder in gemischten Klassen, also mit hörenden und gehörlosen Kindern, oder auch in Klassen ohne hörende Kinder stattfinden.

Nicht um bilingualen Unterricht handelt es sich für mich, wenn

- ein einzelnes gehörloses Kind in eine lautsprachliche Schulumgebung „integriert" ist;
- hörende Kinder in eine gehörlose Gruppe, die lautsprachlich unterrichtet wird, integriert werden;
- zum (Lautsprach-) Unterricht manchmal „dazugebärdet" wird;
- nur LBG oder Signed Exact English etc. eingesetzt wird, denn bei keiner der genannten Kommunikationsmethoden handelt es sich um eine Sprache – und keine dieser Methoden hat für das weitere Leben und Lernen eines gehörlosen Menschen große Relevanz (siehe zu LBG Holzinger, 1994). Sie sollten als Hilfsmittel verwendet werden, können aber keinesfalls den Gebrauch einer

Gebärdensprache ersetzen und dürfen nicht in den Status einer ‚Sprache' erhoben werden;
- von Lehrenden unter der Bezeichnung der „total communication" unsystematisch ein (meist auf Inkompetenz fußendes) Sprachen- und Pantomimemischmasch betrieben wird (siehe dazu Paul, 1988 und Johnson, Liddell und Erting, 1989);
- sowohl die Lautsprache als auch die Gebärdensprache von derselben Lehrperson gleichzeitig verwendet wird;
- hörende LehrerInnen immer/nur dann gebärden, wenn sie „anders nicht mehr weiterkommen";
- mäßig kompetente/nicht geprüfte LehrerInnen eine Gebärdensprache unterrichten;
- eine Gebärdensprache zwar manchmal eingesetzt wird, aber nicht systematisch und nicht bewusst als eigenständige Sprache behandelt, bzw. als Fach unterrichtet wird.

Stinson und Kluwin (2003:53, 54) geben einen Überblick über sämtliche Möglichkeiten der Beschulung gehörloser Kinder und verwenden dabei die folgende Terminologie, die ich, soweit möglich/vorhanden, mit den deutschen Entsprechungen versehen habe.

Separate Schools	Gehörlosenschulen
Ressource Rooms and Separate Classes	Integration in hörende Schulen mit zeitweise getrenntem Unterricht
General Education Classes (‚mainstreaming')	Einzelne gehörlose Kinder in hörenden Klassen mit speziellen unterstützenden Maßnahmen, z.B. DolmetscherInnen
Co-Enrollment Classes, (‚Inclusion')	‚Integrationsklasse', allerdings keine einzelintegrierten Kinder sondern eine möglichst ausgewogene Anzahl von hörenden und gehörlosen Kindern die in der Landessprache und einer Gebärdensprache unterrichtet werden

Überblick: Beschulungsformen gehörloser Kinder

‚Bilingual' im oben definierten Sinne kann nur in drei dieser vier Typen unterrichtet werden, da Einzelintegration/mainstreaming nicht dem oben beschriebenen Kriterium g) entspricht.

Basierend auf den oben angeführten Kriterien werden nun im folgenden Kapitel jene bilingual arbeitenden Schulen, Klassen und Schulversuche aufgelistet, über die in irgend einer Form zugängliche schriftliche Belege vorliegen.

5 Bilinguale Gehörlosenpädagogik: die internationale Praxis im Überblick

> *No existe un modelo de educación bilingüe universal, pues de existir estaríamos de frente a una contradicción con la misma intención histórico-cultural de esta propuesta educativa. Aquello que si existe son diferentes escuelas bilingües, distintos procesos y mecanismos de bilingüismo, cuyas raíces dependen y se relacionan con factores y procesos históricos, sociales, lingüísticos y políticos diferentes para cada país. La complejidad y multiplicidad de esos factores produce, necesariamente, distintos modelos educativos, con sus diferentes propuestas y objetivos.*
> (Carlos Skliar, 2002)

Wie in einleitendem Zitat festgestellt wird, gibt es den bilingualen Unterricht, das eine bilinguale Modell nicht. Was es gibt sind bilinguale Modelle, Schulen, Klassen und Personen, die nach diesen Prinzipien funktionieren und arbeiten.

Bilingualer Unterricht ist bis dato durchaus nicht die am weitesten verbreitete und praktizierte Methode in Gehörlosenschulen. Obwohl die moderne Konzeption der bilingualen Gehörlosenpädagogik schon einige Jahrzehnte alt ist, gibt es nicht sehr viele empirisch begleitete oder umfassend dokumentierte Erfahrungen.

Da die hier beschriebene bilinguale Klasse ein Novum in Österreich darstellt, möchte ich nun im Sinne einer Kontextschaffung jene bilingualen Modelle, die systematisch und bewusst praktiziert werden/wurden und Erfahrungen damit, soweit sie bekannt sind, in einem Überblick darstellen.

Da gewisse Unterrichtsformen von manchen Schulen als „bilingual" bezeichnet werden, die meiner Ansicht nach durchaus nicht bilingual sind, habe ich nur jene Unterrichtsformen in diesen Überblick aufgenommen, die zumindest den meisten im vorhergehenden Kapitel von mir aufgestellten Kriterien entsprechen.

Beachtet werden in diesem Überblick weiters nur Erfahrungen mit Kindern zwischen ca. 5 und ca. 18 Jahren (je nach Schulpflichtigkeits-Alter des Landes) innerhalb des pflichtschulischen Kontextes. Früherziehung, Kindergarten und Hort werden hier nicht miteinbezogen. Es scheint bis dato keine einzige gesammelte Dokumentation aller derartiger Schulversuche und ihrer Begleitforschungen bzw. Literatur darüber zu geben. Die nun dargestellten Informationen sind das Ergebnis meiner eigenen, langfristigen Recherchen. **Klarstellen möchte ich, dass es sich (leider) nicht um eine vollständige Auflistung handelt und dieser Anspruch nicht erhoben wird.**

Es werden jene dokumentierten Schulversuche aufgelistet, die staatlich etabliert und gefördert werden und auch jene, die ohne explizite national-staatliche gesetzliche Grundlage oder staatliche Rahmenbedingungen ins Leben gerufen wurden.

Diese Liste ist beschränkt auf jene bilingualen Unterrichtsformen, über die schriftliche Informationen bzw. Evaluationen vorliegen - was nicht bei allen Ländern gegeben ist. Zusätzlich zu den umrissenen bilingualen Projekten sind – zum Verständnis des bildungspolitischen Rückhalts und nationalen Kontextes - in kurzen Exkursen die jeweilige nationale rechtliche Situation für Gebärdensprache und der bilingualen Bildung Gehörloser dargestellt.

Die Anordnung der Länderberichte erfolgt nach ausführlicher diesbezüglicher Diskussion und Überlegung entsprechend ihrer ‚chronologischen Relevanz'. Das bedeutet: internationale Vorreiter waren die skandinavischen Länder, denen Schulen in Deutschland, den USA und auch vereinzelten anderen Ländern folgten. Gegen Ende sind dann jene einzelnen bilingual geführten Schulen oder Klassen genannt, über die mir sehr wenig Information vorliegt.

Grundsätzlich lässt sich an einer Empfehlung des Europarates (Council of Europe, CoE) an das Ministerkommitee vom April 2003 (Recommendation 1598 „Protection of sign languages in the member states of the Council of Europe") ablesen, wie der Stand der Dinge in den meisten der 45 Mitgliedsländer ist:

Der Europarat empfiehlt, den Mitgliedsländern nahezulegen „(...) to give education in sign languages to deaf people; to train teachers, in preparation for working with deaf and hearing-impaired children, in sign languages; to inform deaf and hearing-impaired people about the use of sign languages; to include sign languages as a valid academic qualification in mainstream secondary schools with equal status to other taught languages; to grant deaf people the right to choose freely between oral and bilingual school systems; (...)" (Download des Textes unter: http://assembly.coe.int/Main.asp?link=http://assembly.coe.int/Documents/AdoptedText/ta03/EREC1598.htm)

5.1 Schweden

Seit 1981 ist das Recht gehörloser Schweden auf Schwedische Gebärdensprache als Erstsprache staatlich anerkannt. Das hatte Auswirkungen auf das Schulwesen und in der Folge auf einen neuen Lehrplan für Gehörlosenschulen:

> *„The door was opened for the reforming of schools for the deaf, confirmed only two years later with a new curriculum. In this curriculum, a supplement to the Compulsory School Curriculum from 1980 (Lgr 80), for the first time sign language was given status as a subject of its own and as the language of instruction for the deaf. Swedish is regarded the second language of the deaf. The aim of the education is deaf pupils' bilingualism. Before 1983 the schools for the deaf were mainly monolingual, even though signs supporting spoken Swedish had been used for*

some years. The pupils were supposed to lipread and the training of their speech was much emphasized.“

(Homepage der Östervångsskolan, 22.12.2001)

Die englischsprachigen Homepage der oben genannten Gehörlosenschule stellt ihre bilingualen Prinzipien und ihre durch den öffentlichen Lehrplan unterstützte Schulphilosophie sehr ausführlich und einleuchtend dar:
http://www.ostervangsskolan.specialskolorna.se/english/default.htm (12/2001)

Ab 1982 wurden in der ersten experimentellen, bilingualen Klasse gehörlose Kinder von hörenden und gehörlosen Lehrenden gemeinsam in den zwei Sprachen unterrichtet (Mashie, 1995:16). Seither ist der staatliche Lehrplan für alle fünf regionalen und drei nationalen Gehörlosenschulen ein bilingualer. Heiling (1993) liefert eine ausführliche auswertende Studie zur Entwicklung der gehörlosen Kinder in diesem Unterrichtssystem.

Seit 1990 müssen alle Lehrenden an den Gehörlosenschulen des Landes 510 bis 580 Stunden Unterricht in Schwedischer Gebärdensprache absolviert haben (Bergmann, 1994, zit. nach Mashie, 1995:169)

Das Schwedische Schulwesen ist unter http://www.skolverket.se/fakta/faktablad/deutsch/ (12/2001) detailliert auf Deutsch (wenn auch etwas holprig übersetzt) beschrieben, der derzeit gültige Lehrplan für die Pflichtschule ‚Lpo 94‘ ist als englisches Dokument downloadbar (http://www.skolverket.se/english/index.shtml, Mai 2003). Er stellt eine im Vergleich zum österreichischen Curriculum völlig neue Form des Lehrplans dar, da er schlank ist (20 Seiten) und ganz allgemeine und grundsätzliche Ziele der Schulbildung für alle Kinder formuliert. In einem weiteren Dokument, dem Syllabus, werden dann die genauen Ziele für alle Fächer benannt.

In diesem Sinne ist hier festgehalten:

„Goals to attend in special school for pupils with impaired hearing/vision and physical disabilities: The goals for compulsory school also apply to schools for pupils with impaired hearing/vision and physical disabilities. In place of the compulsory school goals in English and Swedish, there are special goals that apply to pupils who are deaf or who have impaired hearing.
Special schools primarily for pupils with impaired hearing are responsible for ensuring that all pupils, who are deaf or who have impaired hearing, on completing school:
- are bilingual, i.e. can read sign language and Swedish as well as ex-

press thoughts and ideas in both sign language and writing,
- can communicate in writing in English.“

(Lpo 94, p. 13)

Das Dokument ‚Special Education and Special Schools‘ hält darüber hinaus fest, dass Schulen für Gehörlose und Hörbehinderte in Schweden prinzipiell bilingual sind (Schwedisch und Schwedische Gebärdensprache).

Es gibt laut diesem Dokument eine nationale (in Gnesta) und 5 regionale Gehörlosenschulen (in Lund, Vänersborg, Örebro, Stockholm und Härnosand). (Quelle: http://www.skolverket.se/english/index.shtml, Mai 2003).

Es handelt sich bei Schweden also um ein Land, in dem das gesamte Schulsystem für Gehörlose bilingual konzipiert ist und Bilingualität zum Ziel hat.

5.2 Dänemark

Seit 1991 gibt es ein Unterrichtsgesetz, das für alle gehörlosen Däninnen und Dänen vorsieht, dass sie ihre Erstsprache, Dansk Tegnsprog oder DSL, in der Schule lernen können. Angehende GehörlosenlehrerInnen erhalten 510 bis 580 Stunden DSL-Unterricht und ein weiterer Kurs von 170 Stunden ist in der Ausbildung für hörende oder gehörlose LehrerInnen vorgesehen, die DSL als Fach unterrichten wollen (Bergmann, 1994:89).

1991 wurden alle vier Gehörlosenschulen des Landes per Gesetz dazu verpflichtet, Unterricht in Dänischer Gebärdensprache anzubieten – und seit 1992 wird dieser Verpflichtung nachgekommen. Im ganzen Land wird seither nach bilingualen Prinzipien unterrichtet, wobei das bedeutet: Dänisch und DSL werden als gleichberechtigte Sprachen behandelt, DSL als die Erstsprache gehörloser Kinder und Dänisch wird ihnen später gezielt - und nach Prinzipien des Fremdsprachenunterrichts - als Zweitsprache vermittelt (Bergmann, 1994:85).

Schon ab 1982 gab es eine bilinguale Projektklasse in Kopenhagen, die 10 Jahre lang bestand, bis alle Kinder erfolgreich die 9. oder 10. Schulstufe abgeschlossen hatten. Für eine gute Beschreibung dieser bilingualen Klasse siehe Lewis, 1995.

5.3 Niederlande

1996 wurde per Kabinettsbeschluss die Anerkennung der NLGS festgelegt, jedoch vor der konkreten Umsetzung erst einmal eine Kommission ins Leben gerufen, die mit der Aufgabe betraut wurde, festzustellen, wie die Umsetzung optimalerweise von statten gehen sollte. Ergebnis der äußerst heterogen besetzten Kommission war im Juni 1997 der Bericht „Méér dan een gebaar“. Einige der mehr als

60 darin formulierten Empfehlungen befassen sich mit der Frage der Stellung von NLGS in Unterricht und Bildung und fordern klar, dass im Unterricht Gehörloser der Ausgangspunkt ein zweisprachiger Ansatz sein muss, und NLGS als primäre Unterrichtssprache dienen soll.

Das Unterrichtsministerium hat im Jahr 1998 mit der Verhandlung und Unterzeichnung einer Vereinbarung zwischen den Gehörloseninstituten, dem Gehörlosenverband und dem Elternverband gehörloser Kinder auf den Bericht reagiert. Auch finanziell wurde die Umsetzung der vereinbarten Ziele und Änderungen von ministerieller Seite ermöglicht: vier Mio. Gulden für einen Zeitraum von 3 Jahren wurden sofort zur Verfügung gestellt. (Die in dem Bericht ebenfalls nachdrücklich empfohlene reale gesetzliche Anerkennung der NLGS lässt allerdings noch auf sich warten.)

In den Niederlanden gibt es derzeit vier Gehörloseninstitute, die seit 1998 per Vereinbarung mit dem Unterrichtsministerium NLGS in den Unterricht aufnehmen mussten (siehe Knoors, 2000). Diese Regelung beinhaltete u.a. den Auftrag, die curricularen Bereiche Niederländische Gebärdensprache, Niederländisch als Zweitsprache, Lesen und Gehörlosenkultur (neu) zu entwickeln.

„Glücklicherweise"' so Knoors, „hatte man bereits im Rahmen einiger kleiner Projekte gewisse Erfahrungen mit zweisprachiger Erziehung und Bildung gesammelt." (2000:32).

Knoors beschreibt ein seit 1994 laufendes, kleines bilinguales Unterrichtsprojekt, das in Rotterdam stattfand, und vor dem es in den Niederlanden „wenig oder kaum" Bedingungen für bilingualen Unterricht gab. 12 gehörlose Kinder ab 4 Jahren wurden von einem hörend-gehörlosen Team bilingual unterrichtet. Der Unterrichtsstoff entsprach weitestgehend dem in Regelschulen.

Dieses Projekt wurde zwei Jahre lang begleitend beforscht.

Das Ziel war, „(...) Daten in Bezug auf die Sprachkompetenz zu sammeln, Entscheidungsprozesse in Situationen festzuhalten, in denen die Kinder zwischen Niederländisch mit oder ohne Gebärden und Niederländischer Gebärdensprache wählen mussten, sowie Testinstrumente für die Niederländische Gebärdensprache zu entwickeln." (Knoors, 2000:33)

Die Begleitforschung lieferte wichtige Erfahrungswerte für die Umstellung des gesamten niederländischen Gehörlosenbildungswesens auf den bilingualen Ansatz und brachte zahlreiche konkrete empirische Ergebnisse: „Explosives Anwachsen" der kommunikativen Möglichkeiten der Kinder, Anwachsen der Gebärdensprach-Kompetenz, vor allem bei jenen Kindern, die mit relativ größerer Kompetenz ins Projekt eintraten (was ein Parallel-Ergebnis zu, so Knoors, ziemlich allen Untersuchungen zu neueren Formen des Spracherwerbs ist). Bei diesen Ergebnissen handelt es sich um einen Zwischenstand, der noch immer die Kindergartenperiode des Projektes betrifft.

Die vier Gehörlosenschulen des Landes bieten derzeit (das Gehörloseninstitut Sint-Michielsgestel in einem fließend-experimentierenden Übergang schon seit ca. 1995) bilingualen Unterricht an. Herkömmlicher monolingualer, oraler Unterricht wird – je nach Wunsch der Eltern – auch noch angeboten. Begleitende Untersuchungen und Evaluationen wurden vorgenommen. (Für einen Überblick siehe Knoors 2000 und 2004.)

Allgemein gibt es - aufgrund der sehr raschen Umstellung zum neuen Ansatz „two problems in Deaf education here:

- the quality of signing of hearing teachers
- there are not enough deaf teachers.“

(Tijselling, pers. Mitteilung, 2000)

Knoors stellt fest, dass erst in den kommenden Jahren die Abschlüsse einer Reihe von niederländischen Longitudinalstudien zu erwarten ist (Knoors 2004: 8).

5.4 Norwegen

Im Jahr 1985 wurde gehörlose Zweisprachigkeit von den Bildungsautoritäten als Faktum anerkannt. Sondermittel, forcierte Forschung und Produktion von Materialien und vorbereitenden Maßnahmen für die Umstellung waren die Folge.

Norwegische Gebärdensprache wurde im Rahmen der allgemeinen nationalen Schulreform 1997 als elementarer Bestandteil (Unterrichtssprache UND Fach) der Gehörlosenbildung anerkannt (Act of Education 1998, Artikel 2-6, zit. nach Muruvik Vonen 2003:72.

Das Recht jedes gehörlosen/stark hörbeeinträchtigten Kindes auf Gebärdensprache ist festgehalten und abgesichert – es handelt sich dabei um ein Individualrecht, das nicht an Gehörlosenschulen gebunden ist (Muruvik Vonen 2003:71) (Ein Beispiel für die vielfältigen in diesem Land gefundenen Lösungsansätze ist, dass alle Eltern gehörloser Kinder das Recht auf 40 Wochen kostenlosen Unterricht und Training in Norwegischer Gebärdensprache und vor allem ohne Verdienstentgang haben.)

Sonderschulen wurden umstrukturiert und ein Großteil der vormals dort angestellten Personen erhielt die Möglichkeit Magisterstudien (MA) zu belegen – und weiterhin im Bildungsbereich tätig zu bleiben. Die Folge ist, dass in Norwegen heute eine Vielzahl von praktisch orientierter Forschung vorliegt, die reich an Empirie ist.

5.5 Finnland

Timmermans (2003: 27) berichtet unter Bezugnahme auf das Unterrichtsgesetz (628/1998), dass in Schulen als Unterrichtssprache Finnische Gebärdensprache gewählt werden kann. Die Entscheidung hierfür haben die Erziehungsberechtigten zu treffen.

5.6 Deutschland

Seit dem 1. Mai 2002 ist das Behindertengleichstellungsgesetz in Kraft, das die DGS gesetzlich anerkennt. Das Bundesgleichstellungsgesetz für Behinderte stellt in § 6 des Artikel 1 (Gebärdensprache und andere Kommunikationshilfen) fest: „Die Deutsche Gebärdensprache ist als eigenständige Sprache anerkannt." Mit der gesetzlichen Anerkennung der Gebärdensprache besteht für Gehörlose nun in vielen Bereichen auch ein Rechtsanspruch auf Bezahlung von GebärdensprachdolmetscherInnen. Für den Bildungsbereich gibt es bis dato keine explizit die DGS betreffenden gesetzlichen Regelungen.

Sowohl im deutschsprachigen Raum als auch international wohl am besten dokumentiert ist der langjährige Schulversuch an der Hamburger Gehörlosenschule. 1993 wurde nach mehrjährigen Auseinandersetzungen in einer ersten und einer zweiten Klasse der Schule erstmalig mit bilingualem Unterricht begonnen: von einer hörenden Lehrerin und einer gehörlosen Lehrassistentin wurde 8 Wochenstunden gemeinsam bilingualer Unterricht durchgeführt, die restlichen 2/3 des Unterrichts erfolgten durch die hörende Lehrerin, meist in LBG.

Die DGS und geschriebenes sowie gesprochenes Deutsch wurden stark betont abgewechselt, eine möglichst umfassende Bilingualität der Kinder, auch in gesprochenem Deutsch, war das Ziel. Im Jahr 2001 lag der Zwischenbericht über die Erfahrungen und Entwicklungen der beiden Klassen vor (Günther et al., 2001). Günther und KollegInnen von der Universität Hamburg haben zum gesamten Schulversuch umfassend publiziert, siehe z.B. Günther et al., 1999, 2001 und 2004. Auch sind im Umfeld des Schulversuches zahlreiche Arbeiten von Studierenden entstanden, die sich mit den unterschiedlichsten Aspekten des Sprachenlernens durch gehörlose Kinder befassen.

In den restlichen Gehörlosenschulen des Landes scheint sich eine pragmatische Handhabe der Frage „Gebärdensprache ja oder nein?" durchgesetzt zu haben, was bedeutet, dass der Umfang und die Qualität des Einsatzes von DGS vor allem abhängig ist von der Kompetenz des Unterrichtspersonals.

Bönisch und Klenk (2001) berichten zum Beispiel von ihrem gemeinsamen Versuch, in der 5. und 6. Klasse an der Nürnberger Gehörlosenschule den Religionsunterricht bilingual (DGS und LBG) zu gestalten. Ihr Erfahrungsbericht führt als Ergebnisse, die nicht weiter systematisch erhoben wurden, an: stark gesteigertes Inhaltsverständnis, gebärden- und schriftsprachliche Wortschatzerweiterung und verbessertes kommunikatives und soziales Verhalten.

Es scheint in Deutschland weitere bilinguale Klassen oder Schulen zu geben, Günther nennt Berlin, Neckargmünd, Frankfurt und Bayern als tatsächliche (oder möglicherweise) Orte für bilinguale Schulversuche (persönliche Kommunikation, 16.2.2003) Über diese liegt jedoch derzeit meines Wissens leider keine Literatur vor.

5.7 Slowakische Republik

Gehörlosen haben per Gesetz das Recht auf Unterricht in ihrer Erstsprache/ihrer Gebärdensprache, schreibt Timmermans (2003:28) unter Bezugnahme auf „§ 4 letter b, Act. No. 149/1995 of the Law Code of the National Council of the SR on sign language of the deaf".

Über die praktische Situation ist mir nichts bekannt.

5.8 Island

1999 hielt das Bildungsministerium im Lehrplan fest, dass die Erstsprache gehörloser IsländerInnen ISL sei und Isländisch ihre Zweitsprache, schreibt Timmermans (2003:29). Über die Praxis ist mir nichts bekannt.

5.9 USA

Seit in Kraft treten des „Americans with Disabilities Act" – ADA – im Jahr 1990 müssen sämtliche öffentlich-staatlichen Einrichtungen, auch Bildungsinstitutionen, allen AmerikanerInnen voll zugänglich sein. Dies gilt auch für Kommunikation: die Verantwortung hierfür liegt bei der Institution und nicht beim Individuum. Jedes amerikanische Kind kann also in jede öffentliche Schule gehen und muss alle notwendigen Hilsmittel bzw. Personal wie DolmetscherInnen zu Verfügung gestellt bekommen. Ein weiteres Gesctz – Individuals with Disabilities Education Act (IDEA) – legt fest, dass alle Kinder einen angemessenen staatlichen Unterricht erhalten müssen. Das inkludiert die Entwicklung von sinnvollen Inhalten/Lehrplänen und die Fest- und Bereitstellung aller notwendigen Hilfsmittel für einzelne Kinder. (http://www.nad.org/infocenter/infotogo/legal/school2.html, 27.12.2001)

Die einzige umfassende Studie zu bilingualem Unterricht in den 1990er Jahren stammt von Strong:

> *„Today there are very few residential settings that claim to have a bilingual approach for educating deaf children, and there is still very little, if any, research available documenting the practices and success of the programs in the United States*
>
> (Strong, 1995).“ (zit. in Allen 1998:71).

Allen diagnostiziert insgesamt „(...) little research available about specific bilingual approaches used in the classrooms for deaf children. There is a desperate need to continue searching for bilingual approaches that are successful with deaf students.“ (Allen 1998:93)

Allen beschreibt, dass die allgemeine Tendenz in den USA eine assimilierende ist: Programme für Kinder mit anderen Erstsprachen als Englisch sind generell als Übergangsprogramme und nicht spracherhaltend angelegt. Bilinguismus wird eher nicht als positive Ressource angesehen, die Kinder nur so lange in ihrer Erstsprache mitunterrichtet, bis sie in rein Englisch geführte Klassenzimmer überführt werden können. (Allen 1998:100-101)

Durch den Americans with Disabilities Act ist es auch jedem gehörlosen Kind möglich, seine Schulzeit integriert, u.U. von einer Dolmetscherin/einem Dolmetscher begleitet, in einer regulären Schule zu verbringen. Dieses „mainstreaming“ ist wohl derzeit, neben dem Besuch einer Gehörlosenschule, die häufigste Form des Unterrichts gehörloser Kinder. Ramsey beruft sich auf Schildroth und Hotto 1995, wenn sie schreibt, dass 70% aller US-amerikanischen gehörlosen Kinder in hörenden (‚local public‘) Schulen unterrichtet werden. 52% der Schulen gaben an, nur ein einziges ‚hörgeschädigtes‘ Kind zu haben, weitere 16 % nur zwei solche Kinder. (Ramsey 1997:31-32).

Ich verstehe diese Form der Beschulung jedoch nicht als bilingualen Unterricht, da nicht alle sozialen und identitätsstiftenden Faktoren durch die Anwesenheit einer erwachsenen oder gleichaltrigen gehörlosen Person gegeben sind – und da das gehörlose Kind in dieser Situation die Ausnahme und in einer hörend-englischsprechenden Klasse u.U. völlig alleine ist.

Eine rezente Publikation gibt erstmals einen systematischen Überblick über die Praxis an sämtlichen US-amerikanischen Gehörlosenschulen (sowohl Residential als auch Day Schools): LaSasso und Lollis (2003:81ff) beschreiben die Ergebnisse einer Fragebogenerhebung in 78 Programmen: 24% der antwortenden 71 Schulen (n=19) klassifizierten sich selbst oder einzelne Klassen als bi/bi (bilingual/bicultural).

Insgesamt werden in den USA von 70.813 ‚hearing impaired‘ SchülerInnen 4041 Kinder (=6%) in Gehörlosenschulen bilingual unterrichtet. Von diesen 19 Programmen führen wiederum 14 an, selbst begleitende Forschung zu betreiben

- was eine Verbesserung gegenüber der von Strong 1995 beschriebenen Situation darstellt (siehe Allen, weiter oben).

> *„It is surprising, however, that there are not more research findings published by BiBi programs themselves, given that more than a third of the programs participating in this survey have referred to themselves as BiBi programs for at least 10 years."*
>
> (LaSasso und Lollis 2003:88).

Es herrscht also weniger ein Mangel an bilingual geführten Klassen und Schuleinheiten in den USA, als ein generelles Publikationsdefizit zu den konkreten Methoden, Erfahrungen, Verbesserungsvorschlägen dieser Schulen.

Was die Fragebogenerhebung weiters zutage brachte, ist ein umfassender Mangel an ASL-Kompetenz beim unterrichtenden Personal: „ (...) a surprisingly large number of BiBi programs reported high percentages of their instructional staff as being less than fluent in ASL." (LaSasso und Lollis 2003:87). (Die genauen Zahlen werden hier aus Platzgründen nicht wiedergegeben). Dieses Ergebnis verweist einerseits auf die Tatsache, dass es äußerst schwer ist, kompetentes Personal für bilingualen Unterricht zu finden und andererseits stellt es in Frage, so die Autorinnen, ob die mangelnd, schlecht oder mittelmäßig ASL-kompetenten LehrerInnen ausreichende sprachliche L1-Vorbilder für die SchülerInnen darstellen.

Außerdem stellten die AutorInnen fest, dass 37% der 19 bilingual geführten Programme die englischen Äquivalente von LBG (Signed Exact English u.a.) einsetzen - und stellen zur Diskussion, ob sie sich überhaupt von ‚total communication'-geführten Programmen unterscheiden, in der eine relativ unsystematische Mischung aus Sprachen, Gebärden, künstlichen Gebärden usw. angewandt wird.

Ein wenig Einblick in die konkrete Qualität und den Umfang der bi/bi praktizierenden Schulen gibt folgende Literaturzusammenfassung:

Schley (1994:15) berichtet von einer Studie (Strong, 1988 und Strong &Matteo, 1989) über einen eineinhalbjährigen bilingualen Versuch an einer Internatsschule für gehörlose Kinder an der amerikanischen Westküste: Vier- bis Siebenjährige erhielten drei Stunden in der Woche bilingualen Unterricht mit dem Ziel, einerseits die ASL-Kompetenz zu steigern und ASL als Medium für den Englischunterricht zu verwenden und andererseits das Bewusstsein der Kinder für die Unterschiedlichkeit der beiden Sprachen zu wecken. Letzteres Ziel zeigte sich in Tests als erreicht, ersterer Anspruch – wohl vor allem aufgrund der sehr kurzen Projektdauer – blieb ohne nennenswerte Ergebnisse. Schley beschreibt des weiteren eine Studie über einen zehnwöchigen Versuch, den ich ob seiner Kürze nicht näher beschreiben will (Akamatsu & Armour, 1987).

Belegt sind laut Holzinger, 1994, auch fünf bilinguale Jahre am „Learning Center for Deaf Children", Massachusets, auf die Philip (1992) hinweist.

Allen (1998) berichtet über eine Studie, die einen dreijährigen Kindergarten, Vorschule und 1. Klasse umfassenden bi/bi Schulversuch beschreibt. Er fand an einer texanischen Regelschule statt.

Andrews, Ferguson, Roberts und Hodges stellten 1997, ein Jahr nach Abschluss des Schulversuches, in ihrer Studie fest, dass alle Kinder, hörende wie gehörlose, die erste Klasse mit normalen Ergebnissen/Leistungen absolviert hatten.

Jiménez-Sánchez und Antia berichten über ein integratives Teamteaching-Projekt an der Tripod School in Burbank, CA, in dessen Rahmen gehörlose und hörende SchülerInnen in einer ‚normalen' Schule von hörend/gehörlosen Teams in Englisch und ASL unterrichtet werden. Thema der Publikation sind das Teamteaching, und die diesbezüglichen Erfahrungen und Erkenntnisse der Lehrenden, nicht jedoch die Entwicklung der SchülerInnen und der Anforderungen an sie (Jiménez-Sánchez/Antia, 1999). Antia schreibt: „I know they've not published much data." (pers. Mitteilung, Dezember 2001)

Informellen Informationen ist zu entnehmen, dass die Ohio School for the Deaf seit dem Jahr 2000 ein bilinguales Vorschul-Projekt laufen hat, „with strict ASL ‚voice off' environment, and exposure to English through print and individual time with a speech language pathologist (…)" (Lineberry, pers. Mitteilung 23. Okt. 2000). Diese Gruppe besteht sowohl aus hörenden als auch gehörlosen Kindern.

Auch in Arizona scheint es ein Projekt zu geben: „ (…) the bilingual program at an Arizona school, for both hearing and deaf children, which Sam Supalla has started a couple of years ago." (Boyes Braem, pers. Mitteilung, Frühjahr 2001). Näheres konnte ich nicht in Erfahrung bringen.

Außerdem gibt es das von Nover in New Mexico geleitete Star-Schools-Project.

Erwähnt werden sollte, dass in den USA nach der Schule die einzige geisteswissenschaftliche Universität der Welt für gehörlose StudentInnen offen steht, siehe http://www.gallaudet.edu/

5.10 Frankreich

Seit 1991 gibt es eine Bundesgesetz, nachdem Eltern für die Erziehung und Bildung ihrer gehörlosen Kinder grundsätzlich die Wahl zwischen bilingualer (gesprochenem und geschriebenem Französisch und LSF) und anderen Methoden (nur Französisch) haben sollten. Inwiefern dieses Angebot durch die tatsächliche Schulpraxis abgedeckt ist, ist mir nicht bekannt.

Bouvet berichtet von einer 1979 gegründeten bilingualen Kindergartengruppe, zu einer Zeit, als Gehörlose in Frankreich noch nicht unterrichten durften, die von einem gehörlos-hörenden Team unterrichtet wurde.

Laut Mas (1994) hatten v.a. die Aktivitäten der AktivistInnengruppe 2 LPE (Deux Langues Pour Une Education: Zwei Sprachen für eine Erziehung/Bildung) zur Folge, dass 1984 eine bilinguale Versuchsklasse in Poitiers eingerichtet wurde. Bis 1988 wurden in dieser und darauf folgenden fünf Klassen in verschiedenen Orten insgesamt 50 Kinder bilingual durch eine hörende und eine gehörlose Person unterrichtet.

Mas nennt vier Hauptprobleme im Zusammenhang mit diesen Versuchsklassen: Politische (innerhalb der festgefahrenen oral ausgerichteten Gehörlosenpädagogik und den Schulen), finanzielle, strukturell-erzieherische (unzureichend ausgebildete gehörlose LehrerInnen, hörende mit zu wenig LSF-Kompetenz, zu kleine Klassen, zu wenig Unterrichtsmaterial und zu wenige sprachwissenschaftliche Forschungsergebnisse) und philosophische (innerhalb der Gruppe 2 LPE). All diese Probleme führten 1988 beinahe zur Auflösung von 2 LPE, nicht jedoch der Klassen, die individuell andere Sponsoren und Unterstützer fanden. Von den 6 Versuchsklassen bestanden 1994 noch immer 4, die von der Grundschule bis zum Alter von 15/16 Jahren insgesamt 70 Kinder umfassten. Laut Mas gibt es einige wenige Schulen, die ebenfalls bilinguale Prinzipien umsetzen… und einige Schulen, die ihr Programm zwar „bilingual" nennen, jedoch nach völlig unklaren und undurchschaubaren Kriterien arbeiten (Mas 1994:78)

5.11 Estland

Ein Informationsfolder der Tallinner Gehörlosenschule beschreibt, dass die bilingual geführte Schule 1994 von Eltern gehörloser Kinder initiiert wurde. Es werden dort (Stand 2003) 94 Schulkinder und 17 Vorschulkinder unterrichtet. Der Folder listet genau auf, dass 9 von 30 LehrerInnen und 10 von 24 sonstigen PädagogInnen und die technischen Betreuer selbst gehörlos sind.

„The aim of the school ist to provide education to Deaf equivalent to the students of general schools in Estonia by bilingual approach and to promote knowledge of Estonian language as second language and Estonian Sign Language." (Folder S. 1)

Vorher gab es - laut Folder - nur eine staatliche Gehörlosenschule mit einem Internat in Porkuni, die oral geführt wurde. (Information über die Schule und ihre Angebote: http://www.kurt.tln.edu.ee/inenglish.html)

5.12 Russische Förderation

Das Moskauer Zentrum für Gehörlosenbildung und Gebärdensprache (anderswo: „Zentrum für Gehörlosenstudien und bilinguale Erziehung") ist eine 1992 gegründete engagierte Organisation (NGO), die die einzige Schule in Russland betreibt, in der Russische Gebärdensprache gleichberechtigt neben der russischen Lautsprache als Unterrichtssprache verwendet wird.

Im Jahre 1992 wurde mit 11- und 12jährigen SchülerInnen der bilinguale Unterricht begonnen, 1995 wurde ein bilinguales Vorschulprogramm gestartet. Seit 1999 gibt es eine Klasse, die von Anfang an bilingual geführt wurde. Das Zentrum bietet seit 1991 Kurse für Russische Gebärdensprache an und bildet außerdem seit 1998 in Zusammenarbeit mit dem Pädagogischen Kolleg LehrerInnen aus, die bilingual unterrichten werden können. (Information von Galina Saizewa, vgl. auch WFD News Juni 2002 und ÖGLZ 3/2002). Begleitstudien und Literatur zu Ergebnissen dieses Unterrichts sind mir nicht bekannt. Es gibt eine Homepage: www.cds-moscow.com.

5.13 Irland

Seit 2000 stellt der „Education Act 1998" fest, dass gehörlose Kinder in Irischer Gebärdensprache unterrichtet werden sollten. Lobbying durch Eltern und positive Resonanz bei der Regierung haben bewirkt, dass bilingual ausgerichtete Bidungseinrichtungen, auch vorschulische, sich etablieren. Jedes Kind habe Anrecht auf siebeneinhalb Stunden „Gebärdensprachetutoring" pro Woche, berichtet Timmermans (2003:28).

5.14 Italien

Timmermans (2003:28) schreibt, dass mehr und mehr Eltern bilinguale Erziehung für ihre Kinder wählen, gibt aber nicht an, wo und nach welchen Prinzipien. Der Grundsatz, gehörlose Kinder nicht isoliert zu integrieren, scheint verfolgt zu werden.

5.15 Belarus/Weißrussland

Lydia Dimskis, Autorin eines Lehrbuches für Gebärdensprache und Tochter gehörloser Eltern, sagt in einem Interview mit der Zeitschrift „Mir gluchich" (Welt der Gehörlosen) Nr. 3, dass die Weißrussische Gebärdensprache in Weißrussland offiziell anerkannt sei.

Über das Recht auf Bildung in Gebärdensprache ist mir nichts bekannt.

Der Zeitschrift der Moskauer Gehörlosenorganisation[1] ist zu entnehmen, dass Dimskis in Belarus an der Pädagogischen Universität Minsk Gebärdensprachleh-

1 http://www.deafnet.ru/mg/index.phtml?id=342&categ=89&full=1 (27. Oktober 2002). Danke an Emmi Krausneker für Recherche und Übersetzung!

rerInnen ausbildet. Diese Ausbildung umfasst 5 Jahre plus ein Schulpraktikum. Gebärdensprache ist laut Dimskis im Lehrplan für Gehörlose ab der Vorschule festgesetzt. Seit dem Schuljahr 2001/2002 gibt es einen bilingualen Schulversuch an der Gehörlosenschule Nr. 14 in Minsk und es waren ab September 2002 Schulversuche mit bilingualem Unterricht in Einzelklassen an mehreren Schulen geplant.

5.16 Thailand

Thai Sign Language ist seit August 1999, als der Minister für Bildung eine Resolution unterzeichnete, die „Nationalsprache der gehörlosen Menschen in Thailand“. Die Resolution beinhaltet konkrete Maßnahmen, die seitens des Bildungsministeriums umzusetzen sind, u. a. die Anstellung gehörlosen Lehrpersonals und die Forderung an Lehrpersonal in Gehörlosenschulen, Thailändische Gebärdensprache zu beherrschen, sodass sichergestellt ist, dass gehörlose Kinder von MuttersprachlerInnen unterrichtet werden. (Quelle: Charles Reilly „at the request and in behalf of Jitprapa Sri-oon, Director of Ratchasuda College“)

Über die Praxis ist mir leider nichts bekannt.

5.17 Neuseeland

In Neuseeland gibt es zwei Schulen für Gehörlose/Hörgeschädigte. Im Kelston Deaf Education Centre wurde 1995 die erste bilinguale Klasse mit sechs Kindern unterrichtet von zwei gehörlosen Lehrerinnen, eröffnet. Begleitforschung im ersten Jahr (Ngakuru, 1996, Nuthall, 1997) zeigte die großen Erfolge dieser Unterrichtsform und das Programm wird deshalb fortgeführt. Beide Schulen bieten derzeit bilingualen Unterricht sowohl in der eigenen Schule als auch in assoziierten „Satellitenklassen“ an Regelschulen an. (Auch mainstreaming in Regelschulklassen gehört zum Angebot. Hier sind Speziallehrpersonal, DolmetscherInnen und Mitschreibkräfte begleitend dabei.) Seit 1994 sind gehörlose Erwachsene als Sprachassistenten an den Schulen angestellt und unterrichten NZSL als Fach. Auch für die Ausbildung und bis dato laufende Fortbildung der bis dahin in „totaler Kommunikation“ unterrichtenden hörenden LehrerInnen sind diese gehörlosen language assistants zuständig. (Alle Informationen aus Matthaei, 2001)

5.18 Schweiz

Über rechtliche Grundlagen in der Schweiz ist mir nichts bekannt. Ein Antrag, Schweizerische Gebärdensprache in das Schweizer Gesamtsprachenkonzept aufzunehmen, wurde allerdings von den zuständigen Bildungsverantwortlichen abgelehnt. (Mündliche Information Iwar Werlen, 27.10.2001/Klagenfurt)

An der Kantonalen Gehörlosenschule Zürich wird traditionell vor allem mit LBG unterrichtet. Ab dem Frühjahr 1995 wurden drei Schulgruppen ansatzweise bilingual gefördert. Dieser bilinguale Unterricht beschränkte sich auf den Deutschunterricht, in dem zusätzlich zur/zum Hauptlehrenden eine gehörlose Gebärdensprachlehrerin teilnahm, allerdings nur in zwei Einheiten pro Woche.

Bachmann-Stocker referiert ausführlich die Meinungen der beteiligten LehrerInnen und schreibt resümierend:

"Vielen Befürchtungen zum Trotz stellen wir fest, dass die SchülerInnen nie die beiden Sprachen gegeneinander ausspielen (...), sondern Vor- und Nachteile beider Sprachen erkennen. Die SchülerInnen sind nach wie vor motiviert, auch in der Lautsprache zu kommunizieren. Auch ist die vielgeäußerte Befürchtung eines Vertrauensverlustes, die Kinder würden sich von den hörenden zu den gehörlosen Erwachsenen hinwenden, nicht eingetreten. (...)" (1997:37)

Diese Aussage eines Gehörlosenlehrers über das winzige Ausmaß bilingualer Förderung in seiner Klasse zeigt ausgesprochen deutlich, welche massiven Ängste und Befürchtungen mit derart kleinen Veränderungen und Neuerungen von althergebrachten Systemen verbunden sind.

In persönlicher Kommunikation mit einer Mutter eines gehörlosen Kindes (EDDE-Konferenz, Schweden, Mai 2003) erfuhr ich, dass an der Basler Gehörlosenschule im Herbst 2003 eine bilinguale Klasse starten soll - wobei die Initiative von Eltern ausging und die Unterstützung durch den oral orientierten Direktor der Schule nicht sehr sicher zu sein scheint. Auch wurden sofort einige mehrfachbehinderte und einige ‚sprachlose' Kinder (gehörlose Kinder von ZuwanderInnen, die bis dato keine der sie umgebenden Sprachen erworben haben) der Klasse zugeteilt – was als massiv projekterschwerend gewertet werden muss.

Sonst ist über bilinguale Ansätze in der Schweiz nichts bekannt.

5.19 Spanien

Nach der umfassenden Broschüre „Medidas para el reconocimiento legal de la lengua de signos española" des Spanischen Gehörlosenbundes, Confederación nacional de sordos de España, 1999, ist LSE nicht in der Gehörlosenbildung verankert, wird bilingualer Unterricht zwar von der Gehörlosengemeinschaft gefordert und gewünscht, aber von den Schulen nicht angeboten. (Broschüre siehe http://www.cnse.es/LSE.htm, 27.12.2001)

Pilar Fernandez Viader schreibt in einer pers. Mitteilung: „Aquí en Barcelona hay 3 escuelas bilingües para sordos. Cada una de ellas tiene una maestra sorda. La lengua de signos es la LSC (Lengua de Signos Catalana) y las lenguas escritas son 3, por el siguiente orden: catalan escrito, español escrito y, los niños que pueden, ingles escrito. (...)“[2]

Es scheint also einen katalanischen multilingualen Unterricht zu geben.

5.20 Kenia

Die allgemeine kenianische Sprachenpolitik sieht für alle Kinder des Landes als Unterrichtssprache der ersten drei Schuljahre die Erstsprache des Kindes bzw. Sprache des Einzugsgebietes der Schule vor. Danach müssen sämtliche Fächer (außer die Sprachfächer) auf Englisch unterrichtet werden. Die Landessprache Kiswahili wird laut dieser Regelung auch nur als Fach, aber nicht als Unterrichtsmedium betrachtet. Bilinguismus ist also für alle Kinder transient. (Okombo, 1994:40).

Für Gehörlose wird diese Politik der Erstsprache-als-Medium in den ersten drei Schuljahren jedoch nicht praktiziert, Lehrpersonal an Schulen ist nur minder KSL-kompetent und es gibt keine gehörlosen LehrerInnen (Adoyo, 1995, zit. nach Adoyo, 2001). Adoyo schlägt zahlreiche Maßnahmen zur Umstellung des Gehörlosenbildungswesens vor, die alle darauf hindeuten, dass die Schulsituation für Gehörlose in Kenia aus sehr ähnlichen Gründen nicht zufriedenstellend und reformbedürftig ist wie in anderen, auch europäischen, Ländern.

Derzeit gibt es 39 Internatsschulen und Tageszentren für Gehörlose, fünf davon sind weiterführend. Keine dieser Einrichtungen setzt einen wie auch immer gearteten bilingualen Ansatz unter Einbeziehung der Kenianischen Gebärdensprache um. Bis 1986 herrschten rein oralistische Prinzipien, seit damals wird totale Kommunikation, also ein unsystematisches Gemisch aus verschiedenen Sprachen und Pantomime praktiziert. (Informationen aus: Adoyo, 2001)

5.21 Tansania

Unterrichtssprache ist landesweit, auch für gehörlose Tansanier, Kiswahili. Der Unterricht an Gehörlosenschulen (zumindest der Schule in Mwanga) richtet sich nach dem Regelschulplan, sieht für die Kinder jedoch drei zusätzliche Jahre „primary education“/Hauptschuljahre vor. Nach 10 Schuljahren erhalten die gehörlosen Absolventinnen - nach strenger Prüfung durch schulexterne LehrerInnen - den gleichen Abschluss wie hörende tansanische Kinder nach 7 Jahren Schule. Weiterführende Schulen gibt es nicht, jedoch landesweit sechs Schulen, die bereit sind, gehörlose SchülerInnen in ihre Klassen aufzunehmen. So können Gehörlose

2 E-mail vom 19.4.2002

weiterführende Bildung erlangen – jedoch nur in Kiswahili sprechender Umgebung. (Thamm, 2001)

Die Schule in Mwanga, eine von sieben Schulen in Tansania, praktiziert „total communication". Tansanische Gebärdensprache wird nicht konsequent und systematisch als Unterrichtsmedium und auch nicht als Fach unterrichtet. (Thamm, 2001:36)

5.22 Australien

Es befinden sich u.a. folgende politische Forderungen auf der Homepage des Australischen Gehörlosenbundes:

> *„The Australian Association of the Deaf calls for:*
>
> 1. *the right of Deaf children to have full early exposure to sign language and to be educated as bilinguals or multilinguals with regard to reading and writing*
> 2. *the recognition of Auslan, the sign language of the Australian Deaf Community as the first language of a Deaf child, which will ensure that Deaf children acquire their first language with full fluency.*
>   * *the right of Deaf children to be educated bilingually with:*
>   * *the national sign language as the main language of instruction for academic subjects*
>   * *the instruction in the national spoken and written language should occur separately but in parallel as is usual for other bilingual educational programs for other languages.*
> 3. *the instruction of English occurs best in the written form. In order to teach and explain how to use and understand English, Auslan should be used as a teaching language. Deaf children should choose whether to learn the spoken form.*
> 4. *the provision of sign language instruction for parents and professionals working with Deaf children.*
> 5. *Teachers of Deaf children to learn and use AusLan as the primary language of instruction." (http://www.aad.org.au/auslan.htm, 22.12.2001 bzw. http://www.aad.org.au/publication/auslan.htm, 3.8.2003)*

Diese Forderungen deuten darauf hin, dass weder bilingualer Unterricht noch AusLan als Fach oder Kompetenz bei GehörlosenlehrerInnen derzeit der Standard sind. Über konkrete Projekte ist mir leider wenig bekannt: es scheint jedoch an mehreren Orten bilingualen Unterricht zu geben., u.a. in Claremont, Thomas

Pattison School, und Mosman Park. Die Claremont School hat ein Projekt für gehörlose SchülerInnen mit einer explizit bilingualen Philosophie:

> „*The Claremont Project has been shaped by the following strongly held views:*
> 1. *Deaf students have a right to equal access to regular education.*
> 2. *Deaf students, their parents and their regular teachers will need extra support to allow this to happen.*
> 3. *Deaf students have a right to be with other deaf students and adult members of the Deaf community if they so choose.*
> 4. *Deaf students have a right to develop their identity as Deaf people rather than ‚impaired' hearing people.*
>
> *The Claremont Project is a bilingual-bicultural program which rejects the notion that Deaf people must perform in exactly the same way as hearing people and be judged a success or failure on this criterion. A bilingual-bicultural approach involves developing deaf children's first or natural language - Auslan - so that deaf children enter school with language comparable to hearing children. English is then taught as a second language. It enables deaf children to be competent language users able to access the school curriculum, rather than remedial students.*"
> (http://www.tased.edu.au/schools/claremop/main/index.html, 3.8.2003)

Das Projekt wurde 1987 aufgrund der nicht zufrieden stellenden Situation gehörloser Kinder im Bezirk ins Leben gerufen. Derzeit sind insgesamt 40 gehörlose SchülerInnen (Vorschule bis 13. Jahr) involviert.

> „*Each bilingual class is staffed by a teacher of the deaf who is a competent Auslan user, a regular class teacher and part time staff consisting of Deaf instructors, a speech pathologist and interpreter. The number of children in the class is made up of a regular class size of hearing children with deaf and hearing impaired children additional to this. Where possible CODAs (children of deaf adults) and siblings of Deaf children are placed in these classes.*" *(ebd.)*

Unterrichtsstil, Klassenzusammensetzung (hörend-gehörlos), Personal etc. sind ausführlich auf http://www.tased.edu.au/schools/claremop/main/index.html beschrieben.

Über Thomas Pattison ist zu lesen: „Provides a bilingual/bicultural education program for Deaf children, CODAs (hearing children of Deaf adults), siblings of

Deaf children and community children who have facility in Auslan (Australian Sign Language). The language of instruction in the school, Auslan, is used to teach English so that the children become bilingual in Auslan and English.“[3]

Und die australische Mosman Park School for Deaf Children:

„This school provides primary and pre-primary programs for students who communicate through sign language. (...) A bilingual, bicultural policy gives equal status to Auslan (L1) and the Culture of the Deaf Community and English (L2) and the Culture of the Hearing Community.“ (http://www.waide.wa.edu.au/MPSD.htm, 3.8.2003)

Dieser - unvollständige - Einblick in die weltweite Situation bilingualer Gehörlosenbildung zeigt die sehr unterschiedlichen, heterogenen Bedingungen in den verschiedenen Ländern.

Der internationale Kontext soll jedoch – obwohl er hier nur skizziert wurde – die Bedeutung der bilingualen Schulbildung für gehörlose Menschen und im speziellen der hier beschriebenen bilingualen Klasse klarer machen.

In diesem Abschnitt des Buches wurde deutlich, dass die bilinguale Beschulung gehörloser Kinder unter Verwendung einer Gebärdensprache ein relativ neues Thema ist, das sich in einem starken Widerspruch zur monolingualen und oralistisch-audistisch dominierten traditionellen Gehörlosenpädagogik befindet und sich erst langsam entfalten kann. Auch Forschungen dazu sind noch nicht sehr zahlreich.

Das nun folgende Kapitel stellt mein Forschungsinteresse sowie das konkrete Forschungsdesign der empirischen Langzeitstudie in der bilingualen Klasse dar. Auch Spezifika einer der angewandten Methoden, der teilnehmenden Beobachtung, werden diskutiert.

3 http://www.aceinfo.net.au/Resources/ADD_FOLDER/ADD_listings/ADDthomaspattison.html, 3.8.2003

6 Wissenschaftstheoretische Positionierung, Datenerhebung und Korpora

> *Innerhalb der Sprachlehrforschung wird davon ausgegangen, dass man sich dem Ziel, nämlich dem Verständnis und der Verbesserung des Lehrens und Lernens von Fremdsprachen „am besten annähert, wenn man innerhalb der unterrichtlichen Wirklichkeit forscht.“*
>
> (Edmondson & House 2000:30).

Ich meine, dass quantifizierende Methoden und Herangehensweisen nicht immer sinnvoll für die Beschreibung und Untersuchung von qualitativen Veränderungen sind[1]. Ich bin außerdem der Meinung, dass so komplexe und sensible Dinge wie Spracherwerb, bei dem es letztendlich immer um Qualität geht, mit qualitativen Methoden untersucht werden sollten. Daher - und weil sich anhand einer einzelnen Klasse mit nur sehr wenigen teilnehmenden Kindern keine sinnvollen quantitativen Aussagen treffen lassen - ist diese Studie qualitativ ausgerichtet, sie versteht sich als Beitrag zur qualitativen Sozialforschung, insbesondere der Soziolinguistik.

(Für eine kritische Diskussion der derzeit zur Verfügung stehenden quantifizierenden Möglichkeiten, Sprachkompetenzen bilingualer Menschen zu erheben/ testen siehe Nover 1999:93ff. Er stellt darüber hinaus fest: „Paper-and-pencil measures of global language ability seldom show the whole picture of language proficiency in a bilingual child.“ (1999:95))

Das Design der gesamten Untersuchung - insbesondere der Datenerhebung - orientiert sich methodisch an verschiedenen untersuchungsleitenden Forschungszugängen, die in der Folge dargestellt sind.

6.1 Qualitative Sozialforschung: Ethnografischer Zugang

Diese Untersuchung begreift sich insgesamt als Studie in der Tradition der qualitativen Sozialforschung.

„Qualitative Forschung hat den Anspruch, Lebenswelten ‚von innen heraus‘ aus der Sicht der handelnden Menschen zu beschreiben. Damit will sie zu einem besseren Verständnis sozialer Wirklichkeit(en) beitragen und auf Abläufe, Deutungsmuster und Strukturmerkmale aufmerksam machen. Diese bleiben Nichtmitgliedern verschlossen, sind aber auch den in der Selbstverständlichkeit des Alltags befangenen Akteuren selbst in der Regel nicht bewusst. Mit ihren genauen und ‚dichten‘ Beschreibungen bildet qualitative Forschung weder Wirklichkeit

---

1 Vielen Dank an Werner Mayer, Wien, für ein sehr inspirierendes diesbezügliches Gespräch!

einfach ab, noch pflegt sie einen Exotismus um seiner selbst willen. Vielmehr nutzt sie das Fremde oder von der Norm abweichende und das Unerwartete als Erkenntnisquelle und Spiegel, der in seiner Reflexion das Unbekannte im Bekannten und Bekanntes im Unbekannten als Differenz wahrnehmbar macht und damit weitere Möglichkeiten von (Selbst-)Erkenntnis eröffnet.“ (Flick et al. 2003:14)

Chaudron (zit. n. Ellis 1997:566) spezifiziert 4 Forschungstraditionen in der L2-Unterrichts-Forschung: Den psychometrischen Zugang, die Interaktionsanalyse, die Diskursanalyse und die ethnografische Methode. Letztere wurde laut Ellis (1997:569) besonders in bilingualen Unterrichtssettings vermehrt verwendet. Bei der vorliegenden Untersuchung handelt es sich um eine ethnografische Studie, in der es um die Lebenswelt „bilinguale Klasse ÖGS-Deutsch“ geht, die möglichst genau qualitativ erfasst wird und mit besonderem Fokus auf den Spracherwerb der Kinder untersucht wird. Diese Klasse stellt sowohl im unmittelbaren Umfeld der Schule, als auch dem weiteren Feld der unterrichtlichen Praxis und der österreichischen Gehörlosenbildung eine relativ neue und derzeit einzigartige Situation dar. Die durch die beobachtete Klasse neu entstandene Realität, die Erfahrungen und Erkenntnisse werden möglichst angemessen erhoben und dokumentiert, und in der Folge beschrieben und analysiert, also kommunizierbar gemacht. Dazu erscheint der ethnografische Zugang, der tägliche Realitäten erfasst, sinnvoll.

6.2 Aktionsforschung

Zusätzlich wurden wichtige Anregungen aus der Tradition der Aktionsforschung (siehe dazu Altrichter und Posch, 1998) übernommen. Besonders bei der Führung eines Forschungstagebuchs und bei der Wahl der Form der schriftlichen Notizen waren diese relevant. Diese Art von forschungsbegleitenden Notizen stellen eine wichtige Hilfe bei der Selbstkontrolle der Forscherin (u.a. zur Vermeidung von „Betriebsblindheit“) dar.

Ebenfalls aus der Aktionsforschung kommen die Ideen des Feedbacks, der Beteiligung von ‚beforschten‘ Personen durch die Forscherin und der erwünschten Gespräche mit Lehrerinnen.

Die Rückleitung von Forschungsergebnissen aber auch von Erkenntnissen und Ideen schon während der Erhebungsphase ist in dieser Forschungstradition integraler Bestandteil der Untersuchung.

Das Material, die Videoaufnahmen, bleibt in diesem Sinne ‚Eigentum‘ der darin agierenden Personen. Wünsche, das Material zu sehen, werden sehr ernst genommen. Die Reaktionen und Beurteilungen des Materials durch die AkteurInnen selbst werden in der Aktionsforschung als weitere Informationsquelle betrachtet.

Diese beiden sehr offenen Zugänge wurden kombiniert mit weiteren, stärker gesteuerten Erhebungsmethoden.

6.3 Spracherwerbsforschung: Tests, Interviews und Selbsteinschätzungen

Die vorliegende Studie beschränkte sich nicht nur auf die Analyse von ‚zufällig' beobachtetem/gefilmtem Material, sondern in gewissem Ausmaß wurde dieses auch gezielt generiert: Diese Perspektive in der Zweitspracherwerbsforschung nennt Ellis „investigating the effects of formal instruction" (1997:565). Hier wird gefragt: Haben die LernerInnen tatsächlich gelernt, was ihnen unterrichtet wurde?

Neben (von mir) ungeleitet erhobenem, sozusagen zufälligem Material wurden also auch systematisch Daten elizitiert. Diese Daten sind nicht mit quantifizierenden Daten vergleichbar, stellen jedoch auch kein völlig ‚frei' im Rahmen des Unterrichts entstandenes Material dar: Ellis stellt fest, dass die selbst elizitierten, jedoch in keinem bestimmten formalen, quantifizierbaren Rahmen entstandenen Daten uns größere ‚situative' Kontrolle geben, jedoch einen Nachteil haben: „However, the status of the data is uncertain, as we cannot know for sure what ‚style' the data represent." (Ellis 1997:672).

Die elizitierten Daten umfassen einen **Wortschatztest** für die gehörlosen Lernerinnen und **offene Schreibtests** (mit einer gemischt hörend-gehörlosen Kleingruppe) sowie **Selbsteinschätzungen** der LernerInnen.

Die Sichtweisen, Meinungen, Einstellungen und Kommentare der beteiligten Erwachsenen und Kinder wurden durch die klassische qualitative Methode des **Interviews** dokumentiert.

Das ‚halbstandardisierte Interview' stellt eine in der qualitativen Sozialforschung häufige und erprobte Erhebungsmethode dar.

„Qualitative Interviews spielen zum einen eine wichtige Rolle in ethnographischen, auf teilnehmender Beobachtung (siehe 5.5.) basierenden Forschungsprojekten. Sie dienen hier der Erhebung von Expertenwissen über das jeweilige Forschungsfeld, der Erfassung und Analyse der subjektiven Perspektive der Beobachteten oder Erhebungen zu ihrer Biographie." (Hopf 2003:350)

Das halbstandardisierte Interview mit Leitfaden wird in einem entspannten, wenn möglich privaten Rahmen, sehr offen, im Stil eines Gesprächs geführt. Die interviewende Person hat dabei jedoch eine Reihe von konkreten Themen und Fragen (den Leitfaden), die den Gesprächsverlauf steuern.

Diese unterschiedlichen Zugänge erscheinen mir eine sinnvolle Kombination, die sowohl die individuellen Entwicklungen der einzelnen untersuchten SchülerInnen als auch allgemeine soziale Aspekte, die für Spracherwerb hochgradig relevant sind, erheb- und dokumentierbar machen.

Im Folgenden werden nun die konkreten Datenerhebungsprozesse und ihre Ergebnisse, die in der Untersuchung ausgewerteten Datenkorpora, detailliert beschrieben.

6.4 Datenerhebung und Korpora

Die Datenkorpora für diese Untersuchung wurden wie schon erwähnt auf vielfältige Art und Weise gewonnen und festgehalten: Beobachtungen auf digitalem Videofilm, in Feldnotizen und Beobachtungsprotokollen, sowie in einem Forschungstagebuch, außerdem in Form von codierten Filmtranskripten. Weiters wurden „offene Tests" und ein Wortschatztest durchgeführt, die sowohl schriftlich als auch auf Video dokumentiert sind, und Interviews mit beteiligten Personen geführt. Darüber hinaus wurden noch zwei Arten von Spracheinstellungstests – beide selbsteinschätzend – durchgeführt.

6.4.1 Teilnehmende Beobachtung im Feld ‚Klassenzimmer'

Das größte Datenkorpus dieser Studie besteht aus in ‚teilnehmender Beobachtung' gewonnenem Material. Die Methode der teilnehmenden Beobachtung sieht vor, dass die ein Phänomen untersuchende Forscherin ihre Daten durch Teilnahme am/im „Feld" gewinnt.

Daten werden also nicht durch Tests oder Fragebögen erhoben, die eine relativ große Distanz zwischen erforschender und beforschter Person zulassen - sondern bestehen zu einem großen Teil aus beobachtetem und dann in geeigneter Form dokumentiertem Material.

Ich habe über 2 Schuljahre hinweg – vom Beginn der ersten Klasse bis zum Ende der zweiten Klasse – wöchentlich einen Schultag in der beforschten Klasse verbracht und dort den ganzen Tag lang gefilmt. Dieser Zeitraum - Oktober 2000 bis Juni 2002 - diente der longitudinalen Datenerhebung. (Ein Teil der Erhebung wurde bis ins dritte Schuljahr fortgesetzt, siehe weiter unten.)

Während meiner Anwesenheit in der Klasse war es nie mein Ziel, einen distanzierten Beobachterposten einzunehmen, sondern meine Teilnahme am Klassengeschehen war geplant.

Adler und Adler (1994) beschreiben die in der Literatur gängigen Klassifikationen für das Ausmaß der Teilnahme innerhalb der beobachtenden Datenerhebungsmethoden: Sie zitieren Gold (1958, nach Adler) der unterscheidet:

- *complete participant,*
- *participant-as-observer,*

- *observer-as-participant*
- *complete observer.*

Diese Art der Klassifizierung versucht das Verhältnis zwischen Teilnahme und Beobachtung zu beschreiben. Adler und Adler schufen eine andere Typologie in Bezug auf Mitgliedschaft (Adler & Adler 1987, zit. n. Adler & Adler 1994):

- *complete-member-researcher,*
- *active-member-reseacher*
- *peripheral-member-researcher.*

> „*The active-membership role describes researchers who become more involved in the setting's central activities, assuming responsibilities that advance the group, but without fully committing themselves to members' values and goals.*" (p. 380)

Meine Rolle ist in dieser Klassifizierung eindeutig als *active membership* zu bezeichnen, nach Gold als *oberserver-as-participant*.

Die Besuche in der Klasse und die damit einhergehenden Filmaufnahmen erfolgten über zwei Jahre vollkommen regelmäßig, doch das Ausmaß der aktiven Teilnahme am Klassengeschehen war je nach Bedarf in der Klasse und je nach Forderung der Kinder sehr unterschiedlich. Es wurde spontan, den äußeren Anforderungen des Klassenalltags entsprechend, festgelegt, nicht bestimmt durch die wissenschaftliche Untersuchung. Diese Teilnahme wurde auch nie explizit mit den Lehrerinnen ausgemacht, sondern es wurde von ihnen nach einiger Zeit die Forscherin einfach als Humanressource begriffen, die man im Bedarfsfall verlässlich einsetzen konnte. So ergab sich z.B. im zweiten Schuljahr die Notwendigkeit, eine Stunde in der Woche (in der die nicht ÖGS-kompetente Religionslehrerin mit den Kindern alleine gewesen wäre) zu dolmetschen. Für diese Stunde stellte ich mich zur Verfügung und ließ die Kamera einfach ungesteuert hinten in der Klasse stehen, die Beobachterin war also für eine Stunde Teilnehmende (Dolmetscherin und Zweitlehrerin).

Es stellte sich heraus, dass die 7-tägigen Intervalle zwischen den Besuchen in der Klasse für eine Beobachtung ideal waren. Die Anwesenheit und Teilnahme im Wochenrhythmus war selten genug, um wöchentliche Veränderungen bei den Kindern und z.B. im Klassenklima gut wahrnehmen zu können. Häufigere Anwesenheiten hätten die Wahrnehmung von subtilen Veränderungen wahrscheinlich nicht erlaubt. So konnte die Forscherin immer wieder Beobachtungen an die Lehrerinnen weiterleiten, die – so kam das Feedback - für diese, tagtäglich in der Klasse Anwesenden, zum Teil nicht mehr bemerkbar waren.

Zugleich war jedoch die Involviertheit in das Klassengeschehen und die alltäglichen Probleme, Aufgaben, Konflikte und Aktivitäten für die Studie notwendig:

Nur durch die aktive Teilnahme und die langfristige Präsenz der Forscherin wurde ein tieferer Einblick in die Abläufe, Mechanismen, Hintergründe und sozialen Veränderungen erlangt. Teile des Materials sind nur mit diesem „Insiderwissen" interpretierbar.

6.4.1.1 Exkurs: Erhebungssituationen im Klassenzimmer

Die folgenden Skizzen stellen schematisch 12 typische Erhebungssituationen dar. Ein typischer Erhebungstag beinhaltete fast alle diese Situationen. Nur Situation 4, in der ich selbst unterrichtend tätig sein musste, war sehr selten und Situation 9, in der ich eine Freie Schreibstunde (Erhebungsmethode) leitete, gab es erst ab dem zweiten Schuljahr einmal im Monat.

Erhebungssituation 1: Forscherin als reine Beobachterin

Hier sind die 2 Lehrenden und die Dolmetscherin aktiv im Unterrichtsgeschehen, ich stehe als Beobachterin und Bedienerin der Kamera hinten.

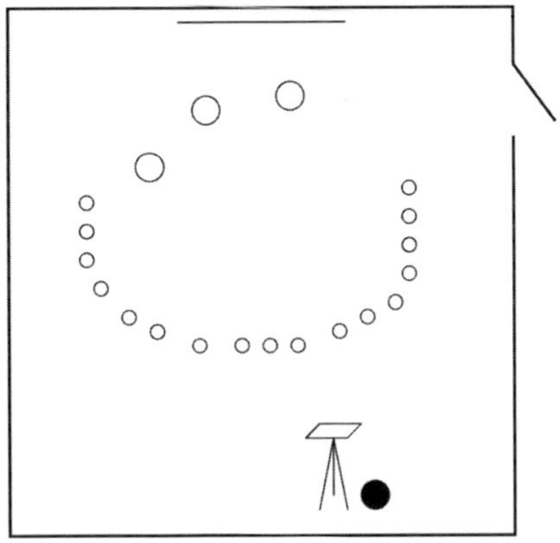

Erhebungssituation 2: Forscherin als Ressource für ein Kind

Hier bin ich - im Unterschied zu Situation 1 - aktiv am Unterrichtsgeschehen beteiligt. Ich bin in diesem Fall zumeist in Interaktion mit einem Kind, wobei der Anlass für meine Aktivität entweder eigenes Ermessen (ich sehe, dass X Hilfe braucht und gehe zu ihm/ihr) oder direkte Aufforderung des Kindes („Verena, kommst du einmal?") sein kann.
Ich agiere sowohl in ÖGS als auch in Deutsch.
Die Kamera steht ungesteuert, aber filmend hinten.

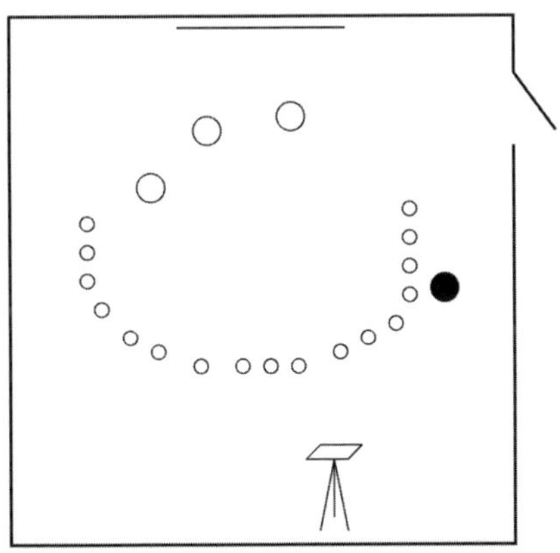

Erhebungssituation 3: Forscherin als kurzfristige Dolmetscherin

Hier fungiere ich (vorübergehend) als Dolmetscherin zwischen den Lehrerinnen. Diese Rolle nehme ich auch oft von hinter der Kamera aus wahr, also im fliegenden Wechsel mit Erhebungssituation 1.
Ich agiere sowohl in ÖGS als auch in Deutsch.

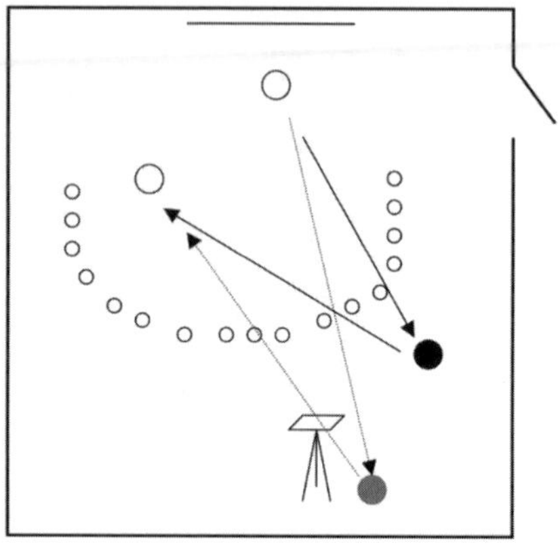

Erhebungssituation 4: Forscherin als lehrende Person

In dieser Situation übernehme ich mehr oder weniger kurz (wenige Minuten bis 1 Tag) die Rolle einer lehrenden/beaufsichtigenden Person - gemeinsam mit einer der beiden Lehrerinnen.
Ich agiere sowohl in ÖGS als auch in Deutsch.
Die Kamera steht ungesteuert, aber filmend hinten.

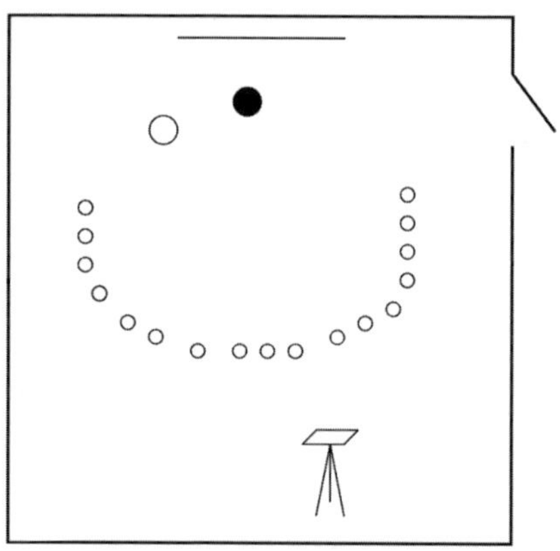

Erhebungssituation 5: Forscherin als Ressource für die Lehrerinnen

In dieser Situation werde ich von den Lehrerinnen als Ressource genutzt (etwas kopieren gehen, jemanden zur Ärztin bringen etc).
Ich agiere sowohl in ÖGS als auch in Deutsch.
Die Kamera steht ungesteuert, aber filmend hinten.

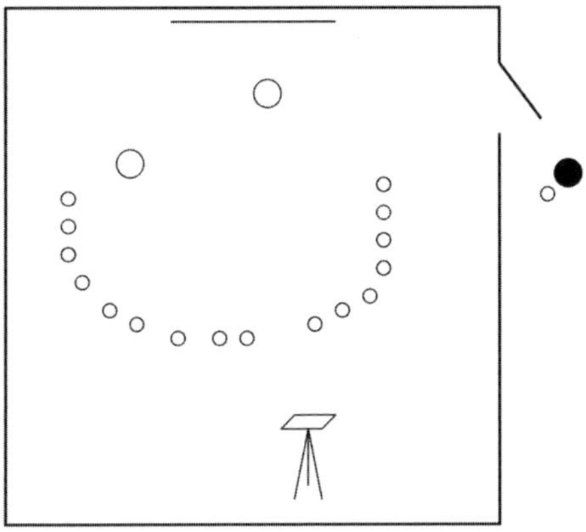

Erhebungssituation 6: Forscherin als Beobachterin im Förderunterricht

Hier filme ich den Förderunterricht der gehörlosen Lehrerin und (optional) der Dolmetscherin mit den beiden gehörlosen Schülerinnen.
Ich bin nicht aktiv in das Geschehen involviert, sondern beobachte und filme.

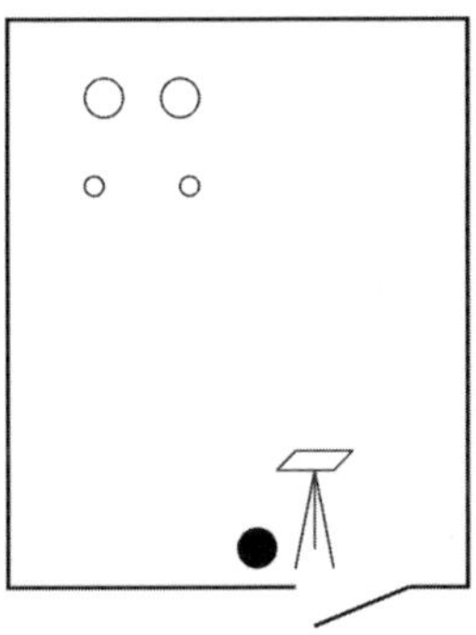

Erhebungssituation 7: Forscherin halbaktiv im Förderunterricht

Hier bin ich halbaktiv in den Förderunterricht der gehörlosen Lehrerin und (optional) der Dolmetscherin mit den beiden gehörlosen Schülerinnen involviert und beobachte am Tisch sitzend. Dies hat zur Folge, dass ich auch manchmal etwas sage, oder von den Kindern angesprochen werde - oder mit der Lehrerin etwas ‚nebenbei' bespreche.
Ich agiere in ÖGS.
Die Kamera filmt ungesteuert, bzw. ab und zu von mir kontrolliert.

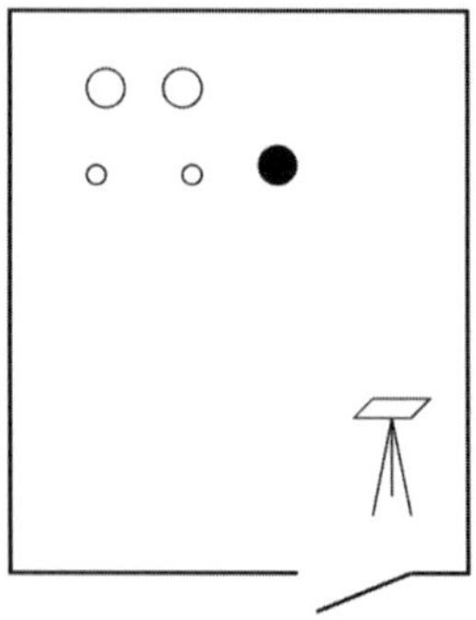

Erhebungssituation 8: Forscherin aktiv im Förderunterricht

Hier bin ich aktiv in den Förderunterricht der gehörlosen Lehrerin mit den beiden gehörlosen Schülerinnen involviert. Zumeist arbeitet eine Erwachsene jeweils mit einem Kind.
Ich agiere in ÖGS, manchmal ‚über' Deutsch, die Zielsprache, redend.
Die Kamera filmt ungesteuert, bzw. ab und zu von mir kontrolliert.

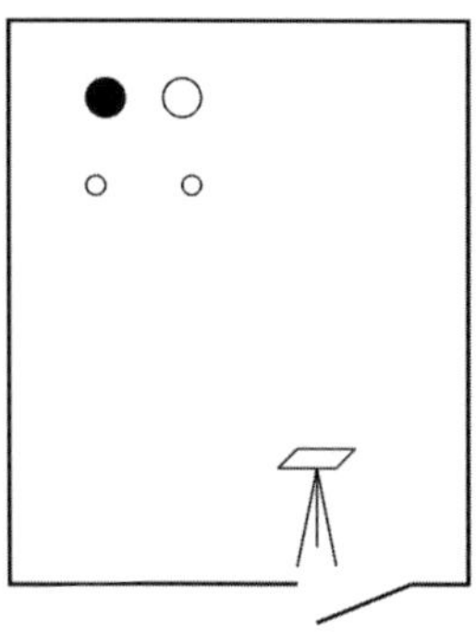

Erhebungssituation 9: Forscherin als Unterrichtende in den ‚Freien Schreibstunden'

Hier bin ich aktiv als einzige ‚lehrende' Person in der Kindergruppe, die ‚Freies Schreiben' (mehr dazu siehe Kapitel ‚Deutsch-Schreiben') praktiziert. Es ist dies ab der 2. Klasse eine sehr wichtige Erhebungssituation, weil die selbstverfassten Texte der Kinder so elizitiert wurden.
Ich agiere sowohl in ÖGS, als auch in Deutsch.
Die Kamera filmt ungesteuert, bzw. ab und zu von mir kontrolliert.

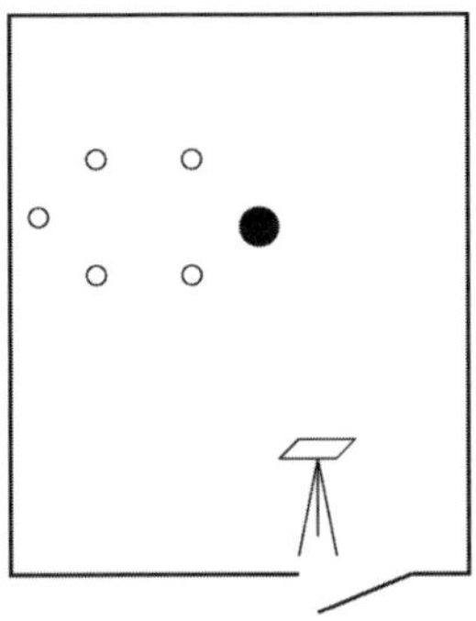

Erhebungssituation 10: Forscherin als aktives Klassenmitglied in der Pause

Hier bin ich aktiv in das Pausengeschehen der Kinder involviert. Manchmal sitze ich auch neben der Kamera, werde aber von den Kindern trotzdem involviert.
Ich agiere sowohl in ÖGS, als auch in Deutsch.
Die Kamera steht mehr oder eben weniger ungesteuert filmend hinten.

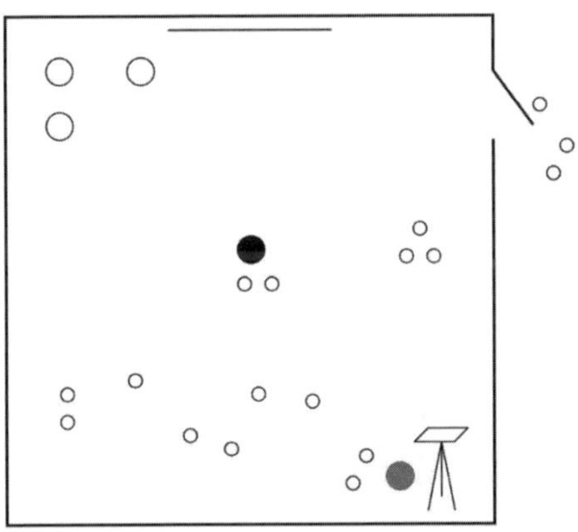

Erhebungssituation 11: Forscherin als Aufsichtsperson in der Pause

Hier bin ich ebenfalls aktiv im Pausengeschehen, allerdings habe ich einen Auftrag bekommen und bin ersatzweise beaufsichtigende Person.
Ich agiere sowohl in ÖGS, als auch in Deutsch.
Die Kamera steht mehr oder weniger ungesteuert filmend hinten.

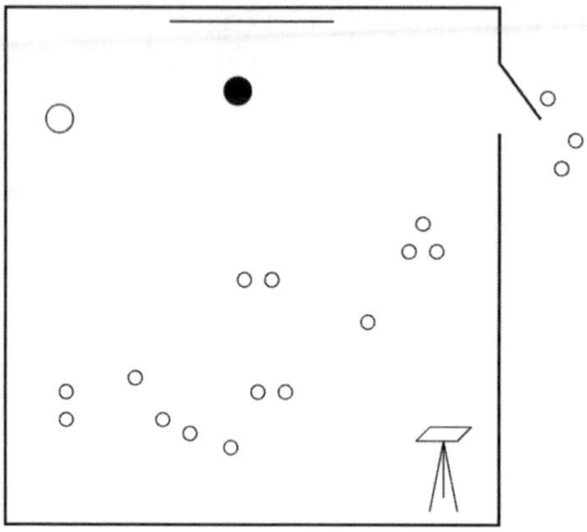

Erhebungssituation 12: Forscherin aktiv und synchron filmend in der Pause

Hier bin ich im Pausengeschehen filmend aktiv.
Ich interagiere (sowohl in ÖGS als auch auf Deutsch) und filme gleichzeitig/abwechselnd.

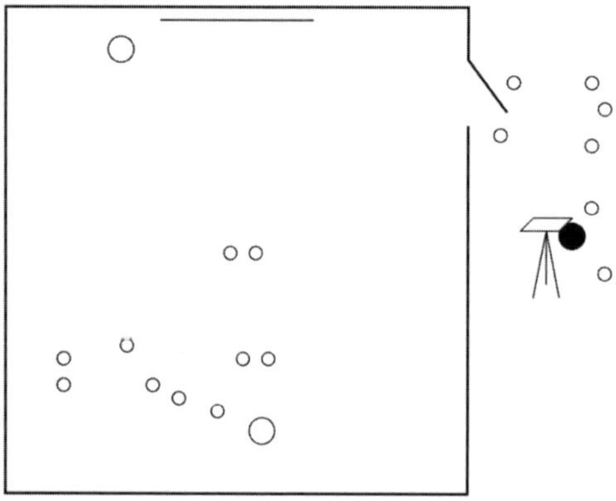

6.4.2 Videodaten, Schriftliche Codierungen, Forschungstagebuch und Rückleitungen ins Feld

Das Basismaterial für diese Untersuchung besteht aus 248 Stunden digitaler Videoaufnahmen, die von mir im Rahmen der oben beschriebenen Erhebungssituationen hergestellt wurden. Es handelt sich hierbei um Rohmaterial, das im Laufe von zwei Jahren bei regelmäßigen wöchentlichen Besuchen in der Klasse/Schule aufgenommen wurde.[2]

Im dritten Schuljahr habe ich die Beobachtung sehr eingeschränkt fortgesetzt, indem ich nur die ‚Freien Schreibstunden' weiter durchgeführt und erhoben habe.

Die Videoaufnahmen wurden alle mit einer kleinen digitalen Videokamera (Sony, Modell Digital Handycam PC-100E) gemacht. Sie stand meist auf einem leichten Stativ, nachdem sich die Qualität der Aufnahmen mit dem eingebauten Mikrophon als absolut ausreichend erwiesen hatte, verwendete ich kein externes Mikrophon.

Ich habe während des Unterrichts und in den Pausen, so gut wie möglich lückenlos durchgehend, den gesamten Schultag von meinem oder der Kinder Eintreffen bis zu ihrem Verlassen der Klasse gefilmt. Meist handelt es sich hierbei um einen ganzen Schultag, wobei z.B. Turnstunden als erste/letzte Stunde im ersten Schuljahr nicht gefilmt wurden und der gefilmte Schultag somit verkürzt wurde. Durch Kassetten- und Batteriewechsel entstanden kleine Pausen in den Aufnahmen.

Normalerweise hielt ich mich in der Nähe der Kamera auf, steuerte und positionierte sie für meine Zwecke. Meist standen im Zentrum der Aufnahmen die gehörlosen Kinder und die gehörlose Lehrerin. Der gebärdete Unterricht ist sichtbar, der gesprochene Unterricht ist durchgehend auf der Audiospur der Aufnahmen gut nachvollziehbar.

Auch alle anderen Interaktionen, die nicht auf den Aufnahmen zu hören waren, die also visuell abliefen, versuchte ich zu filmen, besonders Interaktionen anderer Kinder in Gebärdensprache. Je mehr die hörenden Kinder zu gebärden begannen, desto mehr Geistesgegenwärtigkeit und Aufmerksamkeit erforderte es, solche oftmals sehr schnell und kurz stattfindenden Interaktionen zu filmen.

Des weiteren filmte ich die jeweilige Seite im Buch/Heft der arbeitenden Kinder in Nahaufnahme, um beim späteren Anschauen der Aufnahmen das Erkennen

---

2 Der Wiener Stadtschulrat sowie die Eltern wurden vor Projektbeginn schriftlich um Erlaubnis für die Beforschung der Klasse gebeten. Der SSR und die zuständigen Inspektoren, denen ich mein Vorhaben persönlich vorstellte und erklärte, genehmigten das Projekt. Die Eltern gaben ihr schriftliches Einverständnis für die Videoaufnahmen und wurden regelmäßig und nach Abschluss sowohl schriftlich als auch persönlich über die Ergebnisse informiert. Die Schuldirektion (Frau Schlick und Herr Richter) war an der Begleitforschung von Anfang an interessiert, öffnete mir das Haus und gewährte mir Zugang zu allen Ressourcen, war also im höchsten Maße unterstützend. Danke!

und Verstehen der jeweiligen Tätigkeiten der Kinder, Aktivitäten und Gespräche in der Klasse zu erleichtern.

Immer wieder ergaben sich Situationen und Stunden, in denen ich - wie oben beschrieben - mehr „teilnehmend" als „beobachtend" dabei war. An solchen Tagen stand die Kamera oftmals länger ungesteuert hinten in der Klasse. Sie nahm zwar auf, ich filmte jedoch nicht aktiv, manchmal vergaß ich sie selbst vollkommen[3].

Sämtliche Videobänder wurden so bald wie möglich nach ihrer Aufnahme von mir codiert. Meistens erledigte ich diese Erstbeschau gleich in der nach dem Aufnahmetag folgenden Woche. Die Codierungen beinhalten ein relativ dichtes, nach Minuten und Sekunden des Bandes gegliedertes Verzeichnis jener Dinge, Personen, Aktivitäten, Interaktionen, Unterrichtsthemen, die auf dem Band zu sehen sind und erklärende Anmerkungen, die nur durch meine Präsenz bei der Aufnahme möglich waren.

Diese Codierungen geschahen immer mit dem Hauptaugenmerk auf die Frage „Wer agiert warum und worüber in welcher Sprache mit wem?". Auf Unterrichtsstunden, in denen es explizit um Sprache ging, wurde besonderes Augenmerk gelegt.

Die Codierungen/Transkripte sind unterschiedlich eng, das bedeutet, bei mir auffallend oder interessant erscheinenden Passagen kommen sie einem echten Transkript gleich, in mir nicht wichtigen Stunden (Turnen, Religion, manche Mathematikstunden) habe ich nur grobe Inhaltsangaben erstellt. Die Codierung einer Stunde Band nahm zwischen einer und drei Stunden Arbeitszeit in Anspruch. In diesem Arbeitsschritt brachte ich auch gleich speziell formatierte Kommentare und Zeichen im Text an, die mir das Wiederfinden von auffälligen interessanten oder nicht verständlichen Stellen erleichtern sollten. Auch kopierte ich in diesem Arbeitsgang schon auf den ersten Blick besondere Stellen sofort heraus und schuf eine vierstündige Ressource aus diesen „bits", die ich auf jeden Fall zur Illustration der Klassenabläufe und entdeckten Phänomene verwenden können würde. Die Codierungen umfassen insgesamt ca. 380 getippte Seiten.

Neben den Videoaufnahmen habe ich in den 2 Schuljahren des Erhebungszeitraumes während meiner Anwesenheit in der Klasse Beobachtungen schriftlich notiert. Diese Notizen und Einträge orientieren sich an den in der Aktionsforschung vorgeschlagenen Formen.

Die *Feldnotizen* dienten vor allem dem Festhalten von Ereignissen, die ich nicht auf Video aufgenommen hatte. Wenn z.B. in einer Ecke des Raumes etwas

3 Einige der eindrucksvollsten und für mich wichtigsten Aufnahmen entstanden an Tagen, wo ich die Kamera kurz alleine stehen ließ, um z.B. mit einer Lehrerin etwas zu besprechen - und dann erst zu Hause beim Codieren entdeckte, was sich von mir unbemerkt in der Klasse abgespielt hatte.

stattgefunden hatte, was ich aus was für Gründen auch immer zu filmen „versäumt", aber beobachtet hatte, fügte ich diese Information der Codierung der Videoaufnahmen erklärend hinzu. Auch das Wechseln von Bändern und Batterien vermerkte ich und eine stichwortartige Liste, was auf dem eben aufgenommenen Band zu sehen ist (z.B.: „Tape III: Pause, Mathe, dann Mitteilungsheft-Eintragung").

Zu Hause führte ich außerdem ein *Forschungstagebuch* mit sowohl wöchentlichen Eintragungen, die an die Protokolle meiner Besuche gekoppelt waren, als auch Eintragungen über selbstreflexive Beobachtungen in der schulfreien Zeit. Auch Überlegungen, Ideen, Pläne und forschungsrelevante Aktivitäten wurden darin notiert.

Meine Rollen und Funktionen als Forscherin sowie auch die Fremdwahrnehmung durch Lehrende während dreier Jahre im ‚Feld' der Klasse sind in der diesem Buch zugrunde liegenden Dissertation reflektiert besprochen (Krausneker 2003b:162-174).

Im Sinne der weiter oben beschriebenen Prinzipien der Aktionsforschung, nach denen das Material durch beteiligte/beforschte Menschen validiert und kommentiert werden kann und soll, bemühte ich mich um Rückleitung desselben ins ‚Feld'.

Ich stellte für zwei Elternabende in der beforschten Klasse Videopräsentationen her, in denen die Eltern kleine Ausschnitte des gefilmten Materials vorgeführt bekamen. Diese Präsentationen waren einerseits im Hinblick auf eine verständliche Kommunikation meines Forschungsinteresses, andererseits konkret im Hinblick auf die – von mir angenommenen – Bedürfnisse und Interessen der Eltern erstellt. (Zum Beispiel achtete ich darauf, dass jedes Kind zumindest einmal klar zu sehen war, dass Gruppenbilder dominant waren, sie einen Eindruck vom Schulalltag ihres Kindes bekamen usw.)

Beurteilungen des Materials oder angesprochener Phänomene wurden von mir als wichtige und wertvolle Rückmeldung und Zusatzinformation, als neue Quelle begriffen.

Auch habe ich mehrstündige Kopien von Aufnahmen für LehrerInnen gemacht, die diese für sie völlig neue Möglichkeit der Selbstkontrolle z.T. sehr befruchtend und wichtig empfanden.

Die Kinder - die in der zweiten Klasse immer wieder Interesse an meinen Aufnahmen zeigten - erhielten am Ende der zweijährigen intensiven Forschungszeit (als mein Abschiedsgeschenk) jedes ein kurzes Videoband, das eine Art diachrones Portrait (Entwicklung, lustige Szenen, Lernsituationen) jedes Kindes beinhaltete. Ich erfuhr bei einem Besuch in der dritten Klasse von einigen Kindern, dass sie sich ihr Video-Portrait gerne und oft anschauen.

Abgesehen von diesen, eben beschriebenen teilnehmend-beobachtend erhobenen Daten wurde zur Dokumentation bestimmter Entwicklungen und Inhalte auch gesteuert Material elizitiert.

6.4.3 Elizitiertes Datenmaterial

6.4.3.1 Freie Schreibstunden und Interviews

Ich führte in der zweiten und dritten Klasse geleitete Zwischenerhebungen der aktiven Sprach-/Schreibkompetenz der Kinder durch. Diese fanden im Rahmen einer zuerst allmonatlichen, dann dreimonatlichen Stunde mit einer kleinen Gruppe ausgewählter Kinder statt, die ich selbst als „Freie Schreibstunde" gestaltete (und zur Dokumentation auch filmte).

Diese Stunden waren einerseits vom Setting ähnlich anderen Unterrichtssituationen, jedoch war das, was die Kinder produzierten - nämlich selbst frei geschriebene Texte - von mir gezielt für die Studie elizitiert, im dem Sinne, dass das Thema, die Aufgabenstellung und etwaiges Quellmaterial (Bildgeschichte usw.) von mir kam.

Zur detaillierten Beschreibung dieser Erhebungssituationen siehe Appendix.

Sowohl Sichtweisen der bilingualen Klasse als auch Informationen biographischer Natur über die beteiligten Personen mussten von mir erhoben werden. Dazu verwendete ich die Methode des halbstandardisierten Interviews.

Alle beteiligten LehrerInnen/Dolmetscherinnen und Mütter (die sich nach Anfrage bereit erklärt hatten) der bilingualen Klasse befragte ich jeweils am Ende des ersten und zweiten Schuljahres in ausführlichen Einzel-Interviews.

Insgesamt führte ich gemeinsam mit beteiligten erwachsenen Personen 23 Stunden Interviews anhand von Leitfäden, die allesamt auf Video aufgenommen wurden. Die auf Deutsch geführten Interviews wurden von mir transkribiert.

Die in ÖGS geführten Interviews habe ich ins Deutsche übersetzt und transkribiert. Da es sich bei ÖGS für mich um eine Fremdsprache handelt, habe ich gemeinsam mit einem geprüften ÖGS-Deutsch-Dolmetscher (Kind gehörloser Eltern, also L1 ÖGS) eine Kontrollsichtung gemacht, bei der der gebärdete Text von ihm simultan auf Deutsch direkt auf ein Tonband gesprochen wurde.[4] Diese Bänder habe ich noch einmal transkribiert, gemeinsam mit dem Videoband einer Kontrollsichtung unterzogen und dann in meine ursprünglichen Interviewtranskripte einbezogen.

4 Tausend Dank an Ferdinand Lescecz, der diese Arbeit nicht nur gewissenhaft, sondern liebenswürdigerweise unentgeltlich gemacht hat und mich und diese Studie dadurch sehr unterstützt hat.

Tabelle 2: Interviews zu Ende des ersten Schuljahres

Datum	Interviewpartnerin	Kürzel i d Arbeit
28. Juni 2001	Interview Martina Klein, Klassenlehrerin	MK 28. Juni 2001
10. Juli 2001	Interview Helene Jarmer, Klassenlehrerin	HJ 10. Juli 2001
13. Juli 2001	Interview Frau Z., Schülerinmutter	Z 13. Juli 2001
18. Juli 2001	Interview Frau N., Schülermutter	N 18. Juli 2001
20. Juli 2001	Interview Barbara Mally, Dolmetscherin	BM 20. Juli 2001

Tabelle 3: Interviews zu Ende des zweiten Schuljahres

Datum	Interviewpartnerin	Kürzel i d Arbeit
3. Juli 2002	Interview Helene Jarmer, Klassenlehrerin	HJ 3. Juli 2002
9. Juli 2002	Interview Heinrich Himmel, Klassenlehrer	HH 9. Juli 2002
10. Juli 2002	Interview Sabine Nebauer, Dolmetscherin	SN 10. Juli 2002
15. Juli 2002	Interview Martina Klein, Klassenlehrerin	MK 15. Juli 2002

Außerdem interviewte ich am Ende des dritten Schuljahres alle (12 an dem Tag anwesenden) Kinder der Klasse einzeln - ebenfalls nach einem halbstandardisierten Leitfaden.

Diese Interviews am vorletzten Schultag, dem 26. Juni 2003, dauerten je nach Kind zwischen 6,5 und 15 Minuten.[5]

Die Interviews wurden nicht diskursanalytisch bearbeitet, sondern nur auf ihren Inhalt hin analysiert. Sie dienen als Beleg- bzw. Hintergrundinformation und sind ausschnittweise in meine Untersuchung eingeflossen. Aus diesem Grund (aber auch wegen des großen Umfangs) wurden die Verschriftungen nicht in den Appendix aufgenommen.

6.4.3.2 Sprachstandserhebungsverfahren: Wortschatztest

Zur systematischen Erhebung der Deutsch-Wortschatzentwicklung der gehörlosen Schülerinnen adaptierte und realisierte ich einen Wortschatztest nach Bizer und Karl (2002). Mängel bei der Adaption des Tests haben mich dazu bewogen, ihn hier nicht detailliert darzustellen – er ist im Kapitel ‚Resümee Deutsch-Schreibkompetenz-Entwicklung' zusammengefasst und gesamt in Krausneker (2003b) nachzulesen. Der Test überprüfte das Wissen über 48 Deutsch-Vokabeln (je 16 Substantive, Verben, Adjektive), die im Rahmen des Unterrichts gemeinsam mit der Lehrerin von den Mädchen schon gelernt worden waren. Ich führte

5 Die Interviews der Kinder sind jeweils mit dem Vornamen benannt. Die üblicherweise in der Forschung praktizierte Anonymisierung konnte - da sich die Kinder auf allen Videoaufnahmen gegenseitig per Vornamen ansprechen - nicht durchgeführt werden. Die Eltern wurden diesbezüglich von mir gefragt und gaben kollektiv ihr Einverständnis zur Verwendung der Vornamen. Danke!

ihn am 6. Juni 2002 mit beiden gehörlosen Kindern einzeln durch. Die Ergebnisse des Tests sind - so eingeschränkt sie auch quantitativ relevant sind – auf jeden Fall für die beiden gehörlosen Testpersonen aussagekräftig.

6.4.3.3 Selbsteinschätzung 1: Spracheinstellungstests

‚Selbsteinschätzung' meint in der Sprachlehrforschung, dass die LernerInnen ihre eigenen Sprachkompetenzen - womöglich anhand von Beispielen - einschätzen und beurteilen. Dies kann durch Fragebögen, Interviews, bei der Textproduktion oder durch lautes Mitsprechen bei der Aufgabenlösung usw. geschehen (siehe Ellis 1997:674)

Ich habe zwei Arten von Selbsteinschätzungserhebungen durchgeführt: Spracheinstellungstests und Sprachenportraits.

Mit den beiden gehörlosen Mädchen führte ich je einen Spracheinstellungstest in Form einer mündlichen Befragung nach einem standardisierten Fragebogen durch. Dieser ist die deutsche Übersetzung eines englischsprachigen Fragebogens für gehörlose Kinder von Nover (1999) und erhebt die Einstellung der Kinder sowohl zu ihrer gebärdeten Erstsprache (in diesem Fall der ÖGS,) als auch zu ihrer L2, in diesem Fall der deutschen Schriftsprache.

6.4.3.4 Selbsteinschätzung 2: Sprachenportraits

Als zweite Form der selbsteinschätzenden Spracherhebung führte ich eine eher spielerische Aktivität mit allen Kindern der Klasse durch, die zum Ziel hatte, die eigenen Sprachenkompetenzen bewusst zu machen und zu reflektieren.

Dafür verwendete ich die Methode der „Sprachenportraits" nach Krumm und Jenkins (2001). (Siehe Kapitel 14,Selbsteinschätzung durch Sprachenportraits'.)

6.5 Auswertungsverfahren: Datentriangulierung

Zusammenfassend lassen sich die Ziele und Vorgangsweisen meiner Untersuchung noch einmal kurz darstellen:

Die soziolinguistische Entwicklung einzelner Kinder in der Klasse und Interaktionen der gesamten Klasse werden dokumentiert. Die beobachteteten Phänomene sollen systematisiert, analysiert und nach Möglichkeit interpretiert werden.

Sprachenlernen/Spracherwerb ist eine ‚unordentliche' Angelegenheit. Es ist anzunehmen, dass jener Großteil der Weltbevölkerung, der bi-und multilingual ist, seine Sprachen (oder zumindest eine davon) nicht nach einem Lehrbuch in didaktisierter Reihenfolge erlernt, sondern in ungeordneten und schwer nachvollziehbaren Einheiten und Abläufen mit großteils natürlichem Input erworben hat. Ungeordneter Spracherwerb ist also durchaus der Normalfall und das in Europa übliche didaktisierte systematische Lernen einer Sprache in der Schulzeit die Ausnahme.

Insofern entsprechen ‚ungeordnete', multimodale Studien wie die meine und Untersuchungen von multilingualen Umfeldern eher der erforschten Realität als andere Zugangsweisen.

Meine Erhebung und Studie hat den Vorteil, dass sie äußerst vielfältiges, natürlich entstandenes Material dokumentiert. Dieses Daten-Spektrum stellt einerseits eine sehr gute, eindrucksvolle Repräsentation der beschriebenen Sprachlernrealität dar, macht andererseits eine systematische Auswertung schwer.

Derart vielfältiges und ‚ungeordnetes' Material zum Spracherwerb, wie es im Rahmen der vorliegenden Arbeit erhoben wurde, macht es auch sehr schwer, übersichtlich in Tabellen und Listen geordnete Aussagen und Beschreibungen zu erstellen (wie sie in der Wissenschaft gerne gesehen und produziert werden).

Ich habe versucht, wirklich *alles*, was in den 3 Jahren meiner Anwesenheit in der Klasse und auf Videofilm in Bezug auf das Deutschlernen der gehörlosen Mädchen an Daten existiert, in die Dokumentation und Analyse mit einzubeziehen.

Die in dreijähriger Feldforschung von mir gewonnenen Daten werden zur sinnvollen Nutzung und Auswertung daher trianguliert. Das heißt, meine wöchentlichen Beobachtungen werden in Relation zu den Sprachtests, zu den ‚Freien Texten' gebracht und mit den Aussagen in den Interviews in Verbindung gesetzt. Dadurch soll ein möglichst angemessenes Bild, aber auch eine gewisse Gegenkontrolle gemachter Beobachtungen ermöglicht werden.

Datentriangulierende Auswertung ist ein wichtiges Mittel der qualitativen Forschung. Durch den Einsatz komplementärer Methoden, Theorien, Daten oder auch ForscherInnen in einer Untersuchung „sollen Einseitigkeiten oder Verzerrungen, die einer Methode, Theorie, Datenbasis oder einem einzelnen Forscher anhaften, kompensiert werden." (Steinke 2003:320)

Datentriangulierung ermöglicht darüber hinaus auch ein multiperspektivisches, breiteres und tieferes Verständnis des untersuchten Gegenstandes.

Hier kommen sowohl Theorien der Bilingualismus- als auch der Sprachlehr/lernforschung und der Gehörlosenpädagogik zur Anwendung.

Für die Auswertung des Deutschlernprozesses der gehörlosen Kinder mussten – um der Vielfalt der Daten gerecht zu werden - vielfältige Ansätze herangezogen werden: Sowohl eine Fehleranalyse ihrer schriftlichen Produkte als auch eine Performance-Analyse in Bezug auf ihre Sprachkompetenzen im schulischen und außerschulischen Alltag und den selbstständigen Einsatz neuerlernter Regeln und Vokabeln wurden von mir als relevant erachtet, ebenso introspektive Lernerinnenaussagen über ihre neue Sprache oder Erklärungen für eben gemachte sprachliche Äußerungen. (Für eine Zusammenfassung und kritische Beurteilung der Ansätze siehe Faerch und Kasper 1987). Zu den introspektiven Methoden gehört auch die Spracheinstellungsbefragung.

Die Fehleranalyse (Beschreibung und der Versuch der Interpretation der Fehler) kam vor allem bei der Analyse der in den „Freien Schreibstunden" verfassten Texte der Kinder zur Anwendung.

Die Performance-Analyse umfasste die Einbeziehung sämtlicher Ereignisse, sofern beobachtet, die einen Hinweis auf die bewusste Wahrnehmung, Verwendung, Beurteilung, Anwendung der neuen Sprache enthielten. Es ist wichtig, das ich nicht nur Fehler, sondern auch *Bestände* wahrnahm und analysierte, also erworbene oder erlernte Kompetenzen der Kinder nicht unbeachtet blieben.

Die jeweils zur Anwendung gekommenen Analysekategorien sind in den Diskussionen der einzelnen Texte detailliert explizit gemacht.

6.6 Design der Studie: Zusammenfassender grafischer Überblick

Durch meine zweijährige teilnehmend-beobachtende Untersuchung der bilingualen Klasse ÖGS-Deutsch wird qualitativ dokumentiert, wie der beforschte Schulversuch abläuft. Es werden die Probleme und Vorzüge der verwendeten Methode angesprochen, sowie die Erkenntnisse für den bilingualen Unterricht Gehörloser geliefert - wobei vor allem die sprachlichen Aspekte untersucht werden.

Der Fokus meiner Untersuchung ist ein soziolinguistischer und das Hauptinteresse liegt auf dem Spracherwerb der gehörlosen Kinder der Klasse.

Es wurde keine Parallelstudie in anderen Klassen/Gehörlosenschulen erstellt.

Aus vorangegangenen Ausführungen und Darstellungen des Forschungsinteresses und der angewandten Erhebungsmethoden ergibt sich folgendes Design der Studie:

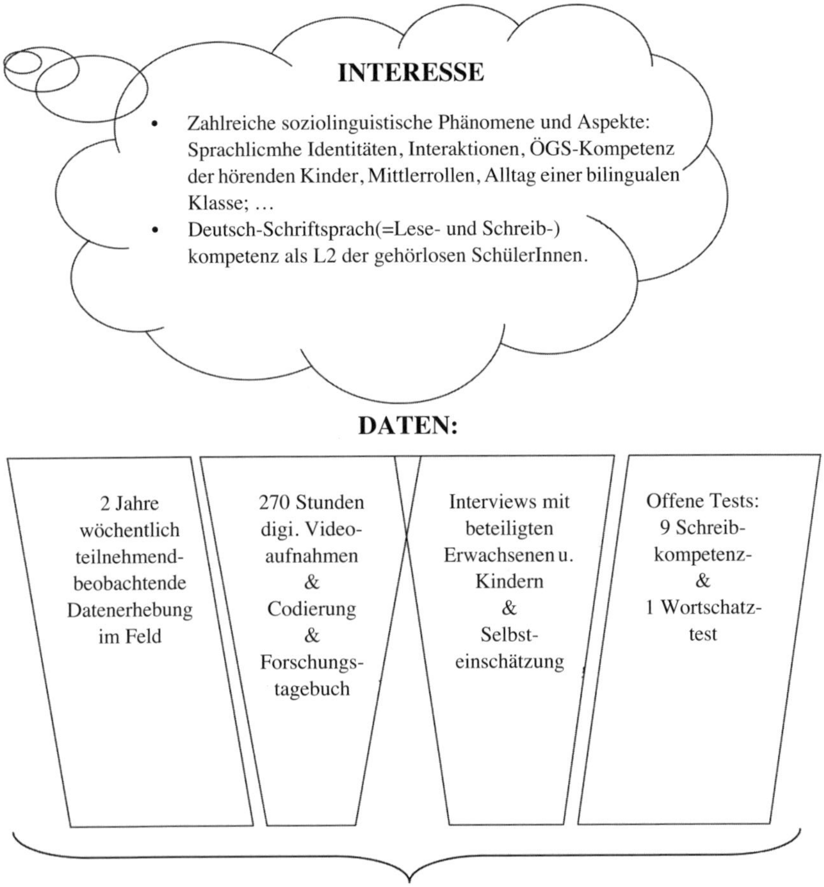

ZIELE

- Praxis und Praktikabilität dieses bilingualen Modells beschreiben
- Verstehen, wie sich unter bilingualen schulischen Rahmenbedingungen Schrift-Sprachkompetenz bei gehörlosen Kindern entwickelt/entwickeln kann.
- Eventuell Verbesserungsvorschläge machen

7 Rahmenbedingungen der untersuchten bilingualen Klasse

7.1 Entstehungsgeschichte

Der Lehrerin Helene Jarmer war es nicht möglich, an ihrer Schule (dem Bundesinstitut für Gehörlosenbildung in Wien) bilingualen Unterricht ein- und durchzuführen. Motiviert durch die daraus resultierende Unzufriedenheit, betrieb sie bei der lokalen Schulbehörde Lobbying für die bilinguale Bildung von gehörlosen Kindern. Die Mutter eines gehörlosen Kindes unterstützte dieses Lobbying und deponierte bei den Schulbehörden ihr Interesse an einem bilingualen Angebot für ihr demnächst schulpflichtiges Kind. Im Frühjahr 2000 fand ein erstes konkretes Gespräch zwischen Landes- und Bezirksschulinspektoren, SchulleiterInnen, Eltern und Lehrerinnen statt.

Zu diesem Zeitpunkt existierte zum gewünschten Modell der bilingual-integrativen Klasse folgender stichwortartiger Plan bzw. folgende Anforderungsliste von Seiten der Initiatorinnen:

- offene Schuleingangsphase
- Kooperation der Lehrkräfte und gemeinsamer Unterricht gehörloser und hörender Kinder
- Hauptunterrichtssprache für gehörlose Kinder ist die ÖGS; der Unterricht erfolgt prinzipiell gemeinsam mit den hörenden Kindern. Bei bestimmten Themengebieten bzw. Unterrichtsinhalten ist aber eine getrennte Unterrichtung in der jeweiligen Muttersprache der Kinder vorzuziehen (z.B. Deutsch/Gebärdensprache, ...).
- eine Dolmetscherin übernimmt die Vermittlerrolle zwischen hörender Lehrkraft und gehörloser Lehrkraft und dolmetscht Unterrichtseinheiten der hörenden Lehrkraft.
- zusätzliche Förderung der gehörlosen Kinder (Sprachförderung, Gebärdensprachunterricht, ...)

Es sollten gehörlose und hörende Kinder gemeinsam nach dem regulären Lehrplan von 2 Lehrerinnen in 2 Sprachen unterrichtet werden. Außerdem sollte eine Dolmetscherin die Kommunikation unter den beiden Lehrenden und zwischen gebärdender Lehrerin und hörenden Kindern erleichtern. Die beiden Sprachen würden Deutsch und ÖGS sein.

Nachdem sowohl diverse dienstrechtliche als auch praktisch-organisatorische Probleme geklärt waren, wurde Helene Jarmer vom Wiener Stadtschulrat darüber informiert, dass es u.U. bald die Möglichkeit für die Schaffung einer bilingualen

Volksschulklasse gäbe. Vom Stadtschulrat wurde die KlassenschülerInnenzahl mit maximal 14 Kinder limitiert. Nach einigen Besprechungen war bald eine Schule gefunden, an der sich so eine Klasse einrichten ließ: Eine Volksschule im 22. Wiener Gemeindebezirk.

Jene Lehrerin dieser Schule, die im darauffolgenden Schuljahr eine 1. Klasse unterrichten sollte, wurde über die Idee einer bilingualen Klasse in Kenntnis gesetzt, nicht jedoch, soviel sei der Vollständigkeit halber gesagt, vor eine wirkliche Wahl gestellt. Sie hatte bis dahin keinerlei Erfahrung mit gehörlosen Menschen, Gebärdensprache und Teamteaching gemacht, aber sie sagte zu.

Alle Eltern, die ihre Kinder schon für ihre Klasse angemeldet hatten, plus die Eltern der 4 gehörlosen Kinder, die bilingualen Unterricht für ihr Kind wünschten, wurden im Mai 2000 zu einem gemeinsamen Gespräch, der üblichen Vorbesprechung vor der ersten Klasse, in die Schule gebeten. Hier wurden sie nun darüber informiert, wie die Klasse gestaltet sein würde.

Kurz vor diesem Gespräch war ich von der Mitinitiatorin Helene Jarmer über das Projekt informiert worden. Ich hatte mich entschieden, mein bisheriges Dissertationsthema samt den dafür schon geleisteten Recherchen aufzugeben und die wissenschaftliche Begleitung der neuen bilingualen Klasse zu übernehmen. Ich war zu dem eben erwähnten vor dem Sommer stattfindenden Gespräch mit den Eltern auch als Gast eingeladen (und beobachtete die Besprechung, kündigte jedoch meine Studie mangels eines genauen Planes noch nicht an.)

Die bilinguale Doppelintegrationsklasse war nun also beschlossene Sache, alle 14 Kinder waren fix angemeldet, Anfang September 2000 wurde sie per erstem Schultag ohne sehr viel Vorbereitungen Realität.

7.2 Formale Rahmenbedingungen

Die in Österreich erstmalige Konstellation der Klasse (bilingual mit ÖGS nach Regelschullehrplan) sowie die darin arbeitenden Menschen (2 Lehrerinnen, eine Dolmetscherin) erforderten neue Bezeichnungen und formelle Lösungen.

Der Status der Klasse innerhalb des öffentlichen Schulsystems bleibt jedoch unklar, weil keine der derzeit existierenden offiziellen Bezeichnungen für Klassenformen und Beschulungskonzepte passt bzw. zugeschrieben wurde, weder „Integrationsklasse“ noch „Schulversuch“. „Bilinguale Doppelintegrationsklasse“ ist daher der (informelle) Terminus, der sich für diese Klasse gefunden hat. Doppelintegration bedeutet hier, dass nicht eine Gruppe in die andere integriert wird und sich (wie Integration zumeist praktisch gehandhabt wird) der Mehrheit anpassen muss/soll, sondern, dass beide Gruppen in ein neues Setting - in diesem

Fall Sprachen und damit zusammenhängende Umgangs- und Kommunikationsformen – eintauchen. In diesem sind sie gleichberechtigt und gleichwertig.

Die beiden Lehrerinnen der Klasse waren weiterhin jeweils an ihrer Schule angestellt, der Stammschule der hörenden Lehrerin (wo die Klasse auch lokalisiert war) und dem Bundesinstitut für Gehörlosenbildung.

Die Dolmetscherin wurde im ersten Jahr 12 Stunden (+ 4 für logopädisches Training) und im zweiten Jahr 11 Stunden/Woche angestellt. Dies entspricht ca. der Hälfte der Gesamtwochenstundenzahl der Kinder.

7.3 Diachroner Überblick über Personenfluktuation:

Kinder/LehrerInnen/Dolmetscherinnen

Die bilinguale Doppelintegrationsklasse war (leider) aus unterschiedlichen Gründen geprägt von großen personellen Veränderungen. Zur besseren Einsicht sind diese nun sowohl als Text als auch Grafiken dargestellt.

Personenfluktuation 1. Klasse

September 2000: 13 Kinder; 4 gehörlose, 9 hörende, Lehrerinnen Helene Jarmer, Martina Klein, Dolmetscherin Barbara Mally
Oktober 2000: 1 gehörloser Bub in den häuslichen Unterricht entlassen.
April 2001: 1 gehörloser Bub wegen gravierender Meinungsverschiedenheiten zwischen seiner Mutter und der Lehrerin aus der Schule genommen.
Juni 2001: 11 Kinder: 2 gehörlose, 9 hörende Kinder.
1 Bub wechselt über den Sommer die Klasse
Dolmetscherin BM wechselt Beruf

Personenfluktuation 2. Klasse

September 2001: 14 Kinder; 2 gehörlose und 12 hörende. 3 neue hörende Buben. Lehrerinnen MK und HJ, neue Dolmetscherin Sabine Nebauer.
Jänner 2002: neue Schülerin Derya.
Februar 2002: Hörende Lehrerin MK geht in den Mutterschutz und wird durch Heinrich Himmel-Agisburg ersetzt.
Schuljahresende: Austritt von 3 hörenden Kindern (Alysha, Astrid und Claus). Lehrer HH-A setzt nicht fort.

Personenfluktuation 3. Klasse

September 2002: 12 Kinder: 2 gehörlose und 12 hörende. 1 neuer Bub. Lehrerin HJ, Dolmetscherin SN, neue Lehrerin Brigitte Fügenschuh.
Schuljahresmitte: neue SchülerInnen Natalie II, Yussuf
Schuljahresende: Austritt von Natalie I.

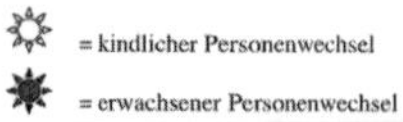

1. KLASSE
Sept 2000 14 Kinder

Adrian, Alysha, Astrid, Claus, David, Doris, Ehlibeyit, Florin, Lukas, Melanie, Natalie, Pia, Samantha, Tugba
Lehrerin MK und Lehrerin HJ, Dolmetscherin BM

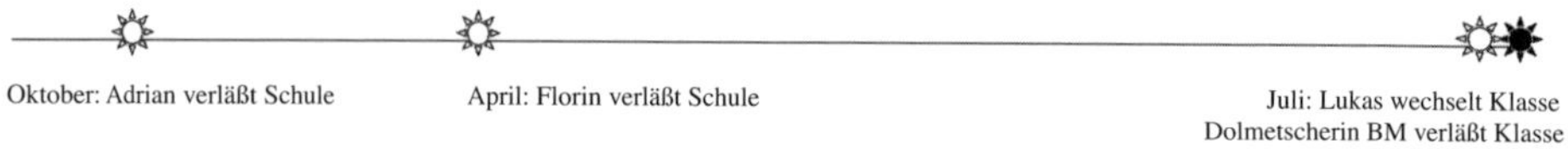

Abb. Personenfluktuation Bilinguale Klasse, 1. Schuljahr 2000/01

2. KLASSE
Sept 2001 14/15 Kinder

Alysha, Astrid, Claus, David, Doris, Ehlibeyit, Melanie, Natalie, Pia, Samantha, Tugba
Lehrerin MK und Lehrerin HJ, Dolmetscherin SN

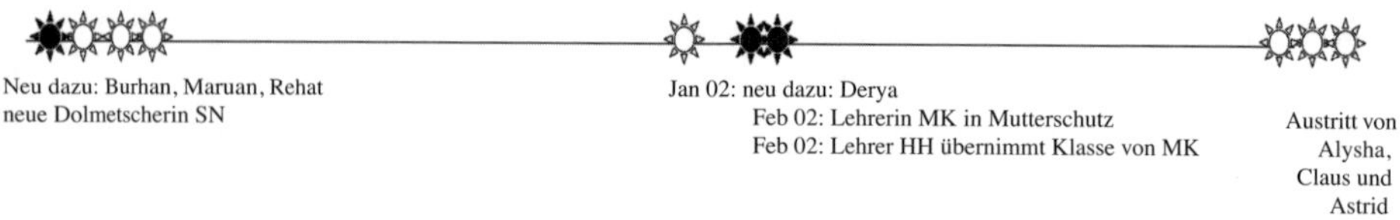

Abb. Personenfluktuation Bilinguale Klasse, 2. Schuljahr 2001/02, 3. Schuljahr 2002/03

3. KLASSE
Sept 2002 14 Kinder

Burhan, David, Derya, Doris, Ehlibeyit, Maruan, Melanie, Pia, Reha, Samantha, Tugba
Lehrerin HJ, Dolmetscherin SN

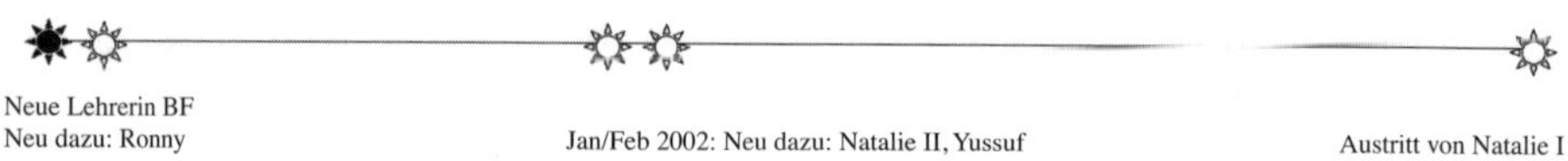

Abb. Personenfluktuation Bilinguale Klasse, 3. Schuljahr 2002/03

Wie an den drei Abbildungen leicht ablesbar ist, gab es in der beschriebenen Klasse eine ungewöhnlich hohe Personenfluktuation: Unter den Erwachsenen gab es innerhalb von 3 Jahren einen Dolmetscherinnenwechsel und 3 Lehrerinnenwechsel.

Bei den Kindern sind innerhalb von 3 Jahren je 7 Austritte und 7 Neuzugänge zu verzeichnen. Bei einer Klasse von nur 14 Kindern bedeutet das, dass nach 3 Jahren nur mehr die Hälfte der ursprünglichen Kinder in der Klasse waren (was natürlich auch auf die sprachlichen Kompetenzen Auswirkungen hat, weil sie z.B. im Unterschied zu den später dazugekommenen SchülerInnen schon seit ihrer Einschulung ÖGS kennen und erwerben).

Letztendlich erscheint es mir auch wichtig, die untersuchte Klasse in einem größeren Kontext eingebettet zu betrachten: In der folgenden Grafik habe ich die (personelle wie auch praktizierte) Sprachensituation der Klasse im Rahmen der Schule, diese wiederum im Rahmen der Gehörlosenpädagogik und alles zusammen im Rahmen der umgebenden Gesellschaft dargestellt.

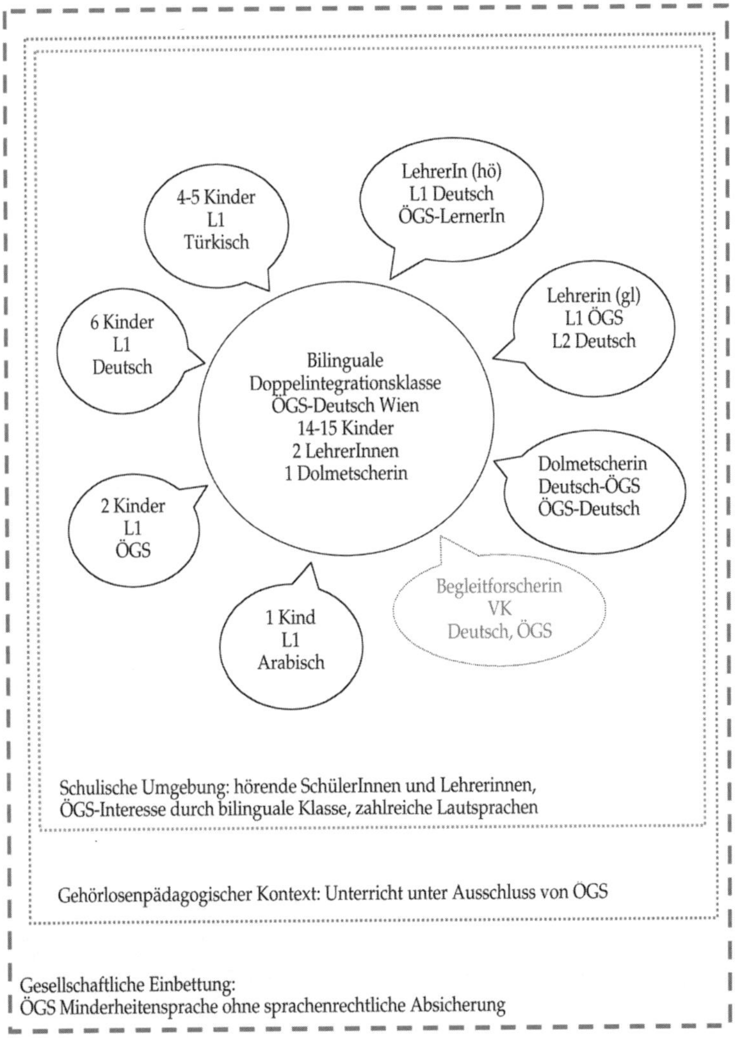

Nach der Darstellung aller relevanten Rahmenbedingungen und der personellen Zusammensetzung werden im folgenden Kapitel die Forschungssubjekte, die im Zentrum der Untersuchung stehen, nämlich die SchülerInnen der bilingualen Doppelintegrationsklasse, insbesondere die gehörlosen Kinder, genauer beschrieben.

8 Sprachliche Kurzportraits der beteiligten Kinder

We got this language in our bloodstream
We won't go away
We got this language in our bloodstream
We are here to stay!

(Paddy Ladd, 1988 in Ladd 2003:462)

In diesem Kapitel wird die sprachliche Ausgangssituation der Kinder, die in der bilingualen Klasse unterrichtet wurden, im Einzelnen beschrieben, wobei aufgrund des Forschungsinteresses auf die gehörlosen Kinder sehr viel genauer eingegangen wird.

8.1 Spezifische L2-Lernsituation der gehörlosen Kinder aus der untersuchten Klasse

Zum besseren Verständnis der sprachlichen Ausgangssituation und der kindlichen Prozesse soll die spezifische Sprachlernsituation gehörloser Kinder hier grundsätzlich beschrieben werden.

Deutsch ist die Zweitsprache von in Österreich lebenden gehörlosen Kindern. Sie ist Zweitsprache und Umgebungssprache, wird aber erlernt und nicht ungesteuert erworben, es steht den LernerInnen so gut wie kein natürlicher Input zur hilfreichen Unterstützung ihres Sprachenlernens zur Verfügung.

Die gehörlosen Kinder in der hier untersuchten Klasse befinden sich also in einer sehr speziellen DAZ-(Deutsch Als Zweitsprache)-Situation, die mit keiner anderen vergleichbar ist. Dies ist determinierend für den Ansatz der bilingualen Erziehung, für die zu wählende Methode bei ihrem Sprachunterricht und für die Erforschung ihrer Sprachlernprozesse.
Die Kinder kamen mit gefestigten ÖGS-Kenntnissen in die Schule, da sie gehörlose Eltern (oder - im Falle des Buben, der nur ein halbes Jahr die Klasse besuchte - gebärdensprach-lernende hörende Eltern) haben. Ihre L1 ist in allen Fällen eindeutig ÖGS.

In der Schule waren sie ab dem ersten Tag sofort mit dem Erlernen ihrer L2, Deutsch, beschäftigt. Sie begannen also mit einem 6-jährigen Rückstand auf die anderen Kinder der Klasse Deutsch zu lernen.

Dies im Blick zu behalten ist äußerst wichtig, um zu verstehen, was für eine enorme Leistung die gehörlosen Kinder im Vergleich zu den hörenden Kindern im ersten Schuljahr erbrachten.

Die hörenden Kinder lernten Buchstaben zu einer Sprache, deren Phonemregister sie kannten, deren Wortschatz sie altersgemäß erworben hatten und derer sie auf allen anderen Ebenen altersgemäß mehr oder weniger mächtig waren.

Die gehörlosen Kinder wurden alphabetisiert *und* lernten dazu gleichzeitig eine neue Sprache von Grund auf. Die gehörlosen Kinder haben keinen oder wenig alltagssprachlichen, familiären Input sondern nur jenen, der ihnen in der Schule geliefert wird.

Dieser Sprachlernprozess kann nicht mit jenem Prozess des Deutschlernens verglichen werden, den zum Beispiel ein Kind durchläuft, das mit seinen Eltern im Alter von 6 Jahren, ohne Deutsch-Vorkenntnisse, nach Österreich gezogen ist und hier auf Deutsch eingeschult wird. Denn so ein Kind hat ja außerhalb der Schule durch Freunde, Fernsehen, Einkaufs-Erlebnisse etc. etc. einen umfassenden akustischen Deutsch-Input.

Der Deutsch-Erwerbsprozess der gehörlosen Kinder ist nicht mit einem ‚regulären' DAZ-Lernprozess vergleichbar, da die Kinder nur wenig und ausschließlich gesteuerten Input (meist im schulischen oder vorschulischen Umfeld) in Deutsch haben.

Dieser ‚reduzierte' Input ist so lange gegeben, bis sie lesen können, also mindestens das erste und zweite Schuljahr lang. Erst danach können sie langsam anfangen, sich lesend selbst mehr Input zu verschaffen. Der selbst erarbeitete Deutsch-Input wird jedoch zu Beginn vor allem im Einzelwortbereich liegen (wobei Wortinhalte nur mit Hilfe einer übersetzenden Person erfasst werden können) und wahrscheinlich eher nicht den Bereich der Grammatik betreffen.

Noch einmal, anders formuliert: Hörende DAZ-lernende Kinder (zum Beispiel jene Kinder der Klasse mit L1 Türkisch) haben viel grammatikalisch relevanten Input zumeist vor allem durch gesprochenes Deutsch, das sie in ihrem Alltag (meistens, es sei denn sie verkehren wirklich ausschließlich in ihrer eigenen Sprachgemeinschaft) umgibt. Für gehörlose Kinder ist dies nicht der Fall: Deutsche Grammatik ist für sie ausschließlich gesteuert und didaktisiert (und selbstständig lesend) erlernbar. Sie haben keinerlei weiteren natürlichen Input.

Nun zu den einzelnen Kindern:

8.1.1 Sprachliche Ausgangslage von Melanie

Melanie hat gehörlose Eltern und eine gehörlos Schwester, die Erstsprache aller und die Familiensprache ist Österreichische Gebärdensprache. Melanie war vor der Schule nicht im Kindergarten (weil, so Helene Jarmer, die Eltern mit dem Kindergartenangebot für Melanies ältere Schwester nicht zufrieden waren und diese wieder aus dem Kindergarten genommen hatten, wurde Melanie gar nicht erst angemeldet).

Melanie kam ihrem Alter entsprechend ÖGS-kompetent mit 6 Jahren in die Schule. Ihre gehörlose Lehrerin äußerte sich in den ersten Schulwochen immer wieder begeistert über das sprachliche Niveau, auf dem sie mit Melanie kommunizieren konnte.

Melanie hat eine sehr klare gehörlose Identität, was man an zahlreichen Spielen mit Puppen und Schmusetieren sehen konnte, die sie anderen gegenüber immer als gebärdend und gehörlos beschrieb. Gemeinsam mit ihren Eltern nimmt sie regelmäßig an Veranstaltungen und Ereignissen der Gehörlosengemeinschaft teil. Sie ist „Deaf" im amerikanischen Sinne, also kulturell gehörlos.

8.1.2 Sprachliche Ausgangslage von Doris

Doris hat gehörlose Eltern, sie lebt mir ihrer Mutter und deren gehörlosem Lebensgefährten, der nicht ihr Vater ist, und zwei jüngeren, ebenfalls gehörlosen, Schwestern. Sie verbringt sehr viel Zeit mit ihrem Großvater, der ebenfalls gehörlos ist.

Doris kommt aus einer Familie, die seit Generationen gehörlos ist, also eine sprachlich-kulturell und identitätsmäßig ideale, weil rundum Sicherheit und Verständnis vermittelnde Umgebung und Herkunft.

Sie kam ihrem Alter entsprechend ÖGS-kompetent mit fast 7 Jahren in die Schule. Ihre Lehrerin äußerte sich in den ersten Schulwochen immer wieder sehr zufrieden über das sprachliche Niveau, auf dem sie mit Doris kommunizieren konnte. Auch sie ist „Deaf" im amerikanische Sinne, also kulturell gehörlos.

Doris begann nach ca. einem halben Jahr Schule, im März/April, gegen Ende des Erlernens des Alphabets, sehr deutlich und verständlich Buchstaben und Wörter auszusprechen, wenn sie etwas lesen sollte oder ein Wort übte. Ihr gehörloser Großvater legt Wert darauf, dass Doris auch lautsprachlich artikulieren lernt und scheint mit ihr zu üben.

8.1.3 Sprachliche Ausgangslage von Florin

Florin war leider nur ein halbes Jahr in der Klasse. Er kam mit etwas ÖGS-Kenntnissen und ohne jegliche Deutschkenntnisse in die Schule. Er kommt aus einer hörenden Familie, hat zwei hörende ältere Schwestern und bekam drei Monate nach Schulbeginn eine dritte Schwester. Er lebt mit seiner Mutter, den Geschwistern und dem Freund der Mutter und besucht seinen Vater manchmal am Wochenende.

Seine Mutter ist äußerst bemüht um die Erschließung aller Möglichkeiten für Florin, sie bemühte sich immer um Gebärdensprach-Kurse für die Familie - alle Geschwister und sie selbst sind (unterschiedlich) kompetent. Außerdem ließ sie Florin mit 4 Jahren operativ mit einem Cochlea-Implantat versehen.

Florin ist also CI-Träger, was ihn manchmal benachteiligte, wenn ihn Umweltgeräusche (Bohren im Haus, laute Kinder…) vom Unterricht ablenkten. Er machte in seiner Zeit in der Klasse kein einziges Mal eine verständliche Lautsprachäußerung, hatte jedoch die Angewohnheit, Geräusche mit dem Mund zu erfinden und behielt diese über einige Wochen bei. (Mit den Versuchen hörender Personen, ihn zum Aufhören zu bewegen, ging er manchmal sehr kreativ um, er zeigte zum Beispiel großäugig-schelmisch auf seinen hörenden Sitznachbarn als ‚Übeltäter'.)

Florin lernte innerhalb der ersten Schulwochen und -monate überaus schnell und selbstverständlich ÖGS dazu. Er „sog" den Input förmlich in sich auf und die Dolmetscherin der Klasse vermerkte damals begeistert eine ‚Explosion' seines Wortschatzes.

Seine Mutter beschreibt das im Interview:

> *„Sofort, in der ersten Woche schon, hat er angefangen, sehr viel herumzufuchteln, das war nicht wirklich Gebärdensprache, aber er hat die Mädchen, die Melanie und die Doris nachgemacht, viel mehr Bewegung und hat auch sehr schnell viele Gebärden dazugelernt, und vor allem hat er die Gebärden anders eingesetzt als zuvor, also das war von der Grammatik dann anders, aber auch von der Körperhaltung her, also das war ganz toll, da hat er viel mitgenommen."* (N 28. Juli 2001)

Trotzdem war er Doris und Melanie oft sprachlich unterlegen, und seine Lehrerin musste ihm Konzepte, Gebärden etc. erklären, die den Mädchen schon geläufig waren. Ihm konnte vor allem zu Beginn des Schuljahres nicht einfach ein Inhalt erklärt werden, sondern es musste erst das Vokabular für diesen Inhalt eingeführt werden, beschreibt die gehörlose Lehrerin im Interview:

> *VK: Ich lese in der Literatur über Erziehung und Bildung gehörloser Kinder immer wieder von „Begriffsbildung". Was bedeutet das?*
> *„Wichtig ist auch immer, wenn die Kinder eine Gebärdensprache haben, dann verstehen sie das. Haben die Kinder eine Begriffsbildung, dann ist das klarer."*
> *VK: Für die beiden ist Begriffsbildung kein Problem, oder?*
> *„Für die beiden nicht, aber für Florin schon, für den war das ein größeres Problem, der hat immer sehr lange gebraucht, und ich musste ihm ein Beispiel zeigen. Ich hab ihm zuerst ein Bild gezeigt, zum Beispiel von einem Haus, das hat er verstanden, aber abstrakte Sachen hat er sehr schwer begreifen können. In der ersten Klasse zum Beispiel, wir sind die Buchstaben durchgegangen, und beim Buchstaben Y war das Wort ‚typisch' und ich habe ihm erklärt, dass die Martina sich immer so verhält, dann ist das typisch für sie. Und die Melanie und die Doris, für die war das gleich klar und sie haben selber einen Beispielsatz gemacht."* (Gehörlose Lehrerin HJ 3. Juli 2002)

Aber nicht nur Gebärdensprache, sondern auch kulturelle und praktische Aspekte musste er sich erst aneignen. Zum Beispiel war es für Florin bis Dezember/Jänner sehr schwer, Blick-/Augenkontakt zu halten und das Ende einer Mitteilung durch seine Lehrerin abzuwarten. Leider war Florin in seinem ersten Schulhalbjahr auch sehr oft krank und war so – mit seinem kommunikativen Defizit gegenüber den beiden gehörlosen Mädchen – auch auf der inhaltlichen Ebene oftmals nicht auf dem Stand der Dinge.

8.1.4 Sprachliche Ausgangslage von Adrian

Adrian war nur ca. 6 Wochen in der Klasse. Er hatte massive Probleme, sich dem Unterricht, der Kindergruppe und der Schulsituation anzupassen. Kommunikation mit ihm war schwer, er reagierte oft gar nicht, manchmal war er jedoch für einige Minuten vollkommen konzentriert dabei und löste eine Aufgabe oder Frage richtig. Es wurde schnell deutlich, dass er in der Klasse nicht ideal aufgehoben war.

Nach einigen Wochen wurde als Notlösung ein Zivildiener dazu ausersehen, für Adrian da zu sein und auf ihn aufzupassen, da dieser sich auch oft allein durchs ganze Schulhaus bewegte und sich nicht dazu überreden ließ, in der Klasse zu bleiben.

Eine Diagnose für Adrian gab es zu diesem Zeitpunkt nicht, es musste erst einmal seine Mutter, der anscheinend nicht bewusst war, dass ihr Sohn Aufmerksamkeits- und Verhaltensprobleme hat, informiert werden, dass er so nicht in die Schule gehen könne. Schließlich wurde für ihn Hausunterricht durch eine gebärdensprachkompetente Heilpädagogin organisiert.

8.2 Sprachliche Ausgangslage der hörenden Kinder

Die neun hörenden Kinder der ersten Klasse waren 7 Kinder mit Deutsch als L1 und zwei Kinder, deren L1 und Familiensprache Türkisch war. Diese beiden Kinder wurden jedoch auch schon mit (unterschiedlich ausgeprägten) Deutschkenntnissen eingeschult, sie sind bilingual.

Auch diejenigen Kinder, die Deutsch als L1 haben sind unterschiedlich kompetent in ihrer Sprache. Diesbezügliche Beobachtungen und Entwicklungen sind jedoch nicht Gegenstand dieser Untersuchung und werden somit nicht weiter behandelt.

In der zweiten Klasse wechselte einer der Deutschmuttersprachler in eine andere Klasse der Schule, dafür kamen drei neue Buben hinzu: Zwei haben Türkisch als L1, wobei einer die zweite Klasse wiederholte, und der dritte Bub hat ägyptisches Arabisch als L1. Die drei sind unterschiedlich deutschkompetent.

Keine der anderen Sprachen wurde in der Klasse gefördert oder mit einbezogen.

Die Kinder sprachen selten Türkisch miteinander– es schien mir, dass sie erst eine Weile brauchten, um zu verstehen, dass sie ihre andere Sprache auch in der

Schule einsetzen könnten. Sie wurden dann später manchmal von der Lehrerin aufgefordert, im Unterrichtskontext Deutsch miteinander zu sprechen. Von der Dolmetscherin der ersten Klasse und auch mir kam ihnen und ihrer Sprache Interesse entgegen, wurden sie manchmal nach Wörtern gefragt.

Als in der dritten Klasse schließlich ein Bub mit so gut wie keinen Deutschkenntnissen in die Klasse kam (Yussuf, L1 Türkisch), bekamen (und nahmen sich) einige der TürkischmuttersprachlerInnen eine sehr wichtige Rolle: sie fungierten oftmals als DolmetscherInnen. Zu diesem Zeitpunkt (3. Schuljahr) war ich nur mehr selten in der Klasse anwesend, erhielt jedoch den starken Eindruck, dass Türkisch, das bis dahin eine eher ignorierte Sprache gewesen war, nun durch den Buben Yussuf eine legitime und notwendige Präsenz erhalten hatte.

Grundsätzlich muss festgehalten werden, dass der Bilinguismus der Kinder mit migrantischem Hintergrund in der Schule nicht gefördert wurde. Ihre Erstsprache wurde von Schulseite nicht in lernrelevante Situationen inkorporiert und die Kinder mit Erstsprache Deutsch erfuhren - so weit mir bekannt ist - wenig über den sprachlichen Reichtum und die zusätzlichen Kompetenzen ihrer KollegInnen.[1]

Bei der vorliegenden Begleitdokumentation der bilingualen Klasse wird besonderer Fokus auf den Spracherwerb einzelner Personen gelegt. Dieser (und sonstiger) Spracherwerb findet nicht im kontextfreien Raum statt, sondern ist immer eingebettet und beeinflusst durch zahlreiche Umstände. Viele dieser möglichen Einflussfaktoren beim Spracherwerb, besonders emotiver Natur, sind auch heute noch nicht ausreichend untersucht und belegt. Wie Edmondson/House (2000) verstehe ich (Fremd-)Sprachenunterricht als „Faktorenkomplex", dessen komplexes Geschehen sich durch Betrachtung oder Untersuchung eines oder einiger Faktoren nicht adäquat bewerkstelligen lässt. Die detaillierte Analyse der spracherwerbsrelevanten Faktoren im Rahmen des Modells des „Fremdsprachenunterrichts als Faktorenkomplex" nach Edmondson (in Edmondson/House 2000:27) ist nachzulesen in Krausneker 2003b:175.

Im nun folgenden Kapitel ‚Soziolinguistische Phänomene' werden die sprachlichen Ressourcen und Lerninteressen/-notwendigkeiten aller Personen der bilingualen Doppelintegrationsklasse sowie Aussagen einzelner Kinder zu ihren Sprachpräferenzen detailliert beschrieben.

---

1 An dieser Stelle ist mir der Hinweis auf das von den Lehrerinnen bewusst unterstützte, dezidiert nicht-rassistische Klima in der Klasse wichtig. Rassistische Bemerkungen unter den Kindern kamen manchmal vor, wurden jedoch von den Lehrerinnen nicht ignoriert, sondern thematisiert und sehr deutlich als unerwünscht erklärt (> siehe DVD). Dies ist dem Selbstverständnis der Lehrerinnen zu verdanken. Dass andere Sprachen, insbesondere Türkisch, eine der ‚großen' Minderheitensprachen Österreichs, nicht gefördert wurden, hat seine Ursache nicht bei den Lehrerinnen, sondern beim österreichischen Schulsystem und der darin propagierten monolingualen Sprachenpolitik.

9 Soziolinguistische Phänomene im bilingualen Klassenzimmer

Im Modell „Fremdsprachenunterricht als Faktorenkomplex“ nach Edmondson (Edmondson/House 2000:27) werden eine Vielzahl von Faktoren genannt, die im Fremdsprachenunterricht relevant sind/sein können. Dazu gehören auch personenbezogene sowie lehr- und lernumgebungsbezogene Faktoren.

Bei meiner Beobachtung des bilingualen Klassenalltags wurde deutlich, wie vielfältig und interessant die Ereignisse rund um lernrelevante Situationen und Prozesse sind. Zahlreiche dieser Phänomene stellen Faktoren dar, die den bilingualen Lehr- und Lernalltag charakterisieren und den konkreten Ablauf, das ‚Funktionieren‘ der hier beschriebenen Klasse nachvollziehbar machen.

In diesem Kapitel werden nun die wichtigsten dieser vielen Phänomene geordnet dargestellt und analysiert. Das Kapitel stellt zuerst sprachliche Aspekte und dann soziale Aspekte des bilingual-integrierten Klassenalltags dar (wobei diese beiden oft miteinander verbunden und nicht klar abgrenzbar sind).

Außerdem ist lehrrelevanten Aspekten - also der Perspektive der teamteachenden Lehrerinnen - ein eigener Abschnitt gewidmet und direkt damit in Verbindung auch dem Aspekt des Dolmetschens, das ein Charakteristikum des Alltags in der bilingualen Klasse darstellt.

Für alle hier angesprochenen Themen sind einerseits die nun folgenden Ausführungen und andererseits die entsprechenden Kapitel (1, 2, 3, 4 und 5) der >DVD relevant. Nur gemeinsam ermöglichen sie einen wirklichen Eindruck von den soziolinguistischen Aspekten der bilingualen Doppelintegrationsklasse.

9.1 Sprachliche Aspekte der Klasseninteraktion

In der untersuchten Klasse agieren und interagieren verschiedene Personen mit teilweise sehr unterschiedlichen Sprachressourcen und Sprachenkenntnissen. Der folgende Abschnitt widmet sich den konkreten Sprachkompetenzen und Sprachlernprozessen sämtlicher beteiligter Personen.

9.1.1 Vorhandene Kompetenzen

Die unterschiedlichen Kompetenzen der in der bilingualen Doppelintegrationsklasse agierenden Menschen werden nun nach Sprachen bzw. Erwerbsarten geordnet dargestellt.

Dies geschieht in tabellarischer Form, um einen möglichst übersichtlichen Eindruck zu geben – wobei ich mich bei der Darstellung auf jene Sprachen beschränke, die tatsächlich im Klassenalltag verwendet werden.

Danach werden – ebenfalls tabellarisch - die jeweiligen individuellen Sprachlern- und Erwerbsprozesse der Kinder thematisiert.

Tabelle 1: Sprachverwendung/Erwachsene in der Klasse

	Lehrerin	**Lehrerin**	**Dolmetscherin**	**Lehrende a. d. Schule, Studentinnen**	**Begleit-forscherin (VK)**
L 1	Ö Deutsch	ÖGS	Ö Deutsch	Ö Deutsch	Ö Deutsch
L 2	ÖGS	Deutsch	ÖGS	Nicht bekannt	ÖGS
L 3	Englisch	ASL	...	...	...

Tabelle 2: Sprachkompetenzen/Kinder in der Klasse

	Gruppe 1	**Gruppe 2**	**Gruppe 3**	**Kind 4**
L 1	Ö Deutsch	ÖGS	Türkisch	Arabisch
L 2	ÖGS	Deutsch	Ö Deutsch	Ö Deutsch
L 3	Englisch	ASL	ÖGS	ÖGS
L 4			Englisch	Englisch

Tabelle 3: Sprachverwendung/Kinder in der Klasse

	Gruppe 1 & 4	**Gruppe 2**	**Gruppe 3**
Unterricht	Ö Deutsch ÖGS	ÖGS Ö Deutsch	Ö Deutsch ÖGS
Pause/Hof	Ö Deutsch ÖGS	ÖGS	Ö Deutsch Türkisch ÖGS

Tabelle 4: Spracherwerb/-lernen/Kinder in der Klasse

	Gruppe 1	Gruppe 2	Gruppe 3 und 4
L1	Ö Deutsch	ÖGS	Türkisch/Arabisch
... erworben Wo?	Zu Hause Schule u. Hort Medien soz. Umfeld Umwelt	Zu Hause Schule Gehörlosen-Treffen	Zu Hause, Schule (MitschülerInnen), Medien, soz. Umfeld
Von wem?	Eltern, Familie Freunde, Lehrerin Fremde Medien	Eltern, Familie Freunde Lehrerin	Eltern, Familie Freunde Medien
Wie?	Natürlicher Erstspracherwerb	Natürlicher Erstspracherwerb	Natürlicher Erstspracherwerb
Ziele?	Schulisch: Lehrplanziel vorhanden. Alltagskompetenz	Schulisch: Lehrplanziel nicht vorhanden. Alltagskompetenz	Schulisch: Lehrplanziel nicht vorhanden Alltagskommunikation im familiären Bereich und engeren soz. Umfeld

L2	ÖGS	Ö Deutsch	Ö Deutsch
... gelernt Wo?	Schule	Unterricht	Zu Hause Schule u. Hort Medien Umwelt
Von wem?	Lehrerin Dolmetscherin GI Kinder	Lehrerin Dolmetscherin Medien	Lehrerin Freunde Medien
Wie?	Ungesteuert/ Gesteuert. Nur als Sprechsprache	Gesteuert. Nur als Schriftsprache	Ungesteuert/ Gesteuert.
Ziele?	Schulisch: Lehrplanziel nicht vorhanden Alltag: Keine Notwendigkeiten	Schulisch: Lehrplanziel vorhanden Alltag: Bilingualität DAZ-ÖGS	Schulisch: Lehrplanziel vorhanden Alltag: Bilingualität Deutsch-L1
L3	Englisch	ASL	ÖGS
... gelernt/ erworben Wo?	Unterricht	Unterricht	Unterricht
Von wem?	Lehrerin	Lehrerin	Lehrerin
Wie?	Gesteuert	Gesteuert. Nur als Sprechsprache	Ungesteuert/ Gesteuert. Nur als Sprechsprache
Ziele?	Schulisch: Lehrplanziel vorhanden Alltag: Keine Notwendigkeiten (?)	Schulisch: Lehrplanziel nicht vorhanden Alltag: Keine Notwendigkeiten	Schulisch: Lehrplanziel nicht vorhanden Alltag: Keine Notwendigkeiten
L4			Englisch
... gelernt/ erworben Wo?			Unterricht
Durch wen?			Lehrerin
Wie?			Gesteuert
Ziele?			Schulisch: Lehrplanziel vorhanden Alltag: Keine Notwendigkeiten (?)
Bilingualität ?	Dieses Kind hat Deutsch als L1, die Mehrheitssprache des Landes und der direkten Umwelt. ÖGS lernt/erwirbt es zusätzlich ‚nebenbei' in der Schule. Englisch lernt es gesteuert in der Schule.	Dieses Kind hat ÖGS als L1, eine nicht-anerkannte Minderheitensprache des Landes, die im direkten soz. Umfeld jedoch als Erstsprache verwendet wird. Deutsch lernt es als Lese- und Schriftsprache fast ausschließlich in der Schule, ASL lernt es gesteuert in der Schule.	Dieses Kind hat Türkisch oder Arabisch als L1, eine MigrantInnensprache des Landes, die im direkten sozialen Umfeld/Familie jedoch als Erstsprache verwendet wird. Deutsch lernt/erwirbt es in der Schule und im Alltag, ÖGS erwirbt es zusätzlich ‚nebenbei'. Englisch lernt es gesteuert in der Schule.

Wie aus den Tabellen 1-4 hervorgeht, ist die Sprachensituation in der Klasse vielschichtig und multilingual. Eine an Größe zunehmende (hörende) Kindergruppe hat eine andere Erstsprache als Deutsch (erste Klasse: 2, dritte Klasse: 7).

Deutlich wird aus dem folgenden Interviewausschnitt, dass es auf Lehrerinseite Verständnis und Bewusstsein für die vielen Sprachen der Klasse gab, dass sie auch zu jenen Menschen gehört, die – obwohl selbst Mehrheitsangehörige – eine eindeutig positive Einstellung zum Wert von Muttersprachen haben.

> *„Also ich find's schon wichtig, dass die Kinder in der Muttersprache weiter Unterricht bekommen. Obwohl das natürlich für uns, also ich sprech jetzt als Volksschullehrerin, für mich ungünstig ist, weil sie das Türkische dann in der Klasse auch weitersprechen. Ich versuch es in der Klasse zu verhindern, weil sie die ja eh gut können, die Sprache, zumindest besser als Deutsch. Aber ich denk mir, man muss den Kindern die Muttersprache weiter erhalten. Das ist die Sprache, in der sie aufgewachsen sind, in der müssen sie kompetent sein. Man kann nicht einfach sagen, das sollen sie jetzt lassen und sollen die Sprache lernen von dem Land, in dem sie jetzt leben. Das kanns nicht sein. Die Muttersprache ist die wichtigste Sprache.*
>
> *Es hat ja so Stunden gegeben, muttersprachlicher Zusatzunterricht, das ist weg jetzt, oder nur mehr vereinzelt. Im zwölften Bezirk zum Beispiel gabs einen türkischen Lehrer, von dem hab ich so gestrickte türkische Schuhe bekommen, die hab ich heute noch, also das war ein ganz ein lieber, engagierter Lehrer. Aber das gibt's jetzt meines Wissens gar nicht mehr. Oder nur mehr vereinzelt. Muttersprachlicher Zusatzunterricht hat das geheißen. Unsere türkischen Kinder bekommen, wenn sie ein Glück haben, nur mehr einen Deutschunterricht, wenn sie ein Glück haben! Wenn sich's mit den finanziellen Ressourcen in der Regierung ausgeht."*
>
> (Hörende Lehrerin MK 15. Juli 2002)

Für das Funktionieren der bilingualen Klasse, für den Respekt und die Anerkennung, vor allem die unhinterfragte tatsächliche Gleichstellung von Deutsch und ÖGS, ist das natürlich eine äußerst positive Voraussetzung.

Die an Zahl zunehmenden türkischsprachigen Kinder erhielten – gemäß dem in Österreich praktizierten Schulwesen, in dem zwar die Möglichkeit des muttersprachlichen Unterrichts besteht, jedoch nicht flächendeckend praktiziert wird – keine weitere Förderung zum Ausbau ihrer Erstsprache als Lernsprache. Der folgende Interviewausschnitt stellt die Probleme mancher dieser Kinder eindringlich dar.

VK: Du kannst aber noch andere Sprachen. Gebärdensprache haben wir, und was ist die zweite Sprache?
D: Türkisch.
VK: Türkisch
D: und Österreich
VK: Und Österreichisch. Türkisch sprichst du zu Hause?
D: Manchmal
VK: Und Österreichisch vor allem in der Schule?
D: Ja
VK: Und lernst du noch eine andere Sprache in der Schule?
D: Englisch!
VK: Englisch! Schau einmal wieviele Sprachen du kannst [hält vier Finger hoch]
D: Vier.
VK: Wahnsinn! Und wenn du jetzt die Sprachen anschaust: Englisch, Gebärdensprache, Türkisch und Österreichisch. Welche hast du am liebsten?
D: Gebärdensprache
VK: Wirklich
D: Ja
VK: Warum?
D: Warum? Weil du immer mit Hand zeigst, das ist dann schön, find ich. Ich mags halt, Gebärdensprache.
VK: Und die nächstliebste Sprache?
D: Österreichisch.
VK: Warum Österreichisch?
D: Weil wir immer Türkisch reden und auf einmal: Deutsch, Deutsch ist besser als Türkisch!
VK: Sagt wer?
D: Ich.
VK: Sagst du?
D: mhm
VK: Aha. Jetzt möchtest du besser österreichisches Deutsch können...
D: mhm.
VK: Und Türkisch kannst du aber auch gut?
D: Manche Wörter vergess ich, aber ich sags auf Deutsch.
VK: Und wie ist das mit Englisch?
D: Englisch ist ganz schwer, kann ich bissi. Ganz bissi.

(Derya 26. Juni 2003)

Aus diesem Interviewausschnitt geht eine Vielzahl an Informationen über die Sprachsituation dieses Mädchens mit L1 Türkisch hervor:

Gebärdensprache mag sie und findet sie schön, beherrscht sie – da sie erst Mitte der zweiten Klasse dazugekommen ist – aber noch nicht ausreichend, geht aus einem anderen Teil des Interviews hervor.

Das Mädchen hat den negativen Status von Türkisch so internalisiert, dass sie die Position ‚Deutsch ist besser als Türkisch' als ihre eigene darstellt. Auch die jetzt schon mangelhafte Beherrschung von Türkisch spricht sie an, und beschreibt Codeswitching-Strategien, um damit umzugehen. Die Sprecherin beherrscht aber auch Deutsch noch nicht sehr gut: sie hat Probleme mit der Grammatik und gibt - im Unterschied zu den Deutsch-L1-Mädchen - sehr kurze Antworten. Sie ist derzeit im Schwellenmodell der bilingualen Kompetenz (siehe Kapitel 3.2.) als semilingual zu bezeichnen. Sie stellt damit einen für MigrantInnen ohne muttersprachliche Förderung typischen Fall dar (vgl. Peltzer-Karpf et al. 2000 und 2001)

Kinder wie Derya sind die in der Klasse sprachlich am meisten benachteiligte Gruppe (zu den negativen Auswirkungen mangelnder Erstsprachförderung siehe Interdependenzhypothese). Alle anderen Kinder haben – meiner Meinung nach – mit den verschiedenen Sprachlern- und Spracherwerbs-Aufgaben in der bilingualen Klasse keine ‚Überforderung' erfahren.

9.1.2 Zur tatsächlichen Stellung von ÖGS im Klassenalltag

Durch die Abhaltung des Unterrichts in zwei Sprachen war ÖGS im bilingualen Klassenalltag durchgehend präsent.

Entweder die gehörlose Lehrerin oder die Dolmetscherin, meist beide, waren (zusätzlich zu den Kindern) anwesend und dadurch auch ihre Sprache.

Im Stundenplan wurde ÖGS offiziell kein Platz eingeräumt (was in der mangelnden Organisation vor Projektbeginn begründet liegt) – es war also Deutsch als Unterrichtsfach massiv präsent und ÖGS ursprünglich nicht. Die hörende Lehrerin beschloss jedoch kurzerhand, dass dafür Platz sein müsse und es wurden immer wieder Übe-Einheiten eingeschoben. Das bedeutet, die hörenden Kinder waren in ihrem Schulalltag nicht nur einem ständigen Input ausgesetzt sondern erlebten ÖGS auch als etwas systematisch zu Erlernendes. Für die gehörlosen Menschen in der Klasse bedeutete dies, dass ihre Sprache auch einen (wenn auch nicht abgesicherten) Platz als ‚Unterrichtsfach' erhielt. Diese Stunden waren jedoch für die hörenden Kinder konzipiert und dürfen nicht fälschlicherweise als Erstsprachunterricht für die gehörlosen Kinder betrachtet werden – tatsächlich hatten die gehörlosen Kinder keinen Unterricht über ihre Erstsprache, im Sinne des Faches Deutsch für DeutschmuttersprachlerInnen (siehe Tabelle 4 oben).

Meine Beobachtungen ergaben den Eindruck, dass ÖGS und Deutsch zwar nicht gleich präsent waren, jedoch von den LehrerInnen unmittelbar als gleichwertig angesehen und behandelt wurden. ÖGS war zwar real benachteiligt, erfuhr jedoch manchmal etwas mehr ‚spezielle' Aufmerksamkeit als Deutsch. Dies liegt in ihrer visuellen ‚Besonderheit' begründet, ihrem Sonderstatus unter den Sprachen, der auch schon 6 jährigen Kindern klar ist (und u.U. auch von den Eltern direkt oder indirekt kommuniziert wurde).

Nover (Nover 1998:53) nennt 4 Kriterien, nach denen die Sprachen im bilingualen Unterricht getrennt werden können: Thema, Person, Zeit und Ort.

Meiner Ansicht nach war eine vage Art ‚Sprachentrennung', wenn dieser Terminus nicht streng ausgelegt wird, in der bilingualen Klasse vorhanden. Trotz des Interesses der hörenden Lehrerin, ÖGS-kompetent zu werden und ÖGS einzubringen (siehe unten), war allen Beteiligten immer klar, dass ÖGS die Zuständigkeit der gehörlosen Lehrerin ist. Zeitmäßige Trennung gab es keine, thematische ebensowenig, da die Sprache Unterrichtssprache war.

Eine örtliche Trennung war minimal vorhanden, da es einige wenige Förderstunden gab, in denen die gehörlosen Kinder mit der gehörlosen Lehrerin in ein kleines Extrazimmer gingen, wo nur gebärdet wurde. Hier wurde jedoch meistens Deutsch geübt, war also ÖGS das Unterrichtsmedium und Deutsch der Inhalt, insofern war Deutsch in seiner geschriebenen Form auch hier präsent. Die ‚Sprachentrennung' verlief also, wenn überhaupt, vorrangig nach der Person.

Zahlreiche Beispiele für die Verwendung, die kindindividuelle Beherrschung und Belege für den kreativen Umgang mit ÖGS in dieser Klasse sind filmisch dokumentiert. Sie sind auf der >DVD, Kapitel 1 ‚Unterrichtskonstellationen' und Kapitel 2 ‚Bilingual-bikultureller Klassenalltag' zu finden und stellen den einprägsamsten und aussagekräftigsten Teil dieses Kapitels dar. Es ist daher für LeserInnen ratsam, vor dem Lesen der folgenden Ausführungen die beiden Kapitel auf der DVD anzuschauen.

Durch die DVD-Sequenzen wird deutlich, dass und wie die bilinguale Klasse mit einer gebärdeten und einer gesprochenen Sprache ‚funktionierte'.

Das Erlernen von ÖGS als Fremdsprache war nicht Vorsaussetzung oder Pflicht der hörenden Kinder, wurde jedoch – in individuell sehr unterschiedlichem Ausmaß – von den Kindern praktiziert.

Alle Kinder entwickelten Kompetenzen, um Entscheidungen über situations- und personen-adäquate Sprachverwendung zu treffen und Codeswitching sinnvoll einzusetzen.

Gehörlosenkulturelle Kompetenzen wurden von allen erworben und diverse interkulturelle Themen von den Kindern kreativ thematisiert, gelebt und gelöst.

Als Ergänzung zu den zahlreichen Clip-Analysen der beiden obengenannten DVD-Kapitel fließen nun auch noch die ‚feldinternen' Kommentare und Meinungen der Lehrerinnen ein, besonders der hörenden.

Die hörende Lehrerin begann in der ersten Klasse ohne jegliche ÖGS-Kompetenz zu unterrichten und war sehr interessiert daran, diese für sie völlig neue Sprache zumindest für den Lehralltag ausreichend zu erlernen. Hier reflektiert sie nach dem ersten Schuljahr ihre Fähigkeiten:

> *„Das ist so schwer selbst zu beurteilen, was man gelernt hat an Gebärden. Ich glaub, dass ich einiges an Gebärden schon kann. Ich glaub, dass ich es nicht immer richtig einsetze."*
>
> (Hörende Lehrerin MK 28. Juni 2001)

Außerdem machte sie es sich zur Gewohnheit, im Unterricht, wann immer möglich, ÖGS einzubringen:

> *„Aber ich machs so, wenn mir etwas einfällt, wo ich weiß, dass ich das kann, dann gebärde ich auch automatisch mit. Oder ich versuch, die Kinder immer wieder darauf aufmerksam zu machen, wenn wir was können, auch mit Gebärden. Da hab ich halt das Problem, da würde ich gerne die Helene ein bissl mehr involviert haben in der Klasse, dass sie das mehr forciert. Oder mich auch erinnert, das können wir auch gebärden, oder wie geht die Gebärde dazu. Der Kurs selber, ich weiß nicht, da hab ich, glaub ich, nicht die Masse gelernt. Gelernt hab ich da, in der Klasse. Und ich wär halt sehr froh gewesen darüber, wenn das weitergehen würde, also du bräuchtest das ständig, damit du den Level hältst oder dass du ein bissl mehr dazu kannst, ja. Also das hätt ich schon gerne gehabt. Aber richtig lernen, tu ich hier, in der Klasse, mit den Kindern. Und da hoff ich schon, dass ich nächstes Jahr ein bissl kompletter werde."*
>
> (Hörende Lehrerin MK 28. Juni 2001)

Deutlich wird, dass sie ein sehr genaues Verständnis von ÖGS als Sprache hat – und es nicht als ‚Hilfsmittel' ansieht:

> *„Ich mein, das ist wie eine Sprache und das lernt man nicht in 2 Monaten! Und dann sich überhaupt unterhalten zu können, das ist überhaupt ein anderes Kapitel. Verständigen ist der erste Schritt, und dann, das dauert sicherlich 2-3 Jahre, bis man das dann hat."*
>
> (Hörende Lehrerin MK 28. Juni 2001)

Auch ihre Hoffnung, ÖGS im Laufe der Zeit besser zu lernen drückt sie hier – nach der ersten Klasse aus:

> *„Das hoff ich schon, dass wir das so weit bringen, dass wir dann miteinander kommunizieren können, in dieser zweiten Sprache. Das würd ich mir wünschen."*
>
> (Hörende Lehrerin MK 28. Juni 2001)

Befragt, was sie sich nach Ende des ersten Schuljahres für das kommende wünsche, meint sie:

> *„Ich wünsch mir in erster Linie mehr Gebärdensprache im Unterricht. Also ich möchte wirklich schauen, dass wir stundeplanmäßig fixieren, Gebärdensprache wie ein Fach. Weil ich Angst hab, dass das irgendwie zwischendurch zu wenig forciert wird, da möchte ich schauen, dass wir nächstes Jahr den Schwerpunkt darauf legen."*
>
> (Hörende Lehrerin MK 28. Juni 2001)

Sie lässt keinen Zweifel daran, dass ÖGS als Positivum erlebt wurde – und überraschenderweise von allen als Ressource genützt wurde, besonders für die Phase der Alphabetisierung und als Rechtschreibhilfe:

> *„Im Gegenteil, ich habs eigentlich eher als eine Bereicherung verstanden, weil die Kinder zum Beispiel beim Schreiben gleichzeitig mit der Gebärde sich eine Hilfe angeeignet haben, beim Buchstabieren zum Beispiel. Ohne Aufforderung. Es ist also Selbstverständlichkeit geworden, wenn man ein – besonders am Anfang – wenn man ein Wort schreibt, dass man es durchbuchstabiert und zwar nicht nur verbal durchbuchstabiert sondern einfach mit den Gebärdenbuchstaben das macht. Das ist mir oft aufgefallen, das haben auch die türkischen Kinder als Hilfe angenommen, die Hörenden sowieso. Also das ist sehr positiv. Und haben gleichzeitig dadurch auch die Gebärde in der richtigen Form gelernt, also das buchstabieren. Also das hat ganz gut funktioniert."*
>
> (Hörende Lehrerin MK 28. Juni 2001)

Auf die ein Jahr später gestellte Frage, welche Rolle ÖGS in der Klasse spiele, trennt sie klar zwischen dem ‚Gewinn', den hörende Kinder daraus gezogen haben, und der Selbstverständlichkeit und Natürlichkeit, die ÖGS für die gehörlosen Kinder bedeutet. Die soziolinguistische Funktion einer ‚Geheimsprache', die Möglichkeit, sich dadurch abzugrenzen und auch auszugrenzen, ist ihr nicht entgangen:

> *„(...) Für die hörenden Kinder wars ein hundertprozentiger Gewinn. Die haben Spaß daran gehabt, das war wirklich schön zu beobachten, die haben sofort diese neue Sprache angenommen und sich damit verständigt.*
>
> *Für die gehörlose Kinder ist Gebärdensprache einfach die selbstverständliche Muttersprache und sie setzen sie vielleicht auch manchmal ein, bewusst ein, wenn sie nicht verstanden werden wollen, von Hörenden. Das ist irgendwie auch eine kleine Waffe, denk ich mir. (...)"*
>
> (Hörende Lehrerin MK 15. Juli 2002)

Auch die hörenden Kinder haben die Vorteile der Gebärdensprache in bestimmten Situationen für sich entdeckt und nützen sie: Im Interview berichtet eine Schülerin, dass sie „besser Gebärdensprache als Englisch" könne. Als ich sie frage, welche ihrer drei Sprachen sie am liebsten habe, sagt sie:

> *„Englisch nicht. Gebärdensprache und Deutsch. Aber Deutsch weiß ich viel mehr und da red ich manchmal Deutsch. Manchmal rede ich mit der Pia in der Stunde Gebärden."*
> *VK: Warum denn?*
> *„Weil die Lehrerin sagt wir sollen leise sein und dann reden wir Gebärden, dann hört sie uns nicht."* (Samantha 26. Juni 2003)

Ihre Freundin Pia erzählt im Einzel-Interview von derselben Strategie:

> *„Ohja, ich red mit der Samantha in Religion, wenn die Lucia nicht herschaut manchmal."*
>
> (Pia 26. Juni 2003)

Ich denke, dass es kein Zufall ist, dass ÖGS von den Kindern genau bei einer Lehrerin, die nicht ÖGS-kompetent ist als ‚Geheimsprache' gewählt wird, dass sie also ÖGS in kleinerem Maße und mit beschränktem Umfang auch als ‚Waffe' verwenden können – was für ihre Sprachkompetenz spricht.

> *„Ich habs jetzt schon 3 Jahre gelernt, es macht Spaß, dass manche Leute sie nicht verstehen."*
> *VK: Wer denn?*
> *„Zum Beispiel die nicht in unserer Klasse sind, verstehen sie nicht. Und Spaß macht noch, dass man sich da unterhalten kann und nicht so viel reden muss."*
>
> (Pia 26. Juni 2003)

Aus der folgenden Sequenz wird deutlich, dass sich die hörende Lehrerin (ohne von mir direkt gefragt zu werden) viele Gedanken gemacht hat über ÖGS und seine Bedeutung für gehörlose Menschen, aber auch über die möglichen Auswirkungen auf den Deutscherwerb. Vor allem aber geht klar hervor, dass sie die Grenzen ihrer Kompetenzen sehr genau kennt und keine unbelegten Annahmen oder Phantasien in den Rang des Wissens erhebt.

> *„Inwieweit die Gebärdensprache den Deutscherwerb blockieren kann, tu ich mir wahnsinnig schwer, weil ich da zu wenig weiß. Einerseits kann ich mir ganz gut vorstellen, dass es blockieren könnte, weil man ja immer das kleinere Übel nimmt, also immer den Weg des geringsten Widerstands geht. Und wenn ich eine Hilfe hab na dann nehm ich mir die Hilfe, in dem Fall die Gebärdensprache. Andererseits denk ich mir, wie soll das funktionieren, wenn Kinder nicht hören, sie brauchen ja eine Sprache, um sich mitteilen zu können. Das ist ja nicht nur, um etwas zu lernen, sondern auch um sich mitteilen zu können. Aber wie gesagt, da weiß ich viel zu wenig."*
>
> (Hörende Lehrerin MK 15. Juli 2002)

Der aus den vorangegangenen Zitaten sprechende Respekt der Mehrheitsangehörigen für die Minderheitensprache war natürlich sehr wichtig für das Gelingen der Klasse. Dies wird deutlich durch die Aussage der gehörlosen Lehrerin:

> *„Sie sagt auch, ihr Ziel ist, dass die Integration optimal, also super verläuft und ich sehe das auch als sehr, sehr positiv an, dass sie im Unterricht 100% Gebärdensprache verwenden will. Also da wird schon manchmal Musik ausgelassen und Gebärdensprache gemacht, damit alle ein gleiches Level erreichen, das finde ich wirklich sehr, sehr positiv."*
>
> (Gehörlose Lehrerin HJ 10. Juli 2001)

Die Lehrerinnen hatten also ÖGS betreffend gleiche Ziele und keine Konkurrenzsituation – mehr zum bilingualen Teamteachen in einem eigenen Abschnitt im vorliegenden Kapitel und auf >DVD, Kapitel 1.

Die hörende Lehrerin stellt am Ende der ersten Klasse fest, dass ihrer Meinung nach die Kinder kaum Schwierigkeiten beim Erlernen von ÖGS gehabt hätten:

> *„Also, die Kinder untereinander haben, glaub ich, am wenigsten Probleme gehabt. Die haben von Anfang an gebärdet, wenn auch nicht richtig, vielleicht, aber sie haben von Anfang an gebärdet. Und die gehörlosen Kinder haben versucht, mit den Hörenden zu kommunizieren, das hat von Anfang an sehr gut funktioniert. Ahm, ich glaub das hab auch*

> *ich mit der Helene ganz gut zusammengebracht. Und ich hab auch 2 türkische Kinder in der Klasse, für die also praktisch dann noch eine dritte Sprache dazukommt und es war eigentlich nicht wirklich ein Problem, auch für die beiden türkischen Kinder nicht."*
>
> (Hörende Lehrerin MK, 28. Juni 2001)

Die gehörlose Lehrerin nimmt zu dem Zeitpunkt schon geschlechtsspezifische Unterschiede im Umgang mit ÖGS, und in der Offenheit der Kinder gegenüber ihrer Person wahr:

> *„In letzter Zeit läuft das mit der Kommunikation ganz gut, besonders mit den Mädchen, besser als mit den Buben. Ich hab den Eindruck, dass mich die Mädchen wesentlich besser verstehen als die Buben, im Unterricht, in Turnen ist das kein Problem, aber die Mädchen gehen auch offener auf mich zu. Die Buben sind eher zurückhaltend, ich tu mir auch schwerer, sie zu verstehen."*
>
> (Gehörlose Lehrerin HJ 10. Juli 2001)

Am Ende der zweiten Klasse kann die andere Lehrerin kindspezifische Unterschiede im Interesse und der erworbenen ÖGS-Kompetenz klar verbalisieren:

> *„Ja. Also generell einmal waren Mädchen mehr interessiert als die Buben. Die haben sich mehr auseinandergesetzt. Vielleicht liegts dran, dass die zwei Gehörlosen Mädchen sind. Vielleicht wärs anders gewesen, wenn Buben auch dabei gewesen wären. Wenn ich so zurückdenk, wie der Florin noch da war, war der David da schon hin und wieder, obwohl der ein bissl ein Schamgefühl gehabt hat, Gebärden einzusetzen. Der Claus hat das abgelehnt, der hat sich immer lustig gemacht, auf eine eher unangenehme Art, das hat mir eher weniger gefallen. Aber zum Beispiel der Rehat oder der Burhan, total begeistert, das hat ihnen Spaß gemacht. Der war zwar an der Gebärdensprache interessiert, hat das als Spiel vielleicht aufgefasst. Aber deswegen haben sie noch nicht mit den Mädchen kommuniziert, der Rehat vielleicht noch eher, der geht mehr auf andere zu."*
>
> (Hörende Lehrerin MK 15. Juli 2002)

Eine Schülerin, eine der kompetentesten Gebärdnerinnen, beschreibt, wie sie sowohl ÖGS als auch das Fingeralphabet einsetzt und dass sie gebärdete Kommunikation auch als anstrengend empfindet:

> *VK: Macht dir das Spaß?*
> *„Ja, aber manchmal geht mir das auf die Nerven, wenn ich gebärden*

muss."
VK: Musst du gebärden
„Nein, aber wenn ich immer mit denen rede und ich muss buchstabieren und das kann ich nicht so gut, weil ich was nicht weiß und die Buchstaben weiß ich nicht mehr so gut."
VK: Wenn dir die Gebärden nicht einfallen, dann buchstabierst du und das ist dann anstrengend?
„Ja. Ich muss immer nachdenken, wie das schnell geht
VK: Aber so kannst du gut reden mit den Zweien?
„Ja."

(Samantha 26. Juni 2003)

Sie stellt dann fest:

„Sonst ist es schön, gebärden zu können."
VK: Kannst du das beschreiben, warum das schön ist?
„Weil man mit den Fingern reden kann. Sonst kann man ja mitm Mund und manchmal mit den Fingern dazu. Aber wenn man bei einem Gehörlosen gebärdet, dann tut man schon mit den Händen und mitm Mund nur leise. Manche machen auch nur Gebärden ohne Mund. Helene sagt oft, sie sollen auch reden. Wir tun oft gebärden und setzen sich in den Kreis und oft solche Tiere oder Frühling oder Blumen oder so nochmal wiederholen, Steiermark und so. Wir tun schon viel gebärden, ich und die Pia sind die einzigen die das urgut können."
VK: Aha, nicht alle gebärden gleich gut? Wer nicht so gut
„Nicht so gut kann es der Yussuf, weil er auch neu ist, und die Natalie ist auch neu. Und der Rehat macht immer Spaß, wenn was ist, stellt er sich auf einen Sessel und gebärdet ein bissi und dann macht er mitm UHU so: ladies and gentlemen
Und wer es nicht so gut kann.. die Derya kanns nicht so gut, der David weiß ich nicht. Also es können manche fast nichts. Und wers nicht so gut ist die Natalie, die alte, die kanns auch nicht so gut… und sonst fallt mir nichts mehr ein."
VK: Warum ist das so?
„Manche können sich das schneller merken, und gebärden auch mit der Helene viel und dann merk ich mir immer was."

(Samantha 26. Juni 2003)

Es ist deutlich, dass die Schülerin eine sehr genaue Einschätzung hat, welches Kind wie gut ÖGS beherrscht – und auch Hypothesen darüber, warum dies so ist. Einerseits ist die Länge der Anwesenheit in der bilingualen Klasse ein Faktor, andererseits individuelle Begabung und drittens der Umgang mit der gehörlosen

Lehrerin, den sie selbst pflegt. Diese Schülerin hat für sich erkannt, dass sie sich dadurch ‚am meisten merkt', dass also ihr Spracherwerb durch die Kommunikation mit einer kompetenten Gebärdnerin profitiert.

Diese Schülerin stellte im Jänner 2001, 4 Monate nach Einschulung und Erstkontakt mit ÖGS mitten während des ‚Buchstabentages', bei dem sie mit der Dolmetscherin (Barbara) an einem Tisch saß und an etwas arbeitete, eine interessante Frage, nämlich, wie man denn ganz gut Gebärdensprache lernen kann.

Ein Ausschnitt aus dem Videotranskript:

> *49:40: Samantha sitzt neben Melanie, sie bastelt etwas. Plötzlich fragt sie: Barbara, wie kann ich ganz geb….,*
> *Dann sieht sie, dass Barbara gerade mit Melanie gebärdet und wartet.*
> *Samantha setzt nochmal an: Barbara, wie kann ich das ganze Gebärden lernen?*
> *B fragt nach: Was?*
> *Samantha:„Barbara, wie kann ich das ganze Gebärdensachen lernen?*
> *B sagt ihr, sie müsse immer gut aufpassen, wenn die Helene gebärdet und dann einen Kurs machen.*
> *Samantha: So lernt man das?*
> *B: Ja, so hab ichs auch gelernt.*

Diese Schülerin hatte also sehr früh schon ein tiefes Interesse an ÖGS entwickelt und machte sich sogar Gedanken darüber, wie sie es besser lernen könne. Sie entwickelte sich in der Folge zur kompetentesten Gebärdnerin der Klasse.

Die Gebärdensprachkompetenz der gehörlosen Freundinnen wird von ihr ganz klar besser als die der hörenden eingeschätzt. Aber sie sieht die kindliche ÖGS-Sprachkompetenz durchaus kritisch:

> *VK: Können Doris und Melanie am besten gebärden?*
> *„Nein, ich frag sie manchmal was, am Sportplatz hab ich sie gefragt, du bist der erste Wähler und sie gefragt, wie die Gebärde geht und das haben sie ich nicht gewusst. Also alles wissen sie auch nicht."*
> *VK: Aber im Vergleich zu den anderen Kindern?*
> *„Ja schon, weil sie auch gehörlos sind."* (Samantha 26. Juni 2003)

Ein anderes Mädchen (mit L1 Türkisch) hat ebenso eine sehr genaue Einschätzung, wer am besten gebärden kann – und beschreibt, warum sie ÖGS gerne mag. Ganz deutlich kommen ihre positiven Gefühle (‚gemütlich') gegenüber dieser Sprache zum Ausdruck:

> *VK: Und können andere Kinder gleich gut gebärden? Gibts da Unterschiede?*

D: Manche, die Pia und die Samantha können gut.
VK: Möchtest du gerne besser gebärden lernen?
D: Ja.
VK: Schon? Gefällt dir Gebärdensprache?
D: Ja, das ist schön.
VK: Und warum, was ist daran schön?
D: Warum mir gefällt? Ich weiß nicht, man spricht nicht aus, man fühlt sich so, ... man fühlt sich gemütlich. Ich will deswegen besser Gebärdensprache reden, aber ich kanns nicht.
VK: Und du würdest es aber gerne besser können
D: Ja
VK: Bekommst du einen Unterricht in Gebärdensprache?
D: Ja
VK: Und hilft dir die Helene, zum Beispiel...
D: Ja
VK: Zeigt sie dir Gebärden...
D: Ja, Tiere haben wir gelernt.

(Derya 26. Juni 2003)

Beide gehörlosen Mädchen sagten im Interview zu mir, dass ihre KollegInnen gebärden können und sie mit einigen Kindern in der Klasse sogar schon plaudern könnten.

Die Lehrstudentin Stelzer kommt in der Auswertung ihres in der Klasse durchgeführten soziometrischen Tests (mehr dazu Abschnitt 14.2.1.) zum Schluss, dass Gebärdensprachkompetenz der hörenden Kinder die Kommunikationsmöglichkeiten der Gehörlosen erweitere und sie beschreibt, wie sich für sie die Förderung dieser notwendigen sprachlichen Fähigkeiten dargestellt hat:

„Zur Steigerung dieser Fähigkeit wird von der gehörlosen Pädagogin einmal in der Woche eine Stunde gehalten, in der die hörenden Schüler einige Gebärden zum Thema der Woche erlernen. Den Rest der Gebärden lernen die Schüler spielerisch und selbstverständlich im Alltag. Der Einsatz von schon gelernten Gebärden wird ebenfalls täglich in den Unterricht eingebaut, z.B. bei der Begrüßung, im Montagskreis, usw." (Stelzer 2002:8)

Ein Mädchen, das erst seit drei Monaten in der Klasse ist, als ich sie interviewe, sagt, sie kann in ÖGS erst gebärden, wie sie heißt (und zeigt es mir auch). Als ich sie frage, ob sie gerne Gebärdensprache lernen möchte, bejaht sie.

VK: Warum denn?
N: Weil ich auch mit der Melanie und mit der Doris gerne gebärden würde.

(Natalie II 26. Juni 2003)

Der Grund, warum sie an ÖGS interessiert ist, ist also ein kommunikativ-sozialer: sie hat verstanden, dass sie zu diesen beiden Klassenkolleginnen nur Zugang bekommt, wenn sie gebärden kann.

Die Dolmetscherin der Klasse kommt zu dem Schluss, dass das ihrer Meinung nach noch zu kleine ÖGS-Lernangebot nicht an mangelndem Interesse der Kinder liege:

> *„Das wär total wichtig, dass die Kinder einfach besser gebärden können, weil sie wollen ja. Enorm! Sie wollen ja lernen!"*
> (Dometscherin SN 10. Juli 2002)

Bei einem Elternabend hörte ich mehrere Berichte von Eltern darüber, wie ÖGS auch in den außerschulischen Alltag der Kinder mitgenommen wird und so einfließt:

> *„Die Astrid erzählt nicht sehr viel von der Schule, also ich krieg da nur ganz wenig mit und bin überrascht, was ich von allen anderen höre. Aber es gibt immer wieder Situationen, wo die Gebärden einfließen. Also Situation Hallenbad, es ist laut, sie ist weit weg und versucht mit mir in Gebärden zu kommunizieren. Ja, und so was passiert immer wieder. Zum Beispiel dieses Antupfen, das geht schon so in den Alltag bei ihnen über und das passiert dann auch zu Hause.*"(Mutter von Astrid, 17. Jänner 2002)

(Siehe dazu auch die Aussage von Alyshas Mutter im Kapitel 15.)

Resümierend ist festzustellen, dass einerseits ÖGS einen fixen und sehr zentralen Platz in der bilingualen Klasse hat, dass alle beteiligten Menschen gemäß ihren Möglichkeiten einen ÖGS-Lernprozess eingegangen sind und zum Teil - hierbei sind große individuelle Unterschiede bei den Kindern festzustellen – auch äußerst erfolgreich darin waren. Nichtsdestotrotz scheint es an einem fest im Stundenplan verankerten, regelmäßigen und systematischen Input zu mangeln. Dies wirft wiederum organisatorische Probleme auf: Offiziell wird ÖGS nicht unterrichtet und für diese bilinguale Klasse wurde der normale Stundenplan nicht angepasst. Kinder dürfen also eigentlich nicht auf Kosten eines anderen Faches mit ÖGS-Übungseinheiten ‚zwangsbeglückt' werden – obwohl derartiger gesteuerter Input im Sinne der Gruppe und ihrer Sprachentwicklung sicher sinnvoll wäre.

Die Lehrerinnen standen in dieser Frage vor einem (nicht dem einzigen) institutionell nicht bedachten und im Vorhinein nicht geklärten Problem. Siehe dazu Kapitel ‚Sichtweisen und Einschätzungen beteiligter LehrerInnen, Dolmetscherinnen und Eltern'.

9.1.3 Sprachbarrieren

Durch die personelle Zusammensetzung der Klasse mit ihren verschiedenen sprachlichen Kompetenzen und den sinnlichen Einschränkungen einiger Personen ergaben sich immer wieder Situationen, die ich als ‚Sprachbarriere' bezeichnen möchte. Mit Sprachbarrieren meine ich all jene Situationen, in denen die eigenen oder anderen Sprachkompetenzen als nicht ausreichend für funktionierende Kommunikation erlebt werden. Dies umfasst sowohl reales Scheitern (nicht verstehen/nicht verstanden werden) als auch einen gefühlsmäßigen Mangel, eine gefühlsmäßige Grenze (‚das kann ich noch nicht sagen/ich trau mich nicht/die versteht mich sicher nicht').

Es steht außer Frage, dass auch in monolingual geführten Klassen und zwischen Menschen, die dieselbe Sprache beherrschen und verwenden, Sprachbarrieren vorkommen.

In der hier besprochenen Klasse waren die Voraussetzungen für etwaige Sprachbarrieren vielfältig:

- Menschen ohne Kenntnis der Sprache der anderen gestalteten ihren gemeinsamen Alltag
- die gesprochene Sprache konnte von manchen Beteiligten sinnlich nicht wahrgenommen werden
- einige Kinder wurden ohne oder mit beschränkter Kenntnis der Unterrichtssprache (und Zielsprache) Deutsch eingeschult

Es soll daher nun thematisiert werden, wie welche Sprachbarrieren aus den unterschiedlichen Perspektiven erlebt wurden und wie in der bilingualen Klasse mit ihnen umgegangen wurde. Dafür werden die Aussagen der Beteiligten herangezogen:

Die Dolmetscherin der ersten Klasse beschreibt ihre Wahrnehmung der ersten gemeinsamen Monate:

> *„Zwischen den hörenden Kindern und der Helene wars weniger vielleicht eine Barriere als oft eher vielleicht eine Scheu der hörenden Kinder, auf die Helene zuzugehen, am Anfang. Sie sind oft zu mir hergekommen und haben gefragt: Wie geht denn das in Gebärde? bevor sie zur Helene gegangen sind. Aber das würd ich nicht als Barriere bezeichnen, eher als Scheu, Kontaktscheu. Und das waren eher die Kinder, die interessiert waren an der Gebärdensprache, Samantha, Pia, Astrid, Alysha, so eher, die Kinder hats interessiert, aber sie wollten die Helene direkt*

> *selber fragen. Die anderen sind vielleicht gar nicht so zu ihr gegangen und haben was gefragt."*
>
> (Dolmetscherin BM 20. Juli 01)

Sie beschreibt hier nicht nur, dass es anfangs Kontaktscheu gab, sondern dass viele Kinder bald verstanden hatten, dass sie die adäquaten Ausdrucksmöglichkeiten für ihre Wünsche oder Fragen an die gehörlose Lehrerin brauchen. Außerdem wird durch ihre Beobachtung deutlich, dass die Kinder sehr schnell wussten, wie sie sich die notwendigen Sprachkompetenzen selbst holen konnten: Sie nutzten die Dolmetscherin als Sprachinformantin und verhinderten so – anlassbezogen – eine Sprachbarriere.

Diese Strategie wird auch von einer Schülerin beschrieben – allerdings im Zusammenhang mit Sprachbarrieren zu den gehörlosen Kindern, zu deren Überwindung sie sowohl die Dolmetscherin als auch die gehörlose Lehrerin nutzte:

> *„Am Anfang war das komisch. Weil ich hab gar nichts verstanden und sie haben immer so geredet und ich hab die Barbara gefragt und die Hele... ja, manchmal die Helene, weil ich hab da die Helene schon verstehen können. Und da hab ich sie manchmal gefragt, was sie sagen, das war wirklich komisch."*
>
> (Samantha 26. Juni 2003)

Auf meine Nachfrage, wie das denn jetzt sei, ob sie ihre Mitschülerinnen verstehen würde, antwortet Samantha mit der Beschreibung einer weiteren – nicht vokabelbedingten – Barriere:

> *„Jetzt versteh ich sie schon. Aber manchmal tun sie so schlampig gebärden, da versteh ich sie trotzdem nicht."*
>
> (Samantha 26. Juni 2003)

Von Seiten der gehörlosen Lehrerin wurde eine Barriere wahrgenommen, die sie davon abhielt, öfter alleine als Hauptlehrerin die gesamte Klasse zu unterrichten, beschreibt die Dolmetscherin:

> *„Helene wollte immer wieder mehr mit hörenden Kindern machen und hat aber gemeint, das geht einfach nicht, sie versteht die Kinder nicht. Deswegen tut sie es nicht. Und mit den Burschen, die nicht gebärden wollen oder können, mit denen hat sie überhaupt keinen Kontakt. Sie kriegt auch nicht mit, was die Kinder hinter ihrem Rücken sagen.*
>
> (Dolmetscherin SN 10. Juli 2002)

Die hörende Lehrerin hat das Gefühl, im Unterrichtskontext nie die Kontrolle verloren zu haben:

> *„Es war nie irgendeine Situation, wo ich mir gedacht hab, das schaff ich jetzt nicht oder da muss ich jemanden holen. Das war eigentlich nie, dass es so brenzlig war. Ich hatte immer den Eindruck ich konnte trotzdem klarmachen, was ich will. Es ist mir nie entglitten, ich hab das, glaub ich, immer ganz gut im Griff gehabt. Ich hab nie den Eindruck gehabt, dass mir das entgleiten könnte, nein da hat's keine Situationen gegeben, weder mit den Kindern noch so..."* (Hörende Lehrerin MK 15. Juli 2002)

Sie berichtet dann von einer Situation, wo sie klare Grenzen merkte, nämlich außerhalb des Unterrichtsettings, wenn unvorhersehbare Dinge geschahen und zu kommunizieren waren:

> *„Das einzige, wo ich manchmal Sorge gehabt hab, wenn die Helene nicht mehr da war und es hat etwas mit dem Bus nicht geklappt. Weil mit den Kindern kann ich mich nicht so gut verständigen, der Bus wo kommt der, wo müssen die Kinder hin, die Eltern erreich ich nicht... Also da, das ist das einzige, was mir einfallen würde, wo ich wirklich hilflos war. Weil ich immer gerne gehabt hätte, dass jemand von Euch da ist, bis die Kinder wirklich abgeholt sind. Da hab ich keine Kontrolle. Das ist das einzige, wo ich ein bissl verunsichert war. Sonst im Klassen... im Unterrichtsbereich ist mir das glaub ich nie wirklich entglitten. Auch wenn die Helene nicht da war, hat das ganz gut funktioniert."*
>
> (Hörende Lehrerin MK 15. Juli 2002)

Mich interessierte, ob sie sich vorstellen könnte, den Unterricht ganz alleine zu machen:

> *„Jede Stunde denk ich mir schon, ausgenommen Deutsch. Weil selbst im Sachunterricht, brauch ich nicht unbedingt, ... da kann ich mit viel Bildern und mit viel Material arbeiten, obwohl... das ist auch schwierig, wenn sie Begriffe nicht haben. Oder Buchstaben noch nicht können oder das Lesen noch nicht können, dann kannst auch nicht arbeiten. Das kommt jetzt darauf an, wenn ich jetzt größere Gehörlose hab, dann schon. Aber mit Volksschulkindern so wie es die zwei sind, alles, was mit Deutsch zusammenhängt hätt ich mir schon schwer getan. Mathematik und diese anderen Bereiche; kein Problem. Und wenn ich ein bissl mehr von der Sprache könnte, dann hätt ich selber gemacht, das hätt ich mir zugetraut, wenn ich die Sprache könnte. Dann hätt ich das alleine auch*

> *geschafft, mit mehr Voraussetzungen an Gebärdensprache, mit dem Fingeralphabet, glaub ich schon."*
>
> (Hörende Lehrerin MK 15. Juli 2002)

Die Lehrerin präzisierte weiters, dass es ihrer Meinung nach von äußerster Relevanz sei, wie die gehörlosen Kinder entwickelt sind:

> *„Wie gesagt, wenns so Kinder sind wie die Melanie und die Doris, die sind problemlos, vif und tüchtig. Und reif, nicht zusätzlich noch irgendein Problem haben, dann kann das ein Volksschullehrer, glaub ich, schon schaffen. Was glaubst du?"*
> *VK: Mit Gebärdensprache ja, ohne nein.*
>
> (Hörende Lehrerin MK 15. Juli 2002)

Fest steht, dass einerseits durch die noch nicht sehr ausgeprägte ÖGS-Kompetenz der hörenden Kinder und andererseits die noch im Aufbau begriffene Deutschkompetenz der gehörlosen Kinder manchmal zwischen den Kindern Kommunikationsprobleme entstanden:

> *"Da haben sie mich total überfallen, wenn ich gekommen bin, und da war ich nicht da, da hats einen Streit gegeben und da bin ich von beiden Seiten belagert worden."*
>
> (Dolmetscherin SN 10. Juli 2002)

Die gehörlose Lehrerin nimmt in der Klasse eine diesbezügliche Besonderheit wahr: Die Minderheit passt sich nicht der Mehrheit an – sondern die Mehrheit nimmt Rücksicht auf die sprachlichen Kompetenzen der Minderheit.

Etwaige sprachliche Barrieren werden somit gemildert, denn sie resultieren nicht in Ausgrenzung.

> *„Die hörenden passen sich ganz klar den gehörlosen Kindern an. In dieser Schule hier ist es nicht so wie anderswo, dass sich die Gehörlosen den Hörenden anpassen müssen, das ist hier an dieser Schule überhaupt nicht."*
> *VK: Warum?*
> *„Ich weiß nicht, warum. Die Doris ruft manchmal den Namen, zum Beispiel von Pia. Doris spricht ein bißchen, aber Melanie nicht. Melanie sagt einfach: ich kann nicht sprechen. Aus. Sie haben ja auch noch zu wenig Kompetenz, sie kann noch nicht sprechen. Auch was das Lesen, das Verstehen von Sätzen betrifft. Wenn sie da mehr Kompetenz hätten, wärs vielleicht leichter mit der Kommunikation, ich kann sie fördern, mit ihnen das Lesen und Schreiben üben, was aber den Umgang, das*

Sprechen miteinander ausmacht, da fehlt einfach noch was, das muss noch Programm werden. Das könnte auch ein Grund sein, warum sich einfach die hörenden den gehörlosen Kindern anpassen."

(Gehörlose Lehrerin HJ 10. Juli 2001)

Kritisch stellt die Lehrerin fest, dass sie mit der noch im Aufbau begriffenen Deutschkompetenz, insbesondere der mangelnden Sprechkompetenz ihrer gehörlosen Schülerinnen noch nicht zufrieden ist – und dass diese mangelnde Deutschkompetenz Grund für Sprachbarrieren ist.

Diese Ausführungen machen deutlich, dass trotz sehr fordernder Voraussetzungen mit Sprachbarrieren sinnvoll umgegangen wurde. Die sprachliche Ausgangssituation könnte potentiell eine Gruppe extrem unter Stress stellen oder sogar entzweien. Im vorliegenden Fall gingen alle Beteiligten mit entsprechender Vorsicht und Achtsamkeit an die Sache heran, es wurden eigene und fremde Grenzen und Möglichkeiten realistisch wahrgenommen und dadurch bewältigbar.

Es wird deutlich, dass es real existierende oder empfundene Sprachbarrieren gab. Manchmal forderten sie Geduld (z.B. Warten bis die Dolmetscherin da ist, um einen Streit zu klären) und manchmal wurden sie nicht gelöst (z.B. Gehörlose Lehrerin empfindet, dass sie nicht alleine die Klasse unterrichten kann). Aber sie standen einer guten Kooperation nicht im Wege. Weder die Sprachbarrieren noch etwaige daraus entstehenden Frustrationen dominierten das Klassengeschehen und die Zusammenarbeit aller.

Ramsey beobachtete in der von ihr dokumentierten ‚Mainstreaming'-Klasse, dass hörende Kinder in aufregenden Situationen darauf vergaßen, visuell zu kommunizieren und so mit ihren gehörlosen Kollegen interagierten, als könnten diese sich aussuchen, zu hören (Ramsey 1997:67).

Derartiges Verhalten wurde von mir in der bilingualen Doppelintegrationsklasse nie beobachtet.

Stinson und Kluwin stellen fest, dass co-enrollment classes, das Äquivalent der bilingualen Doppelintegration, Interaktion zwischen allen Kindern, gehörlos und hörend, unterstütze, vor allem durch Förderung der Gebärdensprachkenntnisse hörender Kinder und Vermittlung von diversen Strategien, miteinander umzugehen. „In this environment, deaf students are involved in all class activities." (2003:59) Sie nennen Kreimeyer et al. (2000) als Quelle dafür, dass in so einem setting mehr Interaktion zwischen gehörlosen und hörenden Kindern stattfinde, sowohl in der Klasse als auch in den Pausen, als in traditionellen Modellen, wo die Kinder nicht fix gemeinsam in einer Klasse sind. Wichtig ist, dass durch das integrative Setting den SchülerInnen der Sinn der Deutschkompetenz nicht nur für die Lernkarriere klar wird, sondern vor allem als relevanter Faktor für soziale Kontakte erlebt wird.

9.1.4 Metasprachliche Kompetenzen

In der bilingualen Klasse war eine auffallende Sprachsensibilität zu beobachten (siehe >DVD, Kapitel 2 CLIPS 27-33).

Z.B. konnte ich immer wieder mitverfolgen, wie Kinder einander in ihren deutschen oder gebärdensprachlichen Äußerungen ausbesserten. Ein Kind besserte ein anderes, meist türkischsprachiges, Kind aus, wenn dieses einen grammatikalisch falschen Satz gesagt hatte. Oder die gehörlosen Mädchen halfen einem hörenden Kind beim Gebärden oder besserten manchmal mit schelmischem Blick eine meiner Gebärden aus. (>siehe Beispiele auf der DVD, Kapitel 4 ‚ÖGS als L1 der gehörlosen Kinder', CLIP 04))

Zahlreich sind auch die Korrekturen und Hilfestellungen hörender Kinder für ihre hörende Lehrerin in ÖGS (>siehe DVD, Kapitel 2, CLIP s 02, 03 und 04).

Vor allem beeindruckte mich, dass diese Ereignisse mehrheitlich von einem freundschaftlich-sensiblen Ton geprägt waren: Jemand wurde zwar korrigiert, aber sein Gesicht blieb gewahrt. Ein herablassender oder „oberlehrerinnenhafter Ton" war mehrheitlich unter den Kindern nicht zu beobachten. Da diese ‚Ausbesserungen' also freundlich erfolgten und ohne Tadel, dürften sie der Kategorie ‚Helfen' zuzuordnen sein.

Diese Ereignisse scheinen mir wichtig, denn sie geben Hinweis auf metasprachliche Kompetenzen bei den Kindern. Es erscheint plausibel festzustellen, dass eine bilingual geführte Klasse unter Umständen eine erhöhte allgemeine bzw. individuelle Aufmerksamkeit gegenüber Sprache bewirkt.

Des Weiteren geben die obengenannten ‚Verbesserungen' Hinweis auf eine gefestigte und subjektiv sichere Sprachkompetenz, die bewirkt, dass sich Einzelkinder Korrekturen ohne weiteres selbst zutrauen.

Ein weiteres Phänomen betrifft die Sprachwahl: Kein einziges Mal sah ich, dass sich ein Kind in einer ‚falschen' Sprache an jemanden wandte. Das Erkennungs- und Entscheidungsvermögen darüber, wer für welche Sprache ‚zuständig' ist, wo in welcher Sprache kommuniziert werden kann und wie unterschiedliche Sprachkompetenzen sinnvoll eingesetzt werden, ist eine wichtige soziolinguistische Kompetenz.

Nach dieser Diskussion sprachlicher Aspekte des bilingualen Klassenalltags möchte ich zu eher sozialen Phänomenen übergehen.

9.2 Soziale Aspekte der Klasseninteraktion

> *„(...) da hat's Streiterein gegeben, da hat's Konflikte gegeben, es sind Freundschaften geschlossen worden... da seh ich überhaupt keinen Unterschied zu jeder anderen Klasse.“*
>
> (Lehrerin MK im Interview)

In diesem Teil der Analyse werden einige soziale Aspekte der bilingualen Klasse näher untersucht. Der Beschreibung eines soziometrischen Tests folgt das Thema des Umgangs zwischen den diversen Sprachgruppen in der Klasse und dann werden einzelne Phänomene im Klassenalltag beschrieben.

Sinnvoll ist es, zuerst das Kapitel ‚Bilingual-bikultureller Klassenalltag‘ auf der DVD anzusehen, in dem spezifische soziale Kompetenzen zu sehen sind, die die SchülerInnen (vorrangig Mädchen) aufgrund ihrer Gruppenzusammensetzung entwickelten. Nach Sichtung des entsprechenden Teils der DVD sind die folgenden Ergebnisse eines soziometrischen Tests besser einreihbar.

9.2.1 Soziometrischer Test

Im ersten Halbjahr der zweiten Klasse führte die Lehrstudentin Nicole Stelzer für ihre Diplomarbeit einen zweiteiligen soziometrischen Test in der Klasse durch. Sie stellte sich die Fragen:

- Werden gehörlose Kinder bei einer Gruppenarbeit integriert?
- Werden gehörlose Kinder bei Pausengesprächen bzw. bei Beschäftigungen in der Pause integriert?

Stelzer ließ am 5. Dezember 2001 in der 3. Stunde alle Kinder schriftlich je Testteil 2 Fragen beantworten:

„Mit wem unterhältst du dich gerne in der Pause?“,
„Mit wem unterhältst du dich nicht gerne in der Pause?“ und
„Mit wem arbeitest du gerne in einer Gruppe?“,
„Mit wem arbeitest du weniger gerne in einer Gruppe?“

Es zeigten sich durch den Test klare Präferenzen in der Klasse, die mir durchwegs repräsentativ für die von mir über zwei Jahre hinweg beobachteten sozialen Strukturen erscheinen. Die folgenden graphischen Darstellungen der Ergebnisse/ Soziogramme stammen von Stelzer.

Soziogramm - Kommunikation in der Pause

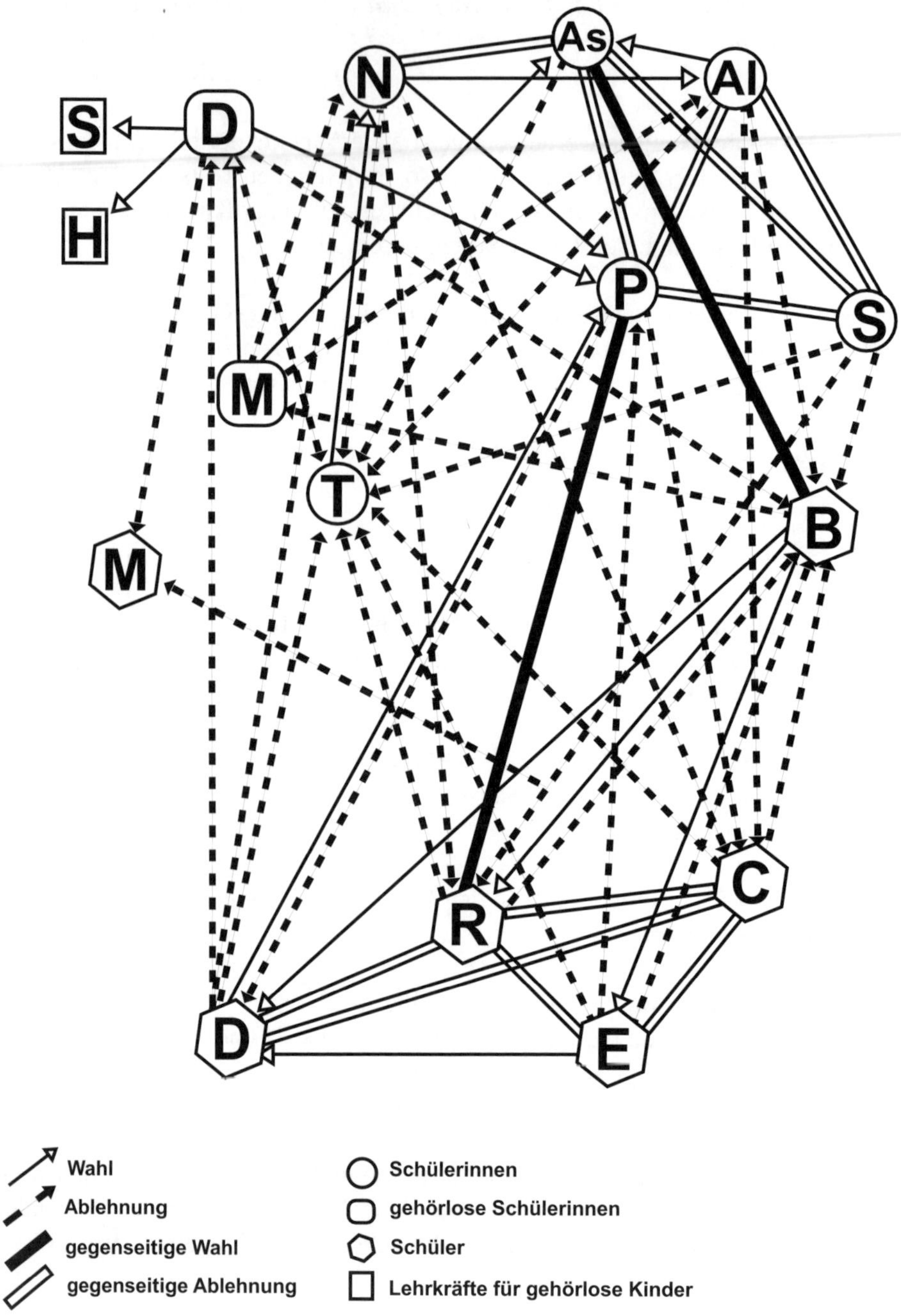

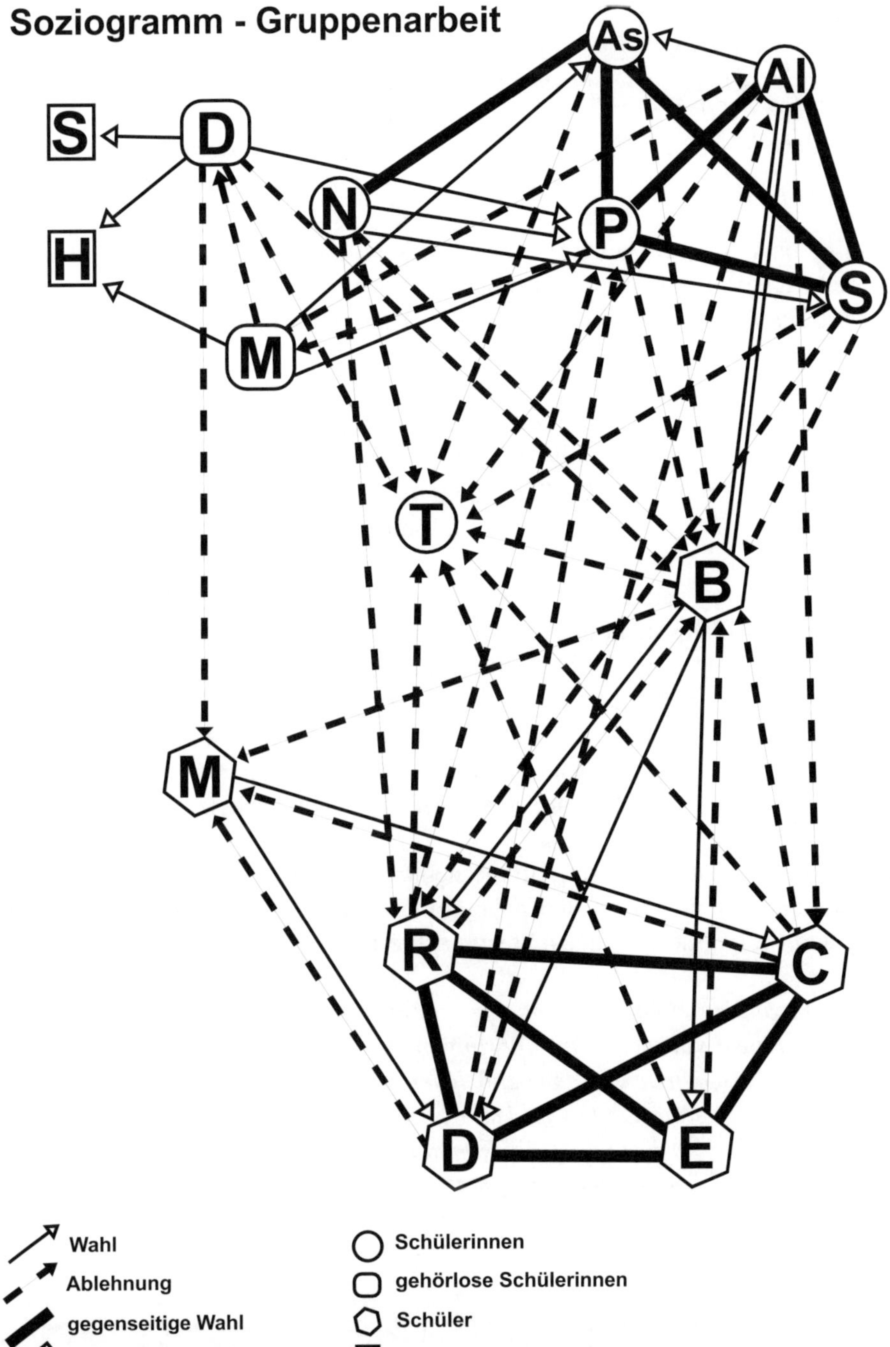
Soziogramm - Gruppenarbeit
S
D
H
N
M
As
Al
P
S
T
B
M
R
C
D
E
Wahl
Ablehnung
gegenseitige Wahl
gegenseitige Ablehnung
Schülerinnen
gehörlose Schülerinnen
Schüler
Lehrkräfte für gehörlose Kinder

Stelzer resümiert über die Ergebnisse:

> *„Die beiden gehörlosen Mädchen D und M werden zwar nicht ausgeschlossen, stellen jedoch keine Konzentrationspunkte innerhalb der Gruppe dar. Interessant ist die Tatsache, dass D sich in der Pause sehr gerne ihre Lehrkräfte S und H als Kommunikationspartner wählt."*
> (Stelzer 2002:5)

Das Ergebnis, dass die beiden gehörlosen Schülerinnen keine Außenseiterinnen seien, wird bestätigt durch unabhängig davon (und mehr als ein halbes Jahr vor Stelzers Test) gemachte Aussagen der Klassenlehrerin in einem Interview:

> *„Und die zwei sind sicher nicht Außenseiter. Auch wenn sie sich untereinander bissl mehr beschäftigen, weißt Du, was ich mein, aber sie sind keine Außenseiter! Sie sind in der Klasse total integriert, im Vergleich jetzt zur Tugba. Das ist diese Feinheit."*
> (Hörende Lehrerin MK 28. Juni 2001)

„Beide gehörlosen Schülerinnen wählten, als einzige der Schulklasse, bei beiden Bereichen des Testes nicht nur ihre Mitschüler, sondern auch die gehörlose Pädagogin und ebenfalls die Dolmetscherin in der Klasse. Dies ist verständlich, da auch diese beiden Betreuerinnen zu den Personen in der Klasse gehören, mit denen sie gerne kommunizieren. Sie sind für beide Mädchen die engsten Bezugspersonen, da sie sich mit ihnen ohne Probleme in ihrer eigenen Sprache, der österreichischen Gebärdensprache, verständigen können." (Stelzer 2002:3)

Ich war an dem Tag der Soziogrammerhebung nicht in der Klasse, konnte dieses Ereignis daher nicht filmen und habe keine Kontextinformation über die Stimmung und Ereignisse des Tages. Stelzer schreibt:

> *„Als außenstehender Beobachter konnte ich leider nicht wissen, dass in der Pause vor der Durchführung meines soziometrischen Testes ein Streit zwischen den beiden gehörlosen Kindern in der Klasse stattgefunden hat. Aus diesem Grund kann es zu einer leichten Verfälschung des Ergebnisses in Bezug auf die Kommunikationsstrukturen zwischen diesen beiden Schülerinnen kommen."*

Stelzer kommt zum Schluss:

> *„Durch beide Soziogramme lässt sich erkennen, dass die gehörlosen Mädchen nicht aus der Klassengemeinschaft ausgeschlossen sind. D und M wählen zwar auch als Ansprech- und Kommunikationspartner in*

der Pause und während einer Gruppenarbeit ihre Lehrkräfte, der Grund dafür liegt vermutlich darin, dass sie sich mit ihnen problemlos verständigen können. Die anderen Mitschüler lernen zwar auch kontinuierlich die Gebärdensprache, jedoch ist die sprachliche Kompetenz noch zu gering, um ergiebige Gespräche führen zu können.

Interessant in diesem Zusammenhang ist auch, dass jene hörende Kinder, die sehr schnell und mit viel Begeisterung Gebärdensprache lernen, sehr wohl als Ansprechpartner der gehörlosen Schülerinnen genannt werden, z.B. As, P und S." (Stelzer 2002:8)

Die Lehrerin stellt am Ende der zweiten Klasse fest:

„In der Pause ist es zwar so, dass die Kinder miteinander spielen und das auch mögen, gemeinsam sein, aber die Qualität ist doch stark so, dass es gehörlose und hörende Freundschaften gibt. Da ist es doch eher so, dass die Hörenden sich an Hörende wenden und umgekehrt genauso... das ist also wirklich schwer zu sagen. Ja, mit Pia gibt's eine Freundschaft, aber ob das wirklich in die Tiefe geht? Da gibt's halt schon Unterschiede zwischen hörenden und gehörlosen Gruppen, also ob das gut ist, weiß ich nicht sicher."

(Gehörlose Lehrerin HJ 10. Juli 2001)

Eine Dynamik stellt die Dolmetscherin am Ende des zweiten Schuljahres fest: Alle könnten mehr miteinander kommunizieren, aber die gehörlosen Kinder bilden eine feste Gruppe – die auch wenig bereit wäre, sich dem Sprachniveau der hörenden Kinder anzupassen (siehe Kapitel ‚Sprachbarrieren'):

„Und Hörende und Gehörlose könnten auch mehr. Aber da sind sie beide so stolz irgendwie und lassen sich garnicht herunter... auf das Gebärdensprachniveau von den hörenden Kindern, das ist ihnen zu fad, dass sie mit denen kommunizieren und umgekehrt ist es das gleiche, da haben sie einfach keine Geduld füreinander. Nur, wenn eine krank ist dann muss ja die andere schauen, dass sie mit den hörenden was anfangt und dann geht's. Aber sobald beide da sind, gibt's eine Gruppe."

(Dolmetscherin SN 10. Juli 2002)

Eine hörende Schülerin meint im Interview, sie könne zwar noch nicht sehr viel Gebärdensprache, aber würde doch gerne tratschen. Soziale Probleme stünden im Wege:

VK: Sag mal, kannst du schon genug Gebärdensprache, um zu plaudern, um zu tratschen?
D: Ich will mit Melanie und Doris tratschen, aber sie wollen nicht.
VK: Warum?
D: Sie wollen nicht mit mir Freundin sein, sie sind schon Freundin, aber nächsten Tag sind sie nicht mehr.
VK: Mhm, verstehe. Und mit Sabine und Helene?
D: Die sind lieb!
VK: Und kannst du mit denen bissi plaudern?
D: Mit Sabine schon, mit Helene auch.

(Derya 26. Juni 2003)

In den Beobachtungen der gehörlosen Lehrerin am Ende der zweiten Klasse kommt wieder die mangelnde Deutschkompetenz zur Sprache – und ihre eigenen Kindheits-Erfahrungen:

„Derzeit haben sie kaum Kontakt, die spielen im Hof nicht zusammen, es sei denn Konflikte und Streitereien, das war schon bei mir so, wie ich klein war, ich kann mich erinnern, das ging erst später. 7-8jährige haben halt nicht die Geduld, was aufzuschreiben und so zu kommunizieren und die wenden sich dann einfach ab, gehen weg, das war echt schwierig, das war meine Situation als Kind."

(Gehörlose Lehrerin HJ 3. Juli 2002)

Als ich Mitte des dritten Schuljahres in die Klasse zu Besuch komme, beobachte ich gleich zu Beginn eine diesbezüglich wichtige Szene – die eine deutliche Entwicklung aufzeigt: Ein gehörloses Mädchen will in der Pause für mich an die Tafel schreiben, wie viele Buben und wie viele Mädchen in der Klasse sind. Sie ist unsicher bezüglich der Schreibweise und fragt ihre hörende Freundin. Gemeinsam mit einigen anderen (einem gehörlosen und zwei hörenden) Mädchen, die ihr das Wort buchstabieren, löst sie das Problem.

Es ist deutlich, wie einerseits das gehörlose Mädchen Schriftsprache als Kommunikationsmedium mit Hörenden entdeckt hat – und langsam über genügend Lexikon verfügt, um sich ausdrücken zu können – und wie andererseits das hörende Kind auf diese Art der Kommunikation einsteigt, ihr sogar geduldig beim Schreiben hilft.

Die Kinder der bilingualen Klasse haben sicherlich bestimmte HauptinteraktionspartnerInnen gewählt. Aber Freundschaften sind auch über diese ‚Sprachgrenzen' hinweg geschlossen worden und Sprachbarrieren diversester Art sind immer wieder mit kreativen Mitteln, mit gesteigerten Sprachkompetenzen und durch Interesse aneinander überwunden worden.

Ende der dritten Klasse – also eineinhalb Jahre nach der Durchführung des Soziogramms - interviewte ich 12 Kinder (2 gehörlose und 10 hörende). Unter den hörenden Kindern waren 2, die erst ein halbes Jahr in der Klasse waren. Von den restlichen Kindern haben nicht alle die Frage, wie es ihnen gefalle, dass da gehörlose Kinder bei ihnen in der Klasse seien, gestellt bekommen. Jene Antworten, die ich erhielt, sind kritisch ausgefallen. Die Begründung dafür war, dass die gehörlosen Mädchen oft zu laut seien.

Ein Mädchen gab im Interview mit mir an, Melanie und Doris gingen ihr manchmal auf die Nerven. Ich frage nach und erfahre, dass dies einerseits sozial bedingt sei: Sie hat (weiter oben zitiert) schon beschrieben, dass sie die Freundschaft mit den gehörlosen Mädchen sucht, jedoch keinen Erfolg hat. Die Sprecherin gibt auch mangelnde ÖGS-Kompetenz als blockierenden Faktor an: Konflikte können dadurch nicht eigenständig geklärt werden.

> *VK: Und andere Kinder gehen dir nicht auf die Nerven?*
> *D: Manche.*
> *VK: Und warum gehen dir genau die Zwei auf die Nerven?*
> *D: Weil ich die nicht versteh. Die sagen immer Blödsinn, zum Beispiel gerade haben sie zum David gesagt, was ist schon wieder. Die haben zu dir gekommen und haben das gesagt. Sie hat einen gehaut bei Hofpause und hat gsagt zu Sabine, die Derya wars. Immer hab ich Schuld gehabt und sie hat nie Schuld gehabt.*
> *VK: Versteh. Und du kannst sie nicht so gut verstehen?*
> *D: Mm*
> *VK: Und warum nicht?*
> *D: Weil ich nicht so gut gebärden kann.*
> *VK: Kannst noch nicht so gut gebärden.*
> *D: Nein, manche Wörter nur.*
>
> (Derya 26. Juni 2003)

Ein zweites Mädchen gibt an, dass die gehörlosen Mädchen sie manchmal „schubsen“ und das sei „nicht immer sehr angenehm“. Die Buben würden wenigstens nur einander sekkieren, aber Doris und Melanie auch Mädchen.

Zwei Buben geben im Interview an, dass sie die Lautstärke der beiden gehörlosen Mädchen störe:

> *VK: Und wenn du sie vergleichst und die anderen Klassen anschaust: In eurer Klasse, was gibts da Spezielles?*
> *B: Bei uns gibts die Gehörlosen*

VK: Bei euch gibts die Gehörlosen, stimmt. Mhm. Und wie gefällt dir das?

B: Schlecht.
VK: Warum?
B: Die nerven uns.
VK: Die nerven dich – und warum?
B: ---
VK: Was machen sie?
B: Sie tun immer schrein und so.
VK: Sie schreien, ah, das stört dich.
B: mhm
VK: Kannst du ihnen sagen, dass sie leise sein sollen?
B: Ich kann nicht gebärden (lacht).

(Burhan 26. Juni 2003)

VK: Ist deine Klasse besonders?
D: Ja wegen den Gehörlosen.
VK: Wie gefällt dir das, dass die da sind?
D: Das gefällt mir nicht.
VK: Warum?
D: Weil die Doris immer so schreit
Und in der Stunde reden die immer und dann lacht die Doris so haha-haha.
VK: Wenn sie miteinander reden, stört das?
D: Nein
VK: Nur wenn sie laut ist?
D: mhm

(David 26. Juni 2003)

Dies ist auf jeden Fall eine berechtigte, mit der Realität übereinstimmende und dem normalen Lärmempfinden hörender Kinder (die gerade versuchen, etwas zu lesen/lernen/schreiben) angemessene, nachvollziehbare Kritik. In diesem Punkt wird den hörenden Kindern Nachsicht und Geduld abverlangt – und es müssen die gehörlosen Kinder lernen, Bedacht zu nehmen darauf, wann sie sich wie laut verhalten. Womit wir beim Thema ‚soziales Lernen' wären.

9.2.2 Soziales Lernen

Für alle Kinder stellt der Eintritt in die Schule eine neue Lebensphase, einen Neuanfang und vor allem eine neue Herausforderung dar. Ein großer Bereich dieser Herausforderung liegt im Sozialen.

> *„Also ich glaub, dass sie im Sozialen sehr viel gelernt haben. Allein durch die Schulsituation, die neue, dann die Situation mit gehörlosen Kindern in der Klasse, eine zweite Sprache dazuzulernen... hat zwangsläufig ein Zusammenwachsen verursacht. Weil die Kinder haben wirklich vom ersten Tag an kommuniziert miteinander, auch ohne Gebärden. Sind auf die Gehörlosen zugegangen, das muss ich schon betonen, dass eher die hörenden auf die gehörlosen Kinder zugegangen sind, und total offen gewesen sind. Eher haben sich die beiden zurückgenommen, aber wahrscheinlich auch deshalb, weil sie einfach nur zu viert, also in der Minderheit waren. Also das war wirklich etwas, was mich sehr beeindruck hat, dass die Kinder überhaupt keine.... keine Hemmungen haben, so wie wir das als Erwachsene haben. Also das ist einfach noch nicht! Das ist so von Anfang an akzeptiert: die hören nicht, auf das stellt man sich ein und das haben sie gelebt.“*
>
> (Hörende Lehrerin MK 28. Juni 2001)

Die Wahrnehmung, dass eher die hörenden Kinder auf die gehörlosen zugingen, wird von der Dolmetscherin geteilt:

> *„(...) Und ich immer das Gefühl gehabt habe, dass die hörenden Kinder viel, viel interessierter waren gegenüber den gehörlosen Kindern. Und auch viel bemühter waren, den Kontakt zu suchen.“*
>
> (Dolmetscherin BM 20. Juli 2001)

Dies kann entweder als Unterschied im ‚Interesse‘ gewertet werden – oder aber daher kommen, dass die einen aus der Position einer Mehrheit heraus agieren und daher die Sicherheit haben, um auf etwas Neues, Fremdes (Gehörlose, Gebärdensprache) zuzugehen.

In der bilingualen Klasse sinnlich erfahrbar ist die Tatsache, dass die Welt und das direkte soziale Umfeld nicht monolingual sind. In allen Klassen der Schule, in den meisten Schulen Wiens ist dies ebenfalls der Fall, fließt jedoch oftmals nicht in den Klassenalltag mit ein, schon gar nicht in den Unterricht, und kann so von den Kindern unter Umständen nicht erfahren, verstanden, gelernt werden.

Die Vielsprachigkeit der Kinder zu verstehen und zu respektieren war ein Aspekt sozialen Lernens in der Klasse. Die Dolmetscherin beschreibt ihren diesbezüglichen Eindruck:

> *„Was natürlich variiert... manche mehr, manche weniger, denk ich mir, haben im Sozialbereich gelernt, dass es Menschen gibt, die eine andere Art der Kommunikation haben, die sie einfach mitgelernt haben."*
> *VK: Gilt dieser Lernprozess auch für die gehörlosen Kinder?*
> *„Das kann ich mit Sicherheit gar nicht so sagen. Vielleicht gar nicht so in dem Ausmaß wie bei den hörenden Kindern."*
> (Dolmetscherin BM 20. Juli 2001)

Die Sprecherin BM bezieht sich hier auf einen Unterschied zwischen hörenden und gehörlosen Kindern in Bezug auf diese Form sozialen Lernens. Das von ihr vermutete kleinere Ausmaß des diesbezüglichen Lernens könnte meiner Meinung auch daher rühren, dass gehörlose Kinder schon seit dem Kleinkindalter, ganz sicher vor dem Schuleintritt, einen Erkenntnisprozess absolviert haben müssen: Sie wissen, dass es rund um sie und ihre unmittelbaren Bezugspersonen Kommunikationsformen gibt, die anders sind als die ihre. Dies erleben sie beim Fernsehen, im Kino, in Geschäften, im Kontakt ihrer Eltern mit hörenden Menschen und zum Beispiel beim Spielen mit anderen Kindern. Ich bezweifle, dass sie ein Verständnis darüber haben, dass es sich um (eine oder mehrere) andere Sprache/n handelt, die sie da wahrnehmen – bin mir jedoch sicher, dass beide gehörlosen Mädchen schon vor dem Schuleintritt von ihren Eltern die unterscheidenden Bezeichnungen GEHÖRLOS und HÖREND kennengelernt hatten.

Für die gehörlose Lehrerin ist weniger diese Erkenntnis, sondern sind eher andere Aspekte des sozialen Lernens von großer Bedeutung:

> *„Aber vom Sozialverhalten muss ich sagen, dass sie ein bisschen, ein bisschen hinterherhinken. Von der Art, wie sie sich verhalten, dass sie sich nach vorne drängen, dass sie bei vielen Dingen so eine Wurschtigkeit an den Tag legen. Sie verstehen schon, dass sie sitzen bleiben müssen, dass sie keine schlimmen Sachen machen dürfen, wie zum Beispiel diese Geschichte, wo du unterrichtet hast, du erinnerst dich. Und da gabs einen Streit, am nächsten Tag, da war die Doris sehr sehr schlau. Ich hab zu ihr gesagt, was war gestern los, was habt ihr beide gemacht? Und die Doris hat gesagt, dass ist alles schon besprochen, das ist schon mit der Verena geklärt, kein Problem. Da war ich erstaunt, wie sie das gelöst hat, sie war da ziemlich schlau und hat gesagt, sie hat alles schon mit dir geklärt.*

> *Manchmal ist es doch so, wie gesagt, dass sie in ihrem Sozialverhalten ein bisschen zurück sind. Hörende verstehen eher schon zu warten, Rücksicht zu nehmen. Bei den beiden ist das anders, die drängen sich vor, sind eher stark in ihren Forderungen. Das hat sich schon verbessert, schon! Aber wenn zum Beispiel die eine Schwester da ist, dann sehe ich, dass das bei ihr noch viel schlimmer ist und dass das bei den beiden in Wirklichkeit schon besser verläuft. Also auch wenn es darum gegangen ist, sich Kekse nehmen zu dürfen, da haben sie sich vorgedrängt und wie ich das gesehen habe, hab ich mir gedacht, dass ist genauso, vom Verhalten her, wie in der Gehörlosenschule und ich hab mich erinnert, ich hatte schon sehr vieles vergessen... Wie die Kinder in der ersten Klasse begonnen haben, hab ich stark verglichen mit den Kindern aus der Gehörlosenschule. Ich hab da vieles auch schon wieder vergessen, weil das damals in der Situation einfach normal war, dass die Kinder so reagieren, sich so benehmen - aber wie ich das gesehen habe hab ich mich wieder erinnert, hab ich mir gedacht, puh, das geht nicht so, da muss man was verändern. Es hat sich auch schon um einiges gebessert, aber trotzdem ist auch das Problem: was ist vorher gewesen?"*
>
> (Gehörlose Lehrerin HJ 3. Juli 2002)

Ihrer Meinung nach tut es den gehörlosen Kindern also sehr gut, „anderes" Sozialverhalten kennenzulernen und sich dem anzupassen. Es soll hier nicht angenommen oder kommuniziert werden, dass es ein „gehörlosenspezifisches" Verhalten gibt, gemäß dem sich alle gehörlosen Menschen benehmen – nichtsdestotrotz hat die gehörlose Lehrerin (und die Dolmetscherin, siehe unten) offenbar einige konkrete Erfahrungen gemacht, die sie zu dem Schluss kommen lassen, dass sich die gehörlosen Kinder von den hörenden etwas abschauen können.

> *„Mir fällt ein extremer Unterschied auf, wenn sie alleine sind oder wenn sie beide da sind. Offen und zugänglich alleine - und wie stark sie sich fühlen, wenn sie zu zweit sind. Das ist für Gehörlose typisch, Sachen zu teilen fällt ihnen schwer. Das ist meiiiiine Füllfeder! Da arbeitet die Helene bewusst daran, weil sie es kennt als kulturelle Eigenschaft der Gehörlosenwelt.*
> *Mehr Verständnis für Leute, die einen schlechten Tag haben, kommt mir vor, wenn ein Kind weint oder so, dann lassen sie es in Ruhe anstatt es zu sekkieren oder extra noch eins drauf zu geben, respektvoller."*
>
> (Dolmetscherin SN 10. Juli 2002)

Ein weiterer wichtiger Effekt im täglichen Zusammenleben ist, dass die gehörlosen Kinder schon in ihrer Volksschulzeit mit einer Situation umgehen lernen, die ihr restliches Leben bestimmen wird: Sich im Umfeld von mehrheitlich hörenden Menschen befinden.

Über das Lernen der gehörlosen Kinder, die den Umgang mit hörenden Menschen so üben und leichter meistern können, meint die Dolmetscherin:

> *VK: Hältst du das für wichtig, dass sie auch mit hörenden Kindern zusammen sind?*
> *„Ja, das ist schon wichtig, weil sie Hörende später tagtäglich erleben werden und der Umgang soll ihnen nicht fremd sein und sie sollen keine Hemmungen haben."*

Die Dolmetscherin meint, dass der Umgang mit hörenden Kindern die beiden gehörlosen Mädchen auch selbstbewusster gemacht habe:

> *„In der Klasse schon. Wenn sie rausgehen, weiß ich nicht. Sie sind sehr selbstbewusst und verkriechen sich nicht in einem Winkel und denken sich: ich, alleine, gehörlos, Kind, wie arm! - Sondern sie teilen auch kräftig aus. Also von dem her fruchtet es."*
>
> (Dolmetscherin SN 10. Juli 2002)

Der hörenden Lehrerin ist auch noch positiv aufgefallen, dass die Kinder schnell lernten, einander zu helfen – wobei besonders hörende Mädchen hörenden, langsamen Buben zu Hilfe kamen:

> *„Oder helfen untereinander, das funktioniert total selbstständig. Also wenn du beobachtest, die Alysha zum Beispiel, wenn die merkt, der David findet was nicht, heute erst, ist sie sofort da und zeigt ihm das. Und die Pia beim Lukas, das ist ein richtiges Helfersystem, das haben sie sehr schnell entwickelt, ja, weil die Kinder ja sofort sehen, wer wo Hilfe braucht, das hat mir gut gefallen."*
>
> (Hörende Lehrerin MK 28.Juni 2001)

Zusätzlich zu dieser Diskussion einzelner Phänomene im Bereich des sozialen Lernens sind die Darstellungen und Erklärungen auf der DVD relevant (siehe DVD-Kapitel ‚Bilingual-bikultureller Klassenalltag').

Nun werden systematisch Interaktionen zwischen bestimmten Personen und Gruppen in der bilingualen Klasse betrachtet und diskutiert.

9.2.3 Interaktionen hörende Lehrerin - gehörlose SchülerInnen

Hier sollen nun die Qualitäten, Probleme und Erlebnisse im Umgang zwischen der hörenden Lehrerin und ihren gehörlosen Schülerinnen näher beleuchtet werden. Die hörende Lehrerin Martina Klein hatte vor ihrer Tätigkeit in der bilingualen Klasse noch keinen Kontakt gehabt mit gehörlosen Menschen. Ihr Erfahrungsschatz beschränkte sich auf Erzählungen einer Freundin, die viele Jahre am Bundesinstitut für Gehörlosenbildung in Wien unterrichtet hatte.

Die Dolmetscherin, die zu Beginn der bilingualen Klasse anwesend war, resümiert über die notwendigerweise erst zu machenden Erfahrungen der hörenden Lehrerin

> *„Ich denk mir, es gibt sicher viel, was auch mit der Erfahrung im Umgang mit Kindern, also wenn man mit gehörlosen Kindern zusammen ist, erlernt man das. Das sind so Sachen, bei denen sich auch darstellt die Art des Zugehens. Einfach Anschauen, wenn man spricht,... "*
>
> (Dolmetscherin BM 20. Juli 2001)

Also Positivum nennt die Dolmetscherin:

> *„Und dass die Martina sich, öfter sogar als die Helene, sich sehr bemüht hat und gesagt hat, machen wir Gebärdensprache, machen wir das regelmäßig!"*
>
> (Dolmetscherin BM 20. Juli 2001)

Die hörende Lehrerin begann also, bar jeder Erfahrung, dafür aber unvoreingenommen und offen, ihre Tätigkeit in der bilingualen Klasse.

Für die gehörlosen Kinder war ganz eindeutig nicht nur ‚ihre' gehörlose Lehrerin sondern auch die hörende ihre Klassenlehrerin, vor der sie Respekt hatten, von der sie besonderes Lob genossen - und der sie gefallen wollten:

> *„Und was mich aber immer wieder erstaunt und eigentlich sehr positiv überrascht hat, war dass die Melanie und die Doris doch immer auch wieder zur Martina gegangen sind und ihr irgendwie... das Heft gezeigt haben oder so. Aber teilweise sehr fixiert waren auf die Helene, und dann aber doch immer wieder zur Martina, wenn sie was schön gemacht haben oder ihr was zeigen wollten, weil sie es konnten."*
>
> (Dolmetscherin BM 20. Juli 2001)

Die Zuständigkeit und Verantwortlichkeiten für die Kinder wurden nicht genau aufgeteilt. Es zeigte sich jedoch, dass es in einigen Gebieten klare Kompetenzgrenzen gab. Dazu gehört, dass die hörende Lehrerin sich nicht ausreichend in der Lage fühlte, eine Einschätzung betreffend der Leistungen und des Lernfortschritts der gehörlosen Kinder in Deutsch zu treffen.

> *„Das ist für mich wahnsinnig schwierig zu beurteilen, das kann ich eigentlich nicht sagen. Da verlass' ich mich eigentlich wirklich auf die Helene. Ich kann nicht beurteilen, wie gut sie lesen können. Eins glaub ich, das sie gut können, natürlich in ihrer Muttersprache, da sind sie schon recht tüchtig, glaub ich, also beim Buchstabieren und Gebärdenbegriffe, aber ich kann überhaupt nicht beurteilen, wie gut sie lesen können. Da tu ich mir schon sehr schwer, aber ich hab auch keine Kontrolle. Oder zu wenig Kontrolle. Nämlich, nicht über den Inhalt, das kann ich schon kontrollieren, ja. Sondern über das Lesen an sich, den Leseprozess an sich, wie das funktioniert, da hab ich einfach zu wenig Kontrolle."*
>
> (Hörende Lehrerin MK 28.Juni 2001)

Dies liegt begründet in dem Umstand, dass die gehörlosen Schülerinnen in LBG lesen, also in gebärdetem Deutsch, was die hörende Lehrerin aber nicht ausreichend versteht. Auch hat sich besonders in der zweiten Klasse nach der Phase der gemeinsamen Alphabetisierung eine gewisse Aufgabenteilung eingestellt, nach welcher der Deutschunterricht der hörenden Kinder zur Gänze der hörenden Lehrerin und der gehörlosen Kinder völlig der gehörlosen Lehrerin oblag.

Auch in Bezug auf die gehörlose Lehrerin gab es Interaktions- und Kompetenzgrenzen:

9.2.4 Interaktion gebärdende Lehrerin - hörende SchülerInnnen

Die hörenden Kinder gingen zu Beginn nicht alle gleich schnell auf ihre gehörlose Lehrerin zu. Interessant ist hier die Erinnerung einer Schülerin an ihre erste Begegnung: *„(...) Wie ich die Helene zum ersten mal gesehen hab, hab ich gedacht, das ist ein Riese."* (Samantha 26. Juni 2003)

Sie erinnert sich besonders an die außergewöhnliche Körpergröße ihrer Lehrerin, nicht daran, dass diese ‚anders' redete.

Die gehörlose Lehrerin beschreibt, dass es immer wieder Kontaktinitiierungen von Seiten einiger hörender Kinder gab, die dann durch eine andere - hörende - Person von ihr abgezogen wurden:

> *„Wenn ich das Kind nicht versteh, dann muss ich die Martina holen oder Barbara holen und fragen: Was sagt er? Aber die Antwort kommt*

> *dann direkt zwischen den Hörenden, dann reden die beiden und ich stehe daneben, und gebe das halt wieder auf, das ist schlecht... Wenn die Martina oder die Barbara nicht da ist, kommen die Kinder automatisch mehr zu mir, aber wenn sie da ist, gehen sie natürlich alle zu ihr. Wenn die also weg sind, dann ist die Kommunikation direkter zwischen mir und den Kindern.*
> *Im Turnen, wo ich sie ja alleine hab, läuft die Kommunikation wesentlich besser, weil sie sich sonst immer an der hörenden Lehrerin orientieren, aber so bin ich mit ihnen allein. Jetzt am Anfang sehen wir halt die Fehler, und wissen fürs nächste Mal, was wir besser machen, was wir verändern können.“*
> (Gehörlose Lehrerin HJ 10. Juli 2001)

Ihr Urteil zeigt deutlich, dass sie diese Dynamik für nicht ideal hält.

Bis in die dritte Klasse hielten sich große individuelle Unterschiede im Kontaktausmaß zwischen den Kindern und der Lehrerin: Manche Kinder erwarben nicht ausreichend ÖGS und pflegten keinen Kontakt – diese beiden Fakten sind eng miteinander verbunden. Andere Kinder wurden begeisterte ÖGS-GebärdnerInnen und hatten niemals Scheu, mit ihrer gehörlosen Lehrerin zu interagieren.

Geschlechtsspezifische Unterschiede können ob der Personenanzahl nicht qualitativ repräsentativ argumentiert werden, eine Präferenz und größeres Interesse der Mädchen an ihrer gehörlosen Lehrerin ist jedoch eindeutig.

Es gab eine Schülerin, die nicht sehr ÖGS-kompetent wurde, jedoch trotzdem gerne und auf ihre eigene Art und Weise auf die gehörlose Lehrerin zuging. Sie ließ die Lehrerin von ihren Lippen ablesen – eine Strategie, die ihr niemals erklärt worden war, die sie aber als für sich funktionierend und für die beschränkten Themen des Klassenalltags ausreichend, wählte.

Beide Lehrerinnen kommunizierten oft via Dolmetscherin mit den Kindern der anderen Sprachgruppe.

9.2.5 Identitäten – eigene und zugeschriebene

Hier soll nun kurz die Frage erörtert werden, welche sprachlichen Identitäten in der Klasse vorhanden waren und wahrgenommen wurden und wie die Volksschulkinder diesen Themenbereich für sich sinnvoll klärten.

Gehörlose Kinder wurden in einer kleinen Gruppe (zuerst 4 und dann nur mehr 2) in eine hörende Schule integriert. Es war immer klar, dass sie ‚anders‘ sind.

„Da hat es natürlich Fragen gegeben, warum können die nicht hören oder irgendsowas.. aber nicht in dem Sinne, aufgrund der Gehörlosigkeit irgendwie abfällige Bemerkungen oder so, an sowas kann ich mich nicht erinnern. Manchmal... aber das war zwischen den hörenden Kindern: Mei, bist Du behindert! Als Schimpfwort, aber jetzt nicht in Bezug auf Gehörlosigkeit."

(Dolmetscherin BM 20. Juli 01)

Interessant sind Hinweise darauf, wie sie wahrgenommen wurden, welche Identitäten und vor allem sprachliche Identitäten sich in der Klasse festmachen lassen. Zentral ist für mich die Frage: Sind die gehörlosen Kinder ‚behindert', ‚gebärdend' oder ‚gehörlos'?

In der ersten Klasse gab es hierzu ein ausdrucksvolles Ereignis, das auch auf >DVD (Kap 2, CLIP 29) zu sehen ist:

In der Pause bittet die hörende Lehrerin eine ganze Gruppe am Gang spielender Kinder darum, dafür zu sorgen, dass es nicht zu laut würde, während sie kurz ins Lehrerinnenzimmer gehen wolle. Sie wendet sich mit dieser Bitte nicht an die neben ihr stehende gehörlose Kollegin, die den Lärmpegel ja nicht kontrollieren kann, sondern an die ganze Gruppe der Kinder. Die laut vernehmliche Antwort auf ihre Bitte kommt von einem spielenden Buben: „Wir sorgen dafür, weil wir können gebärden".

Dieser Satz zeigt auf eindrückliche Art, wie der Sprecher in seiner Selbstwahrnehmung nicht durch sein Hören-Können dazu befähigt ist, für Ruhe zu sorgen, sondern durch seine ÖGS-Kompetenz. Die ihn auszeichnende Möglichkeit, mit den gehörlosen Kindern in Kontakt zu treten und ihnen die Botschaft in ihrer Sprache zu kommunizieren, ist identitätsstiftend und –definierend, und nicht sein oder ihr Hörvermögen.

Das bedeutet, dass dieser Bub sich selbst und die anderen Kinder als zu verschiedenen Sprachgruppen zugehörig empfindet, und die gehörlosen Kinder nicht als defizitär, nicht-hören-könnend oder assistenzbedürftig.

In den Interviews mit den Kindern der bilingualen Klasse nannte nur eines den Begriff ‚behindert', alle anderen benannten sie als ‚gehörlos'.

Diese Schülerin erklärte, dass ihre Kolleginnen nur ‚fast' behindert seien:

VK: Wie ist deine Klasse anders, wenn du sie mit denen am Gang vergleichst?
„Weniger Kinder, Integrationsklasse, und in den anderen Klassen können alle hören außer bei uns, da können zwei nicht hören und wir haben drei Lehrer."
VK: Und was heißt eigentlich Integrationsklasse?
„Weil wir zwei Kinder haben, hmmm die fast behindert sind. Fast."

> *VK: Warum sind sie fast behindert?*
> *„Weil sie nicht hören können."*
> *VK: Und warum fast, wer ist dann wirklich behindert?*
> *„Menschen die blind sind oder nicht gehen können."*
> *VK: Aber Melanie und Doris sind nur fast behindert?*
> *„Weil sie sehen können und nicht im Rollstuhl sitzen."*
>
> (Pia 26. Juni 2003)

Die Identität der gehörlosen Mädchen ist hier als ‚nicht hörend' definiert, was eigentlich der Zuschreibung ‚gehörlos' durch die anderen Kinder gleichkommt – und auch der Terminologie, die von den Erwachsenen in der Klasse verwendet wird, entspricht.

Bouvet sagt zu der Wichtigkeit der Dolmetscherin in dieser Frage:

> *„With their language recognized through the presence of an interpreter, the children were perceived more as foreigners who spoke a different language than as handicapped children. This attitude was apparent in many of the hearing children's comments."*
>
> (Bouvet 1990:193)

Wir können uns ihrer Meinung anschließen, dass die Kinder der Klasse nicht als ‚behindert' sondern als gehörlos wahrgenommen werden – und dass diese Gehörlosigkeit für die Kinder konkret bedeutet, dass sie erstens nicht hören können und zweitens Gebärdensprache können. Diese beiden Kategorien werden von den Kindern unterschiedlich genau und miteinander verknüpft wahrgenommen:

Ein Bub beschreibt, warum die beiden gehörlosen Mädchen die Lehrerin (der dritten Klasse, BF) nicht verstehen können:

> *VK: Und weißt du, warum du mehr Lehrerinnen hast?*
> *„Ja, weil die Melanie und die Doris da sind und die können die Brigitte nicht verstehen und deswegen ist die Sabine da."*
> *VK: Aha. Sie können die Brigitte nicht so gut verstehen. Und warum können sie die Brigitte nicht verstehen?*
> *„Die Brigitte kann nicht so gut gebärden."*
>
> (Rehat 26. Juni 2003)

Aus seiner Beschreibung geht hervor, dass es seiner Einschätzung nach die mangelnde Sprachkompetenz der Lehrerin ist und nicht der fehlende Hörsinn der beiden Mädchen, weshalb eine Dolmetscherin in der Klasse ist.

Die Identität der einen Person, die offensichtlich hörend, aber auch gebärdend war, der Dolmetscherin, stellte alle Kinder vor Einordnungsprobleme – die hörenden und auch die gehörlosen:

> *„Weil ja am Anfang oft die Frage gekommen ist, ob ich jetzt gehörlos bin oder hörend und das ist etwas, was mich ganz erstaunt hat. Die Doris hat die Helene gefragt, ob ich jetzt hörend oder gehörlos bin. An das kann ich mich erinnern. Da war ich nicht dabei, aber das hat mir die Helene erzählt."*
>
> (Dolmetscherin BM 20. Juli 2001)

Zahlreiche Beispiele auf der >DVD (Kapitel 3, CLIP 05) zeigen, wie viele Kinder die Dolmetscherin nicht rufen, sondern bei ihr die gehörlosentypische AGH (attention-getting-handmove), eine Art ‚Wacheln' mit der Hand, verwenden.

Zahlreiche hörende Kinder rufen sie nicht, sondern holen sie auf visuellem Weg zu sich, stellen ihr aber dann verbal ihre Frage.

Die Dolmetscherin selbst stellt fest, dass ihre Identität für viele Kinder nicht ganz klar ist:

> *„Da waren so witzige Fragen: Bei einer Runde hat mich jemand gefragt, ich glaub Alysha: Warst du früher einmal gehörlos? Oder so. ich bin einfach beides für sie. Und die Mehrheit tippst mich auch an oder winkt mir, aber ruft mich nicht."*
>
> (Dolmetscherin SN 10. Juli 2002)

Ein gehörloses Mädchen erklärte mir einmal unvermittelt (siehe >DVD, Kapitel 3, CLIP 06), dass ihr Stoffhase halb hörend, halb gehörlos sei, und deswegen Dolmetscher, so wie Sabine. So hat sie das Einordnungsproblem einer hörenden, aber gebärdenden Person für sich gelöst.

9.3 Sprach-Einstellungen der Kinder

9.3.1 Sprach-Einstellungserhebung mit den gehörlosen Schülerinnen

Eng mit dem Thema der Identität verbunden ist die Einstellung zu Sprachen. Hier wird der Bogen, der von rein linguistischen Themen zu Beginn des Kapitels über soziale Aspekte der bilingualen Klasse ging, geschlossen.

Ich führte mit den gehörlosen Schülerinnen einen sehr einfachen Spracheinstellungstest durch, um einen Einblick in die Reihung und vor allem Selbsteinschätzung der Sprachen durch die beiden gehörlosen Schülerinnen zu erlangen.

Nover (1999: Appendices G und H) stellt zwei Einstellungstests für einerseits Gebärdensprache (Signing Attitude Survey) und andererseits Schreiben und Lesen (Reading and Writing Attitude Survey) vor. Diese Erhebungsbögen zielen darauf ab, Gefühle gegenüber und Stellenwert von bestimmten sprachlichen Ausdrucksformen im Leben der Kinder zu erfassen. Sowohl der schulische als auch der häusliche Kontext, Sprachgebrauch im außerschulischen Leben sind von Relevanz. Ich habe diese beiden englischsprachigen Tests ins Deutsche übertragen, um sie mit Melanie und Doris durchzuführen. Ziel war es, die Selbsteinschätzungen und Aussagen der Lernerinnen zu erhalten, die bis dato in meiner Untersuchung immer nur fremdbetrachtet und -eingeschätzt wurden.

Im dritten Monat des dritten Schuljahres, November 2002, führte ich diese Tests mit beiden Mädchen einzeln durch. Wir saßen dafür zu Beginn der zweiten Schulstunde hinten in der Klasse in der Leseecke am Boden. Dieser Bereich ist gemütlich gestaltet (Teppich, Pölster) und durch ein Bücherregal von der restlichen Klasse vollkommen sichtgeschützt.

Ich hatte die Bögen mit den Fragen auf meinem Schoß und stellte die Fragen einzeln und kindgerecht in ÖGS, d.h. ich erklärte manchmal, was damit gemeint war und bemühte mich, möglichst konkret zu sein. Die Antworten der Mädchen trug ich selbst in die Bögen ein. Die Videokamera stand - wie gewohnt - in einiger Entfernung und nahm alles auf.

Tabelle 5: Schreiben- und Lesen-Einstellungserhebung, Ergebnis Doris

	Nein	Ja	Oft	Manchmal	Selten
Liest Du in der Schule?		X			
Liest Du zu Hause?		X			
Liest Du Zeitung?	X				
Liest Du Magazine?				X	
Liest Du Bücher?	X				
Liest Du die Untertitel im Fernsehen oder im Kino?					
Lernst Du wertvolle Dinge beim Lesen?				X	
Erzählst Du anderen was Du liest?			X		
Bist Du stolz darüber, was Du lesen kannst?		X			
Kannst Du am Computer lesen?					X
Schreibst Du in der Schule?		X			
Schreibst Du zu Hause?		X			
Bist Du stolz darüber, was Du schreiben kannst?		X			
Verstehen andere Menschen, was Du schreibst?			X		
Schreibst Du um anderen zu sagen, was du lernst?					X

Wie gut glaubst DU kannst Du lesen?	Sehr gut	gut	mittel	schlecht	Sehr schlecht
Wie gut glaubst DU kannst Du schreiben?	Sehr gut	gut	mittel	schlecht	Sehr schlecht

Tabelle 6: Testergebnis Doris: Gebärden-Einstellungserhebung

	Nein	Ja	Oft	Manchmal	Selten
Schaust Du gerne zu, wenn jemand gebärdet?		X			
Verstehst Du Gebärden?		X			
Lernst Du, wenn du Gebärden zuschaust?		X			
Magst Du lieber beim Gebärden zuschauen oder einen Text lesen?	- beim Gebärden				
Kannst Du fließend gebärden?		X			
Bist Du stolz darüber, was Du gebärden kannst?		X			
Verstehen andere Menschen, was Du gebärdest?		X			
Gebärdest du außerhalb der Schule?		X			
Gebärdest Du, um Deine Gefühle mitzuteilen?		X			
Gebärdest Du, um zu erzählen, was du gelernt hast?		X			
Verwendest Du Gebärden, um klarer denken zu können?		X			

Wie gut glaubst DU kannst Du gebärden?	Sehr gut	gut	mittel	schlecht	Sehr schlecht

Tabelle 7: Testergebnis Melanie: Schreiben- und Lesen-Einstellungserhebung

	Nein	Ja	Oft	Manchmal	Selten
Liest Du in der Schule?			X		
Liest Du zu Hause?				X	
Liest Du Zeitung?	X				
Liest Du Magazine?			X		
Liest Du Bücher?					X
Liest Du die Untertitel im Fernsehen oder im Kino?					X
Lernst Du wertvolle Dinge beim Lesen?		X			
Erzählst Du anderen, was Du liest?				X	
Bist Du stolz darüber, was Du lesen kannst?		X			
Kannst Du am Computer lesen?				X	
Schreibst Du in der Schule?		X			
Schreibst Du zu Hause?		X			
Bist Du stolz darüber, was Du schreiben kannst?		X			
Verstehen andere Menschen, was Du schreibst?				X	
Schreibst Du, um anderen zu sagen, was du lernst?				X	

Wie gut glaubst DU kannst Du lesen?	Sehr gut	gut	mittel	schlecht	Sehr schlecht
Wie gut glaubst DU kannst Du schreiben?	Sehr gut	gut	mittel	schlecht	Sehr schlecht

Tabelle 8: Testergebnis Melanie: Gebärden-Einstellungserhebung

	Nein	Ja	Oft	Manchmal	Selten
Schaust Du gerne zu, wenn jemand gebärdet?		X			
Verstehst Du Gebärden?		X			
Lernst Du, wenn du Gebärden zuschaust?				X	
Magst Du lieber beim Gebärden zuschauen oder einen Text lesen?	- beim Gebärden				
Kannst Du fließend gebärden?		X			
Bist Du stolz darüber, was Du gebärden kannst?		X			
Verstehen andere Menschen, was Du gebärdest?		X			
Gebärdest du außerhalb der Schule?		X			
Gebärdest Du um Deine Gefühle mitzuteilen?				X	
Gebärdest Du um zu erzählen, was du gelernt hast?				X	
Verwendest Du Gebärden, um klarer denken zu können?				X	

Wie gut glaubst DU kannst Du gebärden?	<u>Sehr gut</u>	gut	mittel	schlecht	Sehr schlecht

Anmerkung: Bei Doris' Test war unklar, ob sie die „Stolz"-Frage verstanden hatte. Melanie verstand diese Frage eindeutig.

Durch die vor allem im ersten Testteil von beiden Schülerinnen sehr genau platzierten Antworten wird deutlich, dass die Antworten auf diesen Test – so einfach er sein mag – wohlüberlegte und daher valide Selbsteinschätzungen darstellen.

Auffallend ist zunächst, dass die beiden Kinder zwar leicht unterschiedliche Antworten gaben, aber in der Grundtendenz sehr ähnlich sind: Der zweite Testteil (über ÖGS) ist durchwegs (bei Doris 100%) positiv. Die Sprachpräferenz und eindeutig positivere Einstellung zur Erstsprache spiegelt sich im Vergleich der zwei Testteile bei beiden Mädchen wieder.

Einige Antworten über Lese- und Schreibverhalten der Kinder sind gleich – und ich meine, nicht zufällig: Sie lesen beide keine Zeitung. Und beide geben an, stolz zu sein über das, was sie lesen und auch schreiben können. Beide geben an, dass sie sowohl in der Schule als auch zu Hause schreiben, was sich höchstwahrscheinlich auf schulisch geforderte Tätigkeiten bezieht.

Im Testteil über Lesen und Schreiben in ihrer Zweitsprache Deutsch geben beide Schülerinnen sehr differenzierte Antworten und ehrliche Selbsteinschätzungen ab: Sie behaupten nicht, dass sie sehr gut lesen und schreiben können, aber wissen gleichzeitig, dass sie über gute Basiskompetenzen verfügen, sie haben ein gutes, selbstbewusstes Gefühl dafür, dass sie über Fähigkeiten verfügen. Die Einschätzung ‚mittel', die drei Mal gewählt wurde, erscheint mir zutreffend. Die etwas positivere Selbsteinschätzung von Doris kommt auch in den Interviews, die ich mehr als ein halbes Jahr später mit ihnen führte, zutage:

Melanie antwortete hier:

VK: Und Deutsch, kannst du das?
M: „ Ja.“
VK: Supersuper oder wie?
M: „ Mittel!“
VK: Du kannst schreiben, stimmt's?
M: „ Ja.“
VK: Und kannst du lesen?
M: „ Halb“
VK: Ist das schwer?
M: „ Lesen ist schwer.“
VK: Zum Beispiel beim Fernsehen, die Untertitel, kannst du da mitlesen und die verstehen?
M: „ Halb, manches verstehe ich nicht.“
VK: Das hab ich nicht verstanden?
M: „ Halb“
VK: Und Schreiben, geht gut?
M: „ Ja. Ich bin schlampig.“

(Melanie 26. Juni 2003)

Doris hingegen:

VK: Kannst du Englisch schreiben?
D: „ Bissi, mittel.“
VK: Und deutsch?
D: „Gut. Super.“
VK: Magst du es, kannst du schnell lesen und alles verstehen?
D: [spricht laut] Ja!
VK: Zum Beispiel am Fernseher, die Untertitel, kannst du die verstehen
D: „ Ja.“

(Doris 26. Juni 2003)

In demselben Interview habe ich etwas über die tatsächliche Einstellung zur Sprache erfahren, was der Test nicht zu erkunden vermochte:

VK: Kommst du gerne in die Schule?
„ Ich komme gerne. Spielen“
VK: Du spielst in der Schule?
„ Nein, ich schreibe, Deutsch.“

VK: Du magst Deutsch?
„Ja, und Rechnen!“

(Melanie 26. Juni 2003)

Melanie gibt auf die Frage nach ihrem Berufswunsch an, sie wolle entweder Bus-Chauffeurin werden und Kinder von und zur Schule transportieren – oder Lehrerin. Sie präzisiert dann, dass sie – in dieser Reihenfolge – „Deutsch, und Rechnen“ unterrichten wolle.

Doris frage ich nach ihren Lieblingsfächern und sie ordnet sie zwei Mal:

VK: Welche der vielen Fächer [aufzählen] hast du am liebsten?
„ Werken. Da haben wir ein Auto gebaut. Rechnen mittel. Deutsch mag ich, Schreiben mag ich.“
VK: Alle gleich?
„ 1. Rechnen mag ich, 2. Deutsch, 3. Englisch, 4. Gebärden 5. Werken. Gebärden am meisten.“
VK: Am liebsten?
„ Amerikanisch, Englisch, Rechnen, Deutsch, Werken.“

(Doris 26. Juni 2003)

Für beide Kinder kann eindeutig gesagt werden, dass sie eine (verständliche) klare Präferenz für ihre Erstsprache haben. Beide Mädchen sind ebenso eindeutig bilingual, in dem Sinne, dass sie in beiden Sprachen Kompetenzen haben, über die sie ein sehr klares Bewusstsein haben und beide Sprachen eine wichtige Rolle in ihrem Leben spielen. Sämtliche Aktivitäten, die mit ihrer Zweitsprache Deutsch zu tun haben (Lesen, Schreiben) werden von ihnen gemocht. Deutsch ist – siehe Berufswunsch Melanie – erfreulicherweise eine Selbstverständlichkeit für sie.

9.3.2 Sprach-Einstellungen der hörenden Kinder

Die meisten hörenden Kinder der Klasse wurden im Einzelinterview von mir gebeten, ihre Sprachen nach Präferenz zu ‚reihen‘, nachdem wir sie gemeinsam aufgezählt und in Erinnerung gerufen hatten.

Diese Reihung wird nun aufgeschlüsselt eingefügt in eine Tabelle und gekoppelt mit den Sprachenkompetenzen und der Sprachenlern-Situation der einzelnen Kinder (Typ A und Typ B) in der bilingualen Klasse.

Tabelle 9: Sprachpräferenzen der hörenden Kinder

Typ	Präferenz 1	Präferenz 2	Präferenz 3	Präferenz 4
B	DEUTSCH Das gefällt mir	ÖGS	TÜRKISCH	ENGLISCH
B	ÖGS Warum? Weil du immer mit Hand zeigst, das ist dann schön, find ich. Ich mags halt, Gebärdensprache.	DEUTSCH	TÜRKISCH	ENGLISCH Englisch ist ganz schwer, kann ich bissi. Ganz bissi.
B	ARABISCH Meine Heimatsprache	DEUTSCH	ÖGS	ENGLISCH Bei Englisch muss man urviel nachdenken. - Aha, und bei Gebärdensprache? Muss man nicht nachdenken, sondern nur die Hand benutzen.
B	TÜRKISCH DEUTSCH	ÖGS Weil es mir gefällt.	ENGLISCH Englisch... gefällt mir auch normal.	
B	DEUTSCH	ENGLISCH Das ist so eine schöne Sprache.	TÜRKISCH	ÖGS
A	DEUTSCH ÖGS Ich hab zwei am liebsten: Deutsch und Gebärden.	ENGLISCH Englisch kann ich nicht so.		
A	ÖGS DEUTSCH Aber Deutsch weiß ich viel mehr und da red ich manchmal Deutsch, manchmal rede ich mit der Pia in der Stunde gebärden.	ENGLISCH Ich kann besser Gebärdensprache als Englisch.		

Typ A:

Dieses Kind

- hat Deutsch als L1, die Mehrheitssprache des Landes und der direkten Umwelt
- lernt/erwirbt ÖGS zusätzlich ‚nebenbei' in der Schule
- lernt Englisch gesteuert in der Schule.

Typ B:

Dieses Kind

- hat Türkisch bzw. Arabisch als L1, eine MigrantInnensprache des Landes, die im direkten sozialen Umfeld/Familie jedoch als Erstsprache verwendet wird
- lernt/erwirbt Deutsch in der Schule und im Alltag
- erwirbt ÖGS zusätzlich ‚nebenbei' in der Schule
- lernt Englisch gesteuert in der Schule.

Von den 10 hörenden Kindern wurden zwei vom Typ A und eines vom Typ B nicht nach einer Reihung gefragt. Zwei dieser Kinder sind erst vor kurzem in die Klasse gekommen, bei einem habe ich es verabsäumt, die Frage („Welche hast du am liebsten von den Sprachen?") zu stellen.

Deutlich wird, dass die Fremdsprache Englisch bei allen Kindern außer einem an letzter Stelle rangiert. Die Kinder mit L1 Deutsch geben ihre L1 klar an, wobei sie zuerst sowohl Deutsch als auch ÖGS als erste Präferenz angeben, dann jedoch deutlich machen, dass Deutsch wichtiger ist/besser beherrscht wird.

Von den 5 Kindern vom Typ B wählen nur 2 ihre L1 als erste Präferenz. Bei einem Kind hat ÖGS einen Platz vor ihrer L1 erhalten, beim einem zweiten Kind sogar Englisch. Keine dieser beiden Sprachen wird von ihnen in einem Ausmaß beherrscht, das für ihre Alltagskommunikation tatsächlich ausreichend wäre. Meiner Einschätzung nach deutet diese Reihung auf eine Unsicherheit bzw. stark empfundenen Druck bei den Kindern hin (siehe Diskussion dieser Frage zu Beginn des Kapitels).

Wenn auch argumentiert werden kann, dass Deutsch vor die L1 gereiht bei diesen Kindern mit migrantischem Hintergrund ein positives Anzeichen für ihre Integration und ihr Interesse an der Sprache, ein Spiegel für die tatsächliche Wichtigkeit der deutschen Sprache in ihrem Leben ist, so muss doch angemerkt werden, dass zumindest bei einem der Buben die Deutschkompetenzen zum Teil sehr lückenhaft sind.

Ein Bub gibt seine Zweisprachigkeit (Deutsch-Türkisch) klar an. Er ist es auch, der im Interview sagt, dass er seine Türkischkompetenzen als sinnvolle Ressource nützt:

> *„Für türkische Leute, die nicht so gut Deutsch können. Wenn die Hilfe brauchen, dann... wenn die mit den Deutschen reden wollen, dann tu ich ihnen helfen, so."*
>
> (Rehat 26. Juni 2003)

Nur ein Bub erklärte mit positiven und klaren Worten (,Heimatsprache'), und ohne sich zu genieren, was seine Erstsprache ist. Die Eltern dieses Buben achten darauf, dass er gemeinsam mit seiner Schwester privaten Unterricht in der L1 erhält. Ich halte es für keinen Zufall, dass dieses Kind das einzige ist, das keine Status- und Einstellungsunklarheiten zu seiner L1 hat.

Die Kinder scheinen den implizit und explizit für sie erfahrbaren negativen Status von Türkisch in der Mehrheitsgesellschaft in einem gravierenden Ausmaß verinnerlicht zu haben.

Deutlich wird, dass jene Kinder, die eine gefestigte Erstsprache haben, diese und ÖGS gemeinsam als erste Präferenz angeben. Sie lieben beide Sprachen, wissen jedoch relativ genau zu differenzieren zwischen ihrer Einstellung dazu und ihrer tatsächlichen Kompetenz.

Selbsteinschätzungen aller Kinder sind zusätzlich weiter hinten in Form von selbsterstellten ,Sprachenportraits' ersichtlich.

Nun sollen jene Aspekte der bilingualen Klasse beleuchtet werden, die den Ablauf, die Organisation des Unterrichts und die vielen lehrenden Personen (hier rechne ich die Dolmetscherin dazu) betreffen.

9.4 Lehrrelevante Aspekte: Teamteachen

Die Lehrerinnen und der von ihnen gestaltete Unterricht waren nicht Forschungsgegenstand meiner Untersuchung. Sie sind die tragenden und bestimmenden Personen der bilingualen Klasse. Ihre Kompetenzen, ihre Entwicklungen, ihr Zusammenspiel und ihre Visionen sind hochgradig relevant für das, was in der Klasse passiert, aber auch dafür wie die Klasse ,funktioniert' (siehe Modell des Faktorenkomplexes im Fremdsprachenunterricht nach Edmondson/House 2000). Deshalb werden sie und ihre Zusammenarbeit hier thematisiert.

Vorerst werden alle von mir dokumentierten Unterrichtskonstellationen der drei lehrenden Personen kurz dargestellt. Diese umfassten die folgenden Kombinationen – nach Häufigkeit abnehmend dargestellt:

- Hörende Lehrerin als Hauptlehrerin – Dolmetscherin - gehörlose Lehrerin
- Hörende und gehörlose Hauptlehrerin (mit/ohne Dolmetscherin) parallel (gleiche Inhalte)
- Hörende und gehörlose Hauptlehrerin (mit/ohne Dolmetscherin) nebeneinander (unterschiedliche Inhalte)
- Hörende Lehrerin als Hauptlehrerin mit Dolmetscherin
- Hörende Lehrerin als Hauptlehrerin alleine

- Gehörlose Lehrerin als Hauptlehrerin alleine
- Gehörlose Lehrerin als Hauptlehrerin mit Dolmetscherin
- Lehrstudentinnen und gehörlose Lehrerin/Dolmetscherin
- Religionslehrerin mit/ohne Dolmetscherin
- Werklehrerin und beide Klassenlehrerinnen
- Nur Dolmetscherin

Die wichtigsten dieser genannten vielen verschiedenen Unterrichtskonstellationen, die in dieser Klasse praktiziert wurden, sind auf der DVD systematisch dargestellt (Kapitel 1).

Die Konstellationen waren durchaus nicht ausgewogen und regelmäßig im Unterrichtsalltag vertreten. Es gab zum Teil große Veränderungen darin, wie der Unterricht abgehalten wurde. Zumeist waren diese Änderungen ausgelöst von in der Praxis gemachten Erfahrungen und anschließenden Erkenntnissen. Eine Lehrerin beschreibt die Veränderung im Laufe des Jahres:

> *„Am Anfang waren wir mehr gemischt, aber jetzt ist es so, dass ich mich mehr um die gehörlosen Kinder kümmere und sie sich um die hörenden. Ob das gut oder schlecht ist, weiß ich nicht.*
> *OK, dass ich Deutsch machen muss mit den gehörlosen Kindern ist klar. Hätte die Martina mehr Wissen, dann könnten wir uns abwechseln, aber sie hat halt keine Erfahrung mit solchen Kindern. Martina hat sich anfangs gewünscht, dass ich alle Kinder in Mathe habe, aber ich habe später gemerkt, dass die Gehörlosen dadurch hinten bleiben, da hab ich Sorge gehabt.*
> *In Deutsch wars so, da haben wir in der ersten Klasse noch nicht so viel gemacht, an Inhalten, das ist ein Glück, aber in der zweiten ist da sehr viel, da ist absolut notwendig, dass ich mich mehr auf die gehörlosen Kinder konzentrieren kann. Wobei ich sagen möchte, es ist kein Problem für mich, den Unterricht gemeinsam zu machen - aber die Gehörlosen werden dann unkonzentriert, die schauen dann weg und wenn Martina dabei ist, dann unterstützt sie die Hörenden, hilft viel. Aber bei den Gehörlosen kann sie das nicht, nachdem sie da zu wenig kompetent ist. Deshalb läuft das nicht optimal.“*
>
> (Gehörlose Lehrerin HJ 10. Juli 2001)

Durch die nicht volle Stundenanzahl der Dolmetscherin mussten die beiden Lehrerinnen von Beginn an manchmal alleine auskommen. Es zeigte sich bald, dass die Mundablesefähigkeiten der gehörlosen Lehrerin und das (glücklicherweise) sehr deutliche Mundbild der sprechenden Lehrerin eine gute Zusammenarbeit ermöglichten. Die gehörlose Lehrerin beschreibt:

> *„Am Ende der Klasse war Martina schon gewöhnt, dass ich immer ablese... da hab ich dann etwas nicht gemacht und sie hat gesagt, was ist los?? Und ich habe gesagt, du hast mir nichts gesagt..."*
>
> (Gehörlose Lehrerin HJ 10. Juli 2001)

Die zwei Lehrerinnen (kurzfristig in der zweiten Klasse eine Lehrerin und ein Lehrer) und die Dolmetscherin hatten bis zu dieser Klasse noch nie im Team unterrichtet. Für alle stellte diese neue Lehrsituation eine Herausforderung dar.

> *„Das erfordert ein bissl ein Umdenken, dass man nicht immer alleine sein muss und dass das auch eine Hilfe sein kann, wenn man einen zweiten hat. Ich sag dir ganz ehrlich, das ist für mich auch eine Umstellung gewesen, ja. Wenn du gewöhnt bist, allein zu arbeiten und ich machs nicht ungern, geb ich auch zu, ich arbeit eigentlich ganz gern alleine, aber einfach weil ich mich wohl fühl. Und manchmal ist es schon so, dass man sich denkt, jetzt muss ich da warten oder Rücksicht nehmen. Manchmal hab ich sogar das Gefühl gehabt, ich hab mehr Arbeit, wenn ich allein bin, wirklich, das geb ich neidlos zu."*
>
> (Hörende Lehrerin MK 15. Juli 2002)

Antia und Stinson fassen die Ergebnisse einiger Untersuchungen über „inclusive" Unterrichtssituationen für gehörlose Kinder in öffentlichen Schulen in den USA (die sich vom hier beschriebenen Modell der bilingualen Klasse unterscheiden!) zusammen und resümieren, was durchaus für die hier beschriebene Situation gültig ist:

> *„An essential component of successful collaboration appears to be perceived equality of status between teachers. (...) Collaboration can occur only when teachers can respect each other's expertise, when knowledge sharing is mutual, and when all teachers have as their goal the education of all students in the classroom. While time can be a barrier to collaboration, the major barrier may be a culture of teaching that does not value collaboration."*
>
> (Antia/Stinson 1999: 247)

Tatsächlich war mangelnde Zeit für Besprechungen, für Feedback und für gemeinsames Vorbereiten eine große Schwachstelle der Klasse – nicht jedoch Unwille zur Kooperation während des Unterrichtens.

Die gehörlose Lehrerin berichtet über einen Aspekt, der für sie etwas problematisch ist – nämlich aus der schnellen, direkten Verständigung per Telefon ausgeschlossen zu sein. Gehörlosenadäquate Kommunikationsmittel sind der hörenden Lehrerin offenbar noch nicht sehr vertraut bzw. scheinen ihr vielleicht zu umständlich:

> *„Auch was die Kommunikation betrifft, wenns etwas gibt, dann greift sie zum Hörer und ruft die Dolmetscherin an, obwohl sie alles hat von mir, Fax, email usw.“*
>
> (Gehörlose Lehrerin HJ 10. Juli 2001)

Insgesamt scheint es jedoch, dass diese kleinen Probleme, Spannungen und Dissonanzen nicht gravierend waren. Bei den Abschlussinterviews am Ende des ersten Schuljahres stellte ich beiden Lehrerinnen und der Dolmetscherin Fragen nach etwaigen ‚heißen‘ Situationen, nach Konflikten während des Schulalltages. Alle drei erzählten von der gleichen Situation, bei der es zu einem Konflikt zwischen den beiden Lehrerinnen und zu einem Eklat (eine Lehrerin verließ die Klasse) gekommen war. Dies war für mich überraschend, aber letztendlich sehr positiv zu bewerten, weil es bedeutet, dass sie alle die selbe Situation als gravierendsten Konflikt bewerteten, ihre Wahrnehmung und Bewertung von problematischen Situationen miteinander also ident ist.

In der zweiten Klasse änderte sich dies ein wenig: Als ich die hörende Lehrerin am Ende des Jahres interviewe, beschreibt sie detailliert, was für sie nicht optimal gelaufen ist:

> *„Für mich war irgendwie zu wenig transparent, dass wir beide für beide Kinder zuständig sind, ja? Das liegt vielleicht auch daran, dass ich die Volksschullehrerin in der Klasse bin und meine Zielgruppe die Volksschulkinder, die hörenden, sind, ja? Und die kleine Gruppe der Gehörlosen nicht meine Zielgruppe sind, ja? Aber das hätt ich mir aber gewunschen, dass wir beide für beide da sind, was auch der Sinn war, was aber nicht so gegangen ist.*
> *Der Grund ist sicher erstens, dass ich die Sprache nicht so kann, also zumindest nicht ausreichend kann, um kommunizieren zu können.*
> *Und im zweiten, dass die Helene sich einfach viel zu wenig eingebracht hat und das einfach hat laufen lassen, ich möchte ihr gar nicht.. Die zwei Kinder hat sie vielleicht gut betreut, aber die meiste, der meiste Ablauf ist auf meiner Arbeit basiert. Ich hätt mir für die zweite Klasse gewunschen, dass sie sich wesentlich mehr einbringt, mehr agiert.“*
>
> (Hörende Lehrerin MK 15. Juli 2002)

Dieses Anliegen wurde auch kommuniziert. In der zweiten Klasse war aus meiner Wahrnehmung die hörende Lehrerin eher für die gesamte Klasse hauptverantwortlich und die gehörlose Lehrerin konzentrierte sich – besonders im Deutschunterricht – mehr auf die gehörlosen Schülerinnen.

Die Kollegin bedauerte dies:

> *„Es wär für mich einmal interessant gewesen, umgekehrt das zu sehen, dass sie den Unterricht macht, sie ist ja auch Lehrerin und muss ja auch unterrichtet haben im Gehörloseninstitut, und dass ich ihren Part einmal genommen hätte, weißt was ich mein? Das wär für mich interessant gewesen."*
>
> (Hörende Lehrerin MK 15. Juli 2002)

Die Rolle der Dolmetscherin, insbesondere in der ersten Klasse, als sich eine für alle neue Situation darstellte, war wichtig, insbesondere für die hörende Lehrerin:

> *„Wie die Barbara da war, die hat sich wahnsinnig eingebracht, das war wirklich ganz toll, was die Frau geleistet hat, die hat wirklich vermittelt zwischen Kindern und Kindern und zwischen Kindern und Lehrern und zwischen Lehrern und Lehrern und hat geschafft, das schön zusammenzuhalten. Die hat wahnsinnig viel dazu beigetragen, dass das gut gelaufen ist, muss ich schon sagen."*
>
> (Hörende Lehrerin MK 15. Juli 2002)

Die Frage des zeitweise getrennten Gruppenunterrichts stellte sich: Ist dieser sinnvoll?

> *„Mathematik ist kein Problem, vergangenes Jahr haben wir den Unterricht gemeinsam gemacht, aber da haben sie schnell einen großen Vorsprung gehabt und da ist es dann besser, dass man sie nicht warten lässt, um der gleichen Levels willen, sondern diese Zeit hab ich wiederum ausgenützt, um in Deutsch zu fördern. Das muss also auch nicht unbedingt ganz zusammen sein."*
>
> (Gehörlose Lehrerin HJ 10. Juli 2001)

Ab der zweiten Klasse war die Frage der Gruppentrennung vermehrt und für alle ein Thema. Die hörende Lehrerin meint, dass die Trennung der Gehörlosen und Hörenden nur in Förderstunden zu wenig sei, man ruhig noch mehr getrennt machen hätte können:

> *„Besonders in Deutsch würd ich einmal sagen, das denk ich mir, ist naheliegend. Mathematik ist überhaupt kein Problem bis jetzt gewesen, weil da keine Texte sind, das wird jetzt erst kommen, aber im numerischen Rechnen hats da überhaupt keine Probleme gegeben. Das ist im*

Sachunterricht auch nicht notwendig, das geht alles. In Deutsch, hauptsächlich."
VK: Warum?
„Weil ich mir denk, dass die Kinder, von der Begriffsbildung, also doch länger brauchen, die Dinge zu verstehen, weil sie ja nicht hören. Deutsch ist für die gehörlosen Kinder das größte Problem. Sie sind langsamer, natürlich. Weil Begriffe, die für die hörenden schon selbstverständlich sind, mit denen man schon arbeitet, hier erst erklärt werden müssen, und das natürlich die anderen aufhält, also dann wärs besser, wenn man das getrennt macht, sie müssen ja nicht dasselbe machen wie die Hörenden, sie können ja ein Stück herausnehmen und an dem arbeiten. Aber dasselbe Ziel ist trotzdem erreicht. Ich kann Aufsatzstunde machen und beide Gruppen machen Aufsatz, die einen schreiben schon 2 Seiten, eine Gruppe schreibt 5 Sätze, einige ganz schwache Kinder, ausländische Kinder, schreiben 3 Sätze, und die gehörlosen Kinder arbeiten an Wortstellung oder was weiß ich. Das ist Aufsatz und trotzdem hat jede Gruppe am eigenen Schwerpunkt gearbeitet. Das hätt ich mir erwartet"

(Hörende Lehrerin MK 15. Juli 2002)

Resümierend muss festgestellt werden, dass das Teamteachen in der Klasse nicht reibungslos funktionierte. Manche Aspekte mögen in der Sache selbst liegen, andere wiederum persönlichkeitsabhängig sein. Grundsätzlich muss meiner Meinung nach im Team immer auch Zeit aufgewendet werden für die Organisation desselben. Weder diese Zeit noch eine – völlig legitime und wahrscheinlich sinnvolle – Supervision nahm sich das Team der bilingualen Klasse.

9.4.1 Der Aspekt des Dolmetschens

In der bilingualen Klasse waren zwei Personen lehrend tätig und eine dritte dolmetschend. Die letzte Rolle ist eine normalerweise nicht im schulischen Alltag vorhandene und dafür definierte. Deshalb sollen Dolmetschen per se sowie die Erfahrungen der konkret ausführenden Personen hier thematisiert werden.

Professionelles Dolmetschen bedeutet mehr als die Vermittlung zwischen zwei Sprachen, oftmals gibt es auch viele andere Herausforderungen für DolmetscherInnen: Sie sind MittlerInnen zwischen unterschiedlichen Kulturen und Menschen. Dem Thema ‚Dolmetschen' ist das Kapitel 3 der DVD gewidmet.

Zunächst erscheint mir relevant, ob und wie die kindlichen KlientInnen verstanden, was die Aufgabe der Dolmetscherin war – eine nicht ganz einfache Angelegenheit:

> *„Weil ihnen das Bewusstsein gefehlt hat, am Anfang, was eine Dolmetscherin eigentlich ist, für was man die einsetzen kann. Das war überhaupt nicht präsent."*
>
> (Dolmetscherin BM 20. Juli 2001)

Doch die Kinder lernten bald, sie einzusetzen, beschreibt die hörende Lehrerin:

> *„Ich hab schon den Eindruck gehabt, dass die Kinder die Barbara manchmal als Hilfe sich zur Seite genommen haben. Es ist oft passiert, dass die Pia gesagt hat: Barbara, hilfst Du mir? Wenn es ein Übersetzungsproblem gegeben hat, ein Kommunikationsproblem. Also das glaub ich schon, dass sie das verstanden haben, welche Rolle der Dolmetscher in dieser Situation spielt. In der Situation Barbara wars natürlich dann noch so, dass die Kinder zusätzlich die Barbara nicht nur als Dolmetscherin gesehen haben, dass muss man schon sagen. Weil sie immer da war und auf Feinheiten eingegangen ist. Aber sie haben schon verstanden, welche Aufgabe die Barbara als Dolmetscherin hat, das wohl."*
>
> (Hörende Lehrerin MK 28. Juni 2001)

Mich interessierte auch, ob die Kinder sie aktiv heranzogen:

> *„Fällt mir nichts ein, wo sie mich konkret als Dolmetsch herangezogen haben..... ohja, eine Spielsituation. Ich weiß zwar nicht mehr, wie das genau war, vom Inhalt her. Da hat mich die Doris einmal geholt und hat gesagt, ich soll einem anderen Kind das und das sagen. Aber genau weiß ich nicht mehr den Inhalt."*
>
> (Dolmetscherin BM 20. Juli 2001)

In ihrer Wahrnehmung waren es aber vor allem die hörenden Kinder, die sie aktiv nutzten: *„Von den hörenden Kindern schon viel mehr."*

Die Dolmetscherin der zweiten Klasse machte andere Erfahrungen:

> *„Das machen beide häufig, in Mathe waren wir jetzt öfter alleine und haben das wirklich zusammen gemacht. Und da haben sie mich immer angestupst, wenn ich woanders hingeschaut habe und: Sag, das was ich jetzt sagen will!*

> *Nicht, dass sie zu lange warten müssen und als Letzte drankommen."*
> *VK: Das heißt sie wissen, dass sie dich als Sprachrohr verwenden können?*
> *„Absolut"*
>
> (Dolmetscherin SN 10. Juli 2002)

Was die eigentliche Rolle und Aufgabe der Dolmetscherin sei, war ein ungeklärtes Thema.

Die Dolmetscherin der zweiten Klasse fragte sich: *„Für wen dolmetsch ich? Anfangs hab ich, aus dem, wie ich die Situation beobachtet hab, gedacht, ich bin die Dolmetscherin für die gehörlosen Kinder und für die Helene."*

Diese Einschätzung stellte sich jedoch als nicht ganz vollständig heraus: *„Aber es ist natürlich 50:50, auch für die Hörenden, aber das ist mir erst später bewusst geworden." (Dolmetscherin SN 10. Juli 2002)*

Diese Erkenntnis stellte sich ein, als auf dem Elternabend mit der Präsentation meines Projektes für die Eltern, die Mütter einiger Kinder sagten, ihre Töchter würden oft auch gerne verstehen, was die gehörlosen Kinder so reden und das gedolmetscht bekommen. Dies wurde von der Klassenlehrerin bestätigt. Die Dolmetscherin stellte dieser Wunsch vor ein großes praktisches Problem: alleine einen ganzen Schultag lang in zwei Richtungen dolmetschen und aufmerksam sein, ist schlichtweg unmöglich.

Die Arbeit der Dolmetscherinnen umfasste natürlich nicht nur diese Tätigkeit. Die Dolmetscherin der ersten Klasse resümiert nach Schulschluss ihre eigentliche Rolle im Sozialverband der Klasse, die sich nicht nur auf das Dolmetschen beschränkte:

> *„Am Anfang war's sicher einmal hauptsächlich so, zu Schulanfang, dass ich hauptsächlich einmal gedolmetscht hab. Aber dann, ich glaub, ich war viel für die Kinder und hauptsächlich auch für die hörenden Kinder, doch eher so... das ist schwer zu sagen... eher vielleicht so eine Ausgleichsperson, irgendwie. Einerseits zwischen Martina und Helene, und dann... also sie haben mich, glaub ich, nicht direkt so als Lehrerin wahrgenommen.*
> *Sie sind dann auch oft mit ihren kleinen Geschichten gekommen, wenn sie irgendwas falsch gemacht haben oder Hausaufgabe vergessen oder so, dass... das war auch so witzig von der Raumaufteilung, da haben sie so einen Umweg gemacht und haben es mir gesagt und wenn ich gesagt habe: das macht nix, dann sind sie zur Martina gegangen (lacht). Und was natürlich war, wenn die Martina nicht da war, das war vielleicht zwei mal, dass ich die Klasse alleine gehabt habe, oder drei, dass sie da*

> *natürlich viel viel unruhiger und lauter waren. Also, ich war auch nicht in dem Sinne die Autoritätsperson für sie. Sondern eher so eine,.... ja, eher ein bissl so eine Ausgleichsrolle."*
> (Dolmetscherin BM 20. Juli 2001)

Die Dolmetscherin der zweiten Klasse war sehr darauf bedacht, ihre Grenzen und Aufgabengebiete nicht zu überschreiten, sich nicht als Stützlehrerin unabkömmlich zu machen:

> *„Die Dolmetschrolle ist eine klare, das ist für mich mit dem Ehrenkodex: das darf ich nicht. Und auch weil ich die Gefahr sehe, je mehr ich mache, desto mehr wird mir aufgetragen, desto mehr übernehm ich der Helene ihre Rolle. Sie zieht sich immer mehr zurück, ihr ist das nämlich nicht unangenehm, gar nicht. Ich hätte nicht befürchtet, dass sie sagt, he das ist meine Aufgabe, sondern im Gegenteil - und das wollt ich überhaupt nicht."* (Dolmetscherin SN 10. Juli 2002)

Die unklar abgegrenzten Aufgaben und Arbeitsgebiete der Dolmetscherin hatten Konfliktsituationen unter den Lehrenden zur Folge, da solche Fragen dadurch u.U. direkt während der Arbeit schnell ‚nebenbei' ausgehandelt werden mussten. Als ich die Dolmetscherin frage, welche Situationen Unzufriedenheit auslösten, meint sie:

> *„Nicht genau wissen, was darf ich tun und was nicht. Also Aufgabenausbessern war ok. bei Martina, aber Testhefte nicht, das hat sie machen wollen, also so... Das ist schwer zu beschreiben. Und der Heinrich schickt mich so, ‚Mach das Fenster auf.' Wo ich mir denk - und ich steh auf und machs, also ohne dass ich groß überleg - aber denk mir dann: komisch war das. Also alle Sachen, die nicht ganz klar vergeben sind, fallen auf mich, und das wechselt von Tag zu Tag."*
> (Dolmetscherin SN 10. Juli 2002)

Dieses Problem der nicht ganz geklärten Verantwortlichkeiten kommt auch darin zum Ausdruck, dass der personelle Wechsel von der gehörlosen Lehrerin im Vorhinein schon als mögliche Quelle von Konflikten eingeschätzt wurde:

> *„Mit der Dolmetscherin wie gesagt, ich glaube auch, dass das Problem ist, dass man klären muss was die genauen Aufgaben der Dolmetscherin sind. Ich hab das Gefühl, dass die Sabine, die jetzt neu kommt, sich mehr um die gehörlosen Kinder kümmern wird, das kann aber auch bedeuten, dass sie Probleme mit Martina bekommt, weil früher die Barbara ihr ja*

mehr geholfen hat, aber jetzt die neue ist anders als Barbara und wer weiß?"

(Gehörlose Lehrerin HJ 10. Juli 2001)

Im schulischen Setting und insbesondere mit sehr jungen Kindern zu arbeiten, kennen (und können) wenige DolmetscherInnen. Die beiden in der bilingualen Klasse tätigen Dolmetscherinnen hatten noch dazu die gleiche Schwierigkeit, wie die Lehrerinnen: keinerlei Erfahrung mit einem derartigen Setting.

Ohne die Arbeit ihrer Kolleginnen abwerten zu wollen, merkt die gehörlose Lehrerin an, dass eine Spezialausbildung sicher sinnvoll gewesen wäre (in Österreich jedoch nicht existiert und auch nicht bezahlt worden wäre):

„Wenn die Dolmetscherinnen da sind, dann sag ich, ja, das ist Integration, aber es läuft nicht so hundertprozentig. Ich glaube auch, das ist das Problem, weil sie keine spezielle Ausbildung gemacht haben für Dolmetschen in der Schule, da herrscht die allgemeine Ahnungslosigkeit, mal bissi da bissi dort." (Gehörlose Lehrerin HJ 3. Juli 2002)

Das Grundproblem der Dolmetscherin mit nicht klar festgeschriebenen Aufgaben wird hier beschrieben:

„Weißt du das Gefühl ist manchmal so zwischen: Ich bin total unwichtig, weil eigentlich sollte ich ja garnicht da sein und du bist total wichtig, weil ohne dir versteht keiner mehr den anderen! Und so zwischen dem, sich unsichtbar machen und doch das ganz unsichtbar zu handeln [macht Gebärde für BERATEN, AUSTAUSCHEN, VERMITTELN] da bist' in einem ständigen Wiggel-Woggel."

(Dolmetscherin SN 10. Juli 2002)

Die (im Vergleich mit den Stundenplaneinheiten) verringerte Stundenanzahl der Dolmetscherin führte dazu, dass die gehörlosen Kinder manchmal alleine waren – und als Folge der Unterbeschäftigung auffällig wurden, was die Dolmetscherin - obwohl abwesend - erfuhr:

„(...) in Religion wärs auch so oft notwendig gewesen und da haben sie auch so oft, da haben sie die anderen massiv sekkiert, weil ihnen einfach fad ist. Das müssen sie auch lernen, dass sie nicht rund um die Uhr betreut werden. Die halten das nicht einmal eine Stunde aus, nichts zu verstehen. Also stell dir die vor in der Gehörlosenschule, wo sie permanent mit der Frustration leben müssen, oder mit der Langeweile dasitzen und nichts verstehen, unglaublich!"

(Dolmetscherin SN 10. Juli 2002)

Aber auch andere soziale Konflikte ergaben sich aus ihrer Abwesenheit, erzählt die Dolmetscherin, die - gemäß ihren Stunden - erst später für bestimmte Unterrichtseinheiten in die Schule kommt:

> *"Da haben sie mich total überfallen, wenn ich gekommen bin. Ich war nicht da, da hats einen Streit gegeben und da bin ich von beiden Seiten belagert worden... Aber da war nie Zeit dafür, weil da war Unterricht und ich hab versucht, das kurz aufzuklären, aber so richtig, ausführlich besprechen..."*
>
> (Dolmetscherin SN 10. Juli 2002)

Aus folgendem Interviewausschnitt geht hervor, wie ein Mädchen, das erst sehr spät, Mitte des dritten Schuljahres, zur Klasse stieß, die Besonderheiten der Klasse wahrnahm: Zuerst erzählte sie mir, dass ihr die Papier-Drachen an der Decke gut gefielen und dies anders war als in ihrer alten Klasse. ÖGS oder die gehörlosen Kolleginnen nennt sie auch nach mehrmaligem Nachfragen nicht. Ich bringe das Thema Gebärdensprache dann auf und es stellt sich heraus, dass für sie vor allem der Kontakt zu Melanie und Doris relevant war, sie ‚ihre Namen wissen' wollte. ÖGS ist ein Teil der Klasse und ist wichtig, um den Zugang zu den beiden Mädchen zu bekommen (sagt sie später). Ihre erste und diesbezüglich wichtigste Auskunftsperson war die Dolmetscherin, die Vermittlerin zwischen den Sprachen, die auch durch Informationsvermittlung (Namen der Mädchen) eine wichtige Mittlerrolle wahrgenommen hat.

> *VK: Wie du Gebärdensprache zum ersten Mal gesehen hast, was hast du dir da gedacht? Hast du gedacht: was ist denn das Komisches?*
> *N: Mmm, das hab ich mir nicht gedacht. Ich hab gedacht: Wie heißen die?*
> *VK: Wie heißt wer?*
> *N: Die Melanie und die Doris.*
> *VK: Aha. Und wie hast dus dann rausgefunden, wie die heißen?*
> *N: Weils die Sabine mir gesagt hat.*
>
> (Natalie II 26. Juni 2003)

Die wichtige Rolle der Dolmetscherin im ÖGS-Erwerb der hörenden Kinder wird in den Interviews immer wieder deutlich:

> *VK: Kannst du auch gut gebärden?*
> *R: Normal*
> *VK: Normal? Soso?*
> *R: Mhm*
> *VK: Wie hast du denn gebärden gelernt?*

R: Wie? Ich hab zu den anderen Kindern und zur Sabine geschaut und so hab ich g'lernt. Bin ich zur Sabine gangen und hab gesagt: Was bedeutet das? und sie hat mirs gesagt. Und so hab ichs gelernt.
VK: Aha! Und von der Helene hast du auch was gelernt?
R: Ja. Die Tiere.

(Rehat 26. Juni 2003)

Ein Mädchen, das erst Mitte der dritten Klasse dazukam, kann noch sehr wenig gebärden. Auch sie hat eine Vorstellung darüber, wie sie es lernen wird: Für sie ist die Dolmetscherin die erste Zugangsperson zu neuen Sprache.

VK: (...) Und glaubst du, wirst du Gebärdensprache noch lernen?
N: Mhm
VK: Und wie wirst du die lernen?
N: Wenn mir die Sabine dabei hilft.
VK: Aha, die Sabine kann dir helfen – und wie macht sie das?
N: Sie zeigt mir wie Melanie heißt und wie Doris heißt.
VK: Mhm. Also, sie kann dir Gebärden zeigen.

(Natalie II 26. Juni 2003)

Nicht nur Erwachsene waren dolmetschend tätig – nach einiger Zeit übernahmen die ÖGS-kompetentesten Mädchen, meist ungefragt, kurz die dolmetschende Funktion, wenn es ihnen angemessen erschien.

„Samantha kann schon sehr sehr viel, das ist gut. Und wenn sie bemerkt, dass die Barbara was nicht gedolmetscht hat, dann macht sie das, dann übernimmt sie das, dann übernimmt sie die Rolle der Dolmetscherin, das ist mir ein paar mal aufgefallen, das ist interessant, das hab ich schon bemerkt."

(Gehörlose Lehrerin HJ 10. Juli 2001)

„Auch wenn die Helene nicht da war, hat das ganz gut funktioniert. Soweit hat das immer geklappt, dass sie gewusst haben, was ich will. Oder wenns ich nicht kommunizieren konnte, dann hab ich bereits Kinder gehabt, die es schon kommunizieren konnten. Die Samantha, oder die Pia, die Alysha, überhaupt kein Problem."

(Hörende Lehrerin MK 15. Juli 2002)

Die Einschätzung, wann sie dolmetschend tätig wurden, trafen die Mädchen mit sehr viel Fingerspitzengefühl, wie durch die Beispielsequenzen auf der DVD ersichtlich ist. (>Siehe Beispiele auf der DVD, Kapitel 2 und 3)

Dolmetscherfahrung machten einige Kinder auch außerhalb der Schule – in den Interviews erzählen türkischsprachige Buben:

VK: (…) Englisch, Deutsch, Gebärdensprache, Türkisch (zählt mit Fingern mit). Schau mal wieviele Sprachen du kannst!
R: „Vier."
VK: Wahnsinn. Vier Sprachen. Toll. Wenn du dir jetzt überlegst: Englisch, Gebärdensprache, Deutsch, Türkisch, welche hast du am liebsten von den Sprachen?
R: „Deutsch und Türkisch"
VK: Deutsch und Türkisch, mhm. Wo verwendest du denn Türkisch?
R: „ Bitte?"
VK: Wo verwendest du denn Türkisch? Wo sprichst du Türkisch?
R: „Für türkische Leute, die nicht so gut Deutsch können. Wenn die Hilfe brauchen, dann… wenn die mit den Deutschen reden wollen, dann tu ich ihnen helfen, so."
VK: Tust du schon selber dolmetschen, so wie die Sabine?
(Rehat beginnt zu lächeln)
VK: Stimmts?
R: „Ja."

(Rehat 26. Juni 2003)

Auch den Beruf der Dolmetscherin kennt ein anderer Bub:

VK: Weißt du wie der Beruf heißt, den die Sabine macht?
E: „Dolmetscherin."
VK: Sie übersetzt von der einen Sprache in die andere. Glaubst du, kannst du das auch?
E: „Nein, sie macht das so schnell."
VK: Aber zum Beispiel kann man auch zwischen Türkisch und Deutsch dolmetschen, hast du das schon mal gesehen?
E: „Ja! Bei Doktor, da ist ein türkisch Doktorin und die übersetzt immer auch Deutsch."

(Ehlibeyit 26. Juni 2003)

9.5 Soziolinguistische Phänomene: Resümee

Zunächst kann festgestellt werden, dass die sprachlichen Ausgangskompetenzen der beteiligten Erwachsenen und Kinder sehr vielfältig waren. Bilinguale und multilinguale Lebenssituationen gehörten für viele Personen schon zu ihrem vorschulischen Erfahrungsschatz. Die bilinguale Doppelintegrationsklasse war im

Hinblick auf gehörlose Kinder und ihre sprachlichen Bedürfnisse initiiert worden - und daher wurde diesen Anforderungen entsprechend Raum, Zeit, Energie und Aufmerksamkeit gewidmet. Eine an Größe zunehmende Gruppe hörender Kinder hatte ebenfalls eine andere Erstsprache als Deutsch. Diese Kinder - zumeist L1 Türkisch - waren im Vergleich zu ihren gehörlosen Kolleginnen sprachlich benachteiligt, da für ihre Erstsprache kein Platz im schulischen Alltag vorhanden war.

Durch die Abhaltung des Unterrichts in zwei Sprachen war ÖGS im bilingualen Klassenalltag durchgehend präsent. Im Stundenplan hatte ÖGS jedoch offiziell keinen Platz. Einer Lehrerininitiative ist zu verdanken, dass ÖGS trotzdem auch hin und wieder didaktisiert unterrichtet wurde. Das Erlernen von ÖGS als Fremdsprache war nicht Vorsaussetzung oder Pflicht der hörenden Kinder, wurde jedoch – in individuell sehr unterschiedlichem Ausmaß – von den Kindern praktiziert. Die meisten hörenden SchülerInnen schätzten die ÖGS-Stunden und benötigten das neue Wissen für ihre sozialen Kontakte in der Klasse. Diese Übungen stellten allerdings keinen L1-Unterricht für die gehörlosen Kinder, im Sinne des Faches Deutsch für Hörende, dar.

Vielfältige soziolinguistische Kompetenzen wurden von allen Kindern entwickelt: Sie meisterten situations- und personen-adäquate Sprachverwendung sowie Codeswitching. Hörende Kinder erwarben gehörlosenkulturelle Kompetenzen, gehörlose Kinder profitierten vom ‚hörenden' Umfeld. Alle involvierten Personen erlebten, thematisierten und lösten diverse interkulturelle Themen kreativ und zielorientiert. Wichtig ist auf jeden Fall, dass durch das integrative Setting den gehörlosen SchülerInnen der Sinn der Deutschkompetenz nicht nur für die Lernkarriere klar wurde, sondern sie Deutsch vor allem als relevanten Faktor für soziale Kontakte erleben konnten.

Die hörende Lehrerin beurteilte die Rolle der ÖGS für hörende Kinder als unvorhersehbar positiv und als Bereicherung: ÖGS wurde überraschenderweise von allen als Ressource genützt, besonders für die Phase der Alphabetisierung und als Rechtschreibhilfe. Aber auch die kommunikativ-soziale Funktion guter ÖGS-Kompetenzen stellte sich in den Interviews mit Kindern klar dar. ÖGS war also einerseits für die hörenden SchülerInnen ein Gewinn, andererseits eine Selbstverständlichkeit als L1 für die gehörlosen Kinder.

ÖGS hatte einen fixen und sehr zentralen Platz in der bilingualen Klasse und alle Personen waren gemäß ihren Möglichkeiten einen ÖGS-Lernprozess eingegangen und waren zum Teil auch äußerst erfolgreich darin. An einem fest im Stundenplan verankerten, regelmäßigen und systematischen Input sowohl für hörende L2- als auch gehörlose L1-LernerInnen mangelte es jedoch.

Es erscheint plausibel, dass eine bilingual geführte Klasse unter Umständen eine erhöhte allgemeine bzw. individuelle Aufmerksamkeit gegenüber Sprache bewirkt. Festzustellen waren jedenfalls bei vielen Kindern metasprachliche Kompetenzen und in der Regel eine (situations- bzw. personen-) angemessene Sprachenwahl. Zu beobachten waren auch immer wieder gegenseitige sprachliche Korrekturen, was auf eine gefestigte und subjektiv sichere Sprachkompetenz hinweist.

Die Kinder der bilingualen Klasse formten eine gut vernetzte Gemeinschaft, in der es zentrale und eher am Rand agierende Kinder gab. Die beiden gehörlosen Schülerinnen waren keine Außenseiterinnen, wählten jedoch ihre HauptinteraktionspartnerInnen offenbar nach sprachlichen Kriterien. Alle schlossen Freundschaften über diverse ‚Sprachgrenzen' hinweg. Sprachbarrieren diversester Art wurde immer wieder mit kreativen Mitteln, mit gesteigerten Sprachkompetenzen und durch Interesse aneinander überwunden.

Den hörenden Kindern wurde durch den (mangels Selbstkontrollmöglichkeit) erhöhten Lärmpegel der gehörlosen Mitschülerinnen Nachsicht und Geduld abverlangt, die gehörlosen Kinder mussten lernen, darauf Bedacht zu nehmen, wann sie sich wie laut verhalten.

Alle Lehrenden stellten fest, dass vor allem von Seiten der hörenden Kinder Interesse und ein offenes Zugehen auf die gehörlosen Kinder dominierte, und dass den gehörlosen Kindern der Umgang mit hörenden Kindern gut tat, sodass sie für ihr Sozialverhalten profitierten. Ein wichtiger Effekt des täglichen Zusammenlebens war, dass die gehörlosen Kinder schon in ihrer Volksschulzeit damit umgehen lernten, sich im Umfeld von mehrheitlich hörenden Menschen zu bewegen.

Interessant ist, dass die gehörlosen Kolleginnen von den hörenden Kindern als ‚gebärdend' wahrgenommen wurden. Immer wieder ist anhand ihrer Aussagen deutlich, dass nicht ein defizitäres Bild herrschte, sondern die Wahrnehmung als ‚anders'. ‚Gehörlos sein' wurde direkt mit ‚eine andere Sprache gebärden' verbunden. Jene Person, die offensichtlich hörend, aber auch gebärdend war (die Dolmetscherin) stellte alle Kinder vor Einordnungsprobleme – sowohl die hörenden als auch die gehörlosen.

Die Einstellung der Kinder zu ihren diversen Sprachen wurde per Fragebogen und Interview erhoben. Bei den gehörlosen Schülerinnen zeigte sich, dass sie eine (verständliche) Präferenz für ihre Erstsprache haben, sie jedoch ebenso eindeutig bilingual sind, in dem Sinne, dass sie in beiden Sprachen Kompetenzen haben, über die sie ein sehr klares Bewusstsein haben und beide Sprachen eine wichtige Rolle in ihrem Leben spielen. Deutsch ist erfreulicherweise eine geschätzte Selbstverständlichkeit für sie.

Die hörenden Kinder mit L1 Deutsch, die eine gefestigte Erstsprache haben, gaben Deutsch und ÖGS gemeinsam als erste Präferenz an, wobei sie trotz ihrer Sympathien relativ genau zwischen ihrer Einstellung dazu und ihrer tatsächlichen Kompetenz differenzieren konnten.

Von den hörenden Kindern mit L2 Deutsch (L1 Türkisch und Arabisch) erklärte nur ein Bub mit positiven Worten und ohne sich zu genieren, was seine Erstsprache ist. Alle anderen Kinder haben den negativen Status ihrer L1 in der österreichischen Mehrheitsgesellschaft internalisiert und zum Teil gravierende Einstellungsunklarheiten.

Das Team der Lehrenden (zwei LehrerInnen, eine Dolmetscherin) agierte in einer Vielzahl verschiedener Konstellationen. Es gab hierbei Veränderungen, die von Erfahrungen und anschließenden Erkenntnissen bzw. praktischen Gegebenheiten (z.B. verringerte Stundenanzahl der Dolmetscherin) ausgelöst waren. Mangelnde Zeit für Besprechungen, für Feedback und für gemeinsames Vorbereiten stellte eine große Schwachstelle der Klasse dar – nicht jedoch Unwille zur Kooperation o.ä.

Der Dolmetscherin kam eine besondere Rolle zu, die zwar nicht genau definiert war, sich aber jedenfalls nicht auf die Vermittlung zwischen zwei Sprachen reduzierte. Die unklaren Abgrenzungen von Aufgaben und Arbeitsgebieten führten zu Konfliktsituationen unter den Lehrenden.

Die Kinder lernten bald, die Dolmetscherin für ihre Zwecke und nach ihren Bedürfnissen einzusetzen. Sie wurde z.B. von den hörenden Kindern als Informantin verwendet, so dass sie für deren ÖGS-Erwerb große Bedeutung hatte. Ein paar Kinder lernten jedoch nicht nur ÖGS von und durch die Dolmetscherin, sondern erwarben auch ein tiefes, intuitives Verständnis für ihre Tätigkeit: Nach einiger Zeit übernahmen die ÖGS-kompetentesten Mädchen, wenn es ihnen angemessen erschien, (ungefragt) kurz die dolmetschende Funktion.

Vor dem Hintergrund dieser soziolinguistischen Beschreibung der bilingualen Doppelintegrationsklasse können nun die Spracherwerbs- und Sprachlernprozesse der gehörlosen Schülerinnen eingehender untersucht werden.

Fast alle Befragten (90%) waren der Meinung, dass besonders gehörlose Kinder ein spezielles Training für Lesen und Schreiben der deutschen Sprache bräuchten - mit besonderer Berücksichtigung von Grammatik, Satzaufbau und Wortverständnis. 60% fänden dies auch für gehörlose Erwachsene wichtig - wegen der bisherigen unzureichenden Schulausbildung.

(Wünsche gehörloser österreichischer Frauen, ein Ergebnis der Studie VITA, Breiter 2002:71)

Obiges Zitat ist zeigt ganz deutlich, dass bei Menschen, die das österreichische Gehörlosenschulwesen (Studiensubjekte alle aus Wien und Umgebung) durchlaufen haben, sehr klare Vorstellungen darüber herrschen, was ihnen dabei abgegangen ist und was zu ändern wäre. (Mehr zur Studie siehe Einleitung, Kapitel 1).

Lese- und Schreibkompetenzen werden von gehörlosen Erwachsenen als wichtig für gehörlose Kinder angesehen und ein entsprechender Unterricht gewünscht. Die in diesem Buch untersuchte sprachliche Entwicklung der beiden gehörlosen Schülerinnen fokussiert auch aus diesem Grund auf das Erlernen ihrer Zweitsprache Deutsch als Schriftsprache.

In diesem Kapitel soll so ausführlich wie notwendig und so nachvollziehbar wie möglich beschrieben werden, wie in der Wiener bilingualen Klasse den Kindern konkret ihre Zweitsprache vermittelt wurde. Grundlage für diese Darstellungen sind einerseits die Erklärungen der Lehrerin im Interview und andererseits jene Ereignisse, die über zwei Jahre filmisch dokumentiert wurden.

Die untersuchte Schulklasse wurde von einer gehörlosen und einer hörenden Lehrerin unterrichtet, wobei speziell im Deutschunterricht die beiden Gruppen zwar gemeinsam, nach demselben Lehrbuch aber nach unterschiedlichen Strategien unterrichtet wurden.

Zum Thema DAZ für gehörlose Kinder gibt es derzeit nur wenige methodische Grundlagen und keine publizierten Lehrbücher für Kinder mit L1 ÖGS, auf die man sich beziehen kann.

Am Ende der 2. Klasse beschrieb die gehörlose Lehrerin im Interview zusammenfassend ihre Unterrichtsprinzipien:

VK: Wie kann man gehörlosen Kindern besser Deutsch unterrichten, was ist die besten Methode, ganz genau, von Anfang an, wie erklärst du Grammatik?

„In der ersten Klasse, dass die Kinder mit dem Lesen anfangen, mit dem Fingeralphabet buchstabieren und so Wort für Wort gelesen werden kann und die Zusammenhänge verstanden werden können. Aber es muss

noch viel, viel früher beginnen, sie müssen schon Geschichten erzählt bekommen, in Gebärdensprache, das ist bei den beiden ja zum Glück schon der Fall gewesen, die haben ja ein Gebärdensprach-Umfeld zu Hause und können hier auch schon Zusammenhänge herstellen. Deswegen können sie das auch besser und verstehen den Zusammenhang mit Wörtern. (...)“

VK: Aber wie verstehen sie den Zusammenhang zwischen Bild und Wort?

„Zuerst muss das Bild und die Gebärde verstanden werden und dann kommt als nächstes das geschriebene Wort. Also zuerst wird über Bilder der Inhalt erzählt und dann erst lernen sie das Wort dazu kennen! Mittels Gebärdensprache wird ihnen das vermittelt, dann spielen sie das selbst nach, sodass ihnen das klar ist und dann lernen sie das lesen und das in LBG wiederzugeben. Und ganz wichtig, es muss immer wieder wiederholt werden, die Wörter müssen wiederholt werden, damit sie sich den Inhalt merken und auch immer wieder überprüfen, wieweit können sie das auch in Gebärdensprache machen. In der ersten Klasse war das noch problematisch, da konnten wir nicht so hin- und herspringen zwischen den beiden Sprachen, das geht jetzt schon besser, auch mit der Lautsprache. Und das zweisprachige Arbeiten war in der ersten Klasse komplizierter, da mussten wir sehr viel Zeit darauf verwenden. Jetzt kann ich ihnen eine Geschichte geben, sie müssen die in LBG vorlesen und dann frage ich sie in Gebärdensprache nach den Inhalten, ob sie das verstanden haben und dann müssen sie sich das nochmal durchlesen, damit sie sich die Wörter merken, und ich überprüfe das immer wieder.

Das geht jetzt schon relativ rasch, also eigentlich wie bei den hörenden Kindern, in der selben Zeit. Das heißt, wir brauchen am Anfang in der ersten Klasse jeden Tag 1 bis 2 Stunden, ein bisschen mehr Zeit, zum lesen und nachspielen, aber dann vielleicht in der Woche 3-4 Stunden, zum Texte durchgehen, jetzt läuft das schon ziemlich schnell ab.“ (Gehörlose Lehrerin HJ 3. Juli 2002)

Es werden nun all jene Ereignisse, die von mir gefilmt wurden und als schulischer ‚Deutsch-Input‘ wahrgenommen wurden beschrieben und analysiert.

10.1 Deutschunterricht in diachroner Darstellung

Der Deutschunterricht, den die gehörlosen Kinder erfuhren, wird – soweit er dokumentiert wurde - chronologisch dargestellt. Ich beziehe mich dabei auf all jene Lern/Lehrsituationen, die ich wahrnahm und beschreibe diese im Sinne von typischen, jedoch nicht selektierten Beispielen für die Praxis des bilingual organisierten Deutschunterrichts für gehörlose Kinder. Kommentierend sind Aussagen der Lehrerin und Dolmetscherin eingefügt.

10.1.1 Deutschunterricht in der 1. Klasse

> *„Das ist einfach anders, das Lernen, die Sprache. Deutsch für Hörende ist anders als wenn ich Deutsch für Gehörlose aufbereite. In anderen Fächern, in Turnen etc ist das Problem nicht vorhanden, da ist das gleich, in Kunst usw. aber bei Deutsch ist das aber wichtig, das für Gehörlose aufzubereiten. Hörende Kinder bekommen ein ganzes Blatt und sprechen die Worte nach, blablablabla. Mit den gehörlosen Kindern muss ich das anders machen, da gibt's große Unterschiede."*
>
> (Gehörlose Lehrerin HJ im Interview)

Die gehörlosen Mädchen Doris und Melanie (und für die erste Hälfte der ersten Klasse auch Florin, siehe Kapitel ‚Rahmenbedingungen der untersuchten bilingualen Klasse') wurden im selben Tempo und gemeinsam mit den hörenden Kindern alphabetisiert.

<u>September</u> 2000: Beginn der **Alphabetisierung**: Einzelne Buchstaben. Jede Woche wird ein neuer Buchstabe des Alphabets gelernt: M, O, A, I, L, T, R, S, W, ... usw.

Alle Kinder lernen das Graphem (Blockbuchstaben) erkennen und produzieren, den dazugehörigen Laut oder das Mundbild und die Entsprechung im Fingeralphabet (einhand, neue Variante, international gebräuchlich, mit den deutschspezifischen Umlauten).

Innerhalb kurzer Zeit werden die ersten Buchstabenkombinationen und Worte, dann Sätze gelesen und geschrieben.

Im <u>Oktober</u> mache ich die erste Videoaufnahme: Es werden schon **einzelne Wörter** gelesen, indem mit dem **Fingeralphabet** die einzelnen Buchstaben gelesen werden.

Melanie liest viel schneller als die Lehrerin: während diese mit der Klasse das erste Wort m-a-m-i buchstabiert, hat sie schon die nächsten Wörter durchbuchstabiert (> siehe DVD Kapitel 7, CLIP 01) Doris formt zu den Buchstaben immer Mundbilder der phonetischen Entsprechungen dazu. Die Wörter werden auch geschrieben. (> siehe DVD, Kapitel 6, CLIP 01)

Ende Oktober, es ist Buchstabentag. Doris schreibt im Setzkasten neue Wörter und gebärdet sie dann ihrer Lehrerin in ÖGS übersetzt vor. Beim Wort „Hut" greift sie sich mit der flachen Hand auf den Kopf. Sie weiß also um die Bedeutung des Wortes, kennt aber die korrekte Gebärde nicht. Ihre Lehrerin zeigt ihr die richtige Gebärde für HUT, Doris macht sie nach. Der **ÖGS-Erwerb** geht Hand in Hand mit dem Deutschlernen weiter. (> siehe DVD, Kapitel 4, CLIP 01)

Anfang November schreiben die Kinder die erste Schulübung: Sie müssen einen Text von der Tafel abschreiben. Für die gehörlosen Kinder bedeutet das: jedes Wort muss **gelesen**, aber dann auch **übersetzt** und mit seiner Bedeutung, die neu ist, **gemerkt** werden (>DVD, kapitel 6, CLIP 06).

Die hörenden Kinder lernen nur die graphemische Repräsentation von Wörtern, deren Bedeutungen sie (zum Großteil) schon kennen.

> *„Aber die Hörenden lesen das und das ist klar, sie verstehen es. Die gehörlosen Kinder nicht. Es ist wichtig, ihnen die einzelnen Worte zu vermitteln, auf sie Rücksicht zu nehmen, nicht sie während dem Schreiben auch noch zu überhäufen. Ich lasse sie das abschreiben und dann besprechen wir das danach, sonst überfordert sie das nur."*
>
> (Gehörlose Lehrerin HJ10. Juli 2001)

Die gehörlosen Kinder hatten in dieser Phase eine enorme zusätzliche Leistung zu vollbringen, nämlich das Erlernen von bis dahin allesamt unbekannten Wörtern, den Aufbau eines **Lexikons**. Diese Arbeit geschah in den Förderstunden (2x/ Woche) und auch zu Hause mit Hilfe von Übungskärtchen.

Die Karten bestehen aus **Wort-Bild-Paaren**. Zuerst wird das Wort gelesen, buchstabiert, dann seine Bedeutung in ÖGS übersetzt und dann ordnen die Kinder das entsprechende Bild zu. (> siehe DVD, Kapitel 6, CLIP 21).

> *VK: Wie wählst Du den Wortschatz aus, den sie mit Wort-Bild-Karten üben?*
>
> *HJ: „Ja, ich hab sie aus dem Schulbuch der ersten Klasse herausgenommen, ich wollte ja keine eigenen erfinden, sondern mich hier an den Inhalten orientieren, die auch die anderen Kinder lernen. Ich hab dasselbe Buch verwendet, niemals ein anderes eingesetzt. In der dritten Klasse kann ich vielleicht noch ein anderes dazunehmen, aber im Prinzip hab ich mich immer an die Schulbücher gehalten."*
>
> *VK: Beim Wortschatz, hast du da welche aus dem Buch rausgeschmissen?*
>
> *HJ: „Für mich ist das natürlich ein bißchen schwierig, ich möchte schauen, dass wir das nach dem Lehrplan aufbauen, vielleicht geht das besser, dass wir da später andere Sachen mit dazunehmen."*
>
> (Gehörlose Lehrerin HJ 3. Juli 2002)

Es werden aber nicht nur Vokabeln geübt sondern auch Sätze: Die Lehrerin gebärdet einen kurzen Satz in LBG, also in Gebärden, aber in der dem Deutschen entsprechenden Grammatik. Die Kinder müssen die vor ihnen liegenden, in einzelne Streifchen zerschnittenen Satzteile/Wörter in die richtige Reihenfolge bringen. (> siehe DVD, Kapitel 7, CLIP 03).

Die Kinder lernen also nun LBG kennen, das Hilfsmittel, mit dem sie ‚laut' vorlesen können, weil es einerseits visuell-gestisch ist, aber andererseits Deutsch repräsentiert.

Am Buchstabentag für den Buchstaben ‚S' üben die Kinder mit Hilfe eines Übebretts, auf dem einige Gegenstände abgebildet sind, für die jeweils zu entscheiden ist, wo das S im entsprechenden deutschen Wort ist: Zu Beginn, mittig oder am Ende muss ein kleiner Stecker platziert werden (>DVD, Kapitel 6, CLIP 04).

Hörende Kinder können dieses Spiel, weil sie nach ihrem Gehör vorgehen können. Gehörlose Kinder brauchen, wenn sie die deutschen Wörter noch nicht können, Hilfestellung. Melanie macht das Übespiel, indem sie das Brett immer wieder umdreht und die Lösungen kiebitzt. Dann sagt sie zu ihrer Lehrerin, dass sie diese Wörter nicht weiß und die Lehrerin buchstabiert sie ihr.

Als dann später statt ihr ich für Melanie buchstabiere, entsteht eine lustige Situation, weil ich einige der Begriffe (z.B. Semmel) noch nicht in ÖGS kenne und mir Melanie – der diese Rolle ganz gut gefällt – bei der Übersetzung helfen muss. Dann erst, wenn sie den ÖGS-Begriff präsent hat, buchstabiere ich s-e-m-m-e-l. Melanie steckt dann ihre Stecker an der jeweils richtigen Stelle.

Dieses Buchstabenspiel, das für die hörenden Kinder ein Hör- und S-Lerntraining ist, stellt für die gehörlosen Kinder zusätzlich auch ein Wortübespiel dar: sie sehen und lernen neue deutsche Wörter.

Die Lehrerin **liest mit Melanie erste Sätze** im Deutschbuch: „Lisa rast los. Sissi rast mit Tom los. Lotta rammt Mario." Zuerst buchstabiert Melanie, dann wird der Inhalt gemeinsam gebärdet bzw. von der Lehrerin erklärt und dann gebärdet. (Eigennamen werden hier nur mit BUB oder MÄDCHEN übersetzt.) Melanie hat offensichtlich viel Spaß. Die Lehrerin erklärt Melanie ausführlich die Bedeutung von „rammen"; wer aller wen rammen kann usw. (>DVD, Kapitel 7, CLIP 07)

Im Förderunterricht (2h/Woche) üben die Kinder die neuen (durch das noch sehr eingeschränkte Buchstabenrepertoire eher reduzierten) Sätze und ihre Bestandteile aus dem Deutschbuch.

Die Lehrerin zeigt dem Buben Florin eine **Wortkarte**, er buchstabiert und soll nachher die Übersetzung gebärden. Es gelingt teilweise. Als Melanie dann dazukommt, sagt sie ihm manchmal ein; es wird relativ deutlich sichtbar, dass sie schon jetzt einen größeren Deutsch-Wortschatz hat als er.

Sie schaut z.T. die Karten nur an, buchstabiert nicht und hat das Wort schneller erfasst als Florin. Beiden macht diese Übung jedoch großen Spaß.

Das Vokabular ist derzeit: mit, Oma, Tim, Rollo, rot, Tor, Mimi, Mama, Momo, rollt, malt, Rilli, Lamm, Lama.

Die Hauptdarstellerin des Deutschbuches, die Maus Mimi, wird immer nur mit MAUS übersetzt. Und Momo und Rilli ist KATZE, Toto der HUND, Rollo, die Figur des Zauberers im Deutschbuch, wird in ÖGS-Übersetzung nur mit ZAUBERER bezeichnet. Die vielen gleichaussehenden Namen scheinen verwirrend zu sein: Florin übersetzt einmal „Momo" mit MAUS und dann „Mimi" mit MAMA.

Dann übt die Lehrerin mit den Kindern **ganze Sätze** zu lesen (> DVD, Kapitel 7, CLIP 03). Sie legt ihnen Karten mit je einem Satz vor, z.B. Tim malt Toto. Melanie buchstabiert jedes Wort einzeln und gebärdet dann die Übersetzung (BUB MALT HUND), dann gebärdet sie auf Nachfrage der Lehrerin noch einmal den gesamten Satzinhalt, sodass diese sicher sein kann, dass sie diesen auch erfasst hat.

Nach diesem Schema sind auch die restlichen Sätze:

„Tom malt Mimi": BUB MALT MAUS
„Mama malt mit Timo Mimi": MAMA MALT MIT BUB MAUS
„Lotti malt Toto mit Mimi": MÄDCHEN MALT HUND MIT MAUS

Das sind die **ersten Leseerfahrungen** der Kinder: sie lernen, die Wörter nacheinander zu lesen, ihren Sinn einzeln zu erfassen und dann den Inhalt eines Satzes noch einmal als Gesamtes zu verstehen. Besonders der letzte Schritt ist für sinnerfassendes Lesen sehr wichtig: sie lernen die für sie beim buchstabierenden Lesen einzeln gerade noch bewältigbaren Einheiten miteinander in Verbindung zu setzen. Sie lernen/erleben außerdem nebenbei und noch unbewußt auch die für sie zu dem Zeitpunkt vollkommen neue Wortstellung des Deutschen. (> siehe DVD).

Danach übt die Lehrerin noch einmal die einzelne Wortkarte „mit" und versucht Florin in ÖGS zu erklären, was das bedeutet. Die neuen deutschen Wörter müssen gemerkt werden... aber Florin scheint auch in ÖGS nicht genau zu wissen was MIT bedeutet.

(23. November) Am Overhead-Projektor übt die gesamte Klasse, durcheinander geschüttelte Buchstaben in die richtige Reihenfolge zu bekommen(Mimi, Lasso, Arm, Salat). Melanie ist die erste, die „Mimi" identifiziert hat. Alle Kinder partizipieren. Die Lehrerin erklärt den Kindern danach die Bedeutungen der Wörter.

Außerdem lernen sie in dieser Stunde nebenbei **eine erste Regel der Groß-Kleinschreibung**: die Anfangsbuchstaben der Wörter sind groß, dann kommen kleine Buchstaben.

Nebenher verwendet die Lehrerin - als Hilfestellung, wenn ein/e SchülerIn vergessen hat, was der nächste Buchstabe des Wortes ist - auch **Mundbilder**. (> DVD, Kapitel 6, CLIP 07) Die Kinder können so auch spielerisch - in einer Situation, wo sie die Information wirklich brauchen - ihre Ablesefähigkeiten trainieren.

Außerdem wird an dem Tag gemeinsam eine **erste ‚Geschichte'** gelesen: 3 Fragesätze, die in Verbindung mit 3 Bildern zu bringen und zu verstehen sind: „Was ist mit Timo los? Was will Timo? Wo ist Timo?" (>DVD, Kapitel 7, CLIP 08).

Die Lehrerin macht immer zuerst in LBG Wort für Wort den Satz durch und dann den Inhalt in ÖGS. Dann fragt sie den Inhalt der einzelnen Sätze noch einmal genau ab. Das ganze tut sie mehrmals und im Zuge dessen ergibt sich auch die ganze Geschichte: Timos Drachen hängt im Baum, er will anrufen, dass jemand kommen und ihm helfen soll. Dann erst fragt die Lehrerin im Sinne der Aufgabe: Was ist los mit dem Buben? Doris und Melanie antworten mit den richtigen Informationen. Die Lehrerin erklärt, dass sie beide nicht jemanden anrufen würden, wie Timo, sondern faxen oder ein SMS schicken.

Sie macht die Sätze noch einmal Wort für Wort mit Doris durch und geht WO und WAS und WILL, lauter neue Wörter, einzeln und vergleichend mit ihr durch. Es ist deutlich, dass Doris mit den vielen neuen Wörtern Schwierigkeiten hat und sich deren Bedeutungen noch nicht gemerkt hat.

Die 3 Sätze, auch wenn sie in LBG gebärdet werden, stellen für die Kinder auch in Bezug auf Grammatik eine große Herausforderung dar und machen einige sehr große Unterschiede zwischen Erst- und Zweitsprache deutlich: das Wort „ist" existiert z.B. in ÖGS überhaupt nicht und hat auch keine Äquivalente.

Ende November macht die Klasse eine Übung, bei der Unsinnworte aus einer Liste herauszustreichen sind bzw. sinnvolle Worte zu finden sind: für Melanie und Doris, die keinen Grundwortschatz Deutsch haben, bedeutet das eine doppelte Schwierigkeit. Sie müssen lesen und übersetzen. (Wie sich zeigt, wissen aber auch die meisten hörenden Kinder noch nicht, was „Mut" bedeutet und brauchen genau so wie Melanie und Doris eine Inhaltserklärung für fast jedes Wort.)

Die gehörlose Lehrerin muss für jedes neue Wort im Deutschbuch Karten vorbereiten, besonders bei Übungen wie der obigen, da die gehörlosen Kinder sonst massiv benachteiligt wären. Das Üben mit einer stetig wachsenden Zahl von Karten wird ständig betrieben.

Bei einer Weihnachtsfeier der Schule im Dezember beschweren sich Melanie und Doris, dass alle reden würden, also geht die Lehrerin mit den 3 gehörlosen Kindern in das kleine Extrazimmer und übt Vokabeln mit ihnen (>DVD, Kapitel 6, CLIP 02). Anhand des Wortes „was", das Florin fälschlicherweise mit BUB übersetzt, erklärt sie vielfältige neue Regeln und Anhaltspunkte für die Kinder:

- **Groß-Kleinschreibung**: für Unterscheidung von Wortarten wichtig.
- Verständnis von **Wortarten** ist wichtig für Satzordnung, da sie anders ist als in ÖGS und die einzige Möglichkeit, richtige Satzstellung selbst zu produzieren.
- Bestimmter **Artikel** der-die-das, der bei jedem Hauptwort (derzeit noch: ‚Dinge die man angreifen kann') dabei sein muss.

> *- Und wie ist das mit dem Geschlecht, der die das? Wie erklärst du das?*
> *„Wir machen das mit merken. Sie fragen nach, ich sage, der die oder das und sie akzeptieren das dann."*
> (Gehörlose Lehrerin HJ 3. Juli 2002)

Die anhand der Wortkarten geübten Begriffe sind in sich nicht sehr logisch:

Du; warum; los; das; Esel; matt; was; du; los; Wasser; wild; dem; Emil; Salat; Marmelade; Torte; ist; so; er; wird; ...

Es sind immer jene Wörter, die notwendig sind, um im Deutschbuch weiterarbeiten zu können und die jeweilige Geschichte verstehen zu können.

In der darauffolgenden Stunde in der Klasse werden die eben geübten **Wörter** bei einer Übung im Deutschbuch benötigt; Fragen zur **Geschichte** von Emil und dem Esel, der Torte und Marmelade essen will, müssen beantwortet werden. Alle Kinder formulieren und schreiben gemeinsam auf der Overhead-Folie die Antworten.

Eine Stunde später üben die Kinder noch einmal die neuen Wörter. Die Lehrerin lässt sie auch Sätze mit den Wörtern gebärden. Sie erklärt auch das Wort „der": Artikel sind in der ÖGS kein existierendes Konzept.

In einer Stunde zum **unbestimmten Artikel** („ein-eine"), in der die hörenden Kinder lernen, je nach Genus des Substantives das richtige zuzuordnen („ein Reiter", „eine Leiter", „ein Seil") erklärt die Lehrerin, dass EIN bedeutet, dass es sich um einen Reiter handelt, nicht viele. Die gehörlosen Kinder können zwar schon zählen, kennen auch die Wertigkeit von 1 und mehr als 1 schon, jedoch das deutsche Wort „ein" ist völlig neu für sie. Wieso abhängig vom Geschlecht (das es in ÖGS als grammatikalische Kategorie nicht gibt) manchmal „ein" und manchmal „eine" zugeordnet werden muss, thematisiert die Lehrerin hier noch gar nicht. Sie achtet darauf, dass die Kinder den Inhalt des Wortes begreifen, so dass, wenn sie lesen, sie erkennen, dass es sich um EIN Ding handelt, egal in welchem Genus es realisiert ist (> siehe DVD, Kapitel 6, CLIP 15).

Außerdem machen die Kinder eine Übung, deren Inhalt **Reimworte** sind: dein-mein-nein-rein-sein-wein... Die Lehrerin erklärt einfach, dass sie immer mit denselben drei Buchstaben enden. (> siehe DVD).

(21. Dezember) Im Förderunterricht werden Sätze und Fragen einer Geschichte gelesen; „Nina sammelt Wolle. Nina will mit Nadel und Wolle malen. Rate, was es wird. Es soll Mutters Geschenk werden. Wer malt Sonne und Mond? Werner nimmt nur rote Wolle. Was malt er? Anna malt anders."

Die Kinder buchstabieren, dann übersetzen sie in LBG, dann verstehen sie anhand von ÖGS den Inhalt. Die Lehrerin erklärt den Inhalt der gesamten Geschichte dann noch einmal in ÖGS und zeigt währenddessen immer auf die dazugehörenden deutschen Wörter (>DVD, Kapitel 7, CLIP 09).

Bei einer **Lese-Schreibübung** wie dieser, bei der es nicht inhaltlich um ein bestimmtes grammatikalisches Konzept geht, gibt es für die gehörlosen Kinder zahlreiche neue (und meiner Meinung auch unverständliche) Informationen.

Ein Satz wie „Rate, was es wird" konfrontiert die Kinder mit neuer **Grammatik**: z.B. „es" ist in ÖGS nicht existent. Um den Inhalt so eines Satzes mit lauter unbekannten und schwer zuordenbaren Einzelteilen zu verstehen, braucht es unbedingt Dolmetschung in ÖGS. Allerdings geht die Lehrerin hier so vor, dass sie zwar den Inhalt verständlich macht, aber nicht genau erklärt, was „es" bedeutet.

Sie erklärt nur zum Teil Einzelheiten die Grammatik betreffend (bis jetzt: bestimmte und unbestimmte Artikel, Wortarten, Groß-Kleinschreibung) und läßt z.B. Verbflexion noch ganz aus. Den Unterschied zwischen „wird" und „werden", die beide in der Geschichte und den Fragen vorkommen, thematisiert sie z.B. überhaupt nicht.

Man sieht hier sehr gut, wie das Erarbeiten eines Textes, das Lesen als Prozess mit mehreren involvierten Personen funktioniert: die Kinder können sich mit Hilfe der eben erst erlernten neuen Vokabeln und ihrer Lehrerin, die Lücken schließt, dem Satzinhalt nähern. Außerdem wird ganz deutlich, wie jedes der Kinder etwas beiträgt, sie einander helfen:

Florin buchstabiert seinen Satz, „Wer malt Sonne und Mond?", Melanie und die Lehrerin helfen beide beim Gebärden: Florin glaubt nämlich, dass „wer" KATZE ist. Melanie hilft ihm und erklärt ihm sehr nett, während sie ihm mit einer Hand über den Rücken streicht, dass MOMO der NAME der KATZE ist. Die Lehrerin fragt nach, was nun WER sei und klärt das. Melanie hilft Florin auch beim nächsten Wort: MALEN. Und ebenso bei Sonne und Mond, die sie beide direkt vor seinem Gesicht, in seinem Gebärdenraum gebärdet.

Die Lehrerin fragt nun noch einmal WER MALT SONNE UND MOND? BUB? und Melanie gebärdet JA. Die Lehrerin holt eine ihrer kleinen Karten mit einer Sonne- und Mond-Zeichnung, die sich alle anschauen, dann schreiben sie die Antworten mit der Buchstabierhilfe der Lehrerin auf ihre Arbeitsblätter: („Wer malt Sonne und Mond?") W-i-l-l-i. (> Siehe DVD, Kapitel 6, VLIP 12)

Jänner 2001: Anfang Jänner üben die Kinder nach einem handbuchstabierten Wort die richtige Position eines Buchstabens darin festzustellen. Sie üben nicht nur den Buchstaben, sondern gleichzeitig Vokabeln, da sie ja den Inhalt des jeweiligen Wortes auch gleich erkennen sollen. Melanie geht mit dieser Aufgabe sehr spielerisch um, lässt sich von ihrer Spielzeug-Maus helfen und erklärt in der Folge detailliert, dass ihre beiden Mäuse gehörlos seien, so wie alle anwesenden Personen (> siehe DVD Kapitel 4, CLIP 11).

Buchstabentag: Doris übt, Worte mit B und P zu erkennen und zu ordnen (>DVD, Kapitel 6, CLIP 03). Man sieht hier eine weitere Möglichkeit, Wörter zu üben, für die die gehörlosen Schülerinnen die Assistenz ihrer Lehrerin benötigen.

Zu Ende des Monats wird im Schreiblehrgang der Buchstabe F durchgenommen: anhand von Zeichnungen müssen die Kinder Wörter mit F finden und schreiben.

Ein selbstständige Lösung dieser Aufgabe ist für die gehörlosen Kinder unmöglich, da sie ja keinen passiven Wortschatz haben, auf den sie zurückgreifen können. Ihre Lehrerin hat daher Wortkarten gemacht und übt mit ihnen das neue Vokabular: Affe, Frosch, Luft, Falke, Fisch, Ofen, fischen, finden, frisch, fein, ... (>siehe DVD, Kapitel 6, CLIP 05).

Während der Religionsstunde, die Florin nicht besucht, geht die Lehrerin mit ihm noch einmal das System von **Personenbezeichnungen** und **Pronomina** durch. Sie wiederholt außerdem die in der vorhergehenden Stunde neu erlernten Wörter und eine Geschichte von letzter Woche mit ihm.

Die ganze Klasse schreibt als **Schulübung** Sätze mit F von der Tafel ab: Die Dolmetscherin geht die Sätze gleich in LBG mit den Kindern durch. Die Lehrerinnen lassen die Kinder die Sätze lesen, jedoch erklärt die gehörlose Lehrerin den Inhalt erst noch einmal ganz genau, da die gehörlosen Kinder viele Wörter noch nicht kennen. Sie lässt die Kinder dann selbst noch einmal lesen.

In der Förderstunde üben die Kinder eine Geschichte, die in der vorhergehenden Woche im Deutschbuch durchgenommen wurde: sie üben die neuen Wörter und Lesen. Außerdem üben sie mit den **Wortkarten** die neuen Wörter des heutigen Tages. Die praktizierte Reihenfolge ist: anschauen, gebärden, buchstabieren, merken...

Februar: Die Lehrerin und Doris arbeiten am Buchstabentag gemeinsam an der **Merkstation**, z.B.: Die Karte mit dem Wort wird hochgehalten, das Mädchen buchstabiert s-a-u-b-e-r, die Lehrerin erklärt ihr die Bedeutung, dann soll sich die Schülerin das Wort merken und gleich danach fehlerfrei aus dem Gedächtnis aufschreiben.

Mundbilder haben immer wieder einen wichtigen Stellenwert, werden jedoch nicht als wichtigstes Ziel des Deutschunterrichts behandelt. In dieser Übung sind sie integraler Bestandteil: Am Mundbild soll die Schülerin „au" in einzelnen, ihr vorgesprochenen Wörtern entdecken.

Die Lehrerin erklärt dem Schüler die Artikel und Groß-Kleinschreibung und den nach Wortklassen von ihr angefertigten Farbcode der Wort-Bild-Karten.

Verständnis von **Wortarten** ist wichtig für Syntaxverstehen, da diese anders ist als in ÖGS. Die einzige Möglichkeit, richtige Satzstellung selbst zu schaffen, ist mit Hilfe des Wissens über Wortklassen.

> *„Wichtig ist es auch, Farben einzusetzen für die Wortarten. Es gibt ja viele Methoden, aber ich wollte nicht einfach was übernehmen, aus der Gehörlosenschule, das war zu kompliziert, das war zu aufwändig, das zu machen. Ich hab das früher in der Gehörlosenschule gemacht, aber das war kompliziert, war mir vom System her nicht logisch. Ich hab das mit der Barbara besprochen, wir haben überlegt und haben andere Farben genommen, blau, grün und rot und dann haben wir das der Martina vorgeschlagen, und sie hat gesagt, nein, blau, das gibt es schon, das soll so bleiben wie es auch im Buch verwendet wird und so haben wir dann diese drei Hauptfarben genommen und haben auch die Kärtchen in diesen Farben gemacht, schon in der ersten Klasse das erklärt. Und lila war auch dabei, für Personen, das gibt's normal nicht, damit die Kinder die Wörter im Satz wiedererkennen und zuordnen können. Blau war ihnen schon klar, rot, die Tunwörter, war schwierig für sie, das ist echt schwer. Mit grün, das geht schon, das verstehen sie schon, zum Beispiel das Wort schön, das ist klar. Manchmal vergessen sie das eine oder andere, aber im Prinzip verstehen sie es."*
>
> (Gehörlose Lehrerin HJ 3. Juli 2002)

In der Klasse wird im Schreiblehrgang gearbeitet. Die Wörter werden **geschrieben**:, dann der Inhalt erklärt, dann buchstabiert.

In der Förderstunde werden mit Wort-Bildkarten **Verben** gelernt: zuerst wird das Wort gelesen, dann im Fingeralphabet buchstabiert, schließlich übersetzt und dann von den Kindern die dazugehörige Bildkarte gefunden.

März: Neuer Buchstabe ‚P': im Schreiblehrgang wird die Bildgeschichte zum Buchstaben P angesehen. Wörter wie „Puppe", „Paket", „Post" usw. kommen vor. Die Kinder der Klasse sollen nun gemeinsam zu den Bildern **Sätze formulieren**, die die Lehrerin an die Tafel schreibt und die dann von allen abgeschrieben werden. Die gehörlosen Kinder lernen eine Vielzahl neuer Wörter (> siehe DVD, Kapitel 6, CLIP 05)

In der Förderstunde lesen die Kinder eine Auto-Abschleppgeschichte, dann spielen sie sie im **Rollenspiel** nach und letztendlich lässt die Lehrerin sie eigenständig erzählen.

Dieses Muster wiederholt sie über viele Wochen: Ein neuer Buchstabe wird eingeführt, die gehörlose Kinder werden mit vielen neuen Vokabeln konfrontiert, üben diese eine Woche lang und erarbeiten die zum Buchstaben oder der Woche gehörigen Geschichten.

April: In der Klasse wird ein Text zu einer Bildgeschichte von der Tafel **abgeschrieben**.

Das Üben mit Wort-Bildkarten geht gut: Melanie kann völlig selbstständig und ohne Probleme ca. 60 Karten.

In der Förderstunde wird die Geschichte, die eben in der Klasse durchgenommen wurde, noch einmal wiederholt.

Im Mai gibt es eine Eintragung ins Mitteilungsheft, die die gehörlose Lehrerin spontan gleich als Übungstext verwendet: sie erklärt ihren Schülerinnen den Inhalt. Die beiden erleben so ihre Deutschkompetenz als etwas **Nützliches**, das man auch außerhalb des Deutschbuches anwenden kann – und das einem Zugang zu Informationen verschafft (> siehe DVD, Kapitel 7, CLIP 20).

Noch immer wird von der Klasse wöchentlich ein neuer Buchstabe gelernt:

Er wird besprochen, buchstabiert, an die Tafel geschrieben, gemeinsam in der Luft geschrieben, gegenseitig auf den Rücken geschrieben, im Übungsheft nachgezogen und dann selber geschrieben.

In einer Schulübung ist erstmals **Pluralbildung** (Umlaut und Suffix) dabei.

Im Schreiblehrgang ist bald danach das äu dran, deshalb wird wieder die Pluralbildung besprochen (Haus-Häuser, Maus-Mäuse).

Die Kinder beschäftigen sich in den Pausen viel mit einem **Computerspiel,** bei dem sie sinnverstehend lesen müssen.

Jedes Kind soll einen Traum (Wunsch) träumen (beides Wörter mit dem eben gelernten ‚au') und ihn der Lehrerin sagen, die ihn auf die Tafel schreibt, von wo die Kinder ihn dann abschreiben – oder ihre eigenen Träume schreiben. Die gehörlose Lehrerin macht aus den gebärdeten Wünschen der gehörlosen Schülerinnen Sätze in LBG (‚Im Zoo mit Pinguinen spielen und füttern.' und ‚Meine Mama und mein Papa heiraten. Feier in McDonalds.'), danach hilft sie ihnen manchmal mittels Fingeralphabet und LBG beim Schreiben.

Die Kinder lesen ihrer Lehrerin eine Geschichte in LBG vor und erzählen den Inhalt dann nach, **sinnverstehendes Lesen** ist möglich.

Juni: Ein **Text** über mögliche Ferienaktivitäten wird gemeinsam besprochen und gelesen, also gemeinsam mit der Lehrerin erarbeitet, danach das ‚Teddybärbuch' gebastelt (>DVD, Kapitel 7, CLIP 13).

Am Ende des ersten Schuljahres sagt die Lehrerin im Interview:

> *„In den ersten 1-2 Monaten haben wir mit diesen Wort-Bild-Karten begonnen, und da hab ich bemerkt, das hilft ihnen enorm, sich die Wörter zu merken, das können sie auch zu Hause üben. Ich denke mit diesen Kärtchen das ist optimal, auch wenn ich mit Bildern arbeite, das heißt, ich muss einiges vorbereiten, den Text aufbereiten und das Material produzieren. Wenn wir ein neues Wort machen, dann brauchen wir die entsprechende Karte, um das immer wieder zu wiederholen. Wiederholen ist ganz wichtig."*
> *VK: Die Karten hast du alle selber gemacht?*
> *HJ: „Ja, und trotzdem ist es immer noch zu wenig. Und dann kommt Satzbau.... das ist schwerer. Es braucht viel Material, das sie auch zu Hause verwenden können, zum Üben, damit sie sich das merken, das brauchen sie. Hauptwörter merken sie sich schon, aber die Verben fallen ihnen noch schwer."*
> (Gehörlose Lehrerin HJ 10. Juli 2001)

10.1.2 Deutschunterricht in der 2. Klasse

Von der ersten auf die zweite Klasse ist ein großer, grundsätzlicher Wechsel zu beobachten: der Fokus wird vom einzelnen Wort verschoben auf den Satz, auf das Erfassen von Textinhalten, Lesen im eigentlichen Sinn.

> *VK: In der 1. Klasse hast du ihnen so viele Karten gegeben, im zweiten Jahr ist damit Schluss gewesen?*
> *HJ: „Da haben wir mehr Sätze geübt."*

> *VK: Bilder waren keine mehr dabei?*
> *„Eher weniger, das war zu viel. Wenn wir dauernd mit Bildern arbeiten, dann wird es zu leicht und sie merken sich das nicht, deshalb haben wir mehr Text gemacht, um jetzt das Lesen zu fördern."*
> (Gehörlose Lehrerin HJ 3. Juli 2002)

In diesem Jahr werden das ganze Jahr über die Lateinbuchstaben im zweiten Schreiblehrgang gelernt.

September **Namen- und Tunwörter** werden als **Kategorien** benannt und definiert.

Mit den ‚**Lernwörtern**', die wöchentlich aufgegeben werden und in der Ansage überprüft werden, sollen alle Kinder selbst Sätze erfinden und dann von der Tafel abschreiben.

Oktober Eine **Übung im Deutschbuch** besteht darin, dass Obstnamen im Buchstabenkuddelmuddel entdeckt werden müssen. Diese Übung ist für gehörlose Kinder ohne Hilfestellung unmöglich und wird von der Lehrerin **adaptiert**: sie buchstabiert die Obstnamen.

In Mathematik werden **Textbeispiele** gemacht, die Lösungen werden in ganzen Sätzen selbst geschrieben. Die Verwendung der deutschen Sprache wird also auf andere Fächer ausgedehnt.

Verbalflexionen werden erstmals durchgenommen.

Bei den Wort-Bild-Karten zur Wortschatzerweiterung werden Substantiva und Verben durchgenommen.

Als ich die Lehrerin im Interview frage, wann sie mit der Verbalflexion angefangen hat, erklärt sie:

> *„Gleichzeitig mit den hörenden Kindern, als die auch begonnen haben. Wir haben uns da genau an denselben Inhalten orientiert, die auch die hörenden Kinder gemacht haben."*
> (Gehörlose Lehrerin HJ 3. Juli 2002)

Die gehörlosen Kinder lernten dieses Konzept der deutsche Sprache, das es in dieser Form nicht in ihrer Erstsprache gibt, also gleichzeitig mit den hörenden Kindern. Die hörenden Kinder hatten jedoch alle jahrelangen ungesteuerten Input, waren also mit der Verbalflexion intuitiv vertraut, auch die türkischsprachigen Kinder. Für die gehörlosen Kinder wurde damit ein neues Kapitel ihres Deutschlernens begonnen, mit dem sie – im Unterschied zu den hörenden Kindern - noch äußerst viele Übungseinheiten verbringen würden (> siehe DVD, Kapitel 6, CLIP 20).)

VK: Wie erklärst du den Kindern das mit den Zeitwörtern??
HJ: „Das ist ganz normal, ich erkläre das... zeige ihnen das, dass das einfach dazugehört, versuche, sie nicht zu verwirren, nicht zu viele Beispiele zu zeigen, da gehört das ‚e' am Schluss, da gehört das ‚t' am Schluss. Wichtig ist, dass die Kinder da nicht zu sehr verwirrt werden, dann müssen sie das selber machen, wo gehört das ‚e' wo das ‚t' am Schluss." (Gehörlose Lehrerin HJ 3. Juli 2002)
VK: Verbalflexion ist doch enorm schwer für die gehörlosen Kinder?
HJ: „Durch das viele Geschichten lesen, haben die Kinder das schon gekannt, das hat sie auch bissi verwirrt, wie das ist mit den Wortendungen. Jetzt sind sie das schon eine bisschen gewohnt. Da wussten sie schon, da ändert sich was am Schluss. Aber warum, haben sie nicht gewusst. Wir haben viele Übungen gemacht, sie haben das oft selber gemacht, manchmal vergessen sie was, manchmal müssen sie überlegen, sie sind noch nicht in allen Bereichen so fix, aber es wird besser. Jetzt wissen sie schon warum. Und sie kennen die Vergangenheit und die Zukunft noch nicht.
Und Personen kenne sie nur 4: Ich, Du, Er, Sie, Wir. ‚Ihr' noch nicht, 2 haben wir weggelassen."
VK: Erkennen sie jetzt schon ein Wort, auch wenn es flektiert ist
HJ: „Passiv ja, aktiv nicht so. Zum Beispiel üben wir in dem Buch ‚Deutsch für gehörlose Kinder'[1] aber es fehlt noch an mehr Übungen. Zum Beispiel die Artikel, Frau immer die und Mann immer der, das ist schon ganz klar, das muss man viel üben."
VK: Aber wie ist das mit dem Tisch?
HJ: „Das noch nicht. (...)"

(Gehörlose Lehrerin HJ 3. Juli 2002)

Das Thema im Deutschbuch ist ‚Herbst' und u.a. **Komparativa** ‚kürzer-länger', Melanie liest diese Übung in LBG (>DVD, Kapitel 6, CLIP 16, 17).

Eine Übung, in der **Satzteile** zu ordnen sind, wird durchgeführt (>DVD, Kapitel 6, CLIP 24).

Die Kinder müssen Texte nun immer **farbcodieren:** Verben werden rot angemalt. Sie bekommen die Erklärung, dass ‚rote Wörter'/Verben immer an zweiter Stelle im Satz sein müssen (>DVD, Kapitel 6, CLIP 22).

<u>November</u> Die Klasse übt viel **Schreiben** am Overhead und mit einem Schreibblatt, auch im Schreiblehrgang.

Melanie und Doris buchstabieren Witz-Worte: sie setzten ihre neue Sprache für **humoristische Zwecke** ein (>DVD, Kapitel 8, CLIP 11).

1 Dieses Buch wurde von Pinter zusammengestellt und ist inzwischen unter dem Titel „Deutsch Lernprogramm" erschienen.

Die Wortkarten werden nach Wortklassen geordnet, dann der richtigen Bildkarte zugewiesen und die Bedeutungen werden genau durchgegangen.

In der Förderstunde werden **Verwandtschaftstermini** rekapituliert: die Lehrerin gebärdet eine Bezeichnung in ÖGS und die Kinder schreiben sie selbst auf Deutsch auf der Tafel.

Es wird geübt, **Satzteile** zusammenzubauen.

Die **Verkleinerungsform -chen** wird geübt.

In Mathematik gibt es **Sachaufgaben**, für die Sprachkompetenz notwendig ist.

Dezember: Mit der ‚**Wortliste**' (derzeit Thema: Bestandteile eines Hauses) im Deutschbuch sollen die Kinder der Klasse der Reihe nach - nach einem Muster (‚Zu einem Wohnhaus gehört....') - selbst Sätze bauen und schreiben. Die gehörlosen Schülerinnen nehmen daran ganz normal teil, indem sie in LBG einen deutschen Satz gebärden und die Dolmetscherin sie in Lautsprache dolmetscht.

Die Wortliste ist ein Werkzeug, das für alle Kinder der Klasse verwendet wird, vor allem, um die Rechtschreibung durch Auswendiglernen der Wörter zu verbessern. Für die gehörlosen Kinder bedeutet diese Wortliste aber auch eine Vergrößerung ihres Lexikons; sie wird weniger gebraucht, um sich Rechtschreibung zu merken, sondern eher um den Wortschatz zu vergrößern.

> *„In der 1. Klasse waren natürlich mehr Bilder, in der 2. Klasse arbeiten wir mehr mit Sätzen und eigenen Materialien die wir erstellen und auch mit der Wörterliste, die müssen alle lernen."*
>
> (Gehörlose Lehrerin HJ 3. Juli 2002)

Es gibt eine Schulübung, bei der nach einem Muster selbständig Sätze geschrieben werden.

Die Klasse spricht – jedes Kind eine Strophe – ein **Weihnachtsgedicht**. Melanie übt mit ihrer Lehrerin ihre Strophe in LBG, sie kann einen Großteil der Wörter selbständig erkennen, und nimmt dann an der gemeinsamen Lesung teil (>DVD, Kapitel 7, CLIP 15).

Doris buchstabiert mir während der Stunde Phantasienamen, die keinen Sinn ergeben, und behauptet, das seien ihre Freunde/ihr Freund. Sie weiß, dass Menschen buchstabierte/geschriebene Namen haben (> siehe zu diesem Thema DVD, Kapitel 8, CLIP 03).

Schreibübung: alle schauen gemeinsam ein Bild an, dann sollen die Kinder Sätze machen, LBG.

Ein ‚Rätsel', bei dem alle aufgelisteten Wörter in vorgezeichnete Kästchen eingefügt werden sollen, lenkt die Aufmerksamkeit der Kinder auf Groß-Klein-Schreibung.

Danach sollen sie in einen Text **Satzzeichen einfügen** und besprechen verschiedene Arten, wie man einen Satz erkennen kann. Die gehörlosen Kinder lesen die Anleitung zur Übung und den Text zunächst gemeinsam mit ihrer Lehrerin in LBG. Während die hörenden Kinder lernen, dass man hört, wenn ein Satz zu Ende geht, weil die Stimme hinunter geht (und das schwierig finden), steht den gehörlosen Schülerinnen der große Satzanfang und der Satzinhalt zur Verfügung. Die Lehrerin erklärt beide Prinzipien und gebärdet nach vollbrachter Arbeit noch einmal die ganze Geschichte anschaulich in ÖGS. Sie geht so sicher, dass die Schülerinnen verstanden haben, was der Inhalt ist.

Jahreszeitgemäß dürfen die Kinder **Weihnachts-Wunschzettel schreiben**. (> siehe DVD, Kapitel 1, CLIP 09). **Satzzeichen** (Punkt, Rufzeichen und Fragezeichen) werden systematisch durchgenommen und ihre Anwendungsmöglichkeiten besprochen.

<u>Jänner 2002:</u> Im Schreiblehrgang wird ein Text mit Bildgeschichte durchgemacht, außerdem werden **Jahreszeiten**, **Wochentage** usw. geübt, Texte werden nun **immer in LBG** gelesen (>siehe auch VD, Kapitel 7, CLIP 14). Die **Monatsnamen** sind zu lernen und abzuschreiben. Eine Eintragung ins Mitteilungsheft ist der Anlass, den Inhalt gemeinsam mit der Lehrerin in LBG zu lesen und zu besprechen: ein **Leseerlebnis** außerhalb des Deutschbuches. Im Deutschbuch wird ein Text in LBG gelesen, dann werden **Personalpronomina** geübt (>DVD, Kapitel 6, CLIP 19).

<u>Februar:</u> **Adjektive** werden durchgemacht. Eine Bildgeschichte wird in ÖGS erzählt, dann die Wortarten farblich markiert. Danach müssen **Schüttelsätze** mit dieser Hilfe geordnet werden. LBG wird verwendet, um die Sätze zu lesen, danach werden die Sätze richtig geordnet. Im Sachunterricht wird ‚Zahnpflege' durchgenommen: Der Text wird in LBG gelesen (>DVD, Kapitel 7, CLIP 18).

<u>März:</u> Die Kinder lesen mir aus Eifer und Freude **einige Texte** aus dem Deutschbuch in LBG vor: ich kann das und die teilweise nachfolgenden **Inhaltsbesprechungen** gut filmen (>DVD, Kapitel 7, CLIP 24).

Ein Text wird wieder in LBG gelesen und mit dem Farbcode markiert.

Mit Hilfe des Wörterbuchs im Deutschbuch müssen Substantiva **Artikel zugeordnet** werden.

Es gibt ein Arbeitsblatt für **Verbalflexion** (>DVD, Kapitel 6, CLIP 20).

Ein Text über den Frühling wird den gehörlosen Kindern vorgelegt: sie lesen ihn vom Blatt in LBG vor, werden dann aufgefordert, den Inhalt in ÖGS zu erzählen, was sie mühelos schaffen. Dann farbcodieren sie den Text, er wird zerschnitten und sie ordnen die einzelnen Sätze wieder richtig: eine Vielzahl an Fähigkeiten kommt hier zum Einsatz: Decodieren, Wortklassen analysieren, Sätze korrekt selbst bauen. (>DVD, Kapitel 8, CLIP 22)

Außerdem werden **Präpositionen** durchgenommen.

April: **Zusammengesetzte Hauptwörter** werden abgeschrieben.

Ein Bauernhof-Bild muss beschrieben werden. Eine Bildgeschichte muss geordnet, dann Sätze zugeordnet und alles in LBG gelesen werden. Satzteile werden selbständig sinnvoll geordnet.

In LBG wird eine Geschichte (‚Auf dem Bauernhof') gelesen, dann mit dem Farbcode versehen (> siehe DVD, Kapitel 7, CLIP 25).

Bezeichnungen für Fahrzeuge werden geübt: Das **Lexikon** wird um semantische Felder **erweitert**.

Melanie **schreibt selbständig** an der Tafel Verwandtschaftsbezeichnungen und gebärdet die Übersetzung dazu. Doris schreibt an der Tafel **Hauptwortreihen**, die sie mit Gebärden verbindet.

Es gibt ein Kärtchen-Spiel für die ganze Klasse, bei dem **Wortklassen** bestimmt werden müssen: Alle lesen die Spielanleitung selbst, den gehörlosen Kindern hilft ihre Lehrerin ein bisschen (> siehe DVD, Kapitel 6, CLIP 14).

Artikel müssen zu Nomina zugeordnet werden: die beiden gehörlosen Schülerinnen arbeiten selbstständig.

Mai: Die Kinder arbeiten mit dem **Wörterbuch** aus dem Deutschbuch. Sie lernen neue Ressourcen kennen.

Zu einer Bildgeschichte müssen Sätze gebaut werden, ein ganzer **Text** geschrieben werden.

Verbalflexion und Pronomina werden geübt.

Artikel und Fälle werden eingeführt: WER und WAS.

Artikel und WER-WAS-Zuordnungen (Unterscheidung belebt-unbelebt!) werden geübt.

Juni: Eine Geschichte wird gelesen, farbcodiert.

Die **Mitvergangenheit** wird eingeführt und geübt. Die Lehrerin erklärt anhand einer gegenüberstellenden Liste von Verben, dass man das eine verwendet, um etwas zu erzählen, das JETZT passiert, das andere aber um etwas zu erzählen, das schon geschehen ist (> siehe DVD, Kapitel 6, CLIP 23).

Zum Thema Mülltrennung wird von jedem Kind der Klasse eine Geschichte auswendig gesprochen/gebärdet.

Am Ende der zweiten Klasse meint die Lehrerin:

> *VK: Wie haben sie sich in Lesen und Schreiben entwickelt?*
> *„Ich sehe, dass bei den beiden irgendwie auch zu wenig Druck da ist. In der Schule lauft das ganz gut, aber wenn ich ihnen etwas gebe, was sie selber schreiben müssen, dann müssen sie auch zu Hause mehr machen. Sie haben ja eine positive Einstellung jetzt zur Zeit, das ist ganz gut. Auch bei den Kurzgeschichten sehe ich, dass sie sich die Inhalte sehr gut merken, das läuft gut. Bei längeren Sachen machen wir das gemeinsam. Aber es ist eine sehr große Entwicklung passiert zwischen der ersten und der zweiten Klasse."*
>
> (Gehörlose Lehrerin HJ 3. Juli 2002)

Das Weltwissen der Kinder, ihre Erfahrungen, logischen Schlüsse und auch ihre Geschichten und Erzählungen sind für die Lehrerin gleich wichtig wie Grammatikwissen: Im Interview antwortet sie immer wieder auch im Zusammenhang mit dem Thema ‚Deutschkompetenz' mit Berichten darüber, was sie als positiv empfindet:

> *„Es ist auch wichtig, ihnen viele Geschichten zu erzählen, in Gebärdensprache, damit sie Phantasie entwickeln. Den gehörlosen Kindern fehlt ja viel Information, Fernsehen, Radio und alle anderen Informationen rundherum. Sie bekommen viel zu wenig Informationen, es passiert auch selten, dass die Eltern ihnen einmal eine Geschichte vorlesen in Gebärdensprache. Was passiert in der Freizeit? Immer dasselbe, sie sitzen vor dem Fernseher und nehmen Bilder wahr oder spielen draußen, das ist schon wichtig, aber alles zusammen, ist es immer noch zu wenig. Mit gehörlosen Eltern ist es natürlich wesentlich besser, da lernen die Kinder besser kommunizieren, erfahren die wichtigsten Dinge übers Leben, über Geldverdienen, über Arbeit und so weiter, ähnlich wie bei den Hörenden."*
>
> (Gehörlose Lehrerin HJ 3. Juli 2002)

> *„Am Anfang haben die Kinder die Inhalte nicht verstanden, wir mussten ihnen viel, viel mehr zeigen, auch wenn das Bildgeschichten waren. Jetzt in der letzten Zeit hat sich das sehr verändert, die Kinder sind kreativer geworden. So wie mit dieser Geschichte mit dem Krieg, da hab ich dir schon davon erzählt. Da hat die Melanie gefragt wie das in Österreich war und ich habe ihr von meiner Mutter erzählt, die den Krieg überlebt hat und sie hat gesagt, Gott sei Dank, weil wenn Deine Mutter tot wäre, wärst du nicht da und du könntest nicht meine Lehrerin sein.*
> *Wir haben sehr, sehr viele Sachen besprochen... Oder mit der Doris hab ich mal nach der Schule gemeinsam auf den Bus gewartet, da hat sie ge-*

sagt, wenn ich groß bin, möchte ich sicher keine Kinder haben und ich hab sie gefragt, warum nicht? Und sie hat gemeint, wenn ich Kinder habe und sie sind krank, dann muss ich sie pflegen und für sie sorgen und kann nicht arbeiten gehen oder finde überhaupt schwer eine Arbeit, das wäre kein normales Leben, so viele Probleme, das mag ich nicht. Und ich war erstaunt, wie genau sie sich das bereits überlegt hat und wie die mir das erzählt hat. Ich weiß nicht, ich kann da nur sagen, das ist das erste Mal für mich, dass mir gehörlose Kinder so etwas erzählen konnten, bei diesen beiden. Bei anderen Gehörlosen war das unvorstellbar. Ja, vielleicht jemand, der älter ist, 13, 14, und in die Hauptschule geht, die können solche Geschichten erzählen, solche Überlegungen anstellen, aber bei zwei so kleinen Kindern im Alter von 6 oder 7 Jahren, das hab ich noch nie gesehen. Das ist gut, das ist positiv, wie das so läuft.“

(Gehörlose Lehrerin HJ 3. Juli 2002)

10.2 Zusammenfassung: Unterrichtsmethode Deutsch

Alle Kinder wurden nach dem in der Klasse benützten Deutschbuch unterrichtet. Die offiziellen Lehrwerke sind in der ersten Klasse: „Mimi, die Lesemaus“, in der zweiten Klasse die „Funkelsteine“. Es wurde mit dem Arbeitsheft und dem Schreiblehrgang (erste Klasse: Druckschrift, zweite Klasse; Schreibschrift) gearbeitet.

Methodisch lässt sich das Vorgehen im Rahmen der Fremdsprachenlehr-Terminologie am besten als von der Grammatik-Übersetzungsmethode dominiert beschreiben.

Die in dieser Methode erste Phase der Aussprache fällt in diesem Fall weg, jedoch die anderen Hauptschritte der GÜ-Methode - Wörter memorieren, Durchnahme grammatischer Regeln und Übungen zur Grammatik - wurden durchgeführt. Die Muttersprache fungierte als Bezugssystem und als Kommunikationsmittel über die zu erlernende Fremdsprache (in diesem Fall Zweitsprache). Schriftsprachliche Fähigkeiten sind das Hauptziel des Unterrichts. Lehrwerk plus Lehrperson sind absolut dominant in der Bestimmung des Inhalts und Zeitrahmens des Lernens. Andere Methoden (direkte, audiolinguale, audiovisuelle, ...) (nach Edmondson, House 1993:108ff) kamen nicht zur Anwendung.

Große Aufmerksamkeit wurde auf den Aufbau eines umfassenden Wortschatzes und das Üben desselben gelegt. Dies geschah mittels Wort-Bildkärtchen, die die Kinder zuordnen lernten. Er umfasste jenes Vokabular, das für die Arbeit im Deutschbuch absolut notwendig war.

Die Kinder lernten zunächst, sich mit Hilfe des Fingeralphabets an Texte anzunähern:

> *„Hirsh-Pasek (1987) argued that fingerspelling could be used to teach the task of separating words into parts. In her study she found that young deaf students were able to identify more words when encouraged to decode into fingerspelling."*
>
> (Paul 2003:99)

Diese in der Literatur als förderlich beschriebene Strategie des Buchstabierens erwies sich auch in der beschriebenen Klasse als richtig.

Das später (als Wörter aufgrund des Schriftbildes erkannt wurden und nicht mehr in Einzelbestandteile zerlegt werden mussten) wichtigere Hilfsmittel, um Deutsch genau lesen zu können (und nicht direkt in ÖGS zu übersetzen) war LBG. LBG ist die in Gebärden sichtbar gemachte Form von Deutsch, die sich streng nach deutscher Grammatik und Satzstellung richtet.

Ahlgren beschreibt, dass schwedische SchülerInnen, deren Unterrichtssprache LBG war, unklare Vorstellungen von geschriebenem und gesprochenem Schwedisch hatten.

„Diese Vorstellungen sind sehr viel klarer, seitdem ihre Primärsprache – d.h. in dem durchgeführten schwedische Modell ist dies die schwedische Gebärdensprache für alle gehörlosen Kinder – gezielt gefördert und als Bezugspunkt für Unterschiede zur schwedischen Lautsprache verwendet wird." (Poppendieker 1992:222)

Hoffmeister diskutiert Probleme, die sich für manche gehörlose LernerInnen (nämlich jene, die über keine gefestigte Gebärdensprach-Kompetenz verfügen) durch die Verwendung manueller Repräsentationen gesprochener Sprachen, ergeben können (2000:148). Diese Probleme bestehen - kurz zusammengefasst - darin, dass durch die visuell-räumliche Modalität die Kinder eine *Gebärden*sprache erwerben, die sich jedoch nach den grammatikalischen Regeln einer Lautsprache richtet, zum Beispiel mit streng sequentieller Anordnung. Es steht zur Diskussion, ob und wie die Kinder entscheiden, welche sprachlichen Regeln - die einer echten Gebärdensprache oder die der visualisierten Lautsprache - für sie sinnvoll sind.

Diese Probleme traten in der hier beschriebenen Klasse *nicht* auf. Die Unterrichtssprache und Dolmetschsprache war konsequent ÖGS, LBG wurde ausschließlich zum Lesen deutscher Texte eingesetzt. Nichtsdestotrotz war – laut der Lehrerin - für die Kinder nicht von Anfang an klar, wieviele verschiedene Sprachen sie lernen:

VK: Haben die Kinder nie nachgefragt nach den Unterschieden zwischen Gebärdensprache und Deutsch?
HJ: „Nein, das kommt sicher noch."
VK: Haben sie nie gesagt: ah, interessant, das ist anders?
HJ: „Sie wissen schon, dass Amerikanische und Österreichische Gebärdensprache anders ist. Sie wissen, dass in Amerika die Gebärdensprache anders ist als in Österreich, das schon, aber sonst.. Sie haben niemals gesagt, das mag ich nicht oder warum das so ist. Und sie sind auch ziemlich begeistert von ASL, zum Beispiel, wie man MAMA und PAPA gebärdet. Und das ist toll, weil da kann ich später in Amerika, wenn ich groß bin, mit Gehörlosen plaudern oder ich kann so gebärden, dass mich meine Eltern nicht verstehen. Sie wissen auch, dass Englisch anders ist. Und Deutsch ist auch anders.
Wie wir dieses Bild gemalt haben, das Sprachenportrait, das war ihnen nicht klar, welche anderen Sprachen es gibt. OK, Amerikanische Gebärdensprache war klar, dass Englisch eine andere Sprache ist, wissen sie auch, und dass man englische Wörter anders gebärdet. Aber sie dachten Englisch und englische Gebärdensprache gehören zusammen, das eine ist das Schreiben und das andere ist die Gebärdensprache. Deutsch haben sie auch gekannt, aber sie glaubten auch, dass sie da nur eine Sprache können.
Ich hab ihnen das dann gesagt, nein, Gebärdensprache und Deutsch sind getrennt. Aha, OK, das haben sie akzeptiert, dann war das erledigt und sie haben auch nicht weiter nachgefragt, warum das so ist.
Nur, was sie immer wieder nachgefragt haben, bei der Gebärde ‚krank', warum gebärde ich das so oder so? Ich habe gesagt, das ist eine unmögliche Frage, das gebärde ich einfach so und Schluss. Das mit den Sprachen, tja."

(Gehörlose Lehrerin HJ 3. Juli 2002)

Auch die Dolmetscherin beschreibt ihre Einschätzung, dass für die gehörlosen Lernerinnen LBG und Deutsch nicht unterschiedliche Sprachen sind: „(...) ich glaub, dass sie das ziemlich gleichsetzen."

VK: Gabs nie Verwirrungen, dass sie anfangen in LBG zu reden?
SN: „Nein, das haben sie nie gemacht. Das ist sicher das gehörlose Umfeld, das sie haben, das ist einfach definitiv ihre einzige Muttersprache. Wenn das gehörlose Kinder von hörenden Eltern wären, dann schaut das vielleicht anders aus, ich weiß nicht."

(Dolmetscherin SN 10. Juli 2002)

Deutlich wird hier, dass die Kinder zwar LBG niemals mit ÖGS verwechselten, sondern es als Mittel zum Lesen von Texten ansahen, dass sie jedoch über ihre anderen Sprachen und den Unterschied zwischen gebärdeten und geschriebenen Sprachen nicht sehr genau Bescheid wussten. Es scheint, dass die von ihnen erfolgte Trennung der Sprachen rein intuitiv korrekt und sinnvoll erfolgte.

Am Beispiel der wöchentlichen Ansagen in der Klasse soll gezeigt werden, wie der gemeinsame, bilinguale Deutschunterricht manchmal relativ umständliche Verfahrensweisen nach sich zog:

> *SN: „Bei den Ansagen oder bei den Diktaten, da war Martina [die hörende Lehrerin, Anm. VK] ganz streng dahinter, dass die gehörlosen Kinder das genauso schreiben wie die hörenden auch. Das wird ein Mal buchstabiert und dann schreiben sie und da ist sie hinter ihnen gesessen und hat aufgepasst, dass wir das ja nicht ein zweites Mal buchstabieren. Also wo einfach auch nicht ausgesprochen worden ist, dass das nicht so funktionieren kann, dass eine Ansage für gehörlose Kinder anders ausschaut."*
> *VK: Martina hat das auch nur einmal gesagt?*
> *SN: „Sie hats einmal am Schluss wiederholt, aber meistens schon, ja."*
> *(...)*
> *VK: Wie habt ihr die Ansagen gemacht?*
> *SN: „Wir haben eins-eins buchstabiert und Helene hat es von mir abgeschaut."*
> *VK: Also Martina hat gesprochen, du hast gedolmetscht, also gebärdet und dann buchstabiert?*
> *SN: „Ja."*
> *VK: Also, die Kinder haben zuerst LBG gesehen und dann wurden jene Begriffe, die neu waren, buchstabiert, die bekannten Wörter sind in Gebärde geblieben. Wer hat dann die Auswahl getroffen, was buchstabiert wird?*
> *SN: „Helene. Ich hab gebärdet, dann geschaut, was sie buchstabiert und das hab ich auch buchstabiert. Da hat die Martina dann das Gefühl gehabt, es wird ihnen zu viel geholfen."*
>
> (Dolmetscherin SN 10. Juli 2002)

An diesem Beispiel wird deutlich, wie viel Überlegungen, Absprache und Kooperation notwendig ist, um Deutsch zugleich als Erstsprache für hörende und als Zweitsprache für gehörlose Kinder zu unterrichten.

An folgender Aussage wird deutlich, dass die Unterschiede im Spracherwerb/Sprachenlernen von der Dolmetscherin stark wahrgenommen wurden:

> *„Ich denk mir, im Deutschunterricht kann ich mir nicht vorstellen, wie das funktionieren soll, dass gehörlose und hörende Kinder da gleich die Sprache aufbauen lernen. Da find ichs besser, dass sie grammatikalische Regeln so lernen, wie sie's machen, wenn Helene sie rausnimmt. Da geht viel schneller wirklich was weiter."*
>
> (Dolmetscherin SN 10. Juli 2002)

Es wäre zu überdenken, ob in einer bilingualen Klasse im Fach Deutsch die Sprachgruppen öfter getrennt unterrichtet werden sollen, findet auch die gehörlose Lehrerin:

> *„Bei der Martina merke ich manchmal, die nimmt einfach zu lange Texte, das ist für die Kinder zur Zeit noch kompliziert, was sie ihnen da gegeben hat, teilweise, das war einfach zu schwer. Das wäre besser gewesen, sie hätten da andere Texte bekommen. Auch in der ersten Klasse, dass sich die Karten mit den Worten, sich direkt am Fingeralphabet orientieren, das sie schon gelernt haben, also hier in kleinen Schritten vorzugehen.*
>
> *In der ersten Klasse war das besonders schwierig. Da muss man einiges verändern, Mathematik war kein Problem, das kann so bleiben, das war hauptsächlich in Deutsch komplizierter."*
>
> (Gehörlose Lehrerin HJ 3. Juli 2002)

Abgesehen von den normalen Inhalten laut Lehrplan wurden auch nicht-curriculare metasprachliche Kompetenzen im Rahmen des Deutschunterrichts vermittelt. Sie sind eine sehr wichtige Ressource für multilinguale gehörlose Kinder. Dadurch, dass die Kinder eine Lehrerin haben, mit der sie barrierefrei kommunizieren können und die um all ihre Sprachen genau Bescheid weiß, können sie hier auch wichtige Erfahrungen sammeln, sich Informationen holen.

Ramsey stellt fest, dass soziale Interaktionen zwischen gehörlosen LernerInnen und LehrerIn oder KollegInnen internalisiert werden. Durch soziale Prozesse, in denen Schreiben eine Rolle spielt, in denen SchülerInnen lernen, wie man einen Text plant und wo man sich Hilfen holt usw., werden diese für Schriftsprachkompetenz notwendigen Aktivitäten internalisiert. Diesbezüglich erscheinen mir die Rahmenbedingungen des Deutschlernens der beiden gehörlosen Schülerinnen als ideal.

Angemerkt wurde sowohl von Lehrerin als auch Dolmetscherin, dass die Schulzeit eigentlich nicht ausreicht, um genug zu üben – die Kinder sollten außerhalb auch Förderung bekommen. Ich meine, dass diese Zeit dem gleichzusetzen wäre, was hörende Kinder, egal welcher Erstsprache, an ungesteuertem Deutsch-Input in ihrem außerschulischen Leben erhalten.

Die drei folgenden Zitate stellen das Problem kurz dar:

> *„Eine gute Nachmittagsbetreuung für die zwei wäre sicher auch dringend notwendig und täte das Ganze noch einmal verbessern, weil einfach daheim nicht wirklich viel geübt wird mir ihnen."*
>
> (Dolmetscherin SN 10. Juli 2002)

> *„Ich hab auch immer zu den Eltern gesagt, sie müssen zu Hause viel lesen, nicht unter Stress, aber dass sie sich darum kümmern. Doris hat da mehr gemacht, Melanie hat immer nur sehr wenig gelernt. Das ist schwierig für mich, denn das liegt in der Entscheidung der Eltern. Wichtig ist, dass sie diese Wörterlisten durchgehen, damit sie sich die endlich merken."*
>
> (Gehörlose Lehrerin HJ 3. Juli 2002)

> *„Beim Aufgabenmachen haben sicher beide [Eltern. Anm. V.K.] große Probleme mit ihnen, weil sie in Deutsch nicht so kompetent sind wie die Kinder jetzt schon, teilweise."*
>
> (Dolmetscherin SN 10. Juli 2002)

Durch das letzte Zitat wird ein Problem deutlich, das sicher für das Sprachenlernen von MigrantInnenkindern genauso besteht: Manchmal können die Eltern den Kindern bei ihren Aufgaben nicht helfen, weil es an Kompetenzen fehlt. Im Falle der gehörlosen Kinder der Klasse habe ich dies nicht überprüft, es wurde jedoch an einem Elternabend in meiner Anwesenheit von einem gehörlosen Elternteil gesagt (*„Ich sehe, dass sie sehr viele Aufgaben schreiben im Vergleich zu den Kindern in der Gehörlosenschule. Sie fragt mich da auch viele Dinge und das ist für mich oft schwierig, das nachzuvollziehen. Ich sehe, dass sie sehr viel zu lesen hat, zu schreiben hat, ich weiß, ich hab das nie so gelernt." 17. Jänner 2002*) und wird auch von der Dolmetscherin so eingeschätzt. Die Kinder brauchen jedoch dringend Hilfestellungen und Auskunftspersonen, mit denen sie ihre vielen Fragen klären können. Ein zusätzlicher Nachhilfeunterricht oder eine Art Hausaufgabenbetreuung für gehörlose Kinder durch ÖGS- *und* Deutsch-kompetente Personen wäre eine mögliche Lösung.

Nach dieser überblicksmäßigen Darstellung des Deutsch-Inputs und -Unterrichts sollen nun die ‚Ergebnisse' dargestellt werden.

Das Deutsch-Sprachenlernen der gehörlosen Mädchen Doris und Melanie wurde über 3 Schuljahre hinweg begleitet, dokumentiert und analysiert. Dafür wurden bestimmte Kategorien ausgewählt und jeweils durch angemessene qualitative Verfahren zu erheben versucht, wie die Kinder sich diesbezüglich entwickelten. Für die Zweitsprache Deutsch waren es folgende Kategorien und Erhebungsverfahren:

- Deutsch Wortschatz aktiv/passiv: Produkte der Freien Schreibstunden und ein Wortschatztest
- Deutsch Grammatik aktiv: Produkte der Freien Schreibstunden
- Lese/Übersetzungs-Leistungen: Beobachtungen in der Klasse
- Textproduktionskompetenz: Abläufe und Produkte der Freien Schreibstunden
- „Kommunikative Kompetenz“: Beobachtungen in der Klasse

11 Deutsch-Lesen-Lernen

> *„Lesen ist eine der typischen Tätigkeiten, mit denen **Wissen produziert**, und nicht bloß aufgenommen wird“*
>
> (List 1990:84, Hervorhebung im Original)

11.1 Einführende Bemerkungen zum Thema Lesenlernen gehörloser Kinder

Gehörlose Kinder können, wenn sie Lesen lernen, nicht (wie hörende Kinder) zu jener grundlegenden Erkenntnis gelangen, dass die seltsamen bunten Linien, die sie jetzt lernen, im Zusammenhang stehen mit den bisher gekannten, lautlichen Erscheinungsformen ihrer eigenen Sprache.

> *„Für gehörlose Kinder bedeutet Lesen lernen gleichzeitig eine neue Sprache erwerben zu müssen. Es handelt sich für Gehörlose bei der sie umgebenden Schrift nicht um die Verschriftlichung ihrer eigenen (Gebärden-) Sprache.“*
>
> (Gericke 1998:198)

Für gehörlose LernerInnen stellen Buchstaben vollkommene Abstrakta dar, ohne lautliche Entsprechung. Buchstaben besitzen für gehörlose Kinder den selben ‚Wert‘ bzw. ‚Klang‘ wie zum Beispiel die Symbole „!“ und „?“.

Ahlgren weist des Weiteren darauf hin, dass kennzeichnend für die neuen Symbole deren lineare Anordnung sei – ein Prinzip, dass in Gebärdensprachen keine Entsprechung findet. (Ahlgren 1988:45)

Es kann also festgestellt werden, dass Lesenlernen für gehörlose Lernerinnen eine ungleich größere kognitive Herausforderung darstellt als für hörende Kinder.

Roos erkennt bezüglich der Forschungszugänge zu Lesekompetenz und Gehörlosigkeit insgesamt drei Richtungen:

> *„One view maintains that deaf pupils learn to read by using essentially the same processes as hearing pupils do, while the opposing views proposes that deaf pupils use qualitatively different processes when learning to read (Musselmann 2000). A third view emphasises the development of literacy skills as not only a linguistic and cognitive achievement but also a ‚social achievement or marshalling cultural resources*

> *to instruct the younger members of the group' in a signing environment. (Padden & Ramsey 2000:185).“*
>
> (Roos 2003:27)

Diese Feststellung wird gespiegelt in der Aussage der gehörlosen Lehrerin über ihre SchülerInnen:

> *„Sie müssen einfach mehr lesen. Ich seh das so oft, dass Gehörlose keine Bücher lesen können, weil sie viel zu wenig Lesen geübt haben.“*
>
> (Gehörlose Lehrerin HJ 3. Juli 2002)

und einer Aussage der Dolmetscherin, die berichtet, dass die Eltern der gehörlosen Mädchen ihnen zum Teil nicht gut bei ihren Deutsch-Hausaufgaben behilflich sein können.

Die beiden von Roos genannten Autorinnen Padden und Ramsey stellen weiters fest, dass das Lesen selbst eine individuell zu erlernende Fähigkeit darstellt, es jedoch auch ein kulturelles Ereignis ist, das durch gesellschaftliche und institutionelle Kräfte definierte alternative Routen nehmen kann. So sind sie der Ansicht, dass die Strategien gehörloser Kinder, um englischssprachige Texte zu verstehen, kulturell tradiert sind, und sie innerhalb einer gehörlosen Kultur von Erwachsenen weitergegeben werden.

Sie stellen dann fest, dass gehörlose Kinder gehörloser Eltern nicht nur einen direkten sprachlichen Vorteil hätten, sondern auch durch die Immersion in eine Kultur profitierten, die inhärent „strategies for linking systems, in this case, ASL and written English“ vermittelt.

Sie plädieren letztendlich dafür, Lesen nicht nur als sprachliche und kognitive Kompetenz zu betrachten sondern als sozial-kulturelle. Die AutorInnen kommen zu dem Schluss, dass die Möglichkeit, gehörlose LernerInnen als kulturelle Wesen zu sehen, seit jeher kontroversiell betrachtet wurde, jedoch ihrer Meinung nach die beste Strategie darstellt, um Lesenlernen in dieser Population angemessen beschreiben zu können. (Padden und Ramsey 2000:185)

Für einen Überblick zum Thema Lesenlernen und Lesekompetenz gehörloser Menschen siehe Schüßler 1997 und Schirmer und Williams 2003.

Hier werden nun nicht die einzelnen Leseereignisse analysiert, um Lesestrategien der Kinder herauszuarbeiten, sondern es steht die Entwicklung der Lesekompetenz als ‚*Sozialkompetenz*‘ (siehe List im Eingangszitat) im Zentrum des Interesses.

Nicht die Frage, ob die Kinder jedes Wort in einem Text verstehen können und wie sie dies tun steht im Vordergrund, sondern es soll dokumentiert werden, wie sich die Fähigkeit, *Texte* zu erfassen, über drei Schuljahre hinweg entwickelt hat.

Lesekompetenztests (für einen Überblick über diese siehe Krammer 2001:71 ff) kommen nicht zur Anwendung.

Lesekompetenz bedeutet hier also:
- die Erkenntnis zu erlangen, dass Lesen eine wichtige Möglichkeit ist, interessante Dinge zu erfahren
- den Mut und die Freude zu entwickeln, sich an einen geschriebenen Text heranzuwagen
- Strategien zu erlernen, um Texte zu entschlüsseln – sei es durch eigene oder zugezogene Sprachressourcen.

Der Weg der gehörlosen Lernerinnen in der bilingualen Klasse zu dieser Kompetenz wird nun dargestellt. Deutsch-Lesekompetenz-Entwicklung wurde - im Unterschied zur Schreibkompetenz - nicht systematisch per Test erhoben.

Die Darstellung fußt auf Beschreibungen von Lese-Ereignissen während des Unterrichts und im weiteren schulischen Kontext, soweit sie von mir beobachtet wurden.

Detaillierte Informationen über die Art des Deutsch-Unterrichts sind im vorhergehenden Kapitel 10 ‚Bilingualer Deutsch - Unterricht/Input‘ zu finden.

11.2 Erstes ‚Lesen‘: Buchstabieren

Die Kinder in der bilingualen Klasse lernten die Buchstaben des deutschen Alphabets, indem sie zu jedem geschriebenen Buchstaben auch die Entsprechung im Fingeralphabet lernten. Auch dieses ist neu für sie und wurde bisher nicht von ihnen verwendet, es funktioniert - so wie ihre Erstsprache - auf der räumlich-visuellen Ebene und es ist anzunehmen, dass es den gehörlosen Lernerinnen den Zugang zu Buchstaben wesentlich erleichtert.

Die ersten Leseerfahrungen machten sie dementsprechend buchstabierend – Buchstaben für Buchstaben im Fingeralphabet lesend, wie auch die hörenden Kinder vorerst nur die einzelne Phoneme des zu entschlüsselnden Wortes lesen.

Beim Prozess des Lesenlernens ist das Fingeralphabet die wichtigste Hilfestellung: Es ersetzt das ‚Lautlesen‘ der hörenden Kinder im Stadium, bevor sie das ‚Zusammenlauten‘ beherrschen.

Sie lasen zuerst Einzelworte, sehr bald aber schon Sätze.

Dieses erste Lesen bedeutete eigentlich, dass die SchülerInnen die Leistung vollbrachten, einzelne Buchstaben zu erkennen und in das Fingeralphabet umzusetzen, wobei ihre Lehrerin ihnen dann den Inhalt des gelesenen Wortes gebärdete.

Die Lehrerin führte die Kinder also von den einzelnen geschriebenen und gefingerten Buchstaben zum Inhalt des Wortes. Sehr bald wurde von einzelnen Wörtern zu Wortketten, die sie aneinanderreihte, übergegangen. Die Kinder nahmen die Buchstaben als Komponenten der Wörter und Wörter als Einzelteile des Satzes wahr.

Die Lehrerin war es, die sie zum Inhalt des ganzen Satzes führte, indem sie den Satz in einzelne Gebärden übertrug, ihn oft wiederholte und schließlich in schönem ÖGS mit richtiger Intonation und ‚belebt' gebärdete. Erst in diesem Schritt wurden die einzelnen Buchstaben für die Kinder verknüpft mit interessanten Inhalten.

11.3 Lesen als Übersetzungsleistung

Wenn die Lehrerin wusste, dass die Kinder eines der gelesenen Wörter schon kannten, fragte sie in ÖGS nach: Und was ist das? und zeigte auf das entsprechende Wort. Falls die Kinder sich den Inhalt schon gemerkt hatten, dann gebärdeten sie als Antwort die Übersetzung in ÖGS oder Übertragung in LBG.

Die Schülerinnen wurden also sofort damit vertraut gemacht, dass ‚Lesen' für sie eine Übersetzungsleistung darstellt, dass diese Buchstaben und Worte einen Sinn haben und man sie in ÖGS gebärden kann (>DVD, Kapitel 7, CLIP 08).

List merkt an, dass erst dieser Schritt zu einer wirklichen Lese-Leistung führt:

> *„Eine spezifisch sprachliche Leistung bei Gehörlosen, die eine lautsprach-graphemische Vorlage vorfinden, kann wahrscheinlich erst nach der Ersetzung von einzelnen graphemischen Mustern in manuelle Repräsentanzen einsetzen. Sie wird dann genuin linguistische, also konstruktive Tätigkeit sein, wenn sie als wirkliche Übersetzung und Sinnkonstruktion mithilfe jener zentralnervösen Bewegungsformeln verfährt, die Gehörlose im visuo-motorischen Medium durch primäre Gebärdenspracherwerbsprozesse ausbilden."*
>
> (List 1990: 50, Hervorhebung im Original)

Die Kinder der bilingualen Klasse taten diesen Schritt vom technischen zum konstruktiven Lesen - also eine sprachliche Leistung - schon sehr früh:

Exakt 2 Monate nach Einschulung gebärdet ein Mädchen am Buchstabentag die Wörter, die sie geschrieben hat. Bei einem Wort stockt sie, greift sich auf den

Kopf (sie weiß also, dass das Wort etwas mit dem Kopf zu tun hat) und lernt dann von der Lehrerin die ihr fehlende, neue Gebärde: HUT. Dies ist einerseits ein Beispiel dafür, dass bei gehörlosen - genau wie auch bei hörenden - Kindern der Wortschatz in der Erstsprache auch in der Volksschule ständig erweitert wird. Vor allem aber wird dadurch deutlich, dass das Mädchen die Wörter selbstständig nach ihrem *Inhalt* überprüft, dass sie verstehen will und verstanden hat und übersetzen und somit ausdrücken kann, was sie geschrieben vor sich sieht (>siehe DVD, Kapitel 4, CLIP 01).

Wudtke kommt zu dem Schluss:

> *„Das Erscheinen der Gebärde [im Leseprozess, Anm. V.K] verweist immer auf eine Dekodierungsleistung, während das Fingern und das Sprechen oft nur Rekordierungen anzeigen, aber die Kette aller Dekodierungen muss noch nicht zu einer vollen Sinnentnahme führen."*
>
> (Wudtke 1990:105)

Nover stellt fest, dass „Read Alouds", eine im amerikanischen Bildungswesen massiv forcierte und angewandte Methode zur Literarisierung von Kindern, für gehörlose Kinder angemessen abgewandelt, auch für diese sinnvoll sind.

Das Vorlesen von Geschichten für gehörlose SchülerInnen, das „Storysigning", findet er in Zusammenhang mit der *ASL-English* (oder ÖGS-Deutsch) *Translation Strategy* angemessen: Der/die LehrerIn wählt einen Text, liefert der Klasse die ASL/ÖGS Übersetzung des Textes und kehrt dann zum Text zurück, anhand dessen Vokabular und grammatikalische Strukturen mithilfe des Fingeralphabetes und ASL/ÖGS erklärt werden.

Diese Strategie wurde von der gehörlosen Lehrerin durchgehend gewählt, in fortgeschrittenen Phasen wurde der Text oft von den Kindern sofort in LBG selbst gelesen und dann erst besprochen.

11.4 Rolle des Wortschatzes beim Lesen

„Der geringe Wortschatz der Gehörlosen kann auch beim Lesen als *die* Hürde bezeichnet werden." (Krammer 2001:59, Hervorhebung im Original)

Den Inhalt eines Wortes konnten die Kinder nur übersetzen und also nur begreifen, wenn er ihnen früher einmal schon erklärt wurde.

Die Frage ‚Was bedeutet das?' wurde die den gehörlosen Kindern meistgestellte Frage im ersten Jahr des Deutschunterrichts. Sie lernten dadurch, dass es darauf ankommt, den Inhalt des Wortes zu begreifen. Und dass ‚den Inhalt begreifen' auch bedeutet, zu wissen, was für eine Bedeutung eine bestimmte Kombination von Buchstaben in ÖGS hat. Die einzelnen Buchstaben haben keine Bedeutung. Es ist wichtig, zu verstehen, dass die Strategie, Buchstaben laut vorzulesen um zu hören was ihre Zusammensetzung bedeutet, gehörlosen Leserinnen nicht zur Verfügung steht.

Die Kinder hielten sich deshalb nicht lange mit einzelnen Buchstaben auf sondern erfuhren, dass es darauf ankommt, sich die Buchstabenkombinationen, das ganze Wort zu merken.

Je mehr Buchstabenkombinationen sie wussten, desto mehr Wörter konnten sie selbst ,verstehen', ,lesen'.

Der lesebegleitende Aufbau des Wortschatzes war daher von ungeheuer wichtiger Bedeutung: Nur so konnten die Kinder das Lese-Erlebnis haben, bei dem sie sich *selbst* die Bedeutung von Wörtern und Wortketten erarbeiteten, bei dem das Lesen als Aktivität für sie selbst einen Sinn ergab (>DVD, Kapitel 7, CLIP 10).

Die Lehrerin produzierte daher eine Vielzahl an Wort-Bild-Karten (siehe Kapitel ,Bilingualer Deutsch-Unterricht/Input und > DVD, Kapitel 6, CLIPS 02, 04, 10, 21).

11.5 Lesestrategien vermitteln und lernen

Die erwähnten Autorinnen Padden und Ramsey (2000:180) fanden in ihrer Untersuchung zwei verschiedene Lesestrategien gehörloser kindlicher LeserInnen, die nach dem SAT-R[1] ungefähr gleich erfolgreich sind.

Diese sind
- inhaltlich ganzheitlich top-down
- Wort-für-Wort bottom-up.

Die Autorinnen führen die Unterschiede im lesestrategischen Vorgehen der Kinder nicht auf individuelle Prädestination oder Zufall zurück, sondern vor allem auf den didaktischen Input durch ihre LehrerInnen.

In ersterem Fall (top-down) herrscht an der Schule des Kindes die Auffassung, dass assoziative Strategien unter Heranziehung einer Gebärdensprache für das inhaltliche Erfassen eines englischen Textes sinnvoll sind, in letzterem Fall (bottom-up) wird Englisch Lesen als 1:1-,Dekodier'-Fähigkeit der einzelnen englischen Wörter und Morpheme betrachtet.

1 Stanford Achievement Test – Reading comprehension

Das heißt: Die Art und Weise, wie sich gehörlose Kinder geschriebenen Texten nähern hangt von dem Zugang ab, der ihnen durch ihre lehrenden Vorbilder beigebracht wurde.

Die Autorinnen analysieren die unterrichtliche Praxis in sämtlichen von ihnen untersuchten Bildungseinrichtungen und benennen ein Phänomen des Unterrichtens, dass sie ‚chaining' benennen: Lehrerinnen wandten an jenen Stellen, wo sie ihren Schülerinnen Assoziationen zwischen geschriebenen Worten und Gebärden aufzeigen wollten, eine Abfolge von Vermittlungsebenen an: Sie gebärdeten den Inhalt des Wortes, buchstabierten es im Fingeralphabet und verwiesen auf die geschriebene Repräsentation. Diese drei Informationen wurden von den Lehrerinnen – in beliebiger Reihenfolge und oftmals mehrmals hintereinander – für die SchülerInnen ge‚chained'. (Padden u Ramsey 2000:181).

Interessant ist, dass diese Strategie dominant und gehäuft von gehörlosen Lehrenden angewandt wurde. Padden und Ramsey führen diese typisch gehörlose Strategie des Unterrichtens auf das tiefere Verständnis gehörloser Personen des in gewisser Weise ‚unsicheren', weil ultimativ flüchtigen Charakters von visuellen Informationen (aus der sich die Notwendigkeit wiederholter Information ergib) zurück.

Bei der Lehrerin der hier untersuchten Klasse lässt sich genau diese Strategie (gebärden – buchstabieren – auf das Zielwort verweisen – wieder gebärden, bzw. Variationen dieser Abfolge) ganz eindeutig ebenfalls ausmachen. Sie erreicht dadurch, dass sich die Zusammenhänge dieser drei sprachlichen Ausdrucksformen, insbesondere der Zusammenhang zwischen bestimmten Buchstaben und bestimmten Inhalten, möglichst gut bei den Kindern festigen, dass die Kinder – als wichtigste grundlegende Erkenntnis und Voraussetzung für erfolgreiches Lesenlernen – einen Zusammenhang zwischen Graphemkombinationen und Inhalten erkennen lernen.

11.6 Lesenlernen mit LBG

Um deutsche Sätze und Texte angemessen in visueller Form vorlesen zu können (nicht zu übersetzen!), braucht es ein eigenes sprachliches Hilfsmittel: Hilfreich ist hier LBG (die akkurate Repräsentation der deutschen Sprache und ihrer Grammatik in gebärdeten Einheiten).

Die Kinder lernten zum Beispiel Artikel, die es in ÖGS nicht gibt, indem sie die drei Gebärden für ‚der-die-das' kennenlernten (siehe Kapitel ‚Bilingualer Deutsch-Unterricht/Input').

LBG ist das Medium, in dem sie Texte ,vorlesen', das Medium, durch das Spezifika der deutsche Sprache sichtbar gemacht, unterrichtet und besprochen werden können (>DVD, Kapitel 7. CLIP 06). Die Sprache, *in* der diese Besprechungen stattfanden, ist jedoch ÖGS. Die Sprache, in der über den *Inhalt* gesprochen wird, ist ÖGS. Die Sprache, in der deutlich wird, ob die Leserinnen den Inhalt verstanden haben ist ÖGS.

Es ist wichtig, dass die Kinder zu keinem Zeitpunkt LBG mit ÖGS verwechselten, sie nie spontan in LBG zu gebärden begannen, ohne sich darüber bewusst zu sein. LBG ist für sie ausschließlich das Mittel, um ,laut vorzulesen'. Auch wenn die gehörlose Lehrerin feststellte, dass die Kinder kein sehr genaues Wissen über ihre verschiedenen Sprachen hatten (siehe Diskussion im Kapitel ,Bilingualer Deutsch Unterricht/Input'), spricht die Praxis der Kinder eindeutig dafür, dass sie diese Unterscheidungen sehr wohl beherrschten, nur eben nicht ,bewusst', sondern intuitiv. Nur so ist zu erklären, dass sie keine LBG-ÖGS-Mischungen kreierten und niemals LBG-Interferenzen in ihrer Gebärdensprache feststellbar waren.

Mehrere gefilmte Lese-Ereignisse zeigen den Einsatz und die Stellung von LBG und ÖGS beim Lesen-Lernen und werden in den folgenden Darstellungen verdeutlicht.

11.7 Lese-Ereignisse

11.7.1 Lese-Ereignisse in der 1. Klasse

Neben den hier beschriebenen Ereignissen ist auf DVD zusätzliches Material zum Thema zu sehen. Es wird empfohlen, gemeinsam mit diesem Kapitel das gesamte Kapitel 7 der DVD, ,Deutsch-Lesenlernen der gehörlosen Kinder' anzusehen.

• Lese-Ereignis I am 19. Okt 2000, 6 Wochen nach Einschulung

Die hörende Lehrerin ist mit der gesamten Klasse alleine. Sie liest einige Wörter, die mit den bisher gelernten Buchstaben schon möglich sind. Dazu verwendet sie auch das Fingeralphabet und fordert alle auf, dasselbe zu tun. Ein gehörloses Mädchen buchstabiert, sobald es verstanden hat, was zu tun ist, in Windeseile sämtliche Wörter auf der Heftseite. Für den Prozess des Lesenlernens ist das Fingeralphabet die wichtigste Hilfestellung: Es ersetzt das ,Lautlesen' der hörenden Kinder, bevor sie das Zusammenlauten beherrschen. Schon zu diesem Zeitpunkt ist ganz deutlich, wie die beiden gehörlosen Mädchen viel schneller und flüssiger buchstabieren als ihre hörende Lehrerin - und auch offensichtlich einen großen Ehrgeiz haben. Dass sie nicht genau zeitgleich mit der restlichen Klasse lesen ist nicht störend, da die gebärdete Sprache die gesprochene nicht stört (>siehe DVD, Kapitel 7, CLIP 01).

• Lese-Ereignis II am 25. Oktober 2000

Die hörende Lehrerin ist 7 Wochen nach Schulbeginn mit der gesamten Klasse kurz alleine. Die beiden gehörlosen Sitznachbarinnen sind schon mit der Aufgabe fertig und langweilen sich. Ein Mädchen beginnt ein Spiel: Sie macht (verdeckt durch ihre Hände, als ob sie flüstern würde) Mundbilder von Worten, die die andere erkennen soll. Das andere Mädchen hat sichtlich schlechtes Gewissen, weil sie nicht nach vorne schaut. Sie errät aber dann OMA und gebärdet es. Dann dient das Lesebuch als Unterlage und die Ratende muss das Mundbild als Wort im Lesebuch wiederfinden. Als sie es nicht findet, hilft ihr die erste und gebärdet LA-MA. (Währenddessen liest die Lehrerin mit der Klasse laut - ebenfalls Worte aus dem Lesebuch, und zwar ‚Lama'.) Die Mädchen sind ganz leise bei ihrem Spiel und bleiben, auch als sie sich hinter ihrem Buch verstecken, 3 Minuten lang unentdeckt.

Hier sieht man, dass die beiden Schülerinnen schon verstanden haben, dass und welche Mundbilder mit welchen Wörtern (Lauten?) zusammenhängen. Man sieht auch, dass sie den Zusammenhang zwischen einer graphemischen Repräsentation, einem Mundbild und einer Gebärde, also dem für sie verständlichen Inhalt, begriffen haben. Sie erarbeiten sich spielerisch ihre neue Sprache, nutzen jenes Wissen, dass sie schon haben, um sich (übend) die Zeit zu vertreiben (> siehe DVD, Kapitel 7, CLIP 04)

• Lese-Ereignis III im November 2000

Die Lehrerin liest mit der gehörlosen Schülerin erste Sätze im Deutschbuch: „Lisa rast los. Sissi rast mit Tom los. Lotta rammt Mario." Zuerst buchstabiert sie, dann wird der Inhalt gemeinsam gebärdet bzw. von der Lehrerin erklärt und dann gebärdet. Rechts arbeitet die Dolmetscherin mit einem Buben, zu hören ist die zweite Lehrerin, die mit der restlichen Klasse arbeitet. (Eigennamen werden hier nur mit BUB oder MÄDCHEN übersetzt.)

Die Schülerin hat ganz offensichtlich sehr viel Spaß (> siehe DVD, Kapitel 7, CLIP 07).

• Lese-Ereignis IV

Buchstabentag, Merkstation: Die Lehrerin zeigt der Schülerin eine Wortkarte. Die Schülerin liest nicht die einzelnen Buchstaben sondern gebärdet sofort die Übersetzung: RAKETE. Die Lehrerin beginnt zu lächeln und gebärdet: „Stimmt. Bravo! Du kannst lesen!!“

Sie lässt ihre Schülerin dann das Wort buchstabieren, damit sie sich merkt, wie man es schreibt. Die Lehrerin macht ihre Schülerin hier auf ein Lese-Ereignis aufmerksam. Sie schafft so Bewusstsein dafür, was Lesen eigentlich ist und macht sie darauf aufmerksam, dass sie soeben tatsächlich selbst gelesen hat. Auf dem Weg zur Lesekompetenz ist die Erkenntnis, was Lesen sein kann, eine wichtige Hilfe (>DVD, Kapitel 7, CLIP 02).

• Lese-Ereignis V

Die Lehrerin übt mit den Kindern, ganze Sätze zu lesen: Sie legt ihnen Karten mit je einem Satz vor. Beispiel: „Tim malt Toto“. Die Schülerin buchstabiert jedes Wort einzeln und gebärdet dann die Übersetzung (BUB MALT HUND), dann gebärdet sie auf Nachfrage der Lehrerin noch einmal den gesamten Satzinhalt. Nach diesem Schema sind auch die restlichen Sätze: „Tom malt Mimi“: BUB MALT MAUS, „Lotti malt Toto mit Mimi“: MÄDCHEN MALT HUND MIT MAUS.

Die Lehrerin kontrolliert sehr genau, ob ihr/e SchülerIn den Satzinhalt verstanden hat. Nicht die einzelnen Worte und deren korrekte Übersetzung ist ihr wichtig, sondern das Erfassen des gesamten Inhaltes (der Beziehung der Wörter zueinander und des sich daraus ergebenden Sinns). Das sind die ersten Leseerfahrungen der Kinder: Sie lernen, die Wörter nacheinander zu lesen, ihren Sinn einzeln zu erfassen und dann den Inhalt eines Satzes noch einmal als Gesamtes zu verstehen. Besonders der letzte Schritt ist für sinnerfassendes Lesen sehr wichtig, denn sie lernen die für sie beim buchstabierenden Lesen einzeln gerade noch bewältigbaren Einheiten miteinander in Verbindung zu setzen. Sie lernen/erleben außerdem nebenbei und noch unbewusst auch die für sie zu dem Zeitpunkt unbekannte Wortstellung des Deutschen. (> DVD, Kapitel 7, CLIP 03).

• Lese-Ereignis VI

Bei einer Weihnachtsfeier der Schule beschweren sich Melanie und Doris, dass alle reden würden, also geht die Lehrerin mit den gehörlosen Kindern in das kleine Extrazimmer und übt Vokabeln mit ihnen: Im Zuge dieser Übung erzählt Melanie, dass sie beim Fernsehen in der Untertitelzeile das Wort „er“ gesehen habe. Ihre Lehrerin lobt sie. Melanie wendet also in der Schule gelerntes Deutschwissen schon außerhalb an. Sie kann außerdem so schnell lesen, dass sie ein ihr bekanntes Wort im Fernsehen in der Untertitelzeile erkennen kann. Nachdem sie dies extra erzählt, muss das Erlebnis für sie eine relevante und aufregende Entdeckung gewesen sein.

• Lese-Ereignis VII

In der Pause erzählt ein gehörloses Mädchen 16 Minuten lang das ganze „Dschungelbuch“ anhand des vor ihr liegenden Buches nach. Sie kann es noch nicht lesen, kennt aber die Geschichte selbst und kann anhand des reich bebilderten Buches eine Nacherzählung geben. Sie blättert einzeln und sorgfältig um (> siehe DVD, Kapitel 7, CLIP 12).

Hier die Codierung der Videoaufnahme:

> *39: Melanie gebärdet das „Dschungelbuch“, während sie im Buch (Disney-Ausgabe) umblättert. Doris sitzt daneben.*
> *43:50: Florin mischt sich ein und erklärt auch etwas, nämlich die vielen Bilder von Mogli auf einer Doppelseite, wie er größer und älter wird: NICHT-VIELE, ÄLTER WERDEN!*
> *45:50: Florin mischt sich in Melanies Erzählung ein und sie wird sauer. Doris regelt, dass er nix mehr sagen darf. Nur Melanie erzählt die Geschichte.*
> *49:30: Sie reden darüber, wer im Buch Florin ist.*
> *50: H berichtigt kurz etwas, dann fragen sie H selber etwas.*
> *53: Sie fragen immer wieder H etwas.*
> *54: Geschichte aus. Nachbesprechung mit H.*
> *55: Alle drei stehen auf. Florin nimmt sich das Buch und schaut es nochmal an. Doris holt sich ein anderes Buch. Melanie auch.*

In dieser Sequenz haben die Kinder eigeninitiativ ‚Lesen‘ als Beschäftigung gewählt. Sie schauen nicht nur die Bilder an, sondern die Erklärung, die (Nach-) erzählung des Mädchens ist offensichtlich ganz wichtig. Durch die Fokussierung aller auf das Buch, die Genauigkeit in der Abstimmung von Geschichte und Bildern, das Umblättern und die Nachbesprechung mit ihrer Lehrerin wird deutlich: Melanie erzählt nicht irgendeine Geschichte in ÖGS, sondern es geht wirklich um die Geschichte in dem bestimmten Buch.

Diese Form des ‚Lesens‘ ist bekannt von hörenden Kindern, die ein Buch schon kennen und dann – ohne es noch lesen zu können – sorgfältig anhand des Buches nacherzählen.

Die drei Schülerinnen haben vor 5 Monaten begonnen, Deutsch zu lernen. Dieses Lese-Ereignis und ihr generelles Interesse für Bücher sind sehr positiv zu deuten. Geschichten, Bücher und Schrift sind für sie so interessant und auch lustvoll, dass sie sich in der Pause gerne und konzentriert damit beschäftigen.

• Lese-Ereignis VIII

Eine Schulübung ist von der Tafel abszuschreiben: Die Lehrerin liest zunächst die Sätze in LBG vor, erklärt belebt und in ÖGS den Inhalt. Sie zeigt den Kindern, dass sie das Wort ‚frisch' schon kennen, indem sie die Endung ‚-es' zudeckt. Die Kinder erfahren dadurch nebenbei und noch nicht explizit erklärt, dass sich deutsche Wörter am Ende verändern können – man sie aber trotzdem erkennen kann. Schließlich lässt sie alle Kinder jeweils einen Satz selbst in LBG lesen. Die Kinder lernen so, wie man an einen Text herangeht, dass man die einzelnen Wörter erfassen (nicht buchstabieren!) muss und dass man in den konkreten Realisierungen in diesem spezifischen Text Wörter, die man schon kennt, wieder entdecken muss (>DVD, Kapitel 6, CLIP 05).

Die Einschätzung der Lehrerin über das Textverständnis der gehörlosen Mädchen:

> *„Naja, ich bin mir nicht so sicher, die Wörter erkennen sie vielleicht schon, aber ob sie das im Satzgefüge schon verstehen, die Unterschiede...? Also einfache Sätze sicher, aber Inhalte, die eher zweideutig sind, glaub ich nicht, dass das schon geht. Ich denke, die beiden könnten das schaffen, aber da fehlt einiges, was im Kindergarten in der Frühförderung geschehen hätte müssen, das hätte schon früher ansetzen müssen."*
>
> (Gehörlose Lehrerin HJ 10. Juli 2001)

• Lese-Ereignis IX

In der Förderstunde wird eine Geschichte („Hase und Igel") aus dem Deutschbuch bearbeitet: Die Lehrerin erzählt sie zuerst in ÖGS, zeigt den Kindern dann Bilder und lässt sie diese in der richtigen Reihenfolge ordnen. Dann wird die Geschichte mit verteilten und ständig wechselnden Rollen nachgespielt. Nun erst wird der deutsche Text gemeinsam angeschaut, und von allen Kindern - in LBG - laut vorgelesen. Die Lehrerin bespricht außerdem zwischendurch, dass eine Schülerin traurig ist, weil der Hase in der Geschichte jetzt tot ist. Sie erklärt, warum er sich überanstrengt hat. So führt die Lehrerin die Kinder an einen Text heran, indem sie zuerst eine spannende Geschichte erzählt und den Inhalt so lange bearbeitet, bis er von allen ganz bestimmt verstanden wurde und klar ist. Dann erst wird die Geschichte auf Deutsch - in LBG - laut gelesen. Man sieht, wie ehrgeizig und lesefreudig das Mädchen ist und ihre Kollegin nicht dranlässt - obwohl sie sich - zum Beispiel mit den Artikeln - noch oft verliest und korrigiert wird (>DVD, Kapitel 6, CLIP 11).

• Lese-Ereignis X

Auf den beiden PCs der Klasse ist ein Spiel installiert, bei dem man sinnverstehend Lesen muss. Die gehörlosen Schülerinnen spielen bevorzugt dieses Spiel: Sie lesen Sätze nach einem Muster, z.B. ‚Hier ist ein Fisch' oder ‚Zeige mir ein Glas' und sollen dann aus 4 gezeichneten Antwortmöglichkeiten das richtige Objekt auswählen/anklicken. Sie schauen kurz auf den Bildschirm und klicken dann zumeist das richtige Ding an: Sie beherrschen dieses Spiel – und vor allem wissen sie, wo das für sie gerade relevante Wort zu lesen ist und was es bedeutet.

11.7.2 Lese-Ereignisse in der 2. Klasse

• Lese-Ereignis I

Die ganze Klasse macht ein Kärtchen-Spiel, bei dem Wortklassen bestimmt werden müssen: Alle Kinder lesen die Spielanleitung selbst, den gehörlosen Schülerinnen hilft ihre Lehrerin ein bisschen.

Hier erleben die Kinder, dass sie im Deutschunterricht nicht nur vorgegebene Texte lesen, sondern auch, wie sie sich durch ihre Deutschkompetenzen eine Spielanleitung selbst erarbeiten können. Sie bekommen durch Deutsch also interessante und relevante Informationen, was ein wichtiger Faktor bei der Lesemotivation ist. (>DVD, Kapitel 7, CLIP 17)

• Lese-Ereignis II

Sachunterricht, Thema Zahnpflege. Die zu vervollständigenden Sätze werden in LBG von den Kindern gemeinsam mit ihrer Lehrerin gelesen.

Die Kinder erleben hier, dass sie deutsche Schriftsprache brauchen, um eine Sachaufgabe machen zu können. Es ist ganz deutlich, welche Wörter sie beherrschen und selbst übersetzen können und wo sie Hilfe benötigen. (>DVD, Kapitel 7, CLIP 18).

• Lese-Ereignis III

Eine gehörlose Schülerin entdeckt, dass auf dem Verschluss ihres Klebstoffes zwei Wörter stehen: ‚Auf' und , Zu'. Sie macht ihre Lehrerin darauf aufmerksam und diese erklärt ihr die Aufschrift. Auch der Unterschied zwischen ‚auf' als Präposition (‚auf etwas liegen') und ‚auf' im Sinne von ‚aufmachen' wird thematisiert. Das Mädchen entdeckt auf Alltagsgegenständen Wörter, die sie interessieren. Sie weiß, dass diese Wörter einen Inhalt und Sinn haben, sie wird so mit dem Konzept der ‚Aufschrift' konfrontiert (die keinen direkten schulischen Zusammenhang hat). Man sieht hier, wie die gehörlosen Kinder – ebenso wie hörende Kinder, die eben lesen gelernt haben - an jeglicher geschriebener Sprache interessiert sind. Ich nehme an, dass diese Phase etwas zeitverzögert auftritt, da für hörende Kinder das Verständnis der graphemischen Repräsentation ihrer Sprache einen direkten Zugang zum geschriebenen Text darstellt, für gehörlose Kinder Lesen jedoch erst ab einem gewissen Wortschatz interessant wird, d.h. ab der Möglichkeit, selbst Sinn zu erfassen und nicht nur Buchstaben wiederzuerkennen und buchstabieren zu können. (>DVD, Kapitel 7, CLIP 19).

• Lese-Ereignis IV

Eine Eintragung ins Mitteilungsheft wird von der gehörlosen Lehrerin spontan als Lesetext verwendet: Sie erklärt ihren Schülerinnen den Inhalt. Auch die hörende Lehrerin erklärt den hörenden Kindern (im Hintergrund zu hören), was der Mitteilungstext für sie konkret bedeutet. Die SchülerInnen erleben so ihre Deutschkompetenzen als etwas Nützliches, das man auch außerhalb des Deutschbuches anwenden kann – und dass einem Zugang zu Informationen verschafft. (>DVD, Kapitel 7, CLIP 20).

• Lese-Ereignis V

14 Monate nach Schulbeginn und Beginn des Deutschlernens sitzen die beiden gehörlosen Mädchen in der Pause mit einem geschriebenen Informations-Zettel (für Eltern?) und erarbeiten sich systematisch dessen Inhalt. Das eine Mädchen liest einige Uhrzeiten und Wochentage vor. Man sieht hier sehr eindrücklich, wie die gehörlosen Lernerinnen ihr Deutschwissen im Alltag anwenden, um sich Zugang zu Informationen zu verschaffen. Ein Text aus dem nicht-schulischen Kontext schreckt sie nicht ab, sondern macht sie neugierig. Ihre Zweitsprache Deutsch wird von ihnen offensichtlich als Ressource, als Schlüssel und vor allem als auch außerhalb des Deutschbuches anwendbares Werkzeug verstanden (>DVD, Kapitel 7, CLIP 21).

• Lese-Ereignis VI

Förderstunde: Hier sieht man, wie die gehörlosen SchülerInnen zum ersten Mal einen Text (‚Der Frühling ist da') bekommen. Das Mädchen kann in LBG flüssig lesen und dann selbst lebendig den Inhalt erzählen. Schließlich erarbeiten sie die Satzstruktur, unterscheiden mit Farbcodierungen Wortarten, legen die Sätze neu und üben so Grammatik.

Man sieht, wie ein Mädchen beim Ordnen der Sätze „Die wird Wiese grün" legt. Sie verfährt hier nach der erlernten Regel: das Verb an zweiter Stelle im Satz. Die Lehrerin macht sie darauf aufmerksam, dass der Artikel nicht alleine vorne stehen kann, sondern zum Hauptwort dazugehört. Beim nächsten Satz macht es das Mädchen richtig. (>DVD, Kapitel 7, CLIP 22).

• Lese-Ereignis VII

Im Deutschbuch werden nun schon längere Texte gelesen. Lehrerin und Dolmetscherin haben den Text mit den Kindern eben erarbeitet. Über das Wort „plötzlich" gibt es eine längere Diskussion, weil die Schülerin es immer als POLIZEI liest. Ihre Lehrerin erklärt ihr dann noch einmal genau, was in der Geschichte plötzlich passiert: Es kracht und der baumkraxelnde Bub fällt herunter. Nun möchte eine Schülerin ihn noch einmal laut vorlesen. Sie tut dies flüssig in LBG - und dreht sich hin- und wieder wegen einzelner Wörter fragend zu ihrer Lehrerin um.

Die graphemische Ähnlichkeit von ‚Polizei' und ‚plötzlich' hat das fehlerhafte Lesen verursacht. (>DVD, Kapitel 7, CLIP 23).

• Lese-Ereignis VIII

Während der Stunde möchte eines der beiden gehörlosen Mädchen mir einen Text vorlesen und mir ihre Lesekompetenzen zeigen. Sie wählt eine Geschichte aus dem Deutschbuch (die im Rahmen des Deutschunterrichts einmal besprochen wurde) und besteht darauf, sie mir ganz alleine vorzulesen. Als ihre Kollegin das sieht, packt sie der Ehrgeiz und sie möchte mir sofort auch einen (anderen) Text vorlesen. Beide Schülerinnen tun dies in LBG. Ich bin sehr beeindruckt. Eineinhalb Jahre nach ihrer Alphabetisierung buchstabieren die Mädchen nicht mehr, sondern lesen flüssig. Es ist klar, dass sie alle Wörter in dem Text gut bis sehr gut kennen und dass sie - was man anhand des manchmal stirnrunzelnden Stockens und Überlegens bei einzelnen Wörtern sieht - die Tätigkeit des Lesens als etwas begreifen, was ihnen den Inhalt von Wörtern und Texten zugänglich macht. Sie gebärden auch jene Elemente, die es in ÖGS nicht gibt (z.B. rückbezügliches

,sich'). Es ist ihnen sehr wichtig, dass ich ihr Lesekönnen auf Video dokumentiere, sie sind also stolz darauf.

(>DVD, Kapitel 7, CLIP 24).

• Lese-Ereignis IX

Unterrichtsschluss. Eine gehörlose Schülerin möchte aber noch einen Text vorlesen. Sie gibt ihn einer Frau, die an dem Tag zu Besuch ist, zum Halten und gebärdet ihn vom Blatt. Ihre Lehrerin sitzt (rechts) neben ihr und hilft/korrigiert hin und wieder.

Die Frau, die zu Besuch ist, ist selbst gehörlos und Lehrerin. Die Kinder haben offensichtlich große Freude daran, ihr ihre Lesekompetenzen zu zeigen. (>DVD, Kapitel 7, CLIP 25).

• Lese-Ereignis X

Nach einer Freien Schreibstunde liest die gehörlose Schülerin ihre selbst geschriebene Geschichte stolz ihrer Lehrerin vor. Sie tut dies fließend in LBG.

Die Schülerin kann nicht nur vorgegebene Schulbuchtexte lesen, sondern auch einen von ihr selbst geschriebenen. Sie versteht den selbst verfassten Text auf allen Ebenen, zuerst produktiv-aktiv, dann lesend. Es macht ihr offensichtlich großen Spaß. Relevant erscheint, dass sie anhand eines eigenen Textes erlebt, dass man auf Deutsch sowohl schreiben, als auch dann verstehend lesen kann.

(>DVD, Kapitel 7, CLIP 26).

11.8 Lesen-Lernen: Resümee

Die beiden gehörlosen Schülerinnen lernten, mit Hilfe von LBG Texte aus ihrem Deutschbuch zu lesen. Ihre diesbezügliche Kompetenz entwickelte sich langsam, abhängig vom Wortschatz und den für das Verständnis der Texte notwendigen Syntaxkenntnissen.

In der ersten Klasse bedeutete Lesen, dass sie die Geschichte erzählt bekamen und dann in einem mühsamen Prozess gemeinsam mit ihrer Lehrerin sich jeden einzelnen Satz mit seinen teilweise noch unbekannten Bestandteilen erarbeiteten.

Im zweiten Semester der ersten Klasse taten sie einen verblüffenden Sprung in ihrer Lesekompetenz: Sie begannen, Texte selbstständig in LBG zu lesen und konnten dann auch den Inhalt des Textes wiedergeben. In der zweiten Klasse wurden diese Anfängerinnen-Kompetenzen sehr schnell ausgebaut. Sinnverstehendes und eigenständiges Lesen war somit noch im ersten Jahr nach ihrer Alphabetisierung möglich.

Die gehörlosen Schülerinnen entwickelten zeitweise eine große Freude und einen gewissen Stolz, der sich darin äußerte, dass sie für mich Texte vorlesen wollten, damit ich sie auf Video filme. Daher gibt es einige gut dokumentierte Lese-Aktivitäten beider Mädchen, siehe z.B. >DVD, Kapitel 7, CLIP 24.

Am Ende der zweiten Klasse ersuche ich die Lehrerin um eine kritische Evaluation:

> *VK: Ihr Einzelwortverstehen ist gut, aber Gesamtsatzinhalt, Zusammenhänge verstehen: Können sie das?*
> *HJ: „Es kommt darauf an, wenn sie die Wörter kennen, die Inhalte der Wörter, dann geht das schon. Zum Beispiel haben wir ja auch diese Geschichte durchgemacht, den einen Text, mit dem Vogel und dem Baum und das haben sie selbst gebärdet in LBG. Und dann hab ich sie gefragt, wie war eigentlich der Inhalt? Sie konnten mir in Gebärdensprache antworten, zum Beispiel was hat der Vogel gemacht? Ein Vogelnest gebaut. Und ich hab ihnen da Fragen gestellt, sie haben das eine verstanden, das andere nicht und haben gesagt, aha achso.*
> *Und ich seh auch manchmal, dass sie sich mit der Grammatik vertun, dass sie noch keine eigene Kontrolle haben. Wenn es Sätze sind, die zu abstrakt sind, dann muss ich ihnen viel erklären. Einfache Inhalte gehen natürlich besser. Das ist natürlich auch eine Übungssache, sie brauchen mehr Übung."*
>
> (Gehörlose Lehrerin HJ 3. Juli 2002)

Die Dolmetscherin ist von den Leseleistungen beeindruckt:

> *VK: Wie schätzt du ihre Deutschkompetenz ein?*
> *SN: „Ich bin begeistert, ganz besonders, wenn sie Texte lesen."*
> *VK: Die können wirklich lesen, gell?*
> *SN: „Ja, ja, sie erzählen es nachher super nach. Das ist echt in dem Jahr passiert.*
> *VK: Bei welchen Texten warst du dabei?*
> *SN: „Im Deutschbuch, in den Funkelsteinen, da gibt's gute so kurze Texte, Bauernhof, Baden, Baderegeln. Baderegeln, das war was ganz Imposantes! Die haben sie durchgebärdet in LBG und dann sag ich: Ja, und bitte, welche hast du dir gemerkt, erzähls mir!*
> *Da war die Helene nicht da. Sieben von neun haben sie noch gewusst und mir in Gebärdensprache erzählt, was das heißt!"*

> *VK: Habt ihr da vorher die Vokabeln durchgemacht?*
> *SN: „Die sind so gebärdensprachkompetent!“*
> *VK: Aber ‚schwimmen‘, ‚springen‘ ?*
> *SN: „So, da wo sie die Gebärde nicht dazu gewusst haben dann hab ichs ihnen gezeigt, aber in dem Text haben sie fast alle können, da waren ganz wenige dabei.“*
>
> (Dolmetscherin SN 10. Juli 2002)

Die hörende Lehrerin wiederum meint, in Mathematik und anderen Fächern könne sie gut nachvollziehen, was die gehörlosen Mädchen können – in Deutsch fällt ihr ein Urteil mangels Kontrolle schwer:

> *„Da seh ichs ja, da hab ich selbst die Kontrolle. Aber die Sprache ist ja die totale Barriere, ich kann dir in Deutsch nicht sagen, was sie können oder nicht. Also ich kann dir einzelne Dinge sagen, wo ich weiß, dass sie das können. Also wenn ich ihnen ein Wort ansage, oder einen Satz ansage, dann können sie das hundertprozentig schreiben. Und sie können auch lesen. Aber ich kann dir nicht sagen, ob sie inhaltserfassend lesen können. In Mathematik seh ichs ja, ist überhaupt kein Problem. In Deutsch, das ist sehr wenig greifbar für mich, das muss ich schon sagen.“*
> *VK: Können sie sich in allen Fächern mit den anderen Kindern messen?*
> *MK: „Sie können sich eigentlich in allen Fächern messen außer in Deutsch. Sie können sich auch in Deutsch messen, nur da glaub ich, da klaffts schon vehement, logisch.“*
>
> (Hörende Lehrerin MK 15. Juli 2002)

Es wird durch diese drei Aussagen sehr deutlich, wie fundamental wichtig gute ÖGS-Kompetenz auf Lehrerinnenseite beim Lesenlernen gehörloser SchülerInnen ist.

Als ich die gehörlose Lehrerin frage, was ein wirklich großes Problem bei Deutsch für die beiden sei, meint diese am Ende der zweiten Klasse: Das Lesen.

> *„Sie haben zu wenig Übung, sie müssen Lesen üben. Grammatik erklären ist zu wenig. Sie müssten selber mehr lesen und üben, wenn sie den Inhalt verstehen, dann kann man auch die Grammatik angehen und sie korrigieren. In der ersten Klasse war es zum Beispiel unmöglich, ihnen abstraktere Geschichten zu erzählen, jetzt in der zweiten Klasse geht das viel, viel besser. Und an den Gehörlosenschulen ist das so, dass in der dritten und vierten Klasse die Leute Geschichten nicht nachvollziehen können, nicht verstehen. Wir haben über das Gebärdensprachfestival gesprochen, und sie wollten selbst auf der Bühne auftreten. Wir ha-*

ben besprochen, dass man das üben muss und Doris hat gesagt, dass sie unbedingt das Schneewittchen machen will und ich hab gesagt, ich muss erst schauen wegen dem Buch und die Doris hat gesagt, dass ist kein Problem, ich kenne die Geschichte mit der Hexe usw. Das heißt, sie hat den Inhalt verstanden, sie kennt die Geschichte, ja, man kann das eine oder andere korrigieren usw., das ist OK. Aber wichtig ist, dass sie mehr Lesen lernt, besser Deutsch lesen kann. Wenn ich Geschichten in Gebärdensprache erzähle, verstehen sie das, aber es ist ganz, ganz wichtig, dass sie viel lesen.“

(Gehörlose Lehrerin HJ 3. Juli 2002)

Es ist in dieser Antwort auffallend, dass die Lehrerin auch über allgemeine Textkompetenz der gehörlosen SchülerInnen redet und einbringt, dass sie gebärdete Geschichten schon gut verstünden. Meiner Meinung nach deutet dies darauf hin, dass die Lehrerin verstanden hat, dass sprach-unspezifische *Texterfassungskompetenz* eine ganz wichtige Fähigkeit ist – die ihre Schülerinnen schon beherrschen. Sie macht also die Verbindung zwischen den beiden Sprachen, und hat eine Perspektive, die *Sprachkompetenz* per se evaluiert und nicht abzählt, wieviele einzelne deutsche Wörter ihre Schülerinnen schon beherrschen.

Paul beschreibt die beim Lesen notwendigen Prozesse auf mehreren Ebenen:

„(...) reading acquisition difficulties are due to both processing and knowledge issues. Processing letters, words, and larger linguistic units needs to be rapid and automatic so that readers can use their knowledge to comprehend and interpret the text at micro level (sentences and paragraphs) and the macro level (themes, motifs, layers of interpretation). For deaf and hard-of-hearing students to become proficient readers, there needs to be a beneficial, reciprocal relation between processing print and the use of knowledge to construct meaning.”

(Paul 2003:105)

Die Perspektive der gehörlosen Lehrerin wird von List bekräftigt:

„Bedeutungskonstruktion aus schriftlichen Texten muss auch bei Gehörlosen über die persönliche Sprache verlaufen, in der sie für ihre alltägliche Kommunikation zu Hause sind. Das bedeutet also, dass dabei der Gebärdensprache – bzw. den inneren Prozessen, die ihrer Verarbeitung und Produktion zugrunde liegen – eine entscheidende Rolle zukommt.“

(List 1990:86)

Sind die inneren Prozesse in ÖGS ausgereift, ist Textverständnis und ein Wissen über die Struktur und den Sinn und die Freude von „Geschichten" da, dann kann diese Kompetenz auch in anderen Sprachen angewandt werden.

List meint:

> *„Nun sind aber Schriftbilder, wenn man sie adäquat ausnutzt, also sprachlich mit ihnen umgeht, nicht Signale, sondern visuelle Darstellungen für Operationen, die an die oben erwähnten Kreisprozesse von Aktion und Kognition angeschlossen sind. Es ist die Rückführung in solche Operationen, die aus dem Lesen einen konstruktiven, kreativen Sprach-Verstehensprozess macht. Wer die Ausgangssprache kennt, braucht Schriftbilder, die er oder sie versteht, vorher nicht alle eigens eingeübt zu haben. Im Gegenteil, genau dann, wenn dies Assoziationslernen überflüssig wird, beginnt Lesenlernen eine kreative Sprachleistung zu werden."*
>
> (List 1990: 47, Hervorhebung im Original)

Ich habe keine Vergleichsstudie durchgeführt und auch kein Vergleichsmaterial. Ein minimales vergleichendes Feedback zur Lesekompetenz der gehörlosen Schülerinnen erhielt ich am Elternabend, an dem ich eine Videopräsentation über meine Untersuchung gestaltete. Die Mutter von Melanie erzählte, dass das Mädchen ihrer Meinung nach besser lesen könne als ihre (ebenfalls gehörlose) Schwester – und die sei um 2 Jahre älter.

> *VK: Haben sie einmal gesagt, Lesen ist fad?*
> *„Naja, ich muss auch immer darauf achten, dass es nicht fad wird, ich bin immer dabei und zeig ihnen neue Wörter, wenn sie die nicht schon kennen... wenn das nicht wäre, wären sie überfordert. Naja, das ist auch eine Frage des Alters.*
> *Im Vergleich zur Gehörlosenschule, wie das in Österreich ist, da sind sie viel besser. Aber im Vergleich mit hörenden...mahm. Mag sein, manche haben auch Probleme, manche haben Leseschwierigkeiten oder können keine Geschichten schreiben, brauchen länger, ich weiß schon, aber das kann man nicht unmittelbar vergleichen. Ich hab auch mit dem Erich Bortsch gesprochen und der hat gemeint, die Hörenden sind natürlich weiter voraus, weil Hörende haben ja auch die Lautsprache und bekommen die ganzen Informationen mit und tun sich nicht so schwer. Bei Gehörlosen muss man viel mehr drauf achten. Also meine Erfahrung ist, dass man immer schauen muss, ob das zur Entwicklung passt. Aber allgemein, ob das jetzt richtig ist oder nicht, keine Ahnung, da fehlen einfach die Vergleiche, es gibt nichts Vergleichbares um zu sagen, das passt*

so oder das stimmt nicht, damit man die vergleichen kann und schauen kann, wie das in der Entwicklung aussieht.“

(Gehörlose Lehrerin HJ 3. Juli 2002)

Die gravierenden Unterschiede zwischen dem Lesenlernen von gehörlosen und hörenden Kindern beschreibt Roos:

„When hearing children start to write on their own, sounding out the words, the deaf children start to collect words. In this effort they have to remember each word letter by its fingerspelling. It is thus important to help them learn the words as wholes and not letter by letter. This may be accomplished by helping the children to fingerspell faster, not giving them the word letter by letter when asking for help in writing them. It may also be important to explain, in an early age, about morphological similarities between words to help them better remember them. This would help the children to develop a meta understanding of texts, what languages are and how they themselves best learn new words at an early age.“

(Roos 2003:30)

Letztendlich kommt die gehörlose Klassenlehrerin zum Schluss, dass eine Trennung der hörenden und gehörlosen Kinder im Leseunterricht (oder im Deutschunterricht, siehe Kapitel ‚Bilingualer Deutsch-Unterricht/Input‘) sinnvoll wäre.

„In Deutsch ist es so, dass ich eigentlich den Leseunterricht niemals gemeinsam machen würde, das muss man trennen, das ist SO verschieden. Beim Schreiben, okay, das ist gleich, wir schreiben das ab, was auf der Tafel steht.“

(Gehörlose Lehrerin HJ10. Juli 2001)

Nun möchte ich übergehen zur aktiven Deutschkompetenz (Schreiben), welche nicht nur rein beobachtend, sondern systematisch elizitiert und erhoben wurde.

12 Deutsch - Schreiben

> *Deaf students do not come to school as passive, empty containers waiting to be fixed and filled. They are, like their hearing peers, active, critical learners. In spite of diagnosticians' assessments to the contrary, lack of hearing leads neither to lack of knowledge nor inability to learn. It may, as we have seen, lead to different knowledge. This knowledge may then lead the Deaf student, using her critical, constructive thinking, to arrive at a different understanding – of English grammar, for instance – from her hearing peers or from the hearing teacher. Finally, this different learning experience most certainly will be differently valued. But this is clearly a socially, culturally and politically constructed accomplishment.*
>
> (Sherman Wilcox 2004:175)

In diesem Kapitel wird die aktive Deutschkompetenz der gehörlosen Schülerinnen systematisch analysiert. Dies geschieht anhand eines studienspezifisch elizitierten Datenkorpus von geschriebenen Texten.

12.1 Methodische Klärung: Was ist ‚Freies Schreiben'?

Um Schreibkompetenz belegen und untersuchen zu können, müssen Texte vorliegen. Eigenproduktives Schreiben wird jedoch im ersten und zweiten Schuljahr noch nicht von den SchülerInnen der begleiteten Klasse verlangt. Das Warten auf Spontantexte wäre zeitaufwendig und die so entstandenen Produkte wären im Sinne des Forschungsinteresses wahrscheinlich sehr schwer auszuwerten gewesen.

Im 2. Schuljahr habe ich daher in monatlichen Abständen sieben Mal mit einer kleinen Gruppe von Kindern eine ‚Freie Schreibstunde' gestaltet. Im 3. Schuljahr führte ich weitere zwei dieser Freien Schreibstunden durch, also insgesamt 9.

Die Bezeichnung ‚Freies Schreiben' entstand durch die Beschäftigung mit Methoden und Möglichkeiten, Grundschulkinder zur Produktion eigener Texte anzuregen. Hier waren besonders Poppendieker (1992) und Spitta (1994) wichtig.

Der Terminus ‚Freies Schreiben' wird in der Literatur unterschiedlich gehandhabt. In meinem Fall bezeichnet er Schreibereignisse, die von mir initiiert und oftmals im Grundthema vorbestimmt waren:

„Frei schließt im Gegensatz zu spontan (von Erwachsenen nicht beeinflußt) durchaus das gezielte schulisch-didaktische Arrangement des Lehrers ein; allerdings läßt der Begriff den Schülern in wesentlich höherem Maß Entscheidungsfreiheit bezüglich der Durchführung, Länge, Inhalt, Stil und Form des Schreibens." (Blumenstock 1990:7, zit. n. Poppendieker 1992:133)

Das Ausmaß an Freiheit, das den Kindern in der Freien Schreibstunde bei der Textproduktion zugestanden wurde, war in den durchgeführten Stunden unterschiedlich groß. Völlig freigestellte Themen und Textsorten wären eigentlich von mir persönlich bevorzugt worden, jedoch forschungstechnisch unpraktisch gewesen. Daher bekamen die Kinder in jeder Stunde ein bestimmtes Thema oder eine Aufgabe (Brief, Bildgeschichte, ...) vorgeschlagen.

Poppendieker definiert einige Charakteristika des Freien Schreibens (siehe Poppendieker 1992:133), die ich – angesichts meiner Gebundenheit einerseits an einen relativ streng geregelten schulischen Alltag und andererseits an die Forschungsinteressen - nur zum Teil verwirklichen konnte: Die Kinder erfuhren Schreiben als Tätigkeit, jedoch kamen (im Gegensatz zu Poppendieker) Motivation und Ziele dafür nicht von ihnen selbst, sondern von mir. Hilfestellungen wurden von ihnen selbstbestimmt angefordert bzw. bei mir geholt. Rahmenbedingungen (also z.B. Zeit, Länge und Öffentlichkeit) wurden leider auch nicht von den Kindern selbst bestimmt.

Zu bedenken ist, dass ich diese Kompromisse schließen musste, weil ‚Freies Schreiben' oder ein alternativer Schreibunterricht nicht das Ziel meiner Aktivitäten war, sondern ein methodisches Mittel, um analysierbares Material der Kinder unter kontrollierten (meine Anwesenheit und Vorgabe des Themas) und umfassend dokumentierten (Videoaufnahme) Bedingungen zu elizitieren.

Ziel war es, die Textproduktionskompetenz der Kinder zu dokumentieren und vor allem ihre Entwicklung diesbezüglich zu belegen.

Einerseits war dieses Ziel waghalsig, steht doch diese Kompetenz noch nicht am Lehrplan für die erste und zweite Klasse und wurde auch noch nicht geübt. Andererseits schien es mir die einzige sinnvolle Möglichkeit, zu dokumentieren, ob die beiden gehörlosen Mädchen in der Lage waren, ihr erlerntes Deutsch auch eigenproduktiv, kreativ und selbstständig einzusetzen – und einen Einblick zu bekommen, inwiefern und nach welchen Prinzipien sie die erlernten Regeln der deutschen Grammatik schon anwandten.

Hilfreich bei der Planung der Freien Schreibstunden war Spitta (1994), die dafür plädiert, auch schon 1. und 2.-KlässlerInnen eigene Texte schreiben zu lassen. Wahres Verständnis für den Sinn von Schreibenlernen kann nur durch das eigene Erleben, durch einen Sinn im Hinblick auf eigene Interessen kommen:

„Vorwiegend fibelorientiertes Lesen- und Schreibenlernen verhindert durch das additive Einüben bestimmter isolierter Teilfertigkeiten, dass die Kinder den komplexen Vorgang des Lesens bzw. Schreibens als Prozeß erfahren bzw. durchschauen.“ (1994:14).

Daher konzipierte ich die ersten freien Schreibstunden tatsächlich ‚frei‘, später erhielten die Kinder Bildergeschichten als Quellen und zum Schluss (in der dritten Klasse) ließ ich sie eine Geschichte, die wir alle kannten und gemeinsam besprachen, ohne strukturierende Hilfe oder Wortlisten, ganz aus dem Gedächtnis schreiben.

Ich führte in den ersten Stunden einige – bis dahin von den Kindern noch nie erlebte - „neue“ Regeln langsam ein: Sie sollten selbst nachdenken und Sätze machen, sie durften die Texte verzieren, verbessern und gestalten, wie sie wollten. Schön zu schreiben, war nicht wichtig und Rechtschreibung wurde nur von den Kindern thematisiert, nicht von mir beanstandet.

Die ersten Stunden verwendete ich zur Etablierung eines Vertrauensverhältnisses im Sinne von „spielerisch gemeinsam etwas erarbeiten“, dann wurden langsam fordernde „Spiele“/Aufgaben von mir eingebracht. Die Stunden fanden ohne Beisein der KlassenlehrerInnen statt - bis auf manchmal kurze anfängliche Präsenz der gehörlosen Lehrerin oder Dolmetscherin, da ich es unmöglich fand, die Aufgaben in zwei Sprachen gleichzeitig zu erklären und sie dabei um Hilfe bat.

In allen Stunden sagte ich den Kindern, besonders den gehörlosen, dass sie mich, wenn sie bezüglich bestimmter Wörter Hilfe bräuchten, fragen könnten.

Der Ablauf dieser Stunden war geprägt von gegenseitigen Inspirationen, Einander-helfen und sich - wenn notwendig - Hilfe holen.

Die Kinder wurden immer wieder ermahnt, ihre Arbeit nicht zu vergessen, es wurden jedoch von mir Kommunikationsprozesse und Interaktionen, die im weitesten Sinn mit der Textproduktion zu tun hatten, nicht unterbunden. Dieser ‚Luxus‘, der in der Klasse oft nicht praktikabel war bzw. von den Lehrerinnen nicht goutiert wurde, war durch die besonders kleine Anzahl von Kindern in der freien Schreibgruppe möglich.

Besonders jene Kinder mit noch weniger Textkompetenz bzw. unzureichendem Vokabular oder Syntaxwissen (wie die gehörlosen Mädchen Doris und Melanie) wurden immer wieder aufgefordert, sich bei mir die gewünschte Hilfe zu holen. Mehrere Texte entstanden so in einem fließenden Austausch, dessen Intensität jedoch von den Kindern und nicht von mir bestimmt war. Manchmal mischten sich die Kinder selbst (kritisch) in den Text ihres Sitznachbars/ihrer Sitznachbarin ein, manchmal kam mir eine Frage so interessant vor, dass ich sie laut bzw. gebärdet für alle Kinder stellte und so die Kinder an ihre eigenen Kompetenzen erinnerte, sowie die der anderen Kinder. (z.B.: Aus dem Transkript der 2. Freien Schreibstunde:

> *41: Rehat liest seinen Brief vor.*
> *Rehat fragt, wie er „Danke" schreibt, ich buchstabiere.*
> *Dann fragt er: klein oder gross?*
> *Ich frage: Beginn von einem Satz? und frage Melanie, sie antwortet: IMMER GROSS.)*

Durch solch eine Interaktion wird die Deutschkompetenz des gehörlosen Mädchens bewusst gemacht – ihr selbst, aber auch den anderen Kindern.

Viele dieser Interaktionen und Äußerungen der SchreiberInnen stellen m.E. relevante Daten dar, denn sie erlauben zum Teil einen Einblick in die Textperzeption (anderer Texte) und Planungsstrategien eigener Texte. Außerdem zeigen die Fragen der Kinder an mich sehr klar auf, wo es ihnen noch an welchen Kompetenzen mangelte. Die Prozesse der Textentstehung werden daher in diesem Kapitel in Bezug auf jeden einzelnen Text - je nach Relevanz eingehender oder loser - beschrieben.

Die genauen Aufgabenstellungen, Protokolle und sämtliche Produkte aller Kinder aus den Freien Stunden sind im Appendix ‚Protokolle und Produkte der Freien Schreibstunden' nachzulesen.

Tabelle 10: Tabelle: Freie Schreibstunden/2. und 3. Klasse

Datum	**TeilnehmerInnen**	**Thema**
5. Nov. 2002	David, Doris, Melanie, Tugba, Rehat	Einen Brief schreiben
3. Dez. 2002	David, Melanie, Tugba, Rehat	Einen „echten" Brief schreiben
21. Jän. 2002	David, Doris, Melanie, Tugba, Rehat	Einander versteckt Briefbotschaften schreiben
14. Mär. 2002	David, Doris, Melanie, Tugba, Rehat	„Hase" Nach 6 Bildern selbst eine Geschichte schreiben
22. Apr. 2002	David, Doris, Melanie, Tugba, Rehat, Derya	„Schneeballschlacht" Nach 4 Bildern selbst eine Geschichte schreiben
2. Mai 2002	David, Doris, Melanie, Tugba, Rehat, Derya	Gemeinsam anhand von (von mir erstellten) Korrekturbögen die Geschichte vom letzten Mal noch einmal richtig schreiben
10. Juni 2002	David, Doris, Melanie, Tugba, Rehat	Gemeinsam Wörter sammeln und eigenständig eine Selbstbeschreibung verfassen, die von einem anderen Kind dann gelesen und richtig zugeordnet wird
13. Mär. 2003	David, Doris, Melanie, Tugba, Rehat	Vater- und Sohn-Geschichte nach Bildern selbst schreiben
4. Juni 2003	David, Doris, Melanie, Tugba, Rehat	Gemeinsames Erinnern an Hasengeschichte, dann jede/r selbst nach eigenem Ermessen aufschreiben: Schreiben OHNE Input, außer eigener Vorstellung

Die Produkte der gehörlosen Schreiberinnen sind auf der (>DVD, Kapitel 8, CLIP 01) zu sehen.

Im vorliegenden Kapitel werden - gemäß dem Forschungsinteresse - nur die Texte der gehörlosen Mädchen eingehender behandelt.

Anmerkung: In diesem Kapitel kommen in den analysierenden Textteilen sehr viele linguistische Fachbegriffe vor, besonders die deutsche Grammatik betreffend. Am Ende des Buches sind „Deutsche Übersetzungen der in der Textanalyse verwendeten lateinischen Begriffe" in einer Tabelle dargestellt. Ich hoffe, diese Liste erleichtert den Zugang zum Text.

12.2 Zusammensetzung der Gruppe und Analysekriterien

Ich wollte in der kleinen Erhebungsgruppe sowohl Kinder mit Deutsch als L1 als auch mit L2 vertreten haben. Die Klassenlehrerin schlug eine Auswahl von Kindern vor, und da die Freien Schreibstunden meist während einer katholischen Religionsstunde abgehalten wurden, ergab sich als Konsequenz, dass jene Kinder mit mir arbeiteten, die ohnehin eine Freistunde gehabt hätten, weil sie keinen oder einen anderen Religionsunterricht besuchten.

Die Gruppe der Kinder setzte sich daher wie folgt zusammen:

- die beiden gehörlosen Mädchen,
- 2 (und einmal 3) Türkisch-MuttersprachlerInnen und
- ein Deutsch-Muttersprachler.

Da ich mich in der Folge intensiv mit den von den Kindern produzierten Texten auseinandersetzen werde, sollen die Kinder und ihre sozialen und sprachlichen Hintergründe hier kurz beschrieben werden:

Doris: L1 ÖGS, L2 Deutsch und L3 ASL. Beide Eltern (und Großeltern) haben als L1 ÖGS, sie hat zwei jüngere gehörlose Schwestern.

Melanie: L1 ÖGS, L2 Deutsch und L3 ASL. Ihre Eltern haben beide als L1 ÖGS, Melanie hat eine ältere gehörlose Schwester.

Rehat: L1 Türkisch, L2 Deutsch und L3 ÖGS/Englisch. Rehat ist erst in der zweiten Klasse dazugekommen und wiederholt diese. Er besucht den Förderunterricht. Er hat zwei Geschwister.

Tugba: L1 Türkisch, L2 Deutsch und L3 ÖGS/Englisch. Ihre Eltern sprechen wenig Deutsch, sie hat jüngere Geschwister. Tugba besucht ebenfalls den Förderunterricht.

David: L1 Deutsch. Er hat ab seinem Schuleintritt relativ ungesteuert die L2 ÖGS und gesteuert Englisch gelernt. Seine Mutter hat ebenfalls als L1 Deutsch, sein Vater ist abwesend. David hat eine ältere Schwester und einen Bruder. Er besucht den Förderunterricht.

Nicht nur in der Methodik des Sprachenunterrichts gibt es eine Vielzahl an möglichen Vorgehensweisen - auch in der Analyse, der Betrachtungsweise der Ergebnisse des Unterrichts gibt es unterschiedliche Ansätze.

In dieser Arbeit kommt einerseits die Fehleranalyse zur Anwendung, die anhand von Abweichungen von den Normen der Zielsprache Aussagen trifft. Andererseits sollen die vorhandenen Kompetenzen nicht ‚übersehen' werden: Es wird auch eine positive Bestandsaufnahme der von den Kindern bereits erworbenen Strukturen der Zielsprache Deutsch vorgenommen.

Gegliedert sind die Analysen der Texte folgendermaßen: Es werden aus dem Bereich der Morphosyntax Pluralbildung, Verbalflexion, Kasusanpassung, Negation und Passiv analysiert, außerdem temporale und lokale Markierungen und Personen-Repräsentationen.

Das Lexikon wird in Betracht gezogen, aber hier nicht genauer untersucht.

Aus dem Bereich der Syntax werden Satzkonstruktionen, Konjunktionen, Wortstellung behandelt, sowie die Orthographie beachtet.

Es werden auch Textkompetenzen analysiert. Hierbei sind die bei Peltzer-Karpf et al. (2001:146 ff) angewandten Analysekriterien herangezogen worden:

Erzählstruktur und Kohärenz (logische Verknüpfung)
Erzählschritte (inhaltlich-kognitiv)
Kohäsion (sprachliche Verknüpfung)
Erzähllänge (Wörter) – hier habe ich sowohl Überschriften als auch etwaige Widmungen mitgezählt.

Die letztgenannten 4 Kategorien wurden von Peltzer-Karpf et al. für dic Bewertung von Bildgeschichten-Nacherzählungen verwendet – sie sind bei den ersten 3 hier untersuchten Texten nicht immer sinnvoll anwendbar, da es sich um Briefe handelt.

Eine Zusammenfassung der einzelnen Textanalysen ist am Ende dieses Kapitels zu finden, ebenso ein Versuch, Unterschiede zu hörenden DAZ-LernerInnen herauszuarbeiten und methodisch-didaktische Schlussfolgerungen aus der gesamten Analyse für den Deutsch-Schreibunterricht gehörloser Kinder.

12.3 Erster Text: „Ein Brief“, November 2001

Anmerkung: Die Texte in Kästchen sind exakt wiedergegeben: Schreibfehler sind original wie in den Kindertexten und nicht Tippfehler meinerseits.

Doris:

Helene ich Doris Michael Blume
Pia Doris da Zoo Hund spielen Ample
(Zeichnung Auto vor einer Ampel) *Auto*
Doris Diddl Maus
(Darunter gezeichnet ein großes Herz und eine Diddl-Maus)

Melanie:

Helene ich Melanie Michael ich Melanie blümer
Pia du wir mag Melanie du Pia! Melanie du mag
Zoo mag Äffer! Nalhatie und Papa Auto und Mama!
Diddl und du Melanie mag!
(Darunter eine große Zeichnung von einer winkenden Diddl-Maus, einer Ampel und einem Auto.)

12.3.1 Textentstehung

Ich helfe den Kindern zu Beginn, in dem ich sie frage, wem sie schreiben wollen und wie ein Brief beginnt. Ihre Antworten (z.B. „mit dem Namen“) lasse ich alle gelten und schlage dann noch vor, dass man auch „Lieber....“ schreiben kann. Melanie entscheidet, Helene zu schreiben und fragt mich gleich, wie man den Namen schreibt. Ich buchstabiere es ihr (Zum Phänomen der Eigennamen siehe >DVD, Kapitel 8, CLIP 03.)

Die beiden ÖGS-Muttersprachlerinnen erklären mir während des Schreibens immer genau, was sie gerade schreiben. Sie gestalten jedoch beide ihren Textinhalt ohne meine Hilfe, wählen selbständig Worte, und erkundigen sich - wie die anderen Kinder - nur bezüglich der Schreibung bzw. Rechtschreibung bei mir. Manchmal bitten sie mich um eine Übersetzung einer Gebärde („MAG“?), oder vergewissern sich bei Unsicherheit über die Schreibung eines bestimmten Wortes bei mir, was die hörenden Kinder ebenso tun..

Den hörenden Kindern antworte ich nur auf konkrete Fragen („Wie geht das k?“, „Wie geht das d?“, „Langes i oder nicht?“, „Schreibt man Puppe mit doppel-p?“) mit konkreten Antworten. Bei unkonkreten Fragen sage ich, sie sollen das Wort laut sagen und hören, und dass sie das schon selber schaffen, etc. Manchmal buchstabiere ich Wörter im Fingeralphabet.

Ich versuche, möglichst wenig intrusiv zu sein und möglichst nicht zu verbessern oder zu beeinflussen. Wenn allerdings Feedback von Ihnen gefordert wird, gebe ich dieses. Manchmal sagen sich die Kinder Sätze vor dem Schreiben laut vor und ich wiederhole diese grammatikalisch richtig ein- oder zweimal. Manchmal greifen sie dies auf, manchmal nicht.

Ich stellte auch (möglichst unaufdringliche) hilfestellende Fragen wie: Und was machst du am Ende einer Frage?, oder erklärte: Wenn du willst, dass es stark ist, kannst du nachher ein Rufzeichen machen.

Allerdings tätigte ich diese Vorschläge meist nur in Lautsprache, da Doris und Melanies Wortreihen mir wenig Anhaltspunkte darüber gaben, was für (und wo endende) Sätze sie schreiben wollten. Die hörenden Kinder machten ihre Textplanung meist laut auf Deutsch, bevor sie schrieben. Ich hatte also zu diesem Zeitpunkt Gelegenheit, hilfreiche Fragen zu stellen bzw. wurde in der darauf folgenden Phase der schriftlichen Notation ihres Satzes um Hilfe gefragt.

Melanie und Doris planten ihren Text nicht in LBG, sondern in Form einzelner Gebärden, sodass ich nicht wusste, was sie vorhatten, was ihre Aussage sein würde, wo der Satz enden sollte – und daher auch wenig Hilfestellung diesbezüglich leisten konnte.

Doris zeigte mir immer wieder ihr Blatt und ich nickte zustimmend oder – einmal – schüttelte ich den Kopf zu einer Schreibweise und sagte ihr, dass „Maus“ anders geschrieben gehöre. Doris begann zu radieren, wandte sich dann wieder an mich und ließ es sich von mir buchstabieren.

Gegen Ende der Stunde, als die Kinder einzeln beschlossen, dass sie nun mit ihrem Werk fertig seien, wollte jedes seinen Brief abgefilmt haben und selbst vor die Kamera halten.

12.3.2 Textanalyse

In Melanies Text gibt es zwei sehr interessante Pluralbildungen („Blümer“ und „Äffer“), die sie streng nach der in der Schule von ihr erlernten Plural-Umlaut-Regel „Umlaut und -er anhängen“ gebildet hat. Während der Stunde erklärt Melanie diese Pluralbildung sehr engagiert, selbstverständlich und einleuchtend, siehe unten.

Ad „Blümer“: Nachdem Doris die ersten 4 Worte geschrieben hat, frage ich sie: Was jetzt? Sie möchte gerne „Blume“ schreiben, ich frage: „Und wie buchstabiert man das?“ Doris ist unsicher, macht ein „B“, ich gebärde: „Stimmt! Stimmt!“ und wir buchstabieren zusammen b-l-u-m-e, wobei Doris noch ein -l anhängt. Dann gebärdet sie: „Moment, noch einmal!“ und buchstabiert b-l-u-m-

e. Nachdem ich BRAVO BRAVO gebärdet habe, dreht sie sich zu Melanie und gebärdet: ICH WEISS BLUME. Melanie antwortet würdevoll: ICH WEISS BLUME!

Beide beginnen zu schreiben. Doris schaut nach einiger Zeit auf Melanies Blatt hinüber und fragt: Was ist das?

Melanie antwortet: „Blume. Du hast wenig, du hast eine Blume, ich hab viele.“ Ich werde auf sie aufmerksam und sie erklärt mir: „Viele Blumen, deshalb ein Ü!“ Sie neckt Doris immer wieder damit, dass Doris nur eine hat, sie aber viele Blumen (>siehe DVD, Kapitel 8, CLIP 02).

Dieses in der deutschen Schriftsprache im Unterschied zu ÖGS[1] sehr unterschiedlich realisierte Konzept des Plurals hat Melanie also offensichtlich nicht nur im Hinblick auf die Regel selbst, sondern auch auf deren Bedeutung vollkommen verstanden.

Ad „Äffer“: Melanie stupst mich an und gebärdet: Ich gebärde. Und dann gebärdet und buchstabiert sie mir ihren eben geschriebenen Satz vor: MELANIE DU MAG z-o-o MAG AFFEN VIELE.

Sie gebärdet das auf ihrem Blatt geschriebene Wort ‚Äffer‘ als AFFEN VIELE. Ich frage nach (Äffer?) und schlage ihr das Wort ‚Affen‘ vor, aber Melanie erklärt mir dezidiert: Nein, nein, nicht einer, viele Affen! Auch hier wendet sie die erlernte Pluralregel Umlaut+Suffix bewusst und konsequent an.

Doris verwendet „spielen“ im Infinitiv, Melanie „mögen“ in der 1. bzw. 3. Pers. Singular. Zwei Wochen davor haben die Kinder die Verbalflexion zum ersten Mal gelernt, dieses Wissen steht ihnen offensichtlich noch nicht aktiv zur Verfügung. In ihrer Erstsprache ÖGS werden Verben nicht nach der Person flektiert, sondern u.a. nach Zahl und Rolle (Agens-Objekt) der HandlungsteilnehmerInnen, nach Intensität und Richtung.

Weder Kasusanpassungen noch Negation ist in einem der Texte zu finden, ebensowenig Passiv und temporale Markierungen. Doris verwendet einmal „da“ als lokale Markierung, was möglicherweise direkt aus der ÖGS abgeleitet ist.

Am reichsten ist die Personen-Repräsentation: Nicht nur viele Eigennamen sondern auch Personalpronomina im Sg. und Plural ‚ich‘, ‚du‘ und ‚wir‘ werden eingesetzt.

Satzkonstruktionen sind nur wenige eindeutig zu erkennen – vor allem drei Aussagesätze in Melanies Text.

Melanie verwendet die Konjunktion „und“, allerdings ist sehr schwer zu deuten, mit welcher Intention sie diese einsetzt.

Wortstellung: So schwierig mangels eindeutiger Satzenden (abgesehen von den Rufzeichen) auch festzustellen ist, wo die Sätze beginnen und enden, so lässt sich doch - auch anhand der Zeilenanordnung auf dem Papier - ungefähr erahnen,

1 In ÖGS können entweder unterschiedliche Plural-/Zahlgebärden eingesetzt werden oder zur Pluralisierung Gebärden wiederholt werden.

dass die wenigen verwendeten Verben von den Schreiberinnen zumindest nicht am Satzanfang sondern eher mittig oder final gesetzt wurden.

Orthographie: Eine Schreiberin verwendet erste Satzzeichen und beide bemühen sich ganz offensichtlich um Groß-Kleinschreibung.

Das Lexikon der beiden Mädchen ist noch sehr beschränkt: Beide verwenden vor allem Eigennamen, die beiden Verben ‚mögen' und ‚spielen', die Konjunktion ‚und' und eine kleine Anzahl an Substantiva (Blume, Ampel, Auto, Maus, Affe, Zoo).

Kohärenz ist in diesen Texten nicht erkennbar, ebenso wenig Erzählschritte und Kohäsion. Die Erzähllänge beträgt bei Doris 15 (davon 5 Eigennamen) und bei Melanie 31 Wörter (davon 10 Eigennamen).

Sowohl Doris' als auch Melanies Text ist eigentlich nur eine Aneinanderreihung von (großteils Haupt-)Wörtern mit sehr wenigen Verben. Der Inhalt ist schwer nachvollziehbar, eigentlich nur teilweise zu erraten. Die Textsorte ‚Brief' ist nicht zu erkennen. Beide verwenden zeichnerische Elemente, jedoch eindeutig zur Verzierung oder Verschönerung (da das, was gezeichnet ist, auch in Worte gefasst im Text vorkommt). Sie setzen die Zeichnungen also nicht ein, um mangelnde Deutschkompetenz zu kompensieren.

12.3.3 Vergleich mit den Texten der hörenden Kinder

Die Texte der anderen Kinder sind im Appendix ‚Protokolle und Produkte der Freien Schreibstunden' zu finden.

Pluralbildung ist in keinem der Texte zu finden, alle hörenden Kinder verwenden jedoch ausführlich eine Vielzahl (zwischen 4 und 6) an korrekt flektierten Verben. Die Kinder setzen diese sowohl im Präsens als auch im Perfekt ein. (Rehat hat einmal beim Perfekt ‚gekauft' das Hilfszeitwort vergessen und verwendet eine für mich schwer erklärbare Form ‚magt'.)

Die Kasusanpassungen sind vielfältig und alle korrekt. Negation und Passiv verwendet niemand. Temporale Markierungen gibt es keine, lokale Markierungen – richtige Präpositionen - verwendet nur David (‚in der Arbeit' und ‚zum Friedhof'). Personen-Repräsentationen kommen als Eigenname (Kinder selbst) oder als Anrede (Mama, Papa) oder aber in Form von (korrekt dem Kasus angepassten) Personalpronomina vor.

Alle drei hörenden Kinder haben deutliche Satzkonstruktionen – sowohl Frage- als auch Aussagesätze. Alle drei haben – unterschiedlich zielsprachangemessen - eine Haupt-Nebensatzkonstruktion mit ‚weil'.

Sie verwenden abgesehen von ‚und' zum Teil auch schon Konjunktionen wie ‚weil' und ‚aber', interessanterweise jedoch kein einziges (in mehreren Fällen durchaus passendes) ‚dass'. Die Wortstellung der Texte ist großteils korrekt, nur Tugba hat im Fragesatz Probleme (‚libst du auch Mich?'), in dem sie ‚auch' und

‚mich‘ vertauscht. Die Orthographie der hörenden Kinder ist dominiert von Unsicherheiten in Bezug auf Groß-Kleinschreibung und phonetischen Schreibweisen, die jedoch für die Verständlichkeit der Texte nicht ernsthaft störend sind. Alle setzen schon Satzzeichen – wenn auch noch nicht überall, wo nötig. Das eingesetzte Lexikon der hörenden Kinder ist um vieles größer als das der gehörlosen – es umfasst auch schon einzelne Adjektive (lieb, gut, böse).

Der Vergleich mit den Texten der gehörlosen Kinder zeigt, dass die hörenden Kinder (unabhängig von ihrer Erstsprache) über die Textsorte „Brief“ offensichtlich besser Bescheid wissen. Alle hörenden Kinder außer Tugba verwenden eine Anrede, die mit „Liebe/r...“ beginnt und typische Brief-Abschiedsformeln. Ich machte manchmal Vorschläge, z.B.: „Du bist fertig? Ok, dann musst Du dich noch von der Mama verabschieden.“ Und die Kinder wählten dann ihre eigenen Formen der Realisierung. Die Kinder setzen ihr Wissen über die Textsorte unterschiedlich kompetent ein, z.B. Tugba und auch Rehat verwenden die Anrede „Liebe Papa“ bzw. „Liebe Mama“ für jede Zeile, das heißt, sie können damit noch nicht ganz umgehen – bzw. kann es sein, dass sie eine sprach- und kulturspezifische Möglichkeit ihrer Erstsprache nützen, nämlich im Brief mehrmals die Anrede zu wiederholen. Sowohl David als auch Rehat verwenden die für Kinder typische Brieffrage „Wie geht es Dir?“. Ihre Texte sind eindeutig als Briefe erkennbar, was bei den Texten der gehörlosen Mädchen nicht der Fall ist.

Auch der Inhalt der Briefe ist hier bei allen eindeutig nachvollziehbar. Kohärent sind alle Texte im Sinne eines Briefes. Die Kohäsion ist in allen Texten eher lose, Tugba und David setzen die Konjunktion „weil“ ein. Die Erzähllänge beträgt bei David 28 Wörter (+ 7 ‚Bussi‘), bei Rehat 46 Wörter (+ 3 Bussis) und bei Tugba 28 Wörter.

12.4 Zweiter Text: „Ein echter Brief“, Dezember 2001

Melanie:

Melanie ist Michael Melanie ist Sabine
Melanie mag Michael Melanie Mag
Sabine Sabine biefreund
Michael bie freund Melanie Michael (und Herz herum)
Melanie Sabine (mit Herz herum)

Doris ist nicht anwesend.

12.4.1 Textentstehung

Ich schlage diesmal Melanie als Briefbeginn l-i-e-b-e-r + Name vor, was sie jedoch ignoriert. Ich schlage ihr vor, statt „ist“ mag zu verwenden, im Sinne von „Melanie mag Michael“ und versuche ihr zu erklären, dass „ist“ hier nicht passt, was sehr schwer, eigentlich fast unmöglich ist, weil Vergleiche mit ÖGS nicht möglich sind. Sie schaut zwar ungerührt, verwendet es aber dann offensichtlich im zweiten Satz. Sie schreibt sonst den ganzen Brief alleine und fragt mich nur bei Sabines Namen einmal nach der Schreibweise.

Ich stelle an alle Kinder Fragen, besonders an Melanie, wie: Was willst du jetzt sagen? Was magst du ihr schreiben?

Ansonsten verfuhr ich gleich wie beim letzten Mal; ich korrigierte niemanden, antwortete aber auf konkrete Fragen.

12.4.2 Textanalyse

In diesem Text gibt es keinen Plural. Neu ist das Verb „ist“, das sie selbstständig einsetzt, wobei jedoch sehr schwer zu deuten ist, was sie damit ausdrücken will. Anzunehmen ist, dass sie es einfach nur verwenden will, aber noch nicht genau weiß, wozu es dient/was es bedeutet. Da es das Verb ‚sein‘ nicht in ÖGS gibt, ist dieser erste (wenn auch noch ungezielte) Einsatz als wichtiger Erfolg zu interpretieren.

Das schwer deutbare „bie“ könnte der Überrest von meinem Vorschlag sein, „bist“ im Zusammenhang mit Freund zu verwenden: Melanie und ich besprachen den Satz und ich machte ihr in LBG den Vorschlag DU b-i-s-t MEIN FREUND. Melanie lässt sich „Freund“ von mir buchstabieren. Die flektierte Form des neuen Verbs ‚ist‘ erschien ihr aber nicht sinnvoll. Es scheint der Schreiberin an Verben zu mangeln, um die vielen Eigennamen in einen Zusammenhang zueinander bringen zu können. Kasusanpassungen, Negation und Passiv kommen nicht vor.

Sie verwendet weder lokale noch temporale Markierungen, die Personen-Repräsentationen sind ganz klar gezielt gewählt, jedoch wieder vor allem durch Eigennamen (Ausnahme Personalpronomen ‚ich‘) realisiert. Sie stehen in einem sinnvollen Verhältnis zueinander,

Satzkonstruktionen sind schwer erkennbar. Sie verwendet keine Konjunktionen. Mit Orthographie, insbesondere Groß-Kleinschreibung hat sie – im Unterschied zu den hörenden Kindern – keine Probleme. Allerdings schreibt sie gänzlich ohne Interpunktion: es scheint, dass sie Zeilenumbrüche als Satzende einsetzt.

Deutlich ist auch hier wieder, dass - wenn die Zeilenumbrüche Satzenden markieren sollten - die Verben korrekt an zweiter Stelle gesetzt werden, sie also um eine korrekte Wortstellung bemüht ist. Die Wortstellungen und insbesondere die Verb-an-zweiter-Position-Regel hat sie unzählige Male mit ihrer Lehrerin geübt.

Das eingesetzte Lexikon ist noch immer äußerst beschränkt: neu ist das Verb „ist“ und das Substantiv „Freund“, Adjektive werden noch keine verwendet.

In diesem zweiten Text von Melanie hat sich im Vergleich zum einen Monat davor entstandenen wenig verändert: Sie reiht fast nur Eigennamen aneinander.

Der Inhalt ist wie schon beim vorhergehenden Text sehr schwer zu erraten, die Textsorte Brief nicht erkennbar. Erzählstruktur und Kohärenz, sowie Erzählschritte und Kohäsion sind nicht erkennbar. Die Erzähllänge beträgt 21 Wörter, davon 14 Eigennamen.

12.4.3 Vergleich mit den Produkten der hörenden Kinder

Der Vergleich mit den Produkten der hörenden Kinder zeigt enorme Unterschiede: Die Texte aller drei Kinder sind unter Einsatz vielfältiger, richtig flektierter Verben (alle im Präsens) geschrieben. Die Kasusanpassungen sind korrekt, bis auf Davids dritten Satz, in dem er das Possessivpronomen im Nominativ statt im Akkusativ verwendet (‚ich habe mein Opa lib‘) und Rehats „zum“ Weihnachten. Negationen gibt es keine, Passiv auch nicht. Temporale Markierungen sind selten: „manchmal“ setzen beide Schreiber ein, einmal kommt „zum Weihnachten“ vor. Lokale Markierungen gibt es keine. Personen sind in den Texten repräsentiert durch Anreden (Oma, Opa, Vater) und Personalpronomina. Es gibt hier auch schon Haupt-Nebensatz umfassende Satzkonstruktionen (Rehat: Konjunktion aber, realisiert als ‚aba‘), meist Aussagesätze, aber bei Tugba auch einen korrekt gebildeten Fragesatz. Die Wortstellung ist überall korrekt. Die Orthographie ist zum Teil sehr stark phonetisch, der Einsatz von Satzzeichen ist individuell sehr unterschiedlich. Das eingesetzte Lexikon ist vielfältig und umfasst - im Unterschied zum Text der gehörlosen Schreiberin - Adjektive (alt, lieb, nett, schrecklich, gut) und viele Verben (sein, kochen, bringen, wünschen).

Alle Texte sind eindeutig Briefe, deren Inhalt klar verständlich ist und sie beinhalten mehrere Themen, also eine inhaltliche Entwicklung.

Tugbas Brief ist großteils auf Türkisch verfasst: sie hat ihre Sprache Adressaten-adäquat gewählt, da sie mit ihrem Vater Türkisch spricht. Die beiden auf Deutsch verfassten Sätze beinhalten eine Interferenz mit dem Türkischen (siehe Analyse von Hikmet Kayahan im Appendix ‚Protokolle und Produkte der Freien Schreibstunden‘, direkt unter Tugbas Brief), wobei sie eine türkische Verdoppelungs-Regel inkorrekt auf Deutsch realisiert hat. In ihrem zweiten Satz fehlt die Präposition „zu“.

12.5 Dritter Text: Briefbotschaften, Jänner 2002

Doris:

1. Brief:
MEIN NAME: Doris
AN WEN: Melanie
Ich du Winter Bud Haus Doris Melanie!
Am!
(Ich habe diesen Brief leider ob der allgemeinen Beanspruchung durch die Kinder nie mit Doris besprochen und weiß daher nicht wirklich, was sie gemeint hat)

2. Brief:
MEIN NAME: Doris
AN WEN: Melanie
Am Freiteg besuschen, schlafen.
Bett Melanie Doris Bus! Schneewittchen.
Melanie Doris tollen verrückt Melanie-Doris
(Darunter Zeichnungen, die ich nicht ganz deuten kann)

Melanie:

1. Brief:
MEIN NAME: Melanie
AN WEN: Doris
Du meine beste freundin immer spielen Doris
Bett Melanie Doris besuschen, schlafen.
Freitag
Melanie
(Darunter kleine Zeichnungen von Monden, Herzen und Portraits der beiden)

2. Brief:
MEIN NAME: Melanie
AN WEN: Doris
Viel schlimm Doris-Melanie. Tollen verückt. Doris-Melanie
Ich sex Doris-Melanie
(Darunter zwei Zeichnungen von den beiden mit vielen Herzen und eine Zeichnung, in der Harry Potter steht.)

12.5.1 Textentstehung

Das Zimmer wird durch ein Tuch abgetrennt und die Kinder schreiben auf vorgefertigten Zetteln einander und miteinander Dialogbriefchen – genauer Ablauf siehe Appendix.

Melanie und Doris lassen sich von mir immer wieder benötigte Wörter aufschreiben. So kommt Doris z.B. zu mir, gebärdet BESUCHEN und möchte die deutsche Entsprechung von mir wissen. Ich schreibe derart geforderte Hilfestellungen entweder auf einen extra Zettel oder aber buchstabiere sie einfach im Fingeralphabet. (Die hörenden Kinder brauchen derartige Hilfen nicht.)

Ich buchstabiere Melanie die erste Zeile auf ihren Wunsch. Die zweite Zeile schreibt sie alleine, besuchen und schlafen wurden von einem Vorschreibzettel von mir für Doris abgeschrieben, nehme ich an. Doris scheint auch das Buch, das sie als Schreibunterlage verwendet, als Inspiration zu verwenden (Schneewittchen).

Doris besteht als einzige darauf, ihre Briefe mitzunehmen, damit sie sie fertig machen kann. Sie hält sie jedoch für mich vor die Kamera. Ich kann sie kaum dazu bewegen, mit dem Schreiben aufzuhören, sich anzuziehen und zu gehen, was aber sein muss, da ihr Bus wartet.

12.5.2 Textanalyse

Die Ergebnisse dieser Stunde sind schwer les- und nachvollziehbar, da die Kinder dialogisch miteinander an mehreren Texten gleichzeitig schrieben. Wegen der z.T. nicht einmal am Video verlässlich nachvollziehbaren, chaotisch-kreativen Entstehungsweise der Dialogbriefchen, die alle von 2 Kindern gemeinsam produziert wurden, sind die Ergebnisse dieser Stunde besonders schwer auszuwerten. Ich betrachtete diese freie Schreibstunde auch eher als einen wichtigen Schritt in der Etablierung eines motivierenden Vertrauensverhältnisses zwischen mir und den Kindern, um sie in den kommenden Monaten mit schwierigeren Aufgaben konfrontieren zu können.

Pluralbildungen werden keine eingesetzt. Verben kommen neue vor: tollen, besuchen, schlafen – alle unflektiert im Infinitiv. Die ersten zwei hatte Melanie für ihren eigenen Brief von mir erfragt und schrieb sie als Antwort an Doris, der die Bedeutungen nicht geläufig waren und die sie wiederum nach Erhalt des Briefes bei mir erfragen musste. Kasusanpassungen, Negation und Passiva werden nicht eingesetzt.

Temporale Markierungen setzten sie drei ein: ‚Winter', ‚immer' und ‚Freitag', wobei sie erstaunlicherweise offenbar schon wissen, dass der Tag die Präposition ‚am' benötigt.

Lokale Markierungen: ‚Bett‘ und ‚Haus‘.

Personen-Repräsentationen sind nicht sehr vielfältig: Beide Schreiberinnen verwenden das Namenspaar Melanie-Doris bzw. Doris-Melanie auffällig oft (in jedem Brief 1 bis 2 Mal) sowie das Personalpronomen ‚Du‘. Auch Harry Potter ist verewigt.

Zum ersten Mal wird ein Possessivpronomen (‚meine‘) verwendet.

Interessant ist, wie Melanie das von ihr gewählte Zahlwort „viel“, das ich ihr auf ihren Wunsch buchstabiere, verwendet um „schlimm“, das sie sich ebenfalls von mir buchstabieren lässt, verstärken zu können. Sie scheint „viel“ statt „sehr“ einzusetzen.

Satzkonstruktionen sind schwer eindeutig zu erkennen. Konjunktionen kommen keine vor. Orthographie ist für sie ganz deutlich leichter als für hörende Kinder: Es gibt keine phonetisch verursachten Fehler und die Groß-Kleinschreibung ist durchgehend korrekt. Satzzeichen werden nun häufiger eingesetzt: Doris setzte einige Punkte und einige Rufzeichen, Melanie einen Punkt und einen Beistrich – mehr dazu siehe unten im Vergleich mit den hörenden Kindern.

Lexikon: Beide Schreiberinnen verwenden das Namenspaar Melanie-Doris bzw. Doris-Melanie sehr oft (in jeden Brief 1 bis 2 Mal). Im Vergleich zu den vorhergehenden zwei Texten, die von Eigennamen dominiert waren, verwenden und beherrschen sie schon vielfältigere Wortklassen in ihren Texten und ein erweitertes Lexikon. Sie haben offensichtlich einen wirklich großen Entwicklungsschritt in den Einsatzmöglichkeiten ihres aktiven Wortschatzes gemacht (Substantive: Bus, Bett, Winter, Haus, Freundin, Freitag.)

Temporale Markierung: immer.
Verben: tollen, besuchen.
Mengenangabe: viel
Die Schreiberinnen verwenden erstmals einige Adjektiva: verrückt, beste, schlimm.

Präposition: am – einmal sinnvoll und einmal als einzelnes Wort nicht sehr sinnvoll verwendet.

Anmerkung: Das Wort „Sex“ (dessen Gebärde beide auch können, dessen Bedeutung ihnen also - in dem Maß, indem 7-jährige Kinder das erfassen können – bekannt ist) kam von ihnen selbst, ohne mich einzubeziehen. Woher sie wissen, wie man es auf Deutsch schreibt, weiß ich nicht.

Deutlich wird beim Vergleich der beiden Texte, dass Doris – die sich etwas absentierte und großteils ganz eigenständig schrieb, weniger zusammenhängende Wörter produzierte.

Melanie nutzte mich als Ressource und ließ sich nach und nach Wort für Wort den von ihr völlig selbstständig in ÖGS geplanten Satz buchstabieren, um ihn auf Deutsch schreiben zu können. Sie plant also in ihrer Erstsprache ÖGS und überträgt dann in die Zweitsprache Deutsch, wobei ihr in der Zielsprache noch sehr viele Wörter nicht bekannt sind. Von ihrem mangelnden Lexikon lässt sie sich jedoch nicht beschränken, sondern holt sich Hilfestellungen.

Doris schrieb auch den Titel des von ihr als Schreibunterlage benutzten Buches ab: Schneewittchen. Dies deutet möglicherweise darauf hin, dass ihr nicht besonders wichtig war, einen wirklichen Dialog mit Melanie auf Papier zu führen (was allen hörenden Kindern sehr wichtig und ihnen auch vom Ablauf klar war), sondern der Schreibakt per se für Doris zählte.

Eindeutiger als bisher sind zumindest Teile des Inhalts der Texte zu erkennen: Die Schreiberinnen beziehen sich eindeutig je auf die Adressatin und auf gemeinsame Aktivitäten: schlimm sein, besuchen, herumtollen.

12.5.3 Vergleich mit den Produkten der hörenden Kinder

Eine Pluralbildung ist von David korrekt gebildet, aber orthografisch inkorrekt realisiert (‚fraunde'). Verbalflexionen gibt es viele, alle sind dem Numerus und Tempus korrekt angepasst. Zum ersten Mal kommt Futur vor (‚Wann wird die Hochzeit sein?' und ‚Du virst mein Frau sein') und sogar ein Konjunktiv (‚ich künte dia ewas schenken'). Die fehlerhafte Konstruktion ‚Ich lade dich eingeladen' rührt meiner Meinung von mangelnder Aufmerksamkeit des Schreibers, sie zeigt jedoch, dass er um die Verbtrennung Bescheid weiß.

Kasusanpassungen sind viele vorhanden, bei David korrekt, bei Rehat und Tugba die meisten nicht zielsprachangemessen. Hier zeigt sich ein Unterschied zwischen Kindern mit Deutsch L1 und L2. Negation hat nur Tugba eine (korrekt eingesetzte): nicht. Passiv wird nicht verwendet. Temporale Markierungen sind einige realisiert: heute, immer, wann, Mittwoch. Lokale Markierungen: durch das Haus, zu Hause. Personen sind sowohl durch Namen (Anrede im Brief und schreiben über Klaus (‚Glaus') als auch relationale Bezeichnungen wie ‚Freund' und ‚Verliebten' und Pronomina.

Satzkonstruktionen: Sowohl Aussage wie auch Fragesätze werden von den Kindern richtig konstruiert und adäquat eingesetzt verwendet.

Konjunktionen kommen keine vor, außer bei Tugba zweimal ein satzbeginnendes ‚Und'.

Die Wortstellung ist in allen Äußerungen richtig. Die Orthographie der hörenden Kinder ist zum Teil sehr phonetisch, Unsicherheiten in der Groß-Kleinschreibung und Inkonsistenzen in der Interpunktion dominieren. David schreibt großteils völlig phonetisch. Hier ist besonders sein - äußerst liebenswerter - Brief an mich auffällig:

Intsuldigug wegen hte
Verener ich künte dia ewas schenken
Va von zuhause

(Übersetzung im Appendix ‚Protokolle und Produkte der Freien Schreibstunden')

Es scheint, vergleicht man diesen Text mit den in den vorhergegangen Schreibstunden produzierten Texten, dass David das ‚unschulische' Ambiente (wir sitzen alle am Boden, es herrscht Freude und Spannung wie bei einem Spiel) dazu veranlasst, die sonst seinen Schreiboutput überwachenden Monitore auszuschalten oder zu vernachlässigen. Dies scheint mir auch eine mögliche Erklärung für den minimalen Gebrauch von Satzzeichen durch alle Kinder. Von allen 5 Kindern setzte bis auf wenige Ausnahmen nur Tugba in dieser Schreibsituation systematisch Satzzeichen. Tugba war auch die einzige, die durchgehend angemessen Fragezeichen verwendete. David setzte ein paar Mal Punkte. Alle Kinder außer Tugba waren in ihrem Satzzeichengebrauch jedoch unsystematisch und inkonsequent.

12.6 Vierter Text: Die Hasengeschichte, März 2002

Doris:

der Hasse
Sie Tier hand lung Hase.
Sie kaufen Hase.
Sie kaufen eine schachtel käfig und eine tragen
gehen. Sie geben Futter und eine zu Hause Käfig.
Sie trinken Hase und eine Flasche. Sie geben
essen und eine Hase.
(Alles in Schreibschrift, darunter ein riesiges rotes Herz)

Melanie:

der Hase
Sie kaufen ein Hase.
Sie ein Hase heißt Pia.
Sie Mädchen und Bub kaufen käfig
gehen. Zu Hause käfig Hase sitzt. Sie
Hase gben essen Futter und trinken.
Sie halten den Herz.
(Alles in Schreibschrift. Darunter ein violettes Herz)

12.6.1 Textentstehung

In dieser Schreibstunde ist der Input eine Bildgeschichte. Ich teile die Bilder aus (> siehe DVD, Kapitel 8, CLIP 01). Melanie will mir sofort die Geschichte in ÖGS erzählen. Ich bin abgelenkt, weil ich der ganzen Gruppe in zwei Sprachen abwechselnd die heutige Aufgabe erklären muss. David merkt an, dass das schwer sei, selber eine Geschichte zu schreiben und ich sage allen, dass ich ihnen gerne helfe.

Beide Mädchen brauchen einerseits Hilfe und fordern diese auch ein, wissen aber sehr genau, was sie alleine machen wollen. Ab und zu gebärde ich DAVID SAGT/SCHREIBT.... und dolmetsche in LBG ganze Sätze, die die hörenden Kinder z.T. in der Gruppe gemeinsam planen, da ich finde, dass das eine Hilfe für die Kinder ist, die die gehörlosen Mädchen auch nutzen können sollen.

Alle Kinder brauchen mehr oder weniger gleich lang für diese Aufgabe: ca. 30 Minuten.

Doris:

Ich sage: dem Hasen könnt ihr selber einen Namen geben, worauf Doris sofort buchstabiert: h-a-u-s, als ich sie zweifelnd anschaue dann h-s-u-s-a. Ich zeige ihr auf dem Blatt, wie Hase geschrieben wird, was sie sofort korrekt nachbuchstabiert. (Als sie fast 20 Minuten später - siehe unten - das Wort braucht, buchstabiert sie es ohne Probleme auswendig und korrekt.)

Doris beginnt ihren Text, indem sie die Überschrift feinsäuberlich von David, der neben ihr sitzt, abschreibt. Ich erkläre ihr, dass das fad sei, wenn alle voneinander abschreiben und sie ist beleidigt, daher schließe ich einen pep-talk an darüber, dass sie schlau sei und Phantasie habe und das selber schreiben könne.

Dann zeigt sie auf das Wort auf dem Zettel mit der Bildgeschichte und als ich sie frage, was das heißt, gebärdet sie ohne zu zögern TIER. Sie schreibt es „Tier hand lung" in drei Einzelteilen ab. Leider merke ich während der Stunde nicht, dass sie drei einzelne Wörter daraus gemacht hat und kann so das Missverständnis nicht mit ihr klären. Sie schreibt also u.U. „hand" und „lung" als bedeutungslose Wortfragmente. Im zweiten Satz erkläre ich Doris, dass sie dazuschreiben muss, was sie machen. Nach einem langen Blick auf Melanies Blatt schreibt sie „Sie kaufen" und als ich sie in ÖGS frage: Was kaufen sie?, buchstabiert sie mir ohne zu zögern h-a-s-e.

Doris schreibt einen Satz und will dann sofort das Verb „tragen" anschließen. Ich schlage ihr vor, UND zu verwenden, was sie tut.

Doris beginnt „Sie geben..."; das Verb „geben" verwendet sie, weil ich es ihr vorschlage – und ich rede mit ihr über die Option „ihm" oder „dem Hasen", was sie bedenkt, was aber offenbar zu kompliziert für sie ist. Den nächsten Satz, „Sie trinken Hase und eine Flasche" schreibt Doris ganz alleine. Ich versuche, ihr „geben" zu erklären, aber es interessiert sie nicht. Erst im nächsten Satz verwendet sie es dann – aber mehr, um mir einen Gefallen zu tun als aus ihr selbst ersichtlicher/klarer textueller Notwendigkeit. Sie schreibt den letzten Satz selbstständig und findet dann, sie sei fertig.

Melanie:
Nach etlichen Minuten zu Beginn der Stunde, in denen Melanie immer wieder erfolglos versucht, meine Aufmerksamkeit zu bekommen, gebärdet sie dann - endlich von mir beachtet - die Geschichte. Hier das Transkript in Glossen:

BUB MÄDCHEN WOLLEN KAUFEN TIER
WOLLEN HASEN
MÄDCHEN HINEIN HASE SCHACHTEL TRAGEN
PAPA TRAGEN SCHWER
HASE KÄFIG ZU HAUSE DA
HASE SITZEN FÜTTERN (Hase)-ESSEN-KAROTTE
SIE HALTEN-IHN LIEB STREICHELN-IHN

Wir applaudieren alle in ÖGS. Als ich gebärde „jetzt schreiben!" zeigt sie mir kurz den Vogel. Dann beginnen alle mit der (laut vor sich hergesprochenen Textplanung) bzw. dem Schreiben.

Melanie schreibt den ersten Satz vollkommen selbstständig, dann frage ich sie, wie ihre Geschichte weitergeht: Wie heißt der Hase? Melanie schreibt zuerst am Blatt der Bildgeschichte „Hase" unter sein Bild, dann „Apfel". Ich schlage ihr vor, zu schreiben, wie der Hase heißt: IX-HASE NAME APFEL. Sie schreibt, will dann meine Hilfe und gebärdet langsam in LBG: EIN HASE NAME. Melanie fragt mich dann, wie NAME (was in ÖGS sowohl wortwörtlich „Name" als auch „heißen" bedeutet) geschrieben wird und ich beschließe, ihr die angemessene deutsche Entsprechung zu buchstabieren, „heißt". Sie fragt noch einmal: „APFEL, JA?" und ich nicke. Später bessert sie den Namen aber auf „Pia" aus.

Melanie gebärdet den nächsten Satz vollständig, dann holt sie sich von mir die notwendigen Wörter: Mädchen und Bub, die ich ihr aufschreibe. Als sie sie nicht gut lesen kann, bzw. es ihr offenbar nicht korrekt erscheint, holt sie sich von mir noch einmal die Information über die exakte Schreibweise, die ich ihr buchstabiere. Den Rest des Satzes schreibt sie eigenständig ohne Hilfe.

Dann gebärdet sie vor sich: HASE KÄFIG. Doris wird auf sie aufmerksam und die beiden Mädchen schauen neugierig gegenseitig ihre Texte an. Doris sagt zu mir, dass etwas an Melanies Text falsch sei, ich frage nach: WAS FALSCH? Und sie zeigt auf eine Stelle von Melanies Blatt. Leider ist auf der Videoaufnahme nicht eindeutig zu erkennen, was sie meint und ich habe es mir nicht gemerkt.

Ich möchte Melanie beim nächsten Bild der Hasengeschichte helfen, sie gebärdet: NEIN ICH GEBÄRDE und dann: SIE EIN HASE ESSEN TRINKEN. Dann schreibt sie die ihr angemessen erscheinende deutsche Entsprechung davon: „Sie Hase geben essen Futter und trinken." „Geben" verwendete sie, weil ich es ihr vorschlug und „trinken" ließ sie sich von mir auf dem Blatt mit der Bildgeschichte zeigen. Beim letzten Bild ist Melanie eindeutig schon müde bzw. überfordert, außerdem ist ihr ihre Sitznachbarin eben mit ihrem Sesselbein auf den Fuß gefallen und sie hat Schmerzen. Sie gebärdet zwar, was sie schreiben will (Sie küssen den Hasen und da sind viele Herzchen), aber sie kann keine Worte dafür finden. Ich schreibe ihr „streicheln" auf, was sie nicht verwendet und empört HALTEN gebärdet. Sie beendet den Satz alleine, das Wort „Herz" weiß sie also selbst. (Ob sie ‚halten' selbst wusste, ist nicht feststellbar, weil genau in dem Moment eine andere Schülerin ihre Geschichte vor die Kamera hielt und so das Bild verdeckte. Die Analyse weiter unten deutet jedoch nicht darauf hin.)

Doris arbeitet viel unkonzentrierter als Melanie, sie – so scheint es – tätigt ihre Schreibaktivität nur neben den vielen anderen Dingen, die sie sonst noch zu besprechen, zu tun und zu schauen hat. Melanie hingegen arbeitet relativ fokussiert und zügig an ihrem Text. Es scheint, dass Doris in viel geringerem Ausmaß die Bedeutung der Wörter, die sie schreibt, erfasst hat – oder aber sie noch weniger als Melanie an der Textproduktion interessiert ist. Melanie scheint ein relativ großes Interesse an ihrem Text zu haben und zieht mich deshalb ständig hinzu, um ihre z.T. unzureichende Deutschkompetenz mit meiner Hilfe zu überbrücken.

12.6.2 Textanalyse

Pluralbildungen gibt es in diesem Text keine. Beide Mädchen setzen die Verben „tragen", „gehen" und „trinken", die auf dem Blatt mit der Bildgeschichte abgebildet waren, ein: sie verfahren nach der Regel „Das Verb an 2. Stelle im Satz", die sie gelernt haben.

Melanie verwendet auch noch die Verben „sitzen", „halten" und „streicheln", die sie z.T. in ÖGS direkt bei mir erfragte und die ich ihr in der richtigen Form auf Deutsch buchstabierte. Als Melanie ihren Text eine Stunde nach der Produktion ihrer Lehrerin vorlas, konnte sie ihn flüssig und vollständig in LBG vortragen, nur bei 2 Wörtern fragte sie nach den Gebärden: geben und halten. Diese Wörter hatte sie offenbar zwar eingesetzt, sich aber nicht gemerkt, was sie genau bedeuten.

Auffällig ist an diesem Text (besonders bei Doris) die häufige – übergeneralisierte – Verwendung des unbestimmten Artikels „ein/eine", dessen Kasusanpassung beide Schreiberinnen noch nicht beherrschen. Bestimmte Artikel (‚der, die, das') würden zur Textverständlichkeit beitragen, werden jedoch noch nicht eingesetzt. Melanie verwendet „den", es ist jedoch so wie bei „halten" nicht eindeutig feststellbar, ob sie selbst diese Wortwahl traf oder mich fragte.

Negation kommt hier noch keine vor, wobei sie für diese spezifische Aufgabenstellung nicht unbedingt sinnvoll anwendbar ist, da der Inhalt der Bildgeschichte keine Negation verlangt.

Temporale Markierungen (abgesehen von der zeitlichen sinnvoll angeordneten Reihenfolge der Sätze) kommen in diesen Texten noch nicht vor. Lokale Markierungen sind im Text eingesetzt (‚zu Hause', ‚Tierhandlung') – stammen jedoch nicht aus dem aktiven Lexikon der beiden, sondern vom Hilfezettel. Die bei Tierhandlung, Käfig und Schachtel notwendige Präposition „in" verwenden sie nicht.

Beide Mädchen verwenden das für die beiden Personen in der Geschichte korrekte Personalpronomen „Sie". Melanie verwendet das „Sie" inkorrekterweise auch einmal für den Hasen. Besonders bei Melanie ist in Satz 2 und 3 deutlich sichtbar, dass sie das Bedürfnis hat, „sie" noch klarer zu beschreiben und sie schreibt - nach ÖGS-Grammatik durchaus nachvollziehbar – „Sie ein Hase..." und „Sie Mädchen und Bub...".

Die Schülerinnen schreiben beide in Form von einfachen Aussagesätzen, der Satzbau ist eindeutig nicht mehr zufällig, beide verwenden schon Konjunktionen (‚und'), halten sich zum Teil an die Subjekt-Verb-Objekt-Regel, beherrschen also zum Teil die im Deutschen korrekte Wortstellung.

Orthographie: Die beiden Schülerinnen arbeiten mit richtig eingesetzten Satzzeichen (roten Punkten) und großen Satzanfängen. Sie bemühen sich eindeutig um Groß-Kleinschreibung. Doris fragt mich einmal bei einem Satzbeginn: GROSS-KLEIN?, sie achtet jetzt also schon bewusst darauf.

Bei Doris zeigt sich, dass sie den Titel ihrer Geschichte von David (falsch) abgeschrieben hat, diese inkorrekte Schreibweise aber (im Unterschied zu David) dann durch die Geschichte hindurch nicht beibehält.

Anhand dieses Textes Aussagen über das Lexikon zu treffen ist schwer, da einige Wörter auf dem Quellzettel mit der Bildgeschichte vorgegeben waren. Eine bewusste Entscheidung meinerseits ging dieser Tatsache voraus: Ich wollte vermeiden, dass die beiden gehörlosen Schreiberinnen durch ihr beschränktes Lexikon am Verfassen der Geschichte gehindert würden. Bei Melanie ist das völlig eigenständig eingebrachte Wort ‚Herz' verwendet, dass sie, entsprechend der Stelle, wo die Kinder den Hasen hindrücken (und womit sie das Tier assoziiert, nehme ich an), für adäquat befunden hat.

Dieser Text ist - im Vergleich zu dem vor 3 Monaten produzierten - eindeutig als solcher erkennbar, sein Inhalt ist - mit einiger Phantasie - nachvollziehbar. Die Mädchen produzierten hier den Text zu einer vor ihnen liegenden Bildgeschichte, was natürlich den Inhalt und Textablauf bestimmt, aber u.U. auch zur Ordnung, zum eindeutig textuellen Charakter, beigetragen haben könnte.

Erzählstruktur und Kohärenz, also logische Verknüpfung, ist in beiden Texten gegeben. Es sind alle in der Bildgeschichte dargestellten Erzählschritte und einige darüber hinaus (Namensgebung für Hasen, Käfig kaufen) in den Texten vorhanden. Kohäsion ist etwas gegeben. Die Erzähllänge beträgt bei Melanie 34 Wörter, bei Doris 37.

12.6.3 Vergleich mit den Produkten der hörenden Kinder

Pluralbildung gibt es in diesen Texten keine. Die Verbalflexion ist von allen SchreiberInnen durchwegs korrekt, immer im Präsens, realisiert. Kasusanpassung - wird aus den Texten ersichtlich - ist für die Kinder mit Erstsprache Türkisch schwerer.

Negation wird nicht verwendet (siehe Anmerkung bei der obenstehenden Analyse der Texte der gehörlosen Kinder). Auch Passiv verwendet keines der Kinder. Temporale Markierungen werden außer bei Tugba „dann" nicht verwendet. In der Geschichte sind zumindest vier lokale Markierungen möglich (Tierhandlung, Schachtel, Käfig, zu Hause), die die Kinder unterschiedlich verwenden und auch mehr oder weniger angemessen mit Präpositionen versehen. Auffallend ist, dass alle Kinder vergessen (oder es nicht als notwendig erachten), die Personen, konkret das Personalpronomen ‚sie', mit dem sie ihre Geschichten beginnen, zu benennen, also zu sagen, um wen es eigentlich geht. Alle verwenden relativ einfache Satzkonstruktionen, meist einfache, einzelne Aussagesätze, manchmal zwei Hauptsätze durch die Konjunktion „und" verbunden. Die Wortstellung in den Texten der hörenden Kinder ist durchwegs korrekt. Orthographie: Alle Kinder verwenden Interpunktion korrekt, kämpfen jedoch mit phonetischen Einflüssen und Groß-Kleinschreibung. Lexikon: Es zeigt sich deutlich, dass die hörenden Kinder, auch jene mit L2 Deutsch, ihre Geschichte mit zusätzlichen Wörtern „schmücken" können, z.B. ‚süß', „schlafen", „streicheln" und „Karotte".

Im Vergleich zu den Texten der gehörlosen Kinder sind die der hörenden SchreiberInnen leichter verständlich. Erzählstruktur und Kohärenz, also logische Verknüpfung, ist in allen Texten gegeben. Es sind alle in der Bildgeschichte dargestellten Erzählschritte und einige darüber hinaus (Namensgebung für Hasen, Käfig und Futter kaufen) in den Texten vorhanden. Kohäsion ist gegeben.

Die Erzähllänge beträgt bei David 34, bei Rehat 43 und bei Tugba 45 Wörter.

12.7 Fünfter Text: Die Schneegeschichte, April 2002

Melanie:

Schnee
Doris und Melanie spiel
Schnee schießen Melanie Weinen
Doris entschuldigen Doris
idee Sagt Melanie und Doris
spiel Schnee schießen Kübel
(Darunter eine Zeichnung von Melanie und Doris mit vielen Herzchen.)

Doris produzierte keinen eigenen Text, sondern schrieb den von Melanie sorgfältig ab.

12.7.1 Textentstehung

Der Input ist hier, so wie in der vorigen Schreibstunde, eine Bildgeschichte. Melanie sieht den Zettel mit der Bildgeschichte und erzählt (nachdem sie drei Mal begonnnen hat und immer wieder auf meine Aufmerksamkeit wartete) sie sofort in ÖGS.
Hier das Transkript in Glossen:

Mädchen zu Hause SEHEN
BUB TRAURIG FAD
DA AH! sagen will schneeballschlacht
bub ok
drAUssen machen schneeball schiessen
mädchen pech bub schiessen gesicht kalt weinEN
bub hilft
idee kübel werfen hinein

Ich gehe mit Melanie und Doris die Wörter durch, die ich zur Hilfe auf das Blatt geschrieben habe: Schnee, Schneeball, weinen, trösten, tragen, schießen. „Schnee" kennt Melanie, die anderen Wörter nicht. Bei „Schneeball" kennen beide Mädchen zwar die Einzelteile, können das zusammengesetzte Wort jedoch nicht erkennen/deuten.

Melanie fragt bei der Produktion dieses Texts immer wieder nach bestimmten Wörtern, die nicht unter jenen sind, die zur Hilfe am Blatt stehen. Das erste Wort, nach dem sie fragt ist jedoch SCHIESSEN, was ich ihr als am Blatt stehend zeige. Später besteht sie (obwohl ich ihr mehrmals „trösten" vorschlage) auf „Entschuldigung/entschuldigen" (in ÖGS eine Gebärde), was ich ihr aufschreibe. Melanie liest den bisher von ihr geschriebenen Text in LBG einmal für Doris vor. Sie weiß also genau, was welches Wort bedeutet.

Sie möchte dann von mir IDEE wissen, was ich einfach buchstabiere und gleich danach fragt sie SAGEN? und ich schreibe es ihr (flektiert) auf.

Das bedeutet: Melanie plant den Text alleine, holt sich aber von mir das Deutschwissen, das sie noch nicht hat - und das ihr nötig erscheint. Flexion und anderes ist für sie anscheinend schon relevant, da sie ein Verb selbständig flektiert, aber sie fragt nicht danach.

Ich stehe bei dieser Art von Hilfestellung natürlich vor dem Dilemma, welche Formen ich ihr buchstabieren soll, entschließe mich dann für die in dem jeweiligen Fall grammatikalisch angemessene und nicht den Infinitiv, da ansonsten künstliche Fehler im Text entstehen würden.

Sie verfährt mit dieser Strategie (ihren Text mithilfe jenes Wissens zu schreiben, das ihr nötig erscheint und das sie sich selbstbestimmt bei mir holt) ebenso wie die hörenden Kinder, die mich jedoch meistens nach Rechtschreibregeln („Groß oder klein?") oder der genauen Orthografie eines Wortes („Wie schreibt man streicheln?") fragen und nicht nach Vokabeln.

12.7.2 Textanalyse

Melanie hat sämtliche Verben im Infinitiv verwendet, außer „spielen", von dem sie eine eigene Variante, „spiel" flektiert hat. „Spielen" ist das einzige Verb, das nicht auf dem Blatt mit der Bildgeschichte vorhanden war und das von ihr selbst eingebracht wurde. Sie hat die von ihr verwendete Form eigenkreativ erfunden - was darauf hindeutet, das sie schon ein Bewusstsein dafür hat, dass Verben sich verändern, aber noch nicht genug Sicherheit, die richtige Flexion zu bestimmen und anzuwenden.

Das Fehlen des Dativ-Objekts „ihr" nach „sagen" scheint mir seinen Ursprung in der ÖGS zu haben: Hier kann „sagen" so flektiert werden, dass das Zielobjekt inkorporiert ist und nicht gesondert darauf hingewiesen werden muss, WEM etwas gesagt wird.

Negation, Passiv und temporale Markierungen (abgesehen von der zeitlichen sinnvoll angeordneten Reihenfolge der Sätze) kommen in diesem Text noch nicht vor. Die bei lokalen Markierungen notwendigen Präpositionen („in" den Kübel) verwendet sie nicht, hat sie allerdings auch noch nicht gelernt.

Für Personen-Benennungen werden Personalpronomina von Melanie hier nicht verwendet. Dies könnte damit zu tun haben, dass die beiden Personen der Geschichte für das Verständnis derselben unbedingt klar unterscheidbar sein müssen. Melanie hat in der Verwendung von Personalpronomina noch keine Sicherheit und verlässt sich lieber auf die Eigennamen. Interessant ist in diesem Zusammenhang vielleicht auch, dass der einzige Deutschmuttersprachler der kleinen

Gruppe, David, bei der Textplanung seiner (selbst ausgedachten!) Geschichte immer laut vor sich hersprach und dabei Pronomina und auch Bindewörter verwendete, im Schreiben jedoch immer zum sicheren Namen („Beter"[Peter]) griff und die Sätze wieder trennte. Das heißt, dass auch von ihm Personalpronomina noch nicht aktiv verwendet werden.

Melanies Satzkonstruktionen sind mangels Satzzeichen schwer zu erkennen – es sind alles Aussagesätze. Konjunktionen verwendet Melanie überhaupt keine. Ganz deutlich ist, dass sie die SVO-Regel anwendet. Ihre Wortstellung ist - soweit sich Sätze identifizieren lassen - korrekt, das Verb meist an zweiter Stelle.

Orthographie: Interessant ist, dass in diesem Text die in den vergangenen Monaten schon verwendeten Satzzeichen nicht mehr eingesetzt werden (abgesehen vom großen roten Punkt ganz am Ende des Texts). Sie hat wenig Probleme mit der Rechtschreibung, das Wort „Idee" schreibt sie klein und „weinen" sowie „sagt" einmal groß. Deutlich ist jedoch, dass sie keine störenden phonetischen Einflüsse durch gesprochene Sprache hat wie die hörenden Kinder.

Das verwendete Lexikon stammt - bis auf ‚spielen' und die Benennungen der Kinder - vollständig vom Quellzettel. Man kann an diesem Text also genau ablesen, wie Melanie mit ihr zur Verfügung gestelltem Wortmaterial eine Geschichte baut, wie sie die Wörter in ihr angemessen erscheinende Verhältnisse zueinander setzt.

Dieser Text ist – im Vergleich zu den vorigen – schon gut als solcher erkennbar und verständlich. Die Geschichte ist (mit einigen dazugedachten Satzzeichen) nachvollziehbar;

Schnee

Doris und Melanie spiel Schnee schießen. Melanie Weinen. Doris entschuldigen. Doris idee Sag. Melanie und Doris spiel Schnee schießen Kübel.

Erzählstruktur und Kohärenz, also logische Verknüpfung, ist im Text gegeben. Es sind alle in der Bildgeschichte dargestellten Erzählschritte in den Texten vorhanden. Kohäsion ist eigentlich nicht gegeben, die Erzählschritte sind aneinandergereiht.

Die Erzähllänge beträgt bei Melanie 21 Wörter - wobei u.U. relevant ist, dass diese Bildgeschichte nur 4 Bilder und nicht wie die vorige 6 Bilder umfasste.

12.7.3 Vergleich mit den Produkten der hörenden Kinder

Pluralbildung wird nur einmal von Tugba getätigt. Die Verbalflexion ist bei allen Kindern ausgeprägt und korrekt realisiert. Kasusanpassungen sind für die drei Kinder mit L1 Türkisch offenbar sehr schwer.

Negationen und Passiva wurden keine verwendet. Die Kinder verwenden alle temporale Markierungen wie „da" (Tugbas Text), „plötzlich" und „dann" was zur besseren Lesbarkeit und Textualität beiträgt.

Bei den lokalen Markierungen hat Tugba noch Probleme, z.B. Präposition ‚in' Annas Gesicht fehlt, „von der" statt ‚aus dem' Garten und „ihnz" (also ins) statt ‚in den' Eimer. Personen sind in den Texten durch das Personalpronomen ‚sie' und die selbst gewählten Eigennamen der AkteurInnen repräsentiert. Rehat und Derya haben in ihren Texten immer wieder auf die Nennung der Personen vergessen.

Die Satzkonstruktionen sind unterschiedlich klar: alle verwenden Aussagesätze, Tugba hat lauter klar und richtig gebaute Sätze, die voneinander unterscheidbar sind. Derya hat zum Teil ineinander übergehende Sätze, die durch ‚und dann' verbunden oder einfach aneinandergereiht sind. Rehats Satzkonstruktionen sind alle nicht ganz korrekt. Der Kausalsatz „Wegen..." (statt ‚weil') ist durch einen Punkt abgetrennt. Sie alle verwenden Konjunktionen wie ‚dann', ‚und', ‚wegen'. Die Wortstellung ist nicht immer ganz korrekt.

Diese Texte von Rehat und Derya sind inhaltlich zum Teil ähnlich schwer nachvollziehbar wie jener der gehörlosen Schreiberin. Die größte Schwierigkeit in dieser Geschichte war für alle Kinder offenbar die richtige Bezeichnung der Personen und der sie verbindenden Aktivitäten: Wer tut was und wem geschieht was?

Erzählstruktur und Kohärenz, also logische Verknüpfung, ist im Text gegeben. Es sind alle in der Bildgeschichte dargestellten Erzählschritte in den Texten vorhanden. Kohäsion ist eigentlich nicht gegeben, die Erzählschritte sind aneinandergereiht. Die Erzähllänge beträgt bei Rehat 30, bei Tugba 36 und bei Derya 26 Wörter. Es scheint, dass diese Bildgeschichte aufgrund der nur 4 Bilder auch bei den hörenden SchreiberInnen weniger Textproduktion zur Folge hatte.

David produzierte in dieser Stunde einen anderen, wirklich ‚freien' Text (Grund: Zuerst – von mir akzeptierte - Schreibverweigerung, dann Verfassung eines Textes zu einer selbstgemachten Zeichnung, siehe Protokoll der Stunde im Appendix). Seine Sätze sind äußerst einfach konstruiert, jedoch hat er ganz eigenständig, ohne Input und Hilfe eine vollständige Geschichte verfasst mit je einem Satz umfassender Einleitung, Problemanbahnung, Problem, Lösung und Ausklang. Erzählstruktur und Kohärenz, also logische Verknüpfung, ist im Text gegeben. Jeder Satz stellt einen Erzählschritt dar. Kohäsion ist eigentlich nicht gegeben, die Erzählschritte sind ohne jegliche Verknüpfungen aneinandergereiht. Die Erzähllänge beträgt 21 Wörter.

12.8 Sechster Text: Selbstbeschreibung, Juni 2002

Doris:

Ich hat Rosa Kurz Haare. *Ich hat Brille. Ich schau aus wie ein* *Bub.*

Melanie:

Ich hat Braun und Gelockt und Haare.
Ich hat Dünn. Ich essen wenig.
Ich lache viele.

Diese Aufgabe bestand darin, ohne einen durch Bilder extern geordneten Ablauf einen ganz eigenen Text zu einem bestimmten Thema („Ich“) zu verfassen, mit dem Ziel, sich selbst für die anderen Kinder erkennbar zu beschreiben.

Alle Kinder machten bei dieser für sie vollkommen neuen - und (im Nachhinein betrachtet) wahrscheinlich zu schwierigen - Herausforderung ausgiebig Gebrauch von den für diesen Zweck vorher auf der Tafel gemeinsam gesammelten Wörtern (Tafelbild> siehe DVD, Kapitel 8 CLIP 01).

12.8.1 Textentstehung

Bei dieser Aufgabe brauchten Melanie und Doris viel mehr Hilfestellung von mir als die 3 hörenden Kinder, die z.T. ganz selbstständig schrieben. Nur manchmal fragten diese mich nach einer Rechtschreibregel für ein bestimmtes Wort. Melanie und Doris brauchten jedoch dauernde Hilfestellung, um ihre in ÖGS geplanten Texte auf Deutsch niederschreiben zu können.

Melanies und Doris' Texte sind daher – mehr noch als früher – das Ergebnis intensiven Austauschs zwischen mir und ihnen:

Doris erkundigt sich zuerst bei mir nach ROSA, dann schreibt sie „Ich“ und ich mache ihr den Vorschlag HABEN zu verwenden, was sie sofort nickend annimmt und selbstständig flektiert und in der ihr angemessen erscheinenden Form auch verwendet: „hat“.

Doris schreibt zunächst nur „Ich hat Rosa Kurz“[2]. Doris wird von mir mehrmals darauf hingewiesen, dass sie „Haare“ vergessen hat und fügt es dann noch an. Später fragt sie mich, ob sie einen Punkt machen soll und ich bejahe. Ganz alleine schreibt sie: „Ich hat Brille“, wofür ich sie sehr lobe.

Doris schreibt dann „Ich bin Bub“, was ich länger mit ihr und den anderen Kindern diskutiere: Kann man sie denn anhand des Textes dann noch erkennen? Doris will sich von dem Satz aber nicht trennen, also schlage ich ihr vor: Ich schaue aus wie ein Bub. Dies ist jedoch weit jenseits ihres momentanen Deutschwissens, weshalb ich es ihr dann großteils buchstabiere.

Melanie schreibt ihren ersten Satz fast alleine: sie gebärdet ihn und ich buchstabiere manchmal, schlage ihr dann HABEN vor, was sie eigenständig in dieser Form („hat“) verwendet. Ich frage Melanie, wie sie noch ist: GROSS, KLEIN?,

2 Dies entspricht den Tatsachen, da Doris zu dem Zeitpunkt blond-rosa gefärbte Haare hat.

sie antwortet: DÜNN und ich gebärde/buchstabiere ihr ICH b-i-n DÜNN. Sie schreibt es in ihrer Form nieder. Das Verb „sein“ und seine Einsatzmöglichkeiten gehören sicher zum schwierigsten, was die beiden gehörlosen Schülerinnen noch lernen müssen, da es in ihrer Erstsprache ÖGS nicht existiert und es auch keine ähnlichen Konstrukte in ÖGS-Grammatik gibt.

Melanie denkt dann einige Zeit nach und gebärdet mir ihren nächsten Satz: ICH WENIG ESSEN, ich nicke und sie dreht sich voll Schreibeifer zu ihrem Blatt. Ich schlage ihr dann in ÖGS vor: ICH ESSEN WENIG. Melanie schreibt „Ich hat...“ und ich gebärde ihr: NICHT HAT, ESSEN! Sie schreibt hier den Infinitiv. Beim Wort „lachen“ verschreibt sie sich so oft und ist derart frustriert, dass ich es letztendlich für sie schreibe. Das Adverb hängt sie dann selbst an – in der ihr angemessen erscheinenden Form: „viele“.

12.8.2 Textanalyse

Obwohl diese Texte sehr kurz sind, ist an ihnen ein ganz deutlicher Schub in der Deutsch-Kompetenzentwicklung der Kinder ablesbar: die Verben werden zum Teil von ihnen selbstständig flektiert. Sie wählen zwar für die 1. Pers. Sg. noch nicht die korrekte Form aus, haben aber ganz offensichtlich schon ein Wissen darüber, dass man Verben der Person anpassen muss und verfügen auch schon über die 3. Pers. Singular. Sie gehen also kreativ und produktiv mit ihrem Wissen um.

Kasusanpassungen werden keine benötigt und verwendet.

Pluralbildung: Melanie verwendet fälschlicherweise einmal eine Pluralendung (lache ‚viele‘) und einmal korrekt (‚Haare‘), wobei dies auf der Tafel stand.

Negation, Passiv, temporale und lokale Markierungen kommen nicht vor. Da es um die Kinder selbst geht, kommen diese als einzige Person, repräsentiert durch das Personalpronomen ‚ich‘ vor.

Die letzte Konjunktion „und“ in Melanies zweitem Satz ist unsinnig und könnte darauf hindeuten, dass ihr nicht klar ist, was das Wort „Haare“ hier für eine Funktion hat.

Beide verwenden die korrekte Wortstellung, das Verb an zweiter Stelle und konstruieren ihre – noch sehr kurzen, einfachen - Sätze eigenständig.

Orthographie: Satzzeichen verwenden beide Mädchen in diesem Text wieder eigenständig und problemlos.

Dass beide Mädchen mit dem Wort „Haare“ Probleme haben (und die Adjektive davor in ihren Texten groß schreiben), scheint mir erklärbar durch die Tatsache, dass in ÖGS die Gebärden für Haarbeschreibungen wie „gelockt“ und „blond“ durch Inkorporation schon die Information enthält, dass es sich um Haare handelt, dass also eine extra Nennung von HAARE nicht notwendig, ja sogar grammatikalisch falsch wäre. Der spezielle Hinweis darauf ist also in ihrer Erstsprache redundant – und ist deshalb wohl für Melanie und Doris auf Deutsch nicht leicht verständlich. Gegen diese Interferenz-Erklärung spricht allerdings, dass Melanie sich selbstständig bei mir nach dem Wort für HAARE erkundigt.

Interessant ist, dass Doris den Satz ‚Ich hat Brille' ganz alleine konstruiert, jedoch den hier noch fehlenden unbestimmten Artikel ‚ein/e', den sie in den letzten Monaten dauernd an mehr oder weniger sinnvollen Stellen eingesetzt hatte, nicht verwendet.

Erzählkompetenzen zu bewerten erscheint bei der Aufgabenstellung nicht sinnvoll. Erzähllänge: Doris: 14, Melanie 16 Wörter.

12.8.3 Vergleich mit den Produkten der hörenden Kinder

Plurale gibt in diesem Text viele, korrekt realisiert. Die hörenden SchreiberInnen haben keine Probleme mit der Wahl der korrekt flektierten Verben. Kasusanpassung ist besonders für Tugba und Rehat schwer, Rehat hat möglicherweise deshalb Probleme mit dem Einsatz des unbestimmten Artikels und lässt ihn – ähnlich wie die gehörlosen Schreiberinnen – oft weg. Für David stellt dies offenbar kein Problem dar. Negation, Passiv, Personen-Repräsentationen (abgesehen von ‚ich'), lokale und temporale Markierungen kommen überhaupt nicht vor. Die Satzkonstruktionen sind bei allen Kindern äußerst einfach, zum Teil (Rehat) auch unvollständig, nur Tugba setzt die Konjunktion „und" ein. Die Wortstellung ist bei allen Kindern korrekt, die Orthographie ist großteils richtig, David und Rehats Texte sind fast fehlerfrei – was damit zusammenhängen dürfte, dass die meisten Wörter auf der Tafel standen (siehe Protokolle der Stunde im Appendix). Die in Schreibschrift inkorrekte Schreibung von „Füsse" ergibt sich durch die in Blockschrift mit Doppel-S vorgeschriebene Form auf der Tafel. Tugba hat eine Vielzahl an Adjektiven und sogar die Verkleinerungsform „Bäuchlein" verwendet. Alle Kinder haben einige Fehler in der Groß-Kleinschreibung – auch dies scheint mir eine Folge der Tafelwörter in Blockschrift zu sein.

Die Textinhalte aller Kinder sind verständlich. Die hörenden Kinder produzieren deutlich mehr Text als die gehörlosen.

Interessant ist, dass bei den hörenden Kindern nur Tugba eine (ausgesprochen liebevolle und genaue) Beschreibung verfasst hat, die wirklich charakteristische Merkmale (ausgedrückt durch Adjektive) beinhaltet. David und Rehat haben eher allgemeine Merkmale, nämlich Substantive wie Lippen, Nase, Ohr, aufgelistet. Auf die von David mehrmals provokativ wiederholte Frage, ob er schreiben soll, er habe einen Pimmel, antwortete ich ihm, er könne auch einfach schreiben, dass er ein Bub sei. Der Satz „Ich bin ein Bub" dürfte vor allem daher rühren.

Erzählkompetenzen zu bewerten erscheint bei der Aufgabenstellung nicht sinnvoll. Erzähllänge: David: 36, Rehat 34 und Tugba 29 Wörter.

12.9 Siebenter Text: Vater-und-Sohn-Geschichte, März 2003

Doris:

vater und Sohn
Vater und Sohn sagt du Hund Wasser. Ich Hund
Böse. Hund Idee beiß Schlauch Vater und Sohn
Wasserspritzt. Vater sagt kalt.
Verenan (und ein Herz)

Melanie

Vater und Sohn
Vater und Sohn gesen Sohn sagt: „Witz machen
Mit schlauch Spaß machen hund Wasser
böse Hund überlegt Idee beißt Schlauch
und spritzt.

12.9.1 Textentstehung

Auch diesmal ist der Input eine Bildgeschichte Ich teile das Blatt aus, Melanie will die Geschichte sofort in ÖGS erzählen, ich voice und sie wird von allen gelobt. Dann ermuntere ich David, sie auch zu erzählen, was er tut und von Melanie gelobt und beklatscht wird. Schließlich will Rehat sie gebärden, braucht aber Hilfe: Doris gebärdet langsam, alle gebärden mit und ich voice, was die hörenden Kinder nicht selbst wissen.

Schließlich will sie auch Tugba erzählen und tut dies. Alle Kinder haben durch diese Vorbereitungsphase mehrere Gelegenheiten, sich das notwendige Vokabular zu vergegenwärtigen, die eigene Geschichte zu planen. Die hörenden Kinder haben gleich die richtigen Wörter parat, die gehörlosen Kinder müssen erst eine Übersetzungsleistung erbringen

Melanie und Doris schreiben zum Großteil schon selbstständig: Sie gebärden, was sie sagen wollen, holen sich meine Rückversicherung. Stimmt, gut! Und schreiben es dann selbst auf Deutsch.

Neben Vokabelfragen ist ihre häufigste Frage: groß oder klein?', die ich jedes mal mit einer Erinnerung, ob man das angreifen oder tun kann beantwortete – und sie jedes mal selbst entscheiden lasse. Immer wieder brauchen sie Hilfe, indem ich ein Wort durchbuchstabiere (Witz, Spaß, beißt, Schlauch, Idee, überlegen, spritzt), dann wieder will ich buchstabieren und sie lehnen ab, drehen sich zum Blatt und schreiben ganz selbstständig (Vater und Sohn, Hund, machen, Wasser, böse, sagt).

12.9.2 Textanalyse

Plural kommt in den Texten nicht vor.

Verben verwenden die beiden, wobei sie sich ‚beißt' von mir buchstabieren lassen. Als ich ‚g-i-e-ß' buchstabiere und dann frage: ‚Sie. Was kommt dann am Ende?', weiß Melanie selbst: -en.

Beide setzen ‚sagen' in der korrekt flektierten Form ein. Melanie markiert auch die letzten drei Verben ihres Textes farblich, sie weiß also genau um Wortklassen bescheid. Eines der fehlenden Verben ist bei ‚Idee' ‚haben' – was meiner Meinung nach aus ihrer Erstsprache erklärbar ist, denn hier gebärdet man nicht IDEE HABEN sondern ICH IDEE oder DU IDEE (oder optional mit ‚DA': ICH IDEE DA).

Auch das in beiden Texten fehlende ‚ist' bei ‚böse' ist wohl durch die Nicht-Existenz dieses Kopulaverbs in ÖGS erklärbar.

Kasusanpassungen: Die Schreiberinnen verwenden den Nominativ und Akkusativ.

Negation, Passiv und temporale und lokale Markierungen werden keine verwendet.

Personen sind in dem Text nicht als Personalpronomina (außer einmal ‚ich') repräsentiert - sie schreiben lieber jedes mal aus, um wen es sich handelt. Dies ist insofern auffallend, als sie „sie" vor genau einem Jahr in der Hasengeschichte schon aktiv einsetzten.

Satzkonstruktionen sind mangels eindeutiger Anfänge und Enden eher schwer zu ersehen. Deutlich ersichtlich ist trotzdem: Beide setzten die Verben bewusst an den richtigen Stellen, die Wortstellung ist also korrekt, wenn auch durch die fehlenden Satzzeichen schwer erkennbar.

Orthographie, insbesondere Groß-Klein-Schreibung beherrschen die beiden noch nicht ganz mühelos, sie fragen jedes Mal danach und lösen ihre Frage dann selbst, was direkt zusammenhängt mit ihrem metasprachlichen Wissen über Wortklassen (‚Tunwörter klein, Dinge die man angreifen kann groß,...').

Satzzeichen werden von beiden eher inkonsequent eingesetzt, da wo sie besonders fehlen (Doris 3. Satz und Melanies gesamter Text), könnten auch Konjunktionen eingesetzt werden, die die beiden jedoch überhaupt nicht verwenden. (Interessant ist, dass sie ‚und' vor genau einem Jahr in der Hasengeschichte schon beherrschten und einsetzten.)

Ihr Lexikon hat sich ganz massiv vergrößert: Beide machen sich ohne zu zögern an ihren Text und an ihre einzelnen Sätze. Sie schreiben selbstverständlich und fordern manchmal Hilfe an, wenn sie ein deutsches Wort nicht wissen.

Das in dieser Geschichte sehr nützliche Adjektiv ‚nass' haben beide Mädchen nicht in ihrem Wortschatz - wie schon beim 9 Monate davor durchgeführten Wortschatztest, bei dem ‚nass' ein item darstellte. Doris löst dies durch die Wahl des

Wortes ‚kalt', über das sie verfügt. Melanie lehnte das von mir vorgeschlagene KALT ab und wählte statt dessen selbstständig ‚Wasser'.

Erzählstruktur und Kohärenz ist von ihnen erfasst, aber schwer erkennbar wiedergegeben worden. Die Erzählschritte sind erkennbar, Kohäsion ist jedoch keine gegeben.

Die Erzähllänge beträgt bei Melanie und Doris 25 Wörter.

Beide Schreiberinnen beleben ihre Texte durch einige wichtige Merkmale einer gut erzählten Geschichte: Melanie verwendet zum ersten Mal (und als einziges Kind!) ansatzweise (nicht komplett ausgeführt) die direkte Rede, die sie mit Doppelpunkt und Anführungszeichen markiert und auch unterstreicht.

Doris setzt in ihrem Text unterschiedliche Perspektiven ein: einmal Beobachter, dann Hund-Perspektive. Diese Fähigkeit ist für eine gute Gebärden-Geschichtenerzählerin außerordentlich wichtig und es ist anzunehmen, dass sie diese Kompetenz aus ihrer Erstsprache in ihre Zweitsprache überträgt und hier – sinnvoll und daher gekonnt– einsetzt.

Nichtsdestotrotz sind in beiden Texten der Inhalt der Geschichte und seine wichtigsten Elemente zwar eindeutig erkennbar, ohne den Kontext der Bildgeschichte, also Zusatzinformation, jedoch schwer verständlich.

12.9.3 Vergleich mit den Produkten der hörenden Kinder

Pluralbildung: Alle Kinder verwenden die Wendung „Blumen gießen", in der Blumen so gut wie immer im Plural realisiert sind. Die eingesetzten Verben sind vielfältig, die Verbalflexion bei allen korrekt. Tugba und David verwenden in diesem Text je ein Verb nicht nur im Präsens sondern auch im Perfekt. Kasusanpassung fällt allen SchreiberInnen nicht mehr so schwer wie bisher: David schreibt zwei Mal ‚ein' statt ‚einen' – wobei diese Schreibweise u.U. auch durch phonetischen Einfluss (undeutliche Aussprache des Wortes) erklärbar ist – und einmal Akkusativ statt Dativ. Rehat hat denselben Fehler, ansonsten jedoch lauter korrekte Übereinstimmungen. Tugba hat große Probleme mit dem Kasussystem (7 Fallfehler). Den Genus von Substantiven zu bestimmen fällt den TürkischmuttersprachlerInnen am schwersten. Negation und Passiv werden nicht eingesetzt. Temporale Markierungen werden unterschiedlich elaboriert verwendet: David und Rehat setzen nur „dann" ein, Tugba auch noch „jetzt" und „danach". Lokale Markierungen kommen keine vor. Personen werden von allen Kindern sowohl relational benannt (‚Papa', ‚Kind', ‚Vater', ‚Sohn') als auch durch Personalpronomina bezeichnet. Diese werden von allen hörenden Kindern mühelos eingesetzt, Rehat vergisst eines im letzten Satz seiner Geschichte.

Satzkonstruktionen: alle Kinder schreiben in Aussagesätzen, manchmal verbinden sie zwei Hauptsätze durch eine Konjunktion (‚und', ‚dann', ‚und dann'). Die Wortstellung in den Texten ist durchwegs richtig.

Alle Kinder haben einen großen Schub in der Anwendung ihres Orthographie-Wissens gemacht: Groß-Kleinschreibung sowie Interpunktion ist fast fehlerfrei, die Dichte der phonetischen Schreibweisen hat nun – Mitte der 3. Klasse – massiv abgenommen. Tugbas Text ist orthografisch so gut wie fehlerfrei (zwei ‚ß' fehlen).

Auch der im Vergleich zu den gehörlosen Schreiberinnen viel größere aktive Wortschatz ist deutlich zu merken (Blumen gießen, Schmetterlinge, heimzahlen, überlegen, Spaß, Pech, nass).

Erzählstruktur und Kohärenz ist von ihnen erfasst, aber schwer erkennbar wiedergegeben worden. Die Erzählschritte sind erkennbar, Kohäsion ist jedoch keine gegeben. Die Erzähllänge beträgt bei David 46, bei Rehat 50 und bei Tugba 67 Wörter.

Im Vergleich zu den gehörlosen Kindern ist ganz deutlich, dass die Texte länger und mit vielen kleinen Details ‚belebt' sind.

In dieser Freien Schreibstunde wird eine erstaunliche Entwicklung innerhalb der Gruppe der hörenden Kinder deutlich: Tugba – ein Kind, das mit minimalen aktiven Deutschkenntnissen in die erste Klasse eintrat und wochenlang fast nur schwieg – hat sich zu einer kompetenten Schreiberin entwickelt. Sie konstruiert den elaboriertesten Text mit den kompliziertesten Formulierungen und den meisten temporalen Markierungen. Sie verwendet in diesem Text ein Verb nicht nur im Präsens sondern auch im Perfekt. Was sie überhaupt noch nicht beherrscht, ist der Einsatz von Artikeln und deren Kasusanpassungen.

12.10 Achter Text: Aus dem Gedächtnis schreiben: Hasengeschichte ohne Input, Juni 2003

Doris:

Die Hase
Bub und Mädcher will käufen einen Hase.
Bub und Mädcher ein Hase halten Haus ein
Hase heben Käfig. Bub ist ein füttern.
Die Hase ist spielen laufen. Die Hase im Schlaf.
(darunter eine Bleistift-Zeichnung des Hasen vor seinem Käfig)

Melanie:

der Hase
Bub und Mädcher will käufen
einen Hase. Bub und Mädcher
tragen Schachtel nach Hause.
Käfig Hase in Bub und Mädcher
pflegen und füttern. Bub und
Mädcher streicheln Hase.
Der Hase schlaft.
(Darunter eine detaillierte Zeichnung eines braunen Hasen mit rosa Innenohren und Nase und weißer Blume)

12.10.1 Textentstehung

Gemeinsam erinnern wir uns an die Hasengeschichte, dann sollen die Kinder sie selbst aus dem Kopf aufschreiben und dabei ausschmücken. Nachdem ich die Aufgabe erklärt habe, beginnen Melanie und Doris sofort zu schreiben. Melanie fragt: HASE DIE DER? Und die noch anwesende Dolmetscherin bestätigt ihr DER. Die beiden Schülerinnen planen, gestalten und formulieren ihren Text völlig selbstständig. Sie fragen immer wieder nach deutschen Entsprechungen von Gebärden und nach Groß-Kleinschreibung.

12.10.2 Textanalyse

Pluralbildungen sind keine ersichtlich. Verben haben die Schreiberinnen z.T. von mir erfragt. Es ist an ihren Texten deutlich zu sehen, dass sie nun sowohl flektierte als auch unflektierte korrekte und inkorrekte Formen verwenden. Der Einsatz von Umlaut-a bei ‚kaufen' ist nicht nachvollziehbar. Beide schreiben derzeit nur im Präsens.

An Doris Text ist auffallend, dass sie sowohl „ist"“als auch „ein" (Z.B.: „Bub ist ein füttern" und „Die Hase ist spielen laufen") laufend inkorrekt einsetzt, wobei die Übergeneralisierung von ‚ist' vermutlich eine Phase darstellt. Auch in einem mir an diesem Tag aus Anlass meines Besuches in der Klasse überreichten Brief schreibt sie: „Doris ist freuen. Verena ist kommt. Love."

Es ist denkbar, dass die gehörlosen Schreiberinnen momentan das Präsens mit ‚ist' markieren. Weiteres Material liegt derzeit nicht vor, es ist jedoch davon auszugehen, dass sie auch diese Phase hinter sich lassen werden.

Die Kasusanpassung (ebenfalls in ÖGS nicht existent) wird von ihnen noch nicht beherrscht (siehe ‚einen Hase').

Der Übereinsatz des unbestimmten Artikels war schon vor einem Jahr in der vom Blatt geschriebenen Hasengeschichte zu beobachten. Interessant ist, dass der unbestimmte Artikel in diesem Text wieder auftaucht, also von den Mädchen wieder verwendet wird. Der bestimmte Artikel wird jedoch selten eingesetzt: von Melanie korrekt, Doris hat aus dem Hasen ein Femininum gemacht und daher ‚die' vorangestellt, führt dies jedoch beim unbestimmten Artikel nicht konsequent fort. Aus dem Text ist jedoch eindeutig ersichtlich, dass beide Schreiberinnen auch schon einiges Wissen über die Konzepte sowohl des bestimmten wie auch des unbestimmten Artikels haben – für Kinder, in deren Erstsprache es dieses Konzept nicht gibt, ist dies eine sehr wichtige Leistung. Tatsächlich ist es vor allem die inkonsistente und oftmals unkorrekte Verwendung von Artikeln, die ihre Texte stark von der Zielsprache abweichen lassen.

Negation, Passiv, und temporale Markierungen verwenden beide Schreiberinnen in ihren Texten nicht.

Lokale Markierungen sind wenige ersichtlich - unter Umständen hat Melanie die Präposition ‚in' als örtliche Markierung eingesetzt, sie könnte aber auch das Verb ‚hineingeben', dass sie sicher noch nicht beherrscht, einfach umschrieben haben. In ÖGS ist die Gebärde für IN und HINEIN ähnlich, es könnte sich also auch um eine Interferenz handeln.

Die Personen sind in dem Text nur als ‚Bub und Mädchen' und ‚Hase' realisiert – Personalpronomina wurden nicht verwendet.

Die Wortstellung bereitet ihnen fast keine Probleme – wobei sie beide noch immer sehr einfache – ihrem Wissen angemessene – Konstruktionen verwenden. Melanies Satz ‚Käfig Hase in' weist ganz deutliche ÖGS-Interferenzen auf.

Beide Schreiberinnen haben einen Rechtschreibfehler im Wort ‚Mädchen', der interessant ist: sie beenden das Wort mit einem ‚r' statt ‚n'. Ein Phänomen, das deutlich darauf zurückzuführen ist, dass sie keine phonetischen Hilfen haben, sich also nicht daran erinnern können, wie das Wort klingt, sondern sich nur die Grapheme merken können - und hier offensichtlich einen Erinnerungsfehler haben und die in Schreibschrift sehr ähnlichen Buchstaben r und n falsch memoriert haben. Sie verwenden beide Interpunktion, wobei Melanie deutlich konsequenter ist und alle Punkte korrekt setzt, wodurch ihr Text gut les- und verstehbar ist.

Lexikon: Die Buchstabenabfolge, also wie man diese Wörter schreibt, wissen die Kinder nun schon selbst bei: Hase, der, die, Bub, und, Mädchen, will, ein, Hause, in, spielen, laufen, ist. Bei anderen Wörtern (kaufen, tragen, Schachtel, nach, Käfig, halten, pflegen, füttern, schläft, heben) erkundigen sie sich nach der Schreibweise – manchmal wissen sie Teile des Wortes, dann wieder ist das Wort ganz neu (‚streicheln'), aber von ihnen gewünscht.

Diese Texte von Doris und Melanie sind erstmals inhaltlich wirklich (wenn auch mit manchen Unsicherheiten) nachvollziehbar. Sie haben frei aus dem Gedächtnis eine ganze Geschichte geschrieben, haben den Textaufbau der Geschichte selbst geplant.

Erzählstruktur und Kohärenz sind eher schwer erkennbar. Die Erzählschritte sind erkennbar, Kohäsion jedoch so gut wie keine gegeben. Die Erzähllänge beträgt bei Melanie und Doris je 33 Wörter.

12.10.3 Vergleich mit den Produkten der hörenden Kinder

Pluralbildungen gibt es in dieser Geschichte viele: Rehat bildet ‚Löchern', eine Form, in der er zwei Pluralisierungsregeln gemeinsam anwendet. Tugba schreibt richtig ‚Kinder' und hat ebenfalls Probleme, ‚Loch' in den Plural zu setzen. ‚Locher' ist ihre Lösung. David wiederum bildet den richtigen (aber nicht ganz korrekt geschriebenen) Plural ‚Karoten'. Verbalflexion: Die hörenden Kinder wenden schon mehrere Zeiten an. Alle verwenden Perfekt und/oder Imperfekt, wenn auch eher unsystematisch und oftmals nicht ganz richtig gebildet (‚pakten', ‚machten', ‚streichten', heiste', ‚gebten', letztere Übergeneralisierungen analog zum Präteritum schwacher Verben). Dies haben sie den gehörlosen Kindern voraus, die derzeit nur im Präsens schreiben. Auch die Genusübereinstimmungen sind - vor allem bei Tugba - noch nicht ganz korrekt. Negation verwendet keines der Kinder, ebensowenig Passiv.

Die Kinder wenden wenige temporale Markierungen an („schon eingeschlafen", „als"). Alle Kinder verwenden lokale Markierungen, die Präposition ‚in' (Tierhandlung, Schachtel/Karton, Käfig), bei der alle SchreiberInnen mit L1 Türkisch Probleme mit der Kasusübereinstimmung haben.

Für die Personen-Repräsentationen stehen ihnen zahlreiche Mittel zur Verfügung: Sie geben den Kindern Eigennamen und verwenden Personalpronomina (‚er' und ‚sie') oder nennen sie als Gruppe „Kinder" (und nicht wie die gehörlosen SchreiberInnen ‚Bub und Mädchen')

Die Satzkonstruktionen umfassen nicht mehr nur Hauptsätze, wobei die Kinder, insbesondere Rehat, noch nicht über ausreichend Konjunktionen verfügen, um sie der Zielsprache gemäß aneinanderzufügen.

Alle Kinder haben Probleme bei der Orthographie, sowohl Groß/Kleinschreibung als auch durch phonetische Einflüsse. Satzzeichen setzen alle richtig und sinnvoll ein, wenn auch nicht durchgängig. Korrekte deutsche Satzstellung beherrschen alle. Die hörenden SchreiberInnen haben in ihrer Textproduktion – im Vergleich – einen großen Entwicklungsschritt gemacht, insofern, als bei jedem Kind persönliche Charakteristika, Vorlieben und Interessen einfließen. Die Kinder verfügen über einen derart großen aktiven Wortschatz, dass sie ihre Geschichten ausschmücken und unterschiedlich gestalten können.

Tugba, ein Kind mit L1 Türkisch, schreibt den elaboriertesten und kompliziertesten Text, der noch dazu wie ein Textrechenbeispiel durchdacht ist. Erzählstruktur und Kohärenz ist von allen gut verwirklicht. Die Erzählschritte sind leicht erkennbar und vielfältig, Kohäsion ist bei Rehat und Tugba mehr, bei David etwas weniger gegeben. Die Erzähllänge beträgt bei David 40, bei Rehat 55 und bei Tugba 81 Wörter.

12.11 Resümee Deutsch-Schreibkompetenz-Entwicklung

Zwischen November 2001 und Juli 2003 wurde mit einer stabilen Kleingruppe Freie Schreibstunden abgehalten. Die Gruppe setzte sich aus 2 gehörlosen und 2 hörenden SchülerInnen mit L2 Deutsch und einem Schüler mit L1 Deutsch zusammen. Insgesamt fast vierzig von den Kindern in diesem Rahmen produzierte Texte wurden zur Analyse herangezogen, wobei das Hauptaugenmerk auf der Entwicklung der Schreibkompetenz der gehörlosen Schülerinnen lag.

Es ist nicht leicht, zusammenfassende Aussagen über die vielen analysierten Einzeltexte zu treffen. Folgende Ebenen strukturieren diese Darstellung:

- die Satzebene in Bezug auf grammatikalische Entwicklungen
- die Textebene, auf der diskursive und inhaltliche Kompetenzen sowie syntaktische Produktivität thematisiert werden (Syntax)
- die lexikalische Ebene in Bezug auf quantitative Produktivität
- Orthografie.

Diese Strukturierung ist inspiriert durch Myklebust 1965 und Wudtke 1993, beide zit. n. Krammer 2001:70-68, wobei auch hier, wie schon bei der Textanalyse, sowohl fehlerhafte Abweichungen von der Zielsprache als auch korrekt realisierte Elemente Beachtung finden.

12.11.1 Entwicklung der Deutsch-Kompetenz auf Satz-Ebene

Anhand der Verbalflexion lässt sich sehr gut nachvollziehen, wie die beiden gehörlosen Schülerinnen die diesbezüglichen, von ihrer Erstsprache stark abweichenden morphologischen Regeln langsam prozessierten und anwandten.

Anfangs verwendete eine Schreiberin mehrmals ein Verb in einer starren Form (‚mag‘) in ihrem Text und die andere ein einziges Verb im Infinitiv (‚spielen‘).

Bald setzten sie das Verb „ist“ selbstständig ein, wobei jedoch sehr schwer zu deuten war, was damit ausgedrückt werden sollte. Da es die Kopula ‚sein‘ in ÖGS nicht gibt, ist dieser erste (wenn auch noch ungezielte) Einsatz als wichtiges Ereignis in der Entwicklung der Deutschkompetenz zu interpretieren. Im dritten Text wurde schon eine größere Zahl an Verben verwendet, jedoch alle unflektiert im Infinitiv.

Im vierten Text fiel (besonders bei Doris) die häufige – übergeneralisierte – Verwendung des unbestimmten Artikels „ein/eine“ auf, dessen Kasusanpassung beide Schreiberinnen noch nicht anwandten. Übergeneralisierungen von erlernten grammatikalischen Regeln in ihrer neuen Zweitsprache machen die Produktivität der beiden gehörlosen Mädchen deutlich. Peltzer-Karpf et al. stellen zum Phänomen der Übergeneralisierung fest, dass diese stattfinde, wenn die Analyse der neu erworbenen Sprache (sei es nun Erst- oder Zweitsprache) einsetze:

„Übergeneralisierungen sind ein deutliches Zeichen, dass Lernende begonnen haben, produktiv mit sprachlichen Regeln zu operieren. Daneben kommt es auch zu Fluktuationen in den Regelanwendungen. Beides ist als Fortschritt zu werten." (2000:35)

Auch am Beispiel der in Melanies erstem Brief enthaltenen übergeneralisierten Pluralbildungen „Äffer und Blümer" (Umlaut + Suffix) war dies sehr gut sichtbar. Sie belegen, dass Melanie 14 Monate nach dem Beginn ihrer Alphabetisierung und ihrem gleichzeitig begonnenen Deutscherwerb produktiv mit ihrer neuen Zweitsprache umging.

Im fünften Text verwendete eine Schreiberin sämtliche Verben im Infinitiv, außer „spielen", von dem sie die eigene Variante, „spiel" flektierte. „Spielen" war ein Verb, das nicht auf dem Blatt mit der Bildgeschichte vorgeschrieben war und das von ihr selbst eingebracht wurde. Sie erfand die von ihr verwendete Form eigenkreativ - was darauf hindeutet, das sie zu dem Zeitpunkt schon ein Bewusstsein dafür entwickelt hatte, dass Verben sich verändern, und dies auch selbstständig tat, jedoch noch nicht genug Sicherheit besaß, um die richtige Flexion zu bestimmen und anzuwenden.

Ab dieser Stunde flektierten die Schreiberinnen selbständig Verben. Sie taten dies selten korrekt, jedoch stellt die Tatsache der Prozessierung an sich ein Positivum dar: Die beiden Schülerinnen hatten demnach erfasst, dass sie die Wortklasse der Verben zunächst bewusst erkennen und nach bestimmten Kriterien, die sie kannten und aktiv anwendeten, verändern mussten.

In der 7. Freien Schreibstunde verwendeten die beiden Schülerinnen eine Vielzahl an Verben, die sie sich teilweise von mir buchstabieren ließen, jedoch zum Teil eigenständig korrekt flektierten. Die farbliche Markierung von drei Verben lässt darauf schließen, dass Melanie um Wortklassen Bescheid wusste.

Eines der fehlenden Verben in diesem Text ist - wie oben erwähnt - „haben" nach „Idee". Dies ist meiner Meinung nach mit Wissen um die Grammatik ihrer Erstsprache erklärbar, denn hier gebärdet man nicht IDEE HABEN sondern nur ICH IDEE oder DU IDEE (oder optional mit ‚DA': ICH IDEE DA). Nover plädiert dafür, Einflüsse der Erstsprache auf Texte in der Zweitsprache nicht aus einem monolingualen Blickwinkel als Negativum zu werten, sondern als Zeichen dafür, dass die Kinder ihre beiden Sprachen eben (so wie die meisten bilingualen, auch erwachsenen, Menschen) nicht ganz auseinander halten: „(...) from a bilingual perspective one sees this interference as a normal developmental pattern in second language learning." (Nover 1999:98ff)

Ende der 3. Klasse überreichten mir beide Schülerinnen sehr nette Briefe (siehe weiter unten). Grammatikalisch interessant an diesen Texten war, dass die beiden SchreiberInnen noch immer ‚ist' übergeneralisierten, allerdings jetzt schon sinnvoll als Verb platzierten. Es könnte sein, dass ‚ist' für sie das Präsens markierte. Sie verwendeten auch unterschiedliche Formen von „kommen"; einmal „komme", einmal „kommt". Es wird daran deutlich, dass sie die Verbalflexion prozessierten, mutig Verben einsetzen, aber in der Realisierung noch nicht der Zielsprache gerecht werden konnten.

12.11.2 Entwicklung der Deutsch-Kompetenz auf Text-Ebene/Syntax

Die ersten Texte der gehörlosen Schreiberinnen wiesen weder Kohärenz noch Erzählschritte auf und waren eigentlich nur eine Aneinanderreihung von (großteils Haupt-) Wörtern mit wenigen Verben. Der Inhalt war äußerst schwer nachvollziehbar. Die gefragte Textsorte ‚Brief' war nicht zu erkennen.

Beide Schülerinnen schrieben dann bald in Form von einfachen Aussagesätzen, deren Satzbau nicht mehr zufällig, sondern bewusst konstruiert war. Mehr Konjunktionen sorgten für Kohäsion, mehr und mehr Erzählstruktur war vorhanden und die Subjekt-Verb-Objekt-Regel war erkennbar zur Anwendung gelangt, sodass der Inhalt des vierten Textes - mit einiger Phantasie - nachvollzogen werden konnte.

Bestimmte Artikel (‚der, die, das') hätten zur Textverständlichkeit beigetragen, wurden jedoch noch nicht eingesetzt.

Diese Phase dauerte eine Weile an: Satzzeichen, Konjunktionen und Wortstellung wurden erst langsam automatisiert und konsequent angewandt. Erzählstruktur und Kohärenz der Texte nahmen zu, jedoch eher in Wellen denn in einer steten Kurve.

Gegen Ende der dritten Klasse wurden die Textinhalte der Kinder verständlich.

Im vorletzten Text des dritten Schuljahres belebten beide Schreiberinnen ihre Texte durch einige wichtige Merkmale einer gut erzählten Geschichte, indem sie direkte Rede und Perspektivenwechsel einsetzten. Es waren in beiden Texten der Inhalt der Geschichte und seine wichtigsten Elemente zwar eindeutig erkennbar, ohne den Kontext der Bildgeschichte, also Zusatzinformation, jedoch noch immer eher schwer verständlich. Beim Verfassen des faktisch ‚frei' geschriebenen letzten Textes wurde deutlich, dass die Schülerinnen ihren Text nun schon völlig selbstständig planten, gestalteten und formulierten.

Als ich im Frühjahr 2003 nach längerer Pause wieder in die Klasse zu Besuch kam, verstecken sich die gehörlosen Schülerinnen beide Male unter einem Tisch, um mir dann nach kurzer Zeit eben in Windeseile dort für mich verfasste Briefe zu überreichen. Es erschien mir (abgesehen von der persönlichen Freude) als äußerst positives Zeichen, dass die beiden ihre Schriftsprachkompetenzen auch außerhalb des Unterrichts - ‚nur zum Spaß' - einsetzten.

Auch, dass sie die Form des Briefes dafür wählten - eine Textsorte, die sie in den ‚freien Schreibstunden' kennen gelernt und geübt hatten -, ist natürlich erfreulich. Besonders eindringlich ist der Unterschied zwischen den beiden Briefereignissen im März und Juni 2003: Die erste beiden Briefe von Melanie und Doris bestanden aus der Anrede „Liebe Verena!" und Herzen und einer Vielzahl an verzierend auf das bunte Papier aufgedruckten Stempeln.

Die Briefe bei meinem zweiten Besuch, 3 Monate später, waren wieder auf bunten Blättern verfasst und beinhalteten Texte. (Die beiden SchreiberInnen übergaben mir fast gleichlautende Briefe.)

Doris:
Lieben Verena
Hallo Doris ist freuen.
Verena ist kommt.
LOVE
LOVE
Bussi x 100.000
(Darunter Herzen und anderen Zeichnungen)

Melanie:
Liebe Verena
Hallo Melanie ist freuen.
Verena ist komme.
Bussi x 1000.0000
(Plus Herzen und - erklärte sie - Zeichnungen von ihr und mir)

Diese Briefe gehören eindeutig der Textsorte ‚Brief' an, sie weisen Anrede, Inhalt und Abschiedsfloskeln auf. Die Schreiberinnen haben also seit ihren ersten Versuchen in den ersten drei Freien Schreibstunden enorm viel gelernt.

12.11.3 Entwicklung der Deutsch-Kompetenz, lexikalische Ebene

Das Lexikon der gehörlosen Schülerinnen wurde anhand eines Wortschatztestes eingehender behandelt. Aus methodischen Gründen wurde darauf verzichtet, den gesamten Wortschatztest detailliert darzustellen.

Tabelle 11: Quantitative Auswertung des Wortschatztests/ Melanie:

	Testteil Substantiva	Testteil Verba	Testteil Adjektiva
Korrekte Antworten	15 von 16	14 von 16	9 von 16
Prozent korrekte Antworten	93.75%	87.5 %	56.25%

Durchschnitt der korrekten Antworten Melanies aus allen drei Testteilen: 79.16%

Tabelle 12: Quantitative Auswertung des Wortschatztests/ Doris

	Testteil Substantiva	Testteil Verba	Testteil Adjektiva
Korrekte Antworten	14 von 16	13 von 16	10 von 16
Prozent korrekte Antworten	87.5 %	81.25%	62.5%

Durchschnitt der korrekten Antworten Doris‘ aus allen drei Testteilen: 77.08%

Es ergibt sich daraus, dass der Durchschnitt der korrekten Antworten von Melanie und Doris gemeinsam aus allen drei Testteilen 78.12 % beträgt. Das bedeutet, dass sich Doris und Melanie durchschnittlich 78% der im Laufe der Zeit (erste eineinhalb Schuljahre) mit ihrer Lehrerin durchgemachten Deutsch-Vokabel gut gemerkt haben.

Umgelegt auf die ungefähre (weil nicht exakt eruierbare) Gesamtanzahl von Wort-Bild-Kärtchen der ersten eineinhalb Schuljahre (ca. 660) ergäbe das einen Wortschatz von 515.

Hier erfolgen nun allgemeine, globale Feststellungen zum Lexikon auf Basis der ‚freien Texte‘.

Die gehörlosen Kinder schrieben zu Beginn vor allem Eigennamen und Pronomina. Erst langsam setzten sie Verben ein, interessanterweise sehr bald das Verb ‚sein‘, das in ÖGS nicht existiert. Adjektiva wurden in den ersten beiden Texten nicht verwendet.

Ab dem dritten Text verwendeten sie vielfältigere Wortklassen und setzten ihr erweitertes Lexikon ein. Sie hatten im ersten Halbjahr des zweiten Schuljahres offenbar einen Entwicklungsschritt in den Einsatzmöglichkeiten ihres aktiven Wortschatzes gemacht und setzten einige der in mühsamer Kleinarbeit erlernten Wörter (Wortschatzerweiterung siehe >DVD, Kapitel 6, CLIP 21) ganz selbstständig ein.

Es wurde in diesem Zeitraum auch klar, dass die beiden Schülerinnen ihre Texte in der Erstsprache ÖGS planten und dann in die Zweitsprache Deutsch übertrugen. Den dafür notwendigen Wortschatz beherrschten sie noch nicht vollständig - was sie aber nicht von dieser Strategie abhielt und klein beigeben ließ, sondern sie zum Einfordern von Hilfe animierte.

Bis zum Ende des dritten Schuljahres hatte sich ihr Lexikon ganz massiv vergrößert, sodass sich beide Schülerinnen ohne zu Zögern an das Verfassen von

Texten machten. Sie schrieben selbstverständlich und forderten immer dann zielgenau Hilfe an, wenn sie ein deutsches Wort oder die exakte Schreibung nicht wussten.

Paul stellt fest, dass gehörlose Schreiberinnen weniger Adjektiva, Adverben und Konjunktionen verwenden:

> *„Not only do deaf and hard-of-hearing students comprehend fewer words from print, but their vocabulary knowledge seems to reflect the use of specific words in their own written language. For example, deaf students tend to use more nouns and verbs than adjectives, adverbs, and conjunctions. Given this limited range of vocabulary usage, their writings have been characterized as direct or stilted, with limited use of imaginative and idiomatic expressions (see reviews in deVilliers 1991, Paul 1998)."*
>
> (Paul 2003:99)

Dies kann - soweit der limitierte Textkorpus es zulässt - als auch in diesem Fall zutreffend bezeichnet werden.

12.11.4 Orthografie

Die beiden gehörlosen Schülerinnen hatten – im Unterschied zu hörenden Kindern – so gut wie keine Probleme mit der Orthographie, da sie keinen phonetischen Input haben und somit auch keine anderen Informationen als visuelle, nämlich korrekt von Vorgaben abgeschriebene, gemerkte und so gelernte Wörter.

Padden und Ramsey bemerken, dass die Rechtschreibkompetenzen gehörloser LernerInnen charakteristischerweise wesentlich besser sind als ihre Lesekompetenzen und merken an. „Very possibly, a more visual analysis of orthography is superior to a sound-based one if spelling ability is the goal." (2000:184)

Die gehörlosen Schreiberinnen begannen etwas später als die hörenden Kinder Satzeichen zu setzen. Bei der Verwendung von Satzzeichen zeigten die beiden Schülerinnen dann, ebenso wie die hörenden Kinder, Phasen: Manchmal achteten sie mehr darauf, dann wieder weniger. Sie schienen jedoch nach einiger Zeit (3. Klasse) etwas mehr Bewusstsein über die Existenz und den Inhalt von Orthografie-Regeln zu haben. Wenn sie gefragt wurden, konnten sie genau angeben, warum wo Groß- oder Kleinschreibung zu erfolgen hatte. Dies mag daran liegen, dass sie diese Regeln wahrscheinlich viel öfter als die hörenden Kinder präsentiert bekamen.

Zusammenfassend lässt sich feststellen: Die beiden gehörlosen Schülerinnen haben zwischen November 2001 und Juni 2003 ihre aktive Deutschkompetenz massiv verbessert. Der Zuwachs sowohl des ihnen zu Verfügung stehenden Vokabulars als auch ihrer Grammatik- und Orthografie-Kenntnisse ist an den Texten sehr gut ablesbar.

Der eindeutig textuelle Charakter ihres letzten Produktes im Vergleich zu ihren ersten Briefen, die reine Wortaneinanderreihungen waren, spricht eine deutliche Sprache und gibt Hinweis auf die vielfältigen Kompetenzen in ihrer Zweitsprache, die die beiden Schülerinnen im Laufe von 19 Monaten erlernt haben.

Sowohl an der eigenständigen Auswahl und Verwendung von deutschen Wörtern als auch an den zahlreichen selbständigen Forderungen um Übersetzungen bestimmter Konzepte ist zu sehen, dass beide ein klares Bewusstsein über die beiden Sprachen und 2 verschiedenen Sprachsysteme haben - auch wenn sie in ihrer Textproduktion den Anforderung der für sie neuen Zielsprache noch nicht ganz gerecht werden.

Poppendieker stellt fest, dass ‚Schreibkompetenz' bedeutet, „(...) daß die Schreiberin Planungs-, Produktions-, Lese- und Evaluationsprozesse beherrscht." (Poppendieker 1990:119)

Anhand der in diesem Kapitel beschriebene Texte und ihrer Produktionsprozesse kann festgehalten werden, dass die gehörlosen Schreiberinnen Melanie und Doris eine derartige Schreibkompetenz entwickelt haben.

12.11.5 Unterschiede zu hörenden Kindern, insbesondere L2-LernerInnen

Zahlreiche Forschungsprojekte, die sich mit Schriftsprachfähigkeiten Gehörloser befassen, agieren vergleichend, d.h. die Texte gehörloser SchreiberInnen werden mit jenen von hörenden verglichen. Der Kontrast wird dann mit Termini wie „verspätet" u.ä. beschrieben. Würde der Vergleich mit anderen – hörenden – ZweitsprachlernerInnen erfolgen, wäre der Kontrast jedoch nicht mehr so gravierend, die sogenannten Defizite „verblassen", so Gericke (1998:197).

Dies stellt sich im hier analysierten Korpus einerseits – siehe die Zielsprachabweichungen des türkischsprachigen Mädchens Tugba in Bezug auf Artikel und Kasusanpassungen – als richtig heraus, wird jedoch andererseits aufgrund des enormen Unterschiedes im Wortschatz und den sich daraus ergebenden Möglichkeiten widerlegt. Meiner Meinung nach sollte man diese Aussage also spezifizieren.

Grundsätzlich ist anhand des - wenn auch kleinen, so trotzdem systematisch erhobenen - Datenkorpus festzustellen, dass es gravierende Unterschiede zwischen den Produkten der hörenden und der gehörlosen SchreiberInnen gibt:

Von Anfang an verwendeten die hörenden Kinder eine Vielzahl (zwischen 4 und 6) an korrekt flektierten Verben und das von ihnen eingesetzte Lexikon war um vieles größer als das der gehörlosen Kinder – es umfasste auch einzelne Adjektive. Der Vergleich mit den Texten der gehörlosen Kinder zeigt, dass alle hörenden Kinder (unabhängig von ihrer Erstsprache) über die Textsorte „Brief" offensichtlich viel besser Bescheid wussten. Bald beinhalteten ihre Texte Haupt-Nebensatz umfassende Satzkonstruktionen. Die Kinder schrieben im Präsens und auch im Futur.

Die vielfältigen Kasusanpassungen zeigten schließlich einen großen Unterschied zwischen dem Buben mit L1 Deutsch und den Kindern mit L1 Türkisch auf: Die Türkischmuttersprachlerin hat große Probleme mit dem Kasussystem.

Den Genus von Substantiven zu bestimmen fiel den TürkischmuttersprachlerInnen am schwersten (was darin begründet sein dürfte, dass der Genus im Türkischen weder morphologisch noch lexikalisch markiert ist, vgl. Peltzer-Karpf et al. 2000:26).

Die Wortstellung in den Texten war durchwegs richtig und auch das Lexikon war nicht weniger vielfältig (wenn nicht sogar reicher angewandt) als das des Schreibers mit L1 Deutsch.

Es zeigte sich ab Text 4, dass die hörenden Kinder, auch jene mit L2 Deutsch, ihre Geschichte mit zusätzlichen Wörtern ‚schmücken' konnten. Im Vergleich zu den gehörlosen Kindern ist deutlich, dass die Texte länger und mit vielen kleinen Details belebt waren.

Im letzten Text wandten die hörenden Kinder schon mehrere Zeiten an, wenn auch eher unsystematisch und oftmals nicht ganz richtig gebildet. Dies hatten sie den gehörlosen Kindern voraus, die nur im Präsens schrieben.

Alle hörenden Kinder hatten Probleme bei der Orthographie, sowohl Groß/Kleinschreibung als auch durch phonetische Einflüsse. Satzzeichen setzten alle richtig und sinnvoll ein, wenn auch - wie die gehörlosen Schreiberinnen - nicht konsequent. Korrekte deutsche Satzstellung beherrschten alle hörenden Schreiberinnen. Sie hatten in ihrer Textproduktion einen großen Entwicklungsschritt gemacht, insofern, als bei jedem Kind persönliche Charakteristika, Vorlieben und Interessen deutlich im Text ihren Niederschlag fanden. Die Kinder verfügten über einen derart großen aktiven Wortschatz, dass sie ihre Geschichten ausschmücken und unterschiedlich gestalten konnten.

Es zeigte sich also, dass zwischen den Kompetenzen und Produkten hörender und gehörloser SchreiberInnen ganz grundsätzliche Unterschiede bestehen, vor allem im Lexikon, aber auch in Grammatik und Syntax.

Die für die gehörlosen Kinder so schwierige Verbalflexion wurde von allen hörenden Kindern leichter gemeistert. Die türkischsprachigen Kinder, die tagtäglich sehr viel Input erhielten, schrieben viel schneller zielsprachangemessen als die gehörlosen.

Einzig die adäquate Verwendung von Kasus und Genus war der längerfristig offensichtliche unterscheidende Faktor zwischen hörenden Kindern mit L1 Deutsch und L1 Türkisch.

Letztendlich erscheint es schwer (und auch nur begrenzt sinnvoll), Vergleiche anzustellen, da sich Ausmaß und Qualität des Inputs von einer LernerIn-Situation zur nächsten immer unterscheidet. Wichtig erscheint mir, dass die Dynamik einer bestimmten LernerInnengruppe mit bestimmten Voraussetzungen und unter bestimmten Konditionen erkannt und beachtet wird. Relevant ist, dass die Prozessierungen der Kinder - mögen sie auch nicht gleich zu zielsprachangemessenem Output führen, sondern ‚Umwege' nehmen - als solche erkannt werden und der Input für Kinder mit unterschiedlichen sprachlichen Voraussetzungen dementsprechend gestaltet wird.

Für die gehörlosen Kinder mit L2 Deutsch und die hörenden mit L1 Deutsch wurde in der bilingualen Klasse entsprechend gestalteter Input geliefert. Für hörende Kinder mit L2 Deutsch war kein DAZ-Input vorhanden.

12.12 Methodisch-didaktische Schlussfolgerungen

Es können an dieser Stelle keine allgemeinen und umfassenden Richtlinien für einen sinnvollen Deutschunterricht gehörloser Kinder erstellt werden. Durch die obige Analyse der Schreibprodukte gehörloser Kinder entstanden jedoch einige Ideen, die hier zur Diskussion gestellt werden.

Die beiden hier beobachteten gehörlosen SchülerInnen besuchten keinen Kindergarten und genossen keine spezielle Frühförderung. Ihr Schuleintritt war der Zeitpunkt, an dem sie sowohl an Deutsch als auch an Schrift erstmals systematisch herangeführt wurden. Ihre Lehrerin merkt im Interview an:

> *„Ich denke die beiden könnten das schaffen, aber da fehlt einiges, was im Kindergarten in der Frühförderung geschehen hätte müssen, das hätte schon früher ansetzen müssen."*
>
> (Gehörlose Lehrerin HJ 10. Juli 2001)

Die Lehrerin ist also der Meinung, dass schon vor Schuleintritt einschlägige Förderung geschehen sollte.

Günther (nach Krammer 2001:9-10) plädiert dafür, dass diese frühe Heranführung ans Deutsche über deren graphemische Repräsentation, die Schrift, erfolgen kann und soll. Es erscheint sinnvoll, mit gehörlosen Kindern schon vor Schuleintritt eine (kindgerechte!) Heranführung an die Schrift zu praktizieren.

Alle Kinder durchlaufen in ihren Schreibkarrieren Phasen, die sich je nach Ausgangssituation- und Sprache voneinander unterscheiden. Wissen über Länge und Ablauf der Phasen ist in Bezug auf gehörlose DAZ-mit-L1-ÖGS-ScheiberInnen noch zu wenig vorhanden.

DAZ-mit-L1-ÖGS-ScheiberInnen müssen als Gruppe anerkannt, beforscht und ihren Sprachlernphasen entsprechend Deutsch gelehrt werden.

Erst im dritten Schuljahr, also nach Abschluss der Datensammlung der hier analysierten Texte, erfuhr ich auf einer Konferenz (European Days of Deaf Education) von einer Studie, die Schreibstrategien sechs gehörloser 8 bis 9 jähriger Kinder in bilingualen Settings und die Rolle von BSL dabei untersuchte. Schreibprodukte, die entweder auf Basis einer gebärdeten Geschichte oder einer Bildgeschichte entstanden waren, wurden verglichen:

> „*When their texts were compared, the most interesting and unexpected finding was that the children generally used more complex grammar structures in their translation texts than in their picture-source texts.*“
> (Swanwick 2003:22)

Das bedeutet, dass der Bildgeschichten-Input möglicherweise nicht die optimale Methode war, um Texte zu elizitieren. Andere Methoden des Inputs, also unter Verwendung von ÖGS, hätten unter Umständen zu fortgeschritteneren Texten geführt.

Das bedeutet in der Folge, dass man gehörlosen Kindern, die Texte auf Deutsch verfassen sollen, womöglich vor allem Input in ihrer Erstsprache verschaffen sollte.

Um gehörlose Kinder bei ihren Schreibprozessen zu unterstützen, sollte ihre Gebärdensprache zum Einsatz kommen.

Poppendieker (1992) weist darauf hin, dass gehörlosen Kindern (gehörloser Eltern) bewusst sein sollte, dass ihr Schreiben in einer anderen Sprache erfolgt als ihr Gebärden. Dafür muss die lehrende Person beide Sprachen beherrschen, um die Kinder immer wieder auf Unterschiede aufmerksam machen zu können, aber auch in deren Schreibprozess feststellen zu können, was sie gerade brauchen und was entwicklungsmäßig gerade ‚geschieht'.

Alle Lehrpersonen (v.a. in den ersten Schuljahren) sollten die Unterrichts/ Bildungssprache möglichst ‚perfekt' beherrschen. Lehrerinnen gehörloser Kinder sollten über ausgezeichnete ÖGS-Kenntnisse verfügen. Sie müssen sicher sein in der Anwendung, Unterscheidung und Trennung von ÖGS und LBG sowie der deutschen Sprache.

In den ersten Schreibversuchen von Melanie und Doris und in der dann von ihnen durchlaufenen Entwicklung wird deutlich, was Poppendieker hier feststellt:

> *„Wenn diese Kinder nun beginnen, erste freie Texte zu schreiben, werden sie vermutlich alle diese Fähigkeiten mobilisieren und von Anfang an* ***nicht Gebärdensprache verschriften****, sondern eine Form der deutschen Lautsprache, und zwar entsprechend den bis dahin von ihnen implizit gebildeten Regeln."*
>
> (Poppendieker 1992:221, Hervorhebung im Original)

Denkbar wäre auch, dass beide SchreiberInnen einfach fließend einen Text gebärden, nach der deutschen Entsprechung fragen und die Übersetzung niederschreiben. Sie taten dies jedoch nicht, sondern schrieben gemäß dem jeweiligen Stadium ihres Deutscherwerbs und ihrer tatsächlichen Schriftsprachkompetenzen. Anhand der Videodokumentation aller Schreibstunden ist jedoch offensichtlich und klar belegbar, dass die Kinder ihre Texte in ÖGS planen, also in ÖGS überlegen, was sie schreiben wollen, und dann das (mit Interferenzen) umsetzen, was ihnen in Deutsch momentan möglich ist.

Schirmer und Williams stellen diesbezüglich fest: *„Collectively, these studies [5 amerikanische Studien: Ruiz 1995, Conway 1985, Ewoldt 1985, Andrews und Gonzales 1991 und Williams 1999] indicate that deaf children's emergent writing development may be similar to that of hearing children. Further, results provide limited support for two conclusions.*

First, deaf children learn about written language through acts of composing. Second, social interaction during writing sessions is supportive of early understanding about written language." (2003:112)

Gehörlose SchreiberInnen müssen in ihren Schriftsprachkompetenzen gefördert werden, indem sie Textplanungsstrategien in ihrer Erstsprache lernen.

13 Entwicklung der mündlichen Erzählkompetenz in ÖGS

Derzeit gibt es noch keine standardisierten Verfahren um ÖGS-Kompetenz bei Kindern (oder Erwachsenen) zu messen bzw. zu evaluieren.

Hofer (2000) liefert einen Überblick über bestehende standardisierte und nicht-standardisierte Sprachentwicklungs- und Wortschatztests (67 ff.) im angloamerikanischen und deutschen Raum. Sie kritisiert, dass diese zwar in den Diagnosealltag für gehörlose Kinder aufgenommen wurden, jedoch

> *„(...) diesen Materialien immer die Lautsprache als Basis und Vergleichsgrundlage zugrunde liegt. In vielen andern Ländern (Amerika, England, Skandinavien) wurde aber der Tatsache Rechnung getragen, dass die Lautsprache nur ein mögliches Kommunikationssystem innerhalb der Gehörlosenpopulation darstellt. Dementsprechend sind Sprachtests entstanden, die Fähigkeiten in der Gebärdensprache oder in einer Mischform von Gebärden- und Lautsprache überprüfen."*
>
> (Hofer 2000:71.

Als beispielhaft für diese weiterentwickelten Tests nennt sie

- The American Sign Language Proficiency Assessment (ASL-PA) für Kinder zwischen 6 und 12 Jahren
- The American Sign language Assessment Instrument (ASLAI)
- The Assessment of British Sign Language Development für Kinder zwischen 3 und 12 Jahren und den
- Aachener Test zur Basiskompetenz in Deutscher Gebärdensprache.

Hofers Recherchen ergaben, dass keines dieser gebärdensprachlich ausgerichteten Verfahren in österreichischen Institutionen zur Anwendung gelangt (vgl. Hofer 2000:72).

Sie schuf daher eine sowohl sprach- als auch kulturangemessen adaptierte Fassung des ‚Carolina Picture Vocabulary Test' (CPVT) für Österreich und führte mit diesem Test eine Pilotuntersuchung an der Gehörlosenschule Graz durch, bei der das Durchschnittsalter der ProbandInnen 11;3 Jahre betrug.

Die Entwicklung eines neuen Werkzeuges oder Übersetzung altersangemessener existierender Tests eigens für meine Untersuchung schien angesichts der Tatsache, dass die Entwicklung der ÖGS-Kompetenz nicht zu meinem unmittelbaren Forschungsinteresse gehörte, zu aufwändig. Die Verwendung des CPVT schien mangels quantitativ relevanter Vergleichsdaten wenig sinnvoll. Auch die Ergebnisse der Untersuchung von Hofer konnten aufgrund des Altersunterschiedes dieser Gruppe zu den gehörlosen Kinder der bilingualen Doppelintegrationsklasse nicht herangezogen werden.

Zu diesen Argumenten gegen die Verwendung eines standardisierten Tests kamen auch noch andere Bedenken: Britta Hansen berichtet von der ersten Versuchen, die Gebärdensprachkompetenz der ersten bilingualen Klasse in Dänemark zu evaluieren.

> *„Wir erkannten dann: Wenn man neunjährige Kinder – hörend oder gehörlos – in eine Situation stellt, in der sich die Kommunikation auf das Nacherzählen einer Geschichte beschränkt, die sie nicht selbst ausgewählt haben, dann motiviert sie dies nicht, die Gebärdensprache auf dem Niveau einzusetzen, das sie eigentlich beherrschen. Natürlich erleichterte dies uns, den Lehrern und Wissenschaftlern, die Arbeit, ihre Leistungen zu verfolgen und die Ergebnisse zu verallgemeinern; aber es zeigte nicht das Niveau ihrer tatsächlichen Deutsch-Kenntnisse[1].“*
>
> (Hansen 1999:71)

Sie stellt weiters fest:

> *„In der Regel kennen Sprachwissenschaftler oder Erziehungswissenschaftler die Gebärdensprache nicht gut genug, um verstehen zu können, was von den Kindern tatsächlich gesagt wird, wenn sie spontan kommunizieren. Stattdessen neigen sie dazu, ‚für die wissenschaftliche Arbeit geeignete Situationen zu schaffen‘, in denen die Kinder eine Leistung im Rahmen einer strukturierten Situation erbringen müssen, die ihre tatsächliche sprachliche und kommunikative Kompetenz nicht zum Vorschein zu bringen vermag. Dies betrachte ich als eines der schwierigsten Probleme bei der Bewertung der gebärdensprachlichen Entwicklung gehörloser Kinder.“*
>
> (Hansen 1990: 71ff)

Ich habe sowohl mangels sinnvoll anwendbarer Testwerkzeuge als auch aus Einsicht in die von Hansen genannten Probleme davon abgesehen, die ÖGS-Kompetenzen der gehörlosen Kinder in der bilingualen Klasse per Test zu erheben. Die Gebärdensprachkompetenz dieser Kinder wurde vielmehr - wie auch die Deutschkompetenz - in Bezug auf ihre Entwicklung betrachtet.

Angesichts der Feststellungen von Hansen schien es sinnvoll, dies auf Basis nicht-elizitierter Äußerungen aus natürlichen Kommunikationssituationen zu tun. Dafür stellte sich der Bericht über das Wochenende, den jedes Kind allmontäglich in der Klasse erstattete, als ideal dar.

---

1 Anm VK: Es scheint sich bei dem letzten Wort des Zitats um einen Druckfehler zu handeln.

13.1 Datenmaterial

Jeden Montag Morgen wurde in der bilingualen Doppelintegrationsklasse eine halbe bis eine Stunde damit verbracht, das Wochenende zu rekapitulieren. Jede und jeder erzählte kurz von ihrem/seinem Wochenende. Dafür kamen alle Kinder und LehrerInnen in einen gemeinsamen Sesselkreis, eine/r begann und dann wurde das Wort von Kind zu Kind weitergegeben.

Für viele Kinder war diese montagmorgendliche Erzählstunde eine heiß ersehnte Zeit, und sie warteten ungeduldig darauf, dass sie von ihren Wochenend-Erlebnissen berichten konnten. Für manche Kinder, zum Beispiel die zu Beginn noch wenig deutschkompetenten Türkisch-MuttersprachlerInnen, war dies ein weniger entspannter Teil des Tages.

Die Berichte wurden immer von der Dolmetscherin in ÖGS bzw. Deutsch übertragen. Einige Zeit lang übersetzte die ÖGS-muttersprachliche Lehrerin die von der Dolmetscherin gedolmetschten Geschichten der Kinder noch einmal in „spannendere" Gebärdensprache. Die Lehrerin begründet dies:

> *„Zum Beispiel im Unterricht, OK, die gehörlosen Kinder sind im Klassenverband. Aber optimal läuft die Integration nicht, von den Inhalten. Zum Beispiel bei der Wochenenderzählung, da sitzen wir da im Kreis, aber oft ist es dann so, dass die gehörlosen Kinder nicht der Dolmetscherin zuschauen wollen, vom Inhalt passt es, aber der Stil. Die wollen was Spannendes, nicht was Fades...*
> *Dann ist es auch so, dass die gehörlosen Kinder wenig erzählen, das ist eher komprimiert. Wenn nachgefragt wird, erzählen sie mehr, aber sonst halten sie sich eher zurück, erzählen weniger.*
> *VK: Warum halten sie sich zurück*
> *Naja, reden, reden, reden... die fühlen halt sehr, dass die Kommunikation anders abläuft, dass die Sprache eine andere ist."*
> (Gehörlose Lehrerin HJ 10. Juli 2001)

Die Dolmetscherin stellt den Grund für diese Doppeldolmetschungen unabhängig von der Lehrerin auch als ‚Stilfrage' dar:

> *„Sagen wir, es ist sicher so, dass der Erzählstil, das war bei diesen Montagskreisen immer so, dass der Erzählstil von hörenden Kindern ganz anders ist als von gehörlosen, ist eh klar, das weißt du eh selber. Und dass es dann natürlich schwierig ist, wenn man das Erzählte dann gleich übersetzen muss, das dann oft aber nicht diese Kompaktheit hat, vielleicht für gehörlose Kinder. Und das war oft, wir haben's dann oft so gemacht, dass ich es der Helene sozusagen gedolmetscht hab und die Helene es für die Kinder gemacht hat. Ich mein, das ist sicher, dass sie*

einfach die bessere Grammatik und so hat, keine Frage.“
VK: Glaubst Du merken das die Kinder?
„Ja, schon. Und was vor allem auch ist, dass sie da Sachen überzeichnet und überspitzt hat, die gar nicht so gekommen sind.“
(Dolmetscherin BM 20. Juli 2001)

Zu Beginn wurde das Wort weitergegeben, indem der Name des nachfolgenden Kindes laut gesagt oder gebärdet wurde. Später wurde in Lautsprache gefragt „Was hast Du am Wochenende gemacht?“ Ab März 2001, 6 Monate nach Schulbeginn, forderte die hörende Lehrerin dazu auf und es gingen alle dazu über, diese Frage zu gebärden. Die Kinder lernten so einen ganzen Satz zu gebärden (in Glossen: WAS DU WOCHENENDE MACHEN?), der je nach Anlass verändert werden musste, z.B. „Was hast du in den Ferien gemacht?“

Sowohl die Hilfsbereitschaft als auch das unterschiedliche ÖGS-Niveau der hörenden Kinder war ab diesem Zeitpunkt zu beobachten (>siehe DVD, Kapitel 2, CLIP 34). Die in der 2. Klasse neu hinzugekommenen Kinder wurden sehr schnell mit dieser Gewohnheit vertraut.

Die gehörlose Lehrerin forderte ihre gehörlosen Schülerinnen auf, ein Wochenendtagebuch zu führen, in das gezeichnet und geschrieben wurde. Die Zeichnungen erhielten immer wieder großes Lob und Anerkennung von den anderen Kindern (die aus diesem Anlass neue Gebärden wie SUPER, TOLL und SCHÖN lernten und einsetzten).

Relativ bald nach dem LehrerInwechsel in der zweiten Klasse (April 2002) wurde die Montagserzählstunde abgeschafft - hier enden meine Erhebungen.

13.2 Kindliche ÖGS-Verwendung in den Wochenendberichten

13.2.1 Doris' Berichte

Von Doris sind aus der ersten Klasse 10 und aus der zweiten Klasse 11 Berichte über ihre Wochenenden oder ihre Ferienzeit auf Videoband dokumentiert. Davon ist in jeder Klasse je eine Aufnahme aus technischen Gründen unbrauchbar. Die restlichen 19 Erzählungen habe ich genau in Glossen transkribiert, das heißt, Gebärde für Gebärde aufgeschrieben. Das Transkript umfasst 7 Seiten.

Die chronologische Betrachtung der Texte zeigt große Veränderungen.

Die Geschichten bestanden zu Beginn der ersten Klasse aus einzelnen Wörtern, einer Liste von Aktivitäten ohne Konjunktionen. Doris schafft noch keine Textkohärenz. Die Lehrerin half, in dem sie immer wieder nachfragte (Mit wem warst du eislaufen? Warum muss die Katze zum Arzt? Bist du fertig?) und ihre Informationen in ganzen gebärdeten Sätzen wiederholte, welche die Dolmetscherin dann für die anderen Kinder voicte.

Doris setzte in der ersten Erzählung den zeitlichen Marker FERTIG sehr häufig ein (KATZE TIERARZT HEUTE. SPRITZEN. FERTIG. OHRENPUTZEN. FERTIG. NACH HAUSE. ESSEN SCHNITZEL. MMM. FERTIG.), später dann meist erst zum Abschluss ihres Berichts.

Sie wählte den Inhalt ihres Berichtes weniger nach chronologischen Kriterien als nach Aufregungsgrad aus. Ihre Berichte enden da, wo sie meint, dass es genug sei, nicht unbedingt mit dem Ende des Tages (siehe im Unterschied dazu Melanie, weiter unten).

Beispieltranskript 1:
DORIS 29.1.2001
Doris hat ihr Wochenendtagebuch mit und verwendet es als Erzählunterlage.
OPA UNFALL BUS ZUSAMMENSTOSS. MANN FRAU IX[2]-Zeichnung im Tagebuch. BUS ZUSAMMENSTOSS, OPA GEHEN, BUS REINFAHREN.
Lehrerin fragt etwas nach.
GLÜCK. RECHTS SCHULTER, ARM, BEINE
Dolmetscherin fragt: Ist die Rettung gekommen?
JA. JETZT ZUHAUSE.
Dann geht Doris herum, damit alle Kinder die Zeichnung sehen können.

Die Berichte nahmen in der Folge eine dialogische Form an, bei der die Fragen der Lehrerin nicht mehr unbedingt notwendig waren, um die Schülerin bei der Erzählung zu unterstützen.

Beispieltranskript 2:
DORIS 11.6.2001
GESTERN MCDONALDS GESTERN. ESSEN. SCHMECKT.
Lehrerin fordert Doris auf, sich zu den Kindern zu drehen.
MCDONALDS ESSEN MAMA MANN SCHWESTER ESSEN. POMMES, BURGER. ???
NACH HAUSE FERNSCHAUEN FERTIG SCHLAFEN
Lehrerin fragt nach Sonntag.
MAMA FORT, MAMA MANN ZUSAMMEN FORT.
ICH OMA SCHLAFEN-OMA AUFPASSEN UNS.
Lehrerin fragt: DU hast auf deine Schwestern aufgepasst?

---

2 IX ist die Glossierung für das gebärdensprachgrammatikalisch notwendige Zeigen auf reale oder im Raum platzierte Gegenstände, Orte, Zeiten oder Personen mit der G-Handform/‚Indexfinger'.

OMA. WEG FLUGZEUG MODELLFLUGZEUG SPIELEN. ICH WILL IDEE OPA SAGEN NECKEN AUTO WILL KAUFEN IDEE. FEUERWEHR
Lehrerin fragt: Groß oder klein?
SO (Hände ca. halber Meter auseinander)
Lehrerin: Das ist teuer.
ROT, BLINKLICHTER FEUER AUTO
Lehrerin: OK, ruf weiter.

Zu Beginn der zweiten Klasse ließ sich eine große Veränderung bemerken:

Doris gebärdete flüssige Sätze, setzte mehr Mimik ein und schuf selbst eine Kohäsion.

Beispieltranskript 3:
DORIS 15.10.2001
ICH FERNSCHAUEN DANN PLAYSTATION SPAZIEREN. WALD SCHAUEN. OMA OPA BESUCHEN SCHLAFEN. SAMSTAG SCHWIMMEN MELANIE WIR-BEIDE.

Die Berichte wurden in der zweiten Klasse stetig länger:

Beispieltranskript 4:
DORIS 14.1. 2002
FREITAG ZUHAUSE FAD SPIELEN ALLEINE SPIELEN. OMA BESUCHEN SCHLAFEN. SAMSTAG MAMA ABHOLEN NACH HAUSE ESSEN SPÄTER ABEND SCHLAFEN.
TASCHENLAMPE ÄRGERN MAMA AUFWECKEN ÄRGERN.
Lehrerin zweifelt Geschichte an.
ICH NICHT PHANTASIE.
SAGE GESPENST MAMA SCHREIEN. AUFSTEHEN ESSEN TRINKEN ESSEN TRINKEN SPIELEN MALEN
Nachfrage durch Lehrerin.
SAMSTAG ABEND SAMSTAG ABEND. MALEN ABEND TRINKEN ESSEN FERTIG SCHLAFEN. PAPA AUFGEWECKT. SPÄTER SONNTAG SPAZIEREN BESUCHEN PLAUDERN. ABEND BADEN SCHLAFEN.

Doris gebärdete schließlich völlig selbstständig und flüssig ihre Berichte, die gut verständlich und kohärent waren und - zusätzlich zur Angabe des Tages - mit unterschiedlichen gliedernden Zeitmarkern versehen waren: SPÄTER, FERTIG, DANN.
Adjektiva tauchten erst langsam auf.

Besonders Mimik, Körperorientierung und Belebtheit der Erzählungen nahmen stark zu.

Beispieltranskript 5:
DORIS 11.2.2002
FREITAG SCHWESTER ABGEHOLT SCHWESTER ABGEHOLT MCDONALDS NACH-HAUSE SPIELEN HAARSPRAY SPIELEN SPAZIEREN HOF SPIELEN FAD NACH-HAUSE SPIELEN TRINKEN SPIELEN DANN FANGEN SPIELEN. SPAZIEREN MAMA ZUSAMMEN SPAZIEREN NACH HAUSE. KIRCHE HOHE KIRCHE OMA FAHREN BLEIBEN KURZ BESUCH OMA SCHENKEN-MIR NASE GESCHENK-BEKOMMEN. MAMA ?? SPÄTER WEG 1 WOCHE STEIERMARK SCHNEE SCHNEEBALLSPIELEN SCHNEEBALL DANN NACH HAUSE. KATZE SPIELEN OMA HUND TOLLEN, HUND SPAZIEREN. SAMSTAG FRÜH BISSI ESSEN BISSI TRINKEN FERTIG. SPIELEN MAMA. SELBER BISSI SCHREIBEN LERNEN SCHREIBEN ÜBEN. WIR-DREI SPIELEN FANGEN. HUND WIR DREI HUND SPIELEN BALL. KLEINER BALL WERFEN, HUND NACHRENNEN HECHELN. DANN WEG. SONNTAG FASCHING MEINE FREUNDIN ICH CLOWN, (Namensgebärde Schwester) HEXE
Intervention der Lehrerin, dass es zu lang dauert
PRINZESSIN

13.2.2 Melanies Berichte

Von Melanie sind aus der ersten Klasse 10 und aus der zweiten Klasse 15 Berichte über ihr Wochenende oder ihre Ferienzeit auf Videoband dokumentiert. Davon sind in der ersten Klasse eine Aufnahme und in der zweiten Klasse 2 Aufnahmen aus technischen Gründen unbrauchbar. Die restlichen 22 Berichte habe ich in Glossen transkribiert. Das Transkript umfasst 12 Seiten.

Die Lehrerin elizitierte in den ersten Berichten die meisten Informationen durch Fragen, die jedoch nicht in transkribierbarer Qualität aufgenommen wurden. Daher sind viele der untenstehenden Sätze Antworten von Melanie auf die Fragen ihrer Lehrerin. Es ist wenig Textkohärenz vorhanden.

Beispieltranskript 1:
MELANIE 11.12.2000
ICH ICH ICH ICH HMMM VERGESSEN HMMMM.
EINKAUFEN PUPPE GEWAND PUPPE. MCDONDALS ESSEN. BACKEN KEKSE. KEKSE. KINO POKEMON.
(Lehrerin: War die Mama dabei?)

JA 7. ESSEN BEKOMMEN GUMMI (Bären). GESCHAUT KINO UND TRINKEN, TRINKEN, TRINKEN ESSEN RIESENBAUCH (lacht). KRAMPUS KRAMPUS ANGST UMS-ECK, KRAMPUS BRÜLLEN. FERTIG.

Melanie lernte sehr schnell, selbst ihren Text zu planen und zu präsentieren. Sie erzählte gerne und hatte immer viel Wichtiges und weniger Wichtiges zu erzählen. Wie viele Kinder vergaß sie manchmal, jene Informationen beizusteuern, die für ein Verständnis des Berichts notwendig waren.

Beispieltranskript 2:
MELANIE 24.9.2001
JULIUS-MEINL ESSEN. FEIER GETROFFEN IX-Lehrerin, WIR-BEIDE GETROFFEN. ICH TOMBOLA VERLOREN. TOMBOLA PAPA MAMA VERLOREN, (NAMENSGEBÄRDE DER SCHWESTER) GEWONNEN HANDTUCH.
GESTERN WEGGESCHMISSEN WEGGESCHMISSEN
Lehrerin fragt nach, was: SACHEN?
GROSSEN BERG WEGGESCHMISSEN DANN SPIELEN (NAMENSGEBÄRDE DER SCHWESTER) SPIELEN SPÄTER ICH HOF FERTIG.

Es fiel Melanie nicht leicht, sich auf das Wesentliche zu beschränken. Sie wurde mehrmals aufgefordert, sich kurz zu halten, da sie gewissenhaft jede Aktivität aufzählte und so die anderen Kinder eher langweilte (z.B. ‚dann haben wir gespielt und dann haben wir gegessen und getrunken und dann waren wir wieder im Hof spielen..)

Es scheint, dass für sie eine genaue und vor allem chronologische Aufzählung sehr wichtig war.

Beispieltranskript 3:
MELANIE 22.10.2001
ICH SAMSTAG KRANK FIEBER KRANK SPÄTER ICH (NAMENSGEBÄRDE DER SCHWESTER) SPAZIEREN ICH SCHLAFEN ZU-HAUSE. DANN ESSEN TRINKEN DANN FERNSEHEN ABEND FERTIG. (NAMENSGEBÄRDE DER SCHWESTER) MEINE SCHWESTER SPIELEN SCHLAFEN. SONNTAG GESUND SPAZIEREN ICH DRACHEN-STEIGEN-LASSEN ICH (NAMENSGEBÄRDE DER SCHWESTER) ZUSAMMEN DANN NACH-HAUSE HOF FORT DANN NACH-HAUSE ESSEN TRINKEN SCHLAFEN FERTIG

An Melanies Texten ist auffällig, dass die Erwähnung des Schlafengehens fast ausnahmslos immer den Tag beendete. Es schcint, dass dies für die Trennung der beiden Wochenendtage für Melanie von Bedeutung war und es ist meiner Meinung auch ein Hinweis darauf, dass für Melanie der Wochenendbericht tatsächlich eine streng chronologisch strukturierte Textsorte war. Besonders lebhaft erzählte sie Streiche oder einige andere, für sie herausragende Ereignisse, wo sie dann sogar direkte Rede dialogisch einsetzte.

Zeitliche Angaben bestanden zu Beginn meist nur aus dem Tag. Von Anfang an setzte sie am Ende ihrer Berichte FERTIG richtig ein. Melanie gebärdete auch mit Vorliebe die genauen Uhrzeiten von Ereignissen Im Oktober der zweiten Klasse begann sie, andere zeitliche Marker zu verwenden (DANN).

Sie verwendete in der Folge sehr viele, aber innerhalb eines Textes eher wenig abwechslungsreich eingesetzte zeitliche Marker (FERTIG, DANN, und zuletzt oft SPÄTER). Fast jede Aktivität wurde durch ein DANN getrennt (z.B.: FERNSCHAUEN DANN SPIELEN DANN ESSEN FEUER WARM ANZÜNDEN WARM DANN SPIELEN DANN BESUCHEN FREUNDIN).

Beispieltranskript 4:
MELANIE 28.1.2002
FREITAG DORIS MICH-BESUCHEN-KOMMEN DANN (NAMENSGEBÄRDE DER SCHWESTER) ABHOLEN EINKAUFEN DANN WIR-DREI SPIELEN DANN PLAYSTATION DANN MITTAG ESSEN. WIR-BEIDE (Doris und sie) SPIELEN HOF SPIELEN
Lehrerin lacht darüber, wie sie HOF gebärdet hat.
HOF HOF SPIELEN DANN NACH-HAUSE SPIELEN DANN SAMSTAG WIR-BEIDE FORT ESSEN EISLAUFEN WIR-BEIDE STREITEN, STOSSEN WETTRENNEN SCHNELL DANN TRINKEN NACH HAUSE FERTIG. OPA 7 UHR BESUCHEN AUTO KAPUTT SEHEN TRAURIG SPÄTER ESSEN SPÄTER SPIELEN ZEICHNEN NACH-HAUSE SPIELEN HARRY-POTTER KARTEN DANN SCHLAFEN. SONNTAG WIEDER ÄRGERN LICHTWECKER PAPA SCHIMPFEN DANN SONNTAG LANGE-SPAZIEREN. HOF DANN MITTAG ESSEN DANN ??? APFEL ESSEN DANN ABEND HALB FÜNF MÜTZE DEGENSTREICH
Dolmetscherin-Nachfrage.
Melanie dreht sich zur Lehrerin:
WEISST-DU DEGENSTREICH MANN HUT/MÜTZE MASKE KÄMPFEN AUGENMASKE ??? DEGENSTREICHE VIDEO
Lehrerin meint zur Dolmetscherin: Die drei Musketiere.
FERSEHEN FERTIG DANN SPIELEN HARRY-POTTER KARTEN. ABEND BADEN DANN KARTENSPIELEN HARRY-POTTER SCHLAFEN FERTIG.

Melanie lernte, so wie Doris, eigenständig erzählte, strukturierte und kohärente Berichte zu planen und präsentieren. Beide setzten Adjektiva eher sparsam ein, der Hauptfokus lag auf Aktivitäten.

13.3 Resümee

Es konnte exemplarisch gezeigt werden, dass eine Entwicklung in der L1 der bilingual beschulten (und lebenden) gehörlosen Kinder stattfand. Genau wie auch bei hörenden Kindern der Spracherwerb in der L1 bei Schuleintritt noch lange nicht abgeschlossen ist, lernen auch gehörlose Kinder sowohl in Bezug auf ihren Wortschatz, die Syntax und diskursive Kompetenzen noch viel dazu (siehe >DVD, Kapitel 4).

Bei fast allen Kindern der Klasse konnten große Lernprozesse beobachtet werden: Die Deutsch- und ÖGS-MuttersprachlerInnen lernten, wie sie eine flüssige Erzählung schaffen konnten, die TürkischmuttersprachlerInnen lernten abgesehen davon auch noch Deutsch. Inhalte und strukturelle Merkmale der Erzählungen wandelten sich: Die Kinder wurden immer wieder aufgefordert die „wichtigen" oder „besonderen" Ereignisse zu erzählen und nicht, dass sie schlafen gegangen seien oder aufgestanden wären. Sie wurden also sukzessive darauf vorbereitet, eine richtige Geschichte, mit einem Anfang und einigen interessanten Details oder Höhepunkten, die sie selbst auswählen durften, zu erzählen.

Alle Kinder hatten manchmal Schwierigkeiten, nachdem sie selbst einmal erzählt hatten, den restlichen Berichten auch noch zu folgen und nicht zu stören. Sie übten durch diese Montagserzählstunde das aktive Zuhören und lernten Respekt vor dem ‚floor' eines anderen Kindes zu haben.

Die Berichte der gehörlosen Kinder zeigen große Fortschritte in der Entwicklung einer Erzählkompetenz. Dies betrifft den Umfang, die eingesetzten syntaktischen Gliederungen aber auch die erst langsam wachsende Selbstständigkeit und die stetig zunehmende Lebendigkeit ihrer Berichte.

Die Einschätzung der ÖGS-als L1-Kompetenz durch die Dolmetscherin nach dem ersten Schuljahr:

> *„Ich glaub, dass die Gebärde von Melanie und Doris viel differenzierter geworden ist in dem einen Jahr. So, ja bestimmte Umgangswörter, die hauptsächlich die Doris verwendet hat, bei der auch, glaub ich, eine bissl differenziertere Gebärde ist als bei der Melanie, die hab ich nicht gewusst. So Art Sprichwörter oder so. "*
>
> (Dolmetscherin BM 20. Juli 2001)

Ein systematischer Vergleich der unterschiedlichen Erzählstile und der Entwicklungen der Erzählkompetenz zwischen hörenden und gehörlosen SchülerInnen kann hier nicht vorgenommen werden. Die Dolmetscherin benennt im Interview einige Unterschiede zwischen hörenden und gehörlosen ErzählerInnen:

> *VK: Was sind denn die Hauptunterschiede in Wochenendberichten der gehörlosen und hörenden Kinder?*
> *„Einerseits in der Art zu erzählen, sag ma, einerseits im Erzählstil aber auch im Inhalt. Die Melanie hat sich dem vorsichtig genähert und sehr wenig am Anfang erzählt. Und dann ist sicher auch, na ja diese Umständlichkeit, die Hörende haben beim Erzählen, prinzipiell beim Erzählen. Das ist halt bei den Gehörlosen direkt. In der Art des Ausdrucks."*
> (Dolmetscherin BM 20. Juli 2001)

Die andere Dolmetscherin stellt am Ende des zweiten Schuljahres - unabhängig davon - fest, dass die diskursiven und stilistischen Kompetenzen der Kinder zugenommen haben.

> *VK: Wie schaut die ÖGS-Kompetenz der gehörlosen Mädchen aus?*
> *„[lacht] Puuuuuuh, also extrem gut. Sie haben sicher ganz viele Gebärden gelernt, so die spielerische Variante, Geschichten erzählen, die poetische Ader, enorm! Das sitz ich oft da und denk mir: Ahhhh, schön, toll! Das die so gebärden können. Wennst merkst, dass sie einen Input kriegen, dass sie da auch nur ganz wenig Anreize, auch von mir, denk ich mir, ich kann ihnen nicht wirklich viel in dem Gebiet zeigen, aber sie machen so viel draus."*
> *VK: Am Elternabend, hat da Doris' Mutter wirklich gemeint, sie versteht sie nicht mehr?*
> *„ Kann sein. Sagt auch Melanies Mutter, dass die zwei extrem anstrengend sind, weil sie mehr verstehen, weil sie mehr verlangen, weil sie auch daheim mehr wissen wollen, einbezogen werden wollen."*
> (Dolmetscherin SN 10. Juli 2002)

Die von der Dolmetscherin benannte sowohl in ÖGS als auch der Zweitsprache Deutsch vorhandene unüblich gute Kompetenz kann – und dessen sind sich Lehrerin und Dolmetscherin bewusst – auch eine Kluft schaffen:

> *„Doris hat erzählt, dass sie in der Gehörlosenschule war und das ihr das viel zu fad war mit den Kindern zu gebärden, weil die können einfach nix."*
> *VK: Aber deshalb darf man ihre Entwicklung nicht aufhalten.*
> *„Eben, eben, eben. Und es werden ja mehr. Aber sie werden sicher eine ganz besondere Position einmal in Österreich einnehmen. Mal sehen, was sie daraus machen."*
> (Dolmetscherin SN 10. Juli 2002)

Mit diesem in die Zukunft weisenden Gedanken schließt der empirisch-sprachliche Teil des Buches.

Im folgenden Kapitel sind die von allen Kindern der Klasse selbst gezeichneten Sprachenportraits besprochen, an denen zu sehen ist, wie sie ihre vielfältigen Sprachkompetenzen für sich ‚geordnet' haben und an sich selbst erleben.

14 Selbsteinschätzung durch Sprachenportraits

Durch die Filmclips auf der beiliegenden DVD (Kapitel 1 und 2) wird die Mehrsprachigkeit der Klasse eindrücklich ersichtlich. Die Bedeutung der Mehrsprachigkeit für die einzelnen Kinder und ihr emotionaler Umgang damit ist nicht einfach auszumachen.

Vielen Kindern war diese Mehrsprachigkeit und der Stellenwert in ihrem Leben nicht sehr bewusst und die Wahrnehmung der diversen Sprachen durch manche Kinder war eher undifferenziert.

Inspiriert von Krumm und Jenkins (2001), die in einem wunderbaren Buch Sprachenportraits von Kindern publiziert und sensibel kommentiert haben, habe ich in der bilingualen Doppelintegrationsklasse bildliche Darstellungen der individuellen Sprachenkonstellationen anfertigen lassen.

Am vorletzten Schultag der zweiten Klasse – einem sehr heißen Tag, für den kein Lehrstoff mehr vorgesehen war und die Klassen zum Teil schon für sommerliche Umbauarbeiten ummöbliert waren, führte ich mit der gesamten Klasse eine sprachbezogene Aktivität durch.

Ich leitete die Stunde mit einem Gespräch über „Sprachen“ ein: Wir sammelten Vorschläge, wieviele Sprachen es auf der Welt gibt, besprachen, welche Sprachen es in unserer Klasse gibt und ich erklärte, dass jedes Kind nun sich selbst und seine eigenen Sprachen in die vorgedruckten Umrisse von Kindern einzeichnen könne (diese Vordrucke sind Krumm und Jenkins 2001 entnommen). Die Vordrucke sind geschlechtsmarkiert, das heißt es gibt welche mit ‚Rock‘ und längeren Haaren und welche mit ‚Hosen‘. Ich stellte den Kindern frei, welchen Vordruck sie verwenden wollten. Jede Sprache sollte eine andere Farbe bekommen und dort eingetragen werden, wo man sie spürt oder wo man sie ‚hat‘.

Außerdem bat ich sie, selbst eine Legende zu verfassen, d.h. zu indizieren, welche Farbe welche Sprache sei.

Die Aktivität funktionierte sehr gut: Alle zeichneten mit Eifer, es wurden sogar einige Sprachenbezeichnungen, die wir vorher nicht auf die Tafel geschrieben hatten, eingefordert.

Auch die Dolmetscherin und die gehörlose Lehrerin wollten sofort selbst ein Sprachenportrait anfertigen und saßen mit den Kindern an den Tischen.

Hier sind nun alle angefertigten Sprachenportraits wiedergegeben und minimal kommentiert, da die meisten für sich selbst sprechen.

Geordnet sind die Portraits nach L1: zuerst jene, die L1 Deutsch haben, dann jene, die eine andere L1 als Deutsch haben, und zum Schluss die der Erwachsenen.

Samantha hat L1 Deutsch und ist eine begeisterte ÖGS-Lernerin und Verwenderin: Beides sieht man an ihrem Sprachenportrait, in dem Deutsch ausgewogen auf die Extremitäten, ÖGS auf den Rumpf aufgeteilt ist. Interessant erscheint, dass sie ÖGS *nicht* in den Armen gezeichnet hat. Englisch scheint für sie nicht sehr wichtig zu sein. Ich glaube nicht, dass sie Französisch kann – das gemeinsame Suchen nach Sprachen und die interessierte Atmosphäre sie jedoch veranlasst hat, ihre Minimalkenntnisse auch einzutragen (Hals), ebenso ‚Türge', (Türkisch, in der Hand).

Davids Erstsprache ist Deutsch. Er hat auf der Rückseite seines Blattes eine Legende gezeichnet, aus der hervorgeht, dass er ein klein wenig Türkisch (‚ein Wort') in den Füßen platziert hat, seinen Körper mit Deutsch angefüllt hat und Hände und Gesicht für ÖGS (G=‚Gebärdensprache') reserviert hat. Davids erster Kommentar über das Blatt mit den Umrissen war: Ein Außerirdischer! Nicht zu übersehen ist die futuristische Gestaltung seines Männchens (Raumanzug, Star Treck).

Natalies Erstsprache ist Deutsch. Sie hat dies im Kopf platziert. ÖGS ist in einem Arm, Englisch im anderen: ihre beiden Zweitsprachen. Dass sie Französisch kann, wusste ich nicht und bezweifle, dass die großflächige Platzierung realitätsrepräsentativ ist.

Pias L1 ist Deutsch. So wie Samantha liebt sie ÖGS sehr, was man an der großen Fläche, die es einnimmt, sehen kann. Deutsch hat sie in jenen Arm gezeichnet, mit dem sie schreibt und auch ein Bein zugewiesen. Englisch, ihre Zweitsprache, ist interessanterweise im Kopf und einem Bein gezeichnet.

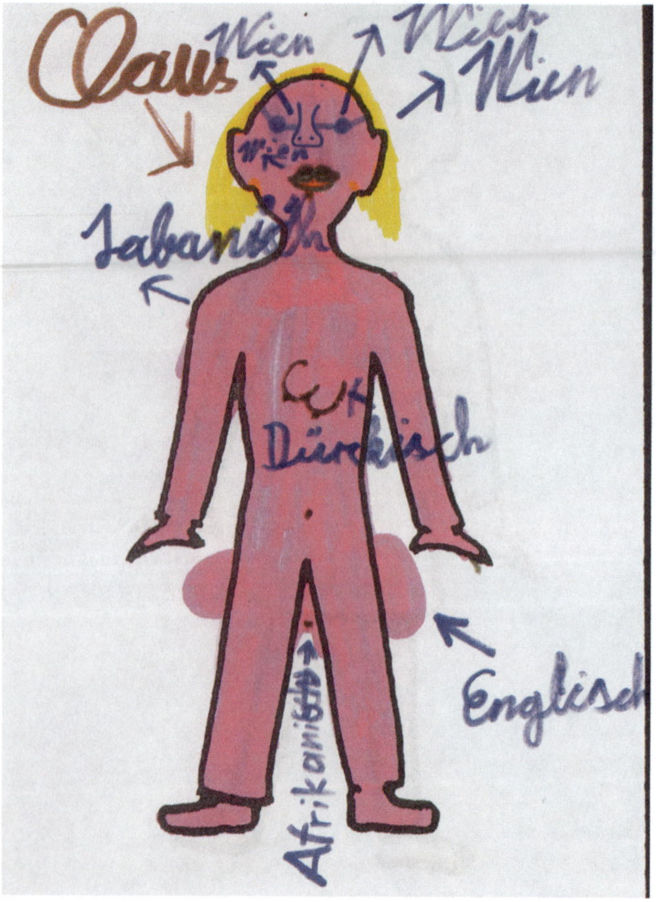

Claus' L1 ist Deutsch. Er spricht weder Japanisch, Türkisch, noch ‚Afrikanisch'. Seine Verlautbarung während des Zeichnens, dass er Türkisch könne, wird von einigen Türkischssprachigen Kindern lautstark angezweifelt. Sein Bild stellt eine – in vieler Hinsicht aufschlussreiche – Phantasie dar (die von den anderen Kindern mit ‚Der ist voll sexsüchtig!' kommentiert wird). Interessant ist, dass er gleich vierfach deklariert, ‚Wien' im Kopf zu haben, nicht Deutsch.

Tugbas L1 ist Türkisch, was sie im Kopf platziert hat. Ihre Zweitsprache Deutsch sitzt zentral (‚Dolsch') und ihre beiden Drittsprachen in je einem Arm. Ich glaube, dass Tugba im islamischen Religionsunterricht Arabisch lernt, weiß jedoch nicht, wie gut sie es tatsächlich beherrscht und ob sie es aktiv verwendet.

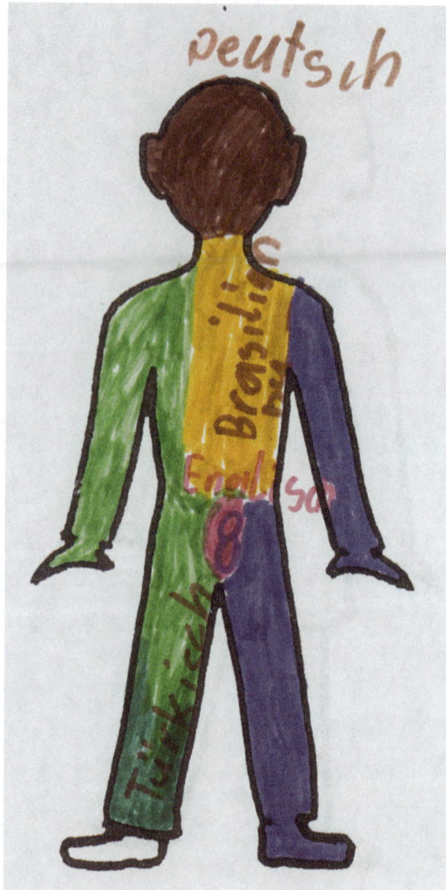

Burhans L1 ist Türkisch; es nimmt die größte Fläche seines Körpers ein. Deutsch, die Zweitsprache, in der er lernt, sitzt im Kopf. ‚Brasilianisch' kann er sicher nicht. Warum Englisch im Genitalbereich angesiedelt ist, weiß ich nicht – es könnte sich hierbei um eine durch Claus' Zeichnung inspirierte ‚versuchte Provokation' handeln. Was die Farbe Lila darstellt, weiß ich nicht, es könnte ÖGS sein.

Deryas L1 ist Türkisch, nimmt jedoch nur einen kleinen Raum (so groß wie ihre Drittsprache Englisch) ein. Ihre Zweitsprache Deutsch sitzt im Kopf, ihre ebenfalls Drittsprache ÖGS ist sehr dominant im Rumpf. Dies entspricht völlig den von ihr 1 Jahr später im Interview mit mir angegebenen Sprach-Einstellungen (siehe Kapitel ‚Soziolinguistische Phänomene').

Doris' L1 ist ÖGS: Sie nimmt den größten Raum ein und ist gut über ihren Körper verteilt. Deutsch, ihre Zweitsprache, hat sie in Abschnitten des Kopfes und in den Beinen angesiedelt, und ihre Drittsprache ASL in beiden Armen. Doris Farbwahl ist sehr ähnlich – und ich nehme an inspiriert von – der ihrer gehörlosen Lehrerin, jedoch eindeutig nach eigenen Kriterien im Körper verteilt.

Melanies L1 ist ÖGS, ihre Zweitsprache Deutsch und ihre Drittsprache ASL. ASL spielt sicher keine so große Rolle in ihrem täglichen Leben – nichtsdestotrotz hat sie das Portrait eines ausgewogen trilingualen Menschen gezeichnet. Alle Sprachen sind ihr wichtig und überall im Körper zu finden.

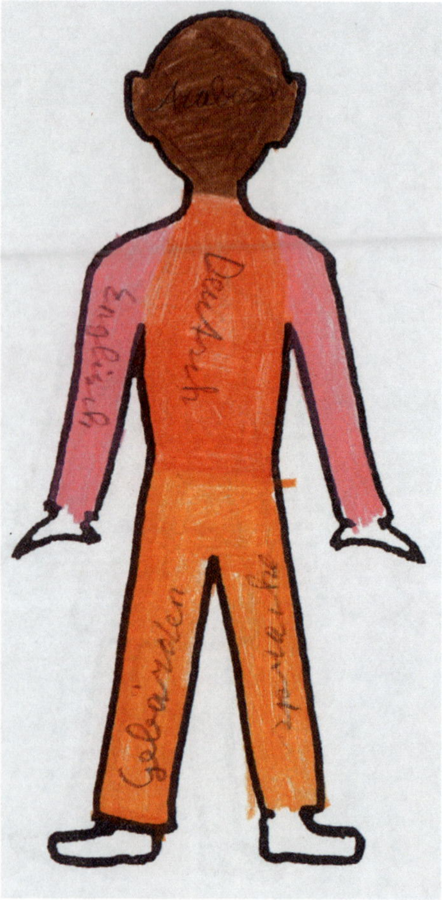

Maruans L1 ist Arabisch und im Kopf platziert. Seine anderen Sprachen sind gleichmäßig und relativ ausgewogen gezeichnet: Die Zweitsprache Deutsch zentral im Rumpf, seine Drittsprachen je in den Armen und Beinen.

Ehlibeyits L1 ist Türkisch und dominant im Körper eingetragen (auf der Rückseite hat er groß seinen Namen und TÜRKYE geschrieben). Seine Schul- und Lernsprache Deutsch ist im Kopf, seine Drittsprache Englisch in den Armen. ÖGS hat er vergessen. Diese Anordnung entspricht exakt der Reihung im Interview mit mir ein Jahr später.

Sabine ist Dolmetscherin. Ihre Erstsprache Deutsch ist im Kopf, im Schoß und ihren Beinen verankert. Ihre zweitwichtigste Sprache ÖGS ist in den Armen und Händen angesiedelt, ihre Fremdsprachen Englisch und Französisch unterschiedlich gewichtet im Rumpf.

Helene ist mehrsprachig: Ihre Erstsprache ÖGS nimmt am meisten Fläche ein und ist zwischen Kopf und Körper gut verteilt. Ihre zweite Gebärdensprache ASL nimmt eine ähnlich wichtige Position ein. Ihre Zweitsprache Deutsch ist großflächig im oberen Kopf und im Schoß und den Beinen verteilt. Ihre dritte Gebärdensprache, LSF (Französische Gebärdensprache), ist ebenfalls zentral rund ums Herz im Rumpf angesiedelt. Die Sprache ihrer Ehe, Spanisch, sitzt im Herz, in den Füßen (nach Spanien reisen) und klein auch im Kopf, im Schoß und in den Händen.

Die Sprachenportraits geben unterschiedlich guten Einblick in die selbstempfundene Mehrsprachigkeit und Bewusstheit aller individuell verfügbaren Sprachen.

Ich meine, dass es kein Zufall ist, dass jene beiden am ehesten monolingualen und am wenigsten an ÖGS interessierten Buben ihre Portraits als Karikaturen angelegt haben.

Für andere Kinder war zumindest die angemessene Erfüllung der Aufgabe ein Anliegen. Für viele war die Reflexion über ihre eigenen Sprachkenntnisse – manche arbeiteten sehr konzentriert und lange an ihrem Portrait – eine interessante und wichtige Aktivität.

Die Determiniertheit in der Platzierung (siehe Tugba) und die Klarheit in der Wichtigkeit/Hierarchie (siehe Ehlibeyit, Maruan), aber auch das Bemühen um eine möglichst repräsentative Ausführung (siehe Melanie) geben einen eindrucksvollen, bildlichen Ausdruck für das tiefe Wissen dieser Kinder um ihre vielfältigen Sprachkompetenzen.

15 Sichtweisen und Einschätzungen beteiligter LehrerInnen, Dolmetscherinnen und Eltern

Sowohl LehrerInnen als auch Dolmetscherinnen und Eltern äußerten sich im Gespräch mit mir oder auch untereinander (bei den Elternabenden, von denen einer der Begleitstudie gewidmet war) zur bilingualen Klasse.[1]

Die bei zwei Elternabenden präsentierten Video-Zwischenberichte über die vorliegende Studie wie auch die Sichtung von Videomaterial durch Lehrerinnen (teilweise für sie zusammengestellt, teilweise allgemein) ermöglichten mir eine Annäherung an eine ‚kommunikative Validierung'.

Das Konzept der kommunikativen Validierung sieht vor: „Daten oder Ergebnisse werden den Untersuchten mit dem Ziel vorgelegt, dass sie von ihnen hinsichtlich ihrer Gültigkeit bewertet werden." (Steinke 2003:320).

Sowohl Eltern wie Lehrende verbalisierten, ausgelöst durch meine Präsentationen bzw. meine direkten Fragen, ihre Beobachtungen, ihre Sichtweise der Klasse und auch ihr Erleben der Begleitforschung.

Diese Aussagen erscheinen mir wertvoll, denn es handelt sich hier um die Meinungen der im Projekt direkt aktiven Menschen, um Wahrnehmungen, Einschätzungen und Bewertungen durch Akteure und Akteurinnen. Sie ermöglichen eine ‚interne' Sicht, skizzieren das subjektive Erleben der Klasse durch Beteiligte – und dies scheint mir relevant für die qualitative Bewertung eines Projektes wie des vorliegenden. Denn nicht nur die vorliegende (wissenschaftliche und um ein sinnvolles Maß an ‚Objektivität' und ‚Sachlichkeit' bemühte) Studie des Projektes, sondern auch die Einschätzungen, das Verständnis und das Fühlen der beteiligten Menschen sagen etwas über den Erfolg und die Qualität dieser bilingualen Klasse aus. Außerdem beinhaltet dieses Kapitel die Sicht der ‚beforschten' Personen auf die Begleitforschung.

15.1 Zum Modell, zur praktizierten Integration

Integrative Beschulung gehörloser Kinder wird in Österreich fast immer singulär durchgeführt. Das bedeutet konkret, dass einzelne gehörlose Kinder alleine in Klassen mit hörenden Kindern und LehrerInnen sitzen und mehrmals wöchentlich Förderunterricht haben (mit Glück durch eine gebärdensprachkompetente Person). Dieser Umstand und seine Folgen für die betroffenen Kinder sind der gehörlosen Lehrerin der bilingualen Doppelintegrationsklasse viel bewusster als allen anderen in der Klasse aktiven Personen.

---

1 Es sind nur solche Aussagen in die Studie eingeflossen, die von mir aufgenommen wurden. Durchgeführte Interviews, siehe Auflistung im Kapitel ‚Forschungsdesign'.

Das Integrationskonzept wird daher vor allem von der gehörlosen Lehrerin ambivalent gesehen:

> *„Viele Menschen vertreten die Auffassung, dass Integration gut ist. Bei Gehörlosen würde ich das anders sehen, besonders bei kleinen Kindern, da muss man vorsichtig sein. Wenn sie größer sind, kann man über Integration reden, aber bei kleinen.... Die Entwicklung, das läuft alles ganz anders ab, und sie sind in der Welt der Hörenden überhaupt nicht zu Hause, deshalb ist das auch anders zu beurteilen, anders zu sehen, das kann man nicht einfach 1:1 vergleichen. Das Thema Integration ist für mich eher ambivalent."*
>
> (Gehörlose Lehrerin HJ 10. Juli 2001)

Nichtsdestotrotz erkennt sie aus ihrer Lehrerinnensicht bestimmte Vorteile:

> *„Positiv an der Integration finde ich, dass man hier in Bezug auf das Verhalten der Kinder Entwicklungsschritte feststellen kann. Zum Beispiel, am Anfang waren die gehörlosen Kinder sehr faul und wussten nicht, dass man Aufgaben ernst nehmen muss usw. und wenn es darum geht, Aufgaben zu machen oder so, dann können sie sich an den Hörenden orientieren, wie sie sich da verhalten, dass sie lernen, dass sie folgsam sein müssen, in der Klasse, etc. das bringts schon, da lernen sie vom Sozialverhalten viel."*
>
> (Gehörlose Lehrerin HJ 10. Juli 2001)

Über den Gewinn der bilingualen Klasse für die hörenden Kinder haben sich alle beteiligten Frauen (unabhängig voneinander) geäußert:

> *„Ich bin mir auch ganz sicher, dass es für die hörenden Kinder äußerst positiv ist, da gibt es gar keine negativen Aspekte, wirklich absolut nichts. Sie lernen die Gebärdensprache, lernen Offenheit und kommunizieren. Umgekehrt, bei den Gehörlosen, bin ich wie gesagt nicht sicher, es gibt Positives, aber es gibt auch Negatives."*
>
> (Gehörlose Lehrerin HJ 10. Juli 2001)

Die Bewertung des bilingualen Unterrichts durch die hörende Lehrerin dokumentiert klar, dass vor allem die zusätzliche Sprache positiv erlebt wurde und aus ihrer Sicht ein Gewinn für die hörenden Kinder war:

> *VK: Welche Rolle spielte Gebärdensprache in der Klasse? Wie hast du es erlebt?*
> *MK: „Ich fang mit dem einfacheren an, ja. Für die hörenden Kinder*

wars ein hundertprozentiger Gewinn. Die haben Spaß daran gehabt, das war wirklich schön zu beobachten, die haben sofort diese neue Sprache angenommen und sich damit verständigt. (...)"

(Hörende Lehrerin MK 28. Juni 2002)

Ihre positive Bewertung des Modells insgesamt bezieht sich jedoch vor allem auf die Gewinne der gehörlosen Kinder:

VK: Bitte offene Bewertung des Modells: ist das sinnvoll?
MK: „Kann ich dir ganz klar beantworten: ich glaube ja. Wenn die richtigen Bedingungen gegeben sind. Also ich glaube ja, wenn es so ist, wie jetzt zum Beispiel. Gehörlose Kinder in einer Regelklasse, die den Intellekt haben, einer VolkschülerInnenklasse zu folgen, im Gegenteil, glaub ich, ein bissl mehr Voraussetzungen mitbringen müssen, weil sie ja auf einer Seite eingeschränkt sind, dann kann das gut funktionieren, da bin ich hundertprozentig überzeugt. Das seh ich ja. (...) "

(Hörende Lehrerin MK 28. Juni 2002)

Eine Schülerinmutter berichtet am Elternabend, eineinhalb Jahre nach Schulbeginn:

„Also ich kann nur für die Alysha sprechen. Sie ist so begeistert von der Gebärdensprache, dass sie das sofort auf uns überträgt, in der Form, also wir werden unterrichtet. Sowohl die Natascha als auch ich und wir werden auch im Anschluss daran geprüft. Und zwar ein zwei Tage später, ob ich mir das gemerkt habe, das Gemüse, und ob ich die Wochentage endlich richtig kann. (...) Das macht sie immer zwischendurch, da kommt sie und sagt, hast du ein bissl Zeit, setzen wir uns hin? Und ich empfinde das als sehr positiv. Und mit ihr macht sie das spielerisch, mit der Kleinen. Ich beobacht' das auch im Kinderzimmer, da sprechen sie dann schon zeitweise alleine, weil ich schau immer nach, wenn's besonders ruhig ist, sprechen sie in der Gebärdensprache alleine. Die Alysha spielt Schule und spielt dann zum Beispiel die Helene, oder die Frau Magister Klein, also sie wechselt da die Rollen."

(Mutter Alysha, 17. Jänner 2002)

Die positive Bewertung der Mutter und die enorme kindliche Kreativität bei der Integration der neuen Sprache auch in ihren außerschulischen Alltag wird deutlich.

Auch die Dolmetscherin ist vom bilingualen Unterricht überzeugt:

„Die Idee bilingualer Unterricht find ich gut, absolut."
VK: Da stehst du dahinter. Und hinter dem Projekt konkret?
„Nimmer so."

Die Dolmetscherin nennt dann eine Reihe von konkreten Dingen, die ihrer Meinung nach in dem Projekt zu ändern wären – versteht dies jedoch in keiner Weise als grundsätzliche Kritik am Modell, wie ihre abschließende Beurteilung zeigt:

> *„Zu wenige gehörlose Kinder, das ist was ganz Entscheidendes. Ja, und das Team zwischen den zwei Lehrern muss einfach funktionieren. Es muss der hörende Lehrer gut Gebärdensprache können, es müssen beide bereit sein, dass sie sich zusammensetzen, das sind so wichtige Sachen, ohne dem ist das ganze Projekt larifari, eines von vielen.*
> *VK: Bitte eine offene Bewertung des Modells mit bilingualem Teamteaching?*
> *„Find ich super, trotzdem."* (Dolmetscherin SN 10. Juli 2002)

Resümierend stellt sich heraus, dass die gehörlose Lehrerin von der bilingualen Beschulung überzeugt ist, bei der integrativen Form jedoch nicht so sicher:

> *„Bilingual: sicher ja! Aber Integration: ich weiß nicht...."*

Die Bedenken, die sie äußert, beziehen sich auf die einzigen längerfristigen Erfahrungen, nämlich das schwedische Modell:

> *„ ... in Schweden ist das auch nicht so, da wird die Integration erst später gemacht, die unterrichten ganz anders, die haben eine Situation, da wird Deutsch anders unterrichtet, Mathe anders, die haben bestimmte Formen der Integration, aber das ist nicht so, dass sie immer voll in Integration arbeiten, Turnen, Zeichnen, bissl Gebärdensprache und so, ja. Ab 15, in der Mittelschule kann man die Leute voll mit Dolmetschern integrieren, das geht schon, nur mit Nachmittagsbetreuung, voll integriert, das geht schon. (...)"*
>
> (Gehörlose Lehrerin HJ 3. Juli 2002)

Es könnte also sein, dass diese Bedenken unter anderem daher rühren, dass es weder in ihrer persönlichen noch in der österreichischen Pädagogikgeschichte bis dato längerfristige und belegte diesbezügliche Erfahrungen gibt. (Zu diesem Problem mehr im folgenden Abschnitt.)

Durch einige Äußerungen der gehörlosen Lehrerin wird deutlich ersichtlich, dass für sie - die Mitglied einer Minderheit und politisch aktiv ist – die Bedeutung der

Klasse und die Frage, ob Integration sinnvoll und das von ihr gelebte Modell gut ist, sehr bedeutsam sind. Ihre Perspektive geht über diese einzelne Klasse hinaus:

> *„Es geht nicht nur um den Unterricht, ich hab immer auch noch im Kopf, was man auf anderen Ebenen, in der Gesellschaft und so weiter ändern müsste, das spielt alles eine Rolle, auch in meinem Unterricht."*
> (Gehörlose Lehrerin HJ 10. Juli 2001)

Sie nimmt diesen Perspektiven-Unterschied auch wahr und erlebt ihren politischen Interessen gegenüber auch manchmal Misstrauen oder vielleicht Unverständnis:

> *„Wenn es um Integration geht und ich sage, ich möchte eine Änderung der Gesetze, dann ist Martina ein bisschen misstrauisch, hab ich das Gefühl, weil sie mich als ‚gefährlich' einstuft. Aber ich hab nicht vor, an der Martina was zu ändern, ihre Methode und ihr Unterricht sind so. Das betrifft eher die allgemeine Situation."*
> (Gehörlose Lehrerin HJ 10. Juli 2001)

15.2 Zur Vorreiterrolle dieser Klasse

Alle Beteiligten, inklusive der Eltern erlebten eine mangelnde Unterstützung durch ‚Behörden'. Die Sonderform der Klasse, die offiziell nie einen Titel erhielt, wurde zwar bewilligt, aber den ausführenden Personen wurde wenig Interesse, keine spezielle Unterstützung entgegengebracht. Man teilte dieser Klasse zu Beginn sogar besonders schwierige Kinder zu. Die Ausgangsbedingungen waren kompliziert, und es gab weder ein genaues, offengelegtes Konzept, noch einen Plan oder eine Rollenverteilung, und begleitende Maßnahmen waren nicht geplant. Auch die Frage etwaiger Lehrinhaltsabänderungen, des Zeugnisses usw. wurden nicht im Vorhinein geklärt, sondern mussten entweder von den Lehrerinnen selbst spontan entschieden oder aber auf mühevollem, bürokratischen Weg erkämpft werden:

> *„Die Klasse war von Anfang an schwierig zusammengestellt, lauter kleine Persönlichkeiten. Und dann ist durch die... also das war von Anfang an fehlorganisiert, wennst mich fragst, fehlorganisiert! Nicht von uns, sondern von... wie sich die das vorgestellt haben? Man kann nicht irgendein Projekt machen ohne eine Grundlage... das alles einem raufhängen, das geht nicht. Das ist schade, weil da hätt man wirklich viel rausholen können. Mit zwei Kindern drinnen, da hätt man mehr... sie*

haben sicher viel profitiert, aber sie hätten noch mehr profitieren können.“

(Hörende Lehrerin MK 15. Juli 2002)

Die Lehrerin stellt anhand eines zu Klassenbeginn völlig widersinnig der Klasse zugeteilten Kindes dar, dass die Aktivitäten der ‚Behörde‘ zum Teil undurchdacht waren:

„Es kann nicht funktionieren, wenn jetzt versucht wird, nur um der Gehörlosigkeit Willen, jetzt irgendwelche gehörlose Kinder hereinzusetzen und dann zu glauben, das muss funktionieren. Also das ist sicher zum Scheitern verurteilt. Hab ich mich klar ausgedrückt?
So kann das, da bin ich hundertprozentig der Meinung, funktionieren, weil ich weiß, die Kinder haben einen entsprechenden Intellekt, die jetzt da sind, und haben zusätzlich nicht noch ein Problem. Das ist der Ausschlag gebende Punkt. Dann kanns funktionieren.“

(Hörende Lehrerin MK 28. Juni 2001)

Die Frage des Zeugnisses wurde Sinnbild der vielen bürokratischen Probleme: Es kämpften einige engagierte Mütter (hörender Kinder!) lange darum, dass die Sprache ÖGS im Zeugnis vermerkt wird. ÖGS hat in Österreich (abgesehen von einigen Bundesländern) keinen offiziellen Sprachstatus, daher war dieser Vermerk außerordentlich schwer zu erreichen und letztendlich nur als ‚unverbindliche Übung‘ möglich.

„Das muss einfach selbstverständlich sein, wenn hier Österreichische Gebärdensprache unterrichtet wird, jeden Tag, parallel, dann muss das bitte in einem Zeugnis drinnen stehen. Wozu machen wir das? Jeder will, wenn er irgendwas leistet, einen schriftlichen Beleg darüber, wo drauf steht: was hab ich gemacht. Das erscheint mir logisch, ja. Aber der Bürokratismus ist einfach so verkorkst, das darf man dort nicht hinschreiben, weil das nicht das ist... also da würd ich mir ein bissl mehr Offenheit und nicht stur nach Formularen .... das würd ich mir wünschen. Das ist ein Riesenproblem.“

(Hörende Lehrerin MK 28. Juni 2001)

Auch andere Probleme ergaben sich, die bei der Projektbewilligung nicht bedacht waren und nicht in den Entscheidungskompetenzen der Lehrerinnen lagen, daher auch nicht durch sie gelöst werden konnten:

„Und dann zum Beispiel auch Administration: Welches Zeugnis? Wie wird das mit Musik gemacht? Das ist alles bis jetzt in der Schwebe.

Also in Musik werden sie einfach nicht benotet, das ist lächerlich. Ja, man hätte sich auch für Musik was überlegen können. Es gibt ja Musik für Gehörlose, warum hat man sich nicht da irgendwo was überlegt, für den Musikunterricht. Da hat man mir dann gesagt, naja man muss nicht nur Lieder singen, man kann auch was anderes machen. Ja, gut, aber ich mein, das ist nicht meine Aufgabe. Ich kann Musikunterricht machen für hörende Volksschulkinder, aber ich kann das nicht für gehörlose Kinder, das ist nicht möglich, dazu hab ich einfach die Kompetenz nicht. Und da hat sich niemand irgendwas überlegt. Und das ist schade um jede Stunde, die da wöchentlich vergangen ist, weißt? Das denk ich mir. Und was war noch? Musik ist natürlich das größte Problem."

(Hörende Lehrerin MK 15. Juli 2002)

Die mangelnde institutionelle Unterstützung oder das Desinteresse hat sich letztendlich als demotivierend und negativ für die Klasse herausgestellt:

„Das zu realisieren ist so schwer, das hab ich bei unserem Projekt auch gemerkt, es will jeder machen, aber keiner will sich wirklich damit auseinandersetzen und dafür wirklich was leisten, und das geht halt nicht. Man muss zuerst das Umfeld schaffen, damit man das wirklich bringen kann, weil einfach nur der Idee wegen... ist nichts zu machen."

(Hörende Lehrerin MK 15. Juli 2002)

So sagt die Lehrerin zu ihrem schwangerschaftsbedingten Ausscheiden:

„Ich bin nicht ganz unglücklich, dass ich aussteig, weil eben diese Rahmenbedingungen nicht gestimmt haben."

(Hörende Lehrerin MK 15. Juli 2002)

Als ich frage, wer eigentlich die Projektleitung innehatte, zeigt sich, wie unklar die Strukturen des Projektes waren:

„Das war meines Wissens... war das die - aber weiß ich nicht, wie die oberen Leute sich das überlegt haben - ich glaub, die Frau Direktorin Aigner vom Hammerfestweg, so weit ich informiert bin, obwohl die überhaupt nix damit zu tun hat, das ist nur am Zettel, bürokratische Sache, ja? Wer wirklich für was zuständig ist...??? [zuckt Schultern]."
VK: Die war aber für dich keine Ansprechpartnerin?

„Ich hab die einmal gesehen. Für mich war überhaupt niemand ein Ansprechpartner. Für mich haben sich nur Ansprechpartner ergeben, wenns Probleme gegeben hat. Die waren anfangs massiv durch den

> *Adrian, dadurch hab ich einmal alle kennengelernt, weil zuständig sind viele und doch niemand. Alle möglichen Inspektoren, die du auch kennengelernt hast, glaub ich, und keiner ist wirklich zuständig... das ist eben eine Sondersach' und keiner fühlt sich irgendwie... ja. An Hand vom Beispiel vom Adrian, ja das war ein Jammer, jeder hat ihn weitergegeben, da gehört er am besten, zu uns. Lächerlich! Bei uns war er total fehl am Platz! Aber jeder putzt sich ab, von der Verantwortung. Ich glaub ihnen auch schon, dass es nicht DIE Institution gibt, wo er hingehört, wo er hinpasst. Aber da muss man sich was überlegen, man kann doch nicht jedem das Bummerl..."*
>
> (Hörende Lehrerin MK 15. Juli 2002)

Nach zwei Jahren stellt die andere Lehrerin fest, dass die Pionierarbeit, die sie mit ihren Kolleginnen leistet, Zeit und vor allem Energie kostet:

> *„Ich bin schon ziemlich gefrustet und müde. Die Schule hat keine Ahnung, wies laufen soll, die Lehrer kennen sich zu wenig aus, es ist so ein Chaos, das ist jetzt mal am Anfang so, okay. Aber wenn ich das wirklich alles ganz genau machen würde, müsst ich jetzt am Anfang 60 Stunden arbeiten. Tut mir leid, das kann ich nicht."*
>
> (Gehörlose Lehrerin HJ 3. Juli 2002)

Auch hier zeigt sich wieder, dass die gehörlose Perspektive auf das Projekt und die alltäglichen Schwierigkeiten mit ganz großen, österreichweit relevanten Themen der Gehörlosenpädagogik verknüpft sind – wie zum Beispiel mangelndes Unterrichtsmaterial:

> *„Wenn ich wieder eine Klasse übernehme, dann werde ich das viel genauer vorbereiten können, aber jetzt zur Zeit ist das ein bisschen ein Durcheinander, das so zu machen. Das ist nicht normal, ich bin jetzt acht Jahre Lehrerin, das ist einfach unmöglich, verstehst du, normalerweise müsste ich das schon wissen, wie das geht. Hörende Lehrer haben da eine ganz andere Situation, die kaufen sich einfach ein Buch und fertig. Ich muss sehr viel Zeit aufwenden, weil vieles nicht verwendbar ist, nicht passt, wenn ich ein Buch kaufe, dann passen da vielleicht ein, zwei Seiten und mit dem Rest kann ich nix anfangen. Das ist einfach kompliziert und schwierig. Die Lehrbücher sind stark auf Rechtschreibung, auf Groß-Kleinschreibung fokussiert, auf Artikel. Aber für gehörlose Kinder passt das nicht, denen ist das zu langwierig, zu langweilig, das ist kein guter Ansatz. Okay, die Zeiten, das ist gut zu verwenden, aber der Rest ist nicht zu verwenden. In der ersten Klasse war vieles eine Überforderung, dann haben wir gesagt, okay, das gehen wir ruhiger an. Ich*

musste oft viel erklären, sehr viel dazuerklären und schauen, ob sie das verstanden haben. Wie das die hörenden Lehrerinnen machen, ich weiß es nicht, tut mir leid. So ist das."

(Gehörlose Lehrerin HJ 3. Juli 2002)

Es ist ganz klar, dass dieses Projekt nicht nur Vorreiterfunktion hat, sondern auch die Bürde trägt, bilingualen Unterricht für gehörlose Kinder, der in Österreich von den verantwortlichen Institutionen abgelehnt wird, als nachweislich sinnvoll belegen zu müssen. Die gehörlose Lehrerin, der diese Umstände im Detail bekannt sind, spürt den Druck, etwas ‚beweisen' zu müssen:

„Ich bin als Lehrerin ein kleiner Teil, aber es müsste so viel bewegt werden. In Österreich fehlt die Bereitschaft, sich an einen Tisch zu setzen und zu schauen, was könnte man besser machen... da sind alle Türen zu und es wird nur gestritten."

(Gehörlose Lehrerin HJ 3. Juli 2002)

„Es braucht große gesetzliche Änderungen. Diese Klasse ist so wenig, in vier Jahren ist alles aus und alle lachen. Das ist natürlich eine große Belastung, das sind noch 2 Jahre, ich muss das fertig machen, wir müssen auch was beweisen, was argumentieren, das ist schon belastend."

(Gehörlose Lehrerin HJ 3. Juli 2002)

Am Beispiel einer Interviewsequenz über das in der Klasse eingesetzte Deutschbuch sieht man ganz deutlich den Einfluss, den dieser Druck auf ihren Lehralltag hat:

„Das Buch passt, aber normalerweise sollte man Bücher nehmen, die für Gehörlose besser passen, wir müssten eigentlich andere Materialien nehmen. Aber was ist dann mit der Integration? Die Leute schauen ja auch sehr genau, was ich mache. Ich muss am Inhalt bleiben, der vorgegeben ist."

(Gehörlose Lehrerin HJ 3. Juli 2002)

Auch Unsicherheit ist vorhanden – denn letztendlich, wie bei vielen Lehr- und Lernsituationen, ist der ‚Erfolg' ein sehr langfristiger, womöglich nicht sofort ablesbarer:

„(...) Ich weiß auch jetzt gar nicht, ob das richtig ist, was wir hier machen, das kann ich erst nach vier Jahren sagen."

(Gehörlose Lehrerin HJ 3. Juli 2002)

Die Lehrerin reflektiert auch, dass sie eine derartige Unterrichtserfahrung noch nicht gemacht hat, dass sie eigentlich keine Vorbilder, keine Anleitungen, keine erfahrenen KollegInnen hat:

> *„Ich glaube auch... ich mein, mit Mathe hab ich keine Probleme, aber Deutsch ist für mich ja auch eine neue Erfahrung, ich habe ja noch nie Deutschunterricht gehalten, schon gar nicht in einer bilingualen Klasse, das ist auch eine doppelte Belastung. Ich weiß auch nicht, was an Inhalten noch kommt; bekomme ich wieder eine erste Klasse, dann kann ich das viel genauer planen, weil dann kenne ich den Ablauf schon, den Lehrplan... bei der nächsten ersten Klasse würde das schon ganz anders aussehen. Für Martina ist das kein Problem, für sie ist das schon die weiß nicht wievielte Klasse, sie ist das schon gewohnt, eine neue Klasse zu kriegen und das dann zu machen. Für mich ist alles neu, ich muss immer wieder neue Sachen suchen, finden und machen. Wenn ich sie da frage, sagt sie, mach das so, wie du glaubst - aber wie?"*
>
> (Gehörlose Lehrerin HJ 10. Juli 2001)

Die Dolmetscherin findet die Einstellung der Eltern zu diesem Projekt sehr positiv, nennt jedoch bei den gehörlosen Eltern auch Unsicherheiten – und zwar mangels Vorerfahrung:

> *VK: Wie stehen die Eltern jetzt zu Klasse?*
> *„Sehr gut, sehr stolz, dass sie sich dafür entschieden haben. Zum Beispiel Doris' Eltern waren auf der Linguistiktagung in Klagenfurt. Aber da brauchen sie auch die Bestärkung, weil sie werden sicher von vielen gehörlosen Bekannten darauf angesprochen. Das ist neu und niemand weiß, was das bringen soll."*
>
> (Dolmetscherin SN 10. Juli 2002)

Die Mutter einer gehörlosen Schülerin sagt im Interview, dass sie das sehr gut fände, wie unterrichtet würde:

> *„Ich bin keine Expertin. Aber so wie in der Integrationsklasse, mit Gebärdensprache und Lautsprache, also das gibt's in Speising[2] nicht. Die Integrationsklasse ist eigentlich durch Helene erst gegründet worden, das ist die erste. Das gabs ja früher nicht. Und so wie ich das sehe, läuft es gut."*
>
> (Mutter Z 13. Juli. 2001)

2 Speising': das Bundesinstitut für Gehörlosenbildung im Wiener Stadtteil Speising.

Als ich eine Schülerin frage, ob sie das gut oder schlecht findet, dass sie Gebärdensprache kann, antwortet sie

> *„Guuuut. Weil das ist die einzige Klasse. Das sind so wenige und das ist eine intre inte, wie heißt das?“*
> *VK: Integrationsklasse.*
> *„Ja, Integrationsklasse und Gebärden, das ist die einzige Klasse, da fühlt man sich schon urtoll, wenn das so ist. Manche wollen auch in die Klasse zum Gebärden gehen.“*
> (Samantha 26. Juni 2003)

Offensichtlich ist dieser Schülerin bewusst, dass ihre Klasse etwas Besonderes ist - und sie schätzt diesen Umstand. Im Interview erzählt sie, dass die Klasse in der Zeitung war und im Fernsehen. Sie ist es auch, die mir stolz erzählt hatte, dass sie meinen Artikel über die Klasse, den ich allen Eltern zukommen ließ, bis zur Hälfte alleine gelesen habe.

15.3 Zum Beforscht werden, zur Begleitstudie

Durch eine Darstellung der Aussagen der ‚beforschten‘ Personen ist ansatzweise eine forschungs ‚externe‘, aber gleichzeitig natürlich projektinterne Sicht auf mein Forschungsobjekt möglich. Auch die Relevanz meiner Arbeit als Begleitforscherin für die einzelnen AkteurInnen wird klarer.

Die Antwort der gehörlosen Lehrerin auf meine Frage, was ihr meine Begleitforschung bringe:

> *(Lacht) „Das weißt du doch! Für mich ist einfach die Dokumentation wichtig. Wenn es das nicht gibt, dann verpufft das und man kann nachher darüber herziehen und es schlecht machen. Zwei Inhalte sind mir wichtig: die Integration und der Unterricht und der Zusammenhang dieser beiden Faktoren mit der Sprachentwicklung. Aber nicht nur Dokumentation, sondern auch Öffentlichkeitsarbeit. Da sieht man, aha, im bilingualen Unterricht gibt's eine normale Entwicklung.“*
> (Gehörlose Lehrerin HJ 10. Juli 2001)

Deutlich wird hier, dass sie die ursprüngliche Initiatorin meiner Begleitforschung ist und sie - als einzige - ganz konkretes Interesse an meiner Arbeit hat:

> *„Das was du jetzt machst, die wissenschaftliche Begleitung ist sehr, sehr wichtig, das schafft Beweise. Die Frage ist auch, ob das vom Unter-*

richtsministerium akzeptiert wird. Man muss die Leute aufklären, es bedarf der Öffentlichkeitsarbeit.“

(Gehörlose Lehrerin HJ 3. Juli 2002)

Das ungewöhnlich ‚sichtbare‘ meiner Forschung sind die vielen Videoaufnahmen, die auch für Nicht-LinguistInnen und Menschen ohne wissenschaftliches Interesse ganz einfach schön anzusehen sind. Besonders interesant sind diese Aufnahmen natürlich für jene Menschen, die selbst darauf zu sehen sind: So war für die anderen lehrenden Personen vor allem der Feedbackeffekt meiner Videoaufnahmen wichtig, der Möglichkeit, sich selbst bei der Arbeit zu sehen:

VK: Ich hab dir schon einmal eine Sequenz gezeigt und auch eine beim Elternabend. Was hat das bei dir ausgelöst, dich selber unterrichten zu sehen?
„Na das ist witzig, irgendwie. Sehr interessant! Ich würde mich gerne öfter sehen, viel öfter! Deswegen hab ich letztens auch gefragt, ob du nur diesen Bereich mit den gehörlosen Kindern und der Helene aufnimmst, ja? Für mich wäre wahnsinnig interessant, wie steh ich in der Klasse? Hören tu ich's natürlich, das ist auch interessant, du hörst ja ganz viele Dinge nicht, die du sagst, und dann nachher Revue passieren zu lassen, was hab ich da eigentlich gesagt und wie ist das angekommen? Das sieht man in dem Moment nicht, das sieht man erst, wenn mans nachher anschaut.“
VK: Ich kann ja einmal einen Tag lang nur Dich aufnehmen.
„Bitte! Das würd mir taugen! Weil wann hast du die Möglichkeit, wann siehst du dich selber in der Klasse stehen.“
VK: Mach ich.
„Und deshalb ist das für mich so nett, wenn die Studenten kommen... da seh ich zwar nicht mich selbst, aber die Reaktionen der Kinder. Wenn du das einmal von der anderen Seite beobachtest, das ist ja ganz anders. Es entgeht einem wahnsinnig viel, wenn du hier stehst, oft sieht man Dinge nicht. So wie du Dinge siehst, die da gelaufen sind, das entgeht mir. Vieles, wahrscheinlich. Du kannst dich auf das konzentrieren. Aber ich versuch, alle im Auge zu behalten, aber diese feinen Dinge, die entgehen dir natürlich als Klassenlehrer und das ist schade und deswegen tät mir das wirklich taugen, wenn ich das einmal sehen könnte, was da abläuft.“

(Hörende Lehrerin MK 28. Juni 2001)

Ich fragte auch die Dolmetscherin nach eventuellen positiven Effekten meiner Begleitung – und sie meinte:

„Ja, oja, wie du uns die ersten Ausschnitte gezeigt hast, hab ich das erst einmal als irrsinnig motivierend empfunden, wenn man das sieht. Und was für mich auch sehr hilfreich war und wichtig, waren deine Reflexionen. So Hinweise, du schau einmal... da da war einmal der Ehlibeyit ... und wollte was sagen oder so. Also das war ganz wertvoll, finde ich. (...) Ich denke das ist superkostbarstes Material, das du hast."
(Dolmetscherin BM 20. Jul 2001)

Auch die zweite Dolmetscherin erlebte das Videofeedback offenbar als positiv, was sich vor allem dadurch äußert, dass sie im Interview mehrmals Bezug nahm auf Sequenzen, aus dem für sie geschnittenen Band, dass ich ihr am Ende der zweiten Klasse geschenkt hatte.

Mein Eindruck ist, dass die Videoaufnahmen für die direkt lehrend Tätigen den Effekt hatten, ‚von außen' ihre Klasse und vor allem sich selbst als Akteurinnen zu sehen und ihnen viele Mechanismen, viele Äußerungen von Kindern usw., so erst bewusst wurden.

Als ich eine gehörlose Schülerinmutter im Interview frage, wie das war, am Elternabend meine Videopräsentation zu sehen, reagiert sie besonders erfreut darüber, dass ein hörendes Mädchen gebärdet hat:

„Lieb, ich habe gelacht, wegen der Gebärden. Das hörende Mädchen, dass GELBE MAPPE gebärdet hat, das war lieb, das war super."
(Mutter Z 13. Juli 2001)

Ich denke, dass die Stimme von Lehrenden sowohl bei ‚übergeordneten' Entscheidungen ihre Arbeit betreffend als auch bei Forschungsprojekten über ihre Arbeit eine wichtige und valide ist, die wahrscheinlich zu selten erfragt und beachtet wird.

Erfreulich für mich als Forschende ist, dass meine Arbeit offenbar schon im Prozess von den ‚Beforschten' als gewinnbringend empfunden wurde, noch bevor Ergebnisse vorlagen.

Deutlich wird durch die Aussagen in diesem Kapitel, welche Vielfalt an Reflexion, Überlegungen, Wünschen, Ideen und Sichtweisen bei den in der bilingualen Klasse tätigen Menschen vorhanden sind.

Auch das zu erheben, zu dokumentieren und zu veröffentlichen sehe ich als wichtigen Aspekt der Begleitforschung eines derartigen Pionierprojektes an.

16 Zeugnisnoten der Kinder im Vergleich[1]

I said teacher teacher I know my ABC's
I want to read and write, I want to understand
why the sky never ends and why the sea is blue and not white - right

(Neneh Cherry, 1989)

Bisher hat sich diese Studie den linguistisch relevanten Aspekten der bilingualen Doppelintegrationsklasse gewidmet. Hier sollen nun sehr kurz auch die anderen Schulfächer thematisiert werden, wobei aus Gründen des Umfangs nicht qualitativ vorgegangen werden kann. Es wurden daher die Zeugnisse der zweiten und dritten Schulstufe herangezogen und ausgewertet.

Dokumentiert werden dadurch die akademischen Erfolge der Klasse und insbesondere der beiden gehörlosen Mädchen, die hier nach Regelschulstandards unterrichtet und benotet werden.

Die Zeugnisse beinhalten Noten für folgende Fächer: Religion; Sachunterricht; Deutsch, Lesen, Schreiben; Mathematik; Musikerziehung; Bildnerische Erziehung; Werkerziehung und Leibesübungen.

Die verbindlichen Übungen Englisch/ASL und Verkehrserziehung wurden nicht benotet, ebenso wie die in allen Zeugnissen vermerkte unverbindliche Übung ‚Österreichische Gebärdensprache'.

Auch der „Besondere Förderunterricht in Deutsch", den einige Kinder erhielten, wurde nicht benotet.

16.1 Notendurchschnitte in der 2. Klasse

Die folgende Tabelle zeigt den Jahresnotendurchschnitt aller SchülerInnen in der zweiten Klasse samt Indikation des Hörstatus (hö/gl), der Erstsprache/Zweitsprache Deutsch (L1 Dt/L2 Dt) und des Geschlechts (M/F). Die senkrechten Balken mit unterschiedlichem Muster stellen jeweils ein Kind dar, darüber ist der Notendurchschnitt vermerkt. Die Legende weist obengenannte Faktoren zu.

1 Vielen Dank an Sascha Krausneker für die mathematische Unterstützung bei der Verfassung dieses Kapitels!

Notendurchschnitt jedes Kindes/2. Klasse

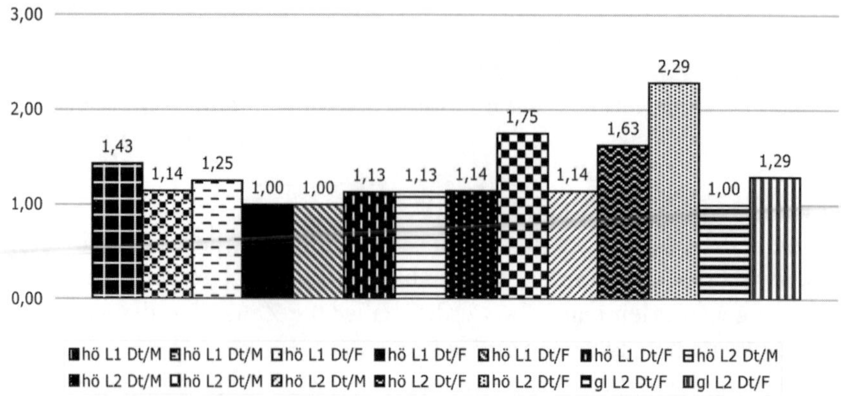

Der Notendurchschnitt der 14 Kinder in der 2. Klasse gesamt beträgt: 1.30.
Der Notendurchschnitt der 12 hörenden Kinder: 1.32 und der Notendurchschnitt der 6 hörenden Kinder mit L1 Deutsch: 1.14.
Die 6 hörenden Kinder mit einer anderen L1 als Deutsch haben einen Durchschnitt von 1.52. Der Notendurchschnitt der 2 gehörlosen Mädchen beträgt: 1.15.

Die Auswertung der Zeugnisnoten der zweiten Klasse ergibt, dass die beiden gehörlosen Mädchen, die wie alle anderen benotet wurden, im Vergleich zum Notendurchschnitt der gesamten Klasse, aber auch der Gruppe der Hörenden mit L2 Deutsch, etwas besser abschneiden. Dieses Bild ist verursacht durch eine Spitze (2.29) in der Streuung der Noten. Rechnet man die Notendurchschnitte ohne diese Schülerin, so ergibt sich:

Der Notendurchschnitt der 13 Kinder (exkl. die Spitze des einen Kindes) gesamt beträgt: 1.22. Der Notendurchschnitt der 11 hörenden Kinder exkl. der Spitze beträgt: 1.24. Und der jener 5 hörender Kinder mit einer anderen L1 als Deutsch (exkl. der Spitze): 1.36. Hier fügen sich die gehörlosen Mädchen mit 1.15 gut ins Bild ein. Sie liegen knapp oberhalb des Klassendurchschnitts.

Die Gruppe der 8 Mädchen insgesamt hat einen Durchschnitt von 1.32, die der 6 Buben 1.27, wobei auch diese Zahl von der einen Spitze bei den Mädchen beeinflusst (‚verfälscht') ist. Ansonsten würde der Durchschnitt der Mädchen 1.19 betragen.

Nun sollen die Zeugnisnoten im Fach Deutsch eingehender betrachtet werden.

16.1.1 Notendurchschnitte im Fach „Deutsch", 2. Klasse

Im Fach „Deutsch, Lesen, Schreiben" gab es im zweiten Schuljahr folgende Noten.

Tabelle 13: Deutsch, Lesen, Schreiben, Noten 2. Klasse

Kind Nr. hö/gl L1/ L2 Dt.	1 Hö L1 Dt	2 Hö L1 Dt	3 Hö L1 Dt	4 Hö L1 Dt	5 Hö L1 Dt	6 Hö L1 Dt	7 Hö L2 Dt	8 Hö L2 Dt	9 Hö L2 Dt	10 Hö L2 Dt	11 Hö L2 Dt	12 Hö L2 Dt	13 Gl L2 Dt	14 Gl L2 Dt
Note Deutsch, Lesen, Schreiben	3	1	2	1	1	2	3	1	3	2	2	4	1	2

Im Fach „Deutsch, Lesen, Schreiben" beträgt der Klassendurchschnitt 2.00. (Ohne Kind Nr. 12 gerechnet beträgt der Klassendurchschnitt 1.85) Der Durchschnitt der 12 hörenden Kinder ist 2.08, ohne Kind Nr. 12 beträgt er exakt 1.91.

Der Durchschnitt der hörenden Kinder mit L1 Deutsch beträgt 1.67. Der Durchschnitt der hörenden Kinder mit L2 Deutsch: 2.50. Ohne Kind Nr. 12 relativiert sich diese Zahl (Hö L2 Dt) wieder auf: 2.20. Der Notendurchschnitt der gehörlosen Schülerinnen beträgt 1.50.

Die Gruppe der hörenden Kinder mit einer anderen L1 als Deutsch schneidet hier am schlechtesten ab, ihr Durchschnitt beträgt 2.50 bzw. ohne die Spitze gerechnet 2.20. Die Noten der gehörlosen Kinder sind, ohne Kind Nr. 12 gerechnet, noch immer klassenüberdurchschnittlich.

16.2 Notendurchschnitte in der 3. Klasse

In der dritten Klasse gab es nicht nur einen Lehrerinnenwechsel, sondern auch eine massive SchülerInnenfluktuation – siehe Kapitel ‚Rahmenbedingungen der untersuchten bilingualen Klasse'.

Es verließen 3 Kinder mit L1 Deutsch die Klasse. Zu Beginn der dritten Klasse kam ein Kind mit L1 Deutsch hinzu und dann während des Schuljahres ein weiteres Kind mit L1 Deutsch und eines mit fast gar keinen Deutschkenntnissen. Dieser Bub wurde in mehreren Fächern nicht benotet. Auch die diesjährigen Notendurchschnitte werden in einer Grafik aufgeschlüsselt:

Notendurchschnitt jedes Kindes/3. Klasse

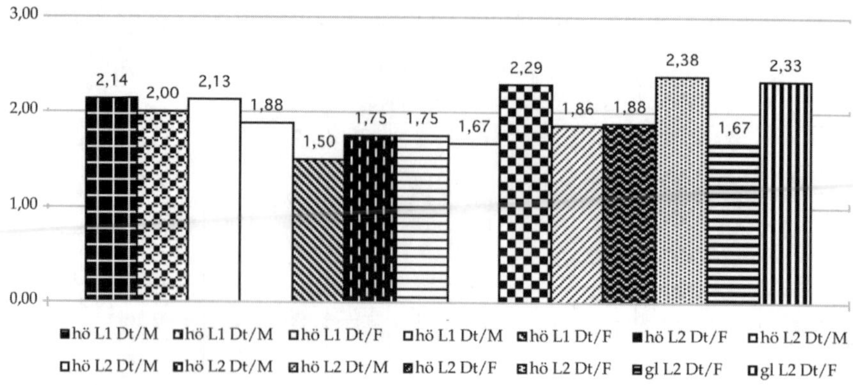

(Drei weiße Felder indizieren drei neu hinzugekommene Kinder an Stelle ausgetretener Kinder aus der 2. Klasse)

Der Notendurchschnitt der 14 Kinder in der 3. Klasse gesamt beträgt: 1.95 (7 Buben: 1.94, 7 Mädchen: 1.95). Der Notendurchschnitt der 12 hörenden Kinder beträgt 1.94 und der Notendurchschnitt der 5 hörenden Kinder mit L1 Deutsch 1.88. Die 7 hörenden Kinder mit einer anderen L1 als Deutsch haben einen Durchschnitt von 1.98. Der Notendurchschnitt der 2 gehörlosen Mädchen beträgt: 2.00. Die gehörlosen Schülerinnen liegen im Gegensatz zum Vorjahr ganz knapp unterhalb des Gesamtklassendurchschnitts. Die Differenz beträgt 0.05, sie liegen somit praktisch im Durchschnitt.

16.2.1 Notendurchschnitte im Fach „Deutsch", 3. Klasse

In der dritten Klasse wurde das Fach Deutsch im Zeugnis aufgeteilt: einerseits gibt es eine Note als ‚Deutsch Lesen' andererseits wurde ‚Deutsch Schreiben' unter ‚Bildnerische Erziehung' subsumiert, erklärte mir die Klassenlehrerin.

Bei diesen beiden Fächern beträgt n=13, da ein Bub nicht benotet wurde. Im Fach ‚Deutsch Lesen' ist der Gesamtklassendurchschnitt 3.54 (Mädchen 3.29, Buben 3.83). Die hörenden Kinder haben 3.73, wobei jene mit L1 Deutsch 3.60 und jene mit einer anderen L1 als Deutsch einen Durchschnitt von 3.83 haben. Die gehörlosen Mädchen liegen mit 2.50 über diesem Durchschnitt.

Im Fach ‚Deutsch Lesen/Bildnerische Erziehung (Schreiben)' haben die 13 SchülerInnen einen Durchschnitt von 2.50, die hörenden 2.55, die gehörlosen 2.25. Auch hier haben die Kinder mit L1 Deutsch einen etwas besseren Notenschnitt von 2.4 und jene mit einer anderen L1 als Deutsch 2.67. Ebenso schneiden wieder die Mädchen (2.43) besser ab als die Buben (2.58)

16.3 Resümee der Notendurchschnitts-Berechnungen

Die beiden gehörlosen Schülerinnen haben die zweite und dritte Klasse notenmäßig im guten Klassendurchschnitt abgeschlossen.

Durch die Zeugnisnoten wird deutlich, dass besonders Kinder mit nichtdeutscher Muttersprache, die keine muttersprachliche Unterstützung erfahren, schulisch benachteiligt sind. Die Notendurchschnitte dieser Gruppe (L2 Dt) unterscheiden sich relativ markant von jener mit L1 Deutsch.

Die gehörlosen Mädchen, ebenfalls L2 Deutsch, profitieren durch ihre muttersprachliche Beschulung eindeutig nicht nur qualitativ, sondern auch an ihren Zeugnisnoten - also am Schulerfolg - ablesbar.

Resümierend werden im Folgenden noch sämtliche Ergebnisse zusammengefasst und konkrete, zukunftsrelevante Vorschläge für die bilinguale Beschulung gehörloser Kinder gemacht.

17 Resümee der soziolinguistischen Begleitdokumentation

> *„Without language competence and intelligible interlocutors to use as tools, children would find it almost impossible to participate in the most commonplace school task.“*
>
> (Ramsey 1997:9)

In diesem Kapitel wird die erste bilinguale Klasse mit Österreichischer Gebärdensprache (ÖGS) und Deutsch in Wien abschließend zusammenfassend dargestellt und evaluiert.

Es werden sowohl Probleme als auch Erfolge der untersuchten Schulklasse und des dort praktizierten Modells bilingualen Unterrichts für gehörlose Kinder dargestellt. Schlussfolgerungen organisatorischer sowie didaktischer Natur und Empfehlungen, die auf den hier dokumentierten Erfahrungen und Erkenntnissen fußen, stehen am Schluss des Kapitels.

17.1 Zusammenfassung der durchgeführten Studie

17.1.1 Die untersuchte Klasse und das hier praktizierte Modell

Das in dieser Klasse praktizierte ‚Modell des bilingualen Unterrichts für gehörlose und hörende Kinder‘ basierte nicht auf einem detailliert ausgearbeiteten, erprobten, wissenschaftlich fundierten und belegten Modell. Es entstand aus einer Idee und entwickelte sich ‚by doing‘. Die bilinguale Klasse ÖGS-Deutsch in Wien lässt sich folgendermaßen charakterisieren:

Gehörlose und hörende Volksschulkinder wurden gemeinsam in einer Klasse durch gehörlose und hörende Lehrerinnen in Deutscher Lautsprache und Österreichischer Gebärdensprache bilingual nach dem österreichischen Lehrplan für die Volksschule unterrichtet.

Die teilnehmenden hörenden Kinder wurden nicht speziell ausgewählt, sondern entsprachen den Gegebenheiten des Wiener Bezirkes, in dem die Schule gelegen ist. Weder sozial besonders geeignete, noch intellektuell begabte oder vorgebildete Kinder bzw. Eltern wurden ausgewählt. Auch die Schule wurde für den Schulversuch nicht speziell ausgewählt. Die Personenfluktuation aufgrund von Schulwechsel, Klassenwiederholungen usw. war eher stärker als in anderen Klassen. Die Lehrerinnen erhielten – abgesehen von einer Dolmetscherin für die Hälfte ihres Unterrichts – keine spezielle Unterstützung, keine Supervision oder methodische Ausbildung. Alle unterrichteten zum ersten Mal in einer derartigen Situation.

Es lässt sich also zusammenfassend sagen, dass für die Erprobung und Evaluation eines neuen Modells reale, um nicht zu sagen außergewöhnlich ‚harte' Bedingungen herrschten. Gerade deshalb, weil also für die untersuchte bilinguale Klasse keine erleichternden oder begünstigenden „Laborbedingungen" hergestellt wurden, scheint mir, dass eine abschließende Beurteilung des hier praktizierten bilingualen Modells valide und besonders aussagekräftig ist.

17.1.2 Forschungsinteresse

Die vorliegende Begleitdokumentation beschäftigt sich mit den Abläufen, Entwicklungen und Ergebnissen der ersten drei Schuljahre der „bilingualen Doppelintegrationsklasse"[1] ÖGS-Deutsch in Wien. In dieser Klasse wurden und werden gehörlose und hörende Kinder gemeinsam von gehörlosen und hörenden Lehrerinnen und einer Dolmetscherin in ÖGS und Deutsch dem normalen Volksschullehrplan entsprechend unterrichtet.

Durch die vorliegende Untersuchung wird dokumentiert, welche sprachlichen Phänomene und Prozesse ein bilingualer Klassenalltag mit ÖGS und Deutsch für alle involvierten Menschen bringen kann.

Mein Hauptinteresse lag bei den gehörlosen Kindern. Die Entwicklung von Schreib- und Lesefähigkeiten wird als für die Lern- und Lebenskarriere von Gehörlosen besonders relevant angesehen und stand daher im Zentrum des Interesses. Hierbei wurden ausschließlich Sprachkompetenzen, nicht Sprechkompetenz (d.h. artikulatorische Kompetenz in der L2 (Deutsch) der gehörlosen Kinder) untersucht.

Es wurden in der Studie folgende Themen untersucht:

- Soziolinguistische Phänomene und Aspekte wie z.B. sprachliche Identitäten, Interaktionen, ÖGS-Kompetenz der hörenden Kinder, Mittler-Rollen, Alltag einer bilingualen Klasse, ...
- Deutsch-Schriftsprach-Kompetenz der gehörlosen SchülerInnen im Sinne von Lese- und Schreib-Kompetenz in der Zweitsprache (L2)
- Sprachkompetenz-Entwicklung der gehörlosen SchülerInnen in der L1 (ÖGS)

Zu diesem Zweck wurde ein umfassendes Datenkorpus erhoben.

1 Zu dieser Bezeichnung siehe Kapitel 7 ‚Rahmenbedingungen der bilingualen Klasse'

17.1.3 Datenkorpus

Das im Rahmen der vorliegenden Untersuchung erhobene Datenkorpus ist äußerst umfangreich und vielfältig.

Es wurde über zwei Jahre teilnehmend-beobachtend im Feld (der Klasse) geforscht und gefilmt, sodass sowohl ein schriftliches als auch ein umfangreiches filmisches Grundkorpus vorliegt.

Des weiteren wurden Daten zur Schriftsprachentwicklung über drei Schuljahre hinweg gesteuert elizitiert. Ein Wortschatztest, ein Spracheinstellungstest, und Sprachenportraits wurden gemacht, sowie Interviews mit sämtlichen an der Klasse beteiligten Personen (Lehrerinnen, Dolmetscherinnen und Kindern, sowie einigen Eltern) geführt. Die Grafik in Kapitel 6 stellt das Design der Studie überblicksmäßig dar. Die zur Anwendung gekommenen Erhebungsmethoden und Daten sind ebenfalls detailliert in demselben Kapitel dargestellt.

17.1.4 Resümee der Ergebnisse der Begleitdokumentation

Diese Publikation besteht aus zwei Teilen: einerseits dem geschriebenen Text auf Papier und andererseits einer umfangreichen DVD, die schriftlich kommentiertes Videomaterial enthält. Die beiden Elemente - das Buch und die DVD - ergänzen einander und sind nur gemeinsam sinnvoll. Die Beschreibung und Analyse der beobachteten Phänomene, die Gesamtheit der Erkenntnisse, sind nur durch beide Teile gemeinsam voll erfahrbar und nachvollziehbar.

Nun werden die Hauptthemen und -ergebnisse der Studie zusammenfassend dargestellt.

Die soziolinguistischen Phänomene, die den bilingualen Klassenalltag charakterisierten, wurden ausführlich dokumentiert. Es wurde belegt, wie alle beteiligten Personen mit den vielfältigen, vor allem sozialen, Anforderungen umgingen.

Zunächst konnte festgestellt werden, dass die sprachlichen Ausgangskompetenzen der beteiligten Erwachsenen und Kinder sehr vielfältig waren. Bilinguale und multilinguale Lebenssituationen gehörten für viele Personen schon zu ihrem vorschulischen Erfahrungsschatz. Die bilinguale Doppelintegrationsklasse war im Hinblick auf gehörlose Kinder und ihre sprachlichen Bedürfnisse initiiert worden - und daher wurde diesen Anforderungen entsprechend Raum, Zeit, Energie und Aufmerksamkeit gewidmet. Eine an Größe zunehmende Gruppe hörender Kinder hatte ebenfalls eine andere Erstsprache als Deutsch. Diese Kinder - zumeist L1 Türkisch - waren im Vergleich zu ihren gehörlosen Kolleginnen sprachlich benachteiligt, da für ihre Erstsprache kein Platz im schulischen Alltag vorhanden war.

Durch die Abhaltung des Unterrichts in zwei Sprachen war ÖGS im bilingualen Klassenalltag durchgehend präsent. Im Stundenplan hatte ÖGS jedoch offiziell keinen Platz. Einer Lehrerininitiative ist es zu verdanken, dass ÖGS trotzdem auch hin- und wieder didaktisiert unterrichtet wurde. Das Erlernen von ÖGS als Fremdsprache war nicht Vorsaussetzung oder Pflicht der hörenden Kinder, wurde jedoch – in individuell sehr unterschiedlichem Ausmaß – von den Kindern praktiziert. Die meisten hörenden SchülerInnen schätzten die ÖGS-Stunden und benötigten das neue Wissen für ihre sozialen Kontakte in der Klasse. Diese Übungen stellten allerdings keinen L1-Unterricht für die gehörlosen Kinder, vergleichbar mit dem Fach Deutsch für Hörende.

Vielfältige soziolinguistische Kompetenzen wurden von allen Kindern entwickelt: Sie meisterten situations- und personen-adäquate Sprachverwendung sowie Codeswitching. Hörende Kinder erwarben gehörlosenkulturelle Kompetenzen, gehörlose Kinder profitierten vom ‚hörenden' Umfeld. Alle involvierten Personen erlebten, thematisierten und lösten diverse interkulturelle Themen kreativ und zielorientiert. Wichtig ist auf jeden Fall, dass durch das integrative Setting den gehörlosen SchülerInnen der Sinn der Deutschkompetenz nicht nur für die Lernkarriere klar wurde, sondern sie Deutsch vor allem als relevanten Faktor für soziale Kontakte erleben konnten.

Die hörende Lehrerin beurteilte die Rolle der ÖGS für hörende Kinder als unvorhergesehen positiv und als Bereicherung: ÖGS wurde überraschenderweise von allen als Ressource genützt, besonders für die Phase der Alphabetisierung und als Rechtschreibhilfe. Aber auch die kommunikativ-soziale Funktion guter ÖGS-Kompetenzen stellte sich in den Interviews mit Kindern klar dar. ÖGS war also einerseits für die hörenden SchülerInnen ein Gewinn, andererseits eine Selbstverständlichkeit als L1 für die gehörlosen Kinder.

Es erscheint plausibel, dass eine bilingual geführte Klasse unter Umständen eine erhöhte allgemeine bzw. individuelle Aufmerksamkeit gegenüber Sprache bewirkt. Festzustellen waren jedenfalls bei vielen Kindern metasprachliche Kompetenzen und in der Regel eine (situations- bzw. personen-) angemessene Sprachenwahl. Zu beobachten waren auch immer wieder gegenseitige sprachliche Korrekturen, was auf eine gefestigte und subjektiv sichere Sprachkompetenz hinweist.

Die Kinder der bilingualen Klasse formten eine gut vernetzte Gemeinschaft, in der es zentrale und eher am Rand agierende Kinder gab. Die beiden gehörlosen Schülerinnen waren keine Außenseiterinnen, wählten jedoch ihre HauptinteraktionspartnerInnen offenbar nach sprachlichen Kriterien. Alle schlossen Freundschaften über diverse ‚Sprachgrenzen' hinweg. Sprachbarrieren diversester Art wurde immer wieder mit kreativen Mitteln, mit gesteigerten Sprachkompetenzen und durch Interesse aneinander überwunden.

Interessant ist, dass die gehörlosen Kolleginnen von den hörenden Kindern als ‚gebärdend' wahrgenommen wurden. Immer wieder ist anhand ihrer Aussagen deutlich, dass nicht ein defizitäres Bild herrschte sondern die Wahrnehmung als ‚anders'. ‚Gehörlos sein' wurde direkt mit ‚eine andere Sprache gebärden' verbunden. Jene Person, die offensichtlich hörend, aber auch gebärdend war (die Dolmetscherin) stellte alle Kinder vor Einordnungsprobleme – sowohl die hörenden als auch die gehörlosen.

Die Einstellung der Kinder zu ihren diversen Sprachen wurde per Fragebogen und Interview erhoben. Bei den gehörlosen Schülerinnen zeigte sich, dass sie eine (verständliche) Präferenz für ihre Erstsprache haben, sie jedoch ebenso eindeutig bilingual sind, in dem Sinne, dass sie in beiden Sprachen Kompetenzen haben, über die sie ein sehr klares Bewusstsein haben und beide Sprachen eine wichtige Rolle in ihrem Leben spielen. Deutsch ist erfreulicherweise eine geschätzte Selbstverständlichkeit für sie.

Die hörenden Kinder mit L1 Deutsch, die eine gefestigte Erstsprache haben, gaben Deutsch und ÖGS gemeinsam als erste Präferenz an, wobei sie trotz ihrer Sympathien relativ genau zwischen ihrer Einstellung dazu und ihrer tatsächlichen Kompetenz differenzieren konnten.

Von den hörenden Kindern mit L2 Deutsch (L1 Türkisch und Arabisch) erklärte nur ein Bub mit positiven Worten und ohne sich zu genieren, was seine Erstsprache ist. Alle anderen Kinder haben den negativen Status ihrer L1 in der österreichischen Mehrheitsgesellschaft internalisiert und zum Teil gravierende Einstellungsunklarheiten.

Das große Team der Lehrenden (zwei Lehrerinnen, eine Dolmetscherin) agierte in einer Vielzahl verschiedener Konstellationen. Es gab hierbei Veränderungen, die von Erfahrungen und anschließenden Erkenntnissen bzw. praktischen Gegebenheiten (z.B. verringerte Stundenanzahl der Dolmetscherin) ausgelöst waren. Mangelnde Zeit für Besprechungen, für Feedback und für gemeinsames Vorbereiten stellte eine große Schwachstelle der Klasse dar – nicht jedoch Unwille zur Kooperation o.ä.

Der Dolmetscherin kam eine besondere Rolle zu, die zwar nicht genau definiert, aber jedenfalls nicht auf die Vermittlung zwischen zwei Sprachen beschränkt war. Die unklaren Abgrenzungen von Aufgaben und Arbeitsgebieten führten zu Konfliktsituationen unter den Lehrenden.

Die Kinder lernten bald, die Dolmetscherin für ihre Zwecke und nach ihren Bedürfnissen einzusetzen. Sie wurde z.B. von den hörenden Kindern als Informantin verwendet, so dass sie für deren ÖGS-Erwerb große Bedeutung hatte.

Die >DVD, Kapitel 1, 2 und 5, beinhaltet zahlreiche soziolinguistisch interessante Clips zu diesen Themen.

Die Deutsch-Schriftsprachkompetenz der gehörlosen Schülerinnen wurde systematisch untersucht. Hier werden zunächst Lesekompetenzen, dann Schreibkompetenzen resümiert:

Die beiden gehörlosen Schülerinnen lernten, mit Hilfe von ‚Lautsprachbegleitenden Gebärden' (LBG) Texte aus ihrem Deutschbuch zu lesen. Ihre diesbezügliche Kompetenz entwickelte sich langsam, abhängig vom Wortschatz und den für das Verständnis der Texte notwendigen Syntaxkenntnissen. In der ersten Klasse bedeutete Lesen, dass sie die Geschichte erzählt bekamen und dann in einem mühsamen Prozess gemeinsam mit ihrer Lehrerin sich jeden einzelnen Satz mit seinen teilweise noch unbekannten Bestandteilen erarbeiteten. Im zweiten Semester der ersten Klasse taten sie einen verblüffenden Sprung in ihrer Lesekompetenz: Sie begannen, Texte selbstständig in LBG zu lesen und konnten dann auch den Inhalt des Textes wiedergeben. In der zweiten Klasse wurden diese Anfängerinnen-Kompetenzen sehr schnell ausgebaut. Sinnverstehendes und eigenständiges Lesen war somit noch im ersten Jahr nach ihrer Alphabetisierung möglich. Die >DVD, Kapitel 7, ist dem Thema gewidmet.

Deutsch Schreiben wurde über drei Jahre hinweg in einer stabilen Kleingruppe erhoben. Im Resümee des entsprechenden Kapitels werden Ergebnisse der ausführlichen Analyse der von den Kindern produzierten Texte auf Satzebene, Textebene, lexikalischer Ebene schließlich auch in Bezug auf Orthografie dargestellt. Zusammenfassend lässt sich festhalten: Die beiden gehörlosen Schülerinnen verbesserten zwischen November 2001 und Juni 2003 ihre aktive Deutschkompetenz massiv. Der Zuwachs sowohl des ihnen zu Verfügung stehenden Vokabulars als auch ihrer Grammatik- und Orthografie-Kenntnisse war an den Texten sehr gut ablesbar.

Der textuelle Charakter ihres letzten Produktes im Vergleich zu ihren ersten Briefen, die reine Wortaneinanderreihungen waren, war eindeutig und ein Hinweis auf die vielfältigen Kompetenzen in ihrer Zweitsprache, die die beiden Schülerinnen im Laufe von 19 Monaten erlernten. Sowohl an der eigenständigen Auswahl und Verwendung von deutschen Wörtern als auch an den zahlreichen selbständigen Forderungen um Übersetzungen bestimmter Konzepte war zu sehen, dass beide Schülerinnen ein klares Bewusstsein über die beiden Sprachen und zwei verschiedenen Sprachsysteme hatten - auch wenn sie in ihrer Textproduktion den Anforderungen der für sie neuen Zielsprache noch nicht ganz gerecht wurden.

Wenn ‚Schreibkompetenz' bedeutet, „(...) daß die Schreiberin Planungs-, Produktions-, Lese- und Evaluationsprozesse beherrscht" (Poppendieker 1990:119) dann kann anhand der analysierten Texte und ihrer Produktionsprozesse festgehalten werden, dass die gehörlosen Schreiberinnen eine derartige Schreibkompetenz entwickelten.

Die beiden gehörlosen Schülerinnen schlossen die zweite und dritte Klasse notenmäßig im guten Klassendurchschnitt ab. Durch die Zeugnisnoten wird deutlich, dass besonders Kinder mit nichtdeutscher Muttersprache, die keine muttersprachliche Unterstützung erfuhren, schulisch benachteiligt waren. Die Notendurchschnitte dieser Gruppe (L2 Dt) unterschieden sich relativ markant von jener mit L1 Deutsch. Die gehörlosen Mädchen, ebenfalls L2 Deutsch, profitierten durch ihre muttersprachliche Beschulung eindeutig nicht nur qualitativ, sondern auch an ihren Zeugnisnoten - also am Schulerfolg - ablesbar.

Schließlich wurde die Entwicklung der ÖGS-Erzählkompetenz der gehörlosen Schülerinnen beobachtet: Es konnte durch regelmäßig erhobene Erzählereignisse in der ersten und zweiten Klasse exemplarisch gezeigt werden, dass eine Entwicklung in der L1 der bilingual beschulten (und lebenden) gehörlosen Kinder stattfand. Genau wie auch bei hörenden Kindern der Spracherwerb in der L1 bei Schuleintritt noch lange nicht abgeschlossen ist, lernen auch gehörlose Kinder sowohl in Bezug auf ihren Wortschatz, die Syntax und diskursive Kompetenzen noch viel dazu (siehe >DVD, Kapitel 4). Die Berichte der gehörlosen Kinder zeigen große Fortschritte in der Entwicklung einer Erzählkompetenz. Dies betrifft den Umfang, die eingesetzten Mittel zur syntaktischen Gliederung und Schaffung von Textkohäsion, aber auch die erst langsam wachsende Selbstständigkeit und die stetig zunehmende Lebendigkeit ihrer Berichte.

Anhand von Sprachenportraits wurde dokumentiert, wie die Selbstwahrnehmung der Kinder in der bilingualen Klasse in Bezug auf ihre Sprachen gestaltet war. Die Determiniertheit in der Platzierung und die Klarheit in der Wichtigkeit/Hierarchie aber auch das Bemühen um eine möglichst repräsentative Ausführung stellen einen eindrucksvollen, bildlichen Ausdruck dar für das tiefe Wissen dieser Kinder um ihre vielfältigen Sprachkompetenzen. Keines der Kinder stellte sich als monolingual dar und die Gewichtungen der Sprachen und Ausgewogenheit in der Hierarchie unterschieden sich markant voneinander.

Folgende allgemeine Feststellungen lassen sich zusammenfassen:

Bilingualer Unterricht = normale Schulbildung

Wie aus den Beobachtungen in der Klasse, den Aussagen der Lehrerinnen und der Auswertung der Schulzeugnisse des zweiten und dritten Schuljahres hervorgeht, kann festgestellt werden: Der bilinguale Unterricht ÖGS-Deutsch ermöglicht allen teilnehmenden Kindern – insbesondere den gehörlosen – eine normale Schulbildung nach regulären Standards. Dies bezieht sich auf alle Lehr- und Lernbereiche, außer jenen, die (in der untersuchten Klasse) für die gehörlosen Kinder adaptiert wurden (z.B. ASL statt Englisch und kein Musikunterricht).

L1 ermöglicht L2

Die erhobenen Daten ergeben den schlüssigen Eindruck, dass altersgemäße Gebärdensprachkompetenz der gehörlosen Kinder, die sich wie die Lautsprachkompetenz der hörenden Kinder normal entwickelt, ein gesteuertes Lehren und Lernen der Deutschen Schriftsprache als Zweitsprache ermöglicht.

L2 wird erlernt, nicht erworben

Die deutsche Schriftsprache wird als Zweitsprache ab der Einschulung/dem 6. Lebensjahr erlernt. Dies geschieht aufgrund der Ausgangslage der Kinder in gesteuerter und bewusster Form und über die Erstsprache ÖGS. Die Deutschkompetenz gehörloser Kinder entwickelt sich aufgrund des vor allem schriftlichen und daher eingeschränkten natürlichen Inputs nach anderen Mustern und in einem anderen Tempo als die Deutschkompetenz hörender Kinder, egal mit welcher Erstsprache. Sie entwickelt sich langsamer als bei hörenden Kindern, und sie wird mit besonderer, bewusster Aufmerksamkeit im Unterricht bedacht.

L1 und L2 konkurrieren nicht

Aussagen der Kinder sowie Beobachtungen Erwachsener und der durchgeführte Spracheinstellungstest ergaben, dass Österreichische Gebärdensprache und Deutsche Schriftsprache in der bilingualen Klasse nicht in einem konkurrierenden Verhältnis stehen. Die L1 ermöglicht das L2-Lernen, d.h.: Die eine (gebärdete) Sprache ermöglicht den Zugang zur anderen (geschriebenen) Sprache.

Und diese geschriebene Sprache wiederum ermöglicht den Zugang zu Personen und Informationen, bedeutet also eine Erweiterung des Erfahrungs- und Erlebenshorizonts der LernerInnen.

Metasprachliches Verständnis ist Teil der Sprachkompetenz

Gehörlose Kinder scheinen im Alter des Schuleintritts durchaus noch nicht genau zu wissen, welche Sprachen um sie herum vorhanden sind und dass es sich um unterschiedliche Sprachen handelt. Sie müssen dies erst vermittelt bekommen und verstehen. Aussagen der Lehrerin und Dolmetscherinnen sowie Beobachtungen ergeben jedoch eindeutig, dass das u.U. bei der Vermittlung von Deutsch verwendete gebärdete Medium, LBG (Lautsprach-begleitendes Gebärden), von ihnen nicht mit einer dritten Sprache verwechselt wird und beeinflusst weder ihre Erst- noch ihre Zweitsprache negativ.

Bilingualer Unterricht macht kreativ und hat positive Auswirkungen auf alle Kinder

Bilingualer Unterricht mit zweisprachigem laut-gebärdensprachlichem Teamteaching stellt für alle Beteiligten eine neue Herausforderung dar. Diesen Herausforderungen begegnen sowohl Kinder als auch Erwachsene kreativ. Besonders für die Kinder ergeben sich keine negativen Konsequenzen. Egal ob hörend oder gehörlos: sie profitieren vom multilingualen und multimodalen Klassenalltag auf unterschiedlichste Weise. Für die konkret untersuchte Klasse stellten sich die positiven Umgangsformen und Auswirkungen mit dem multilingualen Setting als deutlich beobachtbar heraus. Es sollte dabei unbedingt beachtet werden, dass die spezifischen Rahmenbedingungen einer bilingualen Klasse (personelle Zusammensetzung, Modell, Durchführung) die Situation grundlegend beeinflussen können.

In der Folge werden nun zunächst konkrete Probleme und Verbesserungsmöglichkeiten der bilingualen Doppelintegrationsklasse Wien dargestellt und dann die Erfolge des hier praktizierten bilingualen Modells.

17.2 Probleme des bilingualen Schulversuchs

Als die eine Lehrerin nach Ende des ersten Schuljahres befragt wurde, was sie Menschen raten würde, die so eine bilinguale Klasse organisieren wollen, was ihrer Meinung nach idealerweise Rahmenbedingungen und Voraussetzungen wären, wusste sie sehr präzise zu formulieren, was zu beachten wäre:

> *„Ideal wäre, wenn von Anfang an, also wenn die Situation so ist, dass ein hörender Lehrer und ein gehörloser, und der hörende noch nicht gebärdensprachmächtig ist, dann wär es ideal, wenn ein Dolmetscher ständig in der Klasse ist. Nicht nur Stunden, sondern wirklich am Anfang permanent, und die Kinder begleitet. Und erst dann, wenn man sieht, die Kompetenz der Gebärdensprache bei Kindern und Lehrern wird mehr, dann kann man reduzieren, was auch sehr sinnvoll wäre, weil das natürlich eine bequeme Sache auch ist, wenn man einen Dolmetscher herinnen hat. Wenn man ihn nicht herinnen hat, dann ist man natürlich gezwungen, mehr zu gebärden, einfach. Aber die Startsituation müsste auf jeden Fall eine sein, wo man hundertprozentig einen Dolmetscher ständig da hat. (...)*

Was würd ich noch als Ideallösung empfinden? .... Ja, das find ich ganz wichtig: Genaue Richtlinien, was die Kinder zu lernen haben. Das wär mir auch wichtig. Dass also Schule nicht etwas wird, wo es wirklich wurscht ist, was die Kinder lernen, also dazu bin ich, das ist vielleicht meine... ich find also schon, dass die Schule was ist, wo die Kinder was lernen sollen, ich möchte ihnen schon was mitgeben, das soll nicht nur Larifari sein. Und ich hätte gerne gewusst, welche Richtlinien, da in so einer Klasse gelten sollen, wo die Schwerpunkte sind. Ob man vielleicht Musik einfach für die gehörlosen Kinder weglassen kann, wo kann das Problem sein? Musik ist für ein gehörloses Kind nicht wichtig, na ja, unwichtig würd ich nicht sagen, es gibt auch da Bereiche, Rhythmik und so weiter... das würde mich interessieren, ob es nicht eine Möglichkeit gibt, von diesem Bürokratismus wegzugehen und zu sagen, die haben halt nicht Musik, die haben halt Deutsch mehr, ja! Das wär was: Die Rahmenbedingungen ein bissl offener machen."

(Hörende Lehrerin MK 28.Juni 2001)

Sie nennt - zusammengefasst - im Interview folgende Punkte: Mehr Präsenz der Dolmetscherin zu Beginn, genau vorgegebene Inhalte, Auswahl der Kinder, definierte Schwerpunkte und je nach Bedürfnis der Kinder (hörend-gehörlose) modifizierbare Inhalte, also Flexibilität.

Diese und einige zusätzliche Themen werden nun im Detail besprochen. Die folgenden Subkapitel stellen eine Diskussion der von mir als ‚problematisch' oder subideal eingeschätzten Aspekte der bilingualen Klasse dar.

17.2.1 Modell mit klar vorgegebenen Inhalten

Das in der bilingualen Doppelintegrationsklasse praktizierte Modell wird durch die Lehrerin positiv bewertet:

VK: Kommt dir das grundsätzlich gut vor, wie ihr Kinder in 2 Sprachen unterrichtet habt?
„Auf jeden Fall. Es gibt nichts Besseres, als gleich mit zwei Sprachen... je jünger die Kinder sind, umso besser, vielleicht sogar schon im Kindergarten, da lernen sie es am besten, da ist die Aufnahmefähigkeit am größten, je später man beginnt mit einer Sprache, umso schlechter."

VK: Ist wichtig, dass eine Muttersprachlerin dabei ist?
„Ich glaub schon, also sozusagen ein Native Speaker. In Englisch ist es auch am besten, wenn es derjenige vermittelt, der das wirklich als Muttersprache kann.

> *Ich wollt noch etwas zu vorherigen Frage sagen: Man muss bedenken, wir haben in der Klasse gehabt Deutsch, Gebärdensprache, Englisch, Türkisch, wir haben praktisch vier Sprachen gehabt. Was ich damit sagen will ist, zuviel ist auch nicht gut. Ich denk mit, zwei Sprachen von Anfang an ist was ganz Tolles, dass die Kinder das wirklich einfach lernen, das war mir wichtig, das zu sagen. Aber vier Sprachen parallel zu führen? Obwohl das Türkische ja sowieso unter den Tisch fällt. Die Kinder haben ja noch einmal die Schwierigkeit, die haben vier Sprachen, die haben die Muttersprache und vier andere Sprachen zu lernen. Das find ich ist übertrieben, das ist zuviel. Ich denk mir, man könnte zum Beispiel Englisch ohne weiteres einmal für Gehörlose weglassen. Wenn die Deutsch und Gebärdensprache lernen, ist das doch toll. Und wenn sie das gut können dann lernen sie das Englische ja sowieso auch leichter, denk ich mir.“*
>
> (Hörende Lehrerin MK 15. Juli 2002)

Die Lehrerin kritisiert hier (und auch im vorigen Zitat zu Beginn des Kapitels) Situationen, die durch mangelnde Vorausschau, mangelnde Planung oder mangelnde Flexibilität entstanden. Die Starrheit wird kritisiert, jedoch parallel mit dem Wunsch genannt, es hätte mehr klar vorgegebene Inhalte geben sollen.

Knoors stellt fest: „Zweisprachiger Unterricht, in den verschiedene Mitarbeiter einbezogen sind, verlangt auch einen stärkeren programmatischen und methodischen Ansatz.“ (2000:37)

Schlussfolgerung: Eine bilinguale Klasse sollte klare Rahmenvorgaben erhalten, bei deren Entwicklung die tatsächlichen Möglichkeiten aller Kinder bedacht werden müssen. Ein klares Programm mit expliziten methodischen Richtlinien unterstützt die Lehrenden. Gleichzeitig muss ihnen jedoch die Freiheit zugestanden werden, die Inhalte in einem gewissen Rahmen selbst sinnvoll zu bestimmen oder den gemachten Erfahrungen entsprechend zu modifizieren.

17.2.2 Modell mit klar vorgegebenen Rollen

In engem Zusammenhang mit dem vorigen Punkt steht die Frage der Verantwortlichkeiten. Für die an der bilingualen Klasse beteiligten lehrenden Personen waren die genauen Zuständigkeiten und Verantwortlichkeiten (inkl. Projektleitung) nicht klar.

> *„Dann hätte ganz genau klar sein müssen, wer welche Aufgaben in der Klasse zu erfüllen hat, also die Kompetenzverteilung, wenn man so will,*

dass das also wirklich gemeinschaftlich geführt wird, nicht einer die Klasse trägt und der andere nur der Übersetzer vom Übersetzer ist."
(Hörende Lehrerin MK 15. Juli 2002)

Wird ein Pilotprojekt in Gang gesetzt, so sollte unbedingt vorher abgeklärt werden, welche Personen direkt und indirekt in welcher Funktion beteiligt sind.

Die Unterrichtsform Teamteaching erfordert von allen Lehrenden Adaptionen und Flexibilität, insbesondere wenn zusätzlich eine Dolmetscherin involviert ist. Die folgenden beiden Aussagen einer Lehrerin und der Dolmetscherin geben einen Eindruck vom Problem der Rollenverteilungen und -erwartungen:

„Dasselbe mit dem Dolmetschen: wieviele Stunden muss die da sein, kann man da weniger machen? Das seh ich noch ein, das ist eine finanzielle Sache auch - und wenn beide Gebärdensprache können, braucht man den Dolmetscher nicht so. Das muss man auch irgendwie durchorganisieren, das kann man nicht... weiß nicht. Um Geld geht's halt."
(Hörende Lehrerin MK 15. Juli 2002)

„Sicher, dass ich jetzt in einem Projekt bin, wo ich in meiner Dolmetschrolle bleiben kann und nicht mehr Funktionen zu spielen hab, was eh immer passiert beim Dolmetschen im Bildungssetting - und das war aber wieder so, weil eben unterschiedliche Erwartungen da waren, die aber nicht ausgesprochen waren. Martina hat irgendwie eine vage Vorstellung gehabt von meiner Rolle, Helene, ich selber auch.... und es ist nie darüber geredet worden."
(Dolmetscherin SN 10. Juli 2002)

Es war in der untersuchten bilingualen Klasse nicht allen Menschen immer klar, wofür sie selbst (!) zuständig sind. Insbesondere die Dolmetscherin, die für Kommunikationsflüsse in mehrere Richtungen verantwortlich war, hatte keine genaue Aufgabenbeschreibung erhalten. Unklare Rollen haben Missverständnisse, Zuständigkeitsübertretungen, Untererfüllung der Erwartungen oder sogar fehlende Abdeckung bestimmter Bereiche zur Folge.

Vor Beginn des gemeinsamen Arbeitens muss jedes Teammitglied wissen, wofür es verantwortlich ist. Diese Rollenbeschreibungen können sich aufgrund gemachter Erfahrungen und praktischer Gegebenheiten ändern, was aber explizit geschehen sollte und von allen anerkannt werden muss.

Aus meiner Sicht gab es zu wenige geplante Besprechungen für das Team, mangelte es an Supervision und Verständnis der Lehrenden, was Supervision zur Verbesserung der Teamarbeit, aber auch ihrem persönlichen Wohlbefinden im Team beitragen könnte. Die Dolmetscherin bemerkte dies ebenfalls:

> *„Das einzige was mir bewusst ist, was ein großer Fehler ist, ist, dass es keine Besprechungen gegeben hat. Das ist zum Scheitern verurteilt, wenn man sich nicht zusammensetzt und bespricht, wie es weitergeht."*
> (Dolmetscherin SN 10. Juli 2002)

> *„Team teaching, co-teaching, or co-enrollment means more work for the people involved because more collaborative time for planning is required"*
> (Kluwin et al. 1996).

> *Successful teamteaching depends on one person taking responsibility for getting things done (i.e. a clear team leader), commonly defined goals, and adequate time together informally (Kluwin et al. 1996, Kreimeyer et al. 2000).*
> (Stinson und Kluwin 2003:54)

Soll im Team - zu dritt! - unterrichtet werden, dann muss ausreichend Zeit für Besprechungen, für Austausch, Feedback usw. geplant und aufgewendet werden. Es muss unbedingt auch der Dolmetscherin - durch Beiziehung einer Kollegin - die Möglichkeit gegeben werden, in manchen Besprechungen als ‚Kollegin' anwesend zu sein, und nicht immer als Dolmetscherin, die arbeitet und fast nie Zeit und Raum hat, selbst etwas zu sagen, zu bitten oder beizusteuerm.

17.2.3 Institutionelle Unterstützung, Verankerung und Voraussetzungen

Ein Beispiel für mangelnde Voraussicht bei der Planung bzw. Bewilligung des Projekts war die Tatsache, dass die Dolmetscherin weniger Stunden bekam als tatsächlich Unterricht war. Andere schulische Besprechungen, Konferenzen usw. waren überhaupt nicht bedacht worden. So blieb für die gehörlose Lehrerin nur die Wahl, die dafür notwendigen Dolmetschungen aus eigener Tasche zu bezahlen - oder fernzubleiben.

> *„Das nächste Problem, wieder nicht überlegt, von den Obrigkeiten: Natürlich wird sich die Dolmetscherin, wenn sie nur für 12 Stunden bezahlt ist, mit einem Hungerlohn, dort nicht freiwillig reinsetzen in eine Kon-*

ferenz und übersetzen. Absolut logisch - und in der Folge wird die Helene auch dort nicht teilnehmen. Genau so ein Punkt, wo ich mir denk: Wer hat sich das überlegt?“

(Hörende Lehrerin MK 15. Juli 2002)

Eben dieser Umstand, dass sie mangels Dolmetscherin nicht an Besprechungen usw. teilnehmen konnte hatte negative soziale Konsequenzen für die gehörlose Lehrerin: Ohne Einblick in ihre Situation und die fehlenden Dolmetscherinnenstunden nahmen andere KollegInnen an, dass sie sich vor Konferenzen ‚drückte‘ und bekamen dadurch den Eindruck, dass sie eine ‚schlechte‘ Kollegin sei.

Bei der Projektplanung muss bedacht werden, dass nicht nur die Kinder sondern auch die Lehrenden ‚doppelintegriert‘ werden. Die Arbeitszeiten der gehörlosen Lehrerin in der Schule, aber außerhalb der Klasse, müssen ebenfalls mit einem angemessenen Stundenkontigent der Dolmetscherin bedacht werden

Es entstand bei Ausstellung des ersten Zeugnisses die Frage, wie die zweite Klassensprache ÖGS darin Niederschlag finden sollte.

„Das mit den Zeugnissen, dass die Gebärdensprache da überhaupt nicht erscheint, dass wir da wasweißich wie lang, eineinhalb Jahre darum kämpfen, dass das drinsteht. Etwas, was eigentlich selbstverständlich sein sollte. Jeder andere Kurs wird eingetragen, Chor und was weiß ich und eine Sprache, die die Muttersprache von jemandem ist, kommt in ein Zeugnis nicht rein!? Also das sind so Sachen, jetzt muss ich mich beruhigen, weil das sind so Sachen, da reg ich mich wahnsinnig auf.“

(Hörende Lehrerin MK 15. Juli 2002)

Hörende Mütter bemühten sich sehr um eine Lösung, was nicht einfach war, denn ÖGS war nicht im Stundenplan vorhanden und ist keine anerkannte Sprache in Österreich.

Die gefundene Lösung, die Eintragung als ‚unverbindlich Übung‘, war ein großer, hart erkämpfter Erfolg - aber auch nicht für alle Kinder ideal, bemerkt die gehörlose Lehrerin:

„Alle haben im Zeugnis bekommen ‚2. Sprache ÖGS‘, die beiden (gehörlosen Schülerinnen, Anm. VK) auch - aber das ist falsch!“

(Gehörlose Lehrerin HJ 3. Juli 2002)

In jeder mehrsprachigen Klasse sollte geklärt werden, welchen Status die (Unterrichts- und Klassen-)Sprachen haben werden und für welches Kind welche Sprache als L1 oder L2 unterrichtet/benotet wird.

17.2.4 Zusammensetzung: SchülerInnen- und LehrerInnenkonstanz

Wie aus dem entsprechenden Kapitel hervorgeht, war die Klasse geprägt von personellen Wechseln. Das führte zu Instabilität und persönlichen Unsicherheiten für alle (‚Mit wem werde ich nächstes Jahr unterrichten?', ‚Bleibt meine Freundin in der Klasse?', ‚Werden nächstes Jahr noch genug SchülerInnen in der Klasse meines Kindes sein?')

Tatsächlich war die gehörlose Lehrerin die einzige konstante Person von Beginn bis Ende des Untersuchungszeitraumes.

Eine ständige Fluktuation bei den Kindern hatte zur Folge, dass die jeweils neu dazugekommenen SchülerInnen neu beginnen mussten, ÖGS zu lernen. Die Aussagen einiger SchülerInnen zeigen deutlich, dass dies als soziale Begrenzung erlebt wurde.

Es sollte besonders auf möglichst geringe Personenfluktuation geachtet werden.

17.2.5 Zusammensetzung: Zu wenige gehörlose Kinder

Die Dolmetscherin der zweiten Klasse stellte im Interview fest, dass sie eine SchülerInnenzusammensetzung von 6 gehörlosen und 6 hörenden Kindern ideal fände, wobei sie dann anfügte, dass mehrer Klassen mit unterschiedlichen Altersstufen an einer Schule sicher gut wären.

Auch die gehörlose Lehrerin hat eine ähnliche Vorstellung:

> *„Ich denke, wenn man das an einem Institut, in einem Rahmen macht, dann müsste man das so machen, dass in allen Klassen bilingual unterrichtet wird, dann haben die gehörlosen Schülerinnen auch in den Pausen usw. Ansprechpersonen zum Plaudern und Austauschen, in verschiedenen Altersgruppen und so. In Zukunft wäre so was toll. Derzeit haben wir ja nur 2 gehörlose Kinder und der Rest ist hörend, das ist ein bisschen schwierig."*
>
> (Gehörlose Lehrerin HJ 10. Juli 2001)

Die Lehrerin sieht ernsthafte soziale Probleme:

> *„Für eine Entwicklung der Identität braucht man viele Kontakte mit anderen, deshalb wär's wichtig, bin ich also skeptisch, da in der Schule, das ist nicht so ideal. Da hab ich Sorge, ja, da hab ich wirklich Sorge."*
>
> (Gehörlose Lehrerin HJ 10. Juli 2001)

Ein Jahr später nennt sie konkrete Zahlen:

„Zwei Kinder ist nicht gut, wegen dem Sozialen, dann sind sie ziemlich isoliert. Besser ist fünf Kinder, oder noch besser sechs-sechs halb-halb. Gleichberechtigung, aus! Nur vier, dann sind wir weniger, das ist Unterdrückung."

(Gehörlose Lehrerin HJ 3. Juli 2002)

Und, abgesehen davon, ist sie sich bewusst, dass die Validität der Ergebnisse, die sie und ihre Kolleginnen erzielt haben, angezweifelt werden könnte:

„Für mich wärs wichtig, wenn diese Klasse ein positives Zeichen setzt. Aber ich mache mir auch Sorgen, weil wir eben nur zwei gehörlose Kinder haben und das ist ein Problem, dass das dann vielleicht nicht anerkannt wird, weils ja nur zwei Kinder waren. Es wäre gut, wenn wir mehr hätten. Ab drei, ja... Am Anfang wie wir noch drei Kinder hatten, wars leichter als jetzt mit zwei."

(Gehörlose Lehrerin HJ 10. Juli 2001)

Sie sieht dies in einem größeren gesellschaftlichen Zusammenhang:

„Das Problem ist auch, dass es immer mehr Kinder mit CI[2] *gibt und ohne bilinguale Förderung, ohne Gebärdensprachkenntnisse und ohne Kontakt zu anderen Gehörlosen... was das für die Zukunft bedeutet, naja..."*

(Gehörlose Lehrerin HJ 10. Juli 2001)

Die beiden Frauen nennen hier ein grundsätzliches Problem, das ich in der Literatur wiederfand. Stinson und Kluwin stellen fest:

„Co-enrollment appears to work well with dedicated and motivated staff when there are sufficient numbers of deaf students to create a viable free-standing program. Without the base of a moderately large deaf student population to continue year after year, as well as a dynamic and dedicated administrative structure, as in the Kinzie situation, these programs seem to flourish and disappear within a year or two."

(Stinson und Kluwin 2003:54)

Idealerweise sollte eine ausgewogene Anzahl von gehörlosen und hörenden Kindern mehrerer Jahrgänge an einem Ort (einer Schule) unterrichtet werden. Dies ist einerseits für die gehörlosen Personen wichtig, um Isolation und ‚freakstatus' zu vermeiden, und andererseits, um das bilinguale Programm zu etablieren und über Jahre hinweg zu sichern.

2 CI = Cochlea Implant. Versuch, das Hörvermögen einer Person durch operativen Einsatz eines Implantats wiederherzustellen

17.2.6 Zusammensetzung: Gehörlose Kinder mit bestimmten Voraussetzungen

Die Lehrerin betonte immer wieder in den Interviews, dass die gehörlosen SchülerInnen problemlos, vif und tüchtig sein müssten, um von der bilingualen Klasse zu profitieren. Sie nennt außerdem ‚Reife' als Voraussetzung.

Zu Beginn der ersten Klasse war ein Bub eingeschult worden, der nicht in die Klasse passte. Die Lehrerin kommentiert diesen ‚Fehler':

> *„Es geht nicht, wenn man weiß, aha da gibt es ein Projekt, da sind gehörlose Kinder drin, na da könnma ein jedes gehörloses Kind reingeben, des passt da rein, so kanns nicht sein. Ich glaub, dass man sich die gehörlosen Kinder schon genauer anschauen müsste, deswegen habe wir ja die Problematik gehabt, am Anfang, mit dem Adrian. Der ist hier sicher fehl am Platz gewesen, und das wusste auch die Behörde. Aber was hätten sie mit dem Kind machen sollen? Hier ist eben die gute Ausrede gewesen: wenig Kinder, drei Lehrer, na besser kann er nirgends aufgehoben sein. Was ja stimmt, eigentlich. Aber für die Sache selbst ist es Unsinn, bringt so ein Projekt zum Scheitern. Aber so bin ich davon überzeugt, dass es was bringt, hab ich der Helene auch schon gesagt."*
>
> (Hörende Lehrerin MK 28.Juni 2001)

Ein Jahr später meint sie:

> *„Zuerst einmal müsste von Anfang an klar sein, wieviele Kinder? Wieviele gehörlose? Die gehörlosen Kinder hätte man meiner Meinung nach genauestens kennen lernen müssen, also zumindest die gehörlose Lehrerin hätte wissen müssen, welche Kinder kommen. Weil's ja nicht so sein kann, dass man beispielsweise, so ein Kind wie den Adrian, der ja sicher mehrfachbehindert ist, in so eine Klasse setzt, das kanns ja nicht sein. Also das wäre einmal die Grundvoraussetzung gewesen, dass man weiß, welche Kinder kommen, dass das überhaupt funktionieren kann."*
>
> (Hörende Lehrerin MK 15. Juli 2002)

Die gehörlose Lehrerin expliziert eine wichtige Voraussetzung bei den gehörlosen Kindern: altersgemäße Erstsprachkompetenz.

> *VK: Ist es möglich in Zukunft noch mehr gehörlose Kinder dabei zu haben?*
> *„Ja, wenn ihre Kommunikationskompetenz gut ist. Wenn jemand kommt ohne Gebärdensprache, dann ist das unmöglich. Es muss eine Komm-*

munikationsgrundlage da sein. Wenn das Niveau zu unterschiedlich ist, ist es zu schwierig, das ist auch von der Zeit nicht zu schaffen. Es gibt ein Limit, so wie in der Gehörlosenschule, maximal 5-6 Personen, nicht mehr. Es wäre auch völlig unmöglich, eine Gruppe von 30 Kindern zu unterrichten. Hörende Kinder nehmen ja alles übers Hören auf, die sitzen da und man kann reden. Bei Gehörlosen ist das schwieriger, da braucht es den Kontakt und vor allem die direkte, die persönliche Zuwendung."

(Gehörlose Lehrerin HJ 3. Juli 2002)

Sinnvoll erscheint es, bei einer mehrsprachigen Klasse darauf zu achten, welche Kinder gute Voraussetzungen mitbringen. Somit vermeidet man Über- oder Unterforderung der Kinder und LehrerInnen. Damit die gehörlosen Kinder mit dem ganz normalen Klassentempo mithalten können, darf es keine Kommunikationsbarrieren gaben. Das bedeutet: Gehörlose Kinder, die bilingual in einer Regelschule unterrichtet werden sollen, müssen in ihrer Erstsprache, der einen Unterrichtssprache, altersgemäß kompetent sein.

17.2.7 Besondere Bedürfnisse: Logopädischer Unterricht

Gehörlose Kinder lernen nicht von alleine und ungesteuert Sprechen. Sie brauchen konstantes Training. Dieses logopädische Training hätte sinnvollerweise im Rahmen der bilingualen Klasse organisiert werden sollen und darf nicht als Privatsache den Eltern überlassen bleiben (die u.a. finanzielle Probleme damit hatten).

Alle beteiligten Erwachsenen äußerten unabhängig voneinander (und nicht direkt danach gefragt) mir gegenüber ihre Besorgnis über diesen vernachlässigten Aspekt:

„Die Doris ruft manchmal den Namen, zum Beispiel von Pia. Doris spricht ein bisschen, aber Melanie nicht. Melanie sagt einfach: Ich kann nicht sprechen. Aus.
(...) Ich habe Sorge, wegen dem logopädischen Unterricht, das wäre so wichtig, weil sie kaum sprechen üben, ich denke, das wäre sehr, sehr wichtig. Meiner Meinung nach haben sie da zu wenig, das macht mir echt Sorgen."

(Gehörlose Lehrerin HJ 10. Juli 2001)

„Ein Punkt ist mir noch eingefallen, was sehr abgeht an der Situation, wie es jetzt ist, ist, dass die gehörlosen Kinder keine logopädischen Unterricht haben. Also das find ich enorm dringend, dass das bald anfangt."

VK: Das ist aber nicht eingeplant, von der Schule aus.
„Dass es eingeplant wird, ja! Dass einmal in der Woche eine Stunde oder zweimal eine halbe Stunde eine Logopädin in die Schule kommt und das macht."

(Dolmetscherin SN 10. Juli 2002)

„Wenn das nicht stimmt, na wie soll man dann arbeiten können, ohne ein Künstler zu sein? Und da ist dann auch den Kolleginnen kein Vorwurf zu machen, weil wenn einem nicht gesagt wird, nur so oberflächlich, naja, wir machen das jetzt, und keine Ressourcen, zur Verfügung gestellt werden und keine Sondermittel, oder was weiß ich, eine zusätzliche Kraft, die mit ihnen Spracherziehung, Sprachheilpädagogik oder was macht. Das war ja auch ein Problem am Anfang, mit dem Logopäden, oder der Logopädin. Da hätte ein gezielter wöchentlich Plan für die Logopädin hergehört. Jetzt frag ich dich: Wie kann das funktionieren, wenn schon die Basis fehlt?

(Hörende Lehrerin MK 15. Juli 2002)

Eines der gehörlosen Mädchen sagte im Interview mit Nachdruck, dass sie gerne sprechen lernen möchte: „Ich bin traurig, dass ich nicht gut sprechen kann."

Gehörlose Kinder brauchen logopädische Förderung. Egal, wo sie beschult werden, muss ihnen dieses Angebot gemacht werden. Die finanzielle und organisatorische Last dafür darf nicht bei den Eltern der Kinder hängen bleiben.

Es ist erstaunlich, festzustellen, dass die Probleme der hier untersuchten Klasse - trotz völlig anderer nationaler Gegebenheiten und Voraussetzungen, sowohl im Bereich der Ressourcen als auch der Erfahrung - sehr ähnlich gelagert sind wie die derartiger Klassen in den USA (beschrieben in Stinson und Kluwin 2003:54).

Dies ist einerseits ‚beruhigend', bedeutet aber gleichzeitig, dass man sich auf organisatorischer Ebene und institutioneller Seite systematisch um eine Neutralisierung dieser negativen Faktoren bemühen sollte.

Nach dieser eingehenden Diskussion der verbesserungswürdigen Aspekte der ersten bilingualen Klasse ÖGS-Deutsch in Wien sollen nun auch die Erfolge der PionierInnenklasse beschrieben werden.

17.3 Erfolge des bilingualen Schulversuchs

17.3.1 Zum praktizierten Modell

Alle beteiligten Personen waren vom Modell der bilingualen Klasse überzeugt. Die hörende Lehrerin machte jedoch deutlich, dass die Kinder mit ihrer Meinung nach notwendigen Voraussetzungen (Intellekt) ausgestattet waren.

Die gehörlose Lehrerin war von der Sinnhaftigkeit der altersmäßig sehr frühen Integration nicht ganz überzeugt und der Meinung, dass aus sozialen Gründen unbedingt mehr als 2 gehörlose Kinder gemeinsam unterrichtet werden sollten. Sie war jedoch trotzdem vollkommen von der Sinnhaftigkeit der bilingualen Doppelintegration überzeugt.

Auch die Dolmetscherin machte sich eingehend Gedanken:

> *„(...) Also, es ist keine Frage, das bilinguale Modell stell ich überhaupt nicht in Frage, das ist absolut, dass es das Modell ist und gar nicht zur Diskussion steht, entweder nur Gebärden- oder nur Lautsprache.*
> *Aber die Art, wie der Unterricht abläuft oder eingeteilt ist, ist glaub ich noch nicht so perfekt. Obs nicht doch manchmal sinnvoller wäre, mehr gehörlose Kinder dann teilweise separat zu unterrichten? Deutsch und solchen Sachen. Und explizit bestimmte Gegenstände gemeinsam zu machen? (...) " (Dolmetscherin BM 20. Juli 2001)*

Wichtig ist hier, dass sie trotz vieler kritisch wahrgenommener Details und praktischer Verbesserungsvorschläge vollkommen davon überzeugt ist, dass das Modell als solches das richtige ist.

Die zweite Dolmetscherin hatte Erfahrungen mit anderen Unterrichtsformen, die sie zum Vergleich heranzog:

> *VK: Hast du einen Vergleich mit anderen Unterrichtsmodellen an Gehörlosenschulen?*
> *[Lacht] "Ja schon, von der klassischen Unterrichtsmethode, wo ein Lehrer für einen Satz eine Gebärde macht und sonst redet. Die Kinder, die ich als Erzieherin im Hort am Nachmittag betreut hab, haben diesen Unterricht gehabt und ich hab gesehen, was sie gelernt haben dabei. Das kann man nicht vergleichen, das ist um Welten besser."*
> *VK: Siehst du da jetzt schon den Unterschied zu Melanie und Doris?*
> *„Absolut. Einfach das Alltagswissen, die Begriffe die sie haben, das*

Weltwissen, das sie haben, Themen über die du reden kannst mit ihnen. Das geht mit 14-jährigen Gehörlosenschülern... Und das ist einfach der Grund, warum es gut und richtig ist für mich."
(Dolmetscherin SN 10. Juli 2002)

Für sie - die viele Zweifel über den Ablauf der konkreten Klasse schon verbalisiert hatte - sind die Erfolge des praktizierten Modells direkt an den Schülerinnen ablesbar.

Insofern ist das Grundmodell, also eine hörend-gehörlose gemischte Gruppe von Kindern, die von zwei Lehrenden in zwei Sprachen gemeinsam nach Regelschulstandards unterrichtet werden, von allen Beteiligten bestätigt worden.

Ein ganz zentraler Punkt des praktizierten Modells bilingualen Unterrichts ist die gehörlose Lehrerin.

17.3.2 Personelle Zusammensetzung

Man kann sich fragen, ob eine hörende Lehrerin mit ÖGS-Kenntnissen vielleicht eine derartige Klasse alleine führen könnte.

Ich bin angesichts meiner Beobachtungen zum Schluss gekommen, dass dies nicht sinnvoll wäre. Zwei erwachsene sprachliche Vorbilder sind notwendig, die jeweils ihre Sprache als Hauptsprache haben und sowohl durch ihre Kompetenzen der jeweils anderen Sprache als auch durch ihr ‚Vorleben' des gemeinsamen Umgangs und Alltags den Kindern ganz grundlegende sprachlich relevante Kompetenzen direkt (und m.M. nur so!) vermitteln können.

Gehörlose Kinder haben oft wenige erwachsene Vorbilder (siehe dazu Ergebnisse der Studie von Breiter, Kapitel 2). Die Wichtigkeit einer selbst gehörlosen Lehrerin wird von der Dolmetscherin im Interview betont: „*Als Identitätsfigur.*" (Dolmetscherin SN 10. Juli 2002). Diese Aussage gibt eine in der Fachliteratur oft gemachte Feststellung prägnant formuliert wieder.

Ein weiterer wichtiger Aspekt des Unterrichts, der nicht direkt sprachlich begründet ist, sondern kulturell, ist die Modalität.

17.3.3 Visueller Unterricht

Gehörlose Menschen sind visuell extrem aufmerksam, aufnahme- und analysefähig. Dies gilt offenbar auch für Kinder: Ihnen sind visuell nahegebrachte Konzepte offenbar sehr gut verständlich. Daher war es wichtig, dass sie eine ebenso visuell aufmerksame Vermittlerin dieser Konzepte hatten. Die Dolmetscherin spricht hier über seltene Momente, in denen sie als ‚Beobachterin' Fähigkeiten ihrer Schülerinnen wahrnahm:

> *„Sachunterricht oder so, das hat mich total fasziniert, weil sie überall mitreden können. Und das war ich nicht gewohnt von gehörlosen kleinen Kindern. Ob sie was sagen wollen oder auch einfach was Richtiges gewusst haben. In Mathematik überhaupt, da ist die Melanie unergründlich. Man sieht da richtig, wie sie das abgeht in ihrem imaginären Bilderraum. Sie ruft die Zahlen ab und sie sieht das irgendwie, das ist voll schön zum Beobachten."*
>
> (Dolmetscherin SN 10. Juli 2002)

Sie führt dies auf die Art des Inputs zurück: Visuell orientierter Input scheint ein wichtiger Faktor im Unterricht gehörloser Kinder zu sein.

> *„Teilweise auch unergründlich, warum es jetzt plötzlich selbstverständlich ist oder sie es wissen. Aber man kann einfach mit visuellen Mitteln sie so viel unterstützen, was es ihnen total leicht macht, im Bildlichen es wieder abzurufen."*
>
> (Dolmetscherin SN 10. Juli 2002)

17.3.4 Sprachliche Gewinne

Für eine kritische Diskussion der derzeit zur Verfügung stehenden Möglichkeiten, Sprachkompetenzen bilingualer Menschen zu erheben/testen siehe Nover 1999:93ff. Er stellt darüber hinaus fest: „Paper-and-pencil measures of global language ability seldom show the whole picture of language proficiency in a bilingual child." (1999:95) Im von Nover geleiteten Stars School Project evaluierten LehrerInnen ihre SchülerInnen nach folgenden Kriterien:

Tabelle 14: Categories and Definitions of Bilingual Levels (Kannapell 1989, zit. nach Nover 2000:73)

Categories	Definitions
Balanced Bilingual	Competent in both ASL and English and comfortable in both cultures
ASL Dominant Bilingual	Competent in both ASL and English but preferring to use ASL more often
ASL Monolingual	Competent in ASL only
Double Semilingual	Not proficient in either English or ASL
English Dominant Bilingual	Competent in both ASL and English but preferring to use English
English Monolingual	Competent in English only

Beide Schülerinnen waren - entsprechend der obigen Tabelle - bei ihrer Einschulung ÖGS-monolingual und sind jetzt dabei, zu ÖGS-dominant bilingualen Kindern zu werden. Dies geht aus ihren Sprachenportraits (14), aus ihren Aussagen beim Spracheinstellungstest (Kap. 9.3.1.) und im Interview (ebenda) hervor. Eine der beiden Schülerinnen gab sogar als Berufswunsch an, Deutsch unterrichten zu wollen. Es gibt keinen Grund, daran zu zweifeln, dass sie zu ‚balanced bilingual' Menschen heranwachsen werden.

Die Dolmetscherin vergleicht die Kompetenzen ihrer gehörlosen Zweitklässlerinnen mit ihren Privatschülern, die 12 und 14 Jahre alt sind:

> *„Viele Begriffe, Dinge die ablaufen, verstehen sie überhaupt nicht und ziehen sich zurück, haben sich ausgeklinkt und weggeträumt. Das würden die zwei nie tun, sondern sie fragen nach und wollen wissen und wollen verstehen, worum es geht.*
> *Im Dreiergespräch zum Beispiel können meine nicht der Runde folgen, sondern nur im Einzelgespräch."*
>
> (Dolmetscherin SN 10. Juli 2002)

Das bedeutet, dass die sprachlichen Gewinne für die gehörlosen Schülerinnen nicht nur das Lexikon, ihr Deutsch-Grammatikwissen und ihre produktive Schreibkompetenz betreffen, sondern auch andere, soziolinguistische Fähigkeiten, mit ‚gelernt' wurden. Die gehörlosen Schülerinnen agieren in ihrem Alltag derart barrierefrei, dass sie ein völlig ungestörtes, ‚normales' Kommunikationsverhalten - auch im Umgang mit hörenden Menschen und Situationen der hörenden Kultur - entwickelt haben.

17.3.5 Soziale Gewinne

Ramsey stellt fest, dass in der von ihr untersuchten ‚mainstreaming'-Klasse die Interaktion zwischen hörenden und gehörlosen Schülerinnen sehr eingeschränkt war und – wie sie schreibt - nicht förderlich: „(...) the generative social power of a phenomenon like the child collective was not available to the deaf children for serving their immediate, everyday social needs." (Ramsey 1997:74)

Dies ist für die von mir untersuchte bilinguale Klasse nicht der Fall: Hier bestand das Kollektiv der Kinder samt all seinen Ressourcen, sozialen Anforderungen und Konflikten aus allen Kindern. Dies stellt eine überaus wichtige Qualität, einen großen Erfolg der bilingualen Doppelintegrationsklasse dar. Kommunikation wurde nicht als Einbahnstraße von Lehr- zu Lernerinnenseite angesehen, sondern auch unter den Kindern gefördert. Das Klassenkollektiv umfasste alle Personen und ermöglichte allen Personen sozial befriedigende Kontakte während des

Schulalltages zu pflegen bzw. stellte es eine für ‚das Lernen' wichtige Ressource dar.

17.3.6 Integration ohne Assimilation: Doppelintegration

Die ‚Integration' aller Kinder und aller (geplanten) Sprachen erfolgte in der bilingualen Klasse vollständig, ohne dass Assimilationen verlangt wurden. Unterschiede wurden wahrgenommen, manchmal diskutiert und mussten manchmal geklärt und verhandelt werden (Bsp. Lärmproblem), aber sie konnten bestehen bleiben und mussten nicht im Sinne der ‚Integration' negiert oder verändert werden.

17.3.7 Langzeitwirkungen

Die kürzlich durchgeführte Studie „Vita" zur Erkundung der beruflichen Lebenssituation von gehörlosen Frauen im Raum Wien und Umgebung brachte zutage, dass über die Hälfte der Frauen (53%) keine gehörlosen Erwachsenen als Vorbilder hatten. (vgl. Breiter 2002:93)

> *„Da besonders für das eigene Selbstbewusstsein und Selbstvertrauen, für die Berufswahl und für die spätere Lebensgestaltung Vorbilder sehr wichtig sind, ist die Tatsache, dass die Mehrheit der Frauen keine gehörlosen Erwachsenen als Vorbilder hatte, an denen sie sich orientieren konnten oder wollten, ein großes Problem. Besonders gravierend ist dabei die geringe Zahl von Gehörlosen als LehrerInnen, und als erfolgreiche Personen des öffentlichen Lebens ein Tatbestand, der mit der Gehörlosigkeit an sich nichts zu tun hat, jedoch mit der Diskriminierung, der Gehörlose in Österreich ausgesetzt sind."*
>
> (Breiter 2002:94)

Ein Großteil der in ausführlichen, qualitativen Interviews und Fragebögen befragten 30 Frauen im Alter von 17 bis 44 Jahren hatte in ihrer Schulbildung, Ausbildung und - davon beeinflusst - ihrem restlichen beruflichen Karriereweg wenig Wahl:

> *„Die meisten Frauen und ihre Familienangehörigen wurden nur sehr wenig über Berufs- und Ausbildungsmöglichkeiten informiert und kaum zur Realisierung ihrer eigentlichen Berufswünsche, die häufig im pädagogischen und sozialen Bereich lagen, ermutigt oder dabei unterstützt,*

sich gegen Diskriminierung von Gehörlosen im Ausbildungsbereich (Pädagogische Akademie, Kindergärtnerinnenschulen) zu wehren."

(Breiter 2002:80)

„Zwischen Berufswunsch und Wirklichkeit klafft bei gehörlosen Frauen derzeit ein großer Abgrund. Nur 4 Frauen sind in ihrem Wunschberuf tätig, 2 Frauen studieren ihr Wunsch-Studium, d.h. insgesamt können nur 20% der befragten Frauen ihre Interessen in Beruf oder höherer Bildung verwirklichen. Alle übrigen mussten enorme Abstriche machen und sich mit den kargen Möglichkeiten mehr oder weniger zufrieden geben."

(Breiter 2002:94)

Es ist anzunehmen, dass die bilinguale Doppelintegrationsklasse für die beiden gehörlosen Mädchen, aber auch für alle anderen involvierten Kinder und das weitere Umfeld positive Folgen - Langzeitwirkungen im besten Sinne - haben wird. Es wäre aber auch zu wünschen, dass die Form der hier dargestellten Beschulung, die erstmals in Österreich möglich gemacht wurde, bald weitere Verbreitung findet.

Aus den hier ausführlich dokumentierten und analysierten Erfahrungen ergeben sich Erkenntnisse für die Zukunft:

17.4 Bildungspolitische Schlussfolgerungen

„Despite acceptance of the bilingual approach, there are no standards, and limited publications of curricula or guidelines are available for using it (Cokeley 1978, Stewart 1992, Strong 1995). Therefore, a stronger research base is needed. As far as we know, many teachers receive little or no training in bilingual/ESL approaches (Cokeley 1978, Gallimore 1993, Woodward 1978)."

(Nover 1998:3)

17.4.1 Vorschulische Maßnahmen

Die beiden gehörlosen Mädchen, die in der hier untersuchten bilingualen Klasse langfristig unterrichtet wurden, wuchsen beide in gebärdenden, gehörlosen Familien auf. Dies entspricht durchaus nicht dem repräsentativen Durchschnitt gehörloser Kinder (man spricht von 90% gehörloser Kinder aus hörenden Familien und nur 10% aus gehörlosen Familien, also aus natürlichen Spracherwerbssituationen). Der Validität dieser Studie als Beitrag zur Erforschung der Praktibilität von bilingualem Unterricht für gehörlose Kinder tut dies jedoch keinen Abbruch.

Gehörlose Kinder hörender Eltern sind, wie Studien belegen, gehörlosen Kindern, die in einem idealen sprachlichen Umfeld aufwachsen, meist auf allen Gebieten unterlegen - oftmals auch in ihrem Lautspracherwerb. Um diesen Zusammenhang noch einmal in Erinnerung zu rufen:

> „*The development of language and literacy is interdependent. Literacy development depends on the development of interactive language skills, and literacy in turn promotes continued language growth. Monolingual and bilingual hearing children who have a solid foundation in their native language (particularly if they have academic experiences with that language), learn literacy better than those who do not have a foundation in any language (see Malakoff 1988, Snow, Cancino, De Temple & Schley 1991). Deaf children who know sign language show superior gains in literacy (Strong & Prinz 1997).*
>
> (Albertini & Schley 2003:125)

Der einzige reale durchgehende Vorteil, den gehörlose Kinder gehörloser Eltern vor solchen mit hörenden Eltern haben, ist eine grundsätzliche Akzeptanz durch ihre Eltern und eine altersgemäße Sprachentwicklung in einer sinnlich 100% zugänglichen Sprache. Diese beiden Rahmenbedingungen sind auch für gehörlose Kinder hörender Eltern zu schaffen:

> „*Because access through the family to the appropriate native sign language as a first language is available only to a minority of deaf people. A truly bilingual education for deaf students requires that natural sign language be made available as a first language for all deaf children from birth.*“
>
> (Branson und Miller 2002:221)

Es mag in Österreich derzeit durchaus der Fall sein, dass 90% der gehörlosen Kinder (jene aus hörenden Familien) mit großem kommunikativem Defizit eingeschult werden – und daher in einer anderen Ausgangslage sind als die Kinder, die in dieser Studie beschrieben werden. Die sprachlich-defizitäre Situation, in der sich das durchschnittliche gehörlose Kind befindet, ist jedoch nicht an die Gehörlosigkeit gekoppelt, sondern an subidealen Input und die nicht-visuell kommunizierende Umwelt des Kindes.

Doch dies ist, wie die Praxis und Erfahrung in anderen Ländern zeigt, nicht zwingend so der Fall. Länder wie z.B. Dänemark, Norwegen und Schweden haben das Problem des nicht idealen - weil nicht visuellen - sprachlichen Umfelds für gehörlose Kinder in hörenden Familien sozusagen an der sprachen- und bildungspolitischen Wurzel gepackt und setzen mit ihrem Angebot genau da an: den Herkunftsfamilien gehörloser Kinder wird (staatlich gefördert und sowohl finanziell als auch strukturell unterstützt) die Möglichkeit geboten, sich sprachlich den Anforderungen ihres gehörlosen Kindes anzupassen und sich all das, was das Kind an sprachlichem Input braucht, um sich ideal entwickeln zu können, anzueignen oder sonstwie bereitzustellen. Siehe dazu Mahshie, 1995 oder auch Ladd:

> *„We might imagine a day also when parents of newly recognised (note: not ‚newly diagnosed') Deaf children would be granted all appropriate forms of support in a structured language-planning approach. This would encompass access to properly trained Deaf people, genuine access to the local Deaf community ('Deaf Godparents' and ‚Deaf Grandparents'), two years or more free tuition in sign language and Deaf culture, even given paid leave to do so. Various aspects of these ideas are already in operation in Scandinavian countries."*
>
> (Ladd 2003:440)

Von Bedeutung ist auf jeden Fall, dass die beiden gehörlosen Hauptsubjekte dieser Studie eine altersgemäß entwickelte Erstsprache zu Verfügung hatten, als sie eingeschult wurden. Es kann für die hier gewonnenen Erkenntnisse durchaus gesagt werden, dass sie zwar derzeit in der Realität nur auf gebärdende Kinder gehörloser Eltern zutreffen, dies jedoch nicht so bleiben muss.

Gehörlose Kinder müssen auch in Österreich die Möglichkeit bekommen, vor Schuleintritt einen altersgemäßen natürlichen Spracherwerb zu durchlaufen. Konsequenz aus dieser Notwendigkeit ist die Forderung nach ausgewogener Beratung und fundierten, ernsthaften und praktikablen ÖGS-Angeboten für Eltern gehörloser Kinder.

17.4.2 LehrerInnen-Ausbildung

Obige Analysen haben gezeigt, dass es einerseits Bedarf gibt an LehrerInnen, die im Team bilingual unterrichten können und wollen und andererseits, dass dringend gehörlose Lehrerinnen zur Beschulung gehörloser Kinder herangezogen werden müssen.

Es ergeben sich mehrere Schlussfolgerungen:

Gehörlose Menschen müssen als wichtige Ressource in das Gehörlosenbildungswesen mit einbezogen werden. Gehörlosen Menschen muss der Lehrberuf geöffnet werden.

(Auch schon jetzt im Dienst stehende) Lehrerinnen sollten die Möglichkeit haben, sich auf mehrsprachige Klassensituationen und DAZ-Anforderungen

einzustellen. Es sollten Fortbildungsangebote für bilinguale Klassenlehrerinnen kreiert werden (siehe Star Schools Project).

17.4.3 Lehrplanreform

Die kurze Analyse und der Vergleich mit anderen Lehrplänen hat eindringlich deutlich gemacht, dass der gegenwärtige Lehrplan für Gehörlosenschulen und die Beschulungsangebote für gehörlose Kinder in Österreich nicht ideal sind.

Bilingualer Unterricht muss aus dem ‚Pilot-' und ‚Dissidenten'-Status zu einer regulären angebotenen Beschulungsform erhoben werden.

Der österreichische Lehrplan für Gehörlosenschulen sollte einer wohl durchdachten, sofortigen Reform unterzogen werden. Das Integrationskonzept für gehörlose Kinder muss neu orientiert werden. Dabei sind gehörlose ExpertInnen heranzuziehen.

International bereits erfolgreich praktizierte und anerkannte Modelle (wie das bilinguale) sind als Option zu inkludieren, müssen ernsthaft durchdacht und seriös geplant werden.

17.4.4 Gehörlosenspezifisches Lehrmaterial für DAZ

Die gehörlose Lehrerin in der beschriebenen bilingualen Klasse stellte in Bezug auf das wichtigste Fach, Deutsch, erschwerende Umstände fest:

> *„Es war auch schwer, hier geeignete Texte zu finden, für gehörlose Kinder, mit Bildern, da gibt's ja kein spezielles Material. Ich hab auch Literatur aus Kärnten genommen, weil hier geeignetere Texte waren als in den Büchern, die teilweise im Unterricht verwendet worden sind. Meine Meinung ist, dass es zur Zeit überhaupt niemanden gibt, der gehörlose Kinder in Deutsch in geeigneter Weise unterrichten kann. Es fehlt einfach an vielem, an Materialien usw., das ist keine zufriedenstellende Situation. Auch die Texte, die ich von Martina bekomme, das ist auch schwierig, man bräuchte mehr Zeit, das umzuarbeiten, überlegen, wie man das einbauen kann in den Unterricht. Wichtig wäre auch, mit dem Ausland Kontakt aufzunehmen, in Schweden etc., da ist viel Erfahrung da, zu schauen, womit und wie arbeiten die? Wir arbeiten jetzt mal mit dem, schau ma mal. Ich hoffe, dass es klappt. Aber es ist eigentlich kein normaler Zustand."*
>
> (Gehörlose Lehrerin HJ 3. Juli 2002)

Deutsch kann gehörlosen und hörenden Lernerinnen unter keinen Umständen gleichartig vermittelt werden. Deutsch als Zweitsprache gehörloser Menschen (DAZ gl) muss als Fach, als Forschungs-, Entwicklungs- und Fördergebiet verstanden und unterrichtet werden.

17.4.5 Bilinguale Praxis fördern

Um beurteilen zu können, welche Beschulungsform für welche gehörlosen Kinder angemessen ist, bedarf es zahlreicher empirischer Ergebnisse, die aus der bilingualen Praxis gewonnen werden.

Bilinguale Praxis muss gefördert, implementiert und ernsthaft über einen langen Zeitraum und in größerem Ausmaß praktiziert werden. Bilinguale Umfelder, in denen mehrere Klassen unterschiedlicher Jahrgänge in einer Schule unterrichtet werden, sollten geschaffen werden.

17.4.6 Forschung fördern

Bilinguale Praxis ist nur dann über den direkt involvierten Personenkreis hinaus von längerfristigem Wert, wenn empirische Daten gesichert und daraus Erkenntnisse gewonnen werden. Das würde ermöglichen, von ‚learning by doing' abzugehen, fundierte, abgesicherte Modelle zu entwickeln und dadurch die bilinguale Praxis zu verbessern.

Bisher vernachlässigte Forschungsgebiete bezüglich Spracherwerb, Sprachentwicklung, Unterricht etc. gehörloser Menschen müssen speziell gefördert werden.

17.4.7 Gleiche Sprachen-Rechte

Ein bedauernswerter Umstand mit hochgradig negativem Einfluss nicht nur auf das Leben vieler gehörloser Menschen in Österreich, sondern auch auf ihre kollektiven Bildungs- und Ausbildungschancen, ist die fehlende sprachliche Anerkennung ihrer L1.

ÖGS muss als Minderheitensprache einen abgesicherten Status erhalten, die Gehörlosengemeinschaft muss als positive Bereicherung und Teil der österreichischen Mehrheitsgesellschaft einen Platz bekommen, wo sie wahrgenommen, anerkannt und ‚integriert' ist.

Die eben detailliert beschriebenen bildungspolitischen Schlussfolgerungen: werden hier noch einmal zusammenfassend dargestellt

Zunächst sind die tatsächlichen Rahmenbedingungen der untersuchten bilingualen Doppelintegrationsklasse zu sehen (Abb. 1), und dann im Kontrast dazu die verbesserten empfohlenen Rahmenbedingungen unter Einbeziehung aller bisher genannten Optimierungen (Abb. 2).

Abb. 1: Tatsächliche Rahmenbedingungen der bilingualen Klasse

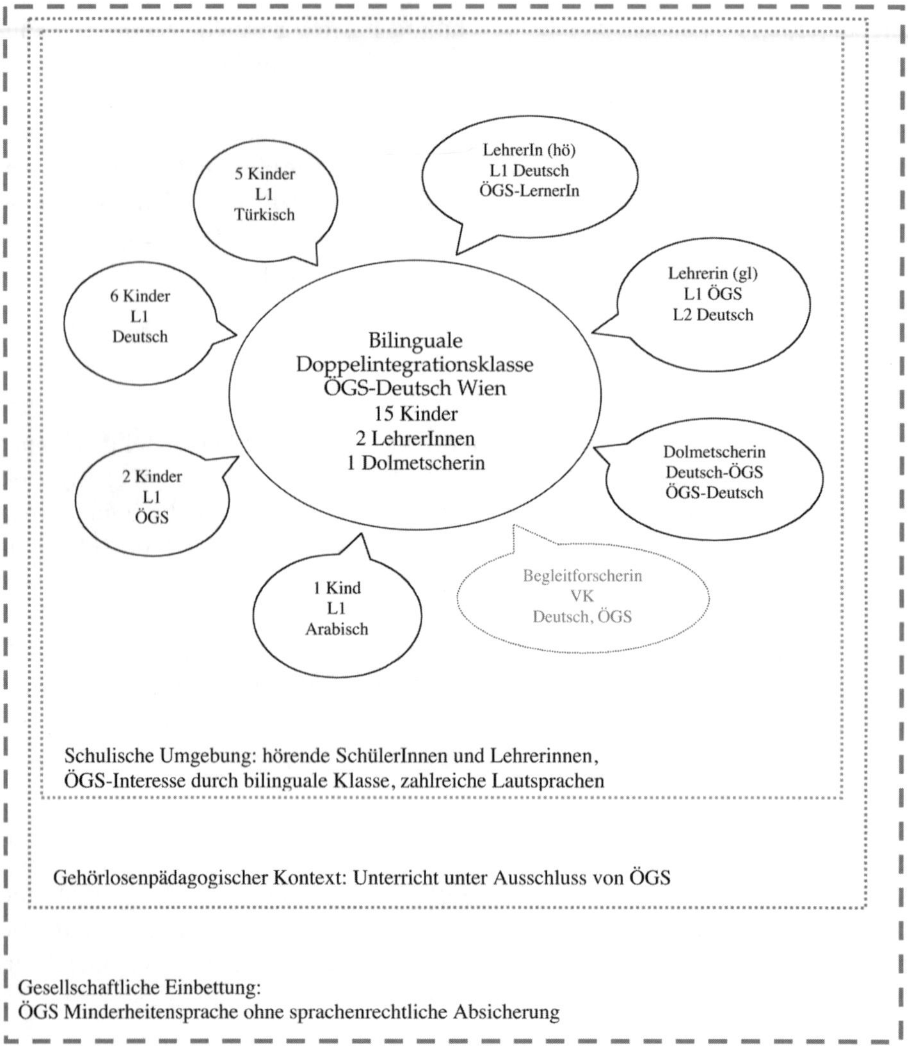

Abb. 2: Empfohlene/ideale Rahmenbedingungen einer bilingualen Klasse

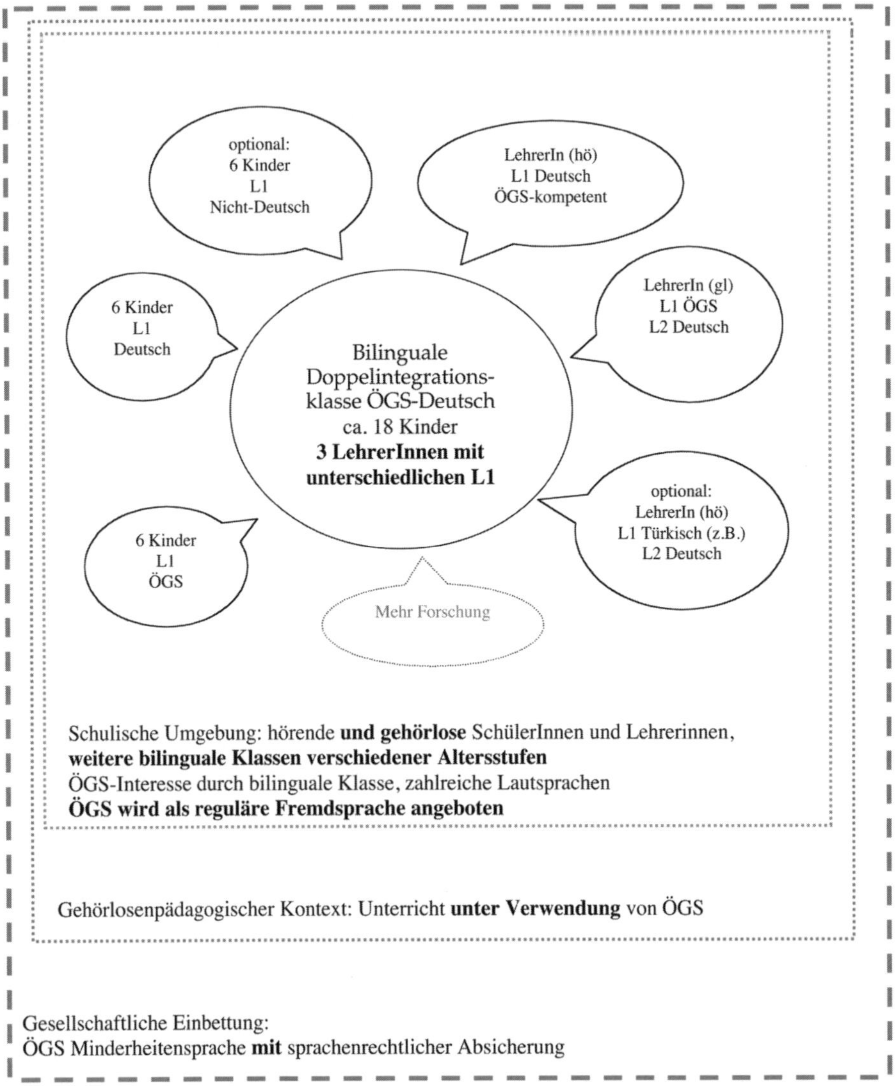

Woodward schrieb 1978, dass schlecht organisierter bilingualer Unterricht womöglich negativere Folgen hätte als gar keiner, da er schlechte Ergebnisse bringe und ein "reactionary shift to oralism" die Folge sein könne (Woodward 1978:184, zit. n. Mahshie 1995:206). Woodward stellte weiters fest:

> *„Certainly, bilingual education, while desirable, is not going to be an easy or cheap proposition. In fact, most schools will probably not be able or willing to make the necessary commitments to research, teacher*

> *training, etc., that a shift to bilingual education would mean. This, however does not mean, that the schools can do nothing...“*
>
> (Woodward 1978:198, zit. n. Mahshie 1995:207)

In diesem Sinne ist festzustellen, dass bilingualer Unterricht, auch angesichts der vielfältigen oben gemachten Vorschläge organisatorischer Art, machbar ist. Vor allem ist festzuhalten, dass bilingualer Unterricht - wie die Evaluierung eindeutig gezeigt hat - für alle beteiligten Menschen ein Gewinn ist und insbesondere für den Deutschspracherwerb gehörloser SchülerInnen absolut positiv und ein Erfolg ist.

Die hier beschriebene bilinguale Klasse hat den Grundstock und das Basiswissen geschaffen, um bilingualen Unterricht für gehörlose Kinder in Zukunft in Österreich vermehrt und optimiert organisieren zu können.

18 Bibliographie

Adler, Patricia A. und Peter Adler (1994) Observational techniques. 377-392 in: Denzin, Norman K. und Yvonna S. Lincoln (eds.) *Handbook of Qualitative Research*, London, Sage

Adoyo, Peter Oracha (2001) Bilingualismus in Kenia. Begründung eines bilingualen Ansatzes in der Erziehung und Bildung Gehörloser. 536-543 in: *Das Zeichen*, Nr. 58, Hamburg, Signum Verlag

Ahlgren, Inger, Kenneth Hyltenstam, eds. (1994) *Bilingualism in Deaf Education*. Hamburg, Signum

Albertini, John A., Sara Schley (2003) Writing. Characteristics, Instruction, and Assessment. 123-135 in: Marschark, Marc, Spencer, Patricia Elizabeth, eds.: *Oxford Handbook of Deaf Studies, Language, and Education*. Oxford UP

Allen, Bobbie M. (1998) *ASL-English Bilingual-Bicultural Early Childhood Classroom: Deaf Children and the Families Perspectives*. PhD Dissertation, San Diego State and Claremont Graduate University, California

Altrichter, Herbert, Peter Posch (1998) *Lehrer erforschen ihren Unterricht. Eine Einführung in die Methoden der Aktionsforschung*. Bad Heilbrunn, Verlag Julius Klinkhardt

Apeltauer, Ernst (1997) *Grundlagen des Erst- und Fremdspracherwerbs. Langenscheidt*

Arnold, U., Pöllerbauer, M. und Stotz, G. (1992) *Pilotprojekt „Gehörlosenkultur", Endbericht 1990-1992*, zit. nach Holzinger

Bachmann-Stocker, Peter (1997) *Laut-, Schrift- und Gebärdensprachaufbau durch bilinguale Förderung an Gehörlosenschulen*. Informationsheft Nr. 31, Verein zur Unterstützung der Gebärdensprache der Gehörlosen, Zürich

Baker, Colin (1996) Educating for Bilingualism - Key Themes and Issues. In: Knight, Pam und Ruth Swanwick, eds: *Bilingualism and the Education of Deaf Children. Advances in Practice. Conference Proceedings – June 29th 1996 The University of Leeds*. ADEDC The School of Education

Bausch, Karl-Heinz, Gabriele Kasper (1979) Der Zweitspracherwerb: Möglichkeiten und Grenzen der „großen" Hypothesen. *Linguistische Berichte* 64/79, S. 3-35

Bausch, Karl-Heinz, Siegfried Gosse, eds. (1989) *Spracherwerb und Sprachunterricht für Gehörlose. Zielsetzungen und Probleme*. Reihe Germanistische Linguistik 94. Tübingen, Niemayer

Bausch, Karl-Heinz, Herbert Christ, Hans-Jürgen Krumm, eds. (1995) *Handbuch Fremdsprachenunterricht*. 3. Auflage, UTB Wissenschaft, Francke

Bergmann, Ritva (1994) Teaching Sign Language as the Mother Tongue in the Education of Deaf Children in Denmark. 83-90 in: Ahlgren, Inger, Kenneth Hyltenstam, eds. (1994) *Bilingualism in Deaf Education*. Hamburg, Signum

Bizer, Sibylle, Anne-Katrin Karl (2002) *Entwicklung eines Wortschatztests für gehörlose Kinder im Grundschulalter in Gebärden-, Schrift- und Lautsprache*. Dissertationsschrift. FB Erziehungswissenschaft, Universität Hamburg

Boeckmann, Klaus-Börge (1997) *Zweisprachigkeit und Schulerfolg. Das Beispiel Burgenland*. Arbeiten zur Sprachanalyse, Bd. 26, hg. v. Konrad Ehlich, Peter Lang Verlag, Frankfurt am Main

Bonisch, Doris, Joachim Klenk (2001) Bilingualer Religionsunterricht. Erfahrungen in der 5. und 6. Klasse der Nürnberger Gehörlosenschule. 104-108 in: *Das Zeichen*, Nr. 55, Hamburg, Signum

Bortsch, Erich, Olaf Tischmann (1996) Unsere ersten Erfahrungen. Ein Bericht zum zweisprachigen Unterricht in Graz, Österreich. 322-332 in: *Das Zeichen*, Nr. 37, Hamburg, Signum

Bouvet, Danielle (1990) *The Path to Language. Multilingual Matters LTD*, Clevedon, Philadelphia

Boyes Braem, Penny (1992) *Einführung in die Gebärdensprache und ihre Erforschung*. Hamburg, Signum Verlag, 2. Auflage

Branson, Jan, Don Miller (2002) *Damned For Their Difference. The Cultural Construction of Deaf People as Disabled*. Gallaudet UP, Washington

Breiter, Marion (2002) *Projekt Vita: Erkundungsstudie zur beruflichen Lebenssituation von gehörlosen Frauen im Raum Wien und Umgebung*. Trägerverein: Netzwerk österreichischer Frauen- und Mädchenberatungsstellen. Im Auftrag des Bundessozialamtes für Wien, Niederösterreich und Burgenland.

Butzkamm, Jürgen und Wolfgang (1999) *Wie Kinder sprechen lernen. Kindliche Entwicklung und die Sprachlichkeit des Menschen*. Tübingen und Basel, Francke Verlag

Callaway, Alison (2002) *Deaf Children in China*. Gallaudet UP, Washington

Chamberlain, Charlene, Jill P. Morford, Rachel I. Mayberry (2000) *Language Acquisition by Eye*. Lawrence Erlbaum Associates, London

De Cillia, Rudolf (1998) *Burenwurscht bleibt Burenwurscht. Sprachenpolitik und gesellschaftliche Mehrsprachigkeit in Österreich*. Klagenfurt, Drava Verlag

Dotter, Franz (1991) Gebärdensprache in der Gehörlosenbildung: Zu den Argumenten und Einstellungen ihrer Gegner. 321-332 in: *Das Zeichen*, Nr. 17, Hamburg, Signum Verlag

Dotter, Franz (2001) Gebärdensprachforschung. 141-154 in: Haspelmath, Martin, et al., eds: *Language Typology and Language Universal. An International Handbook*, De Gruyter, Berlin, New York

Drolsbaugh, Mark (1997) *Deaf Again*. Handwave Publications, Pennsylvania

EDDE- European Days of Deaf Education: Conference publication *‚Signed Bilingualism. What does the concept mean today?‘* Örebro, Schweden 8.-11. Mai 2003

Edmondson, Willis, Juliane House (2000) *Einführung in die Sprachlehrforschung*. 2. Auflage, Francke Verlag, Tübingen und Basel

Ehlich, Konrad (1984) *Erzählen in der Schule*. Gunter Narr Verlag, Tübingen

Eisenwort, Brigitte, Ralph Vollmann, Ulrike Willinger, Daniel Holzinger (2002) Zur Schriftsprachkompetenz erwachsener Gehörloser. 258-268 in: *Folia Phoniatrica et Logopaedica* 2002:54, Basel, Karger

Ellis, Rod (1997, 5. Auflage) The Study of Second Language Acquisition. Oxford University Press

Faerch, Claus, Gabriele Kasper, eds. (1987) *Introspection in Second Language Research*. Multilingual Matters LTD, Clevedon, Philadelphia

Fellner-Rzehak, Eva & Podbelsek, Tina (2004) *Wer nicht hören kann, muß ... können! Eine Untersuchung zum Textverstehen gehörloser Erwachsener*. Diplomarbeit an der Univ. Graz, 2000, siehe http://www.uni-klu.ac.at/fzgs/

Flick, Uwe, Ernst von Kardorff, Ines Steinke, eds. (2003) *Qualitative Forschung. Ein Handbuch*. rororo

Flick, Uwe, Ernst von Kardorff, Ines Steinke (2003) Was ist qualitative Forschung? 13-29 in: Flick, Uwe, et al., eds. (2003) *Qualitative Forschung. Ein Handbuch*. rororo

Geertz, Clifford (1987) *Dichte Beschreibung. Beiträge zum Verstehen kultureller Systeme*. Suhrkamp

Gericke, Wiebke (1998) „Lebensweltliche Zweisprachigkeit“ am Beispiel Gehörloser in Schweden I. 188-203 in: *Das Zeichen*, Nr. 44, Hamburg, Signum Verlag

Gericke, Wiebke (1998) „Lebensweltliche Zweisprachigkeit“ am Beispiel Gehörloser in Schweden II. 352-261 in: *Das Zeichen*, Nr. 45, Hamburg, Signum Verlag

Glück, Helmut, ed. (2000) *Metzler Lexikon Sprache*. Verlag Metzler

Grosjean, François (1990) Das Recht des gehörlosen Kindes, zweisprachig aufzuwachsen. 64-66 in: *Das Zeichen*, Nr. 13, Hamburg, Signum Verlag

Grosjean, François (1992) *Der zweisprachige und bikulturale Mensch in der hörenden und gehörlosen Welt*. Informationsheft Nr. 21, Verein zur Unterstützung des Forschungszentrums für Gebärdensprache, Basel

Günther, Klaus-B. et al. (1999) *Bilingualer Unterricht mit gehörlosen Grundschülern. Zwischenbericht zum Hamburger bilingualen Schulversuch*. Hamburg, Verlag hörgeschädigte Kinder

Günther, Klaus-B. (2001) *Bilinguale Erziehung als Förderkonzept. Erfahrungen aus einem bilingualen Schulversuch mit gehörlosen Kindern in Gebärden-, Schrift- und Lautsprache*. Manuskript

Günther, Klaus-B., Ilka Schäfke et al. (2004) *Bilingualer Erziehung als Förderkonzept für gehörlose SchülerInnen. Abschlußbericht zum Hamburger Bilingualen Schulversuch. Hamburg*, Signum

Hansen, Britta (1990) Tendenzen auf dem Weg zu einer bilingualen Erziehung und Bildung gehörloser Kinder in Dänemark. in: Prillwitz, Siegmund, Vollhaber, Thomas, eds. (1990) *Gebärdensprache in Forschung und Praxis. Vorträge vom Internationalen Kongress ‚Gebärdensprache in Forschung und Praxis', Hamburg, 23.-25. März 1990*, Hamburg, Signum Verlag

Heiling, Kerstin (1995) *The Development of Deaf Children. Academic Achievement Levels and Social Processes*. Hamburg, Signum

Hofer, Manuela (2000) *Sprachbeurteilung bei gehörlosen Grundschulkindern. Kritische Überlegungen zu einer Wortschatzprüfung*. Diplomarbeit, Univ. Graz.

Hoffmeister, Robert J. (2000) A Piece of the Puzzle: ASL and Reading Comprehension in Deaf Children. 143-163 In: Chamberlain, Charlene, Jill P. Morford, Rachel I. Mayberry (2000) *Language Acquisition by Eye*. Lawrence Erlbaum Associates, London

Hollweg, Uta (1999) *Integration hochgradig hörbeeinträchtigter Kinder in Grundschulklassen*. Berlin, Luchterhand

Holzinger, Daniel (1994) *Gebärden in Kommunikation mit gehörlosen Kindern. Hinweise auf die Überlegenheit eines Erziehungsansatzes unter Einschluß von Gebärden gegenüber rein lautsprachlich orientierten Ansätzen*. Wien, Studie im Auftrag des BMUK

Hölzl, Erik (1994) Methodenüberblick der qualitativen Sozialforschung. 51-60 in: Arbeitskreis Qualitatitve Sozialforschung, ed.: *Verführung zum qualitativen Forschen. Eine Methodenauswahl*. WUV, Universitätsverlag

Hopf, Christel (2003) Qualitative Interviews – ein Überblick. 349-359 in: Flick, Uwe, Ernst von Kardorff, Ines Steinke, eds. (2003) *Qualitative Forschung. Ein Handbuch*. rororo

Jarmer, Helene (1997) *Bilingualismus und Bikulturalismus*. Diplomarbeit, Univ. Wien

Jiménez-Sánchez, Claudia, Shirin Antia (1999) Team-Teaching in an Integrated Classroom: Perceptions of Deaf and Hearing Teachers. 215-224 in: *Journal of Deaf Studies and Deaf Education* 4:3, Summer 1999,

Johnson, Robert E., Scott K. Liddel, Carol J. Erting (1989) *Unlocking the Curriculum*. Gallaudet Research Institute Working Paper 89-3, Gallaudet, Washington

Jussen, Heribert (1989) Sprachunterricht für Gehörlose- Zielsetzungen und Probleme, in: Bausch, Karl-Heinz, Siegfried Gosse, eds. (1989) *Spracherwerb und Sprachunterricht für Gehörlose. Zielsetzungen und Probleme*. Reihe Germanistische Linguistik 94. Tübingen, Niemayer

Kaul, Thomas, Claudia Becker (1999) Gebärdensprache in Erziehung und Unterricht. Hamburg, Verlag hörgeschädigte Kinder

Knoors, Harry (2000) Zweisprachige Erziehung und Bildung gehörloser Kinder in den Niederlanden. 30-39: *Das Zeichen*, Nr. 51, Hamburg, Signum Verlag

Knoors, Harry (2004) *Zweisprachiger Unterricht für gehörlose Kinder in den Niederlanden: praktische Umsetzung und Resultate*. Schriftliche Vortragsunterlage bei der 3. Interdisziplinäre Tagung über Sprachentwicklungsstörungen ISES) in Wien, 1. - 3. Juli 2004

Krammer, Klaudia (2001) *Schriftsprachkompetenz gehörloser Erwachsener*. Veröffentlichungen des Forschungszentrum für Gebärdensprache und Hörgeschädigtenkommunikation der Universität Klagenfurt: Band 3
Siehe http://www.uni-klu.ac.at/groups/spw/gs/ (Publikationen und Produkte)

Krausneker, Verena (1999) *„Österreichische Gebärdensprach-Politik?" im verbal-Workshop: ‚Sprachenpolitik in Österreich', 27.* Österreichische Linguistik-Jahrestagung, Wien, 23.-26. Oktober 1999

Krausneker, Verena (1999a) Gebärdensprachen, Sprachenpolitik und die Europäische Union. 194-205 in: *Das Zeichen*, Nr. 48, Signum Verlag, Hamburg

Krausneker, Verena (2000) Grundlegende Fakten und Informationen über Gebärdensprachen 13-23 in: *Verbal, Newsletter des Verbandes für Angewandte Linguistik*, Jahrgang V, 2/2000

Krausneker, Verena (2000a) Sign Languages and the Minority Languages Policy of the European Union. 142-157 in: Metzger, Melanie (ed.) (2000) *Sociolinguistics in Deaf Communities*, Vol. 6, Gallaudet University Press, USA,. Siehe http://gupress.gallaudet.edu/reviews/BIDCrevw.html

Krausneker, Verena (2001) "Wir sorgen dafür, weil wir können gebärden". Über die bilinguale Doppelintegrationsklasse ÖGS-Deutsch in Wien (2001) 47-57 in: *Grazer Linguistische Studien* Nr. 56, Herbst 2001, herausgegeben von Daniel Holzinger und Verena Krausneker

Krausneker, Verena (2003) Deaf Second Language Learning in Elementary School. Report from a Sociolinguistic Research Study in the First Bilingual Class in Vienna, Austria. 38-46 in: *Conference Proceedings of EDDE-European Days of Deaf Education, 8.-11. Mai 2003*, Örebro Sweden

Krausneker, Verena (2003a) Ungehört. Zum Status der Österreichischen Gebärdensprache und ihrer VerwenderInnen. 102-113 in: Busch, Brigitta, Rudolf de Cillia, eds. (2003) *Sprachenpolitik in Österreich. Eine Bestandsaufnahme*. Reihe: sprache im kontext, hg. v. Ruth Wodak und Martin Stegu, Band 17. Peter Lang Verlag

Krausneker, Verena (2003b) *ÖGS-Deutsch-bilingualer Spracherwerb gehörloser Kinder in der Volksschule. Eine soziolinguistische teilnehmend-beobachtende Begleitdokumentation der bilingualen Klasse ÖGS-Deutsch in Wien*. Dissertation, Institut für angew. Sprachwissenschaft, Univ. Wien.

Krausneker, Verena (2004a) Viele Blumen schreibt man „Blümer" Gehörlos-hörende Doppelintegration in Wien (2004) 196-207 in: *Das Zeichen*, Nr. 67, Signum Verlag, Hamburg

Krausneker, Verena (2004b) Bilingualer Unterricht für gehörlose VolksschülerInnen Vom Umgang mit Mehrsprachigkeit am Beispiel von GebärdensprachbenützerInnen. S. 289-313 in: *SWS-Rundschau*, Heft3/04

Krumm, Hans-Jürgen und Eva-Maria Jenkins, eds. (2001) *Kinder und ihre Sprachen – Lebendige Mehrsprachigkeit. Sprachenportraits*. Wien, Eviva

Ladd, Paddy (2003) *Understanding Deaf Culture. In Search of Deafhood*. Multilingual Matters Ltd.

Lane, Harlan & Fischer, Renate, eds. (1993) *Looking Back. A Reader on the History of Deaf Communities and their Sign Languages*. International Studies on Sign Language and Communication of the Deaf, Vol 20. Hamburg, Signum Verlag.

Lane, Harlan (1994) *Die Maske der Barmherzigkeit. Unterdrückung von Sprache und Kultur der Gehörlosengemeinschaft*. Hamburg, Signum, Band 26

LaSasso, Carol und Jana Lollis (2003): Survey of Residential Schools for Deaf students in the United States that Identify Themselves as Bilingual-Bicultural Programs. 79-91 in: *Journal of Deaf Studies and Deaf Education* 8:1, Winter 2003,

Leonhardt, Annette (1999) *Einführung in die Hörgeschädigtenpädagogik*. UTB Wissenschaft.

Lewis, Wendy, ed. (1995) *Bilingual Teaching of Deaf Children in Denmark. Description of a Project 1982-1992*, Doveskolernes Materialecenter, Denmark

Limbach, Asta (1991) *Von der „Integration" der Gebärdensprache. Gehörlose im Spannungsfeld von Sonder- und Regelschule.* Kölner Arbeiten zur Sprachpsychologie, Bd. 2, hg. von Gudula List. Peter Lang Verlag

List, Gudula (1990) Unmittelbare Kommunikation und Schrift. Überlegungen zum Erwerb der Lese- und Schreibkompetenz durch Gehörlose. In: Prillwitz, Siegmund, Thomas Vollhaber, eds. (1990) *Gebärdensprache in Forschung und Praxis. Vorträge vom Internationalen Kongress ‚Gebärdensprache in Forschung und Praxis', Hamburg, 23.-25. März 1990*, Hamburg, Signum Verlag

Lüders, Christian (2003) Beobachten im Feld und Ethnographie. 384-401 in: Flick, Uwe, Ernst von Kardorff, Ines Steinke, eds. (2003) *Qualitative Forschung. Ein Handbuch.* rororo

Marschark, Marc, Harry G. Lang, John A. Albertini (2002) *Educating Deaf Students. From Research to Practice.* Oxford UP

Marschark, Marc, Spencer, Patricia Elizabeth, eds. (2003) *Oxford Handbook of Deaf Studies, Language, and Education.* Oxford UP

Mas, Christian (1994) Bilingual Education for the Deaf in France. 71-81 in: Ahlgren, Inger, Kenneth Hyltenstam, eds. (1994) *Bilingualism in Deaf Education.* Hamburg, Signum

Mahshie, Shawn Neal (1995) *Educating Deaf Children Bilingually.* Washington DC, Gallaudet UP

Masataka, Nobuo (2000) The Role of Modality and Input in the Earliest Stage of Language Acquisition: Studies of Japanese Sign Language. 3-24 in: Chamberlain, Charlene, Jill P. Morford, Rachel I. Mayberry (2000) *Language Acquisition by Eye.* Lawrence Erlbaum Associates, London

Mayer, Connie, C. Tane Akamatsu (2003) Bilingualism and Literacy. 136-147 in : Marschark, Marc, Spencer, Patricia Elizabeth, eds.: *Oxford Handbook of Deaf Studies, Language, and Education.* Oxford UP

Méér dan een gebaar. Report of the Government Committee on Sign Language of the Netherlands. Nederlande, 1997 (English Summary)

Meinefeld, Werner (2003) Hypothesen und Vorwissen in der qualitativen Sozialforschung. 265-275 in: Flick, Uwe, et al., eds. (2003) *Qualitative Forschung. Ein Handbuch.* rororo

Meister-Steiner, Birgit, Volker Schönwiese, Nikolaus Thaler, Ilsedore Wieser, eds (1989) *Blinder Fleck und rosarote Brille. Behinderung und Integration als Herausforderung für Familie, Kindergarten, Schule.* Österreichischer Kulturverlag

Morford, Jill P., Rachel I. Mayberry (2000) A Reexamination of „Early Exposure" and Its Implications for Language Acquisition by Eye. 111-127 In: Chamberlain, Charlene, Jill P. Morford, Rachel I. Mayberry (2000) *Language Acquisition by Eye.* Lawrence Erlbaum Associates, London

Muruvik Vonen, Arnfinn (2003) Describing and evaluating bilingual deaf education: current research and policies in Norway. 71-77 in: EDDE-conference publication *‚Signed Bilingualism. What does the concept mean today?'* Örebro, Sweden 8.-11. Mai 2003

Newport, E. (1988) Constraints on learning and their role in language acquisition: Studies of the acquisition of American Sign Language. 147-172 in: *Language Sciences*, B.10 (1)

Newport, E. & Meier, R. (1986) Acquisition of American Sign Language. In: Slobin (ed) *The Crosslingustic Study of Sign Language Acquisition.* Hillsdale, N.J., Lawrence Erlbaum Ass.

Ngakuru, G. (1996) *Room Number 10. Case Studies of Children in a Bilingual Classroom using New Zealand Sign Language.* Unveröff. Examensarbeit

Nover, Stephen M., K. Christensen & L. Cheng (1998) Development Model of ASL and English competence for learners who are deaf. 61-72 in: *Topics in Language Disorders*, 18 (4) (zit in: Nover (2000))

Nover, Stephen M., Jean F. Andrews (1998) *Critical Pedagogy in Deaf Education: Bilingual Methodology and Staff Development.* USDLC Star Schools Project Report No. 1. New Mexico School for the Deaf. http://www.starschools.org/nmsd/ (20. Okt. 2002)

Nover, Stephen M., Jean F. Andrews (1999) *Critical Pedagogy in Deaf Education: Bilingual Methodology and Staff Development. Year Two 1998-1999*, USDLC Star Schools Project Report No. 2. New Mexico School for the Deaf. http://www.starschools.org/nmsd/ (20. Okt. 2002)

Nover, Stephen M., Jean F. Andrews (2000) *Critical Pedagogy in Deaf Education: Bilingual Methodology and Staff Development. Year Three Report (1999-2000)* USDLC Star Schools Project Report No. 3. New Mexico School for the Deaf. http://www.starschools.org/nmsd/ (20. Okt. 2002)

Nover, Stephen M., Jean F. Andrews (2002) *Critical Pedagogy in Deaf Education: Bilingual Methodology and Staff Development. USDLC Star Schools Project Report No. 4.* New Mexico School for the Deaf. http://www.starschools.org/nmsd/ (20. Okt. 2002)

Nuthall, B. (1997) *Kelston Deaf Education Centre. Pilot Bilingual Programme January 1995-December 1996.* Kelston

Österreichische Gehörlosenzeitung (2002) Bilingualer Unterricht in Moskau. 10-11 in: *ÖGLZ* Jg. 53, Heft 3/2002

Padden, Carol und Claire Ramsey (2000) American Sign Language and Reading Ability in English. 165-198 in: Chamberlain, Charlene, Jill P. Morford, Rachel I. Mayberry (2000) *Language Acquisition by Eye*. Lawrence Erlbaum Associates, London

Pallavicini, Nathalie, Claudia Kucharik (2003) *Durchführung eines Wortschatztests (für gehörlose Kinder nach Mag.a Verena Krausneker) an hörenden Kindern.* Seminararbeit, Institut für Sprachwissenschaft Wien. Unveröff. Manuskript

Parasnis, Ila (1996) *Cultural and Language Diversity and the Deaf Experience*. Cambridge UP

Paul, Peter V. (2003) Processes and Components of Reading. 97-109 in : Marschark, Marc, Spencer, Patricia Elizabeth, eds.: *Oxford Handbook of Deaf Studies, Language, and Education.* Oxford UP

Peltzer-Karpf, Annemarie et al. (1994) *Spracherwerb bei hörenden, sehenden, hörgeschädigten, gehörlosen und blinden Kindern.* Gunther Narr Verlag, Tübingen

Peltzer-Karpf, Annemarie, Wurnig, Schwab, Lederwasch, Piwonka, Akkus, Karabinova, Kümmel, Sundl (2000) *Sprachstandserhebung bei Schulanfängern: Bilingualer Spracherwerb in der Migration.* Projektbericht im Auftrag des Bundesministeriums für Bildung, Wissenschaft und Kultur

Peltzer-Karpf, Annemarie, Lederwasch, Wurnig, Schwab, Sundl, Piwonka, Akkus (2001) *Sprachstandserhebung bei Schulanfängern: Bilingualer Spracherwerb in der Migration.* Projektbericht im Auftrag des Bundesministeriums für Bildung, Wissenschaft und Kultur

Petitto, Laura Ann (2000) The Acquisition of Natural Signed Languages: Lessons in the Nature of Human Language and Its Biological Foundations. S. 41-50 in: Chamberlain, Charlene, Jill P. Morford, Rachel I. Mayberry (2000) *Language Acquisition by Eye*. Lawrence Erlbaum Associates, London

Pinter, Magret (1992) Klagenfurter Unterrichtsprojekt: Bilinguale Förderung hörgeschädigter Kinder in der Gehörlosenschule. Bericht über das 1. Schulversuchsjahr. 145-150 in: *Das Zeichen*, Nr. 20, Hamburg, Signum Verlag

Pinter, Magret (1998) *Wir lernen Deutsch. Deutsche Grammatik für gehörlose Kinder.* Vorabzug in limitierter Auflage zur Unterrichtserprobung. Eigenverlag.

Poizner, Howard, Klima, Edward S., Bellugi, Ursula (1990) *Was die Hände über das Gehirn verraten. Neuropsychologische Aspekte der Gebärdensprachforschung.* Internationale Arbeiten zur Gebärdensprache und Kommunikation Gehörloser, Band 12. Hamburg, Signum Verlag.

Poppendieker, Renate (1992) *Freies Schreiben und Gebärden*. Hamburg, Signum

Poppendieker, Renate (1990) Welche Rolle können Gebärden im Schulunterricht beim Schreiberwerb spielen? 116-128 in: List, Gudula und Günther, eds.: *Gebärde, Laut und graphemi-*

sches Zeichen - Schrifterwerb im Problemfeld von Mehrsprachigkeit. Westdeutscher Verlag

Prillwitz, Siegmund, Thomas Vollhaber, eds. (1990) *Gebärdensprache in Forschung und Praxis. Vorträge vom Internationalen Kongress ‚Gebärdensprache in Forschung und Praxis', Hamburg, 23.-25. März 1990*, Hamburg, Signum Verlag

Rammel, Georg (1982) Gebärden. 165-171 in: Jussen, Heribert, Kröhnert, Otto (eds.), *Pädagogik der Gehörlosen und Schwerhörigen. Handbuch der Sonderpädagogik 3*, Berlin, Carl Marhold Verlagsbuchhandlung.

Ramsey, Claire L. (1997) *Deaf Children in Public Schools. Placement, Context and Consequences*. Gallaudet UP

Ramsey, Claire L. (2004) What Does Culture have to Do with the Education of Students Who Are Deaf or Hard of Hearing? S. 47-58 in: Brueggemann, Brenda Jo, ed. (2004) *Literacy and Deaf People. Cultural and Contextual Perspectives*. Gallaudet UP, Washington

Ree, Jonathan (1999) *I See A Voice. Language, Deafness and the Senses – a Philosophical History*. Harper Collins

Romaine, Suzanne (1996) Bilingualism. In: Ritchie, William C. und Tej K. Bhatia, eds: *Handbook of Second Language Acquisition*. Academic Press

Roos, Carin (2003) Small Deaf Children learning about Swedish - Writing and Reading. 27-32 in: EDDE-conference publication *‚Signed Bilingualism. What does the concept mean today?'* Örebro, Sweden 8.-11. Mai 2003

Rouß, Manfred (1994) *Kommunikation Gehörloser. Arbeiten zur Theorie und Praxis der Rehabilitation in Medizin, Psychologie und Sonderpädagogik*, Band 38. Verlag Hans Huber, Bern, Göttingen, Toronto, Seattle

Sacks, Oliver (1992) *Stumme Stimmen. Reise in die Welt der Gehörlosen*. rororo

Saunders, Helena (1997) *Growing Up Deaf in Ireland*, unpubl. Diploma Thesis, Univ. of Dublin

Schirmer, Barbara R, Cheri Williams (2003) Approaches to Teaching Reading. 110-122 in: Marschark, Marc, Spencer, Patricia Elizabeth, eds.: *Oxford Handbook of Deaf Studies, Language, and Education*. Oxford UP

Schley, Sara D. (1994) *Language proficiency and bilingual education of deaf children*. Dissertation, Harvard University, USA

Schott, Walter (1995) *Das k.k. Taubstummen-Institut in Wien*. Wien, Köln, Weimar: Böhlau

Schott, Walter (1999) *Das Allgemein österreichische israelitische Taubstummen-Institut in Wien*. Wien, Eigenverlag

Schott, Walter (2002) *Die niederösterreichischen Landes-Taubstummenanstalten in Wien-Döbling 1881-1921 und Wiener Neustadt 1903-1932. Dargestellt nach Jahresberichten, Protokollen und historischen Überlieferungen mit einem Abriss der Entwicklungsgeschichte der Gehörlosenbildung bis zur Gründung der ersten Anstalt*. Eigenverl. W. Schott: Wien

Schüßler, Anja (1997) *Gehörlosigkeit und Lautsprachtext*. Kölner Arbeiten zur Sprachpsychologie, Bd. 8, hg. von Gudula List. Peter Lang Verlag

Skant, Andrea, Franz Dotter, Elisabeth Bergmeister, Marlene Hilzensauer, Manuela Hobel, Klaudia Krammer, Ingeborg Okorn, Christian Orasche, Reinhold Ortner, Natalie Unterberger (2002) *Grammatik der Österreichischen Gebärdensprache*. Veröffentlichungen des Forschungszentrum für Gebärdensprache und Hörgeschädigtenkommunikation der Universität Klagenfurt: Band 4: 2002
Siehe http://www.uni-klu.ac.at/groups/spw/gs/ (Publikationen und Produkte)

Skliar, Carlos: Un análisis preliminar de las variables que intervienen en el proyecto de educación bilingüe papa los sordos. http://www.sitiodesordos.com.ar/c_skliar_1.htm (10.11.2002)

Skutnabb-Kangas, Tove & Phillipson, Robert, (eds.) 1995: *Linguistic Human Rights. Overcoming Linguistic Discrimination*, Berlin, N.Y, Mouton de Gruyter

Skutnabb-Kangas, Tove (2000) *Linguistic Genocide in Education or Worldwide Diversity and Human Rights?* Lawrence Erlbaum Associates, London

Steinke, Ines (2003) Gütekriterien qualitativer Forschung. 319-331 in: Flick, Uwe, et al., eds. (2003) *Qualitative Forschung. Ein Handbuch.* rororo

Stelzer, Nicole (2002) *Die Bedeutung körperlicher Beeinträchtigungen im Hinblick auf Gehörlosigkeit in seiner Auswirkung auf die sozialen Strukturen der 6 -10 jährigen Schüler/innen.* Diplomarbeit, PädAk Wien (Vorabdruck/Manuskript)

Stinson, Michael S. und Thomas N. Kluwin (2003) Educational Consequences of Alternative School Placements. 52-64 in: Marschark, Marc, Spencer, Patricia Elizabeth, eds.: *Oxford Handbook of Deaf Studies, Language, and Education.* Oxford UP

Stokoe, William C. (1960) *Sign language structure: An outline of the visual communication systems of the American deaf.* (Studies in Linguistics. Occasional Paper; 8) Buffalo, NY: Univ. of Buffalo

Strong, Michael, Philip Prinz (2000) Is American Sign Language Skill Related to English Literacy? 131-141 in: Chamberlain, Charlene, Jill P. Morford, Rachel I. Mayberry (2000) *Language Acquisition by Eye.* Lawrence Erlbaum Associates, London

Swanwick, Ruth (2003) Sign bilingual deaf children's approach to writing: individual strategies for bridging the gap between BSL and written English. 17-25 in: EDDE-conference publication *‚Signed Bilingualism. What does the concept mean today?‘* Örebro, Sweden 8.-11. Mai 2003

Tallinn Deaf School, Tallinna Kurtide Kool (Folder ohne Datum und Impressum, erhalten 2003) 4 Seiten. Siehe auch www.kurt.tln.est.ee

Thamm, Insea (2001) Karibu Sana. Herzlich Willkommen“ in der Gehörlosenschule in Mwanga/ Tansania. 36-40 in: *Das Zeichen*, Nr. 55, Hamburg, Signum Verlag

Tieber, Petra (2001) *Die Funktion der Gebärdensprache in der Bildung gehörloser Kinder.* Diplomarbeit, Univ. Graz

Tigges, Johannes (1989) Didaktische Aufgabenstellung im Sprech- und Sprachunterricht bei hochgradig Hörgeschädigten in: Bausch, Karl-Heinz, Siegfried Gosse, eds. (1989) *Spracherwerb und Sprachunterricht für Gehörlose. Zielsetzungen und Probleme.* Reihe Germanistische Linguistik 94. Tübingen, Niemayer

Timmermans, Nina (2003) *Report. A comparative analysis of the status of sign languages in Europe.* Download from http://www.minvws.nl/images/2486892B1_tcm10-51093.pdf

Uden, A. van (1987) *Gebärdensprachen von Gehörlosen und Psycholinguistik.* Heidelberg.

Unbekannte/r AutorIn (2002) Bilingualer Unterricht in Moskau. 10-11 in: *Österreichische Gehörlosenzeitung* Jg. 53, Heft 3/2002

Voit, Helga (1998) Multiple Sprachwelten – Selbstdeutungen Hörgeschädigter und ihre Relevanz für die Gehörlosenpädagogik. 253 – 271 in: Gogolin, Ingrid, Sabine Graap, Günther List, eds: *Über Mehrsprachigkeit.* Tübingen, Stauffenburg Verlag

Volterra, Virginia (1990) Gebärdenspracherwerb und Bilingualismus, in: Prillwitz, Siegmund, Vollhaber, Thomas, eds. (1990) *Gebärdensprache in Forschung und Praxis. Vorträge vom Internationalen Kongress ‚Gebärdensprache in Forschung und Praxis‘, Hamburg, 23.-25. März 1990*, Hamburg, Signum Verlag

Wersich, Regine (1992) *Begriffsbildung bei hörbehinderten Vorschulkindern.* Hamburg, Signum

Wilcox, Sherman (2004) Struggling for a Voice: An Interactionist View of Language and Literacy in Deaf Education, S. 157-191 in: Brueggemann, Brenda Jo, ed. (2004) *Literacy and Deaf People. Cultural and Contextual Perspectives.* Gallaudet UP, Washington

Wisch, Fritz-Helmut (1990) *Lautsprache und Gebärdensprache. Die Wende zur Zweisprachigkeit in Erziehung und Bildung Gehörloser.* Hamburg, Signum

Wode, Henning (1993) *Psycholinguistik. Eine Einführung in die Lehr- und Lernbarkeit von Sprachen. Theorien, Methoden, Ergebnisse.* Ismaning (D), Huebe

Wudtke, Herbert (1990) Lesenlernen – Können Gebärden helfen? 100-115 in: List, Gudula und Günther, eds.: *Gebärde, Laut und graphemisches Zeichen - Schrifterwerb im Problemfeld von Mehrsprachigkeit*. Westdeutscher Verlag

18.1 Linkliste

Österreichischer Gehörlosenbund
www.oeglb.at

Forschungszentrum für Gebärdensprache und Kommunikation Gehörloser, Univ. Klagenfurt
www.uni-klu.ac.at/groups/spw/gs/

ÖGS-Dolmetschsstudium, Universität Graz
www-gewi.uni-graz.at/uedo/signhome/index.html

Bundesinstitut für Gehörlosenbildung Wien
www.big-kids.at

Salzburger Landesinstitut für Hörbehinderte
www.land-sbg.gv.at/lih/

Linzer Gehörlosenschule
www.pa-linz.ac.at/kontakt/llhs/

Grazer Landesinstitut für Hörgeschädigtenbildung
www.pae.asn-graz.ac.at/

Vorarlberger Landeszentrum für Hörgeschädigte
www.vobs.at

Landessonderschule für gehörlose, schwerhörige und sprachgestörte
Kinder, Mils
www.bildungsservice.at/tbw/

19 Appendix: Protokolle und Produkte der ‚Freien Schreibstunden'

Hier sind sind alle Freien Schreibstunden protokolliert und deren Ergebnisse (die Texte aller Kinder) dargestellt. Die Produkte der gehörlosen Schülerinnen sind auch auf >DVD (Kapitel 8, CLIP 01) zu sehen.

Die Stundenberichte sind chronologisch angeordnet und umfassen die Konzeption jeder Stunde, also die Wahl der Aufgabe, einen Stimmungsbericht im Form eines direkt danach verfassten Gedächtnisprotokolls über die Durchführung und schließlich die Texte der Kinder.

Erste freie Schreibstunde, 5.11.2001, 4. Unterrichtsstunde

Zu Beginn nutzte ich Spittas Anregung zum Briefeschreiben (die ich durch meine Erinnerungen an mein eigenes Schreibenlernen bestätigt fühlte:)

> *„Briefe zu schreiben und zu erhalten, ist für Kinder offenbar eine der spannendsten Möglichkeiten, Lesen und Schreiben in Funktion zu erleben. Ganz besonders wertvoll ist diese Erfahrung für den Aufbau einer tragfähigen Lese-/Schreibmotivation, wenn bereits im Stadium des Erwerbs der Schriftsprache, also beim Lesen- und Schreibenlernen, Briefe ausgetauscht werden. Das ‚Wozu' und ‚Warum' des Schreibens wird den Kindern auf lustvolle Weise einsehbar."*
>
> (Spitta 1994: 59)

Spitta betont auch, wie gut es sei, wenn für die Kinder aktuell wichtige Themen in der Schule ihren Platz fänden, also nicht ‚draußen' bleiben müssen aus ihrem schulischen Schreiben. Auch dadurch bekommt Schreiben einen für sie persönlich spür- und erlebbaren Sinn, der mit ihrem Alltag zu tun hat und auch dort sinnvoll ist.

Bericht/Gedächtnisprotokoll

Ich erklärte den Kindern eingangs das „Spiel" so, dass sie Briefe schreiben können, „an wen sie wollen".

Ich hatte - auch aufgrund der Dinge und Themen, die ich im Klassenalltag so mitbekommen hatte - gehofft, dass ihre Motivation für diese Aufgabe hoch sein würde.

Der Inhalt der Stunde war also als Spiel tituliert, jedoch vom Setting und der Aufgabe und meinen Leitungsaktivitäten (für Ruhe sorgen, gegenseitiges Stören und Hänseln beenden, Auskunftsperson sein, ans Weitertun erinnern,...) schon eindeutig Arbeit, sogar ziemlich anspruchsvolle Schreibarbeit.

Ihr Interesse (David fragte 10 Minuten nach Schreibbeginn hoffnungsvoll, ob ich wieder kommen und wieder mit ihnen Briefe schreiben würde) und ihr Engagement („Das wird ein tolles Brief sein!", Rehat) übertrafen aber meine Erwartungen bei weitem. Alle 5 Kinder begannen sofort mit der Textplanung, zunächst der Entscheidung, an wen sie schreiben wollten.

Die beiden gehörlosen Mädchen begannen, als ihnen das Schreiben anstrengend wurde, zu zeichnen, was die anderen Kinder ebenfalls dazu inspirierte. Die beiden Mädchen haben fast idente Briefe geschrieben, ein Phänomen, dass sich bei den anderen 3 Kindern etwas abgeschwächt, aber auch zeigte: Eine hat eine Idee, was sie ihrem Vater schreiben könnte, und die anderen greifen das für ihre Texte auf.

Alle Kinder haben über 40 Minuten lang konzentriert gearbeitet.

Da es ja „echte" Briefe waren, steckten die Kinder sie selbst in die Kuverts, adressierten diese soweit es ihnen relevant erschien, und nahmen sie natürlich mit, um sie den AdressatInnen zu übergeben. Ich habe sie nur abgefilmt (jedes Kind hielt seinen Brief einmal kurz stolz vor die Kamera).

Später fiel mir ein, dass es u.U. nicht so gut war, diese größtenteils sehr phonetisch geschriebenen Briefe nach Hause gelangen zu lassen, da unter Umständen ehrgeizige Eltern mit sehr hohen Ansprüchen womöglich nicht erfreut sein würden, dass die Kinder solche Texte unverbessert in der Schule schreiben...

Die Kinder fragten bei meiner nächsten Anwesenheit in der Klasse und den darauf folgenden immer wieder nach, ob ich das wieder mit ihnen machen würde und entwickelten Pläne, an wen sie als nächstes schreiben wollten....

Texte der Kinder

David
(Heinzelmännchenschrift, Füllfeder, i-Punkte sind Herzen)

Ich bins David. *Mama ich liebe dich David.* *Wie gedes dir in der Abreid?* *Ged es dir gut.* *Ich dange dir weil wir Zum frithof* *ganen sint! Busi Busi Busi Busi Busi Busi* *Busi* (daneben ein kleines Herz und eine kleine Zeichnung der Mama)

Rehat
(Schreibschrift, Bleistift, manche i-Punkte sind Herzen)

Liebe Mama Ich bin Rehat Ich Liebe diech. *Wie geht deine Arbeit Mama Ich Makt diech* *Liebe Mama wie gehtes es dir geht es dier gut?* *Liebe Mama ich tange dier für Fernbedienung* *Auto ge gaufd!* *Liebe Mama du bis Lieb aba Massmal*[*1] *bis du* *böse Busi Busi Busi* *Liebe Mama* (in einem roten Herz und Stern daneben)

Tugba
(Alle i-Punkte sind rote Herzen. Heinzelmännchenschrift, Füllfeder.)

Ich bin Tugba. *Liebe Papa ich liebe dich.* *Liebe Papa ich liebe dich libst du auch Mich?* *Liebe Papa ich danke wen du mir eine Puppe kekaufthast!* (Darunter eine Zeichnung von einer Figur mit der Puppe am Kopf der Figur stehend)

Doris
(Heinzelmännchenschrift, außer ihr Name (Schreibschrift), Füllfeder, manche i-Punkte sind Herzen)

Helene ich Doris Michael Blume *Pia Doris da Zoo Hund spielen Ample* (Zeichnung Auto vor einer Ampel) *Auto* *Doris Diddl Maus* (Darunter gezeichnet ein großes Herz und eine Diddl-Maus)

Melanie

Helene ich Melanie Michael ich Melanie blümer *Pia du wir mag Melanie du Pia! Melanie du mag* *Zoo mag Äffer! Nalhatie und Papa Auto und Mama!* *Diddl und du Melanie mag!* (Darunter eine große Zeichnung von einer winkenden Diddl-Maus, einer Ampel und einem Auto.)

1 Rehat lispelt sehr stark, das Wort „manchmal“ klingt bei ihm tatsächlich so.

Zweite freie Schreibstunde, 3.12.2001, 4. Unterrichtsstunde

Bericht/Gedächtnisprotokoll

Ich nützte die Dynamik und Motivation der letzten Stunde noch einmal, und ließ diesmal „echte Briefe an wen Du willst" schreiben. Ich brachte verschiedene Briefpapiere, Kuverts und Marken mit und wir besprachen, was man mit diesen Dingen machen kann. Ich hatte mir die diversen Heimadressen notiert, um die Kuverts dann wirklich adressieren zu können. Rehat und Tugbas Brief schickte ich dann per Post ab, David beschloss, dass seine Mutter die richtige Adresse an seine Großeltern auf das Kuvert schreiben würde. Melanie plante, den Brief selbst Michael zu übergeben. Doris war leider heute krank.

Die Kinder waren zum Teil wieder mit großem Eifer bei der Sache. In dieser Schreibstunde wurde es ihnen erstmals wichtig, mir ihre Texte am Ende der Stunde vorzulesen.

Texte der Kinder

David

Meine Oma Mein Opa.
Ich Habe Meine Oma lib.
Ich habe Mein Opa lib.
Meine Oma kocht Gut (oder Gud?)
Mein Opa ist ser alt.
Meine Oma ist ser lieb.
Dein Hund ist ser lieb.
Manschmal bringst du Nasch sachen.
Busi Busi Busi Busi Busi Busi
David

Rehat

Lieber Vater du bist Manchmal Schreklich aba
Manchmal bistu auch Nett ich Liebe dich du
kauft was ich möchte ich wünsche zum Weinachten
ein Wenachtbuch

Tugba

beschließt nach einiger Zeit des Herumdenkens und der Unentschlossenheit, wem sie schreiben will: „dem Papa!". Dann denkt sie wieder lange herum und beschließt, auf Türkisch zu schreiben, was mir – weil sie ja mit ihm nur Türkisch spricht, auch einleuchtet und ich stimme deshalb zu. Später will sie von mir wissen, wie man bestimmte Worte schreibt und ich erkläre ihr, dass ich nicht Türkisch kann (was für sie enttäuschend und schwer zu verstehen ist), darum wechselt sie wieder ins Deutsche.

Lieber Pappa *Canim Babam ben seni cok sewiorm.* *Canim Bubam nessaman kidiors Atfirasna.* *Meine Pappa du kans kut Gut gut kochen.* *Meine Pappa wan gen wir Me (oder Mc?) Donals* *File Busis fon Tugba.*

Übersetzung von Tugbas Text:
Hikmet Kayahan, gelernter Germanist mit L1 Türkisch, half mir liebenswerterweise mit folgender Übersetzung und Interpretation der türkischen Textteile:
Canim Babam ben seni cok sewiorm.
Mein liebster Vater, ich liebe dich sehr.
Canim Bubam nessaman kidiors Atfirasna.
Mein liebster Vater, wann gehen wir nach/zu „Atfirasna"
(Dieses Wort kann ich beim besten Willen nicht zuordnen, es erinnert auch an nichts! H.K.)

Meine Pappa du kans kut Gut gut kochen.
Mein Vater, du kannst sehr sehr gut kochen

(Im Türkischen wird das ‚sehr sehr' durch eine Wortverdopplung gebildet, allerdings benutzt sie es hier falsch, denn auch im Türkischen hätte sie das ‚sehr' und nicht das ‚gut' verdoppeln müssen - hier geht sie scheinbar vom Deutschen „sehr sehr" aus, das sie ins Türkische überträgt. - Ein faszinierender Satz, da er die Denkstrukturen sehr klar offen legt. H.K.)

Melanie
beschließt an Michael zu schreiben, den älteren gehörlosen Schüler von Sabine (der Dolmetscherin), der regelmäßig in der Schule zu Besuch ist und den sie sehr mag.

Melanie ist Michael Melanie ist Sabine *Melanie mag Michael Melanie Mag* *Sabine Sabine biefreund* *Michael bie freund Melanie Michael* (und Herz herum) *Melanie Sabine* (mit Herz herum)

Dritte freie Schreibstunde, 21.1.2002, 4. Unterrichtsstunde

Ich überlegte, wie ich den Kindern noch einmal deutlich einen der großen Vorteile von Schrift zeigen könnte, nämlich, dass man miteinander ‚reden' kann, ohne einander zu sehen oder zu hören. Daher wollte ich den Briefgedanken in den Raum hereinholen und geschriebene Kommunikation zwischen den Kindern initiieren. Ich erinnerte mich an meine ersten Schreiberlebnisse, an die unglaublichen Erfolgsgefühle beim Briefchenschreiben.

Bericht/Gedächtnisprotokoll

In der Mitte des von Tischen befreiten Raumes spannen wir gemeinsam ein Tuch auf. Wir sitzen alle am Boden, ich teile zwei Schreibgruppen ein (die ich mir lange überlegt hatte).

Gruppe 1: Rehat, Melanie, Tugba.
Gruppe 2: Doris, David, ich

Die Gruppen sitzen links und rechts des gespannten Tuches und sehen einander nicht.

Man darf sich selbst eine/n der anderen Gruppe aussuchen und soll auf den von mir mitgebrachten Briefbotschaft-Formularen an sie/ihn schreiben, und es dann unter dem Tuch durchstecken. Es stellt sich heraus, dass die Gruppenaufteilung wie von mir überlegt ideal war, denn Tugba sucht mich aus, David wählt Rehat und Rehat David und Melanie und Doris schreiben ebenfalls einander.

Alle bekommen zwei Formular-Blätter, die sich auch füllen, einige brauchen noch mehr Papier. Es herrscht große Motivation und Begeisterung– und das nach einer grauenhaften Deutschstunde, die ich in der Klasse unterrichtet habe (weil die Klassenlehrerin krank ist).

Ich bin hauptsächlich damit beschäftigt, Tugba, deren Briefpartnerin ich bin, zu antworten und helfe Melanie und Doris auf Nachfrage mit Worten. Zu Form und Rechtschreibung sage ich nichts und korrigiere nicht, wenn ich nicht gefragt werde.

Alle Kinder schenken mir alle Blätter - außer Doris, die ihre von mir abfilmen lässt.

Diese Texte wurden eigentlich nicht zur Analysezwecken elizitert, sondern dienten vor allem der Verfestigung der Freien Schreibstunden als etwas Schönem für die Kinder, sozusagen als in die Zukunft wirkende Motivation für sie, bei den schwierigeren Dingen, die ich mit ihnen plante, mitzugehen

Texte der Kinder

Die von den Kindern dialogisch verfassten Briefbotschaften sind sehr verwirrend, ich habe mich bemüht, sie durch unterschiedliche Textformatierung möglichst verständlich wiederzugeben.

David

1. Brief:
MEIN NAME: David
AN WEN: Rehat

Rehat bist du ein freund.
Wir sintimer fraunde.
Wiels dumich heiraden ja
Gut ich frau mich schon ja
Ich auch
wirklich
ja David
wan wird die hochseit sein
Mittwoch

2. Brief:
MEIN NAME: David
AN WEN: Rehat

Rehat vie getes dir getes dir gut
Ja oder nein ja

3. Brief:
Intsuldigug wegen hte
Verener ich künte dia ewas schenken
~~Va~~ von zuhause
(Übersetzung:
Entschuldigung wegen heute
Verena ich könnte dir was schenken
Von zu Hause.)

Rehat

<u>1. Brief:</u>
MEIN NAME: ist Rehat
AN WEN: David
David ist meine beste freund
David vie gehst dier
Gut getes mir mir auch

<u>2. Brief:</u>
MEIN NAME: ist Rehat
AN WEN: David
Gehma durch dem Haus David
Oke David Fieleich gehen wir gut
Mit Glaus oke ja aba
Niemantvirtdas sien
vieleicht (‚ch' von Rehat eingefügt)
du virst mein Frau sein

<u>3. Brief:</u>
Verena
Ich lade dich eingeladen
vu für unsere hochzeit
Gratuliere!!! Wann soll ich kommen?
Mittwoch
Gut. Was soll ich Euch schenken?
Was du wilst Gut.

Tugba

1. Brief:
MEIN NAME: ist Tugba
AN WEN: Werina
Du bist meie beste Lehrererin.
Ich libe dich.
Hallo Tugba. Wie geht es Dir? Gut
Unt wie geht es bir? Heute bin ich müde. Warum
Ist dir nich gut?
Nein

2. Brief
MEIN NAME: ist Tugba
AN WEN: Werina
Hast du eine faibin? (Tugba erklärt mir, nachdem ich gesagt habe, dass versteh ich nicht, was das heißt: Verliebten.)
Ja. Und Du? Ja. Wie heist denen falibtin? Shaul. Und Deiner? David.
Und wie alt ist Shaul? So alt wie ich.
Ist David nett? Ja. Ist Shaul nett? Ja.

3. Brief
Tugbas dritter Brief geht an David
(In riesigen Buchstaben quer über das Blatt)
Ich libe dich
David
David schreibt in gelb *NO* darauf
(Tugba ist sauer, zerreist den Zettel und schmeißt ihn weg).

Tugba schreibt noch einmal:
Ich libe dich
David (plus ein Herz mit D und T drinnen)

(David antwortet:) *Was du schicke hezse* (=Hexe)

(Tugba verlangt noch ein Blatt von mir, auf dem ich für Melanie ihren Namen und das Wort „verrückt“ vorgeschrieben habe. Tugba schreibt darunter:)
David verrück

Doris

1. Brief: *MEIN NAME: Doris* *AN WEN: Melanie* *Ich du Winter Bud Haus Doris Melanie!* *Am!* 2. Brief: *MEIN NAME: Doris* *AN WEN: Melanie* *Am Freiteg besuschen, schlafen.* *Bett Melanie Doris Bus! Schneewittchen. (Das Buch, das Doris als Schreibunterlage verwendet, hat diesen Titel und sie hat das abgeschrieben)* *Melanie Doris tollen verrückt Melanie-Doris* (darunter Zeichnungen, die ich nicht ganz deuten kann)

Melanie

1. Brief: *MEIN NAME: Melanie* *AN WEN: Doris* *Du meine beste freundin immer spielen Doris* *Bett Melanie Doris besuschen, schlafen.* *Freitag* *Melanie* (Darunter kleine Zeichnungen von Monden, Herzen und Portraits der beiden) 2. Brief: *MEIN NAME: Melanie* *AN WEN: Doris* *Viel schlimm Doris-Melanie. Tollen verückt. Doris-Melanie* *Ich sex Doris-Melanie* (Darunter zwei Zeichnungen von den beiden mit vielen Herzen und eine Zeichnung, in der Harry Potter steht.)

Vierte freie Schreibstunde, 14.3.2002, 3. Unterrichtsstunde

Bericht/Gedächtnisprotokoll

Die Kinder bekommen jede/r eine Bildgeschichte (siehe Appendix 3 oder > DVD, Kapitel 8, CLIP 01), die sie aus der ersten Klasse kennen - aber das wird von niemandem beanstandet/gemerkt. Auf dem Blatt sind auch manche Vokabeln notiert.

Spielanleitung: „Selber eine Geschichte ausdenken und selber aufschreiben!“.

Am Anfang herrscht Verwirrung und Überforderung, auch Unruhe, dann entwickeln sie Ehrgeiz und jede/r schreibt auf meine Bitte wirklich seine/ihre eigene Geschichte.

Texte der Kinder

David

der Hasse *Sie kaufen einen Hassen.* *Der Hasse heist Claus.* *Sie kaufen einen Käfig.* *Der Hasse schlaft in den Käfig.* *Der Hasse trinkt fon der flasche.* *Sie Halten den Hassen und Streicheln den Hassen.* (Alles in Schreibschrift. Auf der Rückseite eine große Zeichnung von einem Hasen)

Rehat

der Hase *Sie kaufen einen Hase und Füttern ihn.* *Der Hase heist Clausi.* *Sie kaufen einen Käfig.* *Sie gehen Nach Hause.* *Der Hase schlaft ihn den Käfig.* *Sie gehben zum Hase tringt.* *Der Hase schlaft und sie schauen zu wie er süß* *schlaft.* (Alles in Schreibschrift, darunter ein gezeichnetes rotes Herz)

Tugba

Der Hase *Sie kaufen fon Tierhandlung ein süse Hase.* *Der Hase ist Mätchen und heist Jilli.* *Sie kaufen eine Käfig und kaufen Futter.* *Jetzt ist der Hase in seinem käfig und frisst Karote.* *Dann trinkt er Waser mit der Flasche* *Dann streichen sie den Hase.* (Alles in Schreibschrift. Darunter drei Herzen)

Melanie

der Hase *Sie kaufen ein Hase.* *Sie ein Hase heißt Pia.* *Sie Mädchen und Bub kaufen käfig* *gehen. Zu Hause käfig Hase sitzt. Sie* *Hase gben essen Futter und trinken.* *Sie halten den Herz.* (Alles in Schreibschrift. Darunter ein violettes Herz)

Doris

der Hasse *Sie Tier hand lung Hase.* *Sie kaufen Hase.* *Sie kaufen eine schachtel käfig und eine tragen* *gehen. Sie geben Futter und eine zu Hause Käfig.* *Sie trinken Hase und eine Flasche. Sie geben* *essen und eine Hase.* (Alles in Schreibschrift, darunter ein riesiges rotes Herz)

Fünfte freie Schreibstunde, 22..4.2002, 4. Unterrichtsstunde

Bericht/Gedächtnisprotokoll

Die Kinder bekommen wieder eine Bildgeschichte (siehe Appendix 3 oder > DVD, Kapitel 8, CLIP 01.), ebenfalls aus ihrem Deutschbuch, also bekannt, diesmal allerdings mit weniger Input (Bildern). Auch einige Vokabeln stehen auf dem Blatt. Die Stunde ist die schwierigste aller Schreibstunden; es herrscht wenig Konzentration, Doris will nicht schreiben, diverse Konflikte und Geschichten laufen parallel ab. Zur Illustration hier das Videoprotokoll der Stunde:

Kinder kommen langsam herein, ich muss ewig mit Doris diskutieren, dass sie die Schultasche runtertun soll und versuche eine gute Sitzordnung zu erreichen.
Der Lehrer kommt und fragt, ob ich Claus auch will
Melanie und Doris lesen ein Buch
Ich möchte beginnen, ihnen zu erklären, was sie machen sollen
3:45: Der Lehrer kommt und fragt, ob Derya auch dazukommen kann, ich sage: ok.
Tugba schreit ‚nein, nein' und ich werde schon etwas sauer
Ich frage Doris, warum sie eigentlich angefressen ist, und sie und Melanie beginnen, auf mir zu herumzuturnen.
Melanie beginnt, die Geschichte, die ich seit einigen Minuten austeilen will, in ÖGS zu erzählen, ich voice sofort, sodass alle aufmerksam werden und darauf einsteigen.
8: Ich erkläre, was sie machen sollen
und krache mit Tugba zusammen
9: David und Tugba beginnen einen Streit, während ich Melanie und Doris zum Arbeiten bekommen möchte
10: ich wende mich den hörenden Kindern zu.
ich gehe mit Doris und Melanie die Wortliste am Zettel durch.
12: ich krache wieder mit Tugba zusammen, die mit David streitet.
Melanie beginnt zu schreiben. Ich schlage als Überschrift SCHNEE vor, sie schaut auf den Zettel und schreibt es
15: ich krache wieder mit Tugba zusammen und setze sie von David weg. Melanie beginnt ihren Text neu
17: langsam kehrt Ruhe ein.
Alle arbeiten an ihren Texten/Sachen. Doris nicht.
20: David jammert, dass er schon viel geschrieben hat und ihm die Hand weh tut, da sage ich, er kann auch gerne was zeichnen
21: Melanie erzählt mir, was sie bis jetzt geschrieben hat. Sie fragt, ENTSCHULDIGUNG und ich schlage ihr ‚trösten' vor, was am Blatt steht, aber sie will ‚Entschuldigung', also schreibe ich es ihr auf.
23: Tugba nervt mich, da halte ich eine Positiv-Rede an ihre Motivation, wie schön und gut sie Geschichten schreiben kann.
24: Melanie erzählt Doris ihre Geschichte, Doris lenkt Melanie ab.... und ist total unkonzentriert, schreibt nichts.
Ich drohe ihr an, dass ich sie in Religion schicke und sage ihr, sie ist schon groß, schon 7. Doris zeigt mir den Vogel und klärt mich auf, dass sie 8 ist.
Rehat sagt: Ich bin schon neun!
Melanie erzählt mir ihre Geschichte weiter und ich buchstabiere ihr i-d-e-e
Ich versuche immer wieder, Doris zu animieren, doch was zu schreiben: Sie will absolut nicht.

29: Melanie liest Doris ihre Geschichte vor
31: Doris beginnt, Melanies Geschichte abzuschreiben
Tugba beginnt, vor der Kamera zu stehen und das Bild zu verdecken
Derya dann auch. Tugba beginnt wieder, David zu ärgern und ich weise sie wieder zurecht
(mein Gefühl nachher war GRAUENhaft, aber beim Ansehen merke ich, dass ich wenigstens immer dazu erkläre, was das Problem ist und warum ich was von ihr verlange.... es ist nicht ganz so arg, wie gedacht)
David beginnt auf meine Anregung, zu seinem Bild eine Geschichte zu schreiben.
(Interessant: In der lauten Textplanung verwendet er noch Pronomina und Bindewörter, die er aber dann beim Schreiben durch „Beter" ersetzt)
33: Rehat gibt mir sein Blatt
Melanie malt unter ihre fertige Geschichte, Doris malt ebenfalls unter ihre gänzlich abgeschriebene Geschichte
36: Derya liest mir ihre Geschichte vor, und entdeckt Fehler, ich sage, sie soll es selber kontrollesen und dann zu mir kommen .
37: Rehat schenkt mir sein Blatt mit einer persönlichen Widmung
38: Ich lobe Tugba
39: David fragt mich nach „dem" oder „den"...
Derya kommt wieder und ich mache ihr in Form einer Frage einen Änderungsvorschlag
40: Doris hält ihr Blatt eine volle Minute vor die Kamera, schreibt dann noch was drauf und hält es wieder davor.
Davids Geschichte ist fertig und er schenkt sie mir
42: Melanie hält ihr Blatt davor, ich helfe ihr
43: Davids Geschichte vor Kamera, Rehats Geschichte auch, aber leider nicht gut sichtbar
Alle packen zusammen
45: David will gehen, ich halte ihn davon ab und versuche, die Stunde noch mit Aufräumen zu Ende zu bringen
46: Tugba schenkt mir ihre Geschichte und ich bitte sie, sie vorzulesen, kann aber nur teilweise zuhören. (Unmöglich!!!!)
47: Doris und Melanie hauen ab
Es läutet. David und Rehat laufen raus.
Ich entschuldige mich bei Tugba und frage, ob sie mir noch einmal vorliest und höre ihr jetzt zu. Ich bedanke mich.
49: Derya und Tugba gehen

Ich bin moralisch erledigt.
Kamera abgedreht.

Texte der Kinder

David
bettelt seit Wochen, dass er wieder einen Brief schreiben will. Ich stelle ihm deshalb zur Wahl, ob er die Geschichte schreiben will oder einen Brief. Er ist relativ lange unwillig und unentschlossen und sagt dann, es tue ihm die Hand weh, er habe heute schon viel geschrieben. Das sehe ich ein und sage deshalb, er kann etwas zeichnen.

Dann ermuntere ich ihn, zu seiner schönen Zeichnung einen Satz dazuzuschreiben und zu erklären, was man da sieht. Er zeichnet lange und schreibt nichts, dann produziert er aber oberhalb der Zeichnung folgende feinsäuberliche Geschichte zum Bild:

Beter spilt in Waser.
Beter siht eine Spine.
Beter will den Apfel.
Beter gletert riber.
Beter iest den Apfel.
fur werener

Rehat
ist entweder überfordert oder müde oder beides. Er lässt sich sehr lange Zeit.

Sie spielen Schneeschachten und da kommt ein Schnee
und sie weint. wegen der Eis Kalt ist. und da hilft lukas.
und da nihmt den Kübel und Spielen werfen.
Für Verena
(Darunter ein riesiges rotes Herz und die Zeichnung des Kinder mit dem Schneeball im Gesicht.)

Tugba
und ich geraten ziemlich aneinander, weil sie wahnsinnig stört und aggressiv ist. Ich schreie sie (zu meiner Beschämung) an, dann setze ich sie von David weg. Nun arbeitet sie konzentriert.

Schnee
Sie spielenn Schneeballschlag.
Plötzlich schiest Lukas eins Schneeball Annas
Gesicht. Anna weint. Da haben sie ein Ide.
Sie bringen von der Garten ein Eimer.
Sie werfen die Schneebälle ihnz Eimer.
Inen macht das Spiel spas.
(Darunter eine detaillierte, schöne Zeichnung der beiden mit vielen vielen Schneebällen.)

Melanie

Schnee *Doris und Melanie spiel* *Schnee schießen Melanie Weinen* *Doris entschuldigen Doris* *idee Sagt Melanie und Doris* *spiel Schnee schießen Kübel.* (Darunter eine Zeichnung von Melanie und Doris mit vielen Herzchen.)

Doris
hat zwar zu Beginn der Stunde angefangen selbst einen Text zu schreiben, dann aber ausradiert und Melanies Text 1:1 abgeschrieben. Sie schien mir nicht nur unwillig, sondern frustriert, unter Umständen überfordert.

Derya
Der Klassenlehrer fragt mich zu Beginn der Stunde, ob Derya (eine Türkischmutterspachlerin, die neu ist und die 2. Klasse wiederholt) heute dabei sein kann. Ich stimme zu. Derya arbeitet still und selbstständig. Als ich den Text sehe, stelle ich einige Fragen und mache entgegen meiner sonstigen Art einige Vorschläge, die sie überdenkt und dann umsetzt.

Sie Spielen Schnebachschlack! *Sie Spielen Schnnebal. Plötzlich schist* *der Lukas auf das gesicht und weinet* *sie und dann spielen * mit der Kubel.* ** Hier fügt Derya auf meine Nachfrage ein:* luckas und das Mädchen. (Darunter eine Zeichnung der Situation.)

Sechste freie Schreibstunde, 2.5.2002, 3. Unterrichtsstunde

Bericht/Gedächtnisprotokoll

Da die in der letzten Stunde produzierten Texte teilweise sehr eigenwillig waren und ich dachte, die Kinder sollen auch für ihre lehrplanmäßigen Ziele profitieren, bereitete ich für jedes Kind einen individuellen Verbesserungsbogen vor. Mit Hilfe dieses Bogens konnte jedes Kind seinen Text eigenständig verbessern und noch einmal grammatikalisch und orthografisch korrekt schreiben. Mir war klar, dass ich diese Verbesserungsstunde unmöglich in zwei Sprachen gleichzeitig schaffen würde und ich bat die gehörlose Klassenlehrerin um Hilfe. Letztendlich saß ich in dieser Stunde mit den hörenden Kindern und sie mit Melanie und Doris, während die Kamera sie ungesteuert filmte.

Es entstanden keine zu analysierenden Texte. Die Kinder arbeiteten selbstständig mit den Verbesserungsbögen und hatten so die Möglichkeit, sich noch einmal mit ihren Schreibprodukten auseinanderzusetzen

Beispiel eines Verbesserungsbogens

Da die Verbesserungsbögen alle nach dem gleichen Prinzip aufgebaut waren, ist hier nur einer als Beispiel wiedergegeben.

Arbeitsblatt für TUGBA

Liebe Tugba!

Du hast eine sehr schöne Geschichte geschrieben. Aber es haben sich einige Fehler eingeschlichen. Bitte schau Dir Deine Geschichte noch einmal genau an und versuche, sie selbst zu verbessern. Schreibe die Sätze noch einmal hier unten hin!
Hier findest Du Hilfe beim Verbessern:

Schnee + Ball + Schlacht: Schneeballschlacht
schießen – schießt
der Schneeball – ein Schneeball – schießt einen Schneeball
Plötzlich schießt Lukas einen Schneeball in Annas Gesicht.
Idee
Da haben sie eine Idee.
der Garten - aus dem Garten
der Eimer – ein Eimer – bringen einen Eimer
Sie bringen einen Eimer aus dem Garten.
in den Eimer
Sie werfen die Schneebälle in den Eimer.
Ihnen
der Spaß
Ihnen macht das Spiel Spaß.

Von TUGBA selbst verbesserte Geschichte:

……………………………………………………………………………

……………………………………………………………………………

Siebente freie Schreibstunde, 10. 6. 2002, 4. Unterrichtsstunde

Bericht/Gedächtnisprotokoll

Diesmal versuche ich, den Kindern Texte zu entlocken, ohne dass sie eine vorgegebene Geschichte (in Form von Bildern) oder Ähnliches bekommen.

Zu Beginn der Stunde zeichne ich ein Kind an die Tafel und wir sammeln alle gemeinsam im Brainstorm-Verfahren Wörter, um das Kind zu beschreiben. Ich schreibe diese Wörter zu den enstprechenden Stellen des Kindes an die Tafel:

Haare, gelockt, blond, rot, grün, schwarz, rosa, kurz, Augen, blau, grün, braun, Nase, Ohr, Mund, Schulter, Bauch, Hände, Beine, lang, kurz, Füße, Brille, dick, dünn, groß, klein, gehörlos, schwerhörig, gebärden, blind.

Dann bekommt jedes Kind ein Schreibblatt und die Aufforderung, sich selbst ohne Namen zu beschreiben, sodass dann jemand, der das liest, ihn/sie erkennen kann. Die Kinder bemühen sich redlich, sind jedoch überfordert, was man an den Produkten eindeutig ablesen kann. Beim Vorlesen/ Lesen der Selbstbeschreibungen können jedoch ALLE erraten, wessen Text sie gerade lesen und sind auch sehr stolz darauf.

Texte der Kinder

David

Lange Beine, Dünn, hellbraune Hare
Kurze Hare, Gros Hände Augen Mund
Nase Oren Ich bin ein Bub
David schreibt seinen Text dann noch einmal:
Ich habe lange Beine. Ich bin dünn. Ich habe hellbraune Haare.
Ich habe kurze Haare, ich bin groß. Ich habe Hände, ich habe Augen.
Ich habe einen Mund. Ich habe eine Nase. Ich bin ein Bub.

Rehat

Lange Beine, Dünn, hellbraun, Kurze Haare, ich habe Schulter,
Ich habe Augen, Ich habe Ohr, Ich habe Mund, Ich habe Nase,
Ich bin klein, Ich habe Füsse, Ich habe Bauch,
Ich bin ein Bub

Tugba

Meine Haare sind Schwarz, Gelockt und Kurz. *Ich bin gross und habe einen dicken Bächlein.* *Ich habe ein grosen Nase und habe ein braunes Auge.* *Meine Lippin sind gross.* (Darunter eine detailgetreue Zeichnung ihrer selbst mit Phantasiegewand.)

Doris

Ich hat Rosa Kurz Haare. *Ich hat Brille. Ich schau aus wie ein* *Bub.*

Melanie

Ich hat Braun und Gelockt und Haare. *Ich hat Dünn. Ich essen wenig.* *Ich lache viele*

Achte freie Schreibstunde, 3. Klasse, 13.3.2003. 4. Unterrichtsstunde

Bericht/Gedächtnisprotokoll

Die Kinder bekommen eine ,Vater und Sohn Geschichte' (siehe Appendix 3 oder >DVD, Kapitel 8, CLIP 01), Zuerst zeige ich sie her, dann teile ich an alle die kopierte Bildgeschichte aus. Nachdem Melanie als erste sofort zu erzählen begonnen hat und ich ihre Geschichte gedolmetscht habe, wollen alle sie nacheinander erzählen. Jedem Kind wird von den anderen sehr nett applaudiert. Doris zeigt den hörenden Kindern, die ebenfalls gebärden wollen, aber nicht genug Gebärdenwortschatz haben, die Gebärden. Dann schreiben alle ihre Texte. Ich helfe vor allem den gehörlosen Schreiberinnen, indem ich sie ermuntere, weiterzumachen und ihnen auch ihre Fragen das Lexikon betreffend beantworte. Alle Kinder lesen zum Schluss (nach ca. 35 Minuten) – in LBG oder laut – ihre Geschichte stolz vor der Kamera vor und schenken mir ihre Texte, wofür ich mich sehr bedanke.

Texte der Kinder

David

Der Witz
Der Papa und das Kind wollen die Blumen
Gisen. Sie wollen ein Witz machen. Sie haben ein
Hundewitz gemacht. Den Hund ist kalt und ist
draurig. Der Hund überlegt wie er das Heimtzalen
kann. Er beist den Schlauch durch. Dan haben sie
selbst bech.

Rehat

Vater und Sohn
Vater und Sohn gießen die Blumen.
Der Hund schaut zu dem Schmetterling.
Der Vater und Sohn wollen ein witz machen.
Dann Spritzen den Hund an.
Dann ist der Hund böse.
Dann hat der Hund eine Idee und dann beist den Schlauch und
dann sind die drei nass.

Tugba

Vater und Sohn
Der Vater und Sohn wollen Blumen giesen.
Sie giesen jetzt den Blumen und wollen ein Spaß zu
ein Hund machen. Sie drehen den Schlauch um und
lassen den Wasser zur den Hund. Der Hund ist jetzt nass.
Der Hund überlegt. Danch beist der Hund das Schlauch.
Das ganse Wasser kommt zur den Vater und zur sein
Sohn. Jetzt haben alle drei sein Spaß gehabt.

Doris

Vater und Sohn
Vater und Sohn sagt du Hund Wasser. Ich Hund
böse. Hund Idee beiß Schlauch Vater und Sohn
Wasserspritzt. Vater sagt kalt.
Verenan (und ein gezeichnetes Herz)

Melanie

> *Vater und Sohn*
> *Vater und Sohn gesen Sohn sagt: „Witz machen*
> *Mit schlauch Spaß machen Hund Wasser*
> *böse Hund überlegt Idee beißt Schlauch*
> *und spritzt.*
> Melanie hat ‚Witz machen' unterstrichen und die drei Verben am Ende selbst in einer anderen Farbe geschrieben.

Neunte freie Schreibstunde, 4.6.2003. 3. Unterrichtsstunde

Bericht/Gedächtnisprotokoll

Die Stunde beginnt mit einem gemeinsamen Erarbeiten (=Erinnern an) die Hasengeschichte, die die Kinder am 14.3.2002, vor etwas mehr als einem Jahr, von Bildern als Quelle geschrieben haben. Die Dolmetscherin ist auf meine Bitte anwesend, sodass diese Arbeit wirklich gemeinsam und gleichzeitig in zwei Sprachen gemacht werden kann. Es funktioniert sehr gut.

Dann bekommt jedes Kind ein Blatt und die Aufforderung die Geschichte, so wie sie selbst wollen und wie sie sich erinnern und mit Phantasie (dieses Wort erkläre ich) selber aufzuschreiben. Sie schreiben alle 20 Minuten lang wirklich frei, aus dem Kopf, ohne Zusatzmaterial.

Es geht gut - alle fragen ab und zu, wie man etwas schreibt, Melanie und Doris brauchen manchmal Übersetzungshilfen, alle Kinder brauchen manchmal Rechtschreibhilfen. Man sieht die unterschiedlichen Foci und Betonungen und Vorlieben ganz deutlich an den Texten.

Texte der Kinder

David

> *Der Hase*
> *Zwei grose Kinder sparten für ein Hasen.*
> *Sie gehen in eine Tierhandlung der Hase kostet*
> *20 €. Sie pakten den Hasen in einen Karton sie*
> *machten löcher. Der Hase isst Karoten, Salat,...*
> *Sie geben den Hasen ein Käfig.*
> (Rote Punkte, sonst schmucklos)

Rehat

Der Hase *Die zwei Kinder sparen ihre Geld und kaufen eine Hause.* *Die Kinder füttern den Hasen mit eine Salat Karotte und mit Gurge.* *Die Kinder habe eine Idee sie haben in eine Schuhgescheft eine Schachtel gekauft. Sie machen kleine löchern. Das er Luft holen kann.* *Als sie schlafen gingen schlafen sie mit der Hase.* (Schmucklos bis auf rote Punkte)

Tugba

Der Hase *Es waren zwei Kinder eine heite Nina und die* *andere heiste Max. Sie habe Geld gespart. Max* *hat 15€ 90c gespart. Nina hat 19€ 50c gespart.* *Sie haben genau 35€ 40c. Sie wolt ein Hase kaufen.* *Sie sind Tierhandlung gegangen. Es kostet 20€ .* *Sie haben das Hase gekauft. Sie haben den Hasen* *in ein Schusachel geben und Locher gemacht.* *Sie fütterten in sie gebten mit einer kleiner Flasche* *Wasser. Als sie schlafen gehen streichten sie im und* *der Hase ist schon eingeschlafen.*

Doris

Die Hase *Bub und Mädcher will käufen einen Hase.* *Bub und Mädcher ein Hase halten Haus ein* *Hase heben Käfig. Bub ist ein füttern.* *Die Hase ist spielen laufen. Die Hase im Schlaf.* (Darunter eine Bleistift-Zeichnung des Hasen vor seinem Käfig)

Melanie

der Hase *Bub und Mädcher will käufen* *einen Hase. Bub und Mädcher* *tragen Schachtel nach Hause.* *Käfig Hase in Bub und Mädcher* *pflegen und füttern. Bub und* *Mädcher streicheln Hase.* *Der Hase schlaft.* (Darunter eine Zeichnung eines braunen Hasen mit rosa Innenohren und Nase und weißer Blume)

Verwendete Abkürzungen

ASL	American Sign Language
BSL	British Sign Language
Bi/bi	Engl. Terminus: Bilingual/bicultural, Deutsch: bilingual/bikulturell
DAZ	Deutsch als Zweitsprache
DAF	Deutsch als Fremdsprache
DGS	Deutsche Gebärdensprache
ESL	English as a Second Language
L1	Erstsprache („Muttersprache")
L2	Zweitsprache
LBG	Lautsprachbegleitendes Gebärden oder Lautsprachbegleitende Gebärden
LSF	Langue de Signe Français
ÖGS	Österreichische Gebärdensprache
SAT-R	Stanford Achievement Test – Reading Comprehension
SEE	Signed Exact English

Deutsche Übersetzungen der in der Textanalyse verwendeten Begriffe

Adjektiv, Adjektiva	Eigenschaftswort, oder: Wie-Worter
Antonyme	Gegenwort, Gegensatzwort
Diskursive Kompetenzen	(in etwa: ‚kommunikative Fähigkeiten')
Interpunktion	Satzzeichen
Kasusanpassung	Fall-Anpassung
Eigennamen	Eigennamen
Futur	Zukunft
Hyponyme	Unterbegriffe
Imperfekt	Mitvergangenheit
Infinitiv	Nennform
Konjunktionen	Bindeworte
Konjunktiv	Möglichkeitsform
Lexikon	Wortschatz
Lokale Markierungen	Örtliche Kennzeichnungen
Morphologie	Studium der Formen der Wörter und der Wortbildung
Morphosyntax	Morphologische Mittel von Sprache, die syntaktische Funktion haben
Negation	Verneinung
Orthographie	Rechtschreibung
Passiv	Passiv, auch: Leideform (Gramm. Gegenteil v. ‚Aktiv')

Perfekt	Vergangenheit
Personen-Repräsentationen	Personen-Darstellungen
Personalpronomen	Persönliches Fürwort
Plural, Pluralbildung	Mehrzahl, Bildung der Mehrzahl
Präsens	Gegenwart
Präteritum	Vergangenheit
Satzkonstruktionen	Satzaufbau
Singular	Einzahl
Substantiv, Substantiva	Hauptwort, Hauptwörter
Syntax	Satzbau
Temporale Markierungen	Zeitliche Kennzeichnungen
Verb, Verba	Tunwort, oder: Zeitwörter
Verbalflexion: Person, Numerus, Genus	Zeitwörter- Anpassung: Person, Zahl, Geschlecht
Wortstellung	Wortstellung

(Grammatik = Morphologie, Syntax und Wortbildung)

Anmerkung zur Verschriftung von ÖGS

ÖGS-Gebärden sind durchwegs – wie in der Fachliteratur üblich – als Glossen kapitalisiert geschrieben, wobei Verben in der Nennform notiert werden.
z.B. JETZT DU SCHREIBEN IX-Brief

Mit dem Fingeralphabet buchstabierte Wörter wurden so: g-e-s-c-h-r-i-e-b-e-n.